Bernard Simonay

LA TRILOGIE DE PHÉNIX, II

Graal

Gallimard

Depuis *Phénix*, son premier roman, récompensé par les prix Cosmos 2000 et Julia Verlanger, Bernard Simonay n'a cessé d'écrire. Il a abordé avec un égal succès le roman historique (*La première pyramide*, *Moïse le pharaon rebelle*), l'imaginaire (*Les enfants de l'Atlantide*, *La légende de la toison d'or*), le policier (*La lande maudite*) ou plus récemment le roman d'aventures contemporain (*Les tigres de Tasmanie*, *La dame d'Australie*).

Fervent défenseur d'une littérature populaire assumée, Bernard Simonay n'a de cesse, au fil de ses histoires profondément humanistes, de questionner l'homme et de nous mettre en garde contre ses pires dérives.

LIMITE
DE
LA
Mankous
Koparna
HAMBORA
LONODIA
Océan
Atlantéus
Plateaux
Baraves
Cybernia
Tours
Koralia
EUROPAN
Rives
Toriana
Balbio
Tolensa
Trenata
Garas
Barsalona
Chaîne des Apennes
Lac du
Lion
MÉDHEL-
Palermia
Massif du Géant
Marais
du Sirigath
VALATIA
BAHISKRA
Oeil de
Sahirat
Al Khandarya
Désert
salé du
Khamsiat
NOGAFRIKA
El Sahirat
50 marches

N
ANQUISE
ARCTIQUE
NORD
POCZANIE
Lodi
MINISKA
UKRALASIA
Veraska
NIA
Vashlov
Shalbatena
BURDAROMA
Felda
Ursalaya
Terres
Syrdahar
Bleues
Massif
de
la fôret
Brastalia
Gwondaleya
Skovandre
Danov
Sadonia
Mer des Ténèbres
Rhodioni
Tanaleya
Sénopis
Khudara
Kurdia
Tarinia
Salonikos
Calvera
Hauts Plateaux
Marais
de L'Mir
ISMALASIA
Djanea
Scylla
Karana
Clescz
AL TYRBAAGD
Marais
de
Londabakos
Vallée des
Boues de
l'Enfer
Marais
Salés
Cyprisia
Kunta-
Lego
Ras el Shamir
Yphrisios
JERULABAAD
LENIA
Artikos
Alakhos
Lac de
Cyprisia
Goelstova
Désert de
Lybiana
Fhed
Marais
Inconnus

PERSONNAGES PRINCIPAUX

ACHIL, alias VICTOR LAMBERT : *Conteur, devenu gouverneur de la cité libre de Cybernia.*
ALARIKUS : *Théolamane de Gwondaleya.*
ALVINA : *Mère de Sylvain.*
ANÉA : *Szilove, compagne de Kristanus.*
CZARTHOZ : *Ancien comte régnant de Gwondaleya* (†).
DORIAN : *Comte régnant de Gwondaleya, frère jumeau et époux de Solyane.*
GOSPAR KACEK : *Capitaine fayad, ennemi de Palléas.*
GUSTAV DE FELDA : *Comte régnant de Felda, ami de Dorian.*
HORIUS : *Grand Initié, chef de la Phalange suprême.*
JANS : *Fils aîné de Czarthoz, frère adoptif de Dorian et de Solyane.*
JARL BRUNNER : *Ancien gouverneur de Cybernia, destitué par Victor Lambert.*
KLESS LORO D'URANN : *Commandant de la base lonnienne.*
KOGAN : *Comte régnant de Syrdahar, père de Dorian et de Solyane* (†).
KRISTAN LEONOV : *Empereur d'Ukralasie, seigneur de Miniska.*
KRISTANUS : *Théolamane royal de Koparna.*
LEÏRO D'URSALEYA : *Compagnon d'armes de Dorian, puis de son fils Palléas.*
LYVIE : *Esclave, puis première épouse de Palléas.*
LUDWANN : *Roi d'Hambora.*

LYOPHÈME : *Suzerain suprême du monde, autrement appelé le Commandeur.*

MARKUS : *Théolamane impérial de Valatia, capitale de la Médhellenie.*

MARVEL : *Écuyer de Palléas.*

MARYLEEN : *Lonnienne, amie de Solyane.*

NELVÉA : *Fille de Dorian et de Solyane.*

NYRA : *Reine de Fomalhaut.*

ODIOS : *Fils de Czarthoz, demi-frère de Sylvain, et capitaine des gardes de Gwondaleya.*

ORLOFF : *Compagnon et protecteur de Dorian et de Solyane.*

ORLYANE : *Léphénide, mère de Dorian et de Solyane* (†).

PALLÉAS : *Fils aîné de Dorian et de Solyane.*

PIERRE D'OTH : *Compagnon de Czarthoz.*

PILLAT DE BURDAROMA : *Roi de la ville du même nom, suzerain et ami de Dorian.*

RALPH : *Écuyer de Dorian.*

RUDRIKO : *Maître d'armes de Dorian et de son fils Palléas.*

SOLYANE : *Fille de Kogan et de la Léphénide Orlyane, épouse et sœur jumelle de Dorian.*

SONIA : *Lonnienne, amie de Solyane.*

SYLVAIN : *Fils de Czarthoz et d'Alvina, frère d'adoption de Dorian et de Solyane.*

THOREN : *Maraudier, compagnon de Palléas.*

VETOLIK MADRAN : *Sheraff, c'est-à-dire roi de la caravane.*

ZOLTAN : *Ancien Théolamane de Gwondaleya.*

PREMIÈRE PARTIE

1

Au fil des années, les souvenirs s'estompent, se diluent dans les méandres de la mémoire. Ils se résument à des images imprécises, détachées de la réalité, auréolées d'un mystère insondable et nostalgique. Les ruelles animées se peuplent de fantômes insaisissables. Les places s'agrandissent, les demeures s'affranchissent de leurs lézardes, de leurs courants d'air.

Pourtant, il suffit d'une odeur particulière pour que tout revive à nouveau et que se réveillent des souvenirs que l'on avait crus enfuis à jamais.

Gwondaleya se parait de ces parfums singuliers, que l'on ne pouvait rencontrer nulle part ailleurs. Ainsi, un indigène savait en fermant les yeux dans quel quartier de la ville il se trouvait.

Lorsque l'on franchissait les portes massives des remparts, quantité d'odeurs vous sollicitaient. Remugles inquiétants des abattoirs, invitations alléchantes des tavernes où l'on vous servait pour un drakkhor un repas digne de la table des rois, arômes envoûtants de la Halle aux Vins, senteurs fraîches et vivifiantes de l'immense pré d'Arys, la déesse-fleur, où se retrouvaient les jeunes danseuses de la cité. Pardessus tout cela flottait l'appel irrésistible des fougames, petits pains au beurre fondu et salé que les drônes, les gamins hardis de Gwondaleya, vendaient aux badauds pour quelques centas. Si à tout cela se rajoutait l'ivresse d'une petite pluie fine qui faisait chanter la poussière des pavés, c'était une véritable symphonie qui vous chatouillait les narines, vous pénétrait, vous imprégnait si bien que l'on se sentait soudain arrivé chez soi, et entouré par une foule de bras amis.

Telles étaient les pensées de Gustav de Felda lorsqu'il retrouva Gwondaleya, qu'il n'avait pas vue depuis plusieurs années. La ville s'était étendue. La renommée de Dorian et de Solyane avait attiré de nombreux immigrants. Jamais il n'aurait osé imaginer une telle splendeur. Des artères nouvelles avaient été tracées, bordées d'édifices de marbre blanc. La ville avait dépassé largement la rive méridionale du Danov, pratiquement déserte lors de sa dernière visite. Le parc dédié au comte Czarthoz avait été élargi. Le port fluvial étirait des quais nouveaux bien plus loin vers le sud.

— Je n'ai jamais vu autant de monde à Gwondaleya ! dit Gustav au drône qui s'était offert à le guider jusqu'au palais comtal.

Le gamin, visiblement peu impressionné par la distinction de son client, le regarda de biais avant de déclarer :

— Ben monseigneur, il faut croire que ça fait un bout de temps que vous n'êtes pas venu. J'ai toujours connu ça. Il est vrai qu'avec tous ces voyageurs qui ne veulent plus repartir, on a été obligé de construire des cités d'accueil à l'extérieur. Heureusement, notre seigneur y a mis bon ordre. Il ne veut pas que sa ville devienne une seconde Burdaroma, dont on dit qu'elle ressemble à une fourmilière. Est-ce vrai, monseigneur ?

— La dernière fois que je suis venu, tu devais encore téter ta mère, drône ! Mais sache qu'en ce qui concerne Burdaroma, tu as tort. Bien qu'elle soit plus peuplée que Gwondaleya, elle demeure l'une des plus belles cités du monde. Et crois-moi, je reviens de très loin. Des villes, j'en ai vu, et non des moindres.

— Elles ne peuvent pas être plus belles que Gwondaleya, affirma le gamin d'un ton catégorique.

Gustav éclata de rire.

— Sans doute as-tu raison, petit ! La ville dans laquelle on a vu le jour reste toujours la plus belle. Hé, mais qu'est-ce donc que cette nouvelle invention ?

Il désigna une sorte de potence métallique ouvragée dont plusieurs exemplaires étaient répartis le long des voies principales.

— Ce sont des lectronnes, dit fièrement le drône. On les allume la nuit. Elles sont beaucoup plus pratiques que les réverbères à huile qu'il fallait recharger continuellement.

— Par Latham, ta ville est aussi bien équipée qu'un palais impérial, petit !

Il fit quelques pas, émerveillé par le pavement régulier des rues, par les trottoirs bordés d'arbres et de massifs fleuris.

— Tout ceci est magnifique, drône. Je constate que

mon ami Arnaud et sa dame ont su faire prospérer leur cité. Et je m'en réjouis.

— Notre seigneur et sa dame sont des dieux, monseigneur, ne le saviez-vous pas ? Les érudits du monde entier viennent jusqu'ici pour suivre les enseignements des amanes. Le roi Pillat de Burdaroma nous rend visite, régulièrement. L'empereur Kristan Leonov le Grand lui-même s'est déplacé par deux fois. Et celui de Nogafrika, le Sublime Khem Dott Ophal. Et aussi celui de Médhellenie, Tarxès le Bon.

— Je te crois, drône, dit Gustav en souriant de la véhémence du petit. Gwondaleya est unique. Elle n'est peut-être pas la plus grande ville du monde, mais elle reste le seul endroit où les amanes mettent la Connaissance à la portée de tous. Même toi tu pourrais y accéder.

Le gamin se planta devant lui, les poings aux hanches.

— Mais monseigneur, je suis l'enseignement des amanes. Les enfants sont beaucoup plus nombreux que les adultes. Et, soit dit sans vous offenser, nous sommes les plus fidèles. Le seigneur Dorian nous porte une attention particulière. Il a fait ouvrir pour nous les centres les plus vastes, les plus clairs, les plus agréables. Il vient souvent nous rendre visite. Il dit toujours : « Mes enfants, c'est sur vous que repose l'avenir. On donne la Connaissance à vos aînés, mais rares seront ceux qui sauront l'utiliser et l'approfondir. C'est vous qui la mettrez en pratique. »

Gustav médita les paroles du gamin. Il n'avait pas tort. Les centres ouverts vingt années auparavant sur l'initiative de Dorian et de Solyane, en accord avec la Phalange suprême, avaient attiré de nombreux Gwondaleyens adultes. Mais la plupart avaient abandonné devant l'ampleur et la complexité des sciences enseignées. Seuls les érudits et quelques curieux avaient trouvé le courage de poursuivre. Nombre d'étrangers étaient alors arrivés, et avaient réclamé le droit au savoir. On avait fini par le leur octroyer. Cependant, Dorian avait vu juste : seuls les enfants possédaient un esprit assez souple pour admettre et assimiler les Sciences Sacrées qui composaient la Connaissance.

Gustav avait passé deux années entières à Gwondaleya, quinze ans auparavant. Il s'était inscrit aux cours des amanes. Aujourd'hui, il devait s'avouer qu'il avait à peu près tout oublié.

Au loin passa un homme à l'allure inhabituelle, aux cheveux couleur d'or blanc et à la peau curieusement cuivrée. Un Lonnien.

— Ils sont toujours installés à Gwondaleya, petit ?

— Bien sûr, monseigneur. Ils ont construit une espèce de ville à l'extérieur, avec un champ d'atterrissage pour leurs navires. Ils ne sont guère plus d'une centaine ici. Mais il paraît qu'ils vivent également dans le ciel à bord d'un vaisseau gigantesque. Par nuit claire, on distingue une sorte de grosse étoile qui brille comme de l'argent. On dit qu'il s'agit de leur vaisseau. J'ai peine à le croire.

— Il existe. Le seigneur Arnaud est même monté à son bord.

Les yeux du gamin brillèrent.

— C'est vrai. On dit aussi qu'ils sont partis pour les étoiles, il y a quelque temps. Les conteurs relatent encore leur voyage dans les royaumes du ciel. J'adore les écouter. Notre seigneur, c'est le plus grand de tous !

— Tu ne crois pas si bien dire, drône, murmura Gustav comme pour lui-même. Et quand il apprendra la nouvelle que je lui apporte...

Puis il reprit tout haut :

— Mais ces Lonniens, comment sont-ils ?

Il connaissait bien les extraterrestres, pour avoir passé un séjour assez long en leur compagnie, lors de son dernier voyage à Gwondaleya. Mais il était intéressant d'avoir un point de vue différent du sien. Les Lonniens l'avaient toujours un peu impressionné. Ils parlaient peu, écoutaient beaucoup.

Le gamin expliqua :

— Ils ont toujours l'air préoccupé par quelque chose. Mais ils se civilisent. Il paraît qu'au début, ils ne sortaient qu'en groupe, et bien armés. Pour se déplacer, ils utilisaient des engins bizarres, qui allaient très vite sans faire de bruit. Maintenant, ils s'habillent comme tout le monde. Ils ont même appris à monter à cheval. Mais on les reconnaît toujours de loin, avec leur peau rouge et leurs cheveux blancs.

— Tu sais, dans le nord de l'Ukralasia, certains hommes sont aussi blonds qu'eux. Et leur peau est également foncée par le soleil.

— Peut-être, monseigneur. Mais leurs yeux ! Avez-vous déjà rencontré des Ukralasiens qui avaient ces yeux verts, comme ceux d'un lézard des roches ? Moi, ils me font un peu peur.

Chemin faisant, le comte et son mentor débouchèrent sur une vaste esplanade, la Place des Chênes, où déambulait une foule nonchalante et curieuse. On venait là écouter les gazetiers colportant les dernières nouvelles du monde, ou un conteur narrant une légende inconnue. Toutes sortes de marchands ambulants étalaient leurs richesses sur des toiles qu'ils refermaient dans un sac, le soir venu. Des voyageurs, reconnaissables à leurs habits multicolores rapiécés, se mêlaient aux Gwondaleyens. On se méfiait de ces gens étranges qui ne parvenaient jamais à s'enraciner nulle part, poussés toujours plus loin par leur soif d'aventure, de liberté peut-être. On trouvait de tout parmi eux. De franches crapules, prêtes à tuer père et mère pour quelques drakkhors, des philosophes un peu fous, détachés de toute contingence matérielle, des rêveurs, des criminels en fuite, des malheureux sans espoir, et quelquefois même de braves gens, artisans sans demeure attirés par de nouveaux horizons. Ces êtres bizarres étaient soupçonnés, la plupart du temps, des rapines, des viols et autres crimes qui parfois troublaient l'ordre de la cité. S'ils n'étaient pas toujours en cause, leurs relations avec les citadins demeuraient ambiguës. On ne les aimait pas. Cependant, on les écoutait volontiers raconter leurs voyages au bout du monde dans ces pays lointains qu'aucun Gwondaleyen ne verrait jamais. Et par leurs évocations on se plaisait à imaginer les mornes déserts glacés du Grand Nord, la rigueur mystérieuse de la banquise, les steppes interminables de l'Orient, les hordes sauvages qui rançonnaient les caravanes, les pistes de sable brûlées par les soleils du Sud, dont les villes lumineuses et dorées surgissaient du désert comme des mirages.

Certains revenaient de la lointaine Cathasia, située à la pointe extrême-orientale de l'immense continent ukralasien. L'autre bout du monde. D'autres avaient traversé l'Atlantéus, le vaste océan occidental, pour se rendre dans la plus grande cité du monde, la fabuleuse Avallonia où résidait le Commandeur Lyophème.

Dans ce petit monde disparate, on rencontrait parfois des individus plus étranges encore, porteurs d'une religion nouvelle, d'une bonne parole contre laquelle ils échangeaient de quoi subsister.

L'un d'eux, un sombre personnage aux yeux illuminés, haranguait la foule lorsqu'ils arrivèrent sur la Place des Chênes. Cette place, lovée comme un grand croissant de lune autour d'un bassin sur lequel on pouvait canoter, comportait à distance régulière de petites estrades édifiées à l'intention des gazetiers. Quiconque désirait émettre une opinion à l'attention de ses compatriotes pouvait les emprunter aussi longtemps qu'il le souhaitait, ce qui donnait lieu à de franches parties de rires, voire à de vigoureuses empoignades. L'individu repéré par Gustav parlait fort, d'une voix grave et bien timbrée. Un frisson courut sur le dos du chevalier. Il s'approcha, attiré malgré lui par l'accent inquiétant qu'il avait cru reconnaître, celui de la folie fanatique.

— C'est un prêcheur, commenta le drône, amusé. Il en vient de temps en temps, à chaque caravane. On ne les prend jamais au sérieux. Il faut dire qu'ils racontent vraiment n'importe quoi.

Devant la cape de Gustav, les citadins et les voyageurs s'écartèrent respectueusement.

— Le Mal est sur vous, vociférait l'homme, dont le visage émacié disparaissait à l'intérieur d'une vaste capuche vert bronze. Sa maigreur n'était vraisemblablement pas due à la pauvreté, car contrairement à ceux de son espèce, sa vêture n'était pas rapiécée. Ses sandales de cuir semblaient solides. Étrange créature.

— Écoutez-moi ! Le Mal ronge votre âme. Les faux dieux vous aveuglent. Il n'est de dieu qu'un seul qui vous a créés pour le servir. Mais vous le rejetez, vous l'ignorez, vous le fuyez ! Vous fuyez Sa parole, Son nom, Son esprit. Prenez garde, car Sa puissance est infinie. Sa vengeance sera terrifiante. Elle est déjà en marche. Son Prophète s'est levé, qui lavera la Terre de toutes les idoles démoniaques que vous vénérez. Son Prophète est mon guide. Lui seul connaît la Voie. Vous devez le suivre, pour le salut de votre âme.

Gustav observa l'assistance. Parmi les voyageurs, certains s'étaient mis à trembler. Quant aux Gwondaleyens, ils se divertissaient de belle façon. Leurs dieux à eux, ils étaient là, bien vivants, dans le palais qui se dressait sur la colline. On pouvait même leur parler, les toucher.

Cependant, le comte de Felda discerna chez quelques-uns un vague malaise. Une surprenante vérité vibrait dans les paroles de l'homme. Cela tenait sans doute à sa voix, grave et résonnante, mais aussi à cette conviction, cette foi inébranlable qui l'imprégnait tout entier. En lui transparaissait le plus féroce des fanatismes, celui qui annihile toute personnalité. Le drône ricana :

— Encore un de ces fous qui prédisent la fin du monde !

— C'est la première fois que tu entends parler de ce Prophète ? demanda Gustav d'un air songeur.

— Peut-être ! Je n'écoute pas tellement ce qu'ils disent. Il en vient si souvent.

Il entraîna Gustav loin de l'estrade.

— Vous savez, ici, ils ne dérangent pas beaucoup de monde. C'est surtout parmi les voyageurs qu'ils font des adeptes.

Le comte de Felda n'ignorait pas qu'il eût mieux valu pour lui se rendre directement au palais sous bonne escorte, et les traits dissimulés. Mais il n'avait pu résister au plaisir de se replonger dans l'atmosphère bouillonnante de cette cité qu'il aimait particulièrement. Il avait pensé que les douze années passées à l'autre bout du monde auraient laissé leur empreinte sur son visage, et l'auraient effacé des mémoires. Mais les Gwondaleyens n'oubliaient pas. Déjà, à la porte nord, l'un des gardes, un ancien de l'Ismalasie, l'avait reconnu. Pour un peu, le vieux guerrier se fût mis à pleurer. Dans l'artère qui reliait la Place des Halles au palais, un riche marchand le salua respectueusement.

— Hal Weya, monseigneur ! Pardonnez mon audace, mais...

— Hal Weya, messire Stephen. Ainsi, vous avez quitté le métier des armes pour le commerce ?

Sa popularité était grande parmi les Gwondaleyens. À la fois flatté et ennuyé qu'on ne l'ait pas oublié, il se reprocha de ne pas s'être montré plus prudent, et dut promettre une centaine de visites avant de parvenir sur le parvis du palais, où la chance lui sourit.

— Seigneur Gustav de Felda ! Par les tripes fumantes de Shaïentus !

— Seigneur Odios !

Les deux hommes s'observèrent avec plaisir. Il était rare de voir un sourire éclairer le visage sombre d'Odios, mais le comte lui avait toujours inspiré une sincère admiration. Ils éclatèrent de rire avant de tomber dans les bras l'un de l'autre.

Gustav examina son compagnon. Les années n'avaient guère eu de prise sur lui. Il arborait toujours la même chevelure abondante, la barbe noire serrée et fournie. Seules quelques petites rides au coin des yeux trahissaient la maturité et adoucissaient un peu son regard sévère. Il était toujours vêtu du sharack orné de son symbole : l'ours. Cet ours si bien assorti à son caractère.

Grincheux, râleur, taciturne et solitaire, tel était Odios, que ses hommes redoutaient et respectaient à cause de ses colères soudaines. Mais de son père, l'irremplaçable Czarthoz, il avait hérité une honnêteté foncière, un sens de l'honneur et un courage à toute épreuve. De plus, Gustav savait que si l'on prenait la peine de percer cette façade rébarbative, on découvrait un homme bon et d'une grande sensibilité, fidèle dans ses amitiés.

Il congédia le drône en lui glissant une royale pièce de cinq drakkhors, et prit Odios par le bras.

— Compagnon, quelle joie de te revoir ! Je ne devais arriver qu'en fin d'après-midi, mais je n'ai pu résister à l'envie de me baigner dans l'atmosphère de cette bonne ville !

— Quelle imprudence ! Tu as dû t'y faire arrêter nombre de fois.

— Et promettre mille repas à mille compagnons d'autrefois. Les Gwondaleyens ont le sens de l'hospitalité, et une mémoire infaillible.

— On n'oublie pas un ami tel que toi, Gustav. Et les années ne t'ont pas changé.

— Ouais ! Mis à part quelques rides supplémentaires et quelques fils blancs dans les cheveux. J'approche de la soixantaine, tu sais.

— Je doute que le poids des ans ait amoindri la précision de ta lame.

Gustav sourit.

— Peut-être. Il faut bien garder la main. Les pistes ne sont pas sûres. Je ne compte plus les attaques que j'ai subies lors de mon retour de Cathasia. Même entre Burdaroma et ici, la caravane a dû repousser une horde de maraudiers.

— Ils sentent venir l'hiver !

— Certainement ! Mais toi, dis-moi ! Toujours l'homme d'une seule femme ?

— Toujours !

Entre eux passa l'image d'une jeune femme brune, Gwenna, qu'Odios avait prise pour épouse peu après son retour de Médhellenie.

— Des enfants ?

— Deux de plus ! Deux filles. Cela fait cinq, avec les trois garçons nés avant ton départ. L'aîné se prépare pour l'eschola.

— J'admire ta fidélité conjugale ! C'est une chose si rare parmi nos chevaliers.

— C'est vrai ! Sylvain vit avec quatre femmes, comme notre père. Vaïna ne s'en formalise pas. Il est vrai que cela doit lui rappeler un peu les coutumes de son pays. Je me demande comment il s'y prend. Il est déjà difficile de s'entendre avec une seule.

— Justement ! Lorsque tu es en froid avec l'une, tu te consoles avec les autres !

Gustav éclata de rire, puis, redevenant sérieux, ajouta :

— Il est vrai que tu n'as fait que suivre l'exemple de ton seigneur.

Le visage d'Odios s'éclaira.

— C'est exact. Arnaud est toujours fidèle à Isabelle.

— Comment se portent-ils ?

— Tu sais bien qu'ils ne sont pas faits comme nous. Comment pourraient-ils être sujets à la maladie ?

— Est-ce vrai, ce que l'on raconte, qu'ils ont arrêté de vieillir ?

— C'est la vérité. On les prendrait pour les frère et sœur de leurs enfants.

Les deux hommes franchirent l'enceinte de la Cour Intérieure où attendait un petit groupe de conseillers. Soudain, une silhouette frêle se dirigea vers eux. Une longue robe noire, frappée du soleil d'or : Zoltan.

— Hal Weya, sehad ! Je vous présente mes plus profonds respects.

— Hal Weya, seigneur Gustav ! Gwondaleya se réjouit de vous revoir dans ses murs. Votre présence me ramène bien loin en arrière. J'espère que le temple recevra votre visite.

— Je n'y manquerai pas, sehad. Vous savez comme notre ami Arnaud nous a confortés dans la religion.

— C'est en cela qu'il a démontré sa sagesse !

Le vieil homme les salua, puis reprit sa marche. Comme à son habitude, après sa visite quotidienne au palais, il rentrait au Temple à pied.

— Sais-tu qu'il n'est plus le véritable théolamane de Gwondaleya ? murmura Odios. Il a dépassé les quatre-vingts ans. Il a transmis sa charge à un nouvel amane, Alarikus, il y a cinq ans. Mais cela ne l'empêche pas de venir tous les jours ici. Arnaud apprécie beaucoup ses conseils.

Il y avait une certaine tendresse dans la voix du chevalier. Zoltan avait été une des figures les plus impressionnantes de la cité. S'il portait allégrement son âge, il ne possédait plus sa redoutable vitalité d'antan. Mais en contrepartie, sa rigidité amanite s'était assouplie. Il lui arrivait souvent de sourire, et même de rire. L'âge l'avait rendu plus tolérant, et l'installation des Lonniens avait allumé en lui une curiosité nouvelle.

— Allons, dit Odios, je vais te montrer tes appartements. Tu feras amener tes gens avec toi. Il y aura de quoi les loger. Arnaud donnera un dîner en ton honneur ce soir. En ce moment, il dirige avec Solyane la réunion du Conseil Comtal. Cela ne sera pas long, car il est impatient de te souhaiter la bienvenue.

L'appartement était vaste et spacieux. Outre les petites salles meublées où pourrait s'installer sa suite, il comportait un grand salon de réception privé, un bureau et une chambre claire donnant sur une terrasse orientée au sud. Gustav avait déjà occupé ces lieux lors de son dernier séjour. Arnaud savait qu'il les avait beaucoup appréciés. C'était une délicate attention que de les lui avoir réservés pour son retour.

Il retrouva avec plaisir le petit jardin suspendu qui dominait la large boucle du Danov et la ville basse. Au loin s'étiraient les quais où régnait l'effervescence d'une ruche. Un voile de brume annonciateur d'automne s'étendait déjà à l'horizon. Vers l'est, on découvrait le Pré d'Arys, avec son petit canal serpentin, et ses jardins à niveaux. Une rumeur sourde montait de la ville centrale où se concentraient la plupart des commerces.

À un angle de la terrasse, on apercevait la Cour Intérieure. De l'autre côté s'ouvraient les allées secrètes du palais, lieux de calme et de méditation. Sur l'une d'elles donnait la Salle du Conseil, où Arnaud devait être en train d'expédier les affaires courantes. Sans doute rien d'extraordinaire, puisqu'il avait imposé dans cette partie du monde une paix que rien n'avait troublée depuis deux décennies.

Arnaud ! C'était curieux. Jamais il n'avait pu se résoudre à lui donner son vrai nom : Dorian.

Arnaud restait le jeune chevalier, le héros d'Al Tyrbaagd et de Burdaroma, que tous admiraient pour sa bravoure et ses prouesses. Un héros de légende, que les femmes convoitaient et que les hommes, même parmi les Anciens, prenaient pour modèle.

Dorian, pour Gustav, c'était le demi-dieu qui gouvernait Gwondaleya, et dont la renommée avait depuis longtemps fait le tour du monde. Un souverain à part parmi les chevaliers régnants. En théorie, il demeurait le vassal du roi Pillat de Burdaroma, et, à travers lui, de l'empereur Kristan Leonov de Miniska. Dans les faits, les deux monarques n'entreprenaient jamais rien d'important sans solliciter l'avis de leur vassal.

De même, de nombreux souverains étrangers lui rendaient visite, un peu comme on se rend en pèlerinage. Certains d'entre eux le considéraient d'ailleurs comme l'alter ego du Commandeur Lyophème.

Une scission aurait pu se produire dans l'édifice si délicat de l'équilibre mondial. Mais, avec clairvoyance, Dorian et Lyophème avaient tout fait pour éviter de s'opposer. Bien au contraire, ils avaient uni leurs efforts pour conserver l'unité de la civilisation amanite. Ils entretenaient une correspondance suivie, se rencontraient régulièrement. On disait que le Commandeur traitait Dorian comme son égal. Pourtant, ce dernier tenait par-dessus tout à rester le comte de Gwondaleya.

Gustav n'avait pas été directement mêlé aux événements qui avaient bouleversé le monde, vingt ans plus tôt. Mais il en connaissait tous les détails.

À la suite de la campagne de Médhellenie, destinée à arracher Solyane, la sœur d'Arnaud, des griffes du monstrueux Hadran, empereur de Nogafrika, on les avait crus morts, disparus au cœur des marais de Sirigath. Sylvain et Odios, à l'aide d'Aram, le lionorse-roi d'Arnaud, avaient retrouvé leurs traces de l'autre côté des Monts Malates. On avait imaginé qu'ils avaient regagné le royaume des cieux, ce qui n'était pas éloigné de la vérité. Cette vérité, on l'avait apprise bien plus tard.

Après un détour par le comté de Vik où Dracchus les avait conviés, les chevaliers gwondaleyens étaient revenus dans leur cité. Le roi Pillat, dès qu'il avait appris la disparition de son « Grand Ami », avait versé beaucoup de larmes, puis l'avait dépêché lui, Gustav de Felda, pour régler des problèmes de succession qui ne se posaient pas de la manière habituelle. Personne n'osait briguer le siège d'Arnaud. Nul ne se sentait capable de lui succéder. De plus, les prétendants les plus plausibles, Sylvain et Odios, refusaient de croire à la mort de leur suzerain. « Ils reviendront ! » ne cessaient-ils de dire. Pour étayer leurs affirmations, ils désignaient Aram qui lui aussi semblait attendre. Son maître mort, il se serait laissé mourir. Et chacun puisait espoir dans le calme étrange du lionorse.

Au fond, personne ne fut véritablement étonné lorsqu'un navire de feu apparut dans le ciel de Gwondaleya, plus d'un mois après le retour des chevaliers. Gustav n'oublierait jamais le spectacle extraordinaire de l'engin posé au milieu d'un pré, à l'extérieur de la ville. Il ne ressemblait à rien de connu. On eût dit un insecte géant, hérissé d'antennes, et campé sur des pattes robustes. Sa carapace irisée avait la couleur du vieil or, avec çà et là des traînées plus sombres.

Une foule immense s'était portée sur les lieux, vaguement inquiète, mais connaissant au fond d'elle-même la signification du phénomène. Une ouverture s'était dessinée dans le flanc de l'insecte, et deux silhouettes étaient apparues. Deux silhouettes que les Gwondaleyens auraient reconnues entre mille. Arnaud, leur suzerain, et sa sœur Isabelle, la petite fée aux pieds nus, leur revenaient du royaume des cieux. Derrière eux suivaient Orloff et Rudriko, le conteur Achil ainsi qu'un personnage sans âge, dont on avait appris peu après qu'il s'agissait du Grand Initié Horius, le Maître de la Phalange suprême.

Gustav revit le mouvement de foule vers son seigneur, le délire des femmes, les hurlements joyeux des hommes. Un désordre indescriptible s'était emparé de la ville. Tout le monde riait et pleurait à la fois. Les Gwondaleyens se conduisaient comme des enfants qui avaient cru perdre leurs parents, des orphelins qui découvrent tout d'un coup qu'ils ne l'ont jamais été. La totalité des citadins avaient raccompagné les demi-dieux à leur demeure. Chacun voulait les voir, les toucher. On organisa fiévreusement une salterena qui dura plus de quinze jours.

On savait la fin tragique de la petite comtesse Elena. Elle entra de plain-pied dans la légende, et devint elle aussi une divinité protectrice. N'avait-elle pas donné sa vie pour sauver Arnaud ?

Lorsqu'au bout de plusieurs jours l'exaltation des retrouvailles se fut un peu calmée, Arnaud avait réuni ses sujets sur la vaste place du palais. Et là, il avait raconté l'histoire incroyable d'une sombre machination qui avait voulu le dresser contre l'actuel Commandeur Lyophème. Il révéla tout, sa véritable identité, l'existence des dieux anciens, ces Lonniens revenus des étoiles au lieu de leur naissance. Le complot avait échoué. Cependant, il expliqua que les intentions des conjurés étaient dignes de respect, et qu'il avait œuvré pour réconcilier les parties en présence. Puis il posa une question grave, déterminante : la Connaissance devait-elle être rendue aux hommes, avec les risques que cela comportait ? Les Gwondaleyens acceptaient-ils que l'on utilise leur cité comme champ d'expérience ? Que l'on bâtisse des Centres de la Connaissance dirigés par des amanes des deux tendances enfin réunies ?

Un accord enthousiaste lui fut donné. On était prêt à faire tout ce qu'il voulait. De même, personne ne s'étonna lorsqu'il annonça son intention d'épouser Solyane, sa propre sœur. N'avait-il pas dit qu'elle lui était étrangère, bien que née du ventre de la même mère ?

Gustav, songeur, regagna son appartement. La Connaissance avait visiblement commencé à bousculer certains aspects de la vie courante. Ainsi, ces lectronnes aux leviers dorés et ciselés qui remplaçaient les lampes à huile. Ailleurs, on ne les rencontrait que dans les palais royaux ou impériaux. Il avait aperçu, lors de son arrivée, une deuxième cité construite vers l'est, dont on lui avait confié qu'il s'agissait d'un ensemble industriel produisant des articles nouveaux. De là venaient sans doute ces étranges lecteurs de musique enregistrée qu'il avait découverts dans sa chambre. Ou encore la petite fontaine occupant le centre du salon. C'était une statue représentant une adolescente nue, accroupie, versant de l'eau. Suprême raffinement, il suffisait de caresser la main qui tenait l'amphore pour que le liquide s'écoulât. Une pression sur l'autre main, et l'eau s'arrêtait. Ce n'était sans doute qu'un des nombreux prodiges qu'il lui restait à découvrir.

De même, la Connaissance avait fait exploser l'art. Gustav ne reconnaissait plus l'intérieur des appartements. Il soupçonnait, derrière ces tentures faites de lumière en trois dimensions, l'empreinte magique de Solyane. Elle seule pouvait avoir imaginé ces paysages fragiles, parfaits dans la subtilité des proportions, dans leurs expressions. L'aspect envoûtant de ce décor le déconcertait...

— Si tu le souhaites, je pourrai faire remettre des tapisseries !

Stupéfait, Gustav se retourna. Il n'avait perçu aucune présence.

— Arnaud !

— Gustav, pardonne-moi. J'ai surpris tes pensées malgré moi. Tu n'avais pas posé d'écrans.

— J'aurais pourtant dû deviner que tu étais là. Je vieillis.

Dorian sourit.

— Sur ce point, je puis te rassurer. Tu n'as pas pris une ride en douze années.

— Allons ! Le temps passe rarement sans imprimer sa griffe. Pourtant, on ne le dirait guère en te voyant.

En effet, Dorian présentait l'aspect d'un éternel jeune homme de vingt-cinq ans. Il n'était guère étonnant dans ces conditions qu'on le prît pour un dieu.

— Pardonne mon hésitation, dit Gustav, mais tu es devenu si impressionnant. Je crois revoir le jeune chevalier qui a conquis l'Ismalasie et la Médhellenie. Cette jeunesse insolente ! Par Latham, j'en serais presque jaloux.

Dorian sourit tristement.

— Tu ne devrais pas. Les amanes nous donnent plusieurs siècles d'existence. En vérité, ils estiment même que nous ne pouvons pas mourir. Nous vivrons peut-être des millénaires. Ainsi, nous verrons disparaître tous nos compagnons les uns après les autres. Chaque matin, je perçois chez chacun un signe de maturité, une ride nouvelle, des yeux plus fatigués, des épaules un peu plus voûtées. Et j'aperçois avec angoisse mon propre reflet dans mon miroir.

— Dame Solyane connaît-elle les mêmes inquiétudes ?

— Même si son sang est différent du mien, elle reste ma jumelle. Par bonheur, elle supporte ce fardeau avec moi. Cette jeunesse insolente, comme tu dis, j'aimerais pouvoir la partager. Mais c'est impossible. Je ne possède aucun secret, aucun philtre de longévité.

Gustav lui serra affectueusement les épaules .

— De toute manière, je doute que cela soit une bonne chose, compagnon. Allons, cessons de nous attendrir sur notre compte. J'ai mille anecdotes à te narrer, et maintes aventures à te conter. Et surtout, une nouvelle fantastique à te communiquer.

Ils prirent place dans des fauteuils.

— Connais-tu Cathasia ?

— Je ne sais d'elle que ce qu'en disent les conteurs et les voyageurs.

Gustav rapprocha ses mains dans un geste qui lui était familier, et qui pour cela émut Dorian.

— C'est un autre monde, Arnaud. Des villes étranges, semblables à de gigantesques fourmilières. Des hommes aux yeux étirés comme ceux des chats. Des êtres différents, mystérieux, raffinés. Des palais immenses et lumineux où le plus humble des objets est travaillé dans ses détails les plus infimes. Certains sont l'œuvre de toute une vie. Cathasia est un pays où le temps ne compte pas.

Il fit une brève pause.

— J'ai eu l'insigne honneur d'être reçu par l'empereur Genge Yen Fong en personne. C'est un privilège dont peu d'hommes peuvent se prévaloir. En ma personne, il a salué l'empereur Kristan Leonov et le roi Pillat.

Il se pencha pour prendre la coupe de vin que lui avait versée Dorian.

— Par les dieux, déclara-t-il après avoir bu une gorgée, il n'y a qu'ici que l'on rencontre ce bouquet.

— Douze ans d'âge, compagnon. Celui-ci est né lors de ton départ. Il t'a attendu.

Ils se turent un instant, prenant le temps de savourer le subtil nectar. Puis Gustav reprit :

— Dorian, tu ne connais pas cet homme, l'un des plus grands et des plus secrets de notre temps. Mais lui sait qui tu es et quels sont tes exploits. Il s'est attaché un conteur qui chante tes prouesses et ne quitte jamais le palais impérial de Shaon Kin.

Dorian sourit.

— Voilà une marque d'estime qui me va droit au cœur, mon ami.

— Mais je vois que cela t'amuse également. Pourtant, il ne s'agit pas d'un simple caprice de curiosité, Arnaud. Et voici ce qui m'amène aujourd'hui : cet homme, ce demi-dieu vénéré par un peuple peut-être dix fois plus nombreux que le nôtre, a émis le désir de te rencontrer.

— Il veut que je me rende à Shaon Kin ?

— Non ! C'est encore plus... incroyable. Il est en route pour l'Ukralasia. Il s'arrêtera à Miniska, et à Burdaroma. Mais s'il a entrepris ce voyage extraordinaire, c'est dans le but de te rencontrer. C'est toi qu'il vient voir. Il va venir à Gwondaleya.

— Lui ?

— L'empereur Genge Yen Fong en personne. Il sera ici dans un mois.

— C'est impensable. Shaon Kin est à plus de mille marches de Gwondaleya.

— C'est exact. Il est parti voici plus d'un an. À l'heure qu'il est, il doit approcher de Miniska, où l'empereur va le recevoir. Jamais le souverain suprême de l'empire de Cathasia n'a ainsi quitté son domaine.

— Et il fait cela pour moi, un simple comte régnant ?

— Tu n'es pas un simple chevalier, Arnaud. Encore moins dans son esprit. Il te considère comme un envoyé des dieux. C'est une sorte de pèlerinage qu'il tient à effectuer, afin de transmettre un message. Telles sont ses propres paroles.

— Un message ? De qui ?

— Il ne me l'a pas confié. C'est un être mystique, rigoureux, profondément croyant.

— Mais ma légende seule ne peut être à l'origine de cette visite impériale.

Gustav déclara, après une légère hésitation :

— On dit qu'il s'est passé là-bas des faits inexplicables. Mais quant à la raison de son voyage, Arnaud, l'empereur ne la révélera qu'à toi seul.

2

Quoiqu'il n'eût plus besoin de leçons depuis des lustres, Dorian avait tenu à conserver à Rudriko son titre de maître d'armes personnel. Dans la réalité, le vieux dramas entraînait les jeunes loups de Gwondaleya, les futurs chevaliers, fils des seigneurs inféodés à Dorian.

Rudriko approchait à présent des soixante-dix ans et sa figure de chat s'encadrait d'une courte chevelure plus sel que poivre. Pourtant, sa démarche souple ne trahissait nullement son âge. Il avait renoncé à faire souche et fonder un foyer, comme Orloff, quinze ans plus tôt. Il considérait tous les enfants mâles de race noble comme étant un peu les siens. Et chacun avait à cœur d'écouter ses enseignements. Tout le monde savait qu'il avait été le maître du seigneur Dorian. Et puis, ses yeux avaient vu tant de choses qu'il avait toujours quelque histoire étrange et merveilleuse à raconter.

Pour lors, comme souvent, il déambulait dans la ville en compagnie du plus prestigieux de ses poulains, Palléas, fils aîné de Dorian et de Solyane. Adoubé chevalier depuis moins d'un an, celui-ci symbolisait l'image même du héros. La salterena qui avait couronné son succès restait encore dans toutes les mémoires. Il avait hérité de son père une carrure impressionnante, qui contrastait avec la petite taille du maître d'armes. Comme son père, il allait tête nue, ce qui mettait en valeur la crinière blonde qui encadrait son visage volontaire, à la mâchoire carrée. Son regard d'un bleu de nuit, venu en droite ligne des gènes maternels, se plissait de fossettes rieuses qui trahissaient le caractère heureux de leur propriétaire. En lui brillait cette « setchaya » que Solyane lui avait transmise. Et il était difficile de résister à son œil vif, profond, et à sa bouche au dessin moqueur. La touche de mystère qui se dégageait de ses traits attirait les jeunes Gwondaleyennes. D'ailleurs, sur ce point, il ne suivait pas les traces de son père, fidèle à sa mère alors que les conventions — et les amanes — lui eussent souhaité nombre de concubines et surtout quantité d'héritiers.

Mais le fils se chargeait allégrement de s'acquitter de ce devoir. À dix-neuf ans, il ne comptait plus ses conquêtes. D'humeur toujours égale et de tempérament joyeux, il les attirait comme du miel. Et ne pensait jamais à dire non.

Cependant, sous ses dehors de jeune seigneur comblé d'honneurs et son apparente insouciance, il se passionnait pour de nombreuses sciences et prenait une part active à la vie économique de la cité. Le cas échéant, il serait prêt à remplacer son père du jour au lendemain. Ainsi en avait décidé le comte de Gwondaleya qui l'avait désigné comme son dauphin après son succès à l'eschola.

À l'instar de sa mère, Palléas possédait le don de « pénétrer les Forces Cachées », comme disait Achil le Conteur, à présent gouverneur de Cybernia. Comme elle, il percevait parfois des tranches de futur. Aussi Rudriko ne s'étonna-t-il pas lorsque son compagnon s'arrêta un court instant, ferma les yeux et murmura :

— Il va se passer quelque chose Place des Chênes. Nous devons y aller.

— C'est grave ?

— Je crois que deux hommes vont mourir.

Il s'arracha aux sourires d'une ravissante brunette et se mit à courir. Rudriko suivit comme il put, son âge ne lui permettant plus de rivaliser avec lui.

Palléas ne s'était pas trompé. Une foule houleuse s'était rassemblée autour d'une de ces estrades que l'on avait construites à l'intention des gazetiers et des orateurs.

Dès qu'on le vit approcher, la presse humaine s'écarta. Des clameurs montaient du centre, tandis que de nouveaux badauds, attirés par le tumulte, continuaient à affluer. Sur l'estrade se tenait un individu au visage émacié, au regard fou. Palléas eut tôt fait de le jauger : un prêcheur fanatique, avide de répandre une nouvelle religion, ou d'en faire renaître une ancienne. Palléas l'écouta quelques instants, intrigué par l'aura mystérieuse qui se dégageait de l'homme. Il diffusait un magnétisme étrange, comme impersonnel. Palléas sentait confusément derrière lui l'ombre inquiétante d'une personnalité hors du commun, qui était venue en quelque sorte « s'imprimer » dans l'esprit de l'homme. Et le prêcheur, entre ces mains immatérielles, n'était plus qu'un pantin sans âme, une marionnette dévouée jusqu'à la mort à cette entité occulte.

— Dieu s'est révélé au Prophète, hurlait le prêcheur en écartant les bras d'un geste théâtral. Le Prophète est Sa voix. Il balaiera de la Terre tous ceux qui croient aux fausses idoles, à ces demi-dieux qui ne sont autres que des démons destinés à vous entraîner vers la damnation éternelle. Vous devez les fuir, et surtout, les anéantir !

Deux camps s'étaient constitués autour de lui. Amusés au début, les Gwondaleyens n'appréciaient plus du tout ce qu'ils considéraient à présent comme une attaque dirigée contre leurs seigneurs. En revanche, quelques voyageurs paraissaient impressionnés par les paroles du prêcheur, et surtout par la puissance de sa voix. Lorsque Palléas parvint à se glisser jusqu'au centre de l'attroupement, un des voyageurs avait pris à partie deux Gwondaleyens, dont l'un avait déjà retroussé ses manches. Malgré la rapidité de ses réflexes, il ne put rien faire. Deux nardres apparurent dans les mains du voyageur, sifflèrent, et vinrent se planter dans la gorge des citadins qui s'écroulèrent, la carotide déchirée. Un grondement jaillit de la foule à peine remise de sa stupeur. D'autres armes apparurent, tandis que le prêcheur hurlait de plus belle.

— Assez !

La voix puissante de Palléas couvrit le tumulte. On ne discutait pas son autorité innée. Même le prédicateur, décontenancé, se tut. Rudriko survint au même moment. Le prêcheur apostropha Palléas :

— Arrière, démons, arrière ! Le feu des enfers vous reprendra bientôt.

Il émanait de l'homme un courant de folie. Les voyageurs, subjugués par sa voix vibrante, firent barrage devant l'estrade pour le protéger, isolant du même coup l'assassin. Palléas, nullement impressionné, tira son dayal et frappa. Les voyageurs reculèrent, comme éveillés d'un cauchemar, regardant avec stupeur leurs mains ensanglantées. Le meurtrier tenta de s'enfuir, mais la foule était trop compacte. Il ne put s'esquiver. Pris au piège, il se rua sur Palléas comme un fauve. Mais celui-ci, plus vif, l'assomma pour le compte. Il y eut un moment de flottement parmi l'assistance. Le prêcheur continuait de vociférer en direction de Palléas, mais l'instant de grâce était passé. Son étrange pouvoir avait cessé d'agir, brisé par la détermination du jeune homme. La plupart des voyageurs, dégrisés, s'éclipsèrent discrètement dans la foule menaçante. Palléas empoigna l'assassin par le col et rugit :

— Par Lakor, je t'arrête ! Ainsi que cet agitateur !

— Laissez-les-nous, seigneur ! gronda un homme derrière lui. Ils ont tué maître Shazeck et son commis. Ils méritent la mort. Surtout ce fou qui ne cesse de hurler depuis midi.

Il désignait le prédicateur qui poursuivait comme pour lui seul ses élucubrations. Curieusement, personne n'osait l'approcher. Sa voix passionnée contenait l'assistance haineuse plus sûrement qu'une barrière.

— Silence, tonna Palléas. Ils feront tous deux connaissance avec la justice de Gwondaleya. Gardes !

Une demi-douzaine de guerriers écartèrent la foule sans ménagement et tentèrent de la disperser. Palléas s'adressa à eux :

— Vous allez emporter ces deux malheureux chez eux. Puis vous mènerez ce voyageur à la forteresse. Quant à celui-là, je m'en charge personnellement.

Il sauta sur l'estrade où le prêcheur avait fini par se taire. Palléas l'empoigna sans douceur.

— Maudit sois-tu ! Ce tueur n'a été que ton instrument. C'est toi qui es à l'origine de la mort de ces deux hommes.

— Ils n'avaient aucune importance. Ils refusaient et se moquaient de la lumière divine. Dieu lui-même les a punis.

L'homme s'exprimait comme en psalmodiant. Il planta son regard de feu dans celui de Palléas.

— Aujourd'hui, la force aveugle est de ton côté. Je n'ai que ma foi à t'opposer. Tu peux me tuer. Je saurai mourir dignement. Dieu m'assistera. Mais d'autres après moi se lèveront. Et ce jour-là, tu devras te soumettre, et répondre de tes crimes. Le dieu vrai est revenu sur le monde pour le purifier de toutes les fausses religions, de toutes les fausses croyances qui ignorent sa grandeur.

— Tais-toi ! gronda Palléas en le giflant.

Adoptant l'air résigné d'un futur martyr, l'autre se tut.

Visiblement, les corps sanglants des deux citadins que l'on emportait avec précaution ne provoquaient en lui aucun remords. Palléas dit à Rudriko :

— Cet homme m'inquiète. J'ai bien envie de le présenter à mon père.

Il piqua la pointe de son dayal dans les reins du prédicateur pour le faire avancer. La tête haute, celui-ci s'exécuta, indifférent à la foule houleuse qui s'écarta pour leur laisser le passage. Le prêcheur la toisa d'un regard méprisant. Peu importait le sort qu'on lui réservait. Pénétrant en lui mentalement, Palléas découvrit qu'il était même heureux, d'une certaine manière, à la perspective de souffrir et de mourir pour la gloire de son dieu. Cet homme ne s'appartenait plus.

Les prophètes, augures et autres annonciateurs de toutes sortes étaient tolérés à Gwondaleya, comme d'ailleurs dans la plupart des villes de l'empire. Ils ne représentaient nul danger. Les amanes estimaient que leurs extravagances mêmes les rendaient véritablement inoffensifs. Ils avaient indirectement une fonction sociale en drainant vers eux tous les esprits faibles avec lesquels ils formaient des sectes. Ces communautés marginales assuraient sans le savoir la prise en charge d'individus délicats qui n'auraient pas été capables de s'assumer tout seuls.

Accessoirement, ils amusaient le peuple au même titre que les bateleurs et autres montreurs d'animaux. Parfois, l'un d'eux était chahuté par les drônes ou par une bande de joyeux drilles.

De toute évidence, les Gwondaleyens se moquaient bien de ces dieux lointains dont on venait leur parler. Les leurs résidaient dans la ville, à leurs côtés. Bien mieux, on les voyait souvent déambuler dans les rues, à pied, ou chevauchant leurs montures. Lui sur son lionorse-roi, Aram, elle, sur sa pouliche blanche comme neige. On pouvait leur parler, les toucher, voire être reçu par eux en privé.

Des dieux, ils en étaient à n'en point douter. Comment expliquer autrement leur allure de jeunesse éternelle, alors qu'ils avaient plus de quarante ans ? Malheur à qui prétendrait le contraire.

Tout comme on pouvait croire à la divinité de ce jeune homme superbe qui gagnait la citadelle accompagné du vieux maître d'armes et de leur prisonnier.

Dorian et Gustav échangeaient des souvenirs en compagnie de Solyane lorsque Palléas se fit annoncer.

— Gustav, je te présente mon fils, Palléas, dit Dorian.

— Les dieux vous soient propices, seigneur Palléas, répondit le comte de Felda. J'ai peine à vous reconnaître. Lors de mon dernier séjour à Gwondaleya, vous étiez bien jeune.

— Honneur à vous, seigneur Gustav. J'avais à peine sept ans. Mais je n'ai jamais oublié votre visage, et je me réjouis de vous retrouver. J'espère que vous resterez quelque temps parmi nous.

— Au moins un mois, chevalier. Votre père vous en contera la raison.

Palléas se tourna ensuite vers Dorian :

— Père, j'ai de bien tristes nouvelles à vous porter. Deux hommes, deux marchands gwondaleyens, viennent de trouver la mort Place des Chênes, tués par un voyageur. L'assassin a été aussitôt arrêté et conduit à la forteresse. Mais j'estime qu'il n'est pas responsable. Il a agi à l'instigation d'un prêcheur, un fanatique forcené. J'aimerais que vous veniez le voir.

— Mais que racontait-il, ce prêcheur ? intervint Gustav.

— Il se prétendait envoyé par un prophète représentant un dieu unique à qui tous les hommes doivent se soumettre.

— Dorian, nous devrions aller voir cet homme, dit Solyane.

Il comprit qu'elle avait perçu quelque chose d'anormal dans l'esprit de Gustav.

— Parfait, allons-y immédiatement. Gustav, aimerais-tu nous accompagner ?

— Je te suis, compagnon.

Le soir tombait lorsque le petit groupe arriva à la forteresse, érigée sur les hauteurs de l'une des sept collines qui ceignaient Gwondaleya. Le prêcheur fut immédiatement tiré de sa cellule, et escorté sous bonne garde devant Dorian. L'homme affichait toujours le même visage serein et méprisant.

Cependant, dès qu'il aperçut Dorian, ses traits se décomposèrent. En proie à une panique incontrôlable, il bredouilla :

— Non ! Non !

Puis il se mit à hurler comme un loup pris au piège. Dorian s'avança au-devant de lui.

— Parle ! Qui es-tu ? D'où viens-tu ?

— Non ! Seigneur Dieu !

— Qui est ton maître ? Qui t'a envoyé ici ? Dans quel but ?

Mais l'autre se contorsionna, tenta de s'échapper.

Les gardes renforcèrent leur prise. Le prédicateur blêmit et un flot de paroles incohérentes jaillit de sa gorge.

— Qu'est-ce qui lui arrive ? s'étonna Gustav.

— Impossible de pénétrer son esprit, glissa Solyane à Dorian. C'est comme un mur de pierre.

Le prêcheur ne cessait de fixer Dorian en psalmodiant ses litanies obscures. Peu à peu, ses traits ravagés par la terreur composèrent un nouveau masque, celui de la haine la plus pure.

Et soudain, il bondit, se dégageant de l'emprise des deux gardes. Palléas se précipita pour l'immobiliser, mais l'autre l'esquiva. Les forces décuplées par la folie, il arracha le glaive de l'un des gardes et se précipita sur Dorian. Mais il en fallait plus pour surprendre le comte de Gwondaleya. L'homme ne rencontra que le vide, puis culbuta et roula sur les dalles humides. En un clin d'œil, il fut à nouveau sur pied. Dardant un regard mêlé de rage et de terreur sur Dorian, il clama :

— Arrière, démon ! Retourne dans les ténèbres ! Tu n'es qu'un leurre ! Tu ne me vaincras pas. Je sais que je ne peux pas te tuer, mais tu n'auras pas mon âme. Dieu m'aide ! Dieu m'aide ! Regarde !

D'un geste sec, avant que quiconque ait eu le temps d'intervenir, il éleva le glaive à hauteur de sa gorge et se trancha la carotide. Un rictus horrible déforma ses traits, un flot de sang jaillit. Solyane hurla. Il s'écroula, mort, comme un arbre abattu par la foudre.

Dorian s'agenouilla et le retourna. Il ne risquait pas de survivre à ses blessures. Dans sa démence, il s'était à moitié décollé la tête.

— Ton glaive était remarquablement aiguisé, Boris, dit doucement Dorian.

— Seigneur, balbutia le garde, désemparé, je n'ai pas pu...

— Je sais. Tu n'as rien pu faire. Comme aucun d'entre nous. De toute façon, il t'aurait tué.

Il se redressa.

— Malheureusement, nous ne saurons pas d'où il venait, ni ce qu'il venait faire à Gwondaleya. Le plus étrange, c'est qu'il a paru devenir fou à l'instant même où il m'a aperçu.

3

Lorsqu'ils accueillaient quelques intimes, Dorian et Solyane aimaient servir à l'ismalasienne. Chacun était installé sur un vaste et confortable fauteuil. Des tables basses manœuvrées par des domesses proposaient quantité de mets chauds ou froids, et les invités se servaient au gré de leur fantaisie.

À l'annonce de l'arrivée du comte de Felda, Sylvain et ses quatre compagnes, Vaïna, Karole, Leeva et Diana, étaient descendus de leur baronnie de Moraleya, située au nord, que Dorian avait attribuée à son frère adoptif vingt ans auparavant. Sheratt, un autre fidèle compagnon de l'aventure médhellenienne, avait hérité de Brastalia, demeuré sans gouverneur depuis la disparition du père de Rodrick le fou, mort déchiqueté sur les remparts d'Al Khandarya.

Odios, le seul à être resté dans l'entourage immédiat, se tenait en retrait, comme à son habitude. Il parlait peu, écoutait beaucoup. « Tu es mes yeux et mes oreilles ! » lui disait parfois Dorian. De toute manière, son épouse, Gwenna, jeune femme brune au parler vif et brillant, compensait largement son mutisme.

Face à Dorian siégeait Alvina qui approchait, comme Gustav, de la soixantaine. Et pourtant, les années ne semblaient pas avoir de prise sur elle. Sa longue chevelure brune ne laissait apparaître aucun fil blanc, et cela sans le moindre artifice. Sa peau demeurait lisse et ferme, sa poitrine haut placée, sa taille fine et élancée. C'était à peine si quelques rides marquaient le coin de ses yeux. Son sourire n'avait rien perdu de sa séduction, ni de sa douceur. Pour tous, et même pour Dorian et Solyane, elle demeurait la « Mère », belle et rassurante, que ni le temps ni les événements ne parvenaient à entamer. Stupéfait et conquis, Gustav se demandait s'il n'allait pas tenter de reprendre l'aventure qui les avait brièvement rapprochés, douze ans auparavant.

Même le vieux Pierre d'Oth, l'ancien compagnon de Czarthoz, avait tenu à être présent, malgré ses quatre-vingts ans. Seul manquait Jans, fils aîné du comte disparu, en mission commerciale à Burdaroma.

Le repas fut animé et joyeux, et se prolongea fort tard, car nombreuses étaient les histoires que rapportait Gustav dans les replis de sa mémoire. Et nombreux étaient les pays qu'il avait traversés, en douze ans, pour le service du roi Pillat ou de l'empereur Kristan Leonov.

Il avait représenté l'empire ukralasien à N'Djoukouna, la capitale impériale de Sométhiopie, sur les rives de l'océan Indianus. Pour s'y rendre, il avait franchi les déserts orientaux de la Médhellenie.

— À Alakhos, le roi Khetoub est mort. À ce qu'on dit, il aurait succombé à un excès de nourriture. Peut-être a-t-il été empoisonné. Nous ne le saurons jamais. Sa succession a posé des problèmes effrayants. Le peuple s'est soulevé, et la révolte a été réprimée dans un bain de sang. Lorsque je suis arrivé, on ne comptait plus les malheureux cloués par la poitrine sur les portes de leur demeure. Interdiction d'y toucher, les guerriers ayant donné ordre de les laisser pourrir sur place. La peste s'était emparée de la ville et y faisait des ravages. Je me suis tenu à l'écart, pour sauvegarder les miens. Lorsque nous avons quitté Alakhos, la Mahadine n'était plus qu'un brasier.

Plus au sud, il avait traversé le désert de Gaïzah, où des indigènes lui avaient fait découvrir des monuments étranges, dont on estimait qu'ils se dressaient là depuis le commencement du monde. Trois pyramides immenses gardées par un lion colossal, pourvu d'une tête de femme dévorée par les vents.

— Les paysans de ces domaines, les melahs, les vénèrent comme les demeures de dieux antiques. Ils parlent également d'une divinité des eaux, qu'ils appellent Nyhil. Autrefois, elle avait l'apparence d'un fleuve immense qui venait se jeter dans la mer disparue, avant la Médhellenie. Mais ce fleuve n'existe plus. Il ne reste que le désert, le sable, à perte de vue.

Il avait séjourné plus d'un an à N'Djoukouna, dont les habitants avaient tous la peau noire. Il vanta leur hospitalité, et parla de leurs conditions de vie précaires. Des tornades dévastaient régulièrement les pays qui longeaient l'Indianus, ce qui avait amené les indigènes à construire les habitations au-dessous du niveau du sol.

— Leurs croyances sont bien singulières. Ils estiment que leurs ancêtres morts deviennent des dieux et ils leur vouent un culte. Aussi, chaque foyer comporte son petit temple devant lequel on dépose des offrandes.

Il était également descendu jusqu'au Busilawan, le vaste empire austral dont on ne savait pratiquement rien. Des légendes prétendaient qu'il regorgeait d'or et de pierres précieuses. Mais rares étaient les voyageurs revenus de ces terres lointaines. La seule cité connue, et occupée par les amanes, n'était qu'un comptoir fortifié destiné à servir d'escale aux navires qui contournaient le continent.

Lorsque enfin il annonça la visite prochaine de l'empereur Genge Yen Fong, personne ne le crut. Mais le chevalier Fo Lin Yu, qui l'accompagnait, confirma la nouvelle.

Bien plus tard, Dorian reconduisit Gustav à ses appartements. Ils restèrent encore un long moment à bavarder.

— Le monde est curieusement constitué, Arnaud. Au cours de mes pérégrinations, j'ai découvert un phénomène étrange. Ces domaines que nous baptisons empires se résument en vérité à quelques villes de plus ou moins grande importance. Autour d'elles gravitent des cités plus petites, mais jamais éloignées de plus de quelques marches. Au-delà, c'est l'inconnu, un inconnu traversé seulement par des pistes qu'empruntent les caravanes. Arnaud, ces pays mystérieux sont mille fois plus vastes que les nôtres. Notre puissance vient de notre cohésion, de notre religion. Et aujourd'hui encore, je rends hommage à ta clairvoyance qui a su la préserver il y a vingt ans. Qui peut savoir ce qui se passe dans ces mondes ignorés, et quels dangers ils recèlent ?

— Des dangers semblables à ce prêcheur sorti d'on ne sait où ?

— Peut-être, compagnon.

— Je suis désolé que tu aies dû subir ce spectacle, mon ami. Cela faisait longtemps qu'un homme n'était pas mort de manière si violente dans cette ville, en dehors de quelques crimes de maraudiers.

— Hin Meï, Arnaud ! Cet homme a librement choisi. La mort représentait pour lui le seul moyen de nous échapper.

— Je pense qu'il était peut-être déjà mort au-dedans, compagnon. Il ne s'appartenait plus.

Ils firent quelques pas sur la terrasse. Au pied des remparts, la ville étendait sa tapisserie lumineuse. L'aube était encore lointaine, mais déjà le quartier des Halles résonnait d'une rumeur sourde. Un va-et-vient incessant se devinait entre le centre et le port où l'on déchargeait les navires nouvellement arrivés. Dorian respecta la méditation de Gustav, qui s'était appuyé sur le chemin de ronde. Une brume pénétrante refroidissait l'atmosphère. Au loin, le Danov étendait sa large boucle d'un noir huileux, roulant ses eaux sombres dans lesquelles la lune venait épisodiquement se refléter. Par moments de monstrueux nuages la dévoraient, plongeant la vallée dans les ténèbres. Gustav se tourna vers Dorian.

— Je suis inquiet, compagnon. La venue de ce prêcheur signifie quelque chose. Peut-être un défi. Je l'avais déjà croisé en me rendant au palais. J'ai vu sa vêture. Il n'était ni pauvre ni mal nourri. Mais il n'était pas originaire d'une cité amanite.

— Un voyageur, peut-être, avança Dorian.

— Non, Arnaud. Cet homme venait des zones inconnues, j'en donnerais ma main à couper. Qui peut savoir ce que nous réservent ces domaines ?

— Tu redoutes quelque chose, compagnon ?

— Je ne sais pas. Par les dieux, je voudrais me tromper, mais ce fanatisme forcené m'a rappelé un événement dont on m'a parlé lorsque j'ai traversé l'Indhyra. Un village pacifique avait chassé un fou, qui prônait une religion dont le dieu unique revendiquait tout. Il était tout, tout lui appartenait, et chaque homme ne devait vivre que pour l'adorer, et combattre jusqu'à la mort pour sa gloire.

— Il a existé des superstitions semblables au temps des Anciens. Avant le Jour du Soleil, le monde fut bien souvent déchiré par des guerres de religion. En fait, elles servaient de prétexte à des luttes d'influence, des conflits de pouvoir et de richesse.

— Alors, peut-être une telle religion est-elle en train de renaître là-bas. Une caravane a découvert ce qui restait du village quelques jours plus tard. Un seul homme avait survécu. Il errait dans les ruines, à moitié fou.

— Que s'était-il passé ?

— Tous les habitants, hommes, femmes, enfants, vieillards, tous avaient été décapités. Leurs têtes avaient été amoncelées sur la place du village, et brûlées. Quant à l'amane, je préfère ne pas en parler. De même, on n'a pas retrouvé trace du baron qui gouvernait ce village. Ses épouses avaient été écartelées et lacérées. On ne les a reconnues qu'au tatouage que portent les femmes nobles dans ces pays.

— Tu crains que ce prêcheur soit de la même espèce que celui d'Indhyra ?

— Je ne le crains pas, j'en suis sûr.

— À plus de cinq cents marches de distance ?

— As-tu regardé ses vêtements ?

— Oui ! L'étoffe était riche et solide. Pas du tout celle d'un prédicateur errant.

— Tu as sans doute remarqué ce signe étrange brodé sur sa poitrine.

— Une croix à branche double cerclée de deux croissants en opposition ?

— Exactement ! Le même signe était peint sur les murs du village. Gustav posa sa main sur le bras de Dorian.

— Compagnon, il ne faut pas prendre ces prêcheurs à la légère. J'ignore ce qui a pu se passer en Indhyra pour provoquer un tel massacre. Mais j'ai rencontré des prêcheurs semblables à N'Djoukouna, à Jerulabaad, et même Shaon Kin. Ils s'adressent essentiellement aux voyageurs des baarschens. Arnaud, ces gens sont dangereux. Leur fanatisme les rend fous furieux.

— Comment veux-tu qu'ils s'attaquent à Gwondaleya ? Notre armée régulière compte plus de cinq mille guerriers. De plus, je suis personnellement responsable de la garnison dramas. Nous ne risquons pas grand-chose.

— Ce n'est pas pour Gwondaleya que je crains, Arnaud. Mais ton comté comporte de nombreux petits villages isolés.

Dorian se tut quelques instants.

— Qu'en pense le roi Pillat ?

— Nulle part on n'a entendu parler de ces prêcheurs en Ukralasie. Celui d'aujourd'hui est le premier. Pillat reste sceptique, mais par précaution, il fait surveiller les places publiques, interroger tous les prédicateurs. Seulement la plupart n'ont aucun rapport avec ces fanatiques.

— Je vais suivre son exemple. Je vais détacher quelques troupes dramas dans chaque cité frontalière. Elles effectueront des patrouilles aux abords des territoires extérieurs. Il faudra aussi protéger l'empereur Genge Yen Fong quand il arrivera.

— Il sera là dans un mois. Mais ne t'inquiète pas pour lui. Sa caravane est une véritable armée en marche. Plus de trente mille guerriers formés au combat dès l'enfance, et qui se feraient hacher menu pour lui.

4

Dorian n'avait pas négligé l'avertissement de Gustav de Felda. Dès le lendemain, plusieurs détachements de guerriers dramas quittaient le camp de Bostino, situé au-delà du Mont Stahav, pour prendre position dans tous les villages frontaliers. Les paysans s'inquiétèrent bien un peu en voyant arriver les uniformes de combat des soldats de la Religion, mais les messages adressés par leur suzerain lui-même les rassurèrent. On fit bon accueil aux dramas. Ceux-ci, assistés par des indigènes, opérèrent plusieurs missions de reconnaissance. Sans résultat. On ne signala aucun autre prêcheur. Et les quelques maraudiers arrêtés à l'occasion des patrouilles au-delà des frontières du comté ne pouvaient s'apparenter aux massacreurs fanatiques décrits par Gustav de Felda.

Mais on avait bien d'autres sujets de préoccupation. En plus du Diadesven traditionnel, l'annonce de la venue de l'empereur de Cathasia avait jeté le trouble chez les Gwondaleyens. Bien sûr, ce n'était pas la première fois qu'un souverain aussi élevé se déplaçait pour rencontrer leur seigneur. On avait même fini par trouver cela normal. Les étrangers dépensaient beaucoup. Lors de réjouissances incomparables, on avait accueilli le grand Khem Dott Ophal et son épouse, la très belle Sheranea Datt Benek, l'empereur Tarxès, le suzerain d'Ukralasia Kristan Leonov. Et l'on ne comptait plus les visites amicales du roi Pillat de Burdaroma. Mais Dorian connaissait ces souverains, avec lesquels il avait été en rapport dans le passé.

Cette fois, c'était différent. On disait dans les rues que la caravane comptait près de quarante mille personnes, et que chaque soir l'empereur faisait édifier une tente gigantesque qui ressemblait à un palais. Des milliers de domesses, de guerriers, et des centaines de femmes, épouses ou concubines, l'accompagnaient. On chuchotait également qu'il amenait avec lui une troupe de danseuses sacrées, les Pahin Kaan, qui avaient le pouvoir, grâce à leurs danses magiques, de dévoiler les Forces Cachées de l'avenir.

Nelvéa porta une attaque fulgurante sur la gauche de son père... et ne rencontra que le vide. Vive comme l'éclair, elle rompit, détourna une pointe étrangement faible, et riposta. Pour sentir son sabre lui sauter des mains sans aucune parade possible.

— Par Lakor, père, êtes-vous donc invulnérable ?

— Je l'ignore, ma fille. Cela fait très longtemps que je n'ai pas eu l'occasion de disputer un combat véritable.

— Cela n'a rien d'étonnant, vous faites fuir vos ennemis, si toutefois vous en possédez. Lors du dernier tournoi de Burdaroma, il y a deux ans, vous avez vaincu vos adversaires dans toutes les disciplines. Y compris votre ami le roi Pillat.

— Et cela t'amuse ? dit-il avec un sourire.

— Je suis fière de vous, père. Mais j'aimerais parvenir à vous toucher. Ne serait-ce qu'une fois.

Elle se concentra profondément pour saisir son sabre par impulsion mentale. Mais l'arme ne bougea pas d'un millimètre. Elle refit deux nouvelles tentatives, en pure perte. Alors, elle se décida à la ramasser à la main, en soupirant. Ni elle ni son père ne relevèrent l'incident. Nelvéa ne possédait pas les fantastiques pouvoirs de ses parents, tous passés chez Palléas. C'était ainsi. Elle avait pris son parti de cette faiblesse inexplicable. Et peut-être à cause de cela, Dorian éprouvait une tendresse particulière pour sa fille.

Il lui couvrit les épaules de sa cape. Lentement, ils se dirigèrent vers la spirale externe qui menait aux étages inférieurs. Ils se trouvaient sur une terrasse supérieure du palais, bordée d'un chemin de ronde. De cette plate-forme élevée qui n'était dominée que par la Tour Haute du palais et l'Obs du temple, Dorian avait fait sa cour d'entraînement. Située à la pointe extrême ouest, elle surplombait les quartiers riches de Gwondaleya. Un ciel bas et plombé s'appesantissait sur le paysage. Parfois, une brusque rafale de vent venait gifler les murailles épaisses, s'écorchant aux pierres, soulevant des tornades de poussière. Depuis la veille, la température s'était considérablement abaissée. Au loin, à demi noyés dans les brumes, les contreforts de l'immense forêt Skovandre se couvraient déjà de givre. Dorian s'accouda un moment au rempart.

— Nous aurons encore cette année un hiver précoce.

— Oui ! La neige viendra bientôt. Espérons seulement qu'elle durera moins longtemps que l'année dernière.

— Justement, je crains le contraire. Heureusement, ta mère et moi avons avisé les paysans. Ils ont engrangé un maximum de vivres.

Elle tourna ses yeux vers lui.

— C'est curieux. Les vieux disent qu'autrefois, il y a peu d'années, les hivers étaient moins longs et moins rigoureux.

— C'est exact. Il fallait attendre la fin de l'automne pour connaître les premières neiges. Mais cette année, je crains que nous n'ayons même pas le temps de donner nos Grandes Chasses.

Nelvéa frissonna. Son père resserra la cape autour d'elle.

— Allons, viens, rentrons ! Tu es trempée.

À l'étage inférieur, Dorian avait fait installer un ensemble de bains de vapeur où des domesses prenaient soin des combattants.

Le père et la fille se défirent de tous leurs vêtements qu'ils confièrent à Ralph, le fidèle écuyer. Puis ils entrèrent dans une petite cabine de bois au centre de laquelle on avait disposé des pierres rougies au feu. Ils prirent place sur les bancs de bois et l'écuyer revint vider de l'eau sur les pierres. Une vapeur chaude et épaisse s'éleva, les enveloppa. En quelques instants, une couche luisante de sueur les recouvrit.

Nelvéa aimait ces moments où elle se retrouvait seule avec son père. Un père étrange, ayant l'aspect d'un jeune homme à peine plus âgé qu'elle, mais qui faisait preuve d'une sagesse que l'on ne rencontrait que chez les personnes ayant déjà beaucoup vécu. Elle-même ne s'étonnait pas de cette jeunesse singulière. Elle l'avait toujours connu ainsi. Elle nourrissait pour lui une admiration sans réserve. Il était le dieu vivant de Gwondaleya. Et, sans doute à cause de l'amour particulier qu'il lui portait, elle aimait se retrouver seule avec lui, baignée dans l'aura mystérieuse qu'il répandait autour de lui, comme un voile de force, de plénitude, qui chassait toutes ses angoisses.

Une pensée, fugitivement échappée de Dorian, la traversa. Si elle n'était pas douée pour la lévitation, en revanche, elle possédait parfaitement l'art de la télépathie. Un visage clair, aux yeux d'émeraude, s'imprima en elle, une mèche folle qui glissait sur le front délicieusement souligné par des sourcils bien dessinés. Elle regarda son père.

— Après plus de vingt ans, vous pensez encore à elle.

Dorian sourit.

— Après plus de vingt ans, oui !

Nelvéa ne put aller plus loin. Instantanément, Dorian avait relevé ses écrans. Elle soupira.

— Évidemment, je ne peux pas vous le reprocher. À l'inverse de tous les chevaliers, vous êtes le seul à rester fidèle. Ma mère est votre unique compagne, alors qu'oncle Sylvain vit avec quatre femmes, tout comme oncle Sheratt, et les autres...

Dorian parut sur le point de dire quelque chose, mais il se ravisa et éclata de rire.

— Solyane n'a vraiment pas besoin d'être jalouse, petite. Tu tiens ce rôle à la perfection.

— Je ne comprends pas pourquoi les hommes éprouvent le besoin de vivre avec plusieurs femmes, riposta-t-elle, l'air renfrogné.

— Les amanes estiment que le sang d'un chevalier, et surtout celui d'un prince régnant, mérite d'être largement répandu. C'est une loi naturelle, tu sais. Et Alarikus ainsi que notre bon vieux Zoltan verraient d'un très bon œil que je te fabrique quantité de petits frères et de petites sœurs.

Elle se hérissa.

— Ouais ! Toujours à cause de cette fichue génétique. Cela me répugne. Font-ils si peu de cas des sentiments ?

Il se dressa sur un coude et se pencha sur elle.

— Ne les juge pas trop vite. En fait, l'homme de race noble possède de nombreux avantages sur les sapienniens, et le monde s'est trouvé terriblement dépeuplé par le Jour du Soleil. Le mélange des sangs garantit le renouveau de l'espèce humaine. D'ailleurs, les mœurs particulières des Folmans en sont l'illustration. Ta mère et moi n'y avons pas souscrit. Par pur égoïsme, à mon avis.

— Par égoïsme ?

— Parfaitement ! Notre sang est riche. Il est même

unique, à cause de cette immortalité dont nous sommes affligés.

— Père, l'immortalité n'est pas une tare.

— C'est un fardeau difficile à supporter. Et il n'est sans doute pas souhaitable que notre sang se répande trop, si elle se révèle héréditaire. Il est encore trop tôt pour le dire.

— Palléas a déjà quelques enfants.

— Je le sais, soupira-t-il. Cela me fait quelques pensions à verser, au grand plaisir des amanes.

Nelvéa sourit en pensant aux petits nés de son frère bouillonnant de vie, et qui ne savait rien refuser aux demoiselles trop entreprenantes. Mais bien vite elle redevint sérieuse.

— Père, je me vois mal devenir l'épouse d'un prince quelconque, même régnant. Je veux un homme qui m'aime, et qui soit à moi seule.

— Nelvéa, déclara Dorian en se rallongeant, l'amour n'est pas exclusif. Le fait d'aimer une autre femme ne signifie pas que l'on n'aime plus la première.

Il ferma les yeux et dit doucement :

— L'amour ne se mesure pas, ne se divise pas. Ce fut une erreur des millénaires passés de l'avoir imaginé. Il est différent suivant la personne à laquelle il s'adresse. L'amour que j'ai pu porter à Elena n'a rien enlevé à celui que j'éprouvais pour Solyane. Et ta mère pourrait encore me donner plusieurs filles, je ne t'en aimerais pas moins fort.

Elle consentit à sourire.

— Je sais que vous avez raison, père. Mais c'est une chose que je ressens au fond de moi. Je ne puis m'empêcher de me demander ce qui se serait passé si Elena avait vécu.

Dorian se ferma à nouveau.

— Rien de particulier. Je vivrais avec elles deux, et je les aimerais autant toutes les deux.

Il n'ajouta pas que sa première épouse aurait à présent près de quarante ans et paraîtrait largement plus âgée que lui. Mais cela n'avait pas été, les dieux ne l'avaient pas permis. Alors, elle restait pour lui la fille adorable qui n'avait pas hésité à risquer sa vie pour le suivre en Médhellenie. Il murmura :

— Elena était un être extraordinaire, Nelvéa. Si elle avait vécu, tu l'aurais aimée, toi aussi.

— Je ne sais pas.

L'instant d'après, elle regretta ses paroles. Elle décela une telle douleur dans l'esprit de son père qu'elle dit :

— Pardonnez-moi, père, je ne voulais pas vous faire de peine. Je suis stupide.

Il se tourna vers elle et lui caressa les cheveux. Il faillit ajouter quelque chose, puis se bloqua à nouveau. Nelvéa, gênée, préféra changer de sujet.

— Père, pourquoi suis-je... différente de vous ?

— Tu as peut-être un peu de retard. Mais tu es de notre race, rassure-toi. Tu ne conserves jamais aucune cicatrice. Tu lis parfaitement dans les esprits. Tes pouvoirs psychokinétiques se développeront, eux aussi.

— Mais j'ai beau me concentrer, méditer, jamais je ne perçois l'avenir. Je suis incapable de ressentir les forces invisibles, comme ma mère.

Il y eut comme l'écho d'un sanglot dans sa voix.

— Père, je ne possède pas la Setchaya.

Dorian resta un moment silencieux.

— En es-tu sûre ?

— Mais je...

— Écoute-moi ! Tu t'imagines que tu nous es inférieure, mais la vérité est ailleurs. Il existe en toi une puissance dont tu n'as même pas idée. Te souviens-tu de notre voyage dans le comté de Scylla, il y a trois ans ? Te rappelles-tu ces paysans, qui cherchaient des sources au beau milieu des rocailles ?

— Cela m'avait impressionnée. Qui pouvait imaginer que l'eau jaillirait là où ils disaient de creuser ? Il n'y avait que du sable et des pierres.

— Et pourtant, l'eau était là, bien cachée au plus secret de la terre. Ces hommes le savaient. Et seule leur foi les guidait vers les sources. Leur vérité était là, petite : ils ne doutaient pas.

— Et moi, je doute de cette puissance...

— Elle vibre en toi, l'eau coule sous la roche aride.

Il lui sourit.

— Il te faut d'abord apprendre à te connaître. Tu as parfois l'impression de tout savoir, mais tu ignores tout de toi-même. Alors, le Doute te ronge. C'est lui que tu dois cerner, expurger de ton esprit. N'oublie pas que l'échec porte sa leçon en lui-même. Tu apprendras très vite que la défaite ou le triomphe ne sont rien. Le plus important, la vraie réussite, c'est l'effort accompli, le chemin parcouru pour atteindre le but. Et puis...

— Et puis ?

— N'oublie pas non plus la vertu de la patience.

Elle lui rendit son sourire. Depuis toute petite, elle faisait preuve d'un tempérament vif et volontaire, peu disposé à attendre pour entreprendre. Très jeune déjà, la crinière en bataille, elle suivait les garçons plus âgés, dont son frère Palléas, pour les regarder combattre. Nombre de fois, elle avait empoigné les sabres d'entraînement en bois pour foncer sur les jouteurs. Et justement parce que la tradition n'admettait pas que les femmes s'adonnassent aux jeux virils du combat, elle avait mis un point d'honneur à posséder parfaitement les sciences des armes. Par défi, par orgueil peut-être, ou encore parce qu'elle regrettait de ne pas être née dans la peau d'un garçon, elle s'était donnée complètement aux arts rudes de la guerre. À seize ans, elle était capable de se mesurer aux plus féroces guerriers de Gwondaleya.

Dorian l'examina attentivement. Elle était très belle. Les exercices violents auxquels elle aimait se livrer chaque jour lui avaient façonné un corps parfait, aux muscles fins et déliés, à la poitrine ferme et haut placée. Par acquit de conscience, il sonda mentalement chaque pouce de sa chair. Elle ne souffrait d'aucune indisposition, d'aucune maladie. Pourtant, une angoisse latente sommeillait en elle. Il ne l'avait jamais vue autant préoccupée. Et ce n'était pas dû uniquement à son « retard », comme elle disait. Il y avait autre chose, dont elle n'avait peut-être pas tout à fait conscience. En réalité, elle se trompait. En elle vibrait bien cette Setchaya qui lui permettait de percevoir les lignes de force du destin. Mais elle l'ignorait. Et surtout, elle ne savait pas traduire ce qu'elle éprouvait.

Elle changea de position et s'allongea sur le ventre, la tête tournée vers son père qu'elle regarda longuement, comme pour boire avidement le calme qui se dégageait de lui.

— Père, parlez-moi de vos ennemis, ceux que vous avez vaincus, il y a vingt ans.

— Ceux que j'ai vaincus ? Tu sais, je n'ai vaincu

personne. Et le temps se charge toujours de faire disparaître les traces d'une victoire. Il y a vingt ans, plusieurs partis se sont affrontés. Certains voulaient se servir de nous, Solyane et moi, à cause de nos pouvoirs. Nous les avons obligés à se réconcilier, à rétablir la paix.

— Et vous avez pardonné ?

— À qui ?

Elle hésita.

— À ceux... qui ont tué Elena.

Il se crispa imperceptiblement.

— Bien sûr, petite. J'ai pardonné. Celui qui l'a tuée est mort quelques instants après. Il faut laisser les morts enterrer les morts. La vengeance est stérile, même si elle paraît inévitable dans le fond du cœur.

— Mais les anciens partis ne pourraient-ils se reformer, se regrouper, et se combattre à nouveau ?

— Peut-être, soupira-t-il. Rien n'est jamais définitif. Mais depuis vingt ans, Gwondaleya vit en paix, et je ferai tout ce qui est en mon pouvoir pour que cette paix se prolonge encore très longtemps. Notre cité est riche, belle et vivante. Les Lonniens nous apportent leur savoir. Les souverains et les érudits du monde entier nous visitent. Tout cela doit continuer.

— Bien sûr, pourtant...

Elle n'acheva pas, mais il lut en elle ce qui la tourmentait. Une image lui déchirait l'esprit. Pris de fureur fanatique, un homme se décollait la tête, s'écroulait, éclaboussant de sang les vêtements de son père. Elle n'était pas présente lorsque le prêcheur s'était donné la mort, mais son imagination n'avait eu aucun mal à reconstituer la scène.

Dorian lui prit la main et l'entraîna hors du sauna.

Ensemble, ils prirent une douche successivement chaude et froide, et entrèrent dans une salle où des jeunes femmes massaient deux chevaliers.

Dorian refusa les services des filles. Depuis toujours, il ne laissait à personne le soin de masser et de caresser ses enfants. Il n'avait jamais oublié les leçons de sa propre mère, Orlyane. Autant et même plus que les mots, les attouchements des mains étaient des messages d'amour et de tendresse qui passaient directement sur leur peau.

Entre sa fille et lui, ces caresses étaient devenues un rite, une survivance de la petite enfance où seule la main de son père savait lui apporter le sommeil. Nelvéa s'étendit sur une planche de bois recouverte d'éponge. Personne comme Dorian ou Solyane ne savait dénouer les tensions nerveuses, délasser les muscles tétanisés par l'effort. À tel point que de nombreux malades demandaient audience au palais pour être guéris par le seigneur ou sa dame.

Nelvéa fit le vide en elle, détendant ses muscles un à un, et se laissa glisser dans une espèce de demi-sommeil extatique. Des doigts de Dorian coulait toute la tendresse qu'il éprouvait pour elle. Était-ce parce qu'elle était la plus faible, la plus fragile ? Ou bien pour une autre raison qu'il ne pouvait évoquer devant elle ? Il avait envie de poser un baiser sur les paupières closes, sur ce front où s'égaillaient quelques mèches de son épaisse crinière sombre et bouclée, cette chevelure abondante qu'elle tenait de lui.

Soudain, sous ses doigts, les muscles légers se contractèrent.

— Père, je voudrais savoir qui était ce prêcheur ?

« Nous y voici », songea Dorian. La décontraction

avait chassé les inhibitions, et l'angoisse remontait à présent à l'état pur. Il la laissa parler.

— Je... j'ai entendu des rumeurs étranges sur ces prédicateurs, sur le signe que portait cet homme. Des voyageurs revenant d'Europannia évoquent des villages brûlés, des massacres. Et Gustav nous a parlé de l'Indhyra...

— Rien de tel ne s'est produit dans nos comtés, petite. Ces massacres ont eu lieu à la limite des domaines amanites. Il peut très bien s'agir de vengeances locales.

— Peut-être, mais...

Elle se redressa, anxieuse.

— Père, j'ai peur ! Je sens... comme une force mauvaise qui aurait pris possession des territoires inconnus.

— Tu sais, il ne s'agit sans doute que de coïncidences.

— Non ! Ce prêcheur annonçait quelque chose. Mais je ne peux savoir quoi avec certitude. Je n'ai pas le don de clairvoyance, comme ma mère, ajouta-t-elle avec une petite grimace.

Dorian sourit.

— Au contraire, continue. Dis-moi ce que tu ressens.

— Je ne sais pas. C'est comme un vaste courant noir qui naît... ailleurs, dans les profondeurs des zones perdues. Il y a là-bas une force terrifiante en gestation.

— Nos cités sont bien défendues. Ne t'alarme pas inutilement. Les armes de nos dramas sont infiniment supérieures à celles des maraudiers.

Elle leva sur lui des yeux anxieux.

— Père, il ne s'agit pas de cela. Cette puissance revient du fond des âges pour... nous anéantir. Nous ne pourrons rien contre elle. Nos armes ne prévaudront pas, parce qu'elles seront impuissantes contre.. la Force de l'Esprit.

5

Gwondaleya s'était parée comme une femme pour accueillir l'empereur Genge Yen Fong. Dès que la visite avait été annoncée, les tailleurs, coiffeurs, modistes et autres maquilleurs avaient été débordés. De vastes draperies avaient été tendues sur les places, pavoisées aux couleurs de Cathasia, deux tigres stylisés. Chacun avait accroché des rubans aux fenêtres. Chaque demeure avait été refaite à neuf. Les citadins arboraient fièrement des vêtements nouveaux, confectionnés pour la circonstance. Bien avant l'arrivée du monarque, une ambiance de liesse avait pris possession des rues.

Cependant, par précaution, Dorian avait fait poster ses dramas aux endroits stratégiques. Les Cathasiens représentaient une armée deux fois plus nombreuse que celle de Gwondaleya, et le but de la visite de l'empereur n'était somme toute pas très clair. Solyane pourtant avait rassuré Dorian :

— Ne crains rien ! Je sais que cet homme vient ici en ami.

Toutefois, il valait mieux parer à toute éventualité.

Enfin, le quatorzième jour après la fin du Diadesven, une estafette débarqua dans le bureau de Dorian, annonçant l'arrivée de la caravane impériale.

Accompagnés de Gustav de Felda qui avait élu domicile à Gwondaleya, Dorian et Solyane se portèrent au-devant des Cathasiens. Dorian montait Aram, le roi du Laurely, caparaçonné d'un réseau de chaînes d'or qui se détachait sur le fond de sa robe d'un noir d'encre. Il avait revêtu sa cape d'apparat, noire également, et finement piquetée de pierres précieuses, en grande majorité des rubis. Sous sa cape apparaissait un sharack de parade blanc, dont les tresses d'acier se recouvraient d'argent et d'élektre. Cette débauche de richesse constituait une entorse à sa simplicité habituelle, mais il n'ignorait pas qu'elle était indispensable. Son peuple le voulait éblouissant, pour faire honneur à sa ville face au souverain étranger. Cependant, il ne portait, fidèle à sa tradition, aucune des étoiles prélevées sur ses ennemis.

La somptueuse robe de soie blanche de Solyane contrastait avec le noir profond de la tenue de son compagnon. Un lamé d'or partait de ses hanches pour couler en drapé de part et d'autre de sa monture. À cause de la fraîcheur de l'automne, elle avait passé un manteau d'hermine blanche semé d'émeraudes et d'aigues-marines. Elle arborait le diadème des comtesses de Gwondaleya. Swenna, la pouliche couleur de neige que Dorian lui avait offerte deux ans auparavant, ployait fièrement la tête, comme si l'hommage de la foule lui avait été destiné. Comme souvent en ces occasions, le faste déployé mettait Solyane d'humeur joyeuse. Il contrastait avec leur calme existence quotidienne. Elle avait envie de rire. Simplement parce que Gwondaleya se parait de ses plus beaux pétales comme une fleur géante, et resplendissait aux rayons du soleil automnal. Elle songea à ses deux enfants qui chevauchaient derrière elle, beaux comme des dieux, et un sentiment de fierté renforça son allégresse. Le sourire éblouissant de Solyane ravit les Gwondaleyens massés le long des rues. Au passage, elle cueillait les pensées affectueuses et familières dont elle était l'objet, et qui constituaient autour d'elle comme une auréole chaleureuse. Pour les siens, elle restait la petite fée aux pieds nus, la femme à la jeunesse éternelle qui venait souvent se mêler aux petites danseuses du Pré d'Arys.

Dorian, amusé par la gaieté de sa compagne, lui dit mentalement : « À ce que m'a dit Gustav, l'empereur est un homme austère et sévère. Il considère les femmes comme des êtres inférieurs ! »

Réprimant un éclat de rire, elle répondit sur le même mode mental :

« D'après Gustav, ce Genge Yen Fong nous prend pour des dieux. S'il savait quelle vie simple nous menons, il changerait peut-être d'avis. »

« Il le sait. Mais cela renforce d'autant son estime. Les Cathasiens attachent beaucoup plus d'importance à la richesse de l'esprit qu'au pouvoir ou à la fortune. Il a rencontré là-bas des mendiants considérés comme des sages, que les grands seigneurs et les riches commerçants venaient consulter humblement. Notre faste d'aujourd'hui ne lui est pas réellement destiné. Il s'adresse à nos braves Gwondaleyens, qui veulent nous voir aussi beaux que possible. »

Il resta un instant silencieux, puis ajouta :

« Cependant, je suis curieux de savoir ce que cache cette visite grandiose. »

« On murmure qu'il aurait amené avec lui quelques-unes des danseuses vierges du Temple Noir de Shaon Kin. »

« La rumeur en circule, mais elle n'est pas confirmée. »

« Crois-tu que je devrai danser pour lui, Dorian ? »

« Ce sera à toi d'en décider ! »

En prévision de la venue de Genge Yen Fong, un nouveau baarschen, vaste terrain où s'installaient les caravanes, avait été ouvert au nord de la piste de Burdaroma. Des citernes avaient été aménagées, ainsi qu'un aqueduc amenant directement l'eau de sources voisines.

À la limite du baarschen, un gigantesque serpent s'était immobilisé, mouvant, multicolore, grondant, inquiétant par la multitude qui le composait. De part et d'autre, une myriade de cavaliers paradaient, plus ou moins en ordre de bataille. Il était visible qu'un seul signe suffisait pour qu'ils se transforment en de redoutables guerriers.

Gustav de Felda se rapprocha.

— Impressionnant, n'est-ce pas, Arnaud ?

— C'est le mot, en effet. Heureusement que leurs intentions sont pacifiques. Que va-t-il se passer maintenant ?

— Eh bien, d'abord, ces cavaliers vont s'affronter pour vous rendre hommage. Comme tu vas pouvoir en juger, leur adresse est fantastique. Ce combat fictif est pour eux une façon de saluer ta bravoure. Regarde !

Sur un signe mystérieux, une bonne centaine de cavaliers se détachèrent de la caravane et se ruèrent au triple galop sur les Gwondaleyens. Cette charge grondante fit frémir la foule, qui eut un bref mouvement de recul, puis fit face pour protéger son seigneur. Pourtant, parvenus à quelques pas du couple, les cavaliers s'arrêtèrent avec un ensemble parfait. Leurs armures faites de multiples plaques de métal articulées étincelaient sous le soleil pâle. Des masques menaçants avaient été peints sur leurs visages, leur donnant l'aspect de démons grimaçants et malintentionnés. Leurs épaules et leurs coudes se hérissaient de pointes acérées, dont Dorian connaissait la redoutable efficacité lors des combats au corps à corps. En Ismalasie, on les appelait kaïdcjs.

Soudain, d'un seul mouvement, les cavaliers se laissèrent glisser à bas de leur monture, puis mirent les deux genoux à terre pour s'incliner jusqu'à ce que leur front touchât le sol. Un silence profond s'était abattu sur les Gwondaleyens. Le salut rituel les avait un peu calmés, et ils attendaient la suite avec curiosité.

Lentement, suivant un ordre bien précis, les cavaliers se relevèrent, grimpèrent en selle, et se séparèrent en deux groupes qui se déployèrent de chaque côté de la piste.

Tout à coup, le silence explosa en un fracas de hurlements de guerre. Les deux partis s'élancèrent l'un contre l'autre. Des armes jaillirent, sortes d'épées à deux lames en opposition, que les guerriers faisaient tournoyer autour d'eux avec une adresse saisissante. On attendit le choc... qui ne se produisit pas. Les deux groupes passèrent l'un au travers de l'autre, s'arrêtèrent en bordure de piste, pour faire demi-tour et charger à nouveau. Ce combat rituel était surtout prétexte à rivaliser de souplesse, de force et d'agilité. Certains guerriers faisaient mine de tomber, et, sans lâcher leur arme, passaient sous le ventre de leur monture pour se retrouver en selle l'instant d'après. D'autres effectuaient des sauts périlleux sur le dos de leur cheval, ou bondissaient à terre pour se hisser en croupe d'un cavalier qu'ils faisaient ensuite semblant d'égorger.

— Le Faoan Lin ! commenta Gustav. Le Combat Sacré. On dit que les Cathasiens sont les meilleurs cavaliers du monde. Sais-tu que si l'un d'entre eux rate une manœuvre, il se donnera aussitôt la mort. Elle lui sera préférable au déshonneur.

Par chance, il n'y eut aucun incident à déplorer. La fantasia prit fin aussi soudainement qu'elle avait commencé. Les cavaliers revinrent se mettre en ordre devant Dorian et Solyane, saluèrent encore, puis repartirent au galop vers la caravane.

— Et à présent ? demanda Dorian.

— L'empereur va recevoir ton accueil. Mais nous devons attendre sa « Conscience », le seigneur Non Fal Jen, qui servira de truchement. Genge Yen Fong parle couramment l'ankos, mais affecte de l'ignorer. La coutume exige que l'on n'adresse jamais directement la parole au monarque. Il est considéré comme un dieu vivant. Seule sa Conscience a le privilège de lui parler. C'est elle qui doit venir vous chercher.

Solyane glissa :

— Et comment fait-il pour s'adresser à ses femmes ? Passe-t-il aussi par sa... Conscience ?

Gustav sourit.

— Ne vous étonnez pas. Il va employer une langue ancienne, dont il prétend qu'elle fut autrefois le langage le plus répandu : le mandar !

Pendant qu'une petite troupe se détachait de la caravane, Gustav poursuivit ses recommandations :

— Ne vous adressez jamais directement à Genge Yen Fong. Cela serait mal interprété.

— J'espère qu'il a conscience de n'être pas ici dans son empire, dit doucement Dorian. La coutume amanite veut que l'on respecte les traditions d'un domaine visité.

— Cela ne s'applique pas à l'empereur de Cathasia. Il est l'interprète des hommes auprès des dieux. D'ailleurs, lorsqu'il mourra, son corps sera incinéré, ainsi que le veut également notre coutume. La différence, c'est que le seigneur Non Fal Jen s'immolera volontairement sur son bûcher, et avec lui les deux cent soixante-dix-neuf femmes de l'empereur.

— Voilà des mœurs bien inquiétantes, seigneur Gustav, répondit Solyane.

— Les Cathasiens sont traditionalistes, madame. Et certaines de leurs coutumes vous paraîtront étranges. Ainsi, il n'a pas le droit de toucher à sa propre nourriture. C'est un serviteur sacré qui lui verse l'eau et le fait boire. Il ne boit jamais d'alcool. Un autre lui porte la nourriture à la bouche. Seuls les empereurs peuvent lui parler directement, car ils sont de la même essence divine. Même le roi Pillat a été obligé de passer par la Conscience. C'est pourquoi ce pèlerinage, qui a duré des mois, dans le seul but de vous rencontrer, revêt une telle importance. Vous parliez de femmes tout à l'heure, madame. Savez-vous qu'en effet, il ne leur adresse jamais la parole. Mais cela va plus loin encore. Il n'a même pas le droit de les toucher, car, selon la tradition, elles sont impures. Aussi, lorsqu'il s'accouple avec elles, cela donne lieu à un rituel bizarre. Toujours dans un souci de supériorité, c'est lui qui doit s'allonger sur la femme, et non l'inverse, ce qui faciliterait les choses. On utilise un système de palans qui le soulève et l'amène au-dessus de sa compagne. Celle-ci écarte les jambes et l'on place le monarque.

Solyane manqua d'éclater de rire. Gustav poursuivit, imperturbable :

— Quatre domesses sacrés sont dévolus à ce rôle. De plus, il faut savoir qu'il ne s'accouple que dans le but de procréer. Ainsi, un grand prêtre du palais est chargé de tenir à jour l'état de... réceptivité de ces dames. C'est lui qui choisit celle qui aura l'honneur et le privilège de passer quelques instants avec l'empereur. Celles qui traversent leurs périodes de sang sont cloîtrées dans une aile spéciale du palais. On les tient enfermées dans des cellules minuscules situées sous la chaleur des toits de métal tout le temps de leur menstruation. Elles expient ainsi l'impureté de ce phénomène, et surtout la honte de n'avoir pu donner un héritier à l'empereur. Aussi voit-on beaucoup de femmes enceintes dans le palais. Elles sont alors comblées de cadeaux et adulées. Selon les bruits qui courent, certaines même tentent de pallier les défaillances du monarque par le concours de gardes vigoureux et bien bâtis qui ne craignent pas trop les conséquences de leurs actes.

— Quelles peuvent être ces conséquences ?

— Terrifiantes ! Une épouse adultère est punie de façon atroce. Elle est condamnée à dévorer vif son amant, morceau par morceau. Celui-ci ne peut se débattre, parce qu'on l'a immobilisé avec des chaînes très fines qui lui scient les membres. Puis la femme est exécutée sur la place publique par des coqs de combat dressés spécialement.

— Quelle horreur ! protesta Solyane.

— C'est la raison pour laquelle les adultères sont rares. Il y a peu de cocus en Cathasia.

Ils se turent, car la Conscience arrivait à leur hauteur. C'était un homme à la peau olivâtre, aux sourcils noirs accentués au charbon, et dont le regard perçant se posa sur le couple. Il descendit de son lionorse et vint se prosterner à son tour devant Dorian.

— Puissant seigneur de Gwondaleya, le salut des dieux soit sur toi et sur les tiens. Au nom du Sublime Genge Yen Fong, je viens te porter le plus profond respect du peuple cathasien. Le Sublime te remercie pour ton accueil et tes marques d'amitié. Avant que les siens ne prennent place sur le champ que tu as eu la bonté de faire aménager à leur intention, il désire te rencontrer, et espère de tout son cœur que tu accepteras de me suivre.

Ayant transmis son message, Nong Fal Jen se prosterna à nouveau et attendit patiemment la réponse.

Dorian s'avança.

— Prince, tu diras au Sublime que mon impatience à le rencontrer est égale à la sienne, pour sa réputation de chevalier et de souverain éclairé. Nous sommes prêts à te suivre.

Dorian attendit que le Cathasien fût remonté en selle puis il mit Aram au pas. La colonne des chevaliers gwondaleyens s'ébranla à sa suite en direction de la caravane cathasienne. De part et d'autre se déployait un large éventail de cavaliers, sur trois rangs. On eût dit que l'armée impériale se préparait à attaquer. Mais Gustav rassura Dorian.

— Cette parade est également un hommage, Arnaud.

— Hommage surprenant. Je ne peux lui en offrir l'équivalent.

— Ce serait inutile, et même dangereux. Il admire ta simplicité légendaire. Pour lui, tu es un demi-dieu qui vit au milieu des humains avec une humilité qu'il respecte. Et surtout, il est persuadé que la force de ton esprit est plus puissante que la plus puissante des armées. Son déploiement militaire ne peut donc t'effrayer.

Parvenu à quelque distance de la caravane, Dorian leva le bras. Les chevaliers s'immobilisèrent. Seuls Solyane et Gustav l'accompagnèrent. Au centre de la piste se dressait un édifice de toile rouge vif orné de dessins compliqués. Une nuée de seigneurs se tenaient devant l'entrée, arborant une forêt d'étendards aux couleurs chatoyantes, brodés d'or et de pierres. Leurs lionorses, de race cathasienne, étaient un peu plus petits que les ukralasiens. Deux rangs de guerriers figés comme des statues, coiffés de turbans, un énorme sabre au flanc, formaient une allée menant à l'édifice de toile.

Nong Fal Jen mit pied à terre et emprunta l'allée en se prosternant trois fois avant d'entrer. Dorian prit alors l'initiative de sauter à bas de sa monture. Solyane et Gustav l'imitèrent. Quelques instants plus tard, la Conscience ressortait, précédant un groupe de domesses qui portaient des voiles blancs et bleus brodés aux armes personnelles de l'empereur, deux tigres stylisés. Parvenus à quelques pas du couple, les voiles s'affaissèrent, découvrant un personnage singulier, vêtu d'une toge blanche sans aucun ornement.

— De la soie des mûriers sacrés de Ken Moan, glissa Gustav. La seule matière digne d'habiller le Sublime.

L'empereur n'attirait pas l'attention par sa taille. On devinait sous la toge une musculature rompue aux exercices guerriers, mais sa vraie puissance résidait dans son regard noir de félin, réduit à deux fentes mystérieuses qui semblaient tout voir. Il observa Dorian pendant un court instant, puis s'avança.

Selon le rite, le comte de Gwondaleya devait seulement incliner la tête, et non s'agenouiller. Il n'était pas vassal de l'empereur de Cathasia, et, en tant que chevalier, il était son frère d'armes dans l'Eythim, le code de la chevalerie. Cette inclinaison du chef était plus un signe de reconnaissance que d'obédience. Genge Yen Fong rendit son salut à Dorian, puis se tourna vers sa Conscience. Il se mit aussitôt à parler dans une langue curieuse, à la fois chantante et gutturale. Sa voix grave et pure trahissait l'autorité incontestable d'un homme qui a droit de vie et de mort sur ses sujets. Nong Fal Jen traduisit :

— Le Sublime se réjouit de pouvoir enfin contempler de ses yeux le visage de celui dont la légende s'est répandue sur le monde. Il ajoute qu'il admire la beauté de la déesse qui est sa compagne, à laquelle nulle autre femme ne peut être comparée.

— Tu répondras au Sublime que sa vue nous comble de joie, car sa légende, que nous connaissons par les récits de nombreux conteurs, est très grande. Mon peuple lui voue un profond respect et sa visite lui procure un plaisir qu'il n'aurait jamais osé espérer.

Nong Fal Jen traduisit les paroles de Dorian. L'empereur s'inclina, puis poursuivit :

— Le Sublime ajoute qu'au-delà du plaisir de te rencontrer, il a effectué ce long pèlerinage pour te délivrer un message.

Dorian attendit la suite. Mais visiblement, l'empereur n'était pas décidé à parler immédiatement.

Soudain, le comte de Gwondaleya sentit comme un engourdissement étrange le saisir. Il comprit aussitôt. L'empereur voulait vérifier par lui-même la puissance mentale de son interlocuteur. Il réagit immédiatement, de toutes ses forces. Repoussant l'inquisition immatérielle, il planta son regard de nuit dans celui de l'empereur et entreprit de l'investir à son tour. Une muraille cérébrale se dressa instantanément. Mais la pression de Dorian augmenta. L'autre tenta de riposter, en pure perte. Ses écrans se fissuraient, tombaient les uns après les autres. On vit la peau de Genge Yen Fon pâlir, se flétrir sous l'effort. Malgré sa résistance acharnée, il ne parvenait pas à maîtriser son adversaire. Une fine sueur perlait à ses tempes. Dorian s'arrêta lorsqu'il eut atteint les limites de l'esprit du monarque. Il avait affirmé sa supériorité. Il ne convenait pas de lui faire perdre la face. Alors, il rompit l'engagement.

Chancelant, Genge Yen Fong reprit son souffle. Un silence de mort planait sur le baarschen. Les chevaliers avaient senti l'affrontement implacable, et dans les deux camps, des mains s'étaient portées vers les dayals.

Un soupir de soulagement s'échappa de toutes les poitrines lorsque le visage de Genge Yen Fong s'étira en un large sourire. Il se rapprocha de Dorian et eut alors un geste qui stupéfia l'assistance. Lui, empereur du plus peuplé des domaines de la Terre, s'agenouilla devant le comte de Gwondaleya, et tendit ses paumes vers le ciel en signe de vassalité. Puis, sans passer par le truchement du seigneur Jen, il déclara en ankos :

— Le salut des dieux soit sur toi, Dorian de Gwondaleya. Moi, Genge Yen Fong, empereur de Cathasia, je me reconnais pour ton vassal. Tu appartiens à une race supérieure, et je suis honoré de pouvoir te considérer comme mon suzerain. Commande, et j'obéirai. Tes ennemis seront les miens. Tes amis seront les miens. Sois béni entre tous.

Dorian, masquant la surprise provoquée par le geste inattendu et théâtral de l'empereur, étendit les mains au-dessus de celles de Genge Yen Fong, puis les saisit pour relever son invité.

— Moi, Dorian de Gwondaleya, accepte ton hommage, et me réjouis de ta visite. Je reconnais en toi un ami indéfectible et estime ma demeure honorée par ta présence. Une aile de mon palais a été réservée pour toi et ta suite. Mon peuple t'attend avec impatience. Je lui appartiens. Comme tu lui appartiens à présent. Ne le faisons pas attendre.

Les clameurs d'enthousiasme ravirent l'empereur. Lentement, la colonne remonta vers le palais. Dorian présenta sa ville à son invité, décrivant avec force détails le port, le quartier des négociants, le cirque immense dédié à l'empereur Kristan Leonov, le parc aux jardins étagés qui descendaient jusqu'aux rives du Danov, et au milieu duquel trônait la statue équestre de Czarthoz, le père adoptif de Dorian et de Solyane. Le recueillement des Gwondaleyens devant leur précédent suzerain émut Genge Yen Fong.

— Ils ne l'ont pas oublié !

— Les Gwondaleyens n'oublient jamais, Djehal ! répondit Dorian.

Ensuite, on passa par les deux théâtres, construits depuis le retour de Médhellenie, et qui accueillaient chaque soir l'élite de la société gwondaleyenne. Plus loin, le monarque découvrit la fameuse Halle aux Vins, où avait eu lieu le Diadesven, quinze jours plus tôt.

Les festivités durèrent cinq jours pleins, renforçant l'amitié qui avait lié les deux souverains. Les deux peuples se mêlèrent, se découvrirent, non sans parfois quelques difficultés. Mais le contact se révéla bénéfique pour chacun. Quoique les philosophies fussent différentes, les Cathasiens apprécièrent la fierté, l'esprit d'entreprise et l'hospitalité de leurs hôtes. Quant à ces derniers, ils furent séduits par le raffinement de leurs invités, ainsi que par leur courtoisie.

De brillantes réceptions furent données au palais comtal, qui réunirent toute la fine fleur de la chevalerie du comté. Cependant, à aucun moment l'empereur ne fit allusion au message. Dorian s'en étonna auprès de Gustav qui lui répondit :

— Le temps ne compte pas pour les Cathasiens. Il est un temps pour chaque chose. Il te délivrera ce message juste avant son départ. Aujourd'hui est un jour de liesse.

Malgré ses craintes, Dorian n'eut aucun incident à déplorer durant le séjour des Cathasiens. Odios, sombre et inquiet, se dépensait sans compter pour poster ses hommes aux endroits stratégiques. Il redoutait que la fougue des Gwondaleyens ne heurtât leurs mystérieux invités, mais ceux-ci savaient s'adapter aux circonstances. La ville regorgeait de vin après le Diadesven, les Cathasiens ne furent pas les derniers à goûter aux crus de l'année. Et les citadins, ravis et intéressés, découvrirent avec plaisir qu'ils savaient tenir leur hanap.

Les Lonniens ne firent que quelques rares apparitions au palais durant cette période. Dorian présenta Kless Loro à l'empereur, qui le salua et lui fit remettre des cadeaux. Mais les extraterrestres inspiraient des sentiments mitigés au monarque. Il avait peine à concevoir que des êtres venus des étoiles puissent n'être que des hommes. Si Dorian ne lui avait conté lui-même l'histoire de ce peuple dont les ancêtres avaient quitté le monde quarante siècles plus tôt, il les eût tenus pour des imposteurs.

— Vaste sujet de méditation, seigneur Dorian, murmura-t-il. L'existence de ces hommes bouleverse le fondement de nos croyances. Éclaire-moi !

— La réponse est simple, Djehal. Jamais on ne doit tenir ce que l'on croit pour définitif et immuable. Il faut admettre ce qui est, et non pas le refuser parce que ta vision du monde en est ébranlée. Au contraire, c'est par une remise en question permanente que l'on s'élève.

— Tes paroles sont sages, Dorian, et je m'appliquerai à les suivre. Penses-tu que certains d'entre eux accepteraient de venir s'installer à Shaon Kin ?

— Ce sont des hommes libres de toute vassalité,

Djehal. Mais je pense qu'ils seraient ravis d'une telle invitation. Je te promets de leur en faire part.

Le dernier jour, ce fut au tour de Genge Yen Fong d'inviter Dorian et Solyane. Un immense chapiteau de toile avait été dressé au milieu du baarschen. Seuls les plus proches vassaux des deux souverains avaient été conviés. Dorian comprit que l'instant de la révélation approchait.

L'intérieur de la tente avait été tendu de voiles multicolores, brodés de tigres jumeaux, de loups et d'aigles d'or. Selon la tradition cathasienne, les deux princes dînèrent avant l'assistance, face à face. Solyane les accompagnait, car pour l'empereur, elle était également une déesse. Le soir précédent, elle avait dansé en son honneur, et Genge Yen Fong avait encore en mémoire la beauté énigmatique et sensuelle de son hôtesse. Il avait été troublé par le regard pénétrant de la jeune femme, fasciné par son magnétisme puissant et ses pouvoirs singuliers, comme celui de manipuler les objets à distance. Au cours de la danse, qu'il ne comprenait pas totalement parce que les rythmes et l'esprit lui en étaient étrangers, il avait senti presque physiquement les impulsions mentales que Solyane imprimait à l'étoffe, créant des formes fugaces, des fantômes évanescents qui évoluaient au gré de la mélodie. Il en gardait un souvenir ébloui, teinté d'un désir qu'il se reprochait avec violence. Il le considérait comme sacrilège. Mais il n'avait pu s'empêcher de glisser à Dorian :

— Je comprends pourquoi aucune autre femme ne saurait trouver grâce à tes yeux.

Lorsque le repas des suzerains fut achevé, les

domesses servirent les chevaliers cathasiens et gwondaleyens, mêlés les uns aux autres.

À part Solyane, aucune femme n'assistait à la réception. Ainsi en avait voulu l'empereur.

— Ce soir, je te transmettrai le message, avait dit Genge Yen Fong. Nulle présence impure ne doit troubler la révélation.

Le spectacle commença. Équilibristes, acrobates, contorsionnistes et montreurs d'animaux se succédèrent, au son d'une musique insolite, aux accords aigres, égrenée par des instruments à cordes aux formes bizarres et des tambourins à grelots.

Suivit un groupe de chanteurs qui stupéfia les Gwondaleyens par la pureté de leurs voix claires. Malgré leur timbre aigu, il s'agissait d'hommes, dont les chants se mariaient de façon envoûtante. Une mélodie étrange vibra, aux accents d'ailleurs, inconnus, qui provoqua des frissons d'émotion.

— Les castrats, glissa Gustav à Dorian. Ces hommes sont choisis dès leur plus jeune âge pour la perfection de leur voix. Ils sont châtrés avant la formation et sont réservés uniquement au plaisir de l'empereur.

— Étrange coutume !

— Moins cruelle qu'on ne le croit. Ces castrats sont toujours des volontaires, car ils sont issus le plus souvent de milieux pauvres. Pour eux, c'est un honneur extraordinaire que d'être admis ainsi dans l'intimité de l'empereur.

Lorsque les chanteurs se retirèrent, le Sublime se leva.

— Seigneur Dorian, tu n'ignores pas que j'ai accompli ce long pèlerinage pour te rencontrer, mais aussi parce que j'avais un message à te délivrer. Peut-être d'ailleurs le connais-tu déjà, car ton regard porte plus loin que celui des simples mortels. Le voici : à Shaon Kin, nous utilisons différents procédés pour tenter de résoudre les énigmes que nous posent les dieux. Mais le plus sûr repose entre les mains des Danseuses Sacrées de Pahin Kaan. Il y a plus d'un an, un mystère leur fut dévoilé. Il avait trait à un seigneur étranger, et l'interprétation ne laissa aucun doute quant à son identité. Selon ce message, le monde va connaître des heures sombres et tragiques. Une puissance surhumaine doit déferler sur la Terre, entraînant dans le Chaos les fondements de la civilisation amanite, la nôtre. Les armes et le courage seront vains contre elle, car elle prend ses racines au sein des Forces Interdites. Notre destin repose sur un seul homme, ou plutôt une entité apparentée au Non-Réel, qui a pris la forme de ce couple d'étrangers dans lesquels les Shon Yin, les interprètes sacrés, vous ont formellement reconnus. Ce message était confus. L'une des Pahin Kaan a péri lors de sa transe. Nous n'avons pu découvrir qui triompherait.

« Voilà pourquoi j'ai accompli ce long périple, Dorian. Un danger plane sur nous. J'ai amené avec moi les Danseuses Sacrées. Avec ta permission, j'aimerais à nouveau tenter cette expérience, et essayer d'en apprendre plus. L'acceptes-tu ?

— Assurément, Djehal !

Genge Yen Fong frappa alors dans ses mains. Les domesses sortirent. Quelques instants plus tard, sept femmes firent leur entrée, entièrement dissimulées par des voiles blancs, sept fantômes de rêve qui amenèrent le silence. Derrière elles suivaient deux hommes vêtus de longues capes brunes tissées dans un matériau brut. Les interprètes Shon Yin.

Ceux-ci se défirent de leurs vêtements avant de les disposer sur le sol pour y prendre place, les jambes repliées sous eux. Leur maigreur extrême faisait saillir leurs os. Ils ne portaient plus qu'un pagne de laine blanche serré autour des reins. Leurs yeux profondément enfoncés dans les orbites trahissaient l'utilisation de drogues. Un Fal Kin, domesse sacré, déposa devant eux une pipe et un chalumeau, ainsi qu'un petit brasero.

Les danseuses formèrent un cercle au centre de la salle. L'une d'elles se plaça au milieu. Sept musiciens entrèrent à leur tour et prirent place en éventail derrière les Shon Yin. Ils portèrent à leur bouche leurs instruments, des sortes de fifres aux sons aigus. Deux tambours graves vinrent soutenir la musique. Un rythme lent et obsédant s'éleva, un leitmotiv repris interminablement. Solyane, intriguée, se concentra.

Quittant leur immobilité, les danseuses se levèrent, déployèrent leurs membres souples, comme des lianes livrées aux caprices des vents. Peu à peu, elles se défirent de leurs voiles. Des femmes aux corps fins et souples apparurent. Le visage dissimulé par un masque. Contrairement aux autres Cathasiennes, leur peau était brunie. Gustav confia à Dorian qu'en réalité, elles venaient d'une île du Sud, réputée pour ses danseuses. On les enlevait dès leur plus jeune âge, et elles se consacraient aux dieux. Leurs longues chevelures noires comme la nuit encadraient des masques de couleurs vives, où des visages stylisés symbolisaient des expressions humaines. On reconnaissait le Rire, la Tristesse, la Colère, la Pitié, l'Indifférence, la Sérénité et la Peur.

— Les Sept Expressions Principales ! murmura Gustav.

Les voiles blancs furent rejetés au loin, révélant des robes amples, serrées sous les bras nus, somptueusement brodées de motifs multicolores, et rappelant les longs saryaads ismalasiens.

Suivant le rythme de la musique, les danseuses entamèrent des évolutions langoureuses, semblables aux contorsions des serpents.

Émerveillée par la beauté de la chorégraphie mystique, Solyane se laissa pénétrer par la mélodie, et déploya un fin réseau de lignes mentales autour des jeunes filles. Fermant les yeux, elle se figea dans une immobilité parfaite. L'empereur remarqua son attitude et frémit. Tout autour, l'assistance retenait son souffle. Quelque chose se préparait.

Une émotion trouble naquit dans l'assemblée masculine lorsque les danseuses firent jouer leurs magnifiques chevelures sur leurs épaules nues. Les yeux des Shon Yin brillaient avec intensité. Noyés dans une fumée épaisse aux senteurs inconnues et entêtantes, ils commencèrent à se balancer d'avant en arrière, portés par la musique.

Peu à peu, les danseuses se défirent de leurs robes multicolores. Celles-ci coulèrent comme des papillons sur leurs pieds, avant qu'un geste souple ne les écartât du cercle. Les chevaliers avalèrent difficilement leur salive. Hormis le masque étrange, elles ne portaient plus rien sur elles. Leurs corps à la peau idéalement cuivrée, à la poitrine ferme et juvénile, se libérèrent pour se livrer plus profondément à la musique. Une fine sueur irrisait leur ventre et leur dos, accrochant les reflets des lampes à huile.

Solyane comprit la signification de ce rituel. Avant d'atteindre les limites du domaine des Forces Cachées, il fallait accepter d'aller au bout de soi-même, de se donner totalement. Or, l'être humain protégeait sa personnalité profonde sous une carapace trompeuse, destinée à le protéger de son entourage, de son environnement. Les vêtements faisaient partie de ce simulacre. Par l'offrande de leur nudité, les Pahin Kaan ôtaient lentement cette cuirasse encombrante, et s'ouvraient profondément aux puissances inconnues. Solyane devina également le vide qu'elles créaient en elles, laissant leur esprit se perdre dans le rythme purificateur.

Restait un dernier obstacle, le plus subtil. La jeune femme sourit intérieurement lorsque, avec un ensemble parfait, les filles arrachèrent leur masque. Elle avait deviné juste. Le Rire, la Tristesse, la Colère, la Pitié, l'Indifférence, la Sérénité et la Peur vinrent se mêler dans la poussière tandis qu'apparaissaient des visages magnifiques, transfigurés, extatiques, dont les regards hallucinés n'appartenaient déjà plus au réel.

Le rythme s'accéléra. Solyane ressentit alors comme une vibration étrange. Une brise légère agita les tentures. Nul n'aurait su dire depuis combien de temps durait la danse ensorcelante. Solyane frémit soudain. Des présences nouvelles pénétraient dans la salle. Des flux invisibles, immatériels, tissèrent peu à peu un réseau impalpable autour des filles. Solyane, plongée dans un état de supra-conscience, comprit qu'elles étaient parvenues à attirer à elle un nœud de cet espace parallèle où coulent les forces secrètes qui régissent l'univers. Elle se laissa baigner dans le flot nouveau, imprégner par lui, et se coula en chacune des danseuses. Celles-ci tombèrent à genoux, se livrant comme des algues déliées aux courants invisibles. Insensiblement, le rythme s'accéléra encore, tandis qu'une lumière nouvelle inondait l'assistance pétrifiée et inquiète. Personne n'osait plus parler ni bouger, de peur de rompre le charme qui s'accomplissait. Tout à coup, la danseuse centrale se releva, comme s'élève la flamme d'une torche. Les mouvements des bras et des mains de ses compagnes revenaient sans cesse vers elle, comme pour concentrer sur elle un fantôme insaisissable.

Seuls Dorian et Solyane, mêlés à elles, perçurent l'instant précis où les danseuses perdirent conscience. Elles n'étaient plus à présent que des êtres sans personnalité, livrées entièrement à la volonté des dieux. Leurs corps devenaient des mots, des paroles que les Shon Yin s'efforceraient de traduire. Des sourires éclatants illuminaient leurs visages transfigurés. Solyane ressentit en elles une onde de plaisir physique proche de l'extase. Les Shon Yin respiraient de plus en plus vite.

Solyane, noyée par l'esprit au cœur de la vague mouvante, discerna soudain comme le sursaut violent d'un fauve pris au piège. Les danseuses venaient de capturer une trame immatérielle. Une forme se précisa, indécise, invisible pour les autres.

La fille du centre hurla. Son corps, possédé par une force étrange, se mit à vibrer. L'extase se mua en douleur. En écho, Solyane sentit comme un feu intérieur la dévorer. Alors, les Shon Yin se soulevèrent du sol par lévitation et se mirent à parler.

— La Force... la Force Noire est sur nous. Invincible est sa volonté de destruction. Elle est insaisissable, omniprésente. Elle se glisse au cœur des hommes comme les rats investissent une cité. Le destin est scellé. Le monde sera anéanti... Un visage apparaît, un être double, au visage de loup, l'Étoile Fixe se lève. Le destin chavire, se trouble... Un tourbillon. Un sacrifice.

Les mots continuèrent, sans suite, incompréhensibles, sous la voûte de toile éclaboussée de la lumière surgie de nulle part. Les chevaliers présents devaient faire appel à toute leur volonté, à tout leur courage pour ne pas s'enfuir en hurlant de terreur.

Solyane n'écoutait pas, n'écoutait plus le langage dérisoire des Shon Yin. Des visions inquiétantes s'imposaient à elle... Le chapiteau s'effaça tandis qu'une brume bleue et inconsistante noyait le cercle des danseuses. Une puissance double, destructrice, s'étendait sur le monde, s'y infiltrait dans le plus grand secret. Bientôt, elle se révélerait au grand jour. Mais il serait trop tard. Il n'y avait pas d'issue. Elle devait triompher. Une série d'images fulgurantes la traversèrent, toutes plus hallucinantes les unes que les autres. Elle-même, entièrement nue, allongée, morte — morte ? — au sommet d'une montagne. Des têtes tranchées, exsangues, amoncelées, dévorées par un feu infernal. Partout, des combats, des massacres, des tortures... Des femmes, des enfants tombant sous les coups d'un ennemi sans visage. Une réminiscence de Syrdahar vint se superposer à ces visions. Mais cette fois, c'était le monde entier qui brûlait.

Apparut une caravane, immense, sur laquelle flottait un visage aimé, celui de son fils Palléas. Devant lui s'élevait une forme sombre, sans tête, un monstre de cauchemar. Elle n'eut pas conscience de crier. Son propre fils s'écroulait, frappé à mort. Il sombra dans les brumes bleues. L'Ombre noire triomphait, invincible, s'élevait au-dessus d'elle. En une fraction de seconde, elle sentit comme la morsure d'un feu gigantesque, l'éblouissement d'une lumière aveuglante, une entité née du Chaos qu'elle combattait de toutes ses forces.

Personne, hormis elle et Dorian, ne vit l'incube prisonnier se dresser au-dessus de la danseuse qui à présent hurlait et se tordait de douleur. Elle leva les bras dans un geste dérisoire de protection. Sans se concerter, Dorian et Solyane concentrèrent leur énergie sur l'apparition. Celle-ci recula.

« Elle va mourir ! » glissa mentalement la jeune femme à son frère. Il bondit au cœur du cercle des danseuses prostrées. Solyane frappa, focalisant toute sa puissance mentale sur l'incube révélé. Il y eut comme une explosion interne, comme si l'air se transformait en poudre un court instant, étouffant l'assistance. Puis la forme se volatilisa. Un violent courant d'air agita la toile du chapiteau. La lumière disparut. Enfin, la tension diminua, comme si on avait ouvert une fenêtre sur l'air pur.

À demi inconsciente, Solyane rejoignit son frère qui tenait dans ses bras la petite danseuse évanouie. Ses traits avaient viré au gris et un peu de sang coulait de multiples blessures. Ailleurs, la peau révélait comme des plaques de brûlure.

— Elle vivra ! dit-il. Nous sommes intervenus à temps.

Autour d'eux, les chevaliers, encore sous le choc,

reprenaient leurs esprits. Cathasiens et Gwondaleyens se sentaient irrémédiablement unis contre la puissance infernale qu'ils n'avaient qu'entrevue. Personne n'oublierait jamais ce qu'il avait vécu ce soir.

Titubant et mal assuré, Genge Yen Fong s'avança vers le couple.

— À présent, vous savez, leur dit-il d'une voix rauque.

Dorian répondit d'un vague signe de tête. Personne, hormis Solyane et lui, n'avait pu voir les images inconcevables qui s'étaient un instant matérialisées. Un frisson le parcourut, qui glissa en Solyane.

Ils allaient devoir affronter un ennemi inconnu, bien plus dangereux que ceux qu'ils avaient combattus vingt ans auparavant. Un adversaire insaisissable, disposant de pouvoirs étrangement semblables aux leurs.

La petite danseuse, dans les bras de Dorian, ouvrit les yeux. Il lui sourit, pour la rassurer. Alors, sans raison aucune, les traits de la fille se déformèrent sous l'effet d'une terreur sans nom. Elle hurla. Puis un filet de sang coula de ses lèvres et son corps retomba, inerte, dans les bras de Dorian.

6

Solyane ne savait pas vraiment pourquoi elle s'était aventurée jusque-là, si loin de Gwondaleya. Autour d'elle, la forêt se dépouillait de ses feuilles. Un épais tapis couvrait le sol, crissant sous les sabots des chevaux.

Au loin, elle entendait les appels des gavels. Malgré leurs craintes, le beau temps s'était maintenu après le départ des Cathasiens. On en avait profité pour donner une grande chasse, à laquelle avaient été conviés tous les vassaux. La seule peut-être qu'ils donneraient cette année.

Mais elle n'avait pas véritablement l'esprit à chasser. La vision de la petite Pahin Kaan expirant de frayeur dans les bras de Dorian l'obsédait. Tout ce qu'elle avait vu se réaliserait, il ne pouvait en être autrement. Mais elle le refusait. Et, sans doute à cause de cela, parce qu'elle souffrait dans son cœur et dans sa chair, parce qu'elle avait vu la mort de son fils, elle ne pouvait parfaitement appréhender l'avenir. Elle ne comprenait plus. Elle savait seulement qu'une puissance formidable, qui prenait ses racines au-delà des mondes connus, leur serait opposée dans une lutte à mort.

Alors, peut-être pour puiser des forces au contact des arbres immenses, elle s'était séparée de la chasse, et avait laissé sa pouliche la guider au plus profond de la forêt.

Peu à peu, l'écho des trompes de chasse s'estompa dans les brumes automnales. Dorian s'inquiéterait sans doute un peu, mais elle l'avait prévenu qu'elle désirait être seule.

Fermant les yeux, elle respira profondément l'odeur sauvage et fraîche de l'humus, où se mêlaient tous les parfums de la vie en une symphonie grandiose. Odeurs de champignons, des mousses humides, parfums apportés par les vents, senteur enivrante de la sève et des feuilles mortes. Le soleil pâle faisait jouer d'étranges reflets sur les aiguilles des sapins.

Un loup surgit des sous-bois, à quelque distance de Solyane. Swenna frémit, mais la jeune femme la calma. La louve suivit, furtive, derrière son compagnon.

— Bonjour, petits frères ! murmura Solyane.

Les deux animaux l'observèrent un moment de leurs yeux d'or effilés en amande, puis disparurent dans les profondeurs sylvestres. Plus loin, elle devina, sous son manteau de feuilles, la vautrée d'une femelle maroncle qui somnolait, entourée de ses petits de l'année. Solyane aimait se mêler ainsi à la forêt, s'emplir de ses palpitations, du bruit du vent dans les branches, du crissement des sous-bois...

Pourtant, elle savait que cette escapade n'était pas le fruit du hasard. Une raison supérieure la guidait. Vers quel but ? Quelle réponse ?

Soudain, un éclair roux fulgura sous un buisson épais, et se métamorphosa en un magnifique renard qui se planta face à elle.

— Wynloo !

Elle l'avait reconnu sans pouvoir en croire ses yeux. Bien sûr, elle ne devait pas se trouver très loin de la cahute de la sorcière, cette vieille femme qui les avait recueillis après la mort de leur mère. Mais trente ans s'étaient écoulés depuis. À moins qu'il ne s'agît d'un de ses descendants. Par curiosité, elle le suivit. Il ne semblait pas du tout effrayé. Et même, elle avait l'impression qu'il était venu l'accueillir.

Elle en fut certaine lorsque, au détour d'un sentier, elle se trouva face à la bicoque biscornue dont elle avait gardé le souvenir, accrochée au tronc de son chêne. Le même petit troupeau de chèvres broutait tranquillement dans la clairière avoisinante. De la fumée sortait de la cheminée. Était-il possible que la sorcière fût encore vivante, trente années plus tard ?

— Bien sûr que je vis toujours, grommela une voix derrière Solyane, comme pour répondre à sa question informulée.

Elle se retourna, la gorge nouée. Devant elle, plus tordue encore que la première fois, se tenait la sorcière, qui lui souriait de toutes les dents qui lui restaient.

— Sois la bienvenue, Petite Fleur !

Solyane sauta à bas de sa pouliche et vint la saluer.

— Je suis heureuse de vous revoir. Est-ce vous qui m'avez appelée ?

— Évidemment ! Qui veux-tu que ce soit ?

Elle fit quelques pas en claudiquant, visiblement satisfaite. Observant Solyane du coin de l'œil, elle alla s'asseoir sur le banc fatigué qui gardait l'entrée de sa baraque.

— Pourquoi m'avez-vous fait venir jusqu'ici ? demanda Solyane, intriguée.

La vieille marmonna quelque chose d'incompréhensible, vraisemblablement un juron, puis déclara :

— J'ai lu dans les pierres le malheur qui plane sur vous. C'est pour cela que je voulais te voir.

— Vous savez quelque chose ?

La sorcière grogna encore.

— Presque rien. Juste ceci, mais je sais que cela a une grande importance. Il a existé, autrefois, au temps de ceux que l'on appelle les Anciens, des puissances maléfiques qui ont déchiré l'homme en deux. Puis, pendant des siècles, pendant des millénaires, elles ont opposé ces deux moitiés. Bien pire encore, elles ont coupé l'être humain du monde réel, celui de l'amour, de la nature, de la vérité. Elles ont disparu avec le Jour du Soleil.

Elle leva sur elle un regard brillant.

— Mais elles sont sur le point de renaître.

— De renaître ?

— Elles avaient pris la forme de superstitions stupides, qu'on avait baptisées religions. Elles prônaient la paix et la vie, mais des flots de sang ont été versés en leur nom, au nom de leurs dieux. Cela dura des millénaires. Mais leur plus grand crime fut de rendre l'homme aveugle, de l'écarter des forces généreuses et invisibles qui coulent autour de lui. Des forces qu'on lui fit prendre pour des manifestations démoniaques.

Tout à coup, suivant une impulsion soudaine, elle se leva et se dandina jusqu'à un noisetier proche, et se mit à cueillir quelques noisettes. Solyane attendit patiemment. La vieille se tourna vers elle.

— Tu dois comprendre ce que je dis, Petite Fleur. Toi qui possèdes la setchaya.

— Oui, je comprends. Mais ce monde a disparu...

— Il couve encore, sous les braises.

La vieille se mit à la contempler avec curiosité, ses yeux délavés pétillant de malice. Puis elle lui fit signe de tourner sur elle-même. Amusée, Solyane obéit.

— Par la langue putréfiée du grand migas cornu ! Petite Fleur, tu es encore plus belle que je l'avais imaginé.

Solyane faillit éclater de rire devant l'énormité du juron, opposée à la gentillesse du compliment. Elle se sentit soudain parfaitement sereine. Elle avait réellement l'impression d'avoir aboli trente années en une fraction de seconde. Il lui revint que la sorcière avait recueilli son premier sang de femme. D'une certaine manière, elle l'avait un peu amenée une deuxième fois au monde. Une vague rougeur lui monta aux joues à cette évocation. Elle avait envie de rire et de pleurer à la fois. Tant de choses s'étaient passées depuis. Son adolescence à l'ombre généreuse du géant Czarthoz, qui l'avait aimée comme sa propre enfant. Leur épreuve, son calvaire en Médhellenie, la torture de Bahiskra, la douleur de Dorian lorsqu'il avait perdu Elena. Puis leur vie commune, la naissance de leurs enfants, l'affection dont ils étaient entourés. En cet endroit oublié du reste du monde, séparé de lui par les brumes de Skovandre, il lui semblait que tout cela n'était qu'un songe.

Ce fut pour briser son émotion qu'elle déclara :

— Votre maison est toujours aussi chaude, madame ! Mais ne craignez-vous pas l'hiver qui s'avance ? Si vous le désirez...

— Non, fillette ! L'hiver et moi, on est de vieux copains, et cela depuis des dizaines d'années.

— Mais les loups, les migas... ?

La vieille ricana.

— Ils n'osent pas s'approcher d'ici, petite. Ils ont bien trop peur. Ils savent que je suis sorcière.

Solyane n'osa pas insister. Elle fit quelques pas, surprit les yeux du renard qui la fixait.

— Wynloo ! appela-t-elle.

Le petit fauve s'approcha et flaira avec circonspection la main tendue vers lui, puis il laissa échapper un petit jappement joyeux avant de filer vers les chèvres.

— Se pourrait-il qu'il m'ait reconnue ? C'est impossible. Les renards ne vivent pas aussi longtemps.

— Alors, ce n'est pas le même, grommela la vieille. Sans doute un de ses descendants. Ils se ressemblent tellement.

— C'est curieux, remarqua Solyane. Ce renard est le seul animal à qui vous avez donné un nom. Je croyais pourtant que vous étiez fâchée avec cette pratique.

— Wynloo n'est pas un nom. Cela veut dire « sorcier » en vieux patois skovandre. Tous les renards sont un peu sorciers.

— Cela ne m'étonnerait pas, murmura Solyane.

La vieille ayant terminé sa provision de noisettes, elle invita Solyane à rentrer à l'intérieur de sa cahute.

Quelques instants plus tard, elles étaient installées devant un bol de tisane aux herbes. Le ménage n'avait jamais dû être fait depuis leur passage, trente années plus tôt.

Solyane attendit que la vieille eût terminé son breuvage. Elle se souvenait qu'il était inutile de la questionner. Elle parlerait quand ça lui conviendrait.

— J'ai interrogé les pierres, Petite Fleur. J'ai appris ce que vous étiez devenus, ton frère le loup et toi. Je sais que vous avez osé franchir la Voie Maudite. C'est bien. Si vous ne l'aviez pas fait, vous auriez succombé. Mais, lorsqu'une puissance naît, elle fait naître aussi son contraire. Vous avez provoqué la haine d'un homme que vous avez rencontré jadis. Une haine terrible, proche de la folie. Il a juré votre perte.

— De qui s'agit-il ?

— Je ne le connais pas. Je n'ai pas vu son visage. Mais lui-même n'est qu'un instrument dans les mains des divinités mauvaises.

— Shaïentus...

— Quel que soit le nom qu'on lui donne, Petite Fleur, cela ne change rien. Il s'oppose à l'élévation de l'homme, par crainte de perdre sa propre puissance. Mais les hommes ne peuvent pas le comprendre, parce qu'il est beaucoup plus vaste qu'eux. Ses desseins sont insondables pour les simples mortels. Vous représentez tout ce qu'il hait, tout ce qu'il doit détruire. Parce que vous vous aimez, parce que vous êtes des vainqueurs. Parce que vous rayonnez autour de vous d'une puissance qui l'effraie et le fait reculer. Prends garde, Petite Fleur. Tout ce qui adviendra à présent te semblera sans signification, sans logique, comme dû au hasard. Mais sache voir au-delà des faits. Dis-toi que lorsque les forces mauvaises s'en mêlent, tout est décalé, incompréhensible. Il prend plaisir à tout mélanger, à brouiller les cartes. Et je sais qu'il tentera de vous séparer, de faire de vous des ennemis.

— Ce n'est pas possible !

— Reste sur tes gardes, fillette ! Méfie-toi de tout et de tous. Y compris de toi-même.

Elles restèrent un instant silencieuses.

— Qui doit vaincre ? demanda Solyane.

La vieille baissa la tête.

— J'ai voulu t'avertir, petite, car je te considère un peu comme ma fille. Pour vaincre, toi surtout, parce que tu es une femme, tu devras aller jusqu'au bout de toi-même, te dépasser. Affronter la mort face à face.

— Il me semble avoir subi une épreuve semblable il y a vingt ans. J'en suis revenue.

— Non ! Tu as survécu parce que tu étais une déesse. Tu possédais des pouvoirs dont tu n'avais même pas idée. À présent, tu te connais. Ou tu crois te connaître. Quand j'ai dit que tu devrais affronter la mort en face, c'est la vérité. Et tu devras aller au-delà. Percer son mystère. C'est le prix à payer pour vaincre. Et pour comprendre.

— La mort n'est qu'un passage..., hasarda Solyane, troublée malgré elle.

— Pas cette mort-là, Solyane, souviens-t'en ! Pas cette mort-là.

La jeune femme n'osa rien ajouter. La sorcière l'avait appelée par son nom. Et c'était peut-être ce qui l'impressionnait le plus.

Plus tard, lorsqu'elle reprit la route, Solyane dut s'avouer qu'elle aurait été parfaitement incapable de retourner volontairement chez la sorcière. Les brumes vespérales noyaient les profondeurs de la forêt, diluant la petite clairière dans l'irréel. Le soleil était déjà bas sur l'horizon lorsqu'elle retrouva les appels des gavels, perdus dans le lointain.

Elle laissa Swenna la guider en songeant aux énigmes de la vieille femme. Ils allaient devoir se battre. Loin de l'effrayer, la perspective la grisait même un peu. Mais la vision de son fils emporté par l'incube l'étouffait. Elle ne parvenait pas à la chasser de son esprit. Était-elle capable de détourner le cours du destin ? Ils l'avaient déjà tenté pour Elena. Ils avaient échoué.

Frissonnante, elle leva les yeux. Un vol de cygnes

migrateurs passait très haut dans le ciel. Une froideur nouvelle sourdait des sous-bois. Elle ramena les pans de sa cape autour d'elle.

L'hiver était à leurs portes.

7

Dorian retrouvait toujours avec plaisir Sheratt, l'un de ses frères d'eschola, et un ancien de la campagne de Médhellenie. À la mort du baron de Brastalia, la succession avait posé de nombreux problèmes, aucun de ses fils n'étant chevalier. Dorian avait résolu la question à son retour en proposant Sheratt. Au début, celui-ci avait eu quelque peine à se faire admettre par la population rude de la baronnie, située à l'extrême nord du comté, aux confins de la vallée suspendue de Laurely, là où vivaient les lionorses de Gwondaleya. Mais son courage et sa droiture avaient triomphé de toutes les réticences.

Le baron s'inclina devant Solyane et Alvina. Dorian lui fit signe de prendre place.

— Arnaud, je viens solliciter ton aide.

— Elle t'est acquise d'avance, tu le sais.

— Je t'en remercie. Voici ce qui m'amène. L'hiver ne fait que débuter, mais jamais il ne fut si rigoureux. Il ne s'agit pas de réserves de vivres. Nous avons engrangé suffisamment pour tenir un an sans récolte, si besoin était. C'est autre chose. Il y a deux semaines, l'un de mes villages a été attaqué par une horde de plusieurs centaines de garous. Grâce à tes dramas, ils ont pu repousser l'offensive. Le lendemain, ils sont venus me demander d'intervenir. J'ai donc mis une expédition sur pied, afin de pourchasser ces monstres. Cette campagne fut un désastre. À croire que tous les garous du monde s'étaient donné rendez-vous dans la forêt Skovandre. Jamais je n'aurais imaginé qu'il pût y en avoir autant. J'ai perdu plus de cinquante guerriers au cours des batailles que j'ai livrées. La moitié de mes effectifs. Moi-même, j'ai failli être tué, et n'ai dû la vie qu'à mon fidèle lionorse. Arnaud, ils sont plusieurs milliers qui rôdent dans les Monts-Aux-Loups. Ce village, Malertiga, est le plus exposé. J'y maintiens une garnison en permanence, mais je crains le pire. Il y a là-bas quatre cents paysans qui risquent de finir sous les crocs des garous.

— Je sais que cela s'est déjà produit dans le passé. Nous allons faire le nécessaire immédiatement

Alvina avait pâli.

— Seigneur ! Malertiga n'est pas éloigné de l'endroit où vit ma cousine Flora. Vous vous souvenez d'elle. Il faut agir vite. Sa ferme est isolée.

— Je sais, Alvina. Nous partirons dès demain.

— Je t'accompagne, ajouta Solyane.

Elle n'avait pas oublié la bonne cousine Flora, qui l'avait recueillie lorsque l'Inquispol la menaçait, durant la guerre ismalasienne.

Sheratt chevauchait au botte à botte avec Dorian. Un soleil pâle et froid avait chassé la tempête. Les arbres s'étaient caparaçonnés de givre, et ressemblaient à de gigantesques candélabres sur lesquels jouait la lumière. Parfois un craquement sinistre retentissait au loin. Un arbre s'ouvrait en deux, écrasé par le poids de la glace.

Les fauves avaient fait leur apparition. De Gwondaleya même, on entendait la nuit les hurlements des loups et les feulements des migas. Les plus audacieux des chasseurs avaient abandonné la forêt Skovandre. Sheratt déclara :

— Je n'ai donné pratiquement aucune chasse cette année. J'ai tué seulement deux maroncles et un cerf.

— Nous n'avons guère fait mieux, compagnon. La neige a tout interrompu. Mais la forêt n'en sera pas plus giboyeuse au printemps. Je crains que le froid ne tue bien plus impitoyablement que nous.

Chemin faisant, les deux hommes ne purent s'empêcher d'évoquer une autre expédition, plus de vingt ans auparavant. Une aventure qui les avait menés jusqu'à la vallée du Laurely. Des visages oubliés surgirent du passé. Aram frémit en surprenant l'évocation du Laurely dans l'esprit de son maître. Avec l'hiver, sa fourrure s'était épaissie en un poil long et soyeux, serré d'une bourre à la racine, qui permettait aux lionorses de vivre au cœur des forêts au plus froid de l'hiver.

Derrière Dorian, le suivant comme son ombre, venait Nelvéa, montée sur un petit cheval nerveux, aussi blanc qu'Aram était noir. Il lui avait été offert par le Khalid Djeffer de Scylla lors de sa dernière visite, deux ans plus tôt. C'était un animal ombrageux, difficile, qu'elle était la seule à pouvoir approcher. Sans doute à cause de ce caractère indomptable qui lui ressemblait, elle aimait cet animal. Cependant, elle ne pouvait s'empêcher d'envier la démarche impériale et souple d'Aram, qui foulait le sol glacé avec la délicatesse des chats, malgré sa taille imposante. Elle vint se placer aux côtés de Dorian.

— Père, je voudrais savoir pourquoi les femmes n'ont pas le droit de devenir chevaliers.

— Ainsi le veut la tradition, ma fille. Les femmes ne sont pas faites pour tenir les armes. Elles disposent de bien d'autres atouts. Il n'y a guère que les inconscientes comme toi pour apprendre le dur métier de guerrier, ajouta-t-il avec un sourire qui démentait la sévérité de ses paroles.

Obstinée, elle poursuivit :

— Père, je connais l'Eythim. Il n'existe aucune loi interdisant à une fille de participer à l'eschola.

— Aucune, petite. Et je suis pour ma part convaincu que maintes nobles dames seraient capables de triompher des épreuves.

— Mais alors ?

— Une femme se doit de rester féminine, belle, attirante, désirable. La science des armes est un art brutal et cruel. Une femme qui veut rivaliser avec les hommes sur leur propre terrain peut se rendre aussi ridicule qu'un homme qui préfère se déguiser en femme. Nous n'ignorons pas que certaines d'entre vous sont dotées d'une très grande force. Mais si les dieux ont créé deux sexes, c'est qu'ils avaient leurs raisons. L'homme et la femme ne sont rien l'un sans l'autre. Ne va pas t'imaginer que vous occupez un rôle secondaire. Si l'homme possède la force physique, c'est parce qu'il doit utiliser cette puissance pour défendre son foyer. Mais le cœur, l'âme de ce foyer, c'est la femme qui l'occupe. Elle dispose pour cela d'armes bien plus efficaces : la séduction, le pouvoir d'amour, la sensibilité, l'intuition, la finesse, la beauté.

— Mais ce sont toujours les hommes qui tiennent les rênes du pouvoir.

— C'est une apparence. En réalité, ce sont les femmes qui décident. Le pouvoir n'est qu'une illusion. C'est un ensemble de chaînes à porter, toutes plus lourdes les unes que les autres. Les hommes le briguent, vont parfois jusqu'à tuer pour lui, et souffrent après l'avoir conquis, parce qu'il ne leur apporte que peu de satisfactions en regard des contraintes qu'il impose. Pourtant, ils redoutent le moment où ils devront l'abandonner. Les femmes savent inconsciemment tout cela. Elles n'aspirent pas à gouverner. Parce qu'elles détiennent le plus puissant des pouvoirs, l'amour. Dans les faits, ce sont elles qui dirigent. N'oublie pas leur rôle de conseillère. Combien de décisions, dictées par des hommes, n'ont-elles pas à l'origine été inspirées par des femmes ?

Il faillit éclater de rire devant sa mine boudeuse, et peu convaincue. Il ajouta :

— C'est vous qui menez le monde, mesdames. Non par la force, mais par la douceur, la persuasion, la souplesse, la subtilité. Une subtilité dont malheureusement trop d'hommes sont dépourvus. Grâces vous soient rendues.

Elle comprit qu'il se moquait gentiment d'elle. Alors, elle consentit à sourire.

— Voilà ! C'est beaucoup mieux ainsi. Si tu savais combien ce sourire est plus dangereux que ton sabre. Mais il y a autre chose, n'est-ce pas ? demanda-t-il en flattant l'encolure d'Aram.

— C'est vrai, j'aimerais posséder un lionorse.

— On ne « possède » pas un lionorse, Nelvéa. C'est un animal fier. Tu lui appartiens autant qu'il t'appartient. N'oublie pas qu'en... l'adoptant, tu l'arraches pour toujours à son milieu naturel. Tu dois alors compenser par ta présence et ton affection tout ce que tu lui auras fait perdre. Et crois-moi, il est exigeant.

Nelvéa le savait bien. Depuis son plus jeune âge, elle avait été la spectatrice émerveillée du lien qui unissait le fauve à son père, de cette complicité qui existait entre eux, des jeux spontanés qui la faisaient rire. Souvent, Aram s'approchait de Dorian par derrière et le bousculait affectueusement, mais sans ménagement, pour quêter une caresse. Quelquefois, l'homme et l'animal chahutaient comme de jeunes chiots, se roulaient dans la poussière, pour finir dans l'eau du Danov. Et c'était toujours un spectacle émouvant que de les voir, immobiles, l'un à côté de l'autre, partageant quelque rêve secret, quelque souvenir de bataille. Émotions que Nelvéa ne pouvait partager avec son petit cheval.

Depuis que son frère Palléas était devenu chevalier, un an plus tôt, elle s'était juré de devenir la première femme chevalier. Et elle y parviendrait.

Le soir, à Brastalia, on se retrouva autour de la cheminée de la grande salle, dans laquelle rôtissaient deux moutons. Deux domesses, assis sur des trépieds à l'intérieur de l'âtre, les arrosaient de sauces aux herbes, et découpaient les tranches au fur et à mesure qu'elles étaient cuites, selon une coutume venue du fond des âges, et importée du Sud. Un vin chaud aromatisé à la cannelle accompagnait la viande, et ramenait la vigueur dans les corps engourdis par le froid.

En dehors de Nelvéa, de Solyane et d'Alvina, deux autres femmes participaient à l'expédition. Deux

Lonniennes. Elles espéraient que l'on capturerait vivants quelques spécimens de garous afin de pouvoir les étudier. L'une d'elles, la ravissante Sonia, monopolisait la conversation.

— Je suis très curieuse d'en voir un de près. Ces êtres nous posent une énigme. À en croire vos bagues orsaf, ils seraient radioactifs. Or, aucun organisme vivant ne peut survivre à une radioactivité trop élevée. Et encore moins se reproduire. Nous ignorons encore ce qui fut à l'origine de ce que vous appelez le « Jour du Soleil ». Cependant, il ne semble pas s'agir d'une guerre nucléaire. Les zones irradiées sont trop peu nombreuses. Et une guerre atomique aurait anéanti toute vie sur la planète.

Les paroles de la belle extraterrestre demeuraient un peu obscures pour la plupart des convives. Peu d'entre eux se souciaient de ce qui avait pu se passer quelques millénaires auparavant. Mais on adorait l'écouter, parce qu'elle avait une jolie bouche, et une voix sensuelle. Sheratt notamment s'intéressait vivement à elle. Sa peau dorée et ses yeux couleur d'angélique le fascinaient. Nullement gêné par la présence de ses trois compagnes — ravies quant à elles de la présence de nombreux chevaliers —, il faisait une cour assidue à la jeune femme. De son côté, la jolie Lonnienne ne restait pas insensible au charme viril de Sheratt, à ses épaules larges, sa chevelure blonde et bouclée, coupée court, et à sa barbe fournie.

— Nous ignorons totalement ce qui a pu se passer, dit-il en la fixant intensément.

— Nous commençons à en avoir une petite idée, précisa-t-elle.

Elle se tourna vers Dorian.

— Puis-je parler ?

— Vous le pouvez. Mais cela n'est encore qu'une hypothèse, qui demande à être vérifiée.

— À notre arrivée, reprit la jeune femme, nous pensions que la chute de l'ancienne civilisation avait été provoquée par une guerre de dimension mondiale. Mais nous avons constaté que cette hypothèse était fausse. Même si nous avons retrouvé les traces de quelques guerres locales, où l'arme nucléaire fut parfois utilisée, rien n'expliquait la disparition d'une civilisation qui aurait compté plus de vingt milliards d'individus. De plus, nous avons retrouvé les ruines de toutes les grandes métropoles, envahies par la végétation. Nous ignorons encore pour quelles raisons, mais il semble que l'homme les ait fuies. Ou encore qu'il ait disparu. Nous ne savons pas. Tout ce dont nous sommes sûrs, c'est qu'il y eut des survivants. Certains d'entre eux trouvèrent refuge dans les grands abris antinucléaires construits bien avant le Jour du Soleil. D'autres enfin gagnèrent ce qui restait des forêts, les îles ou les montagnes. D'après nos premières estimations, ces survivants ne représentent pas plus de un pour cent de la population de l'époque.

— Mais quelle arme, ou quelle catastrophe, a ainsi pu détruire le monde ? demanda Sheratt, impressionné malgré lui.

— C'est ce que nous tentons de comprendre actuellement. L'étude des garous peut nous y aider.

— Ne pourrait-il s'agir d'une maladie ? avança Solyane.

— Nous l'avons pensé au début. Cependant, nous estimons qu'il y aurait eu une modification génétique.

Mais rien ne peut confirmer cette hypothèse. Comme rien n'explique non plus les modifications brutales subies par les continents.

— Je n'y comprends rien, conclut Sheratt en se grattant la tête. Mais ce dont je suis sûr, c'est que notre monde a besoin d'enfants.

Son regard appuyé sur Sonia était éloquent. La jeune Lonnienne lui dédia un sourire non moins équivoque. Sa compagne, Maryleen, s'adressa à Dorian.

— J'ai souvent entendu parler de cette terrible Malédiction Bleue, provoquée par le contact avec un garou. Avez-vous récemment constaté un cas semblable, seigneur Dorian ?

Il réfléchit un instant. À la vérité, il devait reconnaître avoir plusieurs fois lui-même approché les monstres, les avoir combattus, ou parfois aidés — certaines peuplades restaient inoffensives — mais jamais il n'avait eu à souffrir de cette fameuse malédiction. De même qu'il n'avait souvenance d'aucun cas précis.

— On parle beaucoup de ce terrible fléau, mais jamais encore je n'ai vu d'homme atteint.

— Permettez, seigneur Dorian.

Celui qui venait d'intervenir était un énorme vieillard à la barbe grise en broussaille. Un colosse aux yeux d'enfant, délavés par de nombreux étés. Il était vêtu d'une grande veste de cuir fauve, et tenait dans ses mains une pipe de bruyère d'où s'échappait une fumée âcre et épaisse, l'odeur rude du tabac aux herbes des wootmans, les hommes des bois. Ainsi nommait-on ces êtres à demi civilisés qui hantaient les vastes forêts d'Europannia et d'Ukralasia. Farouchement épris de liberté, ils ne reconnaissaient pas la suzeraineté des nobles et vivaient résolument en dehors des villes. On les soupçonnait parfois d'entretenir des rapports avec les maraudiers, mais bien souvent, ils fournissaient aux caravanes des indications précieuses pour leur sauvegarde. Pour peu que l'on respectât leur liberté, ces individus à la moralité fantaisiste savaient faire preuve de loyauté. Ils ne supportaient aucune entrave. On les appréciait surtout pour la beauté des fourrures qu'ils ramenaient des profondeurs de la forêt, là où les autres chasseurs n'osaient jamais s'aventurer. En général, malgré les hivers de plus en plus rudes, ils passaient les mois de neige enterrés dans des cabanes de bois nichées dans les vallées hantées par les seules divinités sylvestres. On les disait un peu sorciers, parce qu'ils parlaient avec les animaux et les arbres. On se méfiait d'eux, mais on aimait aussi les légendes qu'ils rapportaient des royaumes forestiers.

Largo — c'était son nom — vivait en bonne intelligence avec les garous, qui le prenaient pour un démon à cause de sa voix grondante. Cependant, il avait offert ses services à Dorian parce que, rendus fous par la faim, ils détruisaient tout le gibier. Certains d'entre eux s'étaient même attaqués à lui. Craignant pour sa vie, il était venu finalement se réfugier à Brastalia.

— Nous t'écoutons, chasseur.

— Moi, j'ai vu ce que pouvait faire la Malédiction Bleue. C'est pas beau. Avez-vous vu un homme se transformer peu à peu en garou ? Moi, je l'ai vu de mes yeux ! Un compagnon ! Un fier chasseur. Il y a quinze ans, je faisais équipe avec lui. Je ne veux pas dire que nous entretenions des relations avec les garous. Mais enfin, ils nous toléraient. Nous allions souvent piéger des volènes sur un de leurs domaines.

— Des volènes ? répéta Sonia, d'un ton interrogateur.

— C'est une sorte de martre géante, à fourrure bleue. Les tailleurs de Gwondaleya les achètent très cher. Elles vivent loin dans le Nord-Ouest. Là où commence la vraie montagne. Là où les chasseurs ne se risquent jamais. À part les vrais, comme nous. Nous étions occupés à poser nos collets près d'un torrent quand tout à coup, nous nous sommes retrouvés encerclés par une horde de garous. Nous leur avons fait le signe de paix. Il faut pas croire, mais ces gens-là ont tout de même un peu le sens de la civilisation. Enfin, j'peux pas dire que j'étais très rassuré. Faut dire que leurs gueules de cauchemar, on peut pas s'y habituer. En plus, ils pointaient leurs lances vers nous. Je me voyais déjà en train de rôtir, embroché comme un vulgaire dindon. C'était bizarre, parce qu'on était au printemps, et que c'était pas la période où ils se livrent à l'anthropophagie. Ils nous ont obligés à les accompagner jusqu'à leur village. Si on peut appeler ça comme ça. Des huttes de pierre avec un toit de feuillages tressés, un trou pour la fumée, et le tour est joué. Pergh et moi, on n'en menait pas large, faut dire. Pas question de s'enfuir. Ils nous auraient massacrés.

Le vieux wootman prit le temps de vider son gobelet et hocha la tête.

— Ah, j'peux dire que j'ai eu ce jour-là la plus belle chance de ma vie. Savez-vous pourquoi ils nous avaient fait venir dans leur village ?

On ne savait pas, mais cela n'allait pas tarder.

— Quand on est arrivés, ils avaient préparé une sorte de rituel. Ils ont choisi mon copain et l'ont foutu à poil. Puis ils lui ont collé sur le dos des peaux de bêtes cousues. Tous les deux, on grelottait de trouille. Allez savoir ce qu'ils avaient mijoté dans leur cervelle dérangée. De toute façon, même s'ils nous laissaient repartir après leur fiesta, de coup sûr on écopait de cette foutue Malédiction Bleue. Par chance, ils m'ont laissé tranquille. Mais mon pote Pergh s'est vu présenter à une dame garou. Par ma foi, à part qu'il lui manquait la moitié du bras gauche et un œil, elle était encore à peu près présentable. Elle était déguisée comme mon copain. Visiblement, ils tenaient à ce qu'ils s'accouplent.

« Après une cérémonie où une espèce de vieux squelette grisâtre qui devait tenir le rôle de prêtre les a certainement unis, la troupe les a installés sur deux troncs d'arbre jumelés qu'ils ont hissés sur leurs épaules. Et allez donc ! En route pour la lune de miel. Mon Pergh m'a adressé un sourire qui était plutôt une grimace. Moi, je me voyais déjà avec la peau virant au bleu et se desséchant par plaques. On se demande comment ces horreurs arrivent à procréer.

— Peut-être souhaitaient-ils renouveler leur sang, suggéra Solyane. Mais il est étrange qu'ils ne vous aient pas choisi également une compagne.

— Croyez-moi, madame, je n'ai pas cherché à en savoir plus. J'ai passé la nuit parmi eux, sans fermer l'œil. Et c'est long, une nuit au milieu des garous. On a toujours peur de se réveiller avec un morceau de viande en moins. Il a fallu que je partage leur nourriture de fête. Je crois qu'ils utilisent une sorte de langage. Mais avec leurs gueules complètement bouffées par la vermine ou la maladie, on ne comprend pas ce qu'ils peuvent raconter.

« Au matin, mon Pergh est revenu. Il n'était plus sur son tronc d'arbre. Sa copine borgne lui tenait la main. À la voir de plus près, il lui avait certainement fallu pas mal d'appétit s'il se l'était offerte. Mais heureusement, des mois de privation en forêt, ça vous prépare un bonhomme à ce genre de choses.

« Après ils nous ont permis de repartir. En fait, ils nous ont même pratiquement chassés. On n'a pas cherché à approfondir les relations. On s'est débinés en courant. C'est seulement un mois plus tard qu'il a commencé à ressentir les premières atteintes de la Malédiction Bleue. Sa peau a viré au gris violacé. Elle se rétrécissait et les chairs pourrissaient par en dessous. En quelques jours, il a diminué de moitié. Puis il est devenu aveugle. Et il puait. Il se décomposait littéralement. Cela me faisait mal de le voir comme ça. Un copain de tant d'années. À la fin, il gueulait tellement...

— Ne terminez pas, Largo, dit doucement Solyane.

Elle avait lu en lui la fin du malheureux Pergh. Ne pouvant supporter les souffrances de son compagnon, Largo l'avait achevé d'un solide coup de gourdin.

— Mais vous, intervint Maryleen, la Malédiction Bleue vous a épargné.

— C'est vrai. Et je ne sais toujours pas pourquoi. Nulle part les légendes ne disent qu'il faut s'accoupler avec une dame garou pour en être frappé. C'est pourtant ce qui est arrivé à mon pauvre Pergh.

— Peut-être sa compagne l'a-t-elle emmené près des Terres Bleues ? suggéra Palléas. Nous savons qu'il y en a, à l'ouest de Skovandre.

— Non. Nous étions plus au nord.

Sonia se tourna vers Dorian.

— En tout cas, voilà peut-être une explication à la survivance des garous depuis des milliers d'années. Ils s'accouplent régulièrement avec des humains normaux pour renouveler leurs gènes. Mais ils provoquent chez leurs partenaires une forme de cancer généralisé, dû sans doute à un contact prolongé. D'où la légende de la Malédiction Bleue.

— C'est possible, remarqua Sheratt. Mais cela n'explique pas pourquoi la population des garous semble s'être multipliée depuis quelques mois.

8

La ferme de la cousine Flora n'avait rien à envier à une forteresse. Mais si la demeure s'était équipée contre le froid et les attaques de plus en plus fréquentes, les visages n'avaient pas vraiment changé. Solyane retrouva avec plaisir la vieille paysanne à qui les années n'avaient pu faire perdre sa vitalité.

— Nous avons eu très peur, avoua-t-elle. Il y a deux jours, une troupe importante est passée dans le Val de la Souche Fendue. Mais ils ne se sont pas arrêtés ici. On aurait dit que quelque chose les faisait fuir.

— Le froid, peut-être, suggéra Sonia.

— Je ne sais pas, madame. Mais il n'y en a jamais eu autant.

De fait, les hordes semblaient avoir abandonné la

région de Malertiga pour le sud, où les villages étaient moins bien défendus.

Les éclaireurs confirmèrent que les alentours de la ferme ne présentaient apparemment plus de danger. Cependant, Dorian laissa un petit détachement sur place. Puis la troupe s'engagea au cœur de l'épaisse forêt Skovandre. Il était inconcevable que des êtres apparentés aux humains pussent survivre dans un tel enfer. Les arbres décharnés atténuaient les ardeurs des blizzards dévalant du nord. Mais le froid griffait les membres, mordait la peau. Les sapins séculaires et les épicéas géants construisaient d'immenses cathédrales de cristal autour de la petite armée. Le soleil glacé répandait sa lumière blanc-bleu, se reflétant sur des flaques de neige durcie. Parfois, un énorme bloc de glace s'écroulait dans un fracas assourdi par les congères. On découvrit un troupeau de daims gelés sur pieds, resserrés les uns contre les autres.

— C'est effrayant, dit Solyane. Chaque hiver est de plus en plus rude. Où cela s'arrêtera-t-il ?

Dorian ne répondit pas. Un froid curieux, qui n'était pas dû à la forêt, avait envahi sa compagne. Elle sentait confusément que la rigueur des hivers était peut-être liée à la montée de ces forces du néant dont lui avait parlé la sorcière. Où était-elle, la sorcière, à présent ? Avait-elle utilisé ses pouvoirs magiques pour se préserver des glaces ? Solyane regretta de ne pas avoir insisté pour la faire venir à Gwondaleya, tout en sachant que la vieille femme ne l'aurait jamais accepté. Et puis, ce n'était pas le premier hiver qu'elle passait ainsi dans sa cabane. Elle se força à chasser ses appréhensions et s'appliqua à atténuer le froid extérieur, par simple fixation mentale.

Les pisteurs envoyés dans différentes directions n'avaient signalé que des petits groupes se dirigeant vers l'est. Vers midi, ils capturèrent un parti d'une vingtaine de garous épuisés qui se rendirent presque sans résistance.

— C'est curieux, remarqua Nelvéa. On dirait qu'ils n'ont pas emmené leurs enfants avec eux.

Le clan ne comptait en effet que des adultes squelettiques. Largo, qui avait entendu, murmura :

— D'une certaine manière, si !

Il n'osa pas aller plus loin devant la jeune fille. Mais elle avait déjà lu la réponse en lui. La faim pousse certains peuples à des extrémités effrayantes. Ainsi disparaissent les enfants et les vieillards lorsque la disette devient intolérable.

Elle se rapprocha de Dorian.

— Père, est-ce que vous pensez que nous serons un jour obligés de nous entre-dévorer, si les hivers se font plus rigoureux ?

— Je ne pense pas, ma fille. Les dieux seuls le savent. Il est vrai que l'anthropophagie est une pratique courante chez les garous. Cependant, cette coutume de manger leurs membres les plus faibles ne leur est pas particulière. Des voyageurs m'ont parlé de certaines peuplades du grand nord de l'Europannia et de Canaméria qui agissent ainsi. La survie de l'espèce passe avant tout. Mais pour en être arrivés là, il faut qu'ils aient subi quelque chose de terrible.

Nelvéa réprima un frisson qui n'était pas uniquement provoqué par le froid.

Vers le soir, ils finirent par découvrir des cadavres gelés, dont certains avaient été partiellement dévorés, puis abandonnés. Des adultes.

— Regarde, Arnaud, dit Sheratt. On dirait que le gros de la troupe a traversé cette ravine. Ils descendaient vers le sud, vers l'ancienne vallée du Danov.

— Il est probable qu'ils ne l'atteindront pas. À en croire l'état de ces cadavres, les autres ne doivent pas valoir beaucoup mieux. Combien peuvent-ils avoir d'avance sur nous, Largo ?

— Certainement pas plus de quelques heures, seigneur Dorian. Il doit y en avoir plusieurs centaines. Regardez ces piétinements.

Effectivement, Flora et les siens avaient eu de la chance. Ils n'auraient pu résister longtemps à une horde pareille. Il était même étrange qu'ils n'aient pas attaqué. À moins qu'ils ne se soient sentis trop faibles.

Il était trop tard pour entamer la poursuite. Dorian décida de bivouaquer sur place. Sonia, épuisée, et riche de quelques garous captifs, que l'on avait nourris, vint le trouver.

— Seigneur Dorian, nous souhaiterions regagner Chonorga dès ce soir, si c'est possible. Nous avons suffisamment de spécimens à notre disposition, et je ne me sens pas le courage de passer la nuit dans cet enfer de glace.

Dorian réfléchit.

— Il fera nuit dans deux heures. C'est suffisant pour gagner la ferme de Flora. Elle vous hébergera.

Il confia à Nelvéa la troupe qui devait escorter les Lonniennes. La petite était épuisée et serait mieux dans un lit douillet qu'exposée au froid. Mais sa fierté lui aurait fait refuser un tel privilège s'il n'avait entraîné une responsabilité. Ainsi, Sonia et Maryleen, accompagnées par une petite troupe d'une dizaine de guerriers commandés par Nelvéa, et suivies par leurs prisonniers, reprirent-elles le chemin de Chonorga. Khaled, l'Ismalasien que Dorian avait sauvé de la spoliation vingt ans auparavant, se vit confier la charge de seconder la jeune fille.

Le groupe parti, il ne fallut pas plus d'une demi-heure aux guerriers pour dresser les petites tentes de cuir fourré au milieu d'une clairière, et allumer des feux.

Cependant, Dorian décela rapidement l'angoisse sourde qui hantait l'esprit de Solyane. Instantanément, il se reprocha de ne pas avoir adjoint une armée plus imposante à sa fille. Sa sœur tremblait pour elle. Ses yeux reflétaient une anxiété étrange. Il lui prit doucement la main mais ils n'échangèrent pas un mot. Elle attendait quelque chose.

Et soudain, Solyane se figea un court instant, puis bondit vers son cheval. Quelques secondes plus tard, elle filait vers les profondeurs ténébreuses de la forêt, sous le regard médusé des guerriers.

— Palléas, appela Dorian, je te confie le commandement !

Puis il sauta sur Aram et se lança à sa poursuite. Il n'avait pas besoin de la questionner. Lorsque la vision de mort avait heurté son esprit, Solyane s'était immédiatement ouverte à son frère. Il avait perçu en elle le danger qui menaçait la petite troupe. Poussant son lionorse aussi vite que le lui permettaient les accidents du sous-bois, il rageait contre lui-même. Bien sûr, ils n'étaient pas très éloignés de Chonorga. Nelvéa et les siens, partis depuis moins d'une heure, ne devaient pas être loin du village. Mais leur quête sans résultat et sans combat lui avait fait oublier toute prudence. Une dizaine de guerriers, c'était insuffisant, surtout en tenant compte de leurs prisonniers enchaînés. Tout s'était passé comme si... un esprit supérieur avait endormi leur méfiance. Mais Solyane avait été plus difficile à duper. Elle avait senti le danger qui planait sur la forêt malgré le calme apparent. Il la rejoignit, mêla son esprit au sien. Elle voyait par anticipation ce qu'ils allaient découvrir. La petite troupe avait été prise au piège par une horde attardée de quelques centaines de garous, affamés et à bout de forces. Elle reconnaissait l'endroit, qu'elle avait souvent parcouru vingt ans auparavant. C'était une colline calcaire percée de grottes sèches autrefois habitées. En contrebas s'étendait un petit lac qui lui avait un peu rappelé celui de Syrdahar. Les assiégés avaient trouvé refuge dans l'une des cavernes, et repoussaient vaillamment l'assaut furieux des monstres. Mais ils ne pourraient tenir longtemps.

À l'inquiétude se mêlait un curieux goût de joie sauvage dans le cœur de Dorian. Depuis combien de temps n'avaient-ils pas combattu ensemble ? Solyane était comme dédoublée. Nelvéa était en danger. Elle risquait de finir sous les crocs des monstres. Et Nelvéa était sa fille. C'était sa chair vive qui réagissait, contre le temps, contre le sort, contre l'incube qui avait tendu ce piège. Car il ne faisait aucun doute dans l'esprit de Solyane que cette aventure avait un rapport avec la menace révélée par Genge Yen Fong.

Ils ignoraient encore comment ils triompheraient d'une armée de garous aussi nombreuse. Mais Dorian faisait confiance à sa sœur. Un brusque accès de tendresse lui gonfla le cœur.

Dorian et Solyane s'étaient fondus à leurs montures. Une clarté irréelle émanait de la neige du crépuscule. Des branches les cinglaient au passage, provoquant des gerbes de poudre blanche.

Il leur fallut moins d'un quart d'heure pour joindre le lieu du combat, qu'ils découvrirent du haut d'un promontoire. En une fraction de seconde, ils appréhendèrent la scène. Ils estimèrent le nombre des garous à près de quatre cents. Quant aux assiégés, ils résistaient toujours, retranchés dans une caverne à demi éboulée, située à mi-pente de cette colline que l'on surnommait le Palais des Fées. De la grotte jaillissaient flèches et balles. Les pistolasers des deux Lonniennes déchiraient la nuit naissante de longues lames de feu qui venaient hacher les assaillants. En temps normal, les garous se seraient déjà enfuis. Mais la faim était la plus forte. Des torches vivantes dégringolaient la pente en hurlant. Mais cela ne décourageait pas les autres. Un groupe de monstres tentait de contourner l'entrée de la caverne pour l'investir depuis le sommet. Au pied de la colline, l'eau du petit lac avait gelé, et la glace solide et épaisse supportait sans faiblir le gros de la troupe de garous.

— Rapprochons-nous, dit Solyane. Je ne peux rien tenter d'aussi loin. Malgré le nombre impressionnant de cadavres qui jonchaient les abords de la grotte, il était visible que la horde n'allait pas tarder à submerger les défenseurs. Déjà, trois gardes avaient péri. Leurs corps avaient été tirés à l'écart par les assaillants, et dévorés en un rien de temps par les garous délirant de faim.

— Ils n'ont jamais été aussi féroces, murmura Dorian.

— Il faut tous les supprimer, déclara Solyane. Ils

sont devenus enragés. Son regard parcourut la scène et s'arrêta sur le lac. La couche de glace était épaisse et résistante. Mais les trois quarts des garous la piétinaient. Si elle parvenait à disloquer la formidable masse d'eau gelée, la plus grande partie de l'ennemi disparaîtrait.

Elle se concentra, focalisa l'énergie de son frère mêlée à la sienne, et s'intégra mentalement à la carapace glacée qui couvrait le petit lac. En elle se matérialisa l'image d'un cristal géant, limpide, griffé par des centaines de pieds aux ongles démesurés. Un cristal immense, mais fragile, tendre, friable. Des lignes de force imaginaires vinrent chercher appui sur les rives rocheuses. Solyane se tendit, arc-bouta en elle le réseau impalpable, puis le tordit dans un effort surhumain. Dorian, intimement mêlé à sa sœur, sentit presque physiquement le point de rupture, lorsque la glace commença à se fendiller, à se craqueler.

Et soudain, un étrange grondement déchira l'atmosphère. La glace explosa en une poudre fine comme de la neige. Le sable glacial s'effrita, se creusa sous le poids de la horde. Les garous affolés et stupéfaits sentirent le sol céder sous leurs pieds. Ils s'enfoncèrent dans la glace mouvante comme dans un linceul effrayant. Les mâchoires poudreuses se refermèrent sur leurs proies dès qu'elles eurent atteint l'eau profonde. Celle-ci, libérée, rejaillit à la surface, transformant le lac en un piège infernal, dont le froid mortel pénétrait les membres, engourdissait les organes vitaux, cristallisait bientôt le sang dans les veines. La terreur se répandit chez les monstres coincés sur la pente, entre la grotte et le lac transformé en un marécage de sable-glace et de boue. Ils en oublièrent de s'abriter des traits de feu et des balles qui continuaient de pleuvoir. En quelques instants, la quasi-totalité des garous fut anéantie.

Quelques survivants pataugèrent dans la boue glacée jusqu'à des blocs encore solides, et s'écroulèrent, achevés par le froid. Seuls une vingtaine d'entre eux trouvèrent la force de gagner la rive et s'enfuirent au cœur de la forêt Skovandre. Alors seulement les Gwondaleyens osèrent se risquer hors de l'abri de la grotte, soulagés et incrédules. Khaled effectua un rapide tour d'horizon, enjambant les cadavres à demi calcinés ou criblés de flèches et de styls qui jonchaient les abords de la caverne. Le combat avait été une véritable boucherie. Lorsque la course des nuages dévoila la lune triomphante, elle illumina un spectacle dantesque. La glace pulvérisée était encore agitée de soubresauts convulsifs par endroits. Mais le froid reprenait rapidement ses droits, et lentement se cristallisaient d'effrayantes statues rappelant vaguement des formes humaines, figées dans des poses d'apocalypse.

— Par tous les dieux, s'exclama un soldat, que s'est-il passé ?

Nelvéa et Sonia s'approchèrent de Khaled.

— Qu'est-ce que ça veut dire ? murmura la Lonnienne.

— Les dieux ! Les dieux nous sont venus en aide ! répondit-il sourdement.

Mais une présence familière résonna aussitôt dans l'esprit de la jeune fille.

— Les dieux... à moins que ce ne soit mes parents. Regardez !

À l'extrémité ouest du lac apparaissaient un lionorse et un cheval.

— Mais... comment ont-ils pu accomplir cela ? demanda Maryleen, éberluée.

Nelvéa ne perdit pas de temps à lui répondre. Bondissant par-dessus les corps ennemis, elle se précipita à leur rencontre. Solyane, à demi inconsciente, reposait dans les bras de Dorian. Lorsqu'il la déposa à bas d'Aram, elle dut s'appuyer longuement à l'animal pour reprendre son souffle.

— Mère ! Vous êtes blessée.

— Non, non ma fille.

Elle lui ouvrit les bras.

— Ma petite fille ! Tu es vivante ! Les dieux soient remerciés.

Elle prit dans ses mains le visage de Nelvéa, le regarda longuement, puis noya les larmes qui lui coulaient des yeux dans la chevelure bouclée de la petite.

Sans doute fut-elle la seule à percevoir le cri étrange qui monta alors de la forêt, semblable à un hurlement de rage, ou peut-être un pleur de bébé.

Mais peut-être ne s'agissait-il que du déchirement du vent dans les branches.

9

Bien plus tard, tous se retrouvèrent à l'abri de la ferme de Flora, à Chonorga. Après un bouillon chaud, Solyane alla se coucher. Inquiète, Nelvéa voulut la suivre, mais son père la retint.

— Elle a besoin de repos. Elle vient de fournir un

effort fantastique. Sans doute parce qu'elle savait que c'était le seul moyen de te sauver.

Nelvéa, mal remise de ses émotions, revint se blottir contre son père. Des images de corps torturés par la glace et les flammes l'obsédaient. Et surtout, elle avait entrevu ce qui était arrivé à l'un des gardes capturés par les garous. Il criait et se débattait encore lorsque les crocs des monstres s'étaient refermés sur lui. Elle avait cru y lire le reflet de sa propre mort. Une incoercible envie de vomir la tenait, qui l'avait empêchée de toucher au repas préparé par Flora.

À présent, elle était à peu près seule avec son père, dans la grande salle commune. Flora et Alvina finissaient de nettoyer. Sonia et Maryleen étaient allées se coucher à leur tour. Khaled et deux gardes fumaient silencieusement près de l'âtre.

Par fierté, Nelvéa avait ravalé sa peur, mais elle finit par céder et se mit à sangloter doucement contre l'épaule de Dorian. Il caressa longuement la chevelure bouclée si semblable à la sienne. Le profil fin de sa fille le bouleversa et il réprima un instant une émotion étrange, qui n'était plus tout à fait de l'amour paternel. La mèche folle, le nez petit et fier, et les yeux d'émeraude lui rappelaient trop douloureusement un autre visage.

— Mais pourquoi ? Pourquoi n'ai-je pas moi aussi ces pouvoirs ?

Dorian ne répondit pas. Elle continua :

— Palléas aurait réussi ce que ma mère a fait. Et nos trois gardes seraient encore vivants.

— C'est ma faute, petite. J'aurais dû prévoir une escorte plus importante. Mais nos guerriers savaient ce qu'ils risquaient. Tous étaient volontaires.

Elle secoua la tête.

— Jamais... jamais je n'aurais cru que cela pouvait être aussi... terrible.

— Tu comprends à présent pourquoi il n'y a jamais eu de femmes chevaliers ?

— Je... je ne sais pas...

— Les femmes ne sont pas faites pour donner la mort. C'est la vie qui les fait agir. Un chevalier peut être amené, pour la sauvegarde du plus grand nombre, à sacrifier des vies de sang-froid.

Elle leva sur lui des yeux meurtris par les larmes. Il poursuivit :

— Pourtant, ne va pas t'imaginer que nous sommes devenus insensibles. Être chevalier, cela veut dire faire taire ses sentiments lorsque vient le moment de l'action. Mais cela signifie aussi éprouver du respect pour son ennemi. Quand bien même il n'en éprouve pas pour toi.

Il sourit.

— Cela évite de le sous-estimer. Tu sais, ces garous ne sont pas vraiment des monstres. Ils avaient faim. Et la faim est responsable de bien des crimes.

Elle répondit d'une voix neutre :

— Oui, peut-être.

— Et puis, continua-t-il en lui caressant la joue, si cela peut te rassurer, dis-toi que ta mère n'aurait jamais pu accomplir cet exploit seule. Moi non plus. Nous avons conjugué nos forces mentales. Tu vois, nous ne sommes pas invincibles.

— Oh si ! Tous les deux vous êtes invincibles.

Elle finit par sourire, puis enfouit sa tête dans le cou de Dorian. Alors, lentement, parce que les visions de la bataille passée ne voulaient pas la quitter, il l'investit mentalement, occultant sans qu'elle s'en aperçoive les souvenirs trop précis, et la frayeur rémanente. Peu à peu, elle sombra dans le sommeil. Une ombre bougea à côté de Dorian. Khaled.

Sans un mot, il prit la jeune fille dans les bras de son père et l'emporta vers les chambres. Dorian le regarda disparaître. Il aimait beaucoup Khaled, le seul survivant des quatre Ismalasiens à qui il avait épargné la spoliation. Tous s'étaient offerts à le servir, mais trois d'entre eux avaient péri au cours de l'aventure médhellenienne, vingt ans plus tôt. À présent, Khaled approchait de la cinquantaine. Il vouait toujours à Dorian une véritable adoration qu'il avait également reportée sur Solyane et les enfants. Et en particulier sur Nelvéa. Il ne la quittait jamais, et s'était institué tacitement son garde du corps. Il complétait la science des armes que lui inculquait Dorian. Pour elle, il avait même refusé la pension et la demeure que lui avait proposées le comte.

— Ma place est à vos côtés, seigneur, ma vie vous appartient. De plus, je suis ismalasien. Au palais, tout le monde me respecte et m'estime. Mais qu'en sera-t-il dans la ville ? La paix est revenue depuis longtemps, mais les cendres sont encore chaudes.

Dorian avait accepté. Khaled couchait en travers de la porte des appartements de Nelvéa. Il s'en trouvait parfaitement heureux. Comme beaucoup d'hommes, il était né pour servir et obéir. Seul, il n'eût su comment organiser sa vie. Et de cette servitude volontaire lui venait sans doute cette fierté farouche qui se lisait dans son regard noir et profond. Un regard énigmatique, de feu et de glace, où se reflétait parfois la nostalgie de ses déserts perdus.

— Seigneur, vous devriez aller dormir. Vous êtes épuisé.

Dorian sourit à Flora.

— C'est vrai. Mais j'aime ta maison. Je m'y sens bien. As-tu eu le temps nécessaire pour armer ta ferme contre le froid ?

— Oui, seigneur. Grâce à vos conseils, nous ne nous sommes pas laissé surprendre, cette année. Nous avons largement de quoi nourrir les bêtes à l'étable.

Elle se tut un instant, puis ajouta en s'asseyant lourdement sur une escabelle :

— À condition que le printemps revienne. Quand on voit toute cette neige, tous ces monstres, on se demande si le beau temps reviendra. Chaque jour on découvre des troupeaux entiers morts de froid. Depuis quelques années, les forêts s'éclaircissent à cause des arbres tués par la glace. Comme si l'hiver voulait s'installer définitivement. Lakor nous aurait-il abandonnés ? Quand on pense qu'il y a quelques saisons, nous faisions jusqu'à trois récoltes de maïs. À présent, nous n'en faisons plus qu'une. Et encore !

— Pour cette année, Flora. Mais le gibier reste abondant, malgré les animaux tués par les glaces. Ils descendent vers le sud lorsque vient l'hiver. Et tes champs sont toujours fertiles.

— C'est vrai ! D'autres sont plus malheureux que nous.

Flora se rapprocha et prit un ton confidentiel.

— Seigneur, les gens murmurent que vous êtes un dieu. Les gardes qui ont dîné ici ce soir racontent que c'est vous qui avez fait fondre la glace sous les pieds des garous. Je sais que vous avez déjà accompli des miracles. Alors, je voudrais vous adresser une prière.

Je voudrais que cet hiver cesse. Que l'on retrouve nos saisons d'antan, avec les grandes chasses, et les fêtes qui suivaient.

Dorian prit la main de la vieille dame.

— Flora, tu sais que je ne suis pas un dieu. Solyane et moi, nous sommes seulement deux humains dotés de pouvoirs un peu différents. Mais je puis t'assurer que s'il existe un moyen de vaincre l'hiver, je l'emploierai.

— Vous vaincrez, seigneur ! Parce que je crois malgré tout que vous êtes des dieux, votre dame et vous. Et peut-être même... que vous l'ignorez.

Puis elle ajouta en riant :

— Mais vous devriez néanmoins aller vous coucher. Vous tombez de sommeil.

La nuit fut courte. Dès l'aube, Dorian rassembla ses troupes et se mit en route pour rejoindre son armée.

Ils n'eurent pas à aller loin. Ils avaient à peine parcouru une demi-marche quand ils aperçurent Sheratt galopant à leur rencontre.

— L'expédition devient inutile, Arnaud. Nous avons retrouvé les garous, un peu plus au sud de notre campement. Un champ couvert de cadavres. C'était affreux. Ils n'avaient plus que la peau sur les os. Il y en avait plusieurs milliers.

— Cela voudrait dire qu'il ne reste pratiquement plus de garous dans la forêt Skovandre.

— Impossible à dire. Ceux-là ne semblent pas venir de Skovandre. Ils descendaient plutôt du nord, vraisemblablement de la direction de Shalbatena. Sans doute même d'au-delà.

— Qu'en sais-tu ?

— Un de nos éclaireurs a retrouvé un village de garous avec lequel Largo avait lié quelques contacts. Le village était encore là, intact. Avec sa population à l'intérieur. Et ceux-là, même s'ils souffraient de la faim et du froid, avaient encore des réserves de vivres. Ils ont accueilli Largo et notre éclaireur plutôt amicalement.

— Bien ! Fais rapatrier tout le monde à Chonorga. Et envoie-moi Largo de toute urgence.

Un peu plus tard, le wootman avait rejoint la ferme de Flora. Dorian avait fait amener les garous capturés, qui à présent avaient perdu toute agressivité. La nourriture leur avait redonné quelques forces, et ils attendaient patiemment leur sort. Dorian s'adressa à l'homme des bois.

— Il faut que tu essaies de communiquer avec eux, Largo. Ces gens ne sont pas d'ici. Ils viennent du nord. Nous voudrions savoir pourquoi ils ont fui leurs domaines.

— Je vais tenter le coup, mais je ne vous promets rien, seigneur.

Par signes, il entama un embryon de discussion avec les monstres humains qui s'animèrent un peu. Solyane s'approcha, observant les garous. Il était vain de vouloir pénétrer leurs esprits. Aucun d'entre eux n'avait toute sa tête. Leur mode de raisonnement ne répondait à aucune logique, sinon celle de la survie immédiate. Pourtant, l'une des femelles semblait d'un niveau supérieur, ou tout au moins accessible. Solyane se concentra sur elle. Forçant la répulsion qu'elle éprouvait pour les mœurs étranges de ces êtres qui n'avaient pas hésité à dévorer leurs propres enfants lorsque était venu le temps de la disette, elle se laissa emporter par la mémoire de la femelle. Et y découvrit des choses bien singulières. Des flammes, des fantômes gris qui surgissaient du néant, qui tuaient, massacraient comme pour le plaisir. Des têtes difformes volaient, des petits garous étaient expédiés sans pitié dans des bûchers hâtivement allumés. Des yeux, des regards hallucinés, effrayant, brûlant de haine et de fanatisme. Il y avait eu une poursuite abominable, au cours de laquelle les garous avaient dû fuir par milliers leurs domaines menacés par les fantômes gris. Ils avaient dû affronter les grands fauves des massifs montagneux, des troupeaux de lionorses sauvages qui les avaient taillés en pièces. Ils s'étaient même entre-dévorés, pour pouvoir fuir loin, toujours plus loin, vers le sud où ils savaient trouver le salut et la chaleur. Vaincus par l'hiver, ils n'y étaient jamais parvenus.

Soudain, Solyane rouvrit les yeux et s'approcha de la femelle garou. Celle-ci se recroquevilla sur elle-même, effrayée. Solyane entrouvrit la peau animale mal tannée qu'elle serrait frileusement autour d'elle, et saisit le collier de cuir tressé qu'elle portait au cou. Un collier au bout duquel pendait un bijou étrange, sans doute arraché sur le cadavre d'un fantôme tué au cours des combats.

Un bijou dont la forme rappelait sans équivoque possible le symbole du prêcheur fanatique qui s'était suicidé quelques mois plus tôt à Gwondaleya.

DEUXIÈME PARTIE

10

Immédiatement après l'expédition contre les garous avaient eu lieu les fêtes du solstice d'hiver. Période fabuleuse et magique où chaque foyer se resserrait autour de l'âtre familial. Solyane aimait les cheminées sculptées des salles du palais, et surtout celles de leurs appartements. En cette période teintée d'irréalité où les vents furieux rugissaient au-dehors, comme s'ils avaient voulu tout balayer sur leur passage, elle tâchait à rassembler le plus souvent possible les siens autour d'elle, dans un souci maternel de les avoir sous son aile. Et bien des fois elle donna de petits soupers intimes où étaient conviés les plus proches vassaux, leurs amis. On parlait de tout et de rien, de la mode, des dernières pièces de théâtre, des nouvelles venues des autres royaumes. Des royaumes qui soudain semblaient avoir disparu, rejetés à l'autre bout du monde, au-delà du désert infini des glaces et des neiges.

Les garous avaient cessé de faire parler d'eux. Les

quelques tribus vivant dans les hautes combes de la forêt Skovandre ne s'étaient pas encore montrées hostiles. Afin d'éviter quelque razzia sanglante, Dorian leur avait fait porter des réserves de vivres, suffisantes pour traverser l'hiver.

Les fêtes du solstice hivernal duraient près de dix journées pleines, prétexte à de joyeuses réceptions où chacun s'entre-invitait, échangeait des cadeaux afin de consolider une amitié ou de fêter un amour. Loin de l'effervescence des autres saisons, l'hiver et son cortège de glace rapprochaient les hommes les uns des autres, les obligeaient à vivre en paix, à s'entraider pour lutter contre les éléments. À Gwondaleya, aucun pauvre ne passait les mois de neige dehors. Une coutume voulait que chaque foyer réservât un couvert et un gîte pour le voyageur sans abri. Aussi chaque demeure comptait-elle souvent un invité de plus en ces périodes de solidarité. Et même lorsque le foyer ne recevait personne, le couvert du pauvre était mis, systématiquement.

Durant ces temps de libations, propices à la gaieté, Solyane fit montre d'un enthousiasme et d'une joie qui ravirent ses invités. Elle fit elle-même ses achats, se mêlant à ses sujets, bavardant avec tous, s'enquérant de leur santé, de leurs projets. Les fêtes qu'elle et Dorian donnèrent au palais furent éblouissantes, inoubliables. Jamais elle n'avait été aussi belle, aussi séduisante.

Pourtant, personne ne devina, derrière son visage enjoué, l'angoisse et la tristesse qui la minaient.

Seul Dorian comprit que cette façade n'était qu'un leurre, comme si elle voulait s'étourdir de ces fêtes, de cette atmosphère chaleureuse qu'elle adorait.

Parfois, elle contemplait l'horizon de neige, l'univers torturé par les vents, et frissonnait. Alors, elle cherchait la main de Dorian et venait se blottir contre lui. Dans ces moments de communion intime, il l'aimait encore plus, pour sa sensibilité, sa beauté, son charme, sa fragilité. Il l'aima aussi pour les larmes d'émotion qu'elle versa le jour même du solstice, ce jour où chaque famille se réunissait dans la plus stricte intimité. Il n'y avait là qu'Alvina, Odios et son épouse Gwenna, l'Ismalasien Khaled, Palléas, Nelvéa, et les cinq enfants d'Odios. Elle éclata en sanglots, sans raison apparente, au moment de la remise des cadeaux, et plus particulièrement à la vue de la cape magnifique que Palléas et Nelvéa avaient fait confectionner pour elle. À cause des jeunes enfants d'Odios, Solyane sourit à travers ses larmes, et chacun se regroupa aussitôt autour d'elle pour la cajoler, et tenter de la faire sourire. Elle s'essuya les yeux et embrassa tout le monde, en riant de sa faiblesse.

Pourtant, si elle parvint à masquer son désarroi devant les siens, elle s'effondra dès qu'elle se retrouva seule avec Dorian. Avec lui, elle ne chercha plus à retenir ses larmes. Sans mot dire, il se contenta de la prendre dans ses bras pour la réconforter. Elle finit par parler, d'une voix affaiblie.

— J'ai peur, petit frère. Oh, si tu savais combien j'aime cette ville et ces fêtes. Je voudrais... je voudrais que cet hiver ne s'arrête jamais. Je voudrais que nous restions tous ainsi, prisonniers des neiges, mais tous resserrés les uns contre les autres, unis dans la chaleur des cheminées.

Il ne lui posa aucune question ; elles étaient dans ses yeux.

— Je ne vois plus l'avenir, petit frère. Une ombre noire me le dissimule. Le printemps va revenir, puis l'été, l'automne et un nouvel hiver. Un nouvel hiver qui... nous aura tous séparés. Je sens que ces fêtes sont les dernières que nous passerons tous ensemble.

Il avait déjà lu les mots en elle, mais elle tenait à les prononcer, comme pour les conjurer, les rejeter loin d'elle.

— Pourtant, à part cette mystérieuse migration de garous il y a quelques jours, rien d'extraordinaire ne s'est encore produit.

— Rien encore, je le sais. Rien encore. Mais tout va bientôt se mettre en place.

« Tout va bientôt se mettre en place ! »

Dorian pensait-il à ces derniers mots de Solyane lorsque, trois mois plus tard, le commandant Kless Loro d'Urann vint le trouver ?

Dorian appréciait beaucoup le capitaine des Lonniens. À présent, Kless Loro approchait des soixante-dix ans, et bien que sa condition physique demeurât irréprochable, il avait perdu l'assurance énergique qui le caractérisait autrefois, lorsque Dorian avait fait sa connaissance à bord du Moona. Il n'envisageait aucunement de repartir pour sa planète natale, bien que l'opération fût prévue. Comme beaucoup de ses compatriotes, il s'était attaché à ce monde entièrement nouveau pour lui, et qui n'avait que de très lointains rapports avec le souvenir qu'en avaient conservé leurs ancêtres. Seuls les jeunes, comme

Sonia ou Maryleen, étaient déchirés entre le violent désir de rester, et celui, non moins violent, de découvrir le monde où vivaient leurs parents. Des parents à présent éloignés par un siècle et demi de générations. En réalité, et quels que fussent leurs sentiments, les Lonniens appartenaient déjà au monde de la Terre. Lonn était devenue pour eux aussi éloignée que pour les Terriens. Une planète lointaine, une poussière magique gravitant autour d'une étoile invisible depuis Gwondaleya.

— Entrez, commandant Loro. Et asseyez-vous !

— Merci, seigneur Dorian.

Le vieil homme prit le temps d'allumer sa pipe, habitude qu'il avait acquise au contact des Gwondaleyens, et notamment des mariniers qui sillonnaient le Danov. Ainsi évoluent les hommes. Les traits du Lonnien paraissaient anormalement tendus. Respectant sa réserve, Dorian refusa de le sonder et attendit qu'il parlât.

— Seigneur Dorian, je crois que nous avons découvert un élément important concernant ce monde. Un élément grave, dirais-je même. Je ne peux en dire plus pour l'instant, mais je souhaiterais que vous puissez nous accompagner dans une expédition que nous allons mener bientôt vers le pôle Nord.

— Commandant, rien ne m'interdit actuellement de vous suivre dans cette expédition. À moins qu'une nouvelle d'une quelconque gravité ne vienne tout bouleverser, je vous donne mon accord et vous remercie d'avoir songé à m'inviter. Puis-je savoir néanmoins ce que vous comptez étudier là-bas ?

— Eh bien, disons que nos satellites d'observation ont décelé certaines... anomalies. Des faits curieux, que nous aimerions confirmer par une approche plus concrète. Je pense qu'une telle expédition vous intéressera.

Solyane examina avec curiosité la pierre rougeâtre que Dorian lui avait ramenée, quelques années auparavant, de son expédition vers les étoiles. Elle se différenciait peu des roches que l'on pouvait rencontrer dans les déserts. L'empereur de Nogafrika, Khem Dott Ophal, lui avait fait présent d'une rose des sables beaucoup plus belle. Celle-ci ressemblait à une éponge solidifiée, cristallisée, usée par des vents aux caprices de sculpteur. Lisse par endroits, rugueuse à d'autres, elle se creusait de centaines de cavités minuscules et mystérieuses.

Pourquoi avait-elle pris soudain cette pierre en main ? Elle n'aurait su le dire. Peut-être parce qu'elle symbolisait une séparation qui avait duré plusieurs mois, et qui l'avait épuisée. Une séparation qui en annonçait une autre. Dorian lui avait parlé de la proposition du commandant Kless Loro. Le pôle Nord n'était pas très éloigné, par rapport aux planètes visitées par Dorian autrefois. Surtout avec leurs machines volantes, leurs aérodynes, comme ils les appelaient. Mais ce n'en était pas moins une séparation. Elle aurait voulu pouvoir l'empêcher, sans pouvoir fournir aucun argument précis ou convaincant. L'hiver avait apporté une trêve inespérée dans les combats contre les maraudiers. À croire que ceux-ci avaient disparu, ou bien s'étaient amendés. Quant aux garous, ils n'avaient attaqué aucun village. Malgré le froid intense qui sévissait encore, la paix avait régné sur le comté. Pourquoi alors soupçonnait-elle quelque force maudite de se jouer d'eux ? Parfois, elle se traitait de sotte, se disait qu'elle laissait trop courir son imagination. Mais toujours le cri inhumain qu'elle avait entendu dans la forêt lorsqu'ils étaient venus au secours de Nelvéa assiégée par les garous revenait déchirer ses tympans.

Elle regarda à nouveau la pierre. C'était un petit morceau de ciel que Dorian avait lui-même ramassé sur le sol d'une planète que les Anciens avaient baptisée Mars. Elle avait appris ensuite que ce nom symbolisait le dieu de la guerre d'un peuple de conquérants tombés dans l'oubli depuis des millénaires. Elle se remémora les images-sensations que son frère lui avait communiquées à son retour. Dans sa mémoire grande ouverte elle avait saisi des souvenirs, les avait vécus à son tour, se les était appropriés. Elle ferma les yeux. Et reconstitua pour son seul plaisir une vaste étendue de sable rouge, un désert pulvérulent de roches torturées par les vents et le gel. De là venait la pierre rousse. Un dédale de vallées immenses, s'enfonçant au cœur de canyons titanesques. Par réflexe, elle tenta d'y distinguer quelque fleuve. Mais les profondeurs ténébreuses ne recelaient qu'un vide angoissant. Les gorges vertigineuses défilaient à toute allure sous les écrans d'un vaisseau de reconnaissance. Mars, dieu de la guerre, Mars le rouge, dont le sol se teintait encore de sang. Elle frémit. Jadis les hommes avaient voulu conquérir les terres du ciel. Ils y avaient perdu la vie. Les cités-dômes édifiées par les Anciens n'avaient pu résister au fléau inconnu qui avait ravagé la Terre à l'époque du Jour du Soleil. Eux-mêmes, les Lonniens, et Dorian avec eux, avaient failli succomber aux pièges du dieu de l'espace, qui avait lancé contre eux une violente tornade de sable. Leur navire, pris dans une tempête effroyable, avait manqué de s'écraser au fond d'un canyon. Avant de découvrir ce qui restait des dômes humains. Des carapaces sans vie, où les corps s'étaient desséchés, momifiés faute d'organismes vivants pour les décomposer. Perdue, par mémoire interposée, sur la surface rougeâtre du dieu guerrier, elle revit le soleil lointain et pâle, à peine plus gros qu'une étoile, accroché là-bas, tout au bout de l'univers. Une impression saisissante de froid et d'isolement accompagnait cette image. À travers Dorian, elle aussi avait éprouvé cette sensation vertigineuse de n'être plus qu'un grain de poussière, une étincelle de vie face aux immensités du cosmos. Paradoxalement, elle ressentit aussi cette ivresse du vide, qui faisait paraître proches les constellations de l'infini, cette plénitude de l'isolement au cœur de l'éternité cosmique. Ses yeux fermés revinrent sur les étendues effrayantes de sables et de roches. Rien, pas un arbuste, pas le moindre soupçon de végétal, la plus petite trace animale. À côté de cet enfer, les Terres Bleues elles-mêmes semblaient de riantes oasis. Se pouvait-il qu'un jour ce monde ait connu la vie, que des hommes aient foulé ce sol sanglant ? Des villes s'étaient-elles jamais dressées au bord de ces fleuves taris ? Des pistes avaient-elles sillonné les déserts de roches, avec leurs caravanes tirées par des animaux de légende ?

Et soudain, une image plus terrible encore la heurta. Aux plaines pulvérulentes du dieu guerrier se substituèrent d'autres paysages, tout aussi désolés, mais qui n'avaient plus rien à voir avec Mars. Des forêts décharnées, dévorées par des incendies géants, glissant entre le froid et la fournaise, des ruines de cités déchiquetées par les vents que nulle végétation ne pouvait plus arrêter. Pas une silhouette humaine, nulle part. Le monde était devenu un vaste désert sans vie, ravagé par le soleil.

Oppressée par cette vision atroce, elle porta la main à sa bouche et se mordit les doigts afin de ne pas hurler. Cette vision avait un rapport avec le voyage de Dorian. Elle en était sûre. Mais rien de tout cela ne recelait la moindre logique. Sinon peut-être la trace d'une malédiction antique.

Tremblante, elle reposa la pierre mystérieuse et s'en éloigna. Dorian entra à ce moment, et, la sentant bouleversée, vint la prendre dans ses bras.

— Détends-toi, petite sœur. Je te sens nerveuse depuis quelque temps ! Pourtant, tu vois, nous avons redoublé de vigilance, et tout s'est bien passé.

Elle sourit et secoua la tête comme pour disperser les images qui l'avaient assaillie.

— Tu as raison ! Je suis stupide. Je... je crois que je laisse trop mes rêves me dominer.

— Oublie tout cela, petite sœur, je dois t'annoncer une nouvelle qui te fera sûrement plaisir. Notre expédition au pôle est repoussée à l'automne prochain. Les Lonniens ne sont pas très sûrs de leurs calculs. En revanche, ils m'ont sollicité pour quelques explorations qu'ils comptent mener en différents points du monde. Ce seront à chaque fois de courtes opérations, mais ils souhaitent m'y associer, parce que je suis le seul, d'après eux, à posséder la connaissance suffisante pour les comprendre. J'ai envie d'accepter.

— De quoi s'agit-il ?

— De recherches sur le passé de la Terre, sur le monde des Anciens. Je suis persuadé que l'étude de leur civilisation peut nous apporter beaucoup, ne serait-ce que la connaissance de leurs erreurs.

— Pour éviter de les reproduire. Je le crois aussi.

— N'aimerais-tu pas nous accompagner ?

— Surtout pas. Je redoute ces aérodynes. Je préfère mille fois ma petite pouliche. Depuis notre voyage à bord du Moona, je refuse de ne plus sentir sous mes pieds le sol ferme.

Dorian sourit.

— De toute façon, je ne serai jamais très éloigné. J'utiliserai leur système de communication pour te parler tous les jours.

« Bien sûr », songea Solyane en fermant son esprit. Mais il s'agissait tout de même d'une séparation. La première depuis son voyage dans l'espace.

Et elle sut que la deuxième ne tarderait pas lorsqu'un messager annonça l'arrivée d'une caravane. Le premier convoi amené par le printemps.

11

L'arrivée d'une caravane était toujours prétexte aux réjouissances. Véritable ville mouvante en provenance d'horizons inconnus, elle apportait avec elle son cortège de marchands riches de merveilles inédites, son armée de guerriers assoiffés de charmes féminins qui feraient l'aubaine des filles follieuses du port — et de leurs protecteurs. Les marchés de la ville se garnissaient de produits nouveaux et attirants, tapis importés d'Indhyra ou de Nogafrika, tissus aux couleurs chatoyantes, métaux rares, bijoux, conserves alimentaires aux goûts venus d'ailleurs, esclaves, animaux insolites... Suivait toujours une troupe importante de comédiens, de bateleurs, jongleurs ou autres dompteurs qui profitaient de la protection de la caravane.

Un bon quart de la population s'était amassé sur la route de Burdaroma pour accueillir le convoi qui approchait. Sur le baarschen, où stationnaient les chariots et leurs occupants, grouillait tout un peuple en effervescence. On trouvait là les inévitables voyageurs, les mercenaires nomades, ces guerriers qui n'appartenaient pas à la religion amanite, mais qui louaient leurs services aux caravanes. Ces gens venus des confins de la civilisation professaient en général une haine aussi extravagante que tenace vis-à-vis des maraudiers. Il s'agissait en réalité de rivalité de clans que les citadins n'hésitaient pas à mettre à profit pour leur sauvegarde. On rencontrait également bon nombre de conteurs, reconnaissables à leur cape vert sombre. Des gazetiers aussi, qui apportaient les dernières nouvelles de l'extérieur. Après le trop long hiver, les Gwondaleyens les attendaient avec une impatience non dissimulée.

Au bout de cinq mois de neige, de glace et de blizzard, le printemps avait consenti à faire son apparition. Le soleil inondait de rayons crus et aveuglants la nature étourdie. La vie explosait partout, réveillant les hommes et les bêtes engourdis. La saison avait été rude. La famine avait menacé de nombreux villages isolés. Les aérodynes avaient dû intervenir par deux fois pour secourir des villageois menacés de disette. De nombreux animaux d'élevage avaient succombé. Des vieillards et des enfants avaient péri. Le scorbut menaçait certaines peuplades périphériques. Jamais, de mémoire de Gwondaleyen, on n'avait vu de tels ouragans de glace, des températures aussi basses. Mais les avertissements de Solyane avaient permis d'éviter le pire.

Sylvain et Dorian, qui s'étaient portés au-devant du convoi, reconnurent immédiatement le chevalier qui galopait à leur rencontre.

— Leïro ! s'exclama Sylvain. Par les dieux, compagnon, quelle joie de te revoir !

Les trois hommes sautèrent à bas de leur monture pour s'embrasser et s'administrer des claques aussi vigoureuses qu'amicales sur les épaules. Avec Leïro d'Ursaleya, cet homme qui portait en lui l'empreinte de la Médhellenie, c'était une mine de souvenirs qui revenait.

Quelques instants plus tard, le trio se retrouvait dans le bureau de Dorian, rejoint bientôt par Palléas et Odios.

— Ainsi, compagnon, tu as choisi de devenir chevalier errant, constata Sylvain.

— Eh bien, oui et non ! En fait, comme beaucoup d'autres, comme Gustav par exemple, j'ai été appelé par l'empereur Kristan Leonov. Gustav de Felda, lui, est un grand seigneur. On lui a confié des missions d'ambassade. Moi, je ne suis qu'un guerrier, plus à l'aise sur les champs de bataille que dans les salons des rois. Alors, on m'a demandé d'assurer la sécurité des villes frontalières, et la défense des caravanes.

— La défense des caravanes ? s'exclama Odios. Depuis quand demande-t-on aux chevaliers régnants d'assurer leur protection ? Il existe suffisamment de chevaliers sans domaine qui en ont fait leur métier ordinaire.

— C'est exact. De tous temps, les caravanes ont été escortées. Mais ce qui est nouveau, ce sont les maraudiers auxquels nous avons affaire depuis quelques mois.

— Que veux-tu dire ?

— En certains endroits sont apparues des bandes de pillards d'une espèce totalement nouvelle. Habituellement, les maraudiers ne s'attaquent qu'aux petites caravanes, moins bien défendues. Ils en connaissent souvent la destination, la composition, le chargement, et le potentiel de défense. Les caravanes ont toujours abrité des espions à la solde des maraudiers. On ne peut contrôler tous ceux qui s'introduisent dans les baarschens. Bien souvent, il suffit de payer un droit de passage à certaines bandes pour qu'elles se retirent sans heurt. Nous appelons ça un péage, et nous préférons cette pratique aux combats. C'est un moindre mal. Ceux-là sont différents. Le vol n'est pas leur motivation principale. Ils sont habités par une sorte de fanatisme religieux. On dirait qu'ils nous attaquent pour tuer, piller, massacrer. Nous avons réussi à en capturer quelques-uns. Ils prétendent agir au nom d'un dieu supérieur, auquel ils ne donnent aucun nom. Il est Dieu, tout simplement. Pour eux, nous sommes des démons. Les Ismalasiens, qui ont beaucoup eu à souffrir de leurs attaques, les ont baptisés les « fayads ar denn », les fous de Dieu.

Il soupira.

— Je crois qu'on ne pourrait trouver d'expression mieux adaptée. Jamais je n'ai rencontré d'individus aussi terrifiants, aussi peu attachés à la vie. Des fous, c'est peu dire. Ils attaqueraient même à un contre dix. J'en ai vu un mettre le feu à ses vêtements et se précipiter vers notre réserve de poudre. Par chance, un archer est parvenu à l'abattre avant qu'il n'atteigne son but. Ils combattent comme des ferroskos, sans se soucier de leur vie. Comme s'ils ne s'appartenaient plus. Ils tombent en hurlant des incantations à leur dieu.

— Comme notre prêcheur, remarqua Palléas.

— D'où viennent-ils ? demanda Odios.

— Personne ne le sait exactement. Ils vivent hors des domaines civilisés. Le plus étrange, c'est que l'on peut traverser plusieurs comtés sans en rencontrer, comme à Gwondaleya. Par contre, ils sont présents dans la plupart des empires.

— Gustav a évoqué la présence de hordes semblables en Indhyra, lorsqu'il nous a rendu visite, l'an passé.

— C'est vrai. Mais le phénomène n'est pas localisé là-bas. Il y en a partout. Et cet hiver, ils ont dépassé les bornes. Non contents de s'attaquer aux caravanes, ils ont anéanti Moraskaïa et Lybrinsky, deux petites cités du nord de l'Ukralasia.

— Ils sont donc assez puissants pour cela ? interrogea Sylvain.

— Malheureusement oui. Ils ont tout détruit, massacré les habitants, éventré les bâtiments. L'empereur était furieux. Il a aussitôt mis une armée sur pied pour rechercher les coupables. Sans résultat. Sitôt leurs crimes accomplis, ces fayads disparaissent dans la nature.

— Ils livrent une guerre d'escarmouches, commenta Dorian. Un travail de sape.

Leïro fourragea dans une poche et en sortit une insigne métallique, qu'il tendit à Dorian.

— Regarde, compagnon. Voilà ce que portent tous ces sauvages.

Dorian pâlit.

— À l'automne dernier, un homme est venu à Gwondaleya. Un prédicateur. Par ses discours fanatiques, il a provoqué la mort de deux de nos citoyens. Cet individu portait une insigne identique. Il s'est suicidé avant que nous ne puissions le faire parler.

— Il semble en effet que ces fayads aient partie liée avec certains prêcheurs. L'empereur a fait arrêter tous ceux qui se recommandaient de cette nouvelle religion. Mais rien n'a pu les faire parler. Ni tortures, ni privations, ni même les philtres de vérité. Comme si une volonté supérieure dictait leur conduite. Ils se sont tous laissé mourir de faim, quand bien même on les nourrissait de force, à l'aide d'entonnoirs. Ils régurgitaient tout.

Leïro planta son regard dans les yeux de Dorian.

— Arnaud, j'ai vu ces prisonniers. Je les ai approchés. J'ai tenté de parler avec eux, de les comprendre. Eh bien... ils m'ont fait peur.

— Peur ? À toi ?

— À moi, oui ! Le plus fin bretteur d'Ukralasia ! J'étais à Miniska lorsque l'on a appris la destruction de Lybrinsky. On venait d'arrêter deux prêcheurs. L'empereur m'a demandé de les voir. Arnaud, ces fayads ne sont pas des êtres humains. Ce ne sont pas des hommes comme nous. J'ai vu leurs yeux. Ils brillent d'une lueur étrange. Ils sont... comment dire... habités par leur croyance à tel point que non seulement ils se feraient tuer pour elle, mais encore, cette mort semble être tout ce à quoi ils aspirent. J'ai vu leur visage sous la torture. Une sorte d'extase les animait. Selon eux, plus ils souffrent, plus ils se rapprochent de leur dieu.

— Et les philtres de vérité ?

— Rien à faire. Ils ne faisaient qu'évoquer leur maudit prophète.

— Il faut que l'affaire soit grave pour que l'empereur en soit venu à employer la torture, nota Odios.

Un court silence s'installa. Puis Leïro reprit.

— Le baron de Stanaka, que vous connaissez, s'est rendu à Lybrinsky. Il m'a raconté ce qu'il avait découvert là-bas. Tous les habitants du village, hommes, femmes, enfants, tous avaient été réunis sur la place principale. Les fayads les ont tous décapités. Puis ils ont entassé les têtes avant d'y mettre le feu.

Pourtant endurcis, les chevaliers ne purent réprimer un haut-le-corps.

— Des massacres semblables ont eu lieu en Indhyra, d'après Gustav de Felda, dit Dorian.

— C'est abominable, grinça Sylvain. Par les dieux, qu'ils viennent par ici. Nous les taillerons en pièces.

Dorian répondit :

— Je souhaite au contraire qu'ils ne s'aventurent jamais dans nos domaines, frère. La guerre n'apporte rien de bon, tu le sais.

— Mais pourquoi agissent-ils ainsi ? Pourquoi couper les têtes et les brûler ?

— Sans doute une absurdité de leur religion, soupira Dorian. Ce qui est plus inquiétant, c'est l'ampleur apparente du phénomène. Ces gens n'existaient pas il y a quelques années. Il est probable qu'ils viennent des déserts qui séparent les cités les unes des autres. Ces domaines inconnus sont habités par des hommes à demi sauvages, des paysans farouchement attachés à leur indépendance vis-à-vis de la religion. Mais pourquoi se seraient-ils soudain organisés en armées pour attaquer les caravanes ? Et surtout, qui a pu réaliser une telle entreprise ?

Il se tourna vers Leïro.

— De quel armement disposent-ils ?

— Des glaives courts, des poignards longs et courbes, des lances monolames et des frondes. Rien d'extraordinaire heureusement. Mais certains possèdent des gonns. On suppose qu'ils ont été dérobés aux nôtres. Un autre détail a aussi son importance. Ils sont tous vêtus de la même manière, d'une cape d'un vert sombre, munie de nombreuses poches, et composée de quatre épaisseurs de tissu. Ces capes sont remarquablement bien étudiées pour résister au froid. Ce qui explique sans doute que Moraskaïa et Lybrinsky aient été attaquées en plein hiver.

— Ce qui confirme qu'il s'agit bien d'une entreprise de grande envergure. Il faut savoir qui se cache derrière ces fayads.

— Mais quel peut être le rapport entre ces pillards et les prêcheurs ? demanda Palléas.

— Cela, nous le savons, répondit Leïro. Les prisonniers que nous avons faits affirment que les hommes sont prédestinés. Certains doivent retrouver Dieu après la mort, d'autres sont irrémédiablement condamnés. Il n'y a pas d'alternative. Seul le peuple élu, rangé sous la bannière du prophète dieu, sera sauvé. Aux autres, le prophète offre une chance, une seule, d'éviter la damnation éternelle. C'est la raison d'être de ces prêcheurs. Ils colportent la bonne parole de ville en ville. Ceux qui les suivent seront les élus. Les autres seront perdus, parce qu'ils n'ont pas d'âme. J'ai écouté un prédicateur enchaîné dans sa cellule hurler son fanatisme. Il distillait une telle haine que j'en ai eu des frissons dans le dos. Il criait que nous étions des démons, que Dieu nous brûlerait pour toujours dans les flammes de l'enfer, parce que nous ne le respections pas, parce que nous ne l'adorions pas. De plus, il vouait nos femmes et nos concubines à un sort plus horrible, parce qu'elles vivaient avec nous dans l'abjection la plus complète, la fornication la plus éhontée.

— Revoilà l'ombre de Shaïentus, dit Sylvain avec un sourire. Messeigneurs, prenez garde ! Nous risquons de griller éternellement dans les flammes du dieu des fayads. Et nos douces compagnes avec nous !

— Alors, il n'y aura que demi-mal, répliqua Odios. Le pire serait d'être séparés d'elles.

Un nouveau silence s'installa. Puis Leïro annonça :

— Arnaud, j'ai besoin de ton aide. C'est pour cela que je suis ici. L'empereur m'a demandé de recruter de nouveaux chevaliers pour escorter une importante caravane qui doit joindre Lonodia, la capitale de l'Europannia. Je sais que tu as pris soin de former toi-même nombre de chevaliers, et que ces jeunes lions sevrés de combat se morfondent, puisque tu fais fuir tes ennemis. J'ai pensé à eux pour mener à bien cette mission.

— Mais Lonodia est à l'autre bout du monde !

— À peine plus de trois cents marches. Nous partirons de Burdaroma. Nous gagnerons d'abord Miniska où le convoi doublera d'importance. Nous ferons ensuite étape à Lodi, Hambora et Kolna avant de joindre Lonodia. L'empereur m'a désigné pour commander l'ost qui accompagnera cette caravane. À Miniska, elle groupera plus de vingt mille personnes, dont deux mille guerriers et une centaine de chevaliers. D'après le sheraf Blentor Kemal, qui gouverne celle qui vient d'arriver, ce sera le plus important convoi jamais constitué, si l'on excepte celui de l'empereur de Cathasia, qui te visita l'an dernier. Il nous faudra de six à huit mois pour parvenir à Lonodia, où nous passerons l'hiver.

— Et ton comté d'Ursaleya ?

— Oh, mon frère le gère aussi bien que moi. Et puis, je crois que notre ami Dracchus de Vik m'a communiqué son virus. Je ne tiens pas en place.

— Comment est-ce, l'Europannia ? demanda Palléas.

— C'est une plaine immense traversée par des fleuves descendus des hautes montagnes du Sud. Plus au nord, les glaciers progressent un peu plus chaque année. Après le Jour du Soleil, la plupart de ces territoires furent recouverts par les eaux. À présent, on dit que la mer s'est retirée plus loin qu'elle n'était auparavant. Les villes sont moins nombreuses que dans nos domaines, mais on sent planer partout le souvenir des Anciens.

— D'après les Lonniens, renchérit Dorian, l'Europannia fut autrefois l'une des régions les plus peuplées du monde, et l'une des plus puissantes. Mais les eaux ont tout effacé.

Palléas se tourna vers son père. Mais Dorian avait déjà deviné la question qui lui brûlait les lèvres.

— Je sais à quoi tu penses, mon fils, dit-il en réprimant un sourire. Tu es libre d'agir à ta guise, de même que tes frères d'eschola, car je doute fort qu'ils désirent rester ici si tu les quittes. J'avoue que si de nombreuses tâches n'avaient pesé sur moi, je t'aurais volontiers accompagné.

— Il est bon que les jeunes livrent de vrais combats, approuva Odios. À Gwondaleya, les ennemis se font plutôt rares.

— Alors, nous irons les chercher là où ils se trouvent, dit joyeusement Leïro. Je te remercie du fond du cœur, Arnaud. L'aide de Palléas nous sera précieuse. Mais es-tu sûr de ne pouvoir te joindre à nous ? Je te laisserais volontiers le commandement.

— Oui, père, intervint Palléas. Avec vous, ce serait formidable. Les fayads ne pourraient nous résister.

Dorian sourit, ému par l'enthousiasme de son fils.

— C'est malheureusement impossible, petit. Je sais qu'une menace pèse sur nous, sur notre civilisation. Je ne puis me permettre d'abandonner Gwondaleya pendant de nombreux mois. Mais je te fais confiance pour mener cette mission à bien.

Elle aurait voulu ne pas montrer sa faiblesse. Mais l'épreuve était au-dessus de ses forces. Il avait beau la dépasser de deux têtes, elle ne parviendrait jamais à le considérer comme un adulte. Il resterait toujours le tout-petit qu'elle avait mis au monde. Elle avait tremblé lors de l'eschola, tout en sachant au fond d'elle-même qu'il triompherait. Sans doute même avait-il porté chance à ses compagnons, car pour la première fois depuis de nombreuses années, il n'y avait eu aucun mort lors des épreuves.

Elle lui sourit tristement.

— Je pense que toutes les mères sont ainsi faites, mon fils.

— Ne craignez rien. Jamais caravane n'aura été aussi bien armée. Et puis, je ne serai pas seul.

— C'est vrai.

Mais il la connaissait trop bien pour ne pas déceler son inquiétude. Il voulut la rassurer.

— Je doute que les maraudiers osent s'en prendre à nous. Quant à ces fameux « fayads » dont a parlé Leïro, nous n'en avons pas encore vu à part ce prêcheur de l'automne dernier. En dehors de Moraskaïa et Lybrinsky, il semble qu'ils sévissent surtout dans les domaines inconnus.

— Je sais, mon fils. Je suis stupide. Mais c'est la première fois que nous allons être séparés.

Alors, comme lorsqu'il était petit, il déposa un baiser tendre sur les lèvres de Solyane et s'en fut.

Elle le suivit mentalement dans le couloir. Il rejoignit ses amis, ses fidèles, jeunes chevaliers comme lui. Elle reconnut Rono, le fils de Sheratt de Brastalia, Melian et Yvain, les fils de Sylvain, et quelques autres. L'écho d'une discussion pleine d'enthousiasme lui parvint. Comme son père vingt ans auparavant, il était devenu leur guide, leur idole. Un demi-dieu qu'ils allaient enfin pouvoir suivre au vent redouté et espéré des batailles et de l'aventure.

Elle soupira. Les hommes ne changeraient jamais. Bien sûr, elle était stupide de réagir ainsi. Mais elle ne parvenait pas à chasser de son esprit la vision angoissante de l'incube dressant son ombre noire au-dessus d'une caravane gigantesque, et resserrant son piège sur Palléas. Fermant les yeux, elle murmura :

— Protégez-le, dieux de bienveillance ! Prenez de moi ce que vous voudrez, mais protégez-le !

12

Pillat de Burdaroma admira longuement le fauve monté par Palléas et déclara :

— Elle est magnifique, petit ! Mais comment se fait-il que tu aies choisi une allienne ?

— Elle faisait partie du groupe des adols. Elle m'a donné du fil à retordre, mais j'ai senti qu'elle était faite pour moi. Elle est presque aussi rapide qu'Aram. Je ne serais pas étonné qu'elle descende de lui.

— Ce n'est pas impossible. On m'a dit que tu éprouvais un sérieux penchant pour les femmes. Cela a dû guider ton choix.

Palléas éclata de rire, imité par le roi.

— Alors, je connais un endroit qui va t'intéresser. Viens !

Montant son propre lionorse, une bête encore splendide malgré ses quarante années, il piqua à travers les jardins suspendus que le printemps avait parés de mille couleurs.

Le voyage de Gwondaleya à Burdaroma s'était déroulé sans incident. La piste reliant les deux cités, très fréquentée depuis vingt ans, était parsemée de postes de garde. Les maraudiers ne s'y aventuraient plus guère. Seuls quelques audacieux tentaient encore d'y agresser les voyageurs isolés.

Sitôt parvenus à la capitale, Leïro et Palléas avaient été accueillis par le roi. Celui-ci leur avait fait réserver un palais qu'ils occupaient avec les quelque vingt-cinq chevaliers ralliés à Gwondaleya. La fine fleur de la jeunesse, pour la plupart frères d'armes de Palléas.

Fidèle à son amitié pour Dorian et Solyane, Pillat avait reçu le fils comme il avait accueilli le père longtemps auparavant.

Il avait demandé des nouvelles de tous, se souvenant même du nom de simples guerriers ayant combattu à ses côtés en Ismalasie. Sa mémoire était prodigieuse.

Depuis trois jours, en attendant que la caravane se constitue, Pillat et Palléas ne se quittaient pas. Le roi avait donné une réception en l'honneur du fils du héros de l'Ismalasie. Le monarque appréciait la gaieté naturelle du jeune homme, et son goût immodéré pour la vie. Il retrouvait un peu en lui sa propre jeunesse. De plus, à l'inverse de son père, d'une fidélité sans faille à l'égard de Solyane, Palléas n'était pas insensible, loin de là, aux charmes des Burdaromaines. Et elles le lui rendaient bien. En quelques jours, il s'était constitué une cour d'admiratrices qu'il ne pourrait jamais satisfaire toutes. Il était le fils de ce demi-dieu que le Commandeur lui-même considérait comme son égal, et beau à en faire perdre la tête. Elles se chuchotaient les pouvoirs étranges dont il disposait, et chacune éprouvait la violente envie de les connaître.

Pillat s'amusait beaucoup de ce succès insolent.

— Tu as raison, disait-il. Les femmes sont belles à regarder, douces à toucher, à aimer. Mais vois plutôt ceci !

Ils débouchèrent sur un promontoire dominant une sorte de cirque naturel. Au centre, lové en S autour de deux bassins bleus, s'élevait un palais à nul autre semblable. Le Qaïsar. Une espèce de labyrinthe végétal, un dédale fait d'essences rares, de massifs de rocailles fleuris étagés sur plusieurs niveaux, le protégeait des indiscrets. Un rapide sondage mental apprit à Palléas que l'endroit n'abritait que des femmes. Dorian l'avait évoqué peu avant son départ, mais jamais il n'aurait osé imaginer une telle beauté dans les lignes architecturales, une telle harmonie dans les couleurs de la pierre, allant du rose grès au blanc le plus lumineux, auxquelles se juxtaposaient des nuances d'azur et d'émeraude.

L'âge n'avait en rien diminué les ardeurs amoureuses du roi. Aucun fil d'argent ne venait tempérer ses cheveux roux. Sa barbe conservait le même éclat flamboyant, et les rudes exercices guerriers auxquels il continuait de s'adonner quotidiennement lui avaient forgé un ventre plat et des muscles d'acier.

Les deux lionorses empruntèrent le chemin à demi sauvage qui serpentait jusqu'au palais. Une nuée de jolies filles vint entourer les deux cavaliers. L'une d'elles, plus hardie, parvint à se hisser sur l'encolure de l'allienne de Palléas. Le fauve gronda, mais se calma sous l'impulsion mentale du jeune homme.

— C'est ici que je viens me reposer des responsabilités du royaume, Palléas. Les femmes sont faites pour charmer les hommes, comme les fleurs pour les yeux et l'odorat. Bien malheureux ceux qui ne l'ont pas compris. J'aime les voir, les regarder vivre, écouter leurs confidences. Elles possèdent la grâce, et la finesse qui fait défaut à tant d'hommes. Chacune recèle des secrets, des trésors que jamais on ne parvient à conquérir totalement. Et puis, il est si agréable de leur faire l'amour, de les regarder dormir.

Ce n'était pas Palléas qui l'aurait contredit.

— Beaucoup de souverains m'envient cette collection incomparable. Nombre d'entre eux ont vainement tenté de m'imiter.

— Mais comment peuvent-elles accepter de rester cloîtrées ici ?

— Par Latham, me prendrais-tu pour un monstre, petit ? Ce palais n'est pas une cage d'or. Mes amazones sont entièrement libres. Les autres ont commis l'erreur de vouloir emprisonner leurs compagnes. Or, nul ne peut contraindre un être humain, et surtout pas une femme. On peut toujours la soumettre par la force, mais elle perd alors toute sa personnalité, toute sa saveur. C'est une pratique stupide et inhumaine. À l'inverse d'un homme, une femme se donne totalement, sans réserve, et c'est ce don de soi, cette abnégation qui les rend si émouvantes, si attirantes. En cela, elles sont beaucoup plus généreuses et beaucoup plus dignes de confiance que bien des hommes. Cependant, ajouta-t-il en souriant avec sagacité, ne t'y fie pas toujours. Lorsqu'elles ne se donnent plus, elles peuvent devenir redoutables.

Il caressa les cheveux de l'une des amazones.

— Ces filles sont toutes volontaires. Elles viennent et repartent quand elles le désirent. Chacune possède un appartement dans le Qaïsar, mais aussi une demeure en ville. Certaines sont de naissance noble, d'autres non. Elles se considèrent toutes comme des sœurs. Leur seule contrainte consiste à prendre soin de leur beauté, pour mon plaisir et celui de mes amis. Cependant, elles restent parfaitement libres d'accepter ou de refuser un amant.

— Je crois qu'elles te font aussi quelques enfants ! remarqua Palléas en riant.

— Ah pour ça, ils ne sont pas tous de moi. Mais je sais reconnaître les miens.

— À quoi donc ?

— Devenus grands, ils paillardent autant que leur père.

Peu après, les deux hommes avaient pris place au bord des bassins intérieurs. Le milieu du S était soutenu par d'épaisses colonnes peintes de fresques érotiques. Pour l'heure il y avait une vingtaine d'amazones groupées autour d'eux, ou évoluant, nues, dans l'eau azuréenne des bassins, un spectacle dont Pillat ne se lassait jamais.

La plupart des filles avaient entre vingt et trente ans, mais deux d'entre elles avaient dépassé la quarantaine sans pour autant perdre leur corps de déesse. En général, arrivées à l'âge critique, elles se retiraient, épousaient un seigneur ou un riche marchand. Leurs faveurs étaient très recherchées. Parfois elles restaient dans l'entourage du roi. Mais toutes conservaient pour lui ce mélange d'amitié et de tendresse dont il était si friand. Il était d'ailleurs curieux de constater la complicité insolite qui le liait à ces femmes. Elles jouaient également un autre rôle que celui de maîtresse. Chacune d'elle possédait à fond le métier des armes. Aussi, lorsque Pillat se déplaçait, on ne voyait jamais autour de lui de guerriers monumentaux prêts à bondir à la moindre alerte, mais un essaim de filles adorables, promptes à se transformer en tigresses.

Les deux hommes restèrent un long moment silencieux, admirant sans réserve les évolutions des naïades dans l'eau bleue, écoutant les bavardages ou les silences de leurs compagnes. Palléas comprit pourquoi ces filles dégageaient une sensualité différente des autres femmes. Contrairement aux épouses et concubines des seigneurs que l'on rencontrait à la cour, elles pratiquaient des exercices violents pour conserver une silhouette irréprochable. Les autres portaient mal certaines rondeurs indésirables dues à une vie trop facile. Mais l'eau et la science des armes avaient sculpté le corps des amazones à la perfection, dessinant chaque muscle, chaque membre, affinant par là même la grâce de leurs gestes.

Pourtant, malgré la beauté du spectacle, Palléas devinait chez son compagnon l'écho d'un malaise, le reflet d'une inquiétude qui tardait à s'exprimer. Enfin, Pillat se décida :

— Palléas, prends bien garde à ces maudits fayads. Ce sont les ennemis les plus incompréhensibles que j'aie jamais rencontrés.

— Cependant, si l'on excepte Moraskaïa et Lybrinsky, ils ne s'en prennent qu'aux domaines externes.

— Et aux caravanes...

— Les mauraudiers qui attaquent les convois sont parfois aussi animés par une croyance aberrante. Mon père m'a parlé des Aboyeurs de Lune, en Médhellenie.

— Palléas, ces fayads or denn ne constituent pas

un phénomène local, comme les Aboyeurs. J'ai tenté de communiquer avec eux. Par curiosité, j'ai fait arrêter, ou plutôt convier un de ces prêcheurs qui infestent nos cités depuis quelque temps. J'ai parlé avec lui. Je lui ai demandé de m'expliquer sa religion. Il faut toujours essayer de comprendre ses ennemis, pour tenter de découvrir un terrain d'entente. Avec eux, c'est impossible. Ils veulent notre anéantissement complet. Il m'a prédit que son dieu me punirait de vivre ainsi dans la débauche, qu'il grillerait mes amazones jusqu'à la fin des temps, et moi avec. Pour lui, une femme n'a pas d'âme, et doit vivre enfermée chez elle, le visage voilé. Un homme n'a droit qu'à une seule épouse, et doit lui faire l'amour dans le seul but de procréer.

— Comment peut-on imaginer que les femmes n'aient pas d'âme ? Ces fayads n'ont-ils pas de mère ?

— C'est ainsi, poursuivit Pillat. D'ailleurs, ils n'emploient le terme « amour » que pour leur dieu. Lui seul y a droit. Dans leur esprit, il les a placés sur la Terre pour l'adorer. Leur vie doit lui être entièrement consacrée, jusqu'au plus simple des gestes quotidiens. Leur vie n'est qu'une préparation à la mort qui les verra se fondre enfin à ce dieu.

— Les Folmans ont des convictions similaires.

— C'est vrai. Mais les Lonniens m'ont appris que quelques religions anciennes professaient le même type de croyance, bien avant le développement technologique.

— Alors, peut-être la religion fayadine n'est-elle qu'une résurgence d'une de ces anciennes superstitions ?

— C'est possible...

Il y eut encore un long moment de silence. Les deux hommes respectaient leur méditation mutuelle. Vers le sud, la forêt d'Eliandre noyée de soleil se parait d'écharpes de chaleur. Soudain, mû par un étrange pressentiment, Palléas demanda :

— Djihad, que penses-tu de la mort ?

Le roi, surpris, réfléchit un court instant, puis déclara :

— Voilà une bien étrange question de la part de quelqu'un d'aussi jeune. Et surtout d'un homme qui a dû hériter de l'immortalité de ses parents. Mais je vais te répondre. Je pense que la mort est une bonne chose. Lorsque le corps ne se réduit plus qu'à une vieille écorce sèche et usée, elle est le seul moyen de s'en arracher. Car l'âme, elle, est immortelle. Ainsi parlent les amanes. Et je les crois. Je les crois aussi lorsqu'ils disent que nous nous réincarnons dans un autre corps pour vivre une vie nouvelle. Ont-ils raison ? Les dieux seuls le savent. Mais tout cela doit être vrai. Ainsi peuvent renaître ces esclaves spoliés que nous privons de leur personnalité. Ainsi le criminel peut-il recommencer une vie meilleure. Car les dieux veulent, dans leur infinie sagesse, que nous perdions tout souvenir de nos vies antérieures. Bien sûr, j'aurai peine à quitter cette existence qui me fut si favorable lorsque viendra mon heure. Mais je me réjouis déjà de ce que je connaîtrai au-delà. Et puis, aurai-je vraiment de la peine ? Les dieux sont bons, qui ont voulu aussi que nous ne sachions ni le lieu, ni l'heure de notre mort. Bien sûr, le monde est sans pitié, et n'épargne personne. J'ai moi aussi souffert de la perte d'êtres chers, celle de mon épouse, la femme que j'ai aimée plus que toute autre. Ou celle de mon ami Czarthoz, l'ancien comte de Gwondaleya. La grandeur et la richesse ne peuvent nous préserver des douleurs du cœur. Mais les dieux nous ont également donné l'intelligence et la conscience pour nous défendre, et tenter de nous accorder avec nos ennemis, tant humains que naturels. À nous de savoir utiliser ces dons pour triompher. Si nous échouons, soyons assez clairvoyants et assez humbles pour en accepter toute la responsabilité.

Il se tut quelques secondes avant de poursuivre :

— Les fayads sont dans l'erreur. Leur religion est mauvaise. Leur dieu est un tyran qui sans cesse pose des énigmes à ses sujets et exige d'eux une admiration totale et sans condition. Cela rappelle par trop les sentiments de ces rois éblouis par leurs propres pouvoirs. Il les a rendus aveugles à la beauté du monde, à la douceur des femmes, au plaisir de vivre. Ce dieu n'existe pas. Je suis sûr que cette croyance a été montée de toutes pièces par ce Prophète, cet homme mystérieux que personne n'a jamais vu. Malgré les pouvoirs terrifiants qu'on lui prête, il s'agit vraisemblablement d'un malade, d'un fou qui veut contraindre les autres à mener une vie selon ses vues, une existence ascétique, privée de toute joie, se glorifiant de sa douleur.

— Tu penses que tes dieux sont bons, parce que tu es bon toi-même, Djihad. Donc tes dieux aiment la vie.

— C'est vrai. En réalité, je pense que chacun porte ses dieux en soi. L'important n'est-il pas de vivre en accord avec soi-même ? Ainsi parlent les amanes. Ce Prophète a peut-être raison en ce qui le concerne. Mais son erreur et son crime sont d'user de son ascendant pour imposer sa détresse morale aux autres.

— Mais un tel homme ne peut triompher. Sa religion est empreinte de folie. Elle s'éteindra d'elle-même.

— Peut-être, Palléas, mais l'âme humaine est faible et malléable. Soumis à une volonté supérieure, les hommes peuvent oublier, voire nier leur véritable personnalité. Les victimes du Prophète et de ses partisans se chiffrent à présent par dizaines de milliers. Il faut que cela cesse.

Il regarda Palléas dans les yeux.

— Petit, nous devons démasquer cet homme. Il menace notre religion, nos cités, notre vie. Votre mission a deux buts en réalité. Bien sûr, la caravane doit arriver dans de bonnes conditions jusqu'à Lonodia. Elle doit consolider nos relations avec l'empereur d'Europannia, Arnold Plantagenêt. Les échanges commerciaux ont toujours été limités, à cause de l'insécurité des pistes. Nous désirons en ouvrir de nouvelles, et faire venir à nous des domaines encore inconnus. Mais depuis quelques années, tout le travail délicat entrepris par les amanes pour apprivoiser les peuplades extérieures a été anéanti par la venue de cette racaille. Leur puissance monte sans que nous puissions en déceler l'origine. Ta vraie mission, la voici : t'opposer au Prophète, le démasquer, et le supprimer. Nous aurions souhaité que ton père s'en charge. Mais son rôle de comte régnant ne peut l'écarter trop longtemps de Gwondaleya. C'est donc toi qui as été choisi. Acceptes-tu ?

Palléas répondit sans hésitation.

— J'accepte, Djihad !

— Alors, puissent les dieux t'être favorables !

13

Le lendemain matin, Palléas éprouva quelque difficulté à s'arracher des bras de Cyrilia, la ravissante amazone avec qui il avait passé la nuit. Il devait rencontrer dans la matinée les responsables de la caravane, en compagnie de Leïro.

Délicatement, pour ne pas la réveiller, il repoussa la jeune femme, déposa un baiser sur ses lèvres tièdes de sommeil, et se leva. Il prit une douche, s'amusant à faire naître d'évanescentes sculptures liquides par simple jeu mental, puis s'habilla.

Il se sentait parfaitement heureux. La journée promettait d'être radieuse. Un soleil intense embrasait l'horizon. Une force nouvelle vibrait dans ses muscles. Lorsqu'il sortit du palais mis à sa disposition par Pillat, son allienne Oranéa survint avant même qu'il ne l'appelât. Amicalement, elle vint frotter sa tête contre son épaule.

Il était en avance. Leïro profitait de la préparation de la caravane pour se détendre. Pour l'heure, il devait être en train de paresser en compagnie de ravissantes demoiselles, car ils avaient en commun le goût des jolies femmes. Malgré une différence d'âge de plus de trente années, ils s'entendaient comme deux frères, soutenus par le groupe turbulent des chevaliers dont Palléas avait fait son escorte. Comme son père vingt ans plus tôt, il était devenu le héros de Burdaroma, l'idole de tous. Parfois pourtant, cette popularité lui pesait, et il appréciait ses rares moments de solitude. Comme cette matinée noyée de soleil où la tentaculaire métropole commençait à peine à s'animer. De peur d'être happé par quelque connaissance ayant sauté la nuit, il contourna le centre par les quartiers résidentiels où les demeures somptueuses se comptaient par centaines.

Au nord, à une demi-marche de la ville, le baarschen occupait une grande dépression ceinturée de bâtiments commerciaux, et d'une construction annulaire aux fonctions multiples, que l'on nommait le « Panthaen ». Les membres officiels de la caravane y logeaient. Là se déroulaient également les nombreuses et âpres tractations qui opposaient les négociants et les convoyeurs. Chacune des grandes compagnies qui assuraient les caravanes possédait un bureau dans cette enceinte. Elle abritait trois auberges, deux hôtels, et une quantité impressionnante de petits entrepôts destinés aux marchandises précieuses. Par tradition, cet immense bâtiment appartenait au roi qui prélevait sa taxe. De là venait principalement la fortune personnelle des souverains de Burdaroma.

Dorian avait initié son fils aux finesses administratives qui entouraient les convois. Mais Palléas préférait laisser à d'autres le soin de s'en occuper. Le commerce ne le passionnait pas outre mesure. Il s'en tenait, comme le voulait l'Eythim, à assurer la sécurité et les vivres de sa petite troupe, forte d'une cinquantaine de guerriers.

Il leur rendit une brève visite avant de gagner le Panthaen.

Le baarschen offrait l'aspect d'une ville-champignon, avec ses innombrables tentes de toile poussées en quelques heures. Celles-ci abritaient les convoyeurs, les « saf'therans ». À l'écart, dans des prairies réservées, les golieuthes, les bœufs et les chevaux de trait somnolaient, attendant d'être attelés aux chariots. Malgré l'heure matinale, la cité de toile ressemblait déjà à une ruche bourdonnante d'activité.

Les saf'therans constituaient un peuple à part. Leur corporation regroupait des individus issus de tous les coins du monde, incapables de rester en place quelque part. On y croisait des hommes à la peau entièrement noire, ou couleur de pain d'épice, brûlée par des soleils différents, des êtres sculptés par le sable et le vent, et dont les yeux regardaient toujours au-delà de l'horizon. La piste était leur seule raison de vivre, et chacun d'eux conservait dans les replis de sa mémoire des souvenirs fabuleux que l'on échangeait le soir au bivouac, dans l'odeur de l'herbe sèche et des feux de camp.

Palléas avait toujours été attiré par ces oiseaux de passage qui préféraient les incertitudes de la piste à la sécurité des villes, les paysages sans cesse renouvelés à la plaine familière. La richesse ne les intéressait pas. Qu'en auraient-ils fait ? Une tente solide et confortable, des vivres en suffisance, des animaux résistants, et ils étaient parfaitement heureux. Ils étaient propriétaires de leurs animaux de trait. Les commerçants y trouvaient un énorme avantage : les bêtes étaient remarquablement bien soignées.

Le soir, à l'étape, elles mangeaient avant les hommes. Il ne serait pas venu à l'idée d'un convoyeur de se restaurer sans s'être assuré que ses bêtes ne manquaient de rien.

Les saf'therans emportaient dans leurs bagages femmes et enfants, donnant ainsi à la caravane l'allure d'une véritable cité en marche. Ils se risquaient peu en ville. Les citadins avaient selon eux une fâcheuse tendance à les confondre avec les voyageurs, ces parasites qui ne vivaient que d'aumônes. Malgré leurs vêtements pourtant bien particuliers, aux teintes vives, malgré leurs capes de cuir tressé, ils étaient assez mal accueillis à l'intérieur des villes. Où que les portât leur vie aventureuse, ils resteraient d'ailleurs. Aussi préféraient-ils l'enceinte du baarschen, où ils se sentaient chez eux.

Les voyageurs se voyaient relégués au pourtour du campement. On les reconnaissait à la pauvreté de leur vêture. Peu d'entre eux possédaient un abri. Le plus souvent, ils dormaient roulés en boule, à même le sol, enveloppés dans d'épaisses couvertures de laine. Par compassion, le roi Pillat avait fait édifier en bordure du baarschen un bâtiment chauffé destiné à les recevoir gratuitement au plus fort de l'hiver.

Les saf'therans ne se mélangeaient pas aux voyageurs : ils s'estimaient d'une essence supérieure. Il régnait en effet des relations curieuses entre les deux communautés. Véritables seigneurs des pistes, les convoyeurs méprisaient les voyageurs, sans pour autant pouvoir se passer d'eux. Car ces derniers louaient facilement leurs services. Leur tâche principale consistait à charger et décharger les grands chariots, occupation pour laquelle les seigneurs éprouvaient une profonde aversion. Farouchement attachés à la liberté de la route, les voyageurs vénéraient les convoyeurs plus que les nobles des cités.

Lorsque Palléas arriva, un groupe le salua avec respect. En quelques jours, il s'était déjà taillé une certaine popularité au sein des saf'therans. Les nouvelles circulaient vite dans le baarschen. On savait qu'il était le fils du grand seigneur de Gwondaleya, aux pouvoirs si singuliers. Et les femmes et les filles de la caravane se réjouissaient de le compter parmi leurs défenseurs.

Il n'eut pas besoin de pénétrer dans le Panthaen. Le sheraf Vetolik Madran était déjà sorti, bavardant avec quelques-uns de ses conseillers.

— Hal Weya, messire Madran !

— Hal Weya, seigneur Palléas. J'ai plaisir à constater que vous êtes matinal. C'est tôt le matin que l'on fait le meilleur travail.

Le jeune homme sourit.

— Je suis venu m'assurer de mes guerriers. Ils sont prêts pour le départ. Qu'en est-il de votre côté, messire ?

— Si les dieux — et les assureurs — le permettent, nous quitterons Burdaroma dans trois jours. Les marchandises sont chargées pour la plupart. Mais vous connaissez comme moi les tracasseries administratives. Enfin, me permettez-vous de vous offrir le thé ?

— Volontiers, sheraf !

Le petit groupe se dirigea vers une tente plus importante que les autres : le « khomat ». Ainsi appelait-on cet endroit où l'on se retrouvait pour boire ou dîner, tout au long du voyage. Tout comme une ville normale, la caravane comptait ses auberges où l'on pouvait se restaurer. Le khomat était la plus grande d'entre elles, réservée aux notables.

D'ailleurs, la comparaison ne s'arrêtait pas là. Il existait également des écoles, où les enfants des saf'therans apprenaient à lire, à compter et à combattre. On trouvait même de petits théâtres ou des cirques ainsi qu'un bordeau ambulant destiné à assouvir les instincts des guerriers, et à leur éviter de s'intéresser de trop près aux femmes des convoyeurs.

Palléas appréciait le sheraf Vetolik Madran, qui avait largement l'âge d'être son grand-père. Né sur la piste, et formé par elle à ses lois rigoureuses, il en avait conçu une philosophie déconcertante pour un homme attaché à son pays. Ainsi, les saf'therans estimaient que les domaines les plus beaux étaient ceux que l'on traversait le lendemain. Vetolik avait été enfant de convoyeur, puis convoyeur lui-même, et avait obtenu son titre de sheraf, c'est-à-dire « roi » de la caravane grâce à sa sagesse et à sa connaissance de toutes les pistes qui sillonnaient le monde. Il les avait presque toutes parcourues, depuis la lointaine Cathasia jusqu'à la pointe extrême de l'Europannia, Breizhanne. Il avait plusieurs fois traversé la mystérieuse Médhellenie, avait noué des liens d'amitié avec les Folmans. Il s'était même rendu pendant plusieurs années de l'autre côté de l'océan atlantéen, en Canaméria, ce qui lui valait le respect de tous. Peu de saf'therans en effet avaient effectué ce périple. De ses lointains voyages, il avait rapporté une foule de souvenirs qu'il prenait toujours plaisir à évoquer.

— Voilà ce qui nous différencie de vous autres citadins, disait-il. Vous ne vivez que pour posséder, agrandir vos domaines. Mais nous autres saf'therans, nous sommes bien plus riches que vous. Tous ces pays nous appartiennent, puisque nous nous emplissons de leurs beautés. Vos cités sont limitées. Notre royaume n'a pas de frontières.

— Mais vous ne pouvez aimer parfaitement un pays autant que nous aimons le nôtre, sheraf, répondait Palléas. Vous ne connaissez pas ses secrets, ses rites, ses légendes.

— Nous n'y attachons pas d'importance. La vie n'est qu'un passage. Le plus glorieux de vos rois, lorsqu'il mourra, n'emportera pas son royaume avec lui vers l'au-delà. Il se retrouvera plus pauvre que nous. Vous bâtissez des remparts solides, épais, des palais magnifiques, en imaginant que jamais le temps n'en viendra à bout. Il y a une volonté d'éternité dans ce que vous érigez. Mais vous n'avez pas compris que tout est provisoire. La seule richesse véritable, c'est une vie fertile en souvenirs. C'est un compagnon, croisé par hasard sur une piste de Cathasia, et que l'on retrouvera plus tard en Nogafrika, ou en Ismalasie. Quelle fête ce sera alors de le revoir !

Palléas, troublé, appelait cela la philosophie des hommes sans racines.

Lorsque Leïro arriva enfin, la mine fatiguée par une nuit visiblement agitée, il amena avec lui un autre personnage important de la caravane : le sahar faïn, Hans Güber. Le Juge et Maître de la Police. Comme toute cité, le convoi n'était pas exempt des litiges qui pouvaient opposer deux saf'therans, ou ceux-ci aux voyageurs et aux guerriers. Aussi chaque jour, au bivouac, avait-il à régler quelque différend. C'était une justice rigoureuse, expéditive, qui n'hésitait pas à appliquer la peine de mort. La piste n'enseignait pas la clémence. Mais la pire des condamnations était l'Exclusion, qui consistait à confisquer tous les biens d'un saf'theran, et à l'abandonner sur la piste, seul, à la merci des maraudiers.

— Alors, seigneur d'Ursaleya, vos guerriers ont-ils fait du bon travail, et la piste est-elle dégagée jusqu'à Miniska ? interrogea le sheraf.

— Deux groupes d'éclaireurs sont déjà en route, messire Madran ! Ils ne signalent aucun parti de maraudiers. Nous pourrons prendre la piste quand il plaira à vos commanditaires de clore leurs finasseries administratives.

— Ce qui sera bientôt fait, j'espère.

Plus tard, laissant Oranéa aux soins de son écuyer, Marvel, Palléas fit quelques pas en compagnie de Leïro et de Rono, un jeune chevalier, frère d'eschola. Rono était le fils de Sheratt de Brastalia.

— Tu sais, dit Leïro à Palléas, je songe sérieusement à abandonner mon titre à mon frère. Ces saf'therans me plaisent. Cette vie de chevalier errant me convient, et par les dieux, malgré l'affection que je porte à notre bien-aimé souverain Pillat, je frémis d'envie de quitter sa bonne capitale.

— Je me souviens que tu as accompagné mon père en Médhellenie. Cette envie ne serait-elle pas née sur les pistes des marais ?

— Je ne saurais le dire. Cette aventure médhellenienne restera la plus belle que j'aie vécue. On ne peut résister à ton père. Avec Pillat, il est le seul homme pour lequel j'éprouve une admiration totale. Tous les chevaliers, même les plus vieux, souhaitaient servir sous ses ordres. Lorsqu'il s'adressait à toi, tu avais l'impression de devenir quelqu'un d'extraordinaire. Il possédait le don de te faire prendre confiance en toi. Et pourtant, il avait à peu près ton âge à l'époque. Était-ce aussi...

Mais il se tut, soudain gêné. Palléas avait déjà lu en lui la raison de son embarras.

— Et puis il y avait sa femme, Elena. Tu peux en parler, Leïro. Je ne suis pas mon père.

— C'est vrai. Je sais qu'Arnaud souffre chaque fois que l'on évoque Elena. Il ne l'a jamais oubliée, malgré le temps écoulé.

Il resta songeur un court instant, plongé dans ses souvenirs.

— Et pourtant, jadis, il a connu plusieurs femmes. Mais la plus séduisante de toutes, hormis ta mère, était bien cette petite princesse venue des brumes de Shalbatena. Je pense que nous étions tous un peu amoureux d'elle. Je la revois encore, avec sa cape bleue, et cette petite mèche qui lui tombait toujours sur l'œil. La Médhellenie est bien le plus effroyable empire que j'aie traversé. Jamais pourtant elle n'a laissé échapper une plainte. Et nous qui étions sevrés de femmes, au milieu de ces marais effrayants, nous avions plaisir à la voir, à lui parler lorsqu'elle faisait le tour du campement, le soir, en compagnie d'Arnaud. Elle n'avait pas ton âge lorsqu'elle a donné sa vie pour lui.

Palléas n'ajouta rien. Cette histoire faisait partie du passé de son père. Il ne pouvait faire sienne la peine qu'il devinait chez Dorian à l'évocation d'Elena. Mais ce n'était pas la première fois qu'il constatait l'empreinte qu'elle avait laissée sur les plus anciens compagnons de son père.

Leurs pas les avaient menés à proximité d'une

autre tente de grandes dimensions, l'« arsheven », où l'on pouvait louer les charmes de quelques dizaines de filles de bonne volonté et à l'esprit large.

Rono s'exclama :

— Messeigneurs, voilà un endroit que nous risquons de fréquenter souvent.

En effet, contrairement aux cités où la polygamie faisait partie des mœurs, les saf'therans avaient la désagréable habitude de veiller jalousement sur l'unique épouse qu'ils s'accordaient. Et ces dames mettaient un point d'honneur à observer la fidélité la plus stricte. Aussi les guerriers devaient-ils se contenter des prostituées.

Soudain Palléa s'écria :

— Par les dieux ! Mais que font ces individus ?

14

Trois hommes aux allures de brutes bousculaient une fillette à l'aspect chétif, aux vêtements déchirés, qu'ils tentaient visiblement de faire rentrer à l'intérieur de l'arsheven. Mais la petite furie à la crinière noire et à la peau dorée se défendait à coups de griffes et de dents. Elle ne devait pas avoir plus de quinze ans. L'image de Nelvéa traversa Palléas qui se précipita sur les trois hommes.

— Lâchez-la immédiatement !

— Mais, seigneur, protesta l'un d'eux, elle appartient à Maître Djakar. Elle a voulu s'enfuir.

— Lâchez-la !

Ils s'exécutèrent, stupéfaits. La gamine en profita aussitôt pour filer. Elle disparut en un clin d'œil au milieu de l'enchevêtrement des tentes.

— Et voilà, monseigneur ! Cette Lyvie est une petite garce. Impossible de la faire tenir en place. Pour moi, il vaudrait mieux la spolier.

— Que se passe-t-il ici ?

Un nouveau personnage intervint, un colosse aux cheveux roux déjà grisonnants, à la vêture fantaisiste. Un chapeau orné de plumes et de coquillages lui descendait sur les épaules. Il portait aux manches le galon des saf'therans, et sa large ceinture de soie rouge vermillon disait sa condition de maître de l'arsheven. Un long poignard courbe et des nardres pendaient à une bandoulière de cuir.

— Maître, Lyvie s'est encore enfuie.

— Je l'ai vu, imbécile.

— Mais ce seigneur nous a dit...

— Silence ! Tu parleras lorsque je te le demanderai.

L'homme se tourna vers Palléas.

— Je veux croire, monsieur, que votre geste a été guidé par la beauté de cette petite démone. Et je vous pardonne, en raison de votre jeunesse.

— Monsieur, répondit Palléas, furieux, et dédaignant lui aussi de donner son titre au personnage, je n'ai vu que trois brutes maltraitant une enfant. C'est un comportement que je ne puis tolérer.

— Cette enfant est une esclave, trancha l'autre d'un ton cinglant. Je l'ai payée suffisamment cher, puisque vos guerriers ne veulent pas se contenter de femmes spoliées. Mes hommes vont tenter de la rattraper. Mais s'ils ne la retrouvent pas, je demanderai à votre capitaine de me la rembourser.

Rono s'avança vers l'individu.

— Monsieur, je vous prierai de vous adresser sur un autre ton à mon compagnon. Vous ignorez peut-être qui il est.

Mais Palléas savait fort bien que l'autre l'avait reconnu, et qu'il ne lui déplaisait pas d'affirmer ainsi son indépendance vis-à-vis de tous les nobles, quels qu'ils fussent.

— Pour moi, il n'est qu'un client comme les autres. Et il ferait bien de me faire des excuses s'il ne veut pas que j'interdise l'entrée de l'arsheven à ses guerriers.

Palléas pâlit sous l'affront. Leïro intervint.

— Allons, allons, messeigneurs, ne nous emballons pas pour une petite esclave. Je suis le deraïk, Maître Djakar. Je vous présente le chevalier Palléas, fils du grand Dorian de Gwondaleya. Et voici le chevalier Rono, fils du baron Sheratt de Brastalia.

— Hal Weya, messeigneurs, grogna l'homme d'un ton à peine plus aimable. Sachez que votre rang ne vous donne pas le droit de nous dicter notre conduite. Nous sommes des hommes libres.

— C'est bien, rétorqua Palléas. Je vous présente mes excuses. Mais si c'est ainsi que vous traitez vos filles, n'escomptez pas ma visite, ni celle de mes guerriers.

L'autre éclata de rire.

— Ah, monseigneur, dit-il en lui redonnant son titre, ne croyez pas cela. Lorsque vos hommes auront quelques semaines de jeûne entre les jambes, vous ferez peut-être moins la fine gueule. Surtout qu'ils ne manqueront pas d'être excités par les vertueuses saf'therans, qui n'accepteront jamais de les satisfaire, mais qui adorent se baigner nues dans la moindre rivière rencontrée. Le soulagement manuel ne remplace pas une femme mœlleuse et chaude, monseigneur. Si vous voulez qu'ils vous respectent, ne les privez pas de filles.

Palléas, furieux et humilié, tourna les talons. L'envie le démangeait de faire ravaler son effronterie à cet arrogant personnage, mais le code de la chevalerie lui interdisait d'utiliser sa valeur pour assouvir une vengeance personnelle. Leïro et Rono le suivirent.

— Je sais ce que tu ressens, Palléas, lui dit le comte. Mais ce sinistre individu a raison. Nous devons lui témoigner du respect si nous ne voulons pas nous mettre les saf'therans à dos. Il a le droit d'interdire l'accès de l'arsheven à tes soldats s'il le désire. Et il ne manquera pas de le faire. C'est une crapule, mais il vaudrait mieux que cet incident en reste là, croismoi. Au bout de quelques semaines, tes guerriers t'en voudront. Passe encore s'il n'y avait que des hommes dans la caravane. Mais il est vrai aussi que les femmes des convoyeurs prennent un malin plaisir à s'exhiber.

— Très bien ! Je tâcherai de ne plus offenser ce triste sire.

— Ce sera plus sage. En fait, il est presque aussi puissant que le sheraf. Les convoyeurs ne l'estiment pas, mais ils le craignent. Il dispose d'une bande armée dévouée à ses ordres, et connaît sur beaucoup des petits secrets qu'ils ne tiennent pas à voir ébruiter.

Palléas ne répondit pas. Il découvrait un monde nouveau, qu'il était préférable de bien connaître avant d'agir. En attendant, les yeux de chat sauvage de la petite ne quittaient pas sa mémoire.

— Je la paierai, cette esclave, Leïro.

Le comte lui posa la main sur l'épaule.

— Mais non, fiston. Tu ne peux acheter ainsi toutes les esclaves qui te séduiront. D'ailleurs cela m'étonnerait beaucoup qu'on la retrouve.

En cela, il se trompait.

La veille du départ, le sheraf convia tous les notables à une paratena d'adieu. Sur quatre feux grillaient des moutons et des daims dans lesquels chacun se taillait des tranches juteuses, que l'on arrosait de vin de Burdaroma et de zuthum, une bière aux fruits, spécialité des convoyeurs. Le roi Pillat lui-même était présent, en simple citoyen, entouré de quelques-unes de ses amazones. Des chants rythmés montaient d'un peu partout, se mêlant aux fumées et aux parfums des épices. À la lueur des flammes, des femmes dansaient, confondant leurs mouvements endiablés aux volutes des brasiers. Leurs robes largement échancrées dévoilaient par instants des poitrines gonflées de sève, tandis que les voiles flottant de leurs jupons révélaient, fugitives, des jambes longues et dorées.

Sans rien perdre du spectacle, Pillat prit Palléas à part.

— Petit, je viens d'apprendre qu'une caravane a été entièrement détruite par les fayads sur la piste de Lodi. Plus que jamais il nous faut démasquer ce maudit Prophète. Si tu parviens à découvrir sa trace, Leïro t'autorisera à quitter le convoi et t'adjoindra les hommes nécessaires. Je sais que tu sauras te montrer digne de ton père. Que Latham combatte à tes côtés !

Peu après, l'assemblée se sépara et le jeune homme

regagna sa tente en compagnie de Rono, son frère d'armes. Marvel bouchonnait Oranéa lorsqu'ils arrivèrent. Les deux chevaliers bavardèrent un moment, puis se quittèrent. Comme à son habitude, l'écuyer s'enroula dans une couverture et se coucha en travers de l'entrée de la tente. Palléas s'accroupit et échangea quelques mots avec lui. Discret et efficace, dévoué à Palléas comme un chien fidèle, Marvel promenait partout une figure matoise au regard en coin. Son adresse au poignard et aux styls stupéfiait Rudriko lui-même. Palléas l'avait ramassé dans une taverne un peu plus de deux ans auparavant, ivre mort et sans domicile. Il avait échoué sur les rives accueillantes du Danov, fuyant on ne savait quel passé douteux. Palléas l'avait ramené au palais, et l'autre ne l'avait plus quitté. Pour des raisons connues de lui seul, il avait résolu de se mettre au service du jeune homme. Il était tout naturellement devenu son écuyer lorsqu'il avait triomphé à l'eschola.

— Rien à signaler, Marvel ?

— Rien, seigneur ! Tout est calme.

Pourtant, dès l'instant où il pénétra sous la toile, Palléas eut conscience d'une présence tapie dans l'ombre. Il n'avait pas besoin d'allumer la lampe à huile pour y voir. Sa perception lui permettait de localiser chaque objet : le coffre de bois léger contenant ses vêtements et ses livres, le matelas et la peau d'ours qui constitueraient sa seule intimité pendant de longs mois. Il décela, recroquevillée dans un coin, une petite silhouette fine, à la chevelure ébouriffée, d'où émanait un curieux mélange de sentiments : peur, faim, mais aussi un orgueil farouche. Lentement, il alluma la lampe, puis se tourna vers elle. La petite esclave recula tant qu'elle put, comme si elle avait voulu se fondre à la toile.

Il n'était pas nécessaire de l'interroger pour savoir ce qu'elle faisait chez lui. Depuis deux jours, elle avait réussi à échapper aux hommes de Djakar. Elle avait voulu se rendre à Burdaroma, mais l'animation de la cité l'avait effrayée. Il lisait en elle le souvenir de vastes artères, de la foule, de demeures immenses dont elle avait traversé les parcs. Mais elle n'avait jamais connu d'autre univers que celui de la caravane. Alors, elle était revenue. Depuis le matin, elle errait dans le baarschen, affamée, se dissimulant pour éviter les brutes qui la traquaient encore, chapardant par-ci par-là un fruit ou une fougame. Sa veste de cuir effrangée, ouverte sur une poitrine d'adolescente, laissait voir ses côtes. Son regard fiévreux et hardi rappelait celui d'un fauve. Un petit fauve prêt à bondir, à griffer et à mordre, mais qui cherchait néanmoins une protection dans un milieu hostile. En désespoir de cause, elle était venue se cacher sous la tente du seul homme qui l'avait prise en pitié. Elle n'avait pas oublié son visage lorsqu'il avait ordonné à ses tortionnaires de la lâcher. Son instinct lui avait crié que cet homme était bon, et qu'il la protégerait.

Palléas se demandait ce qu'il pourrait en faire. La rendre à Djakar, il n'en était pas question. C'eût été la trahir, alors qu'elle était venue se réfugier chez lui en toute confiance. Il allait l'acheter. Mais que deviendrait-elle après ? L'idée de la revendre lui répugnait. Il préférait les domesses libres. Comme Dorian, il estimait qu'il n'était pas normal de posséder un être humain, comme on possédait un animal.

Mais les coutumes en avaient voulu ainsi depuis des millénaires.

Alors, la garder ? Pourquoi pas ?

Il s'assit sur la peau d'ours et la contempla. Une fois lavée, vêtue de neuf, et suffisamment nourrie, elle deviendrait très jolie. Mais d'abord, il fallait qu'elle mange. Il se leva, et, avec des gestes doux pour ne pas l'effrayer, il lui tendit une fougame. Elle la prit délicatement, mais, dès qu'elle l'eut en main, elle se mit à la dévorer avec avidité. Palléas sourit.

— Hé, doucement, tu vas t'avaler les doigts !

Un gobelet de vin coupé d'eau et deux fruits furent pareillement engloutis.

— Comment t'appelles-tu ?

Elle reprit aussitôt son air effrayé.

— Ne crains rien. Je ne te veux aucun mal. Quel est ton nom ?

— Lyvie, monseigneur !

Une voix étrange, à la fois légère et curieusement éraillée, d'une sensualité troublante. Rien d'étonnant à ce que Djakar l'eût achetée pour les guerriers. Nombreux étaient ceux qui préféraient les gamines aux femmes expérimentées.

Soudain, la petite esclave se jeta à ses pieds.

— Seigneur, garde-moi ! Je veux être à toi ! Je ne veux pas retourner chez Maître Djakar. Il veut me droguer, m'obliger à faire tout ce que veulent les hommes. Je ne veux pas. Je ne veux plus.

Des images d'hommes nus et transpirants, saoulés de boissons, au ventre et au sexe poilus heurtèrent l'esprit de Palléas. L'obscénité des souvenirs de la gamine l'écœura. Elle voulait fuir ce cauchemar débordant d'une vulgarité sans bornes, où on lui refusait le droit à la moindre dignité. Palléas aimait les femmes et en avait fait souffrir plus d'une. Mais il les respectait. C'était un viol permanent qui coulait de la mémoire grande ouverte de la petite.

Elle continua, intarissable :

— Je resterai dans ton ombre, seigneur. Je m'occuperai de ton linge, je préparerai tes repas. Je... je sais faire l'amour. Et je serai prête, quand tu voudras. Garde-moi, seigneur !

Il lui posa un doigt sur les lèvres pour l'interrompre. Il caressa la tignasse noire. Elle leva sur lui des yeux remplis d'espoir. Des yeux verts, un peu en amande, comme ceux de Nelvéa. Ne fût-ce que pour le souvenir de sa sœur, il n'avait pas le droit de l'abandonner à sa détresse.

— Tu sais, j'ai déjà un écuyer qui se charge de toutes ces tâches. Mis à part la dernière, bien sûr, précisa-t-il en voyant naître un sourire espiègle sur son visage.

— Oh, seigneur, où puis-je aller si tu ne veux pas de moi ?

Il se leva et revint vers la peau d'ours.

— Eh bien soit, je te garde. Demain j'irai t'acheter à Djakar.

L'éclair de joie qu'il lut dans les yeux de Lyvie acheva de le séduire et il éclata d'un rire juvénile tandis que la gamine se jetait fougueusement dans ses bras.

Dès le lendemain, Palléas se rendit à l'arsheven, où le Maître des filles le reçut avec ironie.

— Hal Weya, seigneur. Vous voyez, je ne suis pas un mauvais bougre. Quatre de vos guerriers sont venus hier soir rendre hommage à mes belles. Je les ai laissés entrer.

— Je vous en remercie, Maître Djakar. Et comme je suis homme de parole, je viens m'acquitter de ma dette. Je viens vous acheter la petite Lyvie.

— La protection des dieux soit sur vous, monseigneur. Je ne doutais pas que vous fussiez un grand chevalier. Elle vaut cinq cents drakkhors.

— Cinq cents ? Mais c'est le prix d'un étalon.

— Bien sûr, seigneur. Mais les esclaves deviennent chers en temps de paix. Surtout les esclaves non spoliés.

— Parce que vous estimez que nous sommes en paix, grogna Palléas. Je vous en offre trois cents, pas un de plus.

Il sortit sa bourse et commença à compter la somme. L'autre grommela pour la forme, mais finit par accepter.

— Voilà pour elle. Donc dès cet instant, elle m'appartient.

— Cela va sans dire, monseigneur. Nous sommes entre hommes d'honneur. Mais je doute que vous la retrouviez.

— C'est fait. Elle se trouve sous ma tente. Je la garderai pour mon usage personnel.

— Alors, vous pourrez en faire ce que bon vous semblera, monseigneur. Mais faites-la examiner auparavant par un homme de la religion. On ne sait quelle maladie elle peut porter.

Palléas s'approcha de lui, presque nez contre nez.

— Je le ferai, dit-il doucement en fixant l'autre dans les yeux. Et je n'oublierai jamais que c'est à vos bons soins qu'elle devrait cette petite gratification.

Mais vous, n'oubliez jamais ceci : si mon honneur de chevalier m'interdit d'assouvir mes vengeances personnelles, il me donne le droit de tuer quiconque porterait la main sur l'un de mes gens. Fût-ce un esclave !

Le sourire ironique de l'autre s'effaça d'un seul coup.

Depuis le matin déjà, la caravane avait pris la piste. Les brumes annonciatrices de chaleur s'étaient évanouies, dévoilant, en bordure du baarschen, une foule compacte de Burdaromains venus assister au départ. Le long convoi s'étendait sur près d'une marche, et les dernières charrodes envahissaient encore l'esplanade. La masse grouillante des voyageurs piétinait, car ils ne partiraient que les derniers. Au long du voyage, les plus audacieux s'infiltreraient parmi les immenses chariots et se mêleraient aux convoyeurs. Mais pour l'instant, la préséance était de rigueur. Palléas avait choisi de fermer la caravane, afin d'avoir le temps de transformer sa petite esclave. Marvel avait fait une drôle de tête lorsque au matin il avait vu la sauvageonne sortir de la tente de son maître. Mais il ne la reconnut pas lorsqu'il la ramena du Panthaen. Lavée, les cheveux brossés, habillée de vêtements neufs, une longue cape de cuir bleu lui tombant des épaules, elle ressemblait à une princesse.

— Par Lakor, seigneur, est-ce là... ?

— En personne. Et je compte sur toi pour lui acheter un cheval et lui apprendre à monter.

— Très bien, seigneur !

Ainsi Lyvie entra-t-elle dans la suite de Palléas. Il l'avait adoptée un peu par jeu, un peu par pitié. Mais il n'était pas mécontent d'envisager le voyage en compagnie d'une jolie fille. En cela, il comprenait très bien le roi Pillat. Pourtant, il ignorait qu'il venait de s'attacher plus qu'une simple esclave.

15

Au contact de Lyvie, Palléas avait appris une chose essentielle sur les femmes. En tout cas, au moins celle-ci. Quand elle avait une idée en tête, il était inutile de tenter de lui faire changer d'avis. Elle avait résolu d'entrer dans son lit, et elle parvint à ses fins. Il n'avait pas voulu qu'il soit dit qu'il avait profité de son rang. Elle lui appartenait, puisqu'il l'avait achetée. Mais elle avait quinze ans, et lui rappelait un peu sa sœur Nelvéa, pour qui il éprouvait une immense tendresse, et qui lui manquait autant que ses parents. Elle avait toujours partagé ses confidences et ses secrets. Il n'avait pas été facile de se séparer d'elle pour suivre la caravane. Il s'était vaguement — et naïvement — imaginé que Lyvie pourrait la remplacer.

Mais la jeune esclave ne l'entendait pas ainsi. Il avait commis l'imprudence, pour la garder sous sa protection, de la faire dormir sous sa tente, sur une natte qu'il avait fait installer pour elle. Il redoutait, malgré les belles assurances de Djakar, qu'on tentât de la lui reprendre. Non sans raison. La caravane était vaste, et une esclave non spoliée constituait une marchandise rare, qui pouvait se revendre très cher. Et puis, il n'avait pas le cœur à la faire dormir sous la pluie qui s'était mise à tomber dès le troisième jour du voyage.

Lyvie ne connaissait qu'une façon de prouver sa gratitude à son jeune maître. Par instinct, elle patienta. Elle savait qu'une femme serait la bienvenue dans la couche de Palléas. Elle n'ignorait pas que l'affectueuse attention dont il l'entourait n'était pas dénuée d'attirance sexuelle. Aussi, elle s'arrangeait toujours pour se déshabiller lorsqu'il rentrait de sa tournée d'inspection, le soir. Là, elle faisait mine d'étudier attentivement son corps d'adolescente et disait :

— Regarde, je crois que je commence à me remplir, mon seigneur !

Et c'était vrai. En quelques jours, les creux dessinés par la faim s'étaient comblés. Ses hanches s'arrondissaient, ses côtes s'habillaient de muscles fins et ses épaules autrefois squelettiques se paraient de rondeurs nouvelles. Son regard de chat sauvage s'adoucissait. Il se dégageait d'elle une chaude sensualité animale qui était loin de laisser Palléas indifférent. Alors, le ventre gonflé d'une ardeur brûlante, il s'enroulait dans sa peau d'ours et tentait de trouver le sommeil pendant que la petite sirène se roulait en boule sur sa natte.

Cela ne dura pas longtemps. Une nuit, il sentit une ombre ramper vers lui, et se glisser sous la peau d'ours. Puis deux mains fines se posèrent sur son torse. Il aurait voulu réagir, la repousser, lui expliquer. Mais la tiédeur de la fourrure et l'odeur féminine lui clouèrent le bec. Il était trop tard. Les deux mains agiles coururent sur son corps, s'arrêtant en des endroits douloureusement précis, éveillant instantanément un désir déjà trop prompt à s'enflammer. Alors, adieu la petite sœur de remplacement, et ses vertueuses résolutions. Lyvie était femme jusqu'à la moindre fibre de sa chair, et son ventre plat, ses cuisses nerveuses et ses seins fermes électrisèrent les doigts qui se refermèrent sur eux. Les lèvres gonflées de sang et de salive qui se posèrent sur les siennes achevèrent de le désarçonner. Une langue pimentée s'insinua entre ses dents, puis s'échappa comme un petit poisson et glissa sur sa peau comme une goutte de rosée sur une plante au matin. Jusqu'à la tige tendue d'un feu qui lui dévorait les entrailles. Malgré sa jeunesse, elle possédait déjà une expérience impressionnante, et une vitalité qui ne l'était pas moins. Lui qui avait l'habitude d'épuiser ses maîtresses apprit avec elle que l'imagination amoureuse ne connaissait pas de limite. Pour la première fois, il s'endormit avant elle.

Au matin, elle n'avait pas regagné sa natte et il la retrouva lovée contre lui sous sa peau d'ours. Elle ouvrit les yeux comme il la regardait, et murmura :

— Maintenant, je t'appartiens vraiment.

Il eut un sourire un peu contrit.

— Ouais, tu as gagné. Et pourtant, je m'étais bien juré de ne pas te toucher. Je voulais seulement te protéger de tes ennemis. Je pensais que tu étais dégoûtée des hommes.

Elle lui posa un doigt sur la bouche.

— Je ne me souviens plus de rien. Ce n'était pas de l'amour. À présent, je suis ton esclave. Et tu peux faire de moi ce que tu veux.

Mais le départ imminent de la caravane l'empêchait de répondre à cette invite si tentante. D'autant plus que Marvel, ruisselant de pluie, entra sous la tente.

— Seigneur, le seigneur deraïk est là, qui désire vous parler.

— Fais-le entrer.

Leïro éclata de rire en découvrant Palléas et Lyvie sous la peau d'ours.

— Par les tripes fumantes de Shaïentus, il a encore fallu que tu te débrouilles pour t'approvisionner en chair fraîche.

Puis, redevenant sérieux :

— Je voudrais que tu m'accompagnes. Un éclaireur nous a signalé un parti de maraudiers, à deux marches vers le nord. Mais leur conduite lui a semblé étrange.

— Je viens.

Quelques instants plus tard, les deux chevaliers quittaient l'avant-garde de la caravane en direction d'un défilé étroit où une embuscade restait à craindre.

— J'ai fait placer des hommes sur les collines. Les patrouilles n'ont encore rien signalé, mais il vaut mieux nous tenir sur nos gardes. Nous sommes éloignés de tout domaine.

— Tout a l'air calme.

— En effet. Mais je préférerais payer un tribut de passage à ces maraudiers plutôt que de risquer la vie de mes guerriers dans un affrontement inutile.

Ils rejoignirent rapidement un petit détachement placé sous le commandement du chevalier Lichten Praaz.

Plus loin sur la piste, totalement à découvert, s'avançait une troupe de cavaliers aux accoutrements bizarres. Lichten Praaz les désigna.

— Cela fait un moment qu'ils sont là. Mais ils ne semblent pas vouloir attaquer. On dirait plutôt qu'ils cherchent à parlementer.

— Nous allons bien voir quelles sont leurs intentions. Suivez-moi.

Le comte d'Ursaleya se dirigea vers les bandits, entraînant Palléas et les chevaliers. Il y avait là une soixantaine d'hommes, apparemment épuisés, et visiblement peu désireux d'entamer un combat inutile. Certains portaient les traces de blessures récentes. Des linges douteux enveloppaient membres et torses. Leur chef, un barbu sombre de peau et au nez en bec d'aigle, s'adressa à Leïro dans un sabir d'ankos.

— Seigneur puissant. Nous pas attaquer. Au contraire, nous demander protection. Ennemis trop nombreux. Nous pas dangereux. Mais au nord, quatre marches d'ici, il y a une autre bande. Des fous. Massacré nos compagnons. Eux tenir Kursar, village où nous avons amis.

— Combien sont-ils ?

— Très nombreux, seigneur. Nous avertir vous. Vous devoir passer non loin de Kursar. Eux peut-être tendre piège. Vous accepter nous, seigneur. Nous combattre à vos côtés.

— Et tu imagines que je vais te croire. Tu n'es qu'un maraudier.

— Vous confiance en moi, seigneur. Moi pas mentir. Kursar en ruine. Eux massacrer nos amis quand leur chef arriver.

— Pourquoi dans ce cas vous ont-ils attaqués ? Ce sont pourtant des maraudiers, comme vous.

— Non, seigneur ! Des fous. Tuer femmes et enfants.

— Des fayads ? intervint Palléas. Les fous de Dieu ?

L'autre pâlit. Palléas poursuivit.

— Leur chef, c'est le Prophète. C'est lui qui doit venir à Kursar ?

— Non ! Non ! On voit jamais le Prophète. Leur chef, c'est leur yatale, Gospar Kacek. Si vous croyez pas moi, envoyez vos éclaireurs.

Palléas se tourna vers Leïro.

— Cet homme dit la vérité. Ils sont parvenus à s'enfuir, grâce à leur parfaite connaissance de la région. Apparemment, ils redoutent toujours d'être poursuivis. Ils crèvent de peur. Quant à leurs amis de Kursar, il semble qu'ils soient sur le point de payer leur hospitalité à leur égard.

— Et ils nous demandent protection ? Ils ne manquent pas de toupet.

— Si étrange que cela puisse paraître, c'est la vérité, confirma Palléas. Seulement, il ne nous a pas tout dit.

Il s'approcha de l'homme.

— Parle ! Tu connais bien les fayads ar denn. Disnous ce que tu sais d'eux.

L'autre recula, inquiet.

— Mais vous pas croire moi...

— Abandonne ton langage stupide. Je sais que tu parles parfaitement l'ankos.

Subjugué par le regard impérieux du jeune homme, le maraudier baissa les yeux et commença son récit.

— Oui, seigneur, je les connais. Nous les connaissons tous très bien. Nous avons même fait partie de leurs bandes. Un jour, un prêcheur est venu nous parler, dans notre village. Il nous a parlé de Dieu. Le seul dieu véritable, d'après lui. Je ne saurais pas dire comment, mais il nous a... ensorcelés. Il nous a donné confiance en nous. Il nous a dit que Dieu était venu s'incarner dans le corps du Prophète, que le monde allait bientôt se relever du Chaos. Il parlait bien. Il a su nous convaincre. Et nous sommes partis rejoindre leurs troupes.

Palléas l'interrompit.

— Mais pourquoi détruisent-ils certains villages et envoient-ils des prêcheurs dans d'autres ?

— Ils en envoient partout. Seulement, certains peuples les accueillent très mal. Lorsque les prêcheurs sont maltraités, cela veut dire pour eux que le village est habité par des démons. Alors, ils reviennent en force et massacrent tout le monde. C'est ce qu'ils veulent faire pour Kursar. Et nous ne pouvons pas les combattre. Nous ne sommes pas assez nombreux.

— L'évangélisation par la force, remarqua Leïro.

— Cela ne nous dit pas pourquoi toi et les tiens avez quitté leurs bandes, ajouta Palléas.

L'autre baissa la voix, comme s'il craignait d'être entendu.

— Un jour, le Prophète est venu. C'était bien plus à l'ouest, à la frontière de l'Europannia. Nous étions des milliers réunis devant lui. Jamais vu un pareil rassemblement de guerriers. C'était impressionnant. Il nous a parlé de Dieu, de la foi.

— Comment était-il, ce Prophète ?

— Je ne saurais dire, seigneur. Son visage est resté masqué. Je me souviens seulement qu'il s'agissait d'un homme de grande taille, aux épaules larges. Aucun de nous n'a vu à quoi il ressemblait. Il disait que l'on ne devait jamais regarder Dieu en face. Il est passé parmi nous. Il nous a interrogés. Il disait : « Crois-tu en moi ? » Et on lui répondait : « Je crois, seigneur ! » Et puis, l'un de nous a dit, lui aussi, qu'il croyait. Alors, le Prophète a hurlé : « Tu mens ! Je lis en toi ! Tu n'es parmi nous que par vil intérêt. Pour t'enrichir en pillant les villages maudits que nous brûlons. Tu n'es pas un vrai croyant. Lorsque je repartirai, je veux que toute trace de ceux qui bafouent le nom de Dieu soit à jamais effacée du monde. Tu en fais partie. Reçois donc la punition que tu mérites ! »

« Alors, le Prophète l'a regardé à travers son masque noir. Ah, seigneur ! Ce fut hallucinant. Notre compagnon s'est figé comme une statue. Puis il s'est soudain mis à crier comme s'il était devenu fou de douleur. Tout à coup, on a vu une fumée noire sortir de son corps. Puis des flammes. Il y a eu une odeur de chair brûlée. En quelques secondes, il s'est transformé en torche vivante. Pourtant, le Prophète n'avait approché aucune flamme de lui. Nous, on s'est tous écartés. On avait peur. On n'osait plus rien dire. Le Prophète a regardé le type se consumer jusqu'à ce qu'il ne reste plus qu'un petit tas de cendres.

Le maraudier reprit son souffle, avala sa salive.

— Jamais, jamais je n'oublierai ça. Je tremblais de trouille. Parce que moi non plus, je ne croyais pas tellement à leur dieu. Heureusement, je n'étais pas trop près du Prophète. Il n'est pas venu jusqu'à moi, mais j'ai croisé son regard, sous le masque. J'ai cru mourir sur place. J'ai eu peur comme jamais de ma vie. Messeigneurs, ce n'est pas un homme qui se cache sous le masque du Prophète. C'est un démon. Ses yeux brillaient comme de la braise. Mes compagnons et moi, nous avons profité de la première bataille pour fuir.

Seulement, les fayads n'ont pas accepté notre défection. Ils nous ont suivis. Seigneur, je veux bien mourir au combat, ou même pendu. C'est la loi de la maraude. Mais je refuse de crever de cette façon-là.

Décontenancé, Leïro dit :

— Je te crois. Cependant, je ne peux vous accepter dans la caravane. Restez à l'écart. Et je te préviens qu'à la moindre alerte, je vous fais tous abattre comme des chiens enragés.

— Seigneur, je vous donne ma parole d'honneur que nous ne bougerons pas. Nous nous posterons là où il vous plaira de nous voir.

— Alors, tu placeras tes hommes dans la colline occidentale. Et tu y resteras.

Leïro prit Palléas à part.

— Ce Prophète devient inquiétant. Je n'aime pas ce que vient de raconter cet homme. Qu'en penses-tu ?

— Si je n'avais pu pénétrer son esprit, je croirais qu'il affabule. Mais une chose est sûre, il dit bien la vérité. J'ai sondé ses souvenirs. Ce que j'y ai vu est à peine croyable. Je vais me rendre à Kursar. S'il existe un moyen d'approcher le Prophète, je ne veux pas le laisser passer.

16

L'homme se nommait Thoren. Il avait tenu à accompagner Palléas à Kursar. Le jeune homme avait accepté. L'individu connaissait les fayads, et éprouvait à leur encontre une haine féroce. Il pouvait se révéler utile.

Laissant son allienne et les chevaux à la garde de Marvel, Palléas et son nouvel allié rampèrent sous les buissons jusqu'à un promontoire d'où l'on dominait le village. La petite localité ne devait pas compter plus de quelques centaines d'âmes. La muraille faite de rocs et de pieux qui la protégeait était éventrée en plusieurs endroits. La moitié des demeures flambaient. Sur la place principale, une foule importante était réunie. Un grondement énorme s'élevait de centaines de poitrines, scandé par des bruits sourds.

Palléas s'avança presque à découvert. Une vague de haine coulait de la concentration humaine comme une houle glaciale. Thoren lui désigna un individu qui gesticulait au centre de l'assemblée.

— C'est lui ! Gospar Kacek ! Le chef, le yatale, comme ils disent. C'est un fauve sans pitié, un fou, un illuminé.

La voix du bandit tremblait de peur et de rage contenue.

— C'est lui qui nous commandait. Je l'ai vu de mes yeux ouvrir le ventre d'une femme sur le point d'accoucher. C'est un monstre ! Il faut le tuer, lui écraser la tête comme une bête maudite.

Palléas lui fit signe de se taire. Il commençait à comprendre ce qui se passait. Le yatale hurlait une phrase, dans un langage incompréhensible, et le chœur des fayads reprenait d'une seule voix, scandant les mots en se frappant la poitrine.

— Le yatale n'est pas seulement le chef, reprit Thoren. Ce chien est aussi le maître spirituel, le représentant du Prophète. Il a droit de vie et de mort sur chacun. C'est lui qui désigne les prêcheurs, ceux que l'on envoie dans les villages.

— Que sont-ils en train de faire en ce moment ?

— Oh, je connais ce genre de cérémonie. Il hurle des paroles de haine contre les ennemis de Dieu. Lorsque les guerriers seront suffisamment excités, il leur ordonnera de massacrer tous les survivants.

Palléas sonda mentalement le village. Il décela, non loin d'eux, un groupement de présences engluées d'angoisse et de terreur.

— Les survivants sont là, dans cette grange, en contrebas, juste de l'autre côté de la muraille.

— Je sais, murmura Thoren. Je comprends ce que dit le yatale. Dès que le sacrifice divin sera terminé, ils seront mis à mort. Parce qu'ils ont aidé des ennemis de Dieu et des parjures. Je pense qu'il s'agit de nous.

— Mais il y a des femmes et des enfants là-dedans. Ils ne vont pas...

— Ils le feront.

Palléas affina son observation cérébrale. Ceux de Kursar étaient à peine plus de cent, prisonniers de la grange. Quelques hommes, mais surtout, comme il l'avait pressenti, une grande majorité de femmes et d'enfants. Il gronda :

— Ils ne peuvent tout de même pas les décapiter de sang-froid !

— Bien sûr que si, monseigneur ! Ils ne prendront même pas la peine de violer les femmes. Ils ne feront aucune différence. Pour eux, des démons les habitent. Dieu veut qu'ils soient anéantis. Et ne pensez pas qu'ils tuent de sang-froid. Que croyez-vous qu'ils fassent en ce moment ?

Il avait raison. Lentement, une sorte d'hystérie collective s'emparait des fayads. Le rythme des phrases s'accélérait, la tension montait, les guerriers se martelaient le torse avec une conviction accrue.

— Combien de temps nous reste-t-il ?

— À peine une dizaine de minutes. Après la cérémonie, ils vont absorber une espèce de boisson d'herbe qui décuplera leur frénésie meurtrière.

— C'est suffisant. Va prévenir Marvel. Il faut que le deraïk nous rejoigne ici avec une troupe importante. Nous allons anéantir ce nid de frelons.

Le maraudier parti, le jeune homme examina les lieux. Autour de la grange, deux guerriers montaient la garde. Leur attention était rivée sur la scène impressionnante qui se déroulait au centre du village. Une sorte de ferveur superstitieuse les baignait. Palléas rampa au plus près, puis se glissa à l'intérieur de la muraille. Comme ses parents, il possédait le pouvoir d'imposer sa volonté aux animaux et aux hommes faibles. Fixant son attention sur l'un des deux gardes, il concentra son shod'l loer sur lui. L'homme chancela légèrement et un intense étonnement tenta de s'exprimer, aussitôt étouffé par Palléas. Le fayad voulut réagir contre l'étrange engourdissement qui l'envahissait, mais ses membres lui refusaient tout service. Ahuri, il sentit sa propre main saisir son poignard, le tirer doucement. Un cri qui ressemblait plutôt à un chuintement sortit de ses lèvres lorsqu'un mouvement vif plongea l'arme dans le cœur de son compagnon.

Thoren se glissa soudain aux côtés de Palléas.

— Ça y est ! Les vôtres vont être avertis.

Stupéfait, il vit le garde survivant tourner son

poignard vers lui et se l'enfoncer violemment dans la poitrine.

— Mais... ? Pourquoi fait-il ça ?

Il regarda Palléas à ses côtés. Les yeux fixes du jeune homme, la tension qui crispait son visage le firent reculer.

— C'est... c'est de la sorcellerie, balbutia-t-il.

— Ne cherche pas à comprendre, souffla son compagnon.

Palléas toucha son ventre, un peu surpris de n'y découvrir aucune blessure.

— Par les dieux, qu'il doit être désagréable de se suicider.

Il jeta un coup d'œil vers la foule qui continuait à dégorger sa haine.

— La voie est libre. Viens, nous allons faire sortir tes amis par-derrière.

Subjugué, le maraudier obéit. Il commençait à se dire qu'il ne devait pas risquer grand-chose avec un compagnon doté de pouvoirs aussi étranges. Palléas fit sauter d'un coup la barre qui condamnait la porte située à l'arrière de la grange. Il surgit comme un démon au milieu des villageois atterrés.

— Vite, par ici.

Lorsque la vie est en cause, on ne perd pas son temps à poser des questions. Instantanément, le silence se fit. Les condamnés se précipitèrent vers la sortie. Au-dehors, Thoren les recueillait et les dirigeait vers le bois proche, hors de la vue des fayads. Malgré l'étroitesse de la porte, il ne fallut pas longtemps aux prisonniers pour la franchir. En quelques instants, les habitants de Kursar, guidés par Thoren, s'étaient dispersés dans les sous-bois détrempés.

Resté en arrière, Palléas battit son briquet et enflamma la paille sèche du bâtiment qui s'embrasa comme de l'étoupe. Puis il sortit et replaça la barre.

Sans attendre la suite, il fila à son tour. Mais il joua de malchance. Un garde survint, et se mit à hurler en le découvrant. Un styl bien ajusté lui étouffa son cri dans la gorge, mais l'incident avait attiré l'attention des autres. Palléas n'eut que le temps de bondir par-dessus les ruines de la muraille. Poursuivi par la foule vociférante, il traversa en courant l'espace découvert qui le séparait des bois. Haletant, il se précipita à l'assaut du promontoire. Il comprit qu'il n'avait aucune chance d'échapper à la meute. Alors, il se hissa au sommet du rocher. Au moins, il vendrait chèrement sa vie. Derrière lui se terraient ceux de Kursar. Avec un peu de chance, les siens arriveraient à temps pour le dégager.

Rajustant sa cape de cuir tressée d'acier, il tira son dayal et fit front. Une première vague de fayads l'atteignit, qu'il cueillit au passage comme un fauve. Si les fous de Dieu avaient pour eux une belle ardeur due à leur fanatisme, ils ne pouvaient rivaliser avec sa science du combat, durement apprise avec Rudriko et surtout avec Dorian.

La peur l'avait quitté. Il frappait, et frappait encore, esquivant avec une adresse diabolique tous les coups qu'on lui portait. En quelques instants, une demi-douzaine de corps jonchaient le sol autour de lui. D'autres basculaient par-dessus le promontoire, gênant l'approche de leurs compagnons. Il avait pour lui la stature et la force, mais les fayads avaient la haine et le nombre. Malgré les prouesses qu'il multipliait, Palléas savait qu'il ne pourrait tenir indéfiniment. Sa position surélevée l'avantageait, mais pour combien de temps ? Une tête vola face à lui. Une douleur lui vrilla le bras gauche. Il riposta par un coup violent. Du sang, le sien sans doute, mêlé à celui de ses victimes, maculait son sharack de combat. Peu à peu pourtant, il sentit qu'il perdait pied sous la pression des assaillants. La tête lui cognait.

Et soudain, la meute se mit à reculer. Deux renforts inattendus venaient le secourir. Thoren, le brave Thoren était allé chercher ses compagnons. Trouvant que Leïro et les siens tardaient à venir, il était allé prévenir ses amis maraudiers, malgré l'interdiction du deraïk. Quant au second renfort, il impressionna encore plus les fayads. Sentant le danger qui planait sur son maître, l'allienne de Palléas s'était échappée de la caravane et avait rejoint Kursar. Elle déboula en trombe parmi les guerriers fayads, jouant des griffes et des crocs, se taillant un chemin sanglant jusqu'à son maître. Celui-ci, culbutant dans un effort surhumain une grappe de guerriers, bondit sur le dos de sa compagne. Instantanément, ils furent en communion.

Ces interventions furent décisives. Bien que trop peu nombreux pour affronter efficacement la horde fayadine, les maraudiers permirent à Palléas de se dégager. Repoussant l'ennemi, ils parvinrent à reprendre pied à l'intérieur de Kursar. Ce fut à ce moment que survinrent les guerriers de Leïro. Un combat sans merci s'engagea dans les ruines du petit village, parmi les décombres fumants. Les fayads ne pouvaient rivaliser avec le nombre des Ukralasiens. Comprenant que la partie était perdue, ils rompirent et s'enfuirent. Le dernier, Gospar Kacek bondit sur son cheval et interpella Palléas.

— Toi, je te connais ! Tu es une créature venue de l'enfer ! Mais sache que toujours tu me trouveras en travers de ta route ! Un jour, je te renverrai à ce néant dont tu n'aurais jamais dû sortir.

Palléas, épuisé par sa bataille solitaire, ne répondit pas. Mais il n'oublierait jamais le visage de son adversaire, déformé par la haine, enlaidi encore par la vilaine balafre que lui avait infligée le jeune homme, et qui lui barrait le front et la joue droite. Un parti de guerriers tenta de poursuivre les fuyards, sans conviction. Ils connaissaient trop bien la région. Et il valait mieux retourner assurer la protection de la caravane.

Ce soir-là, au bivouac, où pour la première fois peut-être des maraudiers avaient été cordialement conviés, Palléas fut fêté comme un roi. Son exploit fut commenté, amplifié, déformé tant et si bien qu'à la fin, il devenait clair, selon Thoren et ses compagnons, qu'il avait occis à lui seul la quasi-totalité des fayads. Leïro et les siens n'avaient plus eu qu'à achever les blessés en arrivant.

La légende de Dorian précédait Palléas. Le fils ne pouvait qu'accomplir des faits d'armes dignes de son père.

17

Feren subissait une torture étrange. Il aurait souhaité n'avoir jamais rencontré les deux êtres qui avaient bouleversé sa vie auparavant si tranquille.

D'abord, il y avait eu cette femme à la beauté si parfaite. Une déesse surgie du fond de la forêt. Il se souviendrait toujours de leur première rencontre. Au matin, le village avait été agité par un événement insolite. Certains avaient vu une étoile parcourir le ciel, telle une flèche de feu. Puis elle avait disparu. Les conversations allaient bon train. Les Anciens disaient que cela arrivait parfois au printemps. Les dieux adressaient ainsi un message aux hommes, message qu'il restait à déchiffrer.

Mais cela, ce n'était pas son travail. Les Anciens adoraient palabrer pendant des heures pour tenter de résoudre les énigmes divines.

Lui, Feren, avait préféré le petit étang perdu dans la forêt. Il y pêchait des poissons d'une taille à faire pâlir de jalousie tous ses amis, jeunes pêcheurs comme lui.

Elle était apparue derrière lui, sans faire de bruit. Une divinité de la forêt. Nulle autre femme ne pouvait être aussi belle, avoir des yeux aussi bleus, cette longue chevelure ambrée, de la couleur que prend la forêt en automne. Et surtout, elle ne portait sur elle que ce curieux voile d'argent nuageux qui flottait en spirale autour de sa taille, et s'entremêlait à sa ceinture d'or — oui ! il était sûr que c'était de l'or. Le grain de sa peau brune paraissait si doux, si lisse ! Elle l'avait observé longuement. Stupéfait, vaguement inquiet, mais subjugué par la beauté irréelle de l'apparition, il n'avait pas osé bouger. Si vraiment elle était une déesse, il valait mieux ne pas la contrarier. Il avait tremblé un peu lorsqu'elle s'était approchée de lui.

— Qui... qui êtes-vous ? avait-il balbutié lamentablement.

Mais elle avait souri pour toute réponse. Peut-être ne comprenait-elle pas sa langue. Arrivée devant lui, elle s'était soudain mise à genoux et avait posé ses mains sur ses hanches. Une sorte de frisson l'avait parcouru.

Il se flattait d'avoir un certain succès auprès des femmes du village. À tel point que le Conseil des Anciens lui avait adressé plusieurs reproches à ce sujet. Pourtant, jamais il n'avait pensé qu'une divinité de la forêt s'intéresserait à lui. D'ailleurs, personne n'en avait jamais vu. Mais celle-ci était bien réelle, sous ses yeux, sous ses doigts qui passèrent au travers de la spirale mouvante et glissèrent sur la chair tiède.

Ils avaient fait l'amour comme jamais il n'aurait osé l'imaginer dans ses rêves les plus fous.

Puis ils s'étaient endormis. À son réveil, elle avait disparu. Il pensa avoir rêvé, mais certaines traces gravées sur sa peau lui prouvaient que son rêve avait un goût étrange de réalité.

Il avait passé le reste de la journée à errer sans but dans la forêt, obsédé par le souvenir de la créature. Il n'avait rien su d'elle, hormis quelques mots incompréhensibles gémis pendant leur union. Il ignorait même son nom.

Au village, il n'avait pas raconté son aventure. Personne ne l'aurait cru. Le lendemain et les jours suivants, il était retourné à l'étang. Il l'avait cherchée, désespérément, pendant plus de deux lunes, ne sachant même pas comment l'appeler. Il avait cru perdre la raison. Elle n'était jamais revenue.

Avant aujourd'hui.

Leur première rencontre remontait à plus d'un an. Et elle était là, plus belle que jamais. Cette fois, elle ne portait rien d'autre que sa ceinture qui descendait sur son ventre, et une sorte de bracelet en forme de serpent enroulé très haut sur son bras gauche. Sa lourde chevelure lui faisait comme une cape souple qui tombait sur ses seins et sur ses reins.

Une fièvre équivoque s'empara de lui, se noua à ses entrailles, lui cambra le dos. Pourtant, lorsqu'elle s'approcha de lui, comme la première fois, il bondit sur ses pieds et recula. L'homme de Dieu avait parlé dans le village. Cette femme n'était pas une divinité. C'était un démon qui tentait de lui arracher son âme.

L'homme de Dieu avait parlé. Et l'on ne pouvait résister à sa voix. Il avait affirmé que les dieux, les génies auxquels ils croyaient jusqu'à présent n'existaient pas. Il n'était de dieu qu'un seul. Il avait créé les hommes en leur donnant la conscience, pour qu'ils lui ressemblent et le servent. Mais les hommes orgueilleux s'étaient détournés de lui. Alors, il avait embrasé le monde pour les punir. Mais il était revenu à présent. Son Prophète était sa voix. Et des milliers de prêcheurs portaient cette voix de par le monde.

On l'avait cru. Il apportait avec lui l'espoir qui manquait à chacun. La mort n'était rien. Dieu récompensait ceux qui l'avaient bien servi pendant leur vie terrestre.

Il avait dit aussi que les autres, ceux qui rejetteraient son appel, ceux-là seraient anéantis. Leur châtiment serait pire que la mort. Ils perdraient leur âme et seraient voués à jamais à des tourments inimaginables.

Et cette femme-démon revenait pour le tenter. Le

prêcheur le lui avait dit. Depuis un mois, il réunissait le village le soir après le travail. Et il parlait de Dieu. Il écoutait chacun en particulier. Et l'on devait tout dire de sa vie. Il disait ce qu'il fallait penser, comment il fallait agir. Il connaissait les réponses à toutes les questions. Même les Anciens lui faisaient confiance. Seul le vieux Gabar s'était opposé à lui au début. Mais Dieu l'avait puni. Il était mort d'une maladie inconnue peu de temps après.

Feren avait régulièrement son entretien avec le prêcheur. Et depuis, il croyait que Dieu existait, et que les démons existaient aussi pour le combattre et attirer les hommes vers leur perte. Le prêcheur connaissait la vérité sur lui. Il avait tenté de mentir, de dissimuler. Mais l'autre l'avait immédiatement deviné. Sans élever la voix, il avait déclaré :

— Je sais que tu me mens. Moi, ce n'est pas grave. Mais Dieu te voit. Lui aussi sait que tu mens. Alors, si tu ne te reprends pas à l'instant, tu seras chassé du village, et surtout, tu ne pourras jamais sauver ton âme. Loin des tiens, et loin de Dieu, tu es perdu.

Il ne se l'était pas fait dire deux fois. Il avait avoué ses fautes en regard de Dieu, dont son accouplement passé avec cette femme.

À ce moment, il ne croyait pas qu'elle reviendrait. Mais elle était là, devant lui, qui à nouveau avançait la main. Il recula encore. D'un ton rogue, il demanda :

— Qui es-tu ? Que me veux-tu ?

Visiblement étonnée, elle s'arrêta. Il était difficile de résister au pouvoir de ses yeux si limpides. Ce que disait le prêcheur était sans doute vrai, mais cela ne pouvait s'appliquer à cette femme. Elle ne pouvait être une démone. Elle semblait sincèrement peinée de son refus. Elle ne comprenait pas. Elle regarda autour d'elle, guettant peut-être l'une de ses semblables. Mais ils étaient totalement seuls. Il était seul avec la créature ! La voix du prêcheur résonna dans sa tête :

« Prends garde ! Les démons du néant savent revêtir les aspects les plus attirants pour te faire tomber entre leurs griffes. Tu dois leur résister. Les combattre ! Les tuer ! Tu dois les rejeter dans ce néant dont ils se sont échappés. »

Il avait dit aussi que les femmes ne devaient jamais se dévoiler. Elles n'avaient d'âme que par les enfants qu'elles faisaient à leur maître. Cela n'avait pas changé grand-chose pour les femmes du village, habituées depuis toujours à la soumission. Mais celle-ci n'en était pas une. Il recula encore, tendant la main devant lui comme pour la repousser, frémissant de terreur. D'un instant à l'autre, parce qu'il lui résistait, elle allait se décomposer, se transformer en un monstre hideux vomi par les entrailles de la terre.

— Arrière ! Tu ne me séduiras plus. Retourne dans le néant !

Soudain effrayé par sa propre imagination, il fit un bond en arrière et se mit à courir à perdre haleine. Il s'arrêta à l'autre bout de l'étang, et la vit passer de l'étonnement au sourire. Puis un rire clair s'égrena sous les voûtes des arbres penchés sur l'eau sombre. Elle riait ! Atterré à l'idée qu'elle ait pu lui dérober son âme malgré lui, il se remit à galoper en direction du village, en hurlant comme s'il avait une cohorte de monstres à ses trousses. Il fallait qu'il voie le prêcheur, qu'il se rassure. Il fallait que l'on tente de tuer la créature, avant qu'il ne soit trop tard.

À ses gestes éloquents et à son essoufflement, on

comprit vite qu'il était arrivé quelque chose de grave en forêt. À le voir, il ne pouvait s'agir que d'une monstruosité épouvantable, et chacun s'arma de faux, de fourches, de haches et de bâtons afin de donner la chasse à l'abomination.

Cependant, arrivé au bord de l'étang, on ne trouva rien. La bête malfaisante s'était envolée. Lorsque l'on comprit enfin que Feren parlait d'une fille nue qui avait tenté de le séduire, tout le monde éclata de rire.

Sauf le prêcheur, toujours sombre.

Il furetait activement le long de la rive, son long nez de fouine guettant un indice. Soudain, il hurla :

— Ne vous moquez pas de lui ! Regardez !

Il désignait, sur le sol, à côté de l'empreinte des pieds de Feren, des traces plus petites.

Alors, il ordonna de poursuivre la chasse.

18

MINISKA !

L'immense métropole, capitale impériale de l'Ukralasia, s'étendait sous les yeux des caravaniers. Massive, étalée au milieu de la plaine comme une pieuvre gigantesque, elle dressait sur les bords du fleuve Vodgan ses bâtiments gris et trapus. Miniska passait pour être la plus peuplée de tout le continent, avant même Shaon Kin, et la deuxième agglomération du monde après Avallonia.

« Mais elle est moins belle que Gwondaleya ou Burdaroma ! » se dit Palléas.

Ici, palais et demeures étaient de construction pesante, sans réelle élégance. Leur architecture austère se mariait bien avec la couleur du ciel couvert. Les murs se dressaient à trois fois la hauteur d'un homme, et leur épaisseur était destinée à combattre les rigueurs d'hivers qui chaque année se faisaient plus rudes. L'antique style amanite retrouvait ici ses formes dépouillées, rigides, propres à cette époque à présent lointaine où l'art n'osait encore s'aventurer dans les habitations.

Aux côtés de Palléas, Thoren grogna :

— Si c'est ça la ville, je préfère ma forêt.

— Arrête de rouspéter, tu veux ! Et tâche de te tenir convenablement. Tu n'es plus chez les sauvages ici !

— Parce que nous sommes des sauvages ? Et comment appelez-vous ces gens qui s'entassent les uns sur les autres dans des cages de pierre ?

Après la bataille de Kursar, les maraudiers venus prêter main-forte aux saf'therans avaient bénéficié d'une trêve. Mais les deux partis restaient irrémédiablement ennemis. Très rapidement, les bandits, libérés de l'angoisse des fayads, s'étaient dispersés dans la plaine. Tous, sauf Thoren. Le gros rouquin au parlé rocailleux s'était pris d'affection pour Palléas. En vérité, le pillage ne l'intéressait que pour le côté aventureux de l'affaire. Or, il soupçonnait, non sans raison, qu'il n'aurait guère le temps de s'ennuyer en compagnie du jeune homme. Aussi s'était-il mis spontanément à son service. Ce qui d'ailleurs était une façon de parler, car il ne supportait pas qu'on lui donnât un ordre. Il avait sa fierté, malgré sa fâcheuse tendance à chaparder tout ce qui passait à portée de ses mains. Au demeurant, c'était un joyeux compagnon qui n'hésitait pas à risquer sa vie au combat et trouvait toujours matière à plaisanterie. Il s'était rapidement lié d'amitié avec Marvel, reconnaissant en lui un homme au passé aussi trouble que le sien. Encombrant parfois, il ne témoignait pas d'un respect digne d'éloges pour les notables, et faisait sans vergogne une cour peu discrète aux femmes des saf'therans. Ce qui lui valut un jour une fameuse raclée de la part d'un clan très pointilleux sur le chapitre de la vertu de ses filles. Il avait pris cette correction mémorable avec philosophie, d'autant plus qu'il était parvenu à soulager ses agresseurs d'une montre et de deux couteaux pliants. Malgré sa turbulence, Palléas s'était attaché à ce personnage hors du commun. Peut-être parce qu'elle avait des origines communes avec lui, Thoren vouait une admiration sans bornes à Lyvie, et il s'était institué d'office son garde du corps attitré.

Ce fut avec ce curieux équipage que Palléas fit son entrée dans Miniska, capitale impériale, où une foule impressionnante et chaudement vêtue malgré l'été proche s'était attroupée pour le voir passer. On connaissait déjà le père. On était curieux de voir le fils.

— Seigneur chevalier, si vous voulez me suivre, l'empereur Kristan Leonov va vous recevoir.

Palléas suivit le domesse, un peu impressionné. Le souverain de Miniska n'avait pas la réputation, comme Pillat de Burdaroma, d'un être au caractère avenant.

Déjà âgé de plus de quatre-vingt-dix ans, ce qui pour un noble de ce rang était le commencement de la vieillesse, il avait conservé du passé un sens aigu de l'étiquette, et des principes surannés. Ses lourdes responsabilités ne le portaient pas à la badinerie. Palléas l'avait déjà rencontré, dix ans auparavant, lorsque Kristian Leonov, devant la réputation de Dorian et de Solyane, avait tenu à leur rendre une visite de courtoisie. Palléas se souvenait qu'il s'était conduit avec son père en véritable suzerain. Il restait l'empereur et tenait à ce qu'on le sache. On murmurait d'ailleurs dans son entourage qu'il avait peu apprécié le geste théâtral de Genge Yen Fong reconnaissant Dorian pour son seigneur. Il ne fallait pourtant voir là aucune gloriole ou un goût immodéré du pouvoir, mais un profond sens des valeurs et la volonté bien déterminée de défendre l'ordre établi.

« Il est curieux de constater, se dit Palléas, combien les souverains façonnent les cours dont ils s'entourent, et les marquent de leur sceau. »

Dorian, amateur d'art, et d'esprit ouvert, avait, comme le roi Pillat, constitué autour de lui un environnement studieux et agréable, dans lequel s'épanouissaient les talents les plus divers. Le roi de Burdaroma y avait ajouté sa touche personnelle en égayant sa cour d'une pléiade d'amazones toutes plus belles les unes que les autres. Au contraire, l'austérité et l'ascétisme de Kristan Leonov trouvaient un écho chez ses courtisans. Des vêtements sombres et lourds, des mines rigoureuses et fatalistes, des regards serrés, aux sourcils froncés qui trahissaient des esprits portés sur le travail et l'économie. Ce fut à peine si l'ombre d'un sourire flotta sur le visage grave et peu ridé du monarque lorsqu'il accueillit le jeune homme. Le domesse en livrée s'effaça, et Palléas se retrouva seul face à l'empereur.

Le bureau était très sobre, encombré de livres et de

dossiers ternes, mais scrupuleusement rangés. Une seule fenêtre, haute et étroite, s'ouvrait sur une cour intérieure du palais. Point de luxe ostentatoire, sinon quelques bibelots offerts par des souverains étrangers, et qui avaient valeur de souvenirs. Seule fantaisie que se permît l'empereur, un vieux chien orala, aux longs poils fauves, somnolait à côté de la cheminée. Il battit mollement la queue en signe de bienvenue.

Kristian Leonov aurait dû être amane. Il présentait le visage triste, les yeux insondables et la peau blanche des êtres qui n'affrontent jamais directement le soleil. Sa tenue rappelait assez la longue toge ample des prêtres. Seul le dayal à pommeau d'or et le shayal d'apparat, incrusté de diamants, témoignaient de son rang.

Palléas s'avança vers lui, et, comme le voulait l'usage, s'agenouilla, tendant les paumes vers le ciel en signe d'allégeance. Kristian Leonov étendit ses mains fines et sèches au-dessus de celles de son vassal et déclara :

— Seigneur Palléas, je suis sincèrement heureux de vous rencontrer.

C'était là une grande marque d'honneur, et le jeune homme y fut sensible. L'empereur n'avait pas la louange facile.

— Relevez-vous, et prenez place !

D'un pas souple qui démentait son âge, il contourna le bureau de bois massif et dit :

— Je sais que mon ami, le roi Pillat de Burdaroma, vous a déjà confié la mission pour laquelle nous vous avons choisi.

Il compulsa quelques notes et poursuivit :

— Cette mission est primordiale, chevalier. Depuis

votre départ de Gwondaleya, les choses ont encore évolué. En fait, elles se développent tellement vite que nous ne savons pas comment nous pourrions actuellement y mettre un frein. Seigneur Palléas, nous n'avons pas affaire à une simple bande de maraudiers abrutis par une religion cruelle et intransigeante. Ces fayads sont extrêmement bien organisés. Chevalier, nous sommes en guerre. Peut-être même s'agit-il, dans l'esprit de nos ennemis, d'un holocauste.

Il avait haussé le ton sur les derniers mots.

— Les fayads ne constituent pas un phénomène propre à notre continent. Ils ont perpétré leurs crimes dans la plupart des empires. J'ai reçu des informations dans ce sens de la part de mes correspondants à l'extérieur. Quelqu'un, peut-être ce Prophète dont nous ne savons rien, désire asservir les peuples qui vivent hors de l'influence amanite. Mais il semble que certaines petites localités frontalières soient menacées. J'ai reçu à nouveau hier, juste avant votre arrivée, une dépêche. Un village du nord a été totalement anéanti, non loin des ruines de Lybrinsky. Tous les habitants avaient été décapités, et leurs têtes amoncelées et brûlées.

Les épaules du monarque se voûtèrent, comme s'il ne pouvait plus supporter seul le poids de ses responsabilités.

— Mais ne pourrait-on pas demander l'assistance des dramas, Djehal ? Nous avons affaire à un ennemi extérieur à la religion.

— Nous l'avons fait. Notre théolamane Manlovskius a mis à notre disposition les appareils volants des unités dramas de Miniska. Ceux-ci ont sillonné les plaines dans l'espoir de repérer un campement, ou quoi que ce soit d'autre. Sans résultat. Mais ce pays est si vaste...

Il se tut un instant, puis reprit, plus bas :

— Nos armées sont impuissantes contre ces bandes qui se déplacent sans arrêt et frappent là où on les attend le moins. De plus, les fayads sont remarquablement armés. Ils possèdent des gonns en grand nombre, et même quelques pistolasers. Ils font preuve d'un grand sens de la stratégie. Celui qui est à leur tête est un grand chef de guerre, Palléas. Un homme sur lequel nous ne possédons que des bribes d'informations.

L'empereur tendit au jeune homme quelques feuillets retraçant divers témoignages, et expliqua :

— D'après ce que l'on sait, il s'agirait d'un homme de haute taille, dont le visage reste sans cesse masqué. Il émane de sa voix une autorité telle qu'on ne peut lui résister. Mais le plus curieux, c'est qu'il semble posséder le don d'ubiquité. D'après les recoupements effectués, on l'a signalé un peu partout dans le monde, à des lieux éloignés les uns des autres de plusieurs centaines de marches. On l'a vu en Canaméria, puis une semaine plus tard en Cathasia. Un mois après, on le retrouve en Nogafrika, le lendemain en Europannia, et à nouveau en Canaméria.

— Sans doute dispose-t-il d'un aérodyne, suggéra Palléas, comme ceux des Lonniens.

— Effectivement, comme ceux des Lonniens...

Un étrange malaise s'empara du jeune homme. Il rétorqua :

— Les Lonniens ne sont pas les seuls à posséder ce genre d'appareils. Les cités libres en construisent également.

— C'est exact. Nous nous perdons en conjectures.

Nous avons mené une enquête discrète auprès des cités surves. Lhassenia et Dart Behra nous sont acquises. Quant à Cybernia, elle est à présent gouvernée par Victor Lambert, que vos parents ont bien connu sous le nom du conteur Achil. Les contacts avec toutes sont excellents.

— Et Brazilia ?

— Rien à signaler non plus. Ils ont cessé toutes relations avec leurs anciens alliés. Les Braziliens de Raïmund Rüdrich ont bâti là-bas une civilisation étrange, mais sans rapport avec cette religion.

— En quoi est-elle étrange ?

— Ils tendent à uniformiser l'espèce humaine par l'utilisation de certaines lois génétiques.

— Aucun rapport avec une religion comme celle des fayads. Mais il existe pourtant d'autres cités libres que ces quatre-là.

— De moindre importance. Aucune d'elles ne saurait être à l'origine de cette guerre incompréhensible. Aucune n'aurait les moyens d'organiser une action de cette envergure.

Palléas resta songeur. Si le mal ne venait pas des territoires connus, il fallait chercher ailleurs, dans les vastes contrées qui séparaient les domaines amanites, soit les trois quarts de la planète. Des mondes dont on ne savait pratiquement rien.

— Il y a plus de vingt siècles, murmura Palléas, une puissance est née au cœur d'une petite cité d'Europannia. Elle s'appelait Rives. Un seul homme a su façonner cette puissance qui aujourd'hui encore règne sur le monde. Peut-être les dieux contraires donnent-ils aujourd'hui naissance à une puissance ennemie, destinée à nous anéantir.

Le vieux monarque regarda son interlocuteur.

— Fassent les dieux que vous ayez tort, Palléas. Seule la capture du Prophète pourrait nous apporter la solution. Chevalier, il faut approcher cet homme, et le démasquer. Vous connaissez les pouvoirs insolites qu'on lui prête. Pour le combattre, il nous faut un homme possédant les mêmes dons. Votre père étant indisponible, nous comptons sur votre bravoure pour le remplacer.

Kristian Leonov se redressa.

— Palléas, nous sommes en guerre. Une guerre étrange, larvée, où l'ennemi ne nous attaque pas franchement, mais nous harcèle. Cependant, un jour viendra où il nous attaquera de front. Sa puissance croît perpétuellement. Les fayads recrutent sans cesse de nouveaux adeptes. Ils peuvent transformer les populations qui habitent les zones ignorées en troupes de guerriers entraînés. S'ils y parviennent, nous courons à la catastrophe. Ces chiens finiront par anéantir les communications entre les cités. Isolés les uns des autres, nous deviendrons beaucoup plus vulnérables.

Il se tut. Palléas contempla le visage de l'empereur. Il fut pris d'un soudain respect pour cet homme intransigeant qui avait consacré sa vie entière à un empire si vaste que mille années n'auraient pas suffi pour le parcourir. Malgré son âge avancé, il conservait encore une dignité extraordinaire, et une majesté dont peu d'hommes pouvaient se prévaloir.

Il caressa longuement la tête du vieil orala indifférent aux mystères du monde, mais qui lui apportait le secours de son amitié indéfectible.

— Je vais doubler votre escorte, chevalier. Je crains que la route de Lonodia ne soit rude. De même je demanderai aux amanes qu'ils vous confient un détachement de dramas. Leurs armes ne seront pas de trop.

— Au nom des membres de la caravane, je vous remercie, Djehal.

Le monarque planta son regard vif dans les yeux de Palléas.

— J'ai confiance en toi. Comme j'ai également confiance en ton père. Mais prends garde. Je pressens un complot à l'échelle du monde. Comme si des forces maléfiques tentaient de ramener le chaos. Je prévois un affrontement qui va au-delà de ce que nous connaissons actuellement, et dans lequel les empereurs ne pèseront pas plus lourd que le plus humble de leurs esclaves. Méfie-toi de tout et de tous. Je prierai les dieux pour qu'ils t'assistent dans ta difficile mission, et pour qu'ils me donnent la joie de te revoir un jour. Car tu es digne de ton père.

Une vive émotion s'empara de Palléas. L'empereur avait employé avec lui le tutoiement des guerriers. Seuls Pillat et Dorian pouvaient se prévaloir d'un tel honneur.

Il combattrait le Prophète. Et ferait tomber son masque. Ou bien il y laisserait la vie.

Encore fallait-il savoir où trouver l'ennemi...

19

Solyane commençait à penser que les craintes qui l'avaient assaillie durant le long hiver étaient sans fondement. Bien sûr, de temps à autre, des messagers apportaient des nouvelles inquiétantes, le récit d'une bataille, les derniers échos d'une guerre qui opposait un royaume d'Ismalasie orientale à un royaume cathasien. Le gazetier que Dorian et elle avaient écouté la veille sur la Place des Chênes avait relaté l'agonie d'une ville assiégée. Plutôt que de se rendre ou de mourir de faim, les habitants s'étaient immolés par le feu, transformant leur cité en un gigantesque brasier dont les vainqueurs n'avaient jamais pu approcher.

Zoltan, qui les accompagnait, avait murmuré : « Les dieux seuls savent si un jour les hommes seront prêts à recevoir la sagesse. Mais je commence à douter que cela soit jamais ! »

Il en avait toujours été ainsi. Si Gwondaleya connaissait une ère de paix que rien n'était venu troubler depuis plus de vingt ans, Solyane n'ignorait pas que, de par le monde, des guerres continuaient d'opposer les peuples. En revanche, contrairement à ce qu'elle redoutait, les incursions fayadines ne s'étaient pas développées. Elles semblaient plutôt localisées dans le nord de l'Europannia et de l'Ukralasia. Toutefois, les dernières lettres reçues de Palléas étaient rassurantes. Il avait combattu les fayads, et les avait vaincus. « À lui seul », avait ajouté un courrier de Leïro. Depuis, la caravane, qui venait de quitter Miniska, n'avait pas eu à souffrir de leurs attaques.

Alors, que fallait-il penser des visions qui l'avaient tourmentée au plus fort des glaces ?

L'entité monstrueuse semblait avoir fondu au soleil de l'été. Les moissons seraient belles, les troupeaux n'avaient jamais été aussi nombreux, les industries florissaient. Les créateurs de tous horizons se rejoignaient à Gwondaleya, et de leurs rencontres naissaient des mélodies nouvelles, des pièces de théâtre, des symphonies de couleurs et d'esprit qui partaient rayonner sur le monde.

Comment croire alors aux spectres surgis au cœur de l'hiver ? La lumière les avait chassés, relégués dans les brumes du passé.

Pourtant, Solyane ne parvenait pas à oublier les paroles de la sorcière, sortie de son isolement dans le seul but de la prévenir. Elle n'avait pas rêvé non plus cette apparition abominable qui avait causé la mort de la petite danseuse Pahin Kaan lors de la visite de l'empereur de Cathasia. Cette visite elle-même était une énigme. L'un des grands de ce monde s'était tourné vers eux, avait accompli un véritable pèlerinage pour se placer, en quelque sorte, sous leur protection.

Au fond d'elle-même, une étrange intuition subsistait, lui murmurait de se méfier de ce calme apparent.

Le Mal était au loin. Elle le sentait. Il errait à des dizaines de marches de Gwondaleya, frappant au hasard, se confondant volontairement aux haines humaines, se dissimulant derrière leur folie. Était-ce lui que Dorian allait partir affronter d'ici quelques jours ? Il avait effectué, en compagnie des Lonniens, plusieurs courtes expéditions dites scientifiques, d'où il avait ramené des souvenirs colorés, des images de lieux oubliés où s'était reflétée la puissance des Anciens. Les Lonniens ravis disaient volontiers que le monde tout entier n'était qu'un champ de ruines au passé grandiose, qu'il aurait fallu des siècles pour explorer.

L'expédition qui se préparait cette fois avait une autre destination. Quelques mois auparavant déjà, le commandant Kless Loro avait fait allusion à un phénomène étrange qu'il avait constaté au nord de la banquise, phénomène dont il n'avait pas voulu parler plus avant. Respectant le mutisme de l'extraterrestre, Solyane s'était refusée à le sonder. Cependant, sans raison apparente, elle avait établi un rapport entre ce phénomène inconnu et la menace sourde qui pesait sur la civilisation amanite. Elle eût été incapable d'expliquer pourquoi.

Malgré des pouvoirs qui la plaçaient au-dessus des simples mortels, Solyane ne pouvait s'empêcher de penser qu'elle était aveugle, aveugle au monde réel. Il existait une continuité entre la matière, la vie et l'esprit. Tout n'était qu'un. Lors de ces brefs moments de lucidité qu'offraient les visions dues à la setchaya, elle avait parfois l'impression de se fondre à la lumière, au monde qui palpitait autour d'elle. Puis tout s'estompait et le voile retombait, l'isolant irrémédiablement. Alors, elle se découvrait une irrésistible envie de pleurer, comme lorsque l'on entrevoit quelque chose de très beau, de merveilleux que l'on ne peut ni comprendre ni atteindre.

Elle sentit la présence de Dorian bien avant qu'il ne s'approchât d'elle. L'émotion l'emplit, une émotion joyeuse qui ne s'était jamais démentie depuis leur plus tendre enfance. Il revenait du port où Jans avait requis ses conseils. Elle sourit en constatant qu'il lui rapportait un cadeau, comme chaque fois qu'il découvrait quelque chose susceptible de lui faire plaisir. Il s'agissait là d'une étoffe nouvelle, très légère et aux reflets satinés.

— Tu es seule ?

— Plus maintenant.

Elle noya ses yeux dans son regard, et plongea son esprit en lui. Par jeu elle s'amusa à découvrir ce que cachait sa visite au port. Il ne s'agissait que d'une formalité, mais elle avait plaisir à rencontrer par ses yeux les mariniers et les capitaines, à monter sur les ponts plats et encombrés de ballots.

— Petite curieuse ! lui chuchota-t-il. Et si j'avais été voir une femme, une de ces belles étrangères qu'attire notre cité ?

— Tu sais bien que je ne suis pas jalouse.

Il la prit dans ses bras et l'entraîna près du rempart. De là ils dominaient la ville, éclaboussée de lumière vespérale. Parce qu'il faisait très chaud, Solyane ne portait qu'un voile transparent et léger. Le contact des doigts de Dorian sur sa peau l'électrisa et elle se fit câline contre lui.

Elle aimait ces étreintes sauvages et imprévues, chaque fois plus belles et plus enivrantes, pimentées par la crainte de voir surgir un esclave venu prendre ses ordres.

Mais personne ne les dérangea cette fois-là. Jouant avec la rude toison noire qui couvrait la poitrine de Dorian, Solyane, encore engourdie par l'ivresse amoureuse, murmura :

— Tu sais que je risque d'avoir un enfant après ce que nous venons de faire ?

Il éclata de rire.

— Tu sais que cela serait une très bonne idée ?

Il se laissa aller en arrière, savourant la chaleur du soleil sur sa peau et le contact du corps de sa compagne lové contre le sien. Le temps sembla s'étirer, gagné lui aussi par le bien-être qui les envahissait. Soudain, Dorian sentit sa sœur se raidir brièvement, puis se relâcher par un rapide effort de volonté. Il rouvrit les yeux.

— Qu'y a-t-il ?

— Rien... Je...

Cette fois, il se redressa. Elle soupira. Elle était incapable de rien lui cacher.

— Je... je ne sais pas. C'est à cause de la plaisanterie que j'ai faite tout à l'heure. Je sens... D'ici quelques mois, nous concevrons un bébé. Pourtant, je ne le vois pas venir au monde.

— Peut-être vas-tu le perdre ? Cela arrive.

— Non, non ! Il sera viable, et ma grossesse se passera normalement. Je crois même qu'ils seront deux. Mais quelque chose m'échappe. Tout se trouble. Je ne peux pas voir l'avenir au-delà d'une certaine limite. Tout s'arrête avant...

— Avant ?

— Avant la naissance de ces bébés...

Ils restèrent un long moment sans parler. À nouveau le spectre avait surgi entre eux. Il tenta de la détendre en lui caressant le dos. Elle finit par se calmer.

— Dorian, ce n'est pas la première fois que cela m'arrive. Comme si... je devais disparaître dans quelques mois.

Elle serra nerveusement ses mains l'une contre l'autre et secoua lentement la tête.

— C'est notre faute, petit frère. Nous n'allons pas au bout de nous-mêmes. Je suis sûre qu'un autre monde, le monde réel peut-être, est là, à portée. Mais nous ne le comprenons pas. Nous ne savons pas comment l'atteindre. Parfois, le voile se déchire et j'entrevois... des lueurs de vérité.

Des larmes se mirent à luire dans les yeux d'un bleu profond. Dorian posa ses doigts sur le bord des paupières. Elle continua :

— Un mur va se dresser devant nous dans quelque temps, Dorian. Peut-être est-ce plus que la mort qui nous attend. Je sais que cet ennemi inconnu qui nous guette veut notre anéantissement total. Il semble sommeiller, bien loin de nous. Mais il attend son heure, tapi dans l'ombre.

— Lorsque les choses maléfiques se mettent en marche, nul ne peut prédire où et comment elles frapperont, petite sœur. « Méfie-toi même du rire et de la lumière ! » a dit Mahel.

Elle se redressa. Le soleil se mit à jouer sur sa peau nue, dans sa longue chevelure gonflée par la légère brise vespérale. L'image même de la beauté, pensa Dorian, ému par le corps de sa compagne. Les yeux de Solyane se troublèrent. Elle murmura d'une voix lointaine, comme étouffée :

— Il veut nous détruire, parce que nous sommes sur le point de découvrir quelque chose de fondamental.

Sans souci de sa nudité, elle se leva, s'offrant sans y penser au soleil, poursuivant son étrange monologue.

— Il a peur, lui aussi. Il nous redoute. Si au moins je savais, si je pouvais comprendre ce qu'il faut faire. Mais il n'y a rien, personne pour me guider.

Deux larmes roulèrent sur ses joues, et elle se laissa tomber à genoux près de Dorian, impressionné par la tension qui l'imprégnait tout entière.

— Que dois-je faire, petit frère ?

— Je ne peux t'aider, Solyane. Veux-tu seulement que je reste ?

— Non ! Je souhaite que tu accompagnes nos amis lonniens. Nous ne risquons rien pour l'instant.

Elle frissonna.

— Je crains plus pour Palléas. J'ai vu se mettre en place autour de lui des présences néfastes qui m'inquiètent. Je crois... je crois que c'est lui qui affrontera le premier le Prophète.

20

Depuis deux mois déjà la caravane avait quitté Miniska. Palléas s'était parfaitement intégré à la vie étrange des nomades. À présent, il connaissait nombre de saf'therans par leur nom. Il aimait bavarder avec eux, le soir, au bivouac. Le temps ne comptait pas pour les convoyeurs. Bien sûr, il était prévu d'arriver à Lonodia avant l'hiver, mais dans leur esprit, c'était une possibilité, et non une obligation. Un certain fatalisme habitait l'esprit des gens de la route. Ils vivaient pleinement, au jour le jour, au rythme du pas de leurs lourds animaux de trait. Il y avait là des chevaux géants, qu'on appelait aussi des hyppodions, aux pattes larges et massives, des bœufs trapus et puissants, attelés par groupes de six. Mais les plus grands de ces mastodontes étaient sans conteste les golieuthes, ces pachydermes dont les ancêtres, disait-on, avaient été créés par les dieux anciens à partir d'éléphants et de taureaux. Peut-être y avait-il une parcelle de vérité dans cette histoire, les golieuthes présentaient en effet une petite trompe encadrée de deux défenses inquiétantes. Mais leur douceur proverbiale en faisait des animaux faciles à manœuvrer, malgré leur force extraordinaire. Un seul golieuthe tirait la charge de six chevaux géants. De plus, les femelles fournissaient un lait riche et parfumé que l'on appelait le shalek. Les enfants des saf'therans en étaient nourris jusqu'à un âge avancé, et les femmes en préparaient une multitude de fromages. Les épouses des saf'therans étaient redoutablement attirantes. Le soleil de la piste leur faisait une peau dorée et mate, des yeux clairs et brillants. Leurs vêtements constituant leur seule richesse, elles rivalisaient de coquetterie, arborant des tenues chamarrées et multicolores, à la fois fonctionnelles et séduisantes.

Les jeunes mères portaient leur nouveau-né sur leurs dos, enveloppé dans une gigantesque écharpe de toile brodée. Un petit détail amusait grandement les guerriers. Par un souci de commodité, les fesses des bébés restaient nues, et la caravane fleurissait d'une multitude de petits derrières tout roses bringuebalant dans le dos de leur mère, ou bien solidement accrochés au bât des golieuthes.

La caravane cheminait au pas, nonchalamment. Parfois, on croisait un autre convoi se dirigeant vers Miniska. Alors, tout le monde s'arrêtait et l'on bivouaquait pendant deux jours. Des marchandises étaient échangées, et surtout des informations et de nombreux souvenirs.

Palléas, entouré de ses compagnons, assistait aux longues conversations de messire Madran et des siens. C'étaient des palabres sans fin jusqu'à une heure avancée de la nuit, entrecoupées de silences éloquents, au cours desquelles chacun faisait siens les souvenirs des autres. Ces rencontres obéissaient à des rites bien précis, solennels, au cours desquels coulaient à flots le zuthum, la bière aux fruits, et le shalek, et où chacun fumait sa longue pipe de bois. L'échange des tabacs aux herbes revêtait toujours un caractère sacré. Chaque fumeur préparait lui-même son mélange, et avait à cœur de le faire apprécier par son invité.

Curieusement, les femmes des convoyeurs, qui ne se mêlaient jamais aux guerriers, et encore moins aux voyageurs, se montraient beaucoup moins farouches lorsqu'elles rencontraient une autre caravane. Il était fréquent alors que deux convoyeurs échangeassent leurs épouses, voire leurs grandes filles. Les enfants nés de ces unions étaient parfaitement bien acceptés.

— C'est leur manière à eux de mélanger leur sang, confia Servinius, un parane qui suivait la caravane, à Palléas.

Il n'allait pas tarder à faire nuit. Lyvie, qui à présent avait repris des formes et des couleurs, jouait aux échecs avec Thoren. Sa silhouette svelte et souple contrastait avec le corps de taureau de l'ancien maraudier, mais elle semblait perpétuellement le dominer. Lui qui grommelait sans arrêt lorsque Palléas lui demandait quelque chose se mettait en quatre pour accéder aux désirs de la demoiselle. Marvel, qui avait pris goût aux herbes des saf'therans, fumait béatement une pipe de bruyère tout en écoutant les conversations. Groupés autour du feu, Palléas devisait avec Servinius et deux autres convoyeurs, Yokoundy et Maral. Originaire de Sométhiopie, Yokoundy avait la peau aussi sombre que Maral était blond.

— Peut-être, rétorqua le Noir de sa voix grave, en réponse à la remarque du prêtre, mais c'est notre manière à nous de rendre hommage à un ami que l'on vénère.

— Vos femmes sont-elles d'accord avec cette pratique ?

Maral le regarda avec des yeux ronds.

— Mais oui, inhad ! Et elles sont fières lorsque leur union est féconde. Cela veut dire que l'ami nous a confié un peu de sa chair. Ainsi, nous sommes sûrs de ne jamais l'oublier.

— Effectivement, c'est une manière de voir les choses, conclut Palléas.

Il frissonna soudain. À l'approche de la nuit, un vent froid s'était mis à souffler, soulevant des fantômes de poussière et de cendres. Il resserra sa cape autour de lui, et but une gorgée de shalek chaud.

Yokoundy regarda longuement le ciel, et déclara :

— L'été touche à sa fin, seigneur. Nous marchons vers l'hiver.

Comme pour lui donner raison, un vol de cygnes passa très haut dans le ciel, petites taches noires sur l'azur insondable du crépuscule.

— Nous ne serons à Lodi que dans quatre ou cinq jours, dit Palléas. Cela signifie-t-il que nous n'atteindrons pas Lonodia avant la fin de l'année ?

— Qui peut le dire, sinon les dieux de la piste, seigneur ?

Apparemment, il s'en moquait. Il transportait quant à lui des tissus précieux, qui ne risquaient pas de s'abîmer. Ils arriveraient toujours bien assez tôt. Palléas lisait en lui qu'il était parfaitement heureux, et qu'il n'était pas spécialement pressé d'arriver à

Lonodia. Point de vue qui semblait partagé par de nombreux saf'therans. C'était là leur philosophie. Ils prenaient le temps de vivre.

— Bientôt, l'hiver sera là, poursuivit le Noir en roulant des yeux inquiétants. Et la Skandiane étendra ses griffes jusqu'à nous.

Il voulait parler de la banquise nord, hantise des caravaniers.

— Chaque année, elle gagne du terrain, ajouta Maral en tirant sur sa longue pipe.

— Oui, un jour, elle dévorera tout, jusqu'aux déserts du Grand Sud. La Skandiane, c'est la porte du monde des morts, seigneur. Vous ne la connaissez pas ?

— Uniquement par les récits que l'on m'en a faits.

— Les amanes prétendent que ce monde est rond comme une balle. Il est vrai que l'on peut faire le tour des empires en allant toujours vers l'ouest ou vers l'est. Il faut pour cela traverser l'Atlantéus, et le grand océan oriental, mais c'est possible. Vers le nord, il n'y a rien à faire, seigneur. Jamais personne n'est revenu de là-bas. C'est le royaume des démons.

Ses yeux devinrent deux fentes à peine visibles.

— Vous pouvez marcher vers le nord, aussi longtemps que vous le pourrez, aussi longtemps que vous surmonterez le froid. Mais il aura raison de vous, et vous mourrez. Le nord est infini. Personne ne sait ce qu'il y a au bout. Moi, je prétends qu'il n'y a rien. Certains se sont aventurés sur la banquise. Ceux qui ont rebroussé chemin à temps et sont revenus racontent qu'ils y ont vu des arbres de cristal, des animaux étranges, dont le sang ressemble à de l'huile. Des légendes parlent de cités où vivraient des dieux, ou des démons. Moi, je suis sûr que ce sont des démons. Des monstres au cœur froid comme le blizzard. Les skrulls viennent de là-haut, seigneur. Je sais qu'ils ont leur repaire au-delà de l'enfer blanc.

Palléas médita les paroles du convoyeur. Les skrulls étaient le nom que l'on donnait aux fayads en Europannia. Et il avait constaté que l'idée qu'ils venaient du Grand Nord était assez répandue. Il rétorqua néanmoins :

— Mais nous savons à présent que les skrulls proviennent des domaines ignorés.

— Les guerriers, c'est vrai, seigneur. Mais pas leurs chefs. Les yatales viennent du froid. Du froid de l'enfer... Que les Symnes[1] nous protègent.

Palléas n'ajouta rien. En vérité, peu de gens concevaient que le monde était une sphère. La croyance selon laquelle la banquise skandiane n'avait pas de fin était relativement répandue, non seulement chez les saf'therans, mais aussi chez les habitants des petites cités rencontrées sur la piste de Lodi. De là à imaginer que les fayads descendaient de l'enfer de glace, il n'y avait qu'un pas. Mais peut-être une autre vérité se cachait-elle sous cette croyance.

Soudain, une agitation nouvelle se fit entendre non loin de leur bivouac.

— Un jugement, dit aussitôt Maral. C'est Hans Güber. J'ai appris qu'un saf'theran a violé la fille de son affrat, la nuit dernière. C'est un bien grand crime.

L'affrat était le compagnon de voyage d'un saf'theran. Bien souvent, l'entretien d'un attelage important revenait cher. Alors, il arrivait que des convoyeurs

1. Symnes : divinités protectrices des convoyeurs.

s'associassent afin de partager les frais et le travail. Ils étaient ainsi affratés, ou affrérés. Il était fréquent alors qu'ils partageassent aussi leurs épouses. Cependant, les enfants avaient à leurs yeux un caractère sacré. Et la victime, à ce qu'avait appris Palléas, était une fillette. L'homme risquait la mort.

Suivant ses compagnons, il se rapprocha. Déjà une foule importante se pressait autour d'une petite estrade sur laquelle Hans Güber, le sahar faïn, et messire Madran avaient pris place.

On amena un homme déjà couvert de coups, et dont les vêtements étaient passablement lacérés. Visiblement, il avait déjà commencé à payer son crime. Une femme aux yeux haineux serrait contre elle une fillette qui n'avait certainement pas plus de douze ans, mais dont la silhouette laissait déjà présager la femme magnifique qu'elle serait plus tard.

Palléas n'éprouvait ni pitié ni compassion pour le criminel. À Gwondaleya, le viol d'un enfant conduisait immanquablement à la pendaison.

Pourtant, une vision trouble lui chuchota que l'homme allait échapper à la mort, et que cela constituerait une erreur fatale pour la caravane.

Sous les huées de la foule, on amena le criminel qui dut se prosterner à terre pour écouter la sentence du sahar faïn. Le jugement dura à peine deux minutes. Pourtant, ainsi que l'avait pressenti Palléas, Hans Güber ne prononça pas la mort, mais l'exclusion. Le criminel se redressa et se mit à crier, à se débattre. Mais quelques coups vigoureusement ajustés le calmèrent. Palléas, cernant son esprit, y lut une panique incommensurable à l'idée de se retrouver seul au bord de la piste, sans autre moyen de subsistance que son couteau de chasse et de la nourriture pour une journée. Le châtiment qui s'était abattu sur lui était bien pire que la mort. Des insultes jaillirent de ses lèvres écumantes. Il n'avait plus rien à perdre. Alors, la foule lui cracha une dernière fois au visage, puis se détourna de lui. Les gardes le lièrent pour la nuit à un pieu fiché en terre. Il serait libéré le lendemain, après le départ du convoi.

Palléas comprenait à présent pourquoi les saf'therans redoutaient tant l'exclusion. Depuis leur naissance, la caravane constituait leur seul horizon, leur seul cadre de vie. Un convoyeur n'était jamais isolé. Il y avait constamment foule autour de lui. De plus, il régnait chez les saf'therans un remarquable esprit de solidarité. Pour la première fois de sa vie, cet homme allait se trouver seul, sans personne à qui parler, à qui demander de l'aide.

Palléas jeta un dernier regard au condamné, dont les insultes perdaient de leurs virulences. Il ne le plaignait pas. L'homme avait mérité son sort. Mais un malaise persistait, telle une ombre au fond de lui.

Conscient de ne pouvoir encore rien tenter, il enveloppa Lyvie dans ses bras et regagna frileusement sa tente.

21

Yokoundy ne s'était pas trompé. L'hiver approchait. Par chance, la caravane n'avait subi aucune agression depuis Miniska. Pour des raisons inexplicables, les maraudiers s'étaient montrés discrets. Dans certains endroits, ils semblaient même avoir totalement disparu.

Le lendemain du jugement éclair du violeur, au cours d'une patrouille de routine, Palléas fit une macabre découverte, qui pouvait en partie expliquer cette disparition.

Malgré le soleil qui inondait la plaine d'une lumière blanche et aveuglante, la matinée était presque glaciale. Parfois des bourrasques violentes cinglaient les visages. Palléas était suivi comme son ombre par son frère d'armes, Rono, fils du baron Sheratt de Brastalia. Derrière eux venait Thoren, qui pour une fois avait laissé à Marvel la protection de Lyvie.

Une petite troupe de guerriers scrutait les abords d'une hauteur proche, d'où s'élevaient de vagues fumerolles.

— On dirait qu'il y a eu un incendie là-bas, remarqua Rono.

— C'est possible, nous allons y jeter un coup d'œil.

L'endroit n'était pas tout proche. Bientôt, la steppe se fit plus dense, se transforma en taillis, puis en une succession de petits bosquets propices à une embuscade. Mais la perception multidirectionnelle de Palléas ne lui indiquait rien d'inquiétant. Il n'y avait plus âme qui vive dans les alentours.

Soudain, il discerna, à quelque distance, une présence insolite. Une femme. Derrière elle se tenait un petit groupe d'enfants. Un magma de pensées atroces coulait de leurs esprits.

Palléas mit pied à terre et s'avança dans les sous-bois, aussitôt suivi de Rono.

Sans ses réflexes fulgurants, il eût peut-être été tué. Mais un avertissement venu de l'inconscient le prévint du danger au moment même où celui-ci fondait sur eux, sous la forme d'une pluie de billes métalliques. Palléas hurla pour avertir son compagnon. L'instant d'après, ils roulaient au sol, à l'abri des fourrés.

— Ce sont des gosses avec des frondes ! jeta Rono. Je les ai aperçus. Nous ne pouvons tout de même pas les tirer aux styls !

— Non ! Nous n'aurons pas besoin d'en venir là. Ils ne peuvent plus rien contre nous à présent que je les ai repérés.

Il se redressa, et se montra ostensiblement. À nouveau, une grêle de billes fondit sur lui. Créant instantanément un champ de forces mentales autour de lui, il arrêta les projectiles en pleine course. Ceux-ci retombèrent mollement sur le sol. En écho lui parvinrent des sentiments furieux et désappointés, mêlés déjà à une vague frayeur.

Un remue-ménage se fit entendre dans les feuillages.

— Ils se sont enfuis, dit Palléas à Rono qui sortit de sa cachette.

— Par les dieux, grogna ce dernier avec admiration, j'aimerais connaître ton truc. C'est impressionnant.

Palléas sourit.

— C'est un petit secret que je dois à ma maman. Allez viens !

Ils se lancèrent sur la piste des fuyards. Tout à coup, ils débouchèrent au milieu d'une clairière où se dressaient quelques huttes de branchages hâtivement construites. Au milieu du hameau, solidement plantée sur ses jambes, mais tremblant de tout son corps, se tenait une femme. Ses longs cheveux gris pendaient sur ses maigres épaules. Derrière elle s'abritaient une vingtaine d'enfants et d'adolescents aux regards farouches et apeurés. Les deux chevaliers comprirent immédiatement que la femme avait les yeux crevés. Pourtant, une autorité étrange émanait d'elle.

Mais ce n'était pas là le détail le plus horrible. Un peu en retrait, entre deux huttes, s'élevaient trois édifices de bois auxquels étaient attachés des hommes. Ou tout au moins ce qu'il en restait. De longues plaies saignantes lacéraient leur corps, comme si des morceaux de chair avaient été prélevés. L'un n'avait plus de joues, un autre plus d'yeux. Quant au troisième, on lui avait coupé le bras gauche et la jambe droite à hauteur du genoux.

« Pour les manger », comme le devina soudain Palléas. Refoulant la nausée qui lui nouait les tripes, il étudia le groupe de tortionnaires. Un rapide sondage mental lui apprit que ces gens n'avaient rien à voir avec des garous, et qu'ils n'avaient pas l'habitude de se livrer à l'anthropophagie. Ce massacre n'était rien d'autre qu'une vengeance en réponse à un holocauste qui avait eu lieu quelques jours plus tôt.

Surmontant son dégoût, le jeune homme se dirigea vers les suppliciés. La femme et les siens n'osèrent pas réagir.

Palléas constata avec horreur que les trois hommes vivaient encore. Aucune des blessures infligées n'était mortelle, même les mutilations. Les hémorragies avaient été arrêtées avec de l'huile bouillante. Visiblement, cette femme et ces enfants avaient voulu accomplir une atroce vengeance. Ils n'étaient plus qu'un bloc vibrant de haine.

— Ils nous prennent pour des démons, dit Palléas à Rono. Ils redoutent nos représailles.

— Mais pourquoi ont-ils fait ça ? Pourquoi tant de cruauté ?

— Je crois que je commence à comprendre. Regarde !

Il désignait, sur les lambeaux de vêtements des victimes, les traces d'un signe menaçant.

— La croix double et les croissants en opposition, murmura Rono. Ce sont des fayads.

— Le village de ces gens a dû être attaqué il y a quelques jours. Ce qui explique sans doute ces fumerolles persistantes. Ces enfants et cette femme ont dû s'enfuir et devenir à moitié fous. Puis ils ont capturé ces trois guerriers et leur ont fait subir leur vengeance.

L'un des suppliciés leva vers lui un regard injecté de sang. Il était à bout. Le jeune homme l'acheva d'un coup de shayal précis. Le malheureux eut un dernier soupir. La pensée d'un remerciement ultime parvint à Palléas.

Il agit de même avec l'homme aux yeux crevés, puis se dirigea vers le moribond aux membres sectionnés. C'était un miracle s'il était encore vivant. Il avait dû perdre la moitié de son sang.

— Attention ! dit tout à coup Rono.

Menaçante, la foule enfantine se rapprocha, entourant la femme aveugle. Celle-ci s'exprima dans une langue inconnue, mais Palléas en comprit instantanément la substance.

— Retiens ton bras, étranger, qui que tu sois ! Ce que tu as en face de toi n'est pas un homme. C'est un démon venu du fond des enfers. En le tuant, tu libéreras son âme, et il reviendra te tourmenter.

Palléas, incrédule, se retourna vers le fayad. Le jeune homme reçut un choc violent lorsque l'homme qu'il avait cru inconscient ouvrit les yeux et fixa sur lui son regard noir, brûlant comme du feu, un regard que Palléas avait déjà rencontré, quelques semaines auparavant.

— Je ne pense pas que nous ayons encore l'occasion de combattre, messire Gospar Kacek, dit-il doucement.

L'autre réprima une grimace de douleur et cracha :

— Dieu a vu mon courage dans l'épreuve, seigneur chevalier. Cela seul compte. À présent, vous pouvez me tuer. Mais si vous ne le faites pas, nous nous combattrons encore.

Palléas préféra ne pas répondre. Contre toute attente, la vie demeurait chevillée à ce corps torturé, sans doute en raison de la haine incommensurable qui l'habitait. Il émanait de l'individu, même diminué comme il l'était, une autorité inquiétante. Palléas s'écarta de lui et s'adressa à la femme.

— Quand avez-vous été attaqués ?

Mais ce fut une adolescente qui lui répondit, dans un langage très écorché.

— Démons attaque, cinq jours avant, seigneur. Nous enfants, fuir. Parents tués. Cause chaveck, venu village. Nous chasser lui. Miarka dire lui mauvais esprit.

Palléas comprit que le « chaveck » désignait un prêcheur fayad. Miarka était cette vieille femme qui vivait seule dans la forêt, et qui tenait auprès de ceux du village le rôle de prêtresse. L'étudiant de plus près, il se rendit compte qu'elle possédait de visibles dons mentaux. Les enfants lui vouaient une confiance aveugle. Il imaginait aisément la suite. Un petit groupe d'enfants était parvenu à échapper au massacre et s'était placé sous sa protection bien dérisoire.

La femme se mit soudain à parler aux siens, d'une voix ample et bien timbrée. Lentement, l'hostilité des enfants envers Palléas et son compagnon tomba.

— Qu'est-ce qu'elle leur raconte ? demanda Rono, intrigué.

— D'après ce que je comprends, elle leur explique que nous sommes des esprits protecteurs, qu'ils peuvent avoir confiance en nous.

Rono fit une grimace.

— Alors, je crois que nous devrions les laisser à leur vengeance. Ce Gospar Kacek n'a que ce qu'il mérite.

Palléas songea un instant à emporter le supplicié pour le faire parler. Mais avait-il le droit de voler leur vengeance à ces gens ? La loi de la piste était impitoyable.

— Ils n'appartiennent pas à notre civilisation, compagnon, insista Rono. Et ils ne sont pas dangereux pour nous. Laissons-les.

Palléas poussa un soupir.

— Quelque chose me dit que nous devrions supprimer cet individu. Mais tu as raison. Partons !

Jetant un dernier regard à Gospar Kacek, il tourna les talons. Quelques centaines de mètres plus loin, ils retrouvèrent Thoren et leurs guerriers.

— J'aimerais tout de même jeter un coup d'œil à

ces ruines, dit soudain Palléas. Peut-être y découvrirons-nous un indice intéressant. Contournant le village de huttes, ils se dirigèrent vers les fumerolles.

Ils débouchèrent dans un endroit étrange. Des édifices rongés par la végétation s'alignaient à perte de vue, encadrant de vastes esplanades aux dalles fissurées. Des arbres avaient depuis longtemps ébranlé les fondations de la cité antique qui s'était dressée là autrefois, sans doute des millénaires auparavant.

— Attendez ! Quelqu'un nous suit !

Ils se retournèrent. Personne ne se montra, mais un sondage mental apprit à Palléas que l'adolescente qui comprenait l'ankos les espionnait, cachée derrière un fourré. Il l'interpella. Elle sortit de sa cachette, vaguement inquiète, mais toujours habitée par une rage féroce.

— Montre-nous où vous viviez ! lui dit le jeune homme.

La fille acquiesça, puis se dirigea vers l'intérieur de la métropole défunte, d'où sourdait une écœurante odeur de chair brûlée. Ils arrivèrent bientôt dans un lieu où la végétation avait été apprivoisée. Quelques champs maigres avaient été aménagés, ainsi que de minuscules prairies. Quelques poules erraient encore dans les décombres. Au centre avaient été reconstruites des demeures, à partir des matériaux récupérés dans la cité disparue. Cela n'étonna pas les Gwondaleyens. Nombre de peuplades des domaines inconnus logeaient dans les ruines dont le monde était couvert. Les superstitions qui entouraient ces lieux les protégeaient bien souvent des agressions extérieures.

Mais cette fois, la peur n'avait pas arrêté l'ennemi.

Palléas avait beau s'attendre au pire, il ne put s'empêcher de détourner les yeux devant le spectacle qu'il découvrit sur la place centrale du village. Les fayads n'avaient manifesté aucune pitié pour les enfants, les femmes ou les vieillards. Lisant les pensées de haine de la fille, Palléas se fit une idée plus claire de ce qui s'était passé. Un prêcheur s'était présenté dans le village plusieurs jours auparavant. Mais on n'aimait pas vraiment les étrangers ici. Bien vite, l'homme avait été bousculé, puis insulté et chassé à coups de pierres. Et ses menaces de représailles n'y avaient rien changé. Les villageois n'avaient guère attaché d'importance à l'événement. Pourtant, grand mal leur en avait pris. Deux jours plus tard, une horde de fanatiques surgissait du plus profond de la forêt. Un combat violent s'était ensuivi, au cours duquel tous les habitants avaient été massacrés. Une petite troupe d'enfants et d'adolescents affolés parvint pourtant à s'échapper dans le dédale des galeries qui couraient sous les ruines. Ils s'y terrèrent pendant trois jours, n'osant même pas sortir pour chercher de la nourriture. Ils furent découverts enfin par la vieille Miarka qui, vivant hors du village, avait été épargnée. En ressortant de leur terrier, les enfants entendirent des bruits de voix. L'ennemi était encore là. Mais il ne s'agissait que de trois hommes, revenus sur les lieux de leur crime pour tenter de débusquer d'éventuels survivants. Tous reconnurent immédiatement l'homme vociférant qui avait commandé le massacre des leurs. Alors, les frondes avaient tournoyé, et les lourdes billes de métal avaient fendu l'air, assommant les trois fayads. La suite, Palléas la connaissait.

Surmontant son dégoût, il approcha des édifices.

Des signes avaient été badigeonnés sur les murs noircis par la fumée, représentant la meurtrière croix double cerclée de ses deux croissants. Des bribes de souvenirs remontèrent dans la mémoire du jeune homme. Il avait longuement étudié en compagnie des Lonniens l'histoire ancienne de la Terre. Il avait existé avant le Jour du Soleil nombre de religions aussi impitoyables que celle-ci. Plus insidieuses peut-être, car elles étaient fortement enracinées dans les civilisations, dont elles contrôlaient la pensée. Combien d'hommes, de femmes et d'enfants n'avaient-ils pas été massacrés au nom de dieux censés apporter le bonheur ! Parfois, des guerres sanglantes, de véritables boucheries opposaient les pays ; parfois même, les habitants d'une même cité s'entre-égorgeaient au nom de divinités d'amour.

Le monde n'avait donc pas réellement changé depuis ces époques lointaines. Les hommes étaient-ils donc toujours aussi fous ? Palléas se força à regarder les corps amoncelés, sans tête, que le feu n'avait pas complètement calcinés. Plus loin, une pyramide sinistre, faite de têtes empilées, continuait de fumer, symbole de la folie humaine, de l'absurdité des religions fanatiques.

Alors, une vague de colère naquit en lui, s'enfla, monta et il concentra son énergie sur la croix double et les croissants peints sur le mur qui lui faisait face. Pulvérisé sous l'impact mental, le béton s'effondra dans un grondement de tonnerre, effaçant d'un coup le signe funeste.

Impressionnés, les guerriers reculèrent craintivement. Même Rono fit un pas en arrière. Palléas se tourna vers eux.

— Pardonnez ma colère, compagnons ! Je crois que... jamais je n'avais éprouvé de haine avant de voir cela.

Mais c'était un sentiment qu'ils partageaient tous.

À cet instant précis, la forêt fit entendre comme un long gémissement. Une sueur glaciale coula le long de l'échine des huit hommes et de la gamine.

— Par les dieux, murmura Rono. Ce n'était pas un cri humain.

Palléas se concentra pour sonder les environs.

— Si, compagnon. Il y a là une patrouille de skrulls, sans doute à la recherche de leur yatale.

— Nombreux ?

— Six ou sept.

— Alors, poursuivons-les !

— Trop tard. Ils viennent de s'enfuir. Ils ont pris peur. Sans doute à cause de ce que je viens de faire.

Il se tourna vers la fille.

— Nous allons repartir. Mais toi et les tiens, soyez prudents. Les skrulls rôdent encore par ici.

Elle acquiesça d'un signe de tête et disparut dans les ruines. En la regardant s'éloigner, il sut que le signe de la mort était sur elle.

La nuit suivante, Palléas éprouva quelque difficulté à trouver le sommeil. Les visions atroces de la journée ne quittaient pas son esprit. Lorsque enfin il parvint à s'endormir, ses rêves furent longuement peuplés de corps décapités défilant au cœur d'un brasier. Il se tournait et se retournait sur sa couche, la peau moite. Enfin, il s'éveilla. À ses côtés, Lyvie, embrumée de sommeil, voulut se blottir contre lui. Il la repoussa doucement.

— Qu'as-tu, mon cher seigneur ? Tu sembles inquiet.

— Ce pays est maudit. Des ombres mauvaises y rôdent.

Aussitôt, il la sentit se recroqueviller. Comme toutes les femmes, elle avait une sensibilité à fleur de peau. Les quelques mots de Palléas l'avaient totalement réveillée. Le jeune homme secoua la tête.

— Ces gens sont en danger. Je le sens. Je crois même... qu'il est déjà trop tard.

Il serra les mâchoires, puis rejeta d'un coup la peau d'ours.

— Par les dieux, j'en aurai le cœur net.

— Où vas-tu ?

— Effectuer une reconnaissance. Je ne serai pas long.

Il s'habilla en hâte, et sortit de la tente. L'air s'était anormalement réchauffé vers le soir, tandis que le ciel s'assombrissait.

Palléas appela mentalement Oranéa. L'allienne ne dormait jamais loin de la tente de son maître. Elle survint à l'instant. Sans prendre la peine de réveiller Marvel ou Thoren, endormis sous une petite tente à côté de la sienne, il boucla sa selle et bondit sur l'échine de sa compagne. Pour quitter le vaste campement, il dut se faire reconnaître des gardes, puis se dirigea vers l'est.

Oranéa, pénétrée par la hâte qu'elle devinait chez le jeune homme, adopta immédiatement une allure rapide. Les innombrables feux mourants du campement s'estompèrent derrière eux.

Se dirigeant vers le village assassiné, à près de trois marches vers l'est, Palléas remonta la piste. Malgré la pénombre, il parvenait à maintenir le galop. Il sentait au fond de lui qu'il arriverait trop tard. Mais au moins, il aurait tenté l'impossible. Son esprit s'était parfaitement fondu à celui de l'allienne, visiblement heureuse de cette course folle en pleine nuit. L'air lourd cinglait le visage de Palléas. Un éclair fulgura jusqu'au sol, à l'horizon, illuminant un instant la piste d'une lueur fantastique. Au loin passa une meute de chiens sauvages, poursuivant un quelconque gibier. C'étaient d'énormes molosses aux mâchoires puissantes, deux fois plus gros que des loups, dont les ancêtres avaient peut-être été les compagnons familiers de l'homme. Les paysans de Gwondaleya les redoutaient autant que les migas. Il obliqua pour ne pas avoir à les affronter.

Se fiant à son instinct, il s'orienta vers les collines du Sud. Et il comprit qu'il ne s'était pas trompé lorsque au détour d'une ravine il devina la lueur d'un nouvel incendie.

— Par Lakor, gémit-il. Ils les ont trouvés !

Il mit Oranéa au pas et s'approcha lentement. Le bûcher sinistre illuminait la forêt environnante d'une lueur effrayante. Pas un des enfants n'en avait réchappé. Il détourna les yeux, et découvrit la vieille aveugle, décapitée elle aussi. Elle avait été éventrée avec un instrument étrange. Il comprit avec horreur qu'il s'agissait d'un os humain. Ce qui restait du bras de Gospar Kacek !

Il avait toujours su qu'il arriverait trop tard. Pourquoi alors était-il venu jusqu'ici, en pleine nuit ? Il se dirigea vers l'endroit où avait été détenu le yatale. Il n'était plus là. Il était improbable qu'il ait pu survivre à ses horribles mutilations. Mais peut-être le fanatisme qui l'animait lui avait-il permis de vaincre la mort.

Palléas poussa un rugissement de rage. Il le souhaitait de toute son âme, afin d'avoir la joie de tuer de ses propres mains lui-même l'abject personnage. Puis il se reprocha cette pensée. Combien de fois son père lui avait-il recommandé d'étouffer en lui tout sentiment de haine.

— La haine est le côté obscur de l'amour, mon fils. Jamais tu ne devras la laisser te dominer, ou elle t'aveuglera l'esprit. Détruis ton ennemi, mais ne le hais pas, car tu t'abaisserais à son niveau.

Palléas respira profondément. Par un effort de volonté, il se calma. Une pluie battante se mit soudain à tomber, faisant grésiller le brasier.

Le jeune homme ferma les yeux. Il savait pourquoi il était venu. Il avait jeté un défi aux fayads, l'après-midi même, en détruisant leur symbole. Ils l'avaient vu. Plus que jamais, pour eux il devenait l'ennemi. Et ce nouveau massacre était une réponse à son défi ouvert. Un esprit supérieur l'avait « appelé » ici.

Il scruta la forêt. Les fayads avaient depuis longtemps disparu.

Cependant, il devina comme une présence, une entité diffuse qui planait encore sur les lieux.

Alors, il se mit à hurler :

— Qui que tu sois, où que tu puisses t'enfuir, tu paieras tes crimes ! Je te retrouverai, et je t'anéantirai !

En réponse, un éclair vint foudroyer la cime d'un grand arbre qui s'embrasa comme l'étoupe. Un fracas épouvantable se fit entendre, couvrant la voix du jeune homme. Il comprit alors que le véritable combat allait commencer, et qu'il n'y aurait aucune conciliation possible.

22

L'orage violent qui s'était abattu avait complètement détrempé la piste. La caravane avait dû patienter une journée sur place avant de reprendre la direction de Lodi.

À présent, le soleil illuminait la large vallée du fleuve Waraka. Un soleil étrange et froid qui ne pouvait faire oublier que, à moins de cent marches vers le nord, le fleuve se jetait dans les marais immenses de Baaltenard, ces étendues mornes et inquiétantes que la Skandiane recouvrait en hiver. Les légendes les plus folles couraient sur ce monde gris, torturé par les tempêtes et les vents, hanté par des peuples de chasseurs fantômes et de pêcheurs sans nom. En prévision d'une éventuelle invasion de ces tribus que les Lodiens ne considéraient pas tout à fait comme humaines, les rois de la cité avaient fait édifier à quelques marches au nord, de part et d'autre du vaste fleuve, une haute muraille fortifiée, qui avait maintes fois servi par le passé. Au centre du Waraka s'élevait également une série de tours de guet, construites sur de petites îles. Là vivaient de noires sentinelles sans cesse sur le qui-vive. On disait que les autres, les « Sombres », comme on les appelait, élevaient des meutes de chiens féroces, capables de nager, et les dressaient à égorger les guerriers dans le plus grand silence. On racontait que leurs maîtres leur brûlaient les cordes vocales tout petits afin qu'ils ne puissent plus aboyer.

Cette menace constante avait fait de Lodi une forteresse puissante, à la fois plaque tournante du commerce entre l'Ukralasie et l'Europannia, et ville de garnison. Ses rois avaient toujours été de fiers combattants, et chaque habitant se devait d'effectuer un stage régulier dans l'armée royale.

Lodi était un défi permanent lancé à l'ennemi, à l'hiver hostile qui chaque année l'enserrait dans son étau de glace, aux « Sombres » qui parvenaient régulièrement à s'infiltrer le long de la plaine pour y commettre leurs crimes, aux maraudiers, très nombreux dans les massifs méridionaux tout proches. De véritables armées descendaient parfois des montagnes pour piller les petites baronnies dépendant de la cité.

Ce défi, Lodi l'exprimait au travers de son architecture audacieuse, faite de tours élancées, aux fenêtres hautes et étroites, qui permettaient une vue lointaine sur la plaine. Une ceinture de trois murailles protégeait la métropole, dont la plus grande englobait le vaste baarschen où attendait déjà une autre caravane.

Le roi Staniasky était un homme petit et sec, âgé d'une cinquantaine d'années, aux yeux perçants. Il était l'image vivante de son peuple, rude et courageux, porté au mysticisme. Car les Lodiens pratiquaient la religion avec ferveur, ce qui se traduisait par un nombre de temples plus important encore qu'ailleurs. Bastion irréductible des amanes, la ville abritait d'ailleurs un vaste centre où étaient formés les paranes, les futurs prêtres.

— Messeigneurs, dit-il aux notables de la caravane venus lui présenter leurs hommages, je me réjouis de vous voir parmi nous. Ce palais sera le vôtre durant votre séjour dans notre bonne ville. À moins bien sûr que vous ne préfériez le Panthaen.

Comme à l'accoutumée, les saf'therans élurent domicile à l'intérieur du baarschen, tandis que les chevaliers ravis acceptèrent l'invitation royale. La présence de Palléas, fils de Dorian de Gwondaleya, et du comte Leïro, dont la réputation de fine lame avait depuis longtemps franchi les frontières de l'empire, occasionna des fêtes où fut invitée la noblesse lodienne.

Palléas, satisfait de pouvoir enfin dormir dans un vrai lit, se vit attribuer une suite somptueuse située dans une aile élevée de l'immense palais.

— Que Shaminia me protège, mon beau seigneur, dit Lyvie alors qu'ils contemplaient la cité depuis leur terrasse, ce château est un véritable labyrinthe. Ne me quittez jamais, j'aurais trop peur de m'y perdre.

— On dit qu'il comporte plus de mille chambres. En vérité, je crois qu'il n'a rien à envier à celui de notre bon roi Pillat, même pas la beauté.

En effet, malgré sa complexité, l'ensemble exprimait une harmonie, une finesse certaines dans l'élan audacieux des arches, des ponts suspendus reliant les tours, à des niveaux différents. L'architecte qui avait dessiné ce palais était un magicien. Partout se multipliaient les statues symbolisant des légendes issues de la religion, et chaque pan de mur, chaque chapiteau était orné de dentelles de pierre, conférant à l'édifice l'aspect d'une gigantesque œuvre d'art.

Pourtant, malgré la splendeur du coucher de soleil,

et bien que cinq jours déjà se fussent écoulés depuis le massacre, Palléas ne parvenait pas à oublier la vision atroce des corps mutilés et livrés aux flammes. Il avait reconnu celui de la petite adolescente qui les avait accompagnés dans les ruines. Il n'avait même pas su son nom. Tout comme il ignorait le nom de ce village à présent destiné à l'oubli. La chaleur trompeuse du soleil d'automne, la lumière rasante, étrangement rosée, dont il éclaboussait la ville, illuminant les toits de poussière d'or, et noyant les artères animées dans l'ombre, tout cela ne pouvait effacer la vérité. Palléas prit la main de Lyvie. Elle se blottit contre lui comme un petit animal. Au loin il distinguait les contreforts des massifs de l'Hercy. Il savait que là se formait une immense armée de fayads, une horde sauvage qui bientôt se dresserait contre la caravane, pour la simple raison qu'il était là pour la protéger. Le hurlement qu'il avait entendu dans la forêt n'avait rien d'humain. Solyane avait déjà entendu cette voix étrange, angoissante, ce cri de rage.

Fermant les yeux, il laissa les odeurs de la ville le pénétrer, pour s'imprégner de son essence, de son âme. C'était comme s'il faisait corps peu à peu avec elle.

Lodi elle-même ne risquait rien. Sa puissance effrayait même les skrulls. Tout au plus tenterait-on de l'aiguillonner en pillant quelques bourgades lointaines. Mais l'ennemi, un ennemi insidieux, perfide, insaisissable, investissait la caravane. Bien sûr, cette sensation ne reposait sur rien de tangible. Jusqu'à présent, les rares attaques qu'avait subies le convoi étaient sans importance. Il releva le menton de Lyvie et posa ses lèvres sur la bouche tiède qu'elle lui offrait.

— Un danger nous menace, ma petite fée sauvage, lui dit-il. Toi qui as appris de la vie à te méfier de tout, ouvre tes yeux, écoute ce qui se dit autour de toi. Personne ne se méfie d'une esclave. Sois mes yeux et mes oreilles.

— Je t'obéirai, mon beau seigneur.

Peut-être par pitié, parce qu'elle avait reconnu en elle une innocente victime de la brutalité masculine, Lyvie s'était liée d'amitié avec Missy, la fillette violée par l'affrat de son père. Émue par sa détresse, elle l'avait prise sous sa protection. Palléas avait découvert avec amusement cet aspect curieux de sa petite esclave. Elle se conduisait avec la gamine comme une grande sœur capable encore de jouer à des jeux d'enfant, et savait également se montrer maternelle, rassurante. En fait, elle traduisait ainsi la formidable volonté de vivre qui la caractérisait, et qui la poussait aussi à faire l'amour jusqu'à en perdre haleine. Malgré ses manières brusques et son parler direct, il s'était beaucoup attaché à elle. Beaucoup plus qu'à une simple esclave.

Le lendemain, alors qu'il était en visite au baarschen il ne s'étonna pas de les trouver ensemble.

— Mon seigneur, dit Lyvie, Missy a quelque chose d'important à vous dire. Je crois que c'est grave.

La fillette, impressionnée par la personnalité de son interlocuteur, se mit à bredouiller. Palléas lui prit la main pour la rassurer.

— Allons, ne crains rien. Je ne te veux pas de mal.

Elle ne résista pas à la voix chaude et enveloppante.

— Seigneur, j'ai vu un homme ici, dans le baarschen, qui ne devrait pas y être. J'ai peur. Il est ici pour me tuer.

— Te tuer ? Mais qui pourrait te vouloir du mal ?

— Koradane, l'affrat de mon père. Celui... celui qui m'a violée.

— Mais ce n'est pas possible. Il a été abandonné sur la piste, seul, sans monture, à plus de quarante marches de Lodi.

— C'est lui, seigneur, il a rasé sa barbe et teint ses cheveux. Mais je l'ai reconnu. Il était avec des voyageurs. J'ai senti son regard sur moi.

Palléas sonda mentalement la fillette. Il dut admettre qu'elle disait la vérité.

— Bien, je te crois. Où se trouve-t-il à présent ?

— Je... je ne sais pas. Peut-être encore là-bas, indiqua-t-elle en désignant l'arsheven. Il est entré pour boire avec d'autres, des individus étranges, qui se cachent la figure.

— Bien, venez toutes les deux. S'il est là, faites semblant de l'ignorer.

Depuis quelques mois qu'ils se côtoyaient tous les jours, les relations entre Palléas et Maître Djakar s'étaient améliorées. Malgré sa moralité fantaisiste, il éprouvait curieusement un sincère attachement pour ses filles. À condition qu'elles ne tentent pas de s'enfuir, elles étaient assurées de ne manquer de rien auprès de lui. Il exigeait même qu'on les respectât, et avait plusieurs fois violemment expulsé des guerriers brutaux ou grossiers. Ce fut avec un grand sourire qu'il accueillit Palléas et les deux filles.

— Seigneur de Gwondaleya ! Soyez le bienvenu. Que puis-je vous offrir ?

— Un verre de zuthum, messire Djakar, et du shalek pour les demoiselles. Ainsi que votre compagnie.

L'événement était tout de même suffisamment rare pour éveiller la curiosité de l'autre. Il prépara lui-même les boissons et vint prendre place sur les coussins bas au cuir usagé qui servaient de sièges. Palléas jeta un coup d'œil discret aux consommateurs. Il sentit la petite Missy se raidir imperceptiblement.

— Il est là, murmura-t-elle en désignant un groupe d'une demi-douzaine d'individus enveloppés dans de longues capes brunes.

— Qui est là ? demanda Djakar.

— Un homme qui ne devrait pas s'y trouver, éluda Palléas. Maître Djakar, j'ai besoin de vos services, et plus particulièrement de vos hommes de main.

— Vous pouvez compter sur moi, seigneur Palléas.

— Alors voilà. L'un des hommes assis là-bas est Koradane, le saf'theran expulsé par Maître Hans Gürber il y a quelques jours.

— Mais c'est impossible ! Il aurait fallu qu'il trouve un cheval.

— C'est lui. La petite l'a reconnu formellement. Nous pourrions le faire arrêter immédiatement, et le condamner à mort. Mais il n'est pas seul. Et s'il a pu aussi rapidement se mêler aux voyageurs qui nous accompagnent, c'est qu'il bénéficie de complicités. Ce sont ces complicités que je veux démasquer.

— J'ai compris, seigneur Palléas. Je mets mes gars immédiatement aux trousses de ce type.

— Parfait. Moi-même, je vais demander à Thoren de les aider. Enfin, s'il l'accepte.

Le résultat ne se fit pas attendre. Les hommes de Djakar n'avaient pas leurs pareils pour adopter la couleur muraille. Le soir même, Thoren revint, en compagnie d'un petit homme chafoin aux yeux sans cesse en mouvement.

— Ça y est, seigneur. Nous savons qui sont ces types. Des fayads.

— Tu es sûr ?

— Aucun doute là-dessus, seigneur. L'un d'eux s'est trouvé seul. Nous l'avons fait parler discrètement. Il portait le signe, marqué au fer rouge sur l'épaule gauche. Celui que je porte moi-même.

Il releva sa manche très haut, dévoilant une vilaine cicatrice en forme de croix double, cerclée de deux croissants.

— Voilà à quoi se reconnaissent les fayads, seigneur. On les marque comme du bétail. Jamais je ne pourrai effacer ce machin. Et ça aussi je ne suis pas près de le leur pardonner.

— Qu'avez-vous fait de celui que vous avez capturé ?

Les deux hommes détournèrent le regard. Thoren finit par dire :

— À l'heure qu'il est, il doit quitter Lodi par les égouts, en direction de Baalternard.

— Voilà qui est fin ! Ses complices vont se méfier.

— Non ! Vous savez, les désertions sont monnaie courante chez les fayads.

— Et où sont allés les autres ?

— Acheter des produits bizarres dans le bas quartier de Lodi.

— Des produits bizarres ?

— Nous ne savons pas ce que c'est. L'homme que nous avons capturé en avait un dans ses poches.

Il sortit de sa besace un flacon de verre noir aux

reflets inquiétants. Palléas le déboucha. Une odeur puissante s'en dégagea.

— On dirait de la sauce, comme celles utilisées par les Cathasiens, dit-il.

— Il en ont pris plusieurs flacons, seigneur Palléas, ajouta l'homme de Djakar. Que croyez-vous qu'ils vont en faire ?

— Je n'en ai encore aucune idée. En attendant, continuez à tenir ces gaillards à l'œil.

Quelques instant plus tard, Leïro et le capitaine du détachement dramas entraient sous sa tente.

— Capitaine, j'aimerais que vous preniez contact avec votre garnison de Lodi. Il faudrait faire analyser rapidement le contenu de ce flacon.

— Parfaitement, seigneur.

L'homme prit la fiole et s'en fut. Palléas appréciait l'efficacité des dramas. Ils ne perdaient pas de temps en vaines questions. Bien entendu, ils étaient éduqués dans ce sens. La plupart d'entre eux n'étaient plus que des machines à tuer, indifférentes à leurs victimes. Un dramas eût été capable d'abattre froidement père et mère si on lui en avait donné l'ordre. C'était effrayant, mais la puissance des amanes reposait sur leur fidélité indéfectible. Une centaine d'entre eux accompagnaient la caravane. Sans conteste, leur présence avait contribué à éloigner d'éventuels agresseurs. On connaissait leurs armes et leur redoutable efficacité au combat. Seuls les fayads seraient assez fous pour s'opposer à eux.

— Que penses-tu de tout cela ? demanda Leïro.

— Rien encore. J'ai l'impression qu'une force mauvaise me brouille la vue, m'empêche de voir l'avenir.

Je sais seulement que la caravane sera attaquée sur la piste d'Hambora.

— Tu en es sûr ?

— Cela ne repose sur rien de tangible. Pourtant, plusieurs signes m'inquiètent. Notre convoi est protégé par une armée puissante, renforcée par un détachement dramas. Les saf'therans sont plus de vingt mille. Il faudrait une armée de dix mille guerriers au moins pour venir à bout de notre caravane. Pourtant, je suis certain que les skrulls sont en train de constituer cette armée.

— Je vais immédiatement envoyer des éclaireurs en reconnaissance. Nous ne quitterons Lodi que dans une semaine. Cela nous laisse le temps de nous organiser. D'ailleurs, nous n'avons pas encore fait le plein de vivres pour les guerriers.

— Le plein de vivres ?

— Bien sûr. Tu crois que nos gars se nourrissent de l'air du temps ?

— Ce n'est pas ce que je voulais dire. Mais je crois que j'ai idée de la destination de ces flacons. Les soupes que mangent nos soldats le soir au bivouac sont parfumées avec des sauces semblables, n'est-ce pas ?

— Par les dieux, tu ne veux pas dire... ?

— Imagine que nos guerriers soient empoisonnés par une sauce avariée. Les fayads auraient beau jeu alors de détruire cette caravane.

— C'est effrayant. Comment peut-on employer des procédés aussi vils ? Ces gens n'ont aucune morale.

— Si, la leur ! Pour eux, nous sommes des démons. Dès lors, nous ne méritons aucune pitié. Pourtant, je ne comprends pas leur démarche profonde. Il y a dans tout cela le reflet d'une folie invraisemblable.

— C'est une folie religieuse, compagnon. Je me suis laissé dire par nos amis lonniens que ce phénomène n'est pas nouveau.

— Mais quel peut être leur but ? Ils ne peuvent tout de même pas espérer nous anéantir jusqu'au dernier.

— Qui peut savoir ce qui se passe dans le cerveau d'un fou ? Et où s'arrêtera sa folie s'il est en même temps un meneur d'hommes ? Ne cherche pas de logique là où il n'y en a sans doute pas, compagnon. Le fanatisme religieux ne repose sur rien. Il fait partie du monde de l'esprit, de son côté obscur.

— C'est vrai. Tu as raison. Nous n'avons donc pas le choix. Il nous faut anéantir l'ennemi, avant que lui ne nous détruise. Il me vient une idée. Et si elle réussit, nos amis fayads vont avoir une belle surprise.

23

Les soupçons de Palléas s'étaient parfaitement avérés. Dès le lendemain, Vahren Baast, le capitaine dramas, revenait avec les résultats de l'analyse.

— Cette sauce contient un concentré de poison. Dilué dans une marmite, celui-ci aurait provoqué une somnolence, puis de violentes brûlures d'estomac, et pour finir la mort par étouffement.

— Parfait. Nous allons maintenir ces individus sous surveillance, et leur laisser croire que nous ne soupçonnons rien.

— Si je puis me permettre, seigneur Palléas. Il est

fréquent que des voyageurs acceptent, moyennant quelques drakkhors, de s'occuper de la nourriture des guerriers. Dès que ces gens se proposeront, nous saurons que le piège se précise.

— Parfaitement raisonné, capitaine. Nous allons même faire plus. Nous allons leur faire croire que vous restez à Lodi.

— Bien, seigneur.

— Cela vous agréerait-il de devenir saf'theran pour un temps, capitaine ?

— Parfaitement, seigneur, répondit l'autre sans sourire. Il en sera fait selon vos ordres.

« L'homme qui ne rit jamais ! » pensa Palléas. Ainsi Leïro avait-il surnommé Baast. Sanglé dans un uniforme sombre au pli impeccable, il portait juste au-dessous une combinaison de combat en treillis argenté, doublée elle aussi d'un écran magnétique. À sa ceinture pendaient un pistolaser et un long poignard. Il n'avait besoin de rien d'autre. Même sans arme, il demeurait une effrayante machine à tuer. Palléas, qui le pratiquait depuis près de deux mois à présent, avait appris à l'estimer. Baast était un militaire dans l'âme, inflexible, redoutable, solide, capable d'initiative, et d'un courage à toute épreuve. Il eût été délicat de découvrir chez lui la moindre trace d'humanité, mais on aurait pu le découper en lanières qu'il n'aurait jamais trahi son serment de fidélité envers les amanes. Serment à présent renouvelé à l'égard de Palléas.

Koradane avait disparu. Sans doute ne tenait-il pas à faire repérer son visage trop connu. Mais ses compagnons avaient été parfaitement noyautés, surveillés par de faux voyageurs, de faux saf'therans.

Pourtant, les jours passaient et les fayads ne se

manifestaient pas. Aucun d'eux n'avait encore utilisé ses fioles. Ils étaient huit en tout, aussi taciturnes les uns que les autres, refusant de se lier avec leurs compagnons de voyage. Ils affectaient même de ne pas se connaître. Ainsi, si l'un d'eux se faisait prendre, les autres ne seraient pas inquiétés. Plus de quatre mille voyageurs suivaient le convoi.

Afin de parer à toute éventualité, Leïro fit repérer la piste bien avant que la caravane ne s'y engageât. Tout semblait étrangement calme.

Arrivé à la rivière Varetta, Leïro préféra payer un tribut à la puissante nation indépendante qui vivait dans un lieu appelé Pocznanie. Les Pocznans, chasseurs féroces et sans grande moralité, refusaient depuis toujours la religion. Mais ils entretenaient de curieuses relations avec les convois, à qui ils faisaient payer un droit de passage sur leurs territoires. Ce droit revenait tout de même moins cher qu'une bataille. Les Pocznans étaient de redoutables guerriers.

Leur roi, Wolforand, était un colosse vêtu de cuir et de peaux de bêtes. Il accepta l'invitation de Leïro. Palléas trouva le gaillard sympathique, malgré sa propreté plus que douteuse et sa voix de stentor. Entouré de ses guerriers, aussi blonds et aussi grands que lui, il palabra longtemps avec les responsables de la caravane, parlant de la chasse, de l'hiver prochain qui s'annonçait rude.

— La lune devient rouge, gronda-t-il. C'est un signe. Les premières neiges vont bientôt tomber.

Cela faisait à peine trois semaines que la caravane avait quitté Lodi, et l'on n'était pas encore à la moitié de l'automne. Engourdi par le lent cheminement des animaux de trait, Palléas devait se convaincre qu'il n'avait pas laissé courir son imagination. Tout était calme, trop calme sans doute. Si la petite Missy n'avait pas reconnu son agresseur, personne n'aurait jamais rien soupçonné.

— Méfiez-vous, dit soudain Wolforand. Mes chasseurs ont repéré vers le sud des mouvements de guerriers inhabituels. Nous leur avons lâché nos loups apprivoisés aux fesses, histoire de leur apprendre à vivre. Ils se sont battus pour la forme, mais visiblement, ils n'étaient que de passage.

— Avez-vous pu voir vers où ils allaient ?

— Ils descendaient vers la vallée de l'Obre. Il en est passé plusieurs fois.

Palléas intervint. Cet homme était envoyé par les dieux.

— Dites-moi, seigneur Wolforand, vos guerriers sauraient-ils pister ces gens sans qu'ils s'en aperçoivent.

— Le grand Velu m'étouffe, seigneur Palléas. Ils seraient capables de se poser dans le nid d'une mésange sans qu'elle se réveille. Dans la forêt, ils savent se faire de la couleur des arbres.

Palléas sourit de la vantardise du géant.

— Alors, nous aimerions être tenus au courant de la destination de ces troupes. Combien sont-elles ? Que font-elles ? Qui les dirige ? Bien entendu, chaque information sera rétribuée.

— Cela va sans dire. Mais je sais qui sont ces guerriers : des fous à l'esprit obscurci par une religion nouvelle. Nous les connaissons déjà. Ils nous ont envoyé des prêtres pour nous convertir. Ils sont repartis aussi vite qu'ils sont venus, avec nos loups au cul.

Il se tordit de rire au souvenir de l'image réjouissante.

— Et il n'y a pas eu de représailles ?

— Oh que si ! Ils ont voulu nous faire un mauvais sort. Un jour, on a retrouvé quelques-uns des nôtres, la tête d'un côté et le corps de l'autre. Ce n'est pas le genre de chose qui nous fait plaisir. La forêt était pleine de ces types, qui nous cherchaient. Alors, ils nous ont trouvés. Finalement, ils auraient mieux fait de se tenir tranquilles. Pas un n'en est ressorti vivant.

Il éclata à nouveau d'un rire tonitruant.

— Vous comprenez, nous avons fait alliance avec les divinités de la forêt. Ils ne pouvaient rien contre nous. Cette chasse que ça a été ! On les tirait comme des lapins, ils ne voyaient même pas la flèche venir. Plus de deux cents, qu'on a supprimés comme ça. On leur coupait la tête et ce que je pense, et on plantait le tout en haut d'un mât, aux abords de notre forêt. À la fin, ça les a dissuadés. Ils nous ont fichu la paix. Depuis, ils évitent soigneusement notre domaine.

Il vida un plein hanap de zuthum d'une seule lampée.

— Pas mauvais, ce truc. Mais c'est bon pour les femmes. Je vais vous donner quelques outres de jhanape pour vous apprendre ce que c'est qu'une vraie boisson.

— Avec plaisir, seigneur Wolforand, conclut Leïro. Pour sceller notre alliance.

Wolforand avait tenu parole. Régulièrement, des chasseurs pocznans contactaient Leïro. Il n'était pas rare de les voir chevaucher au loin, sur les hauteurs dominant la piste, semblables à de farouches divinités sylvestres. Au travers des indications qu'ils fournissaient aux convoyeurs, il apparaissait nettement que les fayads se dirigeaient vers l'ouest, vraisemblablement au confluent du fleuve Odenheid et de la Varetta.

— C'est là-bas qu'ils nous attendent, dit Leïro.

Son air profondément ennuyé intrigua Palléas.

— Qu'y a-t-il là-bas ?

— La piste y traverse les vestiges d'une ville des Anciens. Une cité immense dont les fondations se dressent encore très haut. Le lieu idéal pour un guet-apens.

— Par chance, nous sommes prévenus.

— Une chance, oui. Mais même avec nos amis dramas, cela risque de tourner au carnage. Ces ruines sont un véritable dédale d'artères envahies par les arbres, de galeries souterraines qu'ils ne manqueront pas d'utiliser pour surgir au cœur de la caravane sans que nous puissions rien faire.

— N'y a-t-il pas d'autre moyen de franchir l'Odenheid ?

— Aucun à ma connaissance. C'est le seul pont suffisamment sûr pour y engager une caravane aussi importante que celle-ci.

Palléas ferma les yeux. L'étau se resserrait lentement, inéluctablement. Il se demanda si l'heure de la rencontre avec le Prophète avait sonné.

— Je ne vois pas l'avenir, Leïro. Ma mère saurait peut-être quelle décision prendre. Mais elle n'est pas là.

— Nous n'avons pas le choix, Palléas. Nous devons passer. Les dieux ont voulu que nous soyons avertis.

Nous atteindrons ce confluent dans une semaine. Cela nous laisse tout le temps de mettre ton plan au point.

24

Lorsque les fayads virent arriver les premières charrodes, ils comprirent que leur piège avait fonctionné. Trompant les gardes de la caravane, leurs compagnons étaient venus les rejoindre, leur mission remplie. Le poison avait été versé discrètement dans les aliments destinés aux guerriers et aux chevaliers. Les dramas, les redoutables soldats de la religion exécrée, avaient commis l'imprudence de rester à Lodi. La victoire qui se préparait était décisive pour le Prophète, car elle annoncerait la fin du règne des amanes, les prêtres maudits. Leur civilisation démoniaque tremblerait sur ses bases lorsqu'elle apprendrait que la caravane la plus importante qu'elle eût jamais mise sur pied avait été anéantie, et avec elle la créature abominable dont l'esprit la protégeait, le démon issu du croisement des faux dieux incestueux qui gouvernaient la cité infernale de Gwondaleya. Son nom seul faisait frémir. Ainsi parlaient les yatales, et surtout le plus grand d'entre eux, revenu d'entre les morts pour leur apporter le triomphe. Il était là, qui observait l'avance des chariots.

Gospar Kacek, armé d'une longue-vue, solidement planté sur une jambe de bois hâtivement taillée, serrait les dents. Sans raison aucune, il avait reporté sur

Palléas la haine qu'il éprouvait pour les « autres », ceux à qui il devait ces mutilations atroces. Ils avaient payé leurs crimes, mais le démon blond était toujours vivant. Jamais plus il ne pourrait combattre personnellement, mais chacun de ses guerriers, les « lames saintes », comme ils se nommaient entre eux, chacun d'eux serait l'une de ses dents, l'un de ses doigts. Et, avec l'aide de Dieu, il étranglerait de ses innombrables mains le gigantesque serpent qui se jetait aveuglément dans son piège.

Le moment n'était pas encore venu, il fallait le laisser avancer plus encore. Il n'apercevait pratiquement aucun guerrier, et encore moins de chevaliers. Sans doute étaient-ils en train de rendre leurs entrailles au seigneur des ténèbres, leur maître.

Pourtant, au dernier moment, un doute insidieux s'empara de lui. Le bâtard de Gwondaleya devait être en train de mourir, plus loin, quelque part sur la piste. Or, il ressentait clairement une présence impure, angoissante, comme si le démon approchait lentement de lui. Jugeant que ce ne pouvait être qu'un effet de son imagination, il donna le signal de l'attaque.

De part et d'autre de la piste, large de plusieurs centaines de mètres, s'étendaient les ruines majestueuses de la cité antique. En un clin d'œil, les siens se ruèrent par milliers à l'assaut des charrodes sans défense. Du moins, il l'avait pensé ainsi. À peine le premier cri avait-il rententi que les toiles des chariots se relevèrent, démasquant les impies armés jusqu'aux dents. De leurs rangs jaillirent aussitôt des lames de feu qui vinrent faucher les siens comme des fétus de paille.

« L'haleine infernale ! » pensa-t-il. Il ne fallait plus

compter sur l'effet de surprise. Seuls le courage et l'abnégation des siens feraient la différence.

En quelques instants, la mêlée fut totale, terrible. On se battait partout, dans les ruines grandioses, sur les bords majestueux de l'Odenheid dont les eaux sombres prirent rapidement une teinte pourpre. Palléas et Leïro combattaient flanc à flanc, secondés par les chevaliers gwondaleyens. Les nardres des saf'therans tournoyaient, déchirant gorges et ventres. Les styls sifflaient, pénétrant les têtes et les armures. Devant eux s'écroulaient des visages haineux et grimaçants, au regard halluciné.

Logiquement, le combat aurait dû cesser très vite, les armes dramas conférant une réelle supériorité aux caravaniers. Mais la folie fanatique des skrulls avait tué chez eux tout instinct de conservation. Ils se ruaient vers la mort en hurlant à la gloire de leur dieu. La bataille dura des heures, effrayante de sauvagerie. Le comte d'Ursaleya avait raison. Cela fut une boucherie sans nom, comme seule peut en engendrer l'imbécillité des hommes. Des actions héroïques côtoyèrent les gestes les plus vils, d'un côté comme de l'autre. Des actes abjects, dégorgés par la peur, la haine et la colère.

Enfin, vers la fin de l'après-midi, le dernier carré de fayads protégeant l'infirme Gospar Kacek fut encerclé. La pluie glaciale qui s'était mise à tomber vers le milieu du jour s'était arrêtée, mais les combattants étaient maculés de sang et de boue. Palléas, blessé à la tête, mit pied à terre pour approcher lui-même le yatale. Mais celui-ci hurla un ordre. Abrutis, ses hommes baissèrent les armes, à la grande satisfaction des guerriers qui les entouraient. Cependant, avant que Palléas n'ait eu le temps de réagir, Kacek vociféra des paroles dans une langue inconnue. Le jeune homme épuisé comprit trop tard la signification du message. Comme si le temps s'étirait autour de lui, il vit les skrulls survivants élever leur glaive à hauteur de leur gorge, hurler une dernière fois leur amour pour leur dieu. Puis, avec un ensemble parfait, ils se tranchèrent la gorge, exactement de la même manière que le prêcheur, des années plus tôt.

— Ce n'est pas possible ! murmura Palléas comme pour lui-même. C'est un cauchemar. Ces hommes ont perdu la raison.

Les corps s'écroulèrent comme des pantins désarticulés, lentement, mêlant leur sang à la boue des ruines antiques. Palléas voulut bondir sur le yatale qui seul restait encore debout, afin d'être sûr que pas un de ses hommes n'avait failli à son devoir. L'autre l'arrêta d'un geste péremptoire.

— Tu triomphes, démon. La victoire t'est acquise pour cette fois. Mais un jour viendra qui verra ta défaite et ton anéantissement. Arrière, arrière, démon ! Dieu m'attend.

Puis il s'égorgea à son tour d'un imparable coup de lame. Sous la violence de ses gestes, sa béquille de bois se brisa et il roula sur le sol détrempé.

L'épouvantable suicide collectif n'avait pas duré plus de dix secondes. Épuisés, couverts de blessures, les vêtements déchirés, Palléas et les siens jetèrent un regard autour d'eux. Jamais le jeune homme n'aurait osé imaginer un carnage pareil. Son père avait évoqué pour lui les combats sauvages de l'Ismalasie. Mais rien ne pouvait passer en horreur ce qu'il avait sous les yeux. Hébété, il fit quelques pas au milieu de ses guerriers, des saf'therans, des dramas qui pour la première fois laissaient entrevoir une lueur d'humanité derrière leur masque d'indifférence. L'un d'eux serrait les dents pour ne pas pleurer sur le corps d'un camarade éventré par une lance fayadine. Il y avait aussi des voyageurs, alliés inattendus dont beaucoup avaient en ce jour mérité leurs galons de guerriers. Des pocznans également, pris au jeu, qui avaient tenu à se mêler pour la gloire aux caravaniers. Tous ces hommes, amis ou inconnus, tous plus ou moins blessés, ou le bras dolent d'avoir trop frappé, semblaient s'éveiller d'un cauchemar. Pourtant, la peur avait depuis longtemps fui les cœurs. On était habitué à la cruauté de la piste, à cette mort impitoyable que l'on croisait chaque jour, lorsque par exemple on retrouvait le cadavre d'un voyageur isolé victime d'une secte sauvage ou de mauraudiers. La haine et la fureur se dissipèrent lentement, devenues sans objet. Un silence impressionnant s'était abattu sur le champ de bataille, troublé seulement par les gémissements des blessés et des agonisants. Les hommes marchaient d'un pas d'automate. Chacun restait seul avec lui-même, comme dédoublé, doutant un peu de ce qu'il venait de vivre, s'interrogeant sur les raisons d'un tel massacre. Du plus profond des cœurs montait également un cri de victoire, un cri silencieux qui prenait ses racines non dans le triomphe sur l'adversaire, mais dans la simple joie animale d'avoir remporté un nouveau combat sur la mort, d'avoir survécu à ses ennemis, et aussi, égoïstement, à ses alliés. Là un homme pleurait sur l'épaule d'un compagnon abattu. Ailleurs, on relevait un blessé dont la main arrachée se crispait encore sur une pierre, à quelques pas. Une femme courageuse réconfortait un mourant.

Plus loin, un cheval aux jambes brisées tentait désespérément de se relever.

Et soudain, Palléas sentit son sang se glacer dans ses veines tandis qu'une pensée terrible l'envahissait.

— Lyvie !

Il bondit sur Oranéa, abandonnant ses compagnons. Afin de préserver les femmes et les enfants, on les avait laissés sous la protection d'une dizaine de dramas et de quelques guerriers tout à fait en queue du convoi. Cependant, quelque chose hurlait dans les tripes de Palléas que la petite esclave était en danger. Comme un fou, il franchit à nouveau l'Odenheid, remontant la piste jonchée de corps, ignorant les appels qu'on lui lançait au passage. Du sang coulait de ses cheveux, qu'il essuyait machinalement d'un revers de manche. Retrouvant le cercle de chariots qui devait protéger les femmes et les enfants, il franchit son enceinte, le cœur battant la chamade, s'apercevant que deux charrodes brûlaient.

Il adressa une fervente prière aux dieux lorsqu'il l'aperçut. Elle était là.

Vivante !

Au centre du cercle, parmi les décombres de containers éventrés. Agenouillée. Mais vivante ! Elle serrait résolument un poignard ensanglanté dans la main. À ses pieds, un fayad expirait lentement, les yeux déjà vitreux. Palléas le reconnut instantanément : Koradane, le saf'theran renégat qui avait violé Missy.

La petite esclave n'osait plus faire un geste. Lorsqu'elle l'aperçut, elle se releva, trébucha, et courut se jeter dans ses bras en sanglotant. Puis elle entreprit de lui raconter, en hoquetant, comment l'homme s'était introduit au milieu de ses compagnes, suivi d'une horde vociférante. Il avait tranché d'un coup de sabre la tête d'une femme qui s'était interposée entre lui et les enfants. Des guerriers ukralasiens étaient intervenus. Le combat s'était déplacé au cœur du cercle protecteur. Alors, elle avait ramassé un poignard et avait fait face au renégat, qui visiblement cherchait la petite Missy. Elle n'avait pas eu peur sur le moment. Elle avait pensé très fort à lui, son seigneur et amant. Koradane s'était jeté sur elle, mais il avait buté sur le corps de la femme décapitée. En un éclair, elle avait aperçu son ventre, accessible, fragile. Et elle avait frappé. De toutes ses forces.

Il la serra à la briser. Elle était vivante. Cela seul comptait.

Le bilan était lourd. Plus de mille caravaniers, dont trois cents guerriers, avaient payé ce combat de leur vie. Pas un des fayads n'avait survécu. D'autant que les blessés ayant échappé au suicide collectif avaient été achevés sans autre forme de procès par les saf'therans. Le quart des marchandises était perdu. Des chariots de tissus fins avaient été incendiés, des machines de valeur irrémédiablement détruites.

Le soir, au bivouac, la nonchalance habituelle avait disparu. Leïro, blessé au bras, ne cessait de geindre. Pour Palléas, qui le connaissait bien, cela signifiait qu'il souffrait le martyre. Rono, le front bandé, ne disait rien. Élevé par son père Sheratt dans l'admiration du comte Dorian, il serrait les dents pour ne pas pleurer la mort de deux compagnons d'armes, frères d'eschola.

Thoren quant à lui s'en était sorti sans une égratignure, de même que Marvel. Ce n'était pourtant pas faute d'avoir combattu courageusement, mais, comme le dit amicalement Yokoundy qui avait perdu son chargement, il n'y avait de la chance que pour les crapules.

Palléas sombra rapidement dans un sommeil sans rêve dès qu'il fut allongé. Il ne voulait plus penser à rien. Hambora n'était plus qu'à quinze jours de voyage. La piste était libre à présent. Les fantômes avaient été écartés. Mais à quel prix !

25

La neige fit son apparition à peine trois jours plus tard. La veille, le soleil froid s'était peu à peu emmitouflé dans un ciel de ouate, à la fois sombre et lumineux, d'une uniformité inquiétante. De l'ouest à l'est, du nord au sud, le manteau épais de l'hiver avait étendu son étoffe glaciale sur le monde. Il avait fallu poursuivre la route, malgré l'épuisement du récent combat et les congères provoquées par la première tempête.

— Les dieux n'ont aucune pitié de nous, grommela Rono en resserrant sa cape autour de lui. Ils auraient au moins pu nous laisser souffler après la bataille que nous avons dû livrer.

— Estime-toi heureux d'être encore en vie, lui dit Palléas. C'est déjà un cadeau inestimable de leur part.

La nuit était déjà presque tombée. On avait dressé hâtivement le camp pour la nuit. Des feux avaient été allumés et chacun devisait en buvant l'inévitable tasse de thé aux herbes. La bataille de l'Odenheid datait maintenant de quinze jours et son souvenir éprouvant commençait à s'estomper.

— Je ne sais pas comment est Lonodia, conteur, s'exclama Leïro, mais si tu dis vrai, ce doit être la plus belle ville du monde. Et, par les dieux, j'ai hâte d'y arriver.

Palléas recouvrit Lyvie, roulée en boule à ses pieds, enveloppée dans une épaisse couverture. Le feu n'allait pas tarder à se transformer en braises et le froid descendu du nord perçait jusqu'aux os. Pourtant, il n'empêchait pas la petite de dormir.

— Les hivers y sont plus doux, seigneur, à cause de la proximité de l'océan atlantéen.

— Les femmes y sont-elles jolies ?

— Plus que partout ailleurs, seigneur. En fait, Lonodia abrite aussi bien les plus belles que les plus laides femmes du monde. Il n'existe pas de juste milieu.

— Nous nous contenterons des belles, affirma le comte.

— Si nous y arrivons, remarqua Palléas. Nous atteindrons Hambora demain. Je pense qu'il serait peut-être prudent de nous y arrêter pour hiverner. Bientôt, les glaces interdiront les pistes.

— Vos paroles sont sages, seigneur Palléas, dit Vetolik Madran. Les combats ont épuisé vos guerriers et nos saf'therans. Nous avons décidé de demander l'hivernage au roi Ludwann.

— Mais nous ne sommes pas encore en hiver, répliqua Leïro. Nous pourrions poursuivre au moins jusqu'à Brückaandel. Ensuite, il n'y a pas plus de cinquante marches jusqu'à Lonodia.

— Dans quelques jours, il deviendra impossible de

parcourir plus de deux à trois marches par jour, seigneur deraïk. C'est-à-dire qu'il nous faudra plus d'un mois pour joindre Brückaandel — si toutefois les fayads nous laissent en paix. Je ne pense pas que nous les ayons tous anéantis. Et vous savez comme moi que l'hiver ne les arrête pas.

— Le sheraf a raison, approuva Palléas. Nous avons perdu quatre cents guerriers, en comptant ceux qui ne se remettront jamais de leurs blessures. Il est indispensable de réparer nos forces, et d'enrôler de nouvelles recrues. Hambora est plus grande encore que Lodi. Nous trouverons plus facilement des volontaires.

— C'est possible, admit Madran. Mais ce n'est pas sûr. Je connais les Hamboriens. Dès que viennent les grands froids, ils se terrent chez eux comme des ours. Il faudra attendre le printemps avant de les décider.

Leïro leva les bras d'un air las.

— Après tout, la décision vous appartient, messire sheraf. Mais au moins, les Hamboriennes sont-elles de belles femmes ?

— Aussi chaudes que leur climat est froid, seigneur. Vous ne vous y ennuierez pas.

Prenant Lyvie endormie dans ses bras, Palléas l'emporta dans sa tente. La petite esclave frissonna, mais ne s'éveilla pas lorsqu'il la glissa sous la peau d'ours. Puis il prit le temps de se chauffer un autre bol de thé aux herbes, dans lequel il versa une rasade de ce fameux jhanape cher aux Pocznans. Il était dangereux pour le foie et la clarté des idées, mais il fallait reconnaître qu'il combattait le froid efficacement.

Pourtant, malgré la chaleur du breuvage, un malaise insidieux ne le quittait pas. La lueur falote de sa lampe à huile semblait faire naître dans les zones d'ombre des fantômes insaisissables et menaçants. Des plaintes et des gémissements paraissaient se mêler aux hurlements du vent, à l'extérieur de la tente. Il en était ainsi depuis qu'ils avaient vaincu les skrulls sur l'Odenheid. Il savait que ce n'était pas seulement son imagination qui lui jouait des tours. Il avait hâte d'arriver à Hambora. Nauséeux, il vint se glisser sous la peau d'ours, retrouvant avec plaisir la chaleur animale de Lyvie. Il tenta de se laisser aller au sommeil. Et, tandis qu'une brume floue lui envahissait l'esprit, une vision glaciale lui apparut. Il combattait un titan, sans pouvoir distinguer les traits de son adversaire. Pourtant, malgré le voile noir qui dissimulait son visage, il était persuadé de le connaître. Une sorte de répulsion lui tordit l'estomac, et il s'éveilla, en sueur malgré le froid.

Hambora !

On disait qu'autrefois, la mer venait battre au pied de la ville. Elle avait été l'un des ports les plus actifs de l'ancien monde, une cité glorieuse, aujourd'hui disparue sous les flots. Une révolte avait éclaté chez les surves, bien des millénaires auparavant, alors que les océans recouvraient le pays environnant. Une faille s'était ouverte dans les murailles étanches protégeant la cité enfouie. Seuls une poignée d'hommes et de femmes avaient survécu. À cette époque, la mer de Baaltenard remontait très loin à l'intérieur des terres, et le fleuve Bramao se terminait par un estuaire gigantesque.

Les survivants, dans le plus grand dénuement, avaient bâti hâtivement un camp retranché sur les bords de l'estuaire. Ainsi était née Hambora. Elle comptait aujourd'hui plus de deux cent mille âmes, dirigées par la religion amanite. Au fil des siècles, les eaux s'étaient retirées. Elles avaient peu à peu dévoilé, au cœur de l'estuaire disparu, les ruines de l'antique cité portuaire. Des carcasses de bâtiments monstrueux avaient émergé, à demi dévorées par la végétation aquatique, bouleversées par les flots incessants, fantômes terrifiants d'un passé glorieux enfui à jamais.

Quelques téméraires avaient osé s'aventurer dans cette jungle fantastique. Ils en étaient revenus sains et saufs, mais, l'imagination aidant, ils avaient gardé en eux des visions spectrales, des souvenirs de gouffres insondables et maléfiques qui avaient failli les engloutir.

La mer de Baaltenard n'existait plus. Une curieuse impression de déjà-vu intrigua Leïro lorsqu'il aperçut, au-delà même de l'ancienne cité, une vaste étendue ténébreuse, un désert glacé à la végétation étrange.

— La Médhellenie, dit-il à Palléas. La Médhellenie des glaces.

— Autrefois, la mer recouvrait aussi ces marais, dit Vetolik Madran. À présent, l'été les transforme en sables mouvants. L'hiver, ils deviennent durs comme de la pierre et remontent très loin vers le nord de l'Europannia.

Le roi Ludwann tint à faire les honneurs de sa cour et de sa ville aux arrivants, et particulièrement au fils de celui qu'il considérait comme le deuxième souverain du monde.

— Seigneur, j'ai eu le grand honneur de rencontrer votre père. Puissent tous les souverains du monde posséder sa clairvoyance et sa sagesse. Lorsque je me suis rendu à Gwondaleya, vous étiez encore un tout petit enfant, âgé d'à peine trois ans. Et il m'est difficile de me souvenir de ce petit bout d'homme devant le magnifique chevalier que vous êtes devenu. Mon palais sera le vôtre durant tout le temps qu'il vous plaira d'y séjourner.

Ludwann était un colosse un peu semblable à Orloff. Il s'exprimait d'une voix grave et profonde qui manifestement avait encore beaucoup d'effet sur le beau sexe. Autour de lui gravitaient nombre de dames plus tout à fait jeunes, sur lesquelles régnait une petite femme pétulante et prompte à rire. La reine Fraïna. Celle-ci menait son monde à la baguette, mais avec une telle bonne humeur qu'il ne serait jamais venu à quiconque l'idée de discuter ses ordres. Elle avait dû être très belle jadis, et conservait encore de son bel âge des yeux brillants et vifs, et un maintien altier. Palléas comprit rapidement qu'elle était dans les faits le véritable monarque d'Hambora.

Elle tint à loger elle-même le jeune homme, qui trouva dans ses appartements tout le confort possible, ainsi qu'une ravissante jouvencelle apparemment aussi prompte à défaire les lits qu'à les faire.

Lyvie fit grise mine à la fille, ce qui fit sourire Palléas. Le soir, alors qu'elle se retrouvait seule avec lui, elle soupira :

— J'ai peur, mon beau seigneur !

Amusé, il la prit contre lui. Elle leva sur lui des yeux trempés de larmes.

— Hambora est remplie de femmes beaucoup plus belles que moi. Elles voudront entrer dans ton lit.

— Et alors ?

— Je suis une esclave. Lorsque tu seras avec elles,

tu ne penseras plus à moi. Je ne veux pas que tu m'abandonnes. Loin de toi, je mourrai.

Il lui prit la tête entre les mains.

— Petite sotte ! T'ai-je une seule fois traitée en esclave ? Au fond de toi, tu sais bien que je te garderai près de moi. Tu es un peu hypocrite. Tu manges la nourriture des chefs, tu es vêtue comme une princesse. Tout le monde te respecte et te considère comme ma favorite. De quoi te plains-tu ?

— Tout cela n'est rien, seigneur ! Je veux seulement rester près de toi. Mais je n'ai aucun droit. Même pas celui de t'aimer. Tu m'as achetée.

Il la regarda longuement, avec émotion. Depuis la bataille de l'Odenheid, il avait compris qu'il était amoureux de ce petit bout de femme plein de vie. Était-ce à cause de sa beauté, de son charme sauvage, de sa connaissance spontanée des choses de l'amour ? Ou bien à cause de cette fierté farouche qui parfois s'exprimait avec véhémence, et revendiquait seulement son droit à la vie, à l'égalité. Elle n'avait aucunement la mentalité d'une esclave. Elle l'aimait. Mais elle exigeait surtout le droit de l'aimer pleinement, au titre d'une femme libre de son choix. Et le fait qu'il ne lui appliquât jamais aucune contrainte n'effaçait pas sa condition officielle d'esclave.

Il lui releva le menton.

— Tu te trompes, Lyvie. Ce n'est pas toi que j'ai achetée. C'est ta liberté. Tu n'étais pas assez riche pour le faire, puisque tu n'avais rien. Alors, je t'ai aidée. Mais tu es parfaitement libre de me quitter si tu le désires. Je veux que tu sois affranchie. Nous réglerons tout cela ici, à Hambora.

Elle lui sourit à travers ses larmes.

— C'est bien vrai, seigneur ? Je suis libre ?

Il éclata de rire.

— En as-tu jamais douté ?

— Mais je voudrais rester avec toi, malgré tout.

— Je veux que tu restes avec moi. J'ai besoin de toi, de ta chaleur, de ton amour. Quant à tes possibles rivales, je peux te rassurer. Tu es largement suffisante pour m'épuiser.

De nombreuses légendes comptaient pour héroïnes des esclaves ou de petites paysannes tombant amoureuses d'un prince. Pourtant, si dans les contes les esclaves n'éprouvaient aucune difficulté à devenir reines ou comtesses, la réalité différait sensiblement en ce qui concernait Lyvie. Elle faisait remarquablement bien l'amour, car c'était tout ce qu'on lui avait permis d'apprendre. Cependant, elle ignorait tout des règles les plus élémentaires. Elle mangeait avec ses doigts, buvait en faisant du bruit, manquait de vocabulaire, et de la plus élémentaire instruction.

Aussi Palléas avait-il pris en main son éducation durant les longues soirées passées sur la piste. Il lui avait enseigné à se servir d'un couteau et d'une fourchette, à boire son hanap sans souffler comme un phoque. Il lui avait appris à lire, à parler sans interrompre son interlocuteur. Il lui expliquait le monde, les villes, les pays, l'écriture, le calcul. Elle se révéla parfaitement intelligente, et comprenait vite. En tout cas, elle faisait de louables efforts. Palléas prenait un vif plaisir à cette éducation. Mais il ne pouvait s'empêcher de penser qu'il la modelait à son image, comme un sculpteur. Elle était trop empreinte de sa condition d'esclave pour faire montre de la moindre initiative.

Sauf au lit. Et les sérieux efforts d'assimilation cédaient souvent le pas devant le feu qui la prenait lorsqu'elle écoutait son jeune professeur. Ses lèvres humides et ses yeux brillants racontaient ses envies. Palléas feignait d'ignorer le désir qui lui nouait les reins, mais cette remarquable pédagogie se terminait toujours de la même manière. Dans ces conditions, Lyvie n'avait pas encore accompli de progrès notables. Mais cela n'enlevait rien à son charme.

26

— Est-il absolument nécessaire que tu les accompagnes encore cette fois-ci ? demanda Solyane à Dorian tandis qu'il abandonnait sa tenue habituelle pour les vêtements fonctionnels des Lonniens.

Elle avait peine à le reconnaître ainsi.

— Le commandant Loro a beaucoup insisté. Ils effectuent là-bas une série d'expériences précises, qui prennent toute leur importance au plus fort de l'hiver. Certaines hypothèses sont apparues, et ils désirent que je sois là pour les vérifier avec eux.

— Alors, suis-les ! Cela ne sera pas long ?

— À peine un mois !

Elle soupira. Il ignorait tout à fait la nature des travaux entrepris par les Lonniens, mais il avait toujours plaisir à les suivre. C'était un aspect de sa personnalité qu'elle connaissait mal. En approfondissant les Lois Saintes, il avait pris goût à l'étude, et le contact des extraterrestres le ravissait. Dorian était devenu, à bien des égards, aussi savant qu'eux. Elle-même partageait cet amour de l'étude, mais ne l'avait pas poussé si loin. Elle aurait voulu qu'il demeurât à ses côtés pour le long hiver qui s'annonçait. Mais avait-elle le droit de le retenir prisonnier auprès d'elle ?

Elle avait tenté de sonder l'avenir pour y déceler les traces d'un danger quelconque. Sans résultat. Elle avait senti que Palléas avait livré un combat sans merci, mais qu'il avait triomphé. Le voyage de Dorian vers le pôle Nord, prévu de longue date, ne semblait pas comporter de menace. Néanmoins, elle ne pouvait en être parfaitement sûre. Une force inconnue semblait dérouler des voiles devant elle, masquant des vérités qu'on voulait à toute force lui cacher. C'était informulé, inexprimable, mais c'était ainsi.

Elle finit par sourire. Ils se trouvaient au cœur de la base lonnienne. Dans ces bâtiments étranges où flottait une atmosphère venue d'un autre monde, il était difficile de croire aux esprits. La rigueur toute scientifique des Lonniens ne s'accommodait pas des phénomènes paranormaux.

Kless Loro, qui avait assisté, stupéfait, à la danse rituelle des Pahin Kaan, lors de la visite de l'empereur de Cathasia, voulait à toute force que le phénomène ait une explication rationnelle. De longues discussions l'opposaient souvent à Dorian, qui trouvait que leur science extraordinairement avancée comportait tout de même de graves lacunes et manquait parfois d'ouverture d'esprit. Ainsi, les sciences médicales des amanes, basées sur l'équilibre des flux naturels du corps, ne laissaient pas de les étonner.

— Si tu désires que je reste...

— Mais non ! Je ne serai pas seule, tu sais. Nelvéa sera là. Et puis, les maraudiers ne se sont pas montrés très agressifs cette année. Quant aux fayads, personne encore n'en a vu dans notre comté.

— Tu prendras le commandement de la garnison dramas. N'hésite pas à les faire intervenir à la moindre alerte.

Un peu plus tard, en compagnie de Nelvéa, Solyane contemplait l'étrange scarabée géant que les Lonniens appelaient aérodyne. Elle se demandait toujours comment une forme aussi peu élégante pouvait voler. Et pourtant, dès que les sas de l'engin furent verrouillés, il sembla s'ébrouer, puis s'éleva lentement, majestueusement, dans les airs, inondant la petite piste couverte de neige d'une onde de chaleur douce. Un vague halo orangé l'illuminait, semblable aux reflets d'or du soleil couchant. Puis il accéléra d'une manière vertigineuse et disparut rapidement dans le crépuscule naissant, emportant Dorian vers le nord mystérieux.

La nuit s'annonçait glaciale. Au loin, on entendit les appels d'une meute de chiens sauvages. Nelvéa frissonna.

— Mon pauvre père ! dit-elle. Il fait déjà si froid ici. Là-haut, le sang doit geler dans les veines.

— Cela peut arriver, fit remarquer Maryleen, qui les accompagnait. Mais ne craignez rien pour le comte. Nos combinaisons sont prévues pour résister à des températures bien plus basses que celles qui règnent au pôle. Il ne risque rien.

— Rien..., répéta machinalement Solyane, l'esprit dans le vague.

Laissant sa fille et la Lonnienne prendre un peu d'avance, elle s'arrêta et contempla encore le ciel sombre, déjà piqueté d'étoiles. Tout était calme. Le diadesven avait connu un succès sans précédent. Puis le temps encore clément avait permis quelques grandes chasses où l'on avait pris un gibier abondant. L'automne n'avait été qu'une suite de festivités auxquelles par deux fois était venu se joindre le roi Pillat.

Le commerce avait été florissant. La dernière caravane de l'année était repartie à peine deux semaines plus tôt. Et pourtant, cette paix que rien ne semblait pouvoir troubler inquiétait Solyane. Malgré la gaieté extérieure, et la splendeur de la nature environnante, elle devinait toujours la tromperie derrière le masque, le visage ricanant de l'esprit entrevu l'année précédente. Il était là, tapi dans l'ombre, tendant ses rets.

Un sombre pressentiment la saisit. Dorian ne risquait rien. Elle le savait, elle le sentait. Ou elle voulait le croire. Elle ne savait plus. Il y avait dans ce départ comme une odeur de mort, de déchirure. « Il ne lui arrivera rien ! » se répéta-t-elle plusieurs fois pour s'en convaincre.

Pourtant, elle ne pouvait chasser l'angoisse imprécise qui l'étouffait, dans laquelle se mêlaient les visages de Dorian et de son fils.

Jamais elle n'aurait dû le laisser partir ! Mais elle

savait aussi qu'une force supérieure s'était jouée d'elle, contre laquelle elle n'avait pu lutter.

Le piège de l'incube était-il en train de se refermer ?

27

— Nul ne sait ce qui se passe dans le Nord lointain, seigneur Palléas. Il court nombre de légendes inimaginables sur les étendues de glace de la Skandiane.

Comme souvent depuis le début de l'hiver, la conversation avait trait à la banquise proche, et à son univers mystérieux. La haute cheminée des appartements royaux diffusait une bonne chaleur, mais parfois les flammes étaient refoulées violemment vers l'intérieur, sous l'effet de l'air glacial. Au-dehors, la tempête faisait rage.

Le roi Ludwann poursuivit :

— Celle des mankous, par exemple, qui ne sont ni des hommes ni des bêtes, que personne même n'a jamais vus.

— Dans ces conditions, comment peut-on affirmer qu'ils existent ?

— Les chasseurs de rhennans en aperçoivent parfois, à de grandes distances. Et ils s'enfuient immédiatement, parce que les mankous ne permettent jamais qu'on les approche. Ceux qui l'ont tenté sont morts, ou devenus fous.

La reine Fraïna ajouta :

— Vous avez également entendu parler des Sombres, les pirates qui vivent dans les déserts de Baaltenard. Ceux-là sont beaucoup plus dangereux. Et ils ont pactisé avec les démons des glaces. On redoute leurs méfaits même au cœur du blizzard.

— Comme les fayads !

— Les fayads sont aussi insaisissables que les Sombres. Et pourtant, ils sont ennemis. Il y a quelques mois, nos guerriers ont découvert les traces d'une bataille qui les avait opposés.

— Qu'ils se massacrent donc entre eux ! s'exclama Leïro, remis de ses blessures. Et qu'il n'en reste aucun. Cela nous reposera.

Un seigneur hamborien prit la parole.

— On prétend parfois que les maîtres des fayads, les yatales, viendraient du plus profond du Nord, d'un royaume maudit situé au-delà des glaces. Les gens d'ici imaginent que Donamar est le dernier royaume avant le froid infini. On l'appelle aussi la « Porte de l'Enfer ».

— Nous avons déjà entendu parler de cette croyance, seigneur Karzen. Pensez-vous qu'il soit possible qu'un peuple vive dans le Grand Nord ?

— Si tel était le cas, ces gens ne pourraient être de simples mortels. Koparna, la capitale du royaume de Donamar, est déjà recouverte par les glaces huit mois par an. La Skandiane s'arrête à ses portes. Avez-vous une idée de ce qu'est la banquise, seigneur Palléas ?

— Je n'en connais que ce qu'en disent les conteurs.

— Aucun récit ne peut rendre compte de sa nature réelle. Il faut l'avoir vue pour comprendre. Si un jour vous avez l'occasion de l'approcher, vous saurez pourquoi on l'appelle la « Première Marche de l'Enfer ». C'est une muraille de glace élevée, qui barre l'horizon de l'orient à l'occident, comme une vague immobile, de la hauteur d'une montagne, et d'où souffle une haleine glacée à vous figer le sang à l'intérieur du corps. Et ce froid glacial n'est pas seulement dû au vent. Je possède le shod'l loer, tout comme vous. Des choses mauvaises coulent de là-haut, comme ces glaciers qui peu à peu envahissent les forêts et les campagnes de Donamar. Parfois, on entend comme des plaintes, des voix qui semblent humaines, mais qui ne le sont pas.

— Si les skrulls sont effectivement apparentés aux créatures démoniaques qui hantent la Skandiane, il n'est pas étonnant qu'ils aient une telle influence sur les populations des zones perdues, dit Rono. Que pouvons-nous faire pour les combattre ?

— Il faudrait mettre la main sur leur Prophète, intervint Siguemundus, le théolamane royal d'Hambora. Mais il semble parfaitement insaisissable. On prétend même qu'il aurait le don d'ubiquité.

Palléas remarqua pensivement :

— Cela expliquerait que ses disciples, les yatales et les prêcheurs, aient pu évangéliser une telle masse de peuples en si peu de temps, et en différents endroits du monde. Cela représente une population importante, n'est-ce pas, Sehad ?

— C'est exact, seigneur Palléas. On estime à près de quatre cents millions le nombre de personnes qui vivent hors de la religion amanite. Notre civilisation compte quant à elle plus de six cents millions d'âmes. Mais l'essentiel est regroupé dans les villes ou dans leur périphérie immédiate. La religion amanite s'est étendue rapidement, comme une immense toile d'araignée dont le but premier consistait à s'implanter partout, à construire des cités solides, reliées entre elles par des réseaux de communications régulières tant commerciales qu'humaines. Ces bastions fortifiés étaient supposés résorber peu à peu les poches inconnues encore livrées au chaos. Nous avons pensé qu'elles disparaîtraient d'elles-mêmes. Mais les peuples qui les habitent ont résisté. Par ailleurs, le maintien de l'unité amanite, le contrôle des dynasties auxquelles nous avions remis le pouvoir temporel ont mobilisé toute son énergie. Nous dirigeons le monde depuis des millénaires et nous avons préservé sa cohésion, malgré les distances et la disparité des peuples. Mais il existe encore de vastes zones d'ombre, des territoires inconnus traversés par quelques pistes. En réalité, nous n'occupons que dix pour cent de la surface du monde. Nous savons que les populations de ces royaumes ignorés ne sont pas véritablement dangereuses. Bien sûr, de certaines nous viennent les maraudiers. Mais la grande majorité sont constituées par des paysans et des artisans vivant en autarcie dans de petites cités d'accès difficile.

— Mais pourquoi n'avoir pas tenté de les convertir ? demanda Leïro.

— Nous détestons utiliser la force, seigneur d'Ursaleya. C'est contraire à nos principes. Nous préférons attendre que les hommes viennent vers nous, après avoir choisi leur voie en pleine conscience. Nous sommes patients. Les Th'Args, que votre père connaît, seigneur Palléas, ont fini par nous rejoindre. Un jour viendra où les Folmans suivront, à leur tour. Ils nous enrichiront de leur culture, et nous leur donnerons la nôtre.

— Mais si une puissance inconnue décidait de regrouper ces peuples disparates qui jusqu'à présent vivaient en autarcie, elle disposerait d'une armée importante ! dit Palléas.

— C'est certain. Cependant, le but des skrulls paraît totalement dépourvu de logique. De plus, leur idéologie ne semble pas acceptée par tous les peuples de l'inconnu. Certains massacres en sont la preuve. En fait, nous pensons qu'il s'agit de l'œuvre d'un dément, mais qui disposerait d'atouts essentiels, et d'appuis technologiques non négligeables. Vous savez, seigneur Palléas, précisa-t-il après avoir marqué une pause, nous ne croyons pas quant à nous que le don d'ubiquité existe. Nous pensons plutôt que ce Prophète dispose d'un moyen rapide de déplacement.

— Comme un aérodyne, par exemple...

— Exactement. Un aérodyne !

Palléas avait quitté le palais royal, suivi par Marvel et Thoren, et son inséparable Lyvie. Sous prétexte de profiter d'une brève accalmie de la tempête, il erra longuement parmi les rues animées de la cité. Des vendeurs de fruits bouillants et sucrés l'interpellaient au passage. Partout, des ouvroks aux yeux éteints déblayaient les congères sculptées par les vents aux angles des rues. Inconsciemment, ses pas le dirigèrent vers le nord de la cité. Bien que l'on fût au beau milieu de l'après-midi, le ciel lourd et bas demeurait crépusculaire. Il en serait ainsi pendant tout l'hiver. Tout là-haut, des ouragans furieux venus du septentrion déchiquetaient des nuages sombres et gigantesques. Dès qu'ils eurent quitté le centre de la cité, ils trouvèrent les rues désertes. Les citadins restaient calfeutrés dans la chaleur de leurs appartements. Même les enfants turbulents avaient disparu. La neige était trop dure à présent pour une bataille. Seul, par endroits, se dressait le fantôme fugace d'un homme engoncé dans une pèlerine sombre, ou la silhouette brumeuse et bringuebalante d'un chariot tiré par un vieux cheval. Sentant que leur seigneur avait besoin de s'isoler, Lyvie et les deux hommes le laissaient marcher devant eux. Même la petite esclave n'osait interrompre sa méditation. Un grand froid coulait en lui, qui n'était pas dû aux bourrasques glacées qui hurlaient encore dans les ruelles. La dernière remarque de l'amane Siguemundus n'y était pas étrangère. Il sentait presque matériellement les menaces diffuses se cristalliser autour de lui, des menaces derrière lesquelles planait un masque sardonique. Il aurait voulu pouvoir arracher ce masque, dévoiler un visage. Mais sans savoir pourquoi, il éprouvait une peur viscérale à l'idée de faire tomber ce voile. Quelle abominable vérité se dissimulait derrière ?

Pour quelle raison se troublait-il lorsque l'on évoquait la possibilité que le Prophète pût utiliser un aérodyne, sinon à cause du soupçon que cela faisait peser sur les Lonniens ? C'était impossible. Son père les connaissait depuis vingt ans. Il leur accordait une pleine confiance. Quel rapport pouvaient-ils avoir avec les skrulls ?

Il ferma les yeux et aspira à longs traits l'air glacé pour calmer le spasme d'angoisse qui lui tordait le ventre.

Il eut soudain envie de revoir sa mère. Sa mère, son amie, sa confidente. Son refuge le plus sûr. Aujourd'hui séparée de lui par l'infini. À l'autre bout du monde. Et, malgré toute l'énergie qu'il sentait vibrer en lui, pour la première fois peut-être, il connaissait le doute. Son courage n'était pas en cause. Il ne faillirait pas au combat. Cependant s'insinuait en lui l'idée qu'il ne serait peut-être pas le plus fort.

Il parvint sans y penser sur les remparts, du haut desquels se dévoilait un spectacle dantesque. L'alternance des pluies de glace et des neiges avait transformé les ruines émergées de la ville antique en un univers de cauchemar. Des arches monstrueuses et noires s'élevaient de nulle part, vestiges dérisoires de constructions audacieuses que les hommes avaient cru édifier pour l'éternité. Des colonnes géantes se dressaient par endroits en rangées régulières. Elles représentaient sans doute les fondations d'immeubles qui avaient défié le ciel. Une réflexion du convoyeur Vetolik Madran lui revint à l'esprit : « Vous autres citadins, vous bâtissez comme si vos œuvres devaient durer éternellement. Mais vous ignorez que l'univers est en mouvement. Rien n'est jamais définitif, tout n'est que provisoire ! »

Ailleurs s'ouvraient des gouffres désormais envahis par une végétation pétrifiée. Des éboulements révélaient les intestins crevés de la métropole, galeries fantastiques qui infiltraient leurs réseaux jusqu'à des profondeurs insoupçonnées. Les ruines couvraient une superficie incroyablement plus vaste que celle d'Hambora. Jusqu'à l'horizon bas et plombé, ce n'était qu'un amoncellement irréel, qui s'étageait vers la mer aujourd'hui retirée. Au-delà, on devinait les mornes étendues de Baaltenard.

L'esprit de Palléas était à l'image de ce chaos. Le

doute le rongeait. Le nord était là, devant lui, comme un défi, sombre et menaçant, dissimulé derrière les brumes. Il savait que la légende qui prétendait que les yatales et le Prophète descendaient de cette « Porte de l'Enfer » comportait quelque part une vérité. Bientôt, il le sentait, il quitterait cette cité, avant-dernière forteresse dressée contre l'hiver. Il allait se produire un événement qui le détournerait du destin de la caravane. Celle-ci avait triomphé de son combat avec le monstre skrull. Elle parviendrait saine et sauve à Lonodia, au printemps prochain. Mais il ne le verrait pas.

Quelque chose l'attirait inexplicablement vers la Skandiane.

Il partirait combattre le Prophète sur son propre terrain. Mais il redoutait l'abominable vérité qu'il pressentait derrière le voile. Une vérité qui le laisserait meurtri, et qui peut-être lui coûterait la vie.

28

Les craintes de Palléas se matérialisèrent dès le lendemain, sous la forme d'un personnage étrange que Thoren rencontra dans un bouge de la basse ville.

Il faisait déjà nuit lorsque l'ancien maraudier vint trouver le jeune homme dans ses appartements.

— Seigneur, j'aimerais que vous m'accompagniez. J'ai rencontré un homme dans la basse ville. Il a des choses importantes à vous révéler. C'est un gars de Kursar, que j'avais perdu de vue. Je pensais qu'il était mort, ou demeuré avec les fayads. Mais il s'est enfui, lui aussi.

— Pourquoi ne l'as-tu pas amené ici ?

— Il n'a pas voulu me suivre. Il a peur. Il refuse de quitter les bas quartiers. Il s'y sent en sécurité. Mais il a accepté un rendez-vous.

— Allons-y !

La basse ville d'Hambora ne différait guère de celle des autres cités amanites. Moyennant quelques centas, on pouvait y trouver des filles faciles pour passer la nuit. Certaines même pratiquaient derrière des vitres sans tain, et leurs protecteurs faisaient payer aussi bien le client que les curieux attirés par le spectacle.

On y croisait une faune interlope, haute en couleurs, qui dormait le jour et vivait la nuit. Des voyageurs sans but, des poètes illuminés, des joueurs professionnels, des artistes de théâtre, des musiciens. On y côtoyait tout un peuple fascinant et effrayant qui n'exerçait aucun travail régulier. Il était aisé de se dissimuler au cœur de ce royaume fantasque. Chacun de ses habitants avait plus ou moins quelque chose à cacher.

— Il est ici, dit Thoren en pénétrant sous une voûte basse.

À l'intérieur, Palléas découvrit une auberge enfumée, où flottaient des vapeurs lourdes de drogues et de nicot, épaissies par des relents mêlés de vin et de bière. Des tables de bois solides, assombries par les taches et le temps, accueillaient les clients. Au milieu évoluaient de vigoureuses soubrettes largement décolletées, mais dont les mains énergiques savaient remettre les audacieux à leur place, à coups de taloches s'il le fallait.

Un brouhaha indescriptible régnait sur ce temple de la nuit. Au fond, une scène se dressait, à demi irréelle derrière le rideau de fumée bleue. Une odeur âcre pénétra les poumons de Palléas. Sur la scène, comme en filigrane, trois filles entièrement nues se livraient à des contorsions d'inspiration érotique, mais leurs mines lasses démentaient l'extase qu'elles tentaient de communiquer aux spectateurs. Ceux-ci, fascinés par leur imagination, se laissaient envahir par les complices des artistes, filles follieuses surveillées sévèrement par leurs protecteurs.

Çà et là on remarquait d'honnêtes citadins venus s'encanailler pour un soir. Un joueur de trompe égrenait une mélodie aigrelette, rythmée par une thamys fatiguée.

Thoren se dirigea vers une table où un homme seul avait entrepris de s'enivrer consciencieusement. C'était un gaillard épais, aux yeux fuyants, à la moustache tombante et au cheveu rare.

— Seigneur, voici Lamiere, l'homme dont je vous ai parlé.

Ils prirent place. L'autre, perdu dans son rêve alcoolisé, ne les salua même pas.

— Qu'as-tu à me dire ? demanda Palléas.

L'individu le regarda, rota, et remarqua les emblèmes de sa condition de chevalier. Il se redressa en marmonnant de vagues excuses. Puis il grogna :

— Le soleil de la nuit s'est levé. Le Prophète va frapper.

— Le soleil de la nuit ?

Thoren intervint.

— Plus au nord, on dit que le soleil se lève en

pleine nuit. Il reste très bas et très rouge, puis disparaît. On raconte aussi que les étoiles pleuvent sur la terre dans le plus profond des silences.

— Où le Prophète va-t-il frapper ? demanda Palléas à l'ivrogne.

— À... à Koparna. Il va détruire la ville.

— Mais c'est impossible. Koparna est la capitale de Donamar. Elle est protégée par un régiment dramas.

Soudain, l'ivrogne se dressa à demi de son siège. Ses yeux devinrent vitreux et il s'exclama d'une voix pâteuse, attirant l'attention de l'entourage :

— Pourriture de merde ! J'ai la trouille. Ce salaud a fait cramer un de mes potes. Sous mes yeux. Par les tripes fumantes du Grand Migas Cornu. Jamais eu aussi peur de ma vie. Foutu l'camp. Marre de massacrer des filles et des mômes. Moi... moi je lui dis merde au Prophète. Merde à sa religion pourrie...

Il retomba lourdement sur son siège qui gémit sous le choc. Il était complètement ivre. Puis il se tourna vers Palléas et l'attrapa par le revers de sa cape.

— Seigneur, sanglota-t-il, protégez-moi. Ils sont partout. Ils me cherchent. Ils sont là. Je les sens. Je ne veux pas mourir comme mon copain.

Le jeune homme le repoussa fermement. L'autre poursuivit, des larmes dans les yeux.

— Ce sont des ordures, seigneur. Ils m'ont obligé à accomplir des trucs qui me donnent envie de vomir à présent que j'y pense. Et je leur ai obéi. Je leur ai obéi...

Il éleva ses mains à hauteur de ses yeux, les examina tour à tour.

— Regardez ces mains ! Ces mains !

Il les frappa violemment sur la table de bois,

comme s'il avait voulu les briser. Il ne réussit qu'à faire sursauter ses voisins.

— Elles ont tué des femmes et des gosses, seigneur. La nuit, leurs cris me hantent. Ils m'empêchent de dormir. À cause de leur dieu de merde. Ils disent qu'il nous aime, qu'on lui appartient. Mais c'est pas vrai. C'est pas vrai ! Je veux plus entendre parler de tout ça, je veux partir... oublier...

Il éclata en sanglots et se frappa encore les mains sur le bois. Palléas le prit par les épaules.

— Tu vas aller voir les amanes. Tu leur diras tout ce que tu sais sur les skrulls, ton dégoût de toi-même, ta haine, tes angoisses. Ils t'aideront, ils te diront ce qu'il faut faire.

La voix chaude du jeune homme calma rapidement l'énergumène. Il releva les yeux vers lui.

— Vous croyez... vous croyez que je peux y aller tout de suite ?

— Nous allons même t'y accompagner.

Fallait-il croire les assertions d'un ivrogne livré à la drogue et l'alcool ? Palléas estima qu'il valait mieux étudier l'information de plus près. Aussi, dès le lendemain à la première heure, le roi Ludwann fit réunir un Conseil extraordinaire.

En plus des proches collaborateurs du monarque, Palléas et Leïro avaient été conviés. La phalange royale, dirigée par le théolamane Siguemundus, prit place tout au bout de la salle, le visage impassible.

L'ex-fayad avait été amené dans une salle contiguë. Palléas l'avait interrogé une bonne partie de la nuit. Il l'avait vite évalué. C'était une brute au raisonnement primaire, suffisamment fragile pour subir l'influence d'un esprit supérieur. Assez lâche aussi pour accepter de tuer des femmes et des enfants. Mais le monde était empli de ces héros fanatisés, galvanisés par la destruction d'un ennemi qui ne risque pas de résister dangereusement.

Le jeune homme ne le plaignait pas. Sa fuite du monde fayad n'était pas due à un remords sincère, mais à la panique provoquée par la mort de son compagnon. Depuis son départ, hors de l'influence des yatales, il avait compris l'horreur de ses actes et cherchait refuge dans l'abrutissement des drogues et de l'alcool.

Dans la salle, le roi Ludwann déclara la séance ouverte. Siguemundus demanda immédiatement la parole.

— Djihad, nobles seigneurs, avant que vous ne débattiez, je veux vous faire connaître l'avis de la religion. Nous doutons qu'il soit prudent d'accorder crédit aux allégations d'un ivrogne. Koparna est une ville puissante, certes beaucoup plus petite qu'Hambora, puisqu'elle compte à peine trente mille habitants. Mais elle est protégée par un régiment de cent dramas. De plus, elle compte une armée régulière de deux mille hommes, des guerriers aguerris, habitués à combattre les Sombres et les maraudiers. Il serait donc judicieux, avant d'entreprendre quoi que ce soit, d'envoyer une délégation au roi Gütians pour l'avertir. Messeigneurs, je vous laisse la parole.

L'amane venait de résumer ce que tout le monde pensait. Bien que l'information ne fût sans doute pas fondée, il valait mieux envoyer un émissaire au roi.

Koparna était de taille à résister, au moins jusqu'à

l'intervention de l'allié hamborien, en cas de guerre. Le roi Ludwann prit la parole.

— Messeigneurs, je dois dire que je partage l'avis de notre amane. Nous n'avons pas le droit d'envoyer une armée puissante sur de simples présomptions. Cela pourrait être interprété comme une invasion, et occasionnerait des conflits diplomatiques sans fin.

Les discussions ne durèrent pas longtemps. Leïro se proposa pour conduire la délégation. Palléas, estimant que la plus petite piste devait être vérifiée, fut donc détaché du commandement de Leïro, afin d'accomplir sa mission.

— Que fait-on du fayad ? demanda soudain le comte Karzen. Après tout, même repenti, il reste un ennemi.

Sur l'ordre du roi, un garde fit revenir l'homme, qui avait dessaoulé de la veille, mais tremblait toujours autant. Thoren l'accompagnait.

— Il faut le juger et le condamner, cria quelqu'un. Il a avoué lui-même des crimes impardonnables.

— Oui ! Il mérite la mort, renchérit un autre.

— Djihad, si vous le permettez, intervint Palléas en levant un gal. Je partage l'avis de ces chevaliers. Mais il est venu nous trouver de son plein gré. Je pense que nous devons lui laisser une chance. Proposons-lui de nous accompagner dans cette délégation. Les dieux lui donneront peut-être l'occasion de se racheter au combat.

— Nooon ! Je ne veux pas retourner là-bas. Je ne veux pas, hurla l'homme.

Thoren le gifla à toute volée et gronda :

— La honte soit sur toi, Lamiere. Tu viens de te

déshonorer. Je me souviens que tu as toujours été un lâche. Mais je n'aurais jamais osé imaginer que ce soit à ce point. Je te méprise.

L'individu eut un vague sursaut de colère mais la peur fut la plus forte. Thoren se tourna alors vers l'assemblée.

— Nobles seigneurs ! Vous parliez à l'instant de juger cet homme. Ne perdez pas votre temps à cela. Relâchez-le plutôt : il porte en lui sa propre condamnation.

— Salaud ! Salaud ! hurla l'homme.

Le roi Ludwann eut un bref sourire. Il regarda le nommé Lamiere et déclara :

— Vos paroles sont sages, messire Thoren. Nous en ferons ainsi que vous l'avez suggéré.

L'ex-fayad fut libéré, malgré ses protestations. Visiblement, il préférait les geôles des amanes aux couteaux de ses anciens amis. Le départ de Palléas et de Leïro fut prévu pour le surlendemain. Ils eurent le temps d'apprendre qu'on avait retrouvé le corps de Lamiere pendu dans une grange de la périphérie. Mais ils ne surent jamais s'il s'agissait d'un suicide.

29

— Si cela continue ainsi, nous sommes bloqués jusqu'à ce soir, hurla Leïro pour couvrir les grondements du vent.

Palléas l'entendit à peine. Rono se rapprocha du

foyer en frissonnant. Il n'avait pas été facile d'allumer un feu dans la petite grotte où ils avaient trouvé refuge. À l'entrée, les trois lionorses et les chevaux se serraient les uns contre les autres pour faire face au blizzard furieux qui dévalait des montagnes voisines. Des bourrasques venaient gifler les voyageurs jusqu'à l'intérieur de leur abri. Bien que l'on fût en plein midi, il semblait que la nuit était tombée. Des nuages bas et lourds allaient s'éventrer sur les crêtes proches comme de grosses bêtes affolées. En contrebas, au pied de la colline, la piste disparaissait sous une couche de neige et de glace. Les vents tourbillonnaires malmenaient de curieuses formes grisâtres, qui dansaient à la lumière obscure du jour, comme si des êtres animés d'une vie étrange tentaient de s'échapper de l'enfer. Les guerriers de l'escorte considéraient ce spectacle avec angoisse. En eux remontait le souvenir de légendes peuplées de génies malfaisants et de démons insaisissables et dangereux. Personne n'était vraiment tranquille. Même Rono, frigorifié, commençait à penser que les histoires inquiétantes entendues dans les tavernes d'Hambora n'étaient peut-être pas dénuées de fondement.

Ils étaient partis la veille. Un soleil pâle illuminait la piste glacée. En prévision du froid nordique, les écuyers et guerriers de l'escorte avaient échangé leurs chevaux contre d'autres, plus petits, des poneys robustes et résistants, habitués aux rudes conditions septentrionales. Les lionorses quant à eux savaient parfaitement s'adapter au climat glaciaire. En hiver leur toison s'épaississait et s'éclaircissait. Plusieurs fois déjà, depuis le début de l'hiver, Palléas avait préféré dormir entre les pattes de son allienne, dont la fourrure soyeuse le protégeait mieux que sa tente, vulnérable aux rafales soudaines.

Ils avaient passé la nuit dans un petit village qui limitait le nord du royaume. Depuis le matin, ils avaient repris la piste qui reliait Hambora à Koparna. Vers le milieu de la journée, une tempête d'une ampleur inouïe les avait contraints à trouver refuge dans cette grotte, découverte par miracle dans le flanc d'une colline dominant la vallée. En quelques instants, la piste avait été effacée.

Le blizzard dura ainsi jusqu'au soir, condamnant les voyageurs à l'immobilité. Lorsque enfin il se calma, il était hors de question de poursuivre. Aussi se résignèrent-ils à bivouaquer dans la caverne.

Plus tard, lorsque tous furent endormis, enroulés dans d'épaisses couvertures, Palléas et Leïro restèrent un long moment à bavarder, les yeux fixés sur les braises rougeoyantes.

— Tu sais, petit, cela va peut-être te sembler drôle, mais je me sens heureux ici, malgré ce froid de glace et cette nuit mystérieuse. Nous avons peu de chances de parvenir à anéantir sculs ce Prophète de malheur, mais cela n'a aucune importance.

— Pourtant, tu aurais pu conserver ton titre de deraïk. La caravane avait encore besoin de toi.

— Non ! Ma vraie place est à tes côtés. Comme elle était aux côtés de ton père lorsque je l'ai suivi en Médhellenie, voici plus de vingt ans. Il a accompli des exploits que nul autre avant lui n'avait réalisés, avec une simplicité... déconcertante. Il était presque un gamin à côté du vieux chevalier que je suis devenu. Pourtant, quand il s'approchait, quand il parlait, c'était comme si... il avait apporté la lumière. Comme un soleil qui réchauffe et qui éclaire. Nous avions tous chaud au cœur. Nous étions prêts à donner notre vie pour lui. Parce qu'il était bon et humain. Je l'ai vu pleurer des compagnons disparus, quand bien même il ne s'agissait que de simples guerriers. Il nous donnait l'exemple de la modestie. Nous étions plus de cent, mais il connaissait tout de chacun de nous, nos souvenirs, nos faiblesses, nos espoirs. Il savait écouter lorsque la peur ou le doute nous tenaillaient. C'était un vrai meneur d'hommes.

Un flot de confiance et d'affection émanait du chevalier, qui réchauffa le cœur de Palléas. Lui aussi aurait aimé avoir son père à ses côtés en ce moment. Leïro poursuivait :

— Tu lui ressembles, petit. C'est toi qu'ils auraient dû choisir comme deraïk.

— J'avais une autre mission, compagnon. Et puis, tu as l'expérience, que je n'ai pas encore.

Les deux hommes demeurèrent un long moment silencieux, écoutant sans y penser les clameurs des vents au-dehors. Le comte murmura comme pour lui-même :

— Nous sommes certainement fous de nous lancer à la poursuite de ce monstre. Nous avons une chance sur mille de triompher. Mais si nous échouons, je sais qu'Arnaud nous vengera. Un jour, il partira combattre le Prophète. Et ce jour-là, tous les Gwondaleyens, hommes, femmes et enfants, et derrière eux tous les peuples de la religion, même les vieillards, tous marcheront avec lui.

Palléas eut un petit sourire ironique.

— Tu n'es guère optimiste. J'espère que nous l'aurons supprimé avant. Soudain, un long hurlement déchira les ténèbres. Impressionnés, les deux hommes se dirigèrent vers l'entrée de la grotte. Les montures frémirent. Ils échangèrent un regard.

— Les loups ?

— J'espère qu'il ne s'agit que des loups, répondit Leïro.

Palléas se concentra sous l'œil perplexe de son compagnon. Il ferma les yeux, laissant peu à peu l'environnement de roche et de glace s'intégrer à lui. Agrandissant son champ de perception, il découvrit la plaine balayée par les bourrasques, les rares bosquets malmenés par les vents, les tornades de glace qui venaient s'éventrer sur les contreforts de la colline. L'esprit vagabond, il discerna, au loin, comme des présences insolites, mystérieuses.

— Je ne vois pas grand-chose. Ils sont trop loin. On dirait une chasse. Je vois... je vois un migas. Il fuit. Il a peur. Il sait déjà qu'il ne verra pas le soleil se lever. La mort est sur lui.

— Un migas ? Mais qui peut tuer un migas ?

— Je ne sais pas.

Soudain, Palléas chancela, comme frappé par une force inconnue.

— Qu'est-ce que tu as ?

— Ils... ils ont senti que j'étais là, que je les observais.

— Qui ?

— Je ne comprends pas... on dirait qu'ils élèvent une sorte d'écran mental autour d'eux. Je ne sais pas...

Il gémit, tituba et vint s'appuyer aux parois de la caverne. Puis à nouveau il se concentra. Ses yeux se mirent à briller sous l'effort.

— C'est incroyable. Jamais... ressenti une chose pareille. Une sorte de voile les protège. Comme un mur de brume, ou de pierre, que je ne peux pas traverser.

Un nom vint immédiatement à l'esprit des deux hommes : les mankous, les êtres mystérieux qui hantaient les solitudes de la Skandiane pour attirer les voyageurs dans leurs pièges.

Leïro se rapprocha inconsciemment de son compagnon.

— Les mankous ne sont qu'une légende. Personne n'en a jamais vu.

Mais au fond de lui-même, il tremblait. Même les nobles d'Hambora prenaient cette légende terrifiante au sérieux.

« Soyez prudents, avait dit le roi Ludwann. À l'ouest de Koparna s'étendent des landes désolées où la végétation doit subir chaque année les assauts de l'hiver. Les arbres ne sont plus que des squelettes noirs, semblables à des griffes. Les paysans les appellent les Mains de la Mort. C'est là que vivent les mankous. »

Palléas n'avait pas ajouté grand crédit à ce qui n'était pour lui qu'une légende parmi d'autres. Pourtant, il ne pouvait nier le contact violent qui s'était établi, l'espace d'un instant, avec les créatures lointaines. Tous ses efforts pour tenter de percer le mystère du drame qui se nouait à moins d'une marche de la grotte restèrent vains. Puis il y eut comme un trou noir creusé dans son esprit. Il déclara :

— C'est fini. Le migas a succombé.

Ils retrouvèrent son cadavre le lendemain, à une marche vers le nord. Seule sa taille monstrueuse confirmait qu'il s'agissait bien d'un migas. La carcasse avait été nettoyée de toute chair. Quelques lambeaux d'entrailles et des taches de sang répandues sur la neige témoignaient que le combat était récent.

— Ce ne sont pas des animaux qui ont pu faire ça ! dit brusquement l'un des guerriers en soufflant dans ses gants. Regardez ! Le bouclier d'écaillés a disparu. Même les meutes de dogues sauvages ne peuvent en venir à bout.

— Il a raison, renchérit un autre. Ce sont des esprits. Les dieux nous prennent en pitié.

— Taisez-vous tous les deux ! Croyez-vous que ce soit le moment d'effrayer tout le monde ? s'irrita Palléas.

Il se concentra brièvement et ferma les yeux. Les soldats se resserrèrent autour de lui. Il était à leurs côtés. Il saurait résister à la chose inconnue. Le silence se fit, troublé seulement par le sifflement incessant du vent.

— Rien ! Il n'y a rien ! Je ne vois qu'un troupeau de rhennans à l'ouest, et deux migas vers l'est. La chose qui a tué ce monstre n'est plus là.

Pourtant, il restait, flottant dans l'air glacé du matin, comme le reflet d'une présence mystérieuse, indéfinissable, dont les regards invisibles se fixaient sur Palléas. Une présence diaphane, subtile, comme transparente, presque imperceptible. Palléas ne jugea pas utile de faire part de son impression à ses compagnons.

Dans l'après-midi, Palléas et Rono partirent en chasse, laissant les autres poursuivre la piste vers Koparna. Ils avaient aperçu à l'ouest un troupeau de rhennans, des élans mutants de la taille d'un cheval. Armés de leurs gonns, ils eurent tôt fait d'abattre une bête qui leur fournirait un repas copieux pour le soir. Cependant, le rhennan blessé refusa de mourir immédiatement et les mena jusqu'à une combe abritée où végétaient quelques arbustes gelés.

— Attends, dit soudain Palléas en arrêtant son compagnon d'un geste. Il y a quelque chose là-haut.

Du haut de la ravine, là où elle se resserrait pour se lancer à l'assaut de la rocaille, coulait un faible courant de pensées incohérentes, proches du délire. Instinctivement, les deux chevaliers portèrent la main vers leur dayal. Puis, prudemment, ils s'avancèrent dans la combe recouverte d'une épaisse couche de neige durcie.

Palléas sonda mentalement l'endroit et pâlit.

— Qu'y a-t-il, compagnon ? demanda Rono, soudain inquiet.

— Par tous les dieux. Ces glaces masquent une véritable boucherie.

Il bondit à terre, martela la neige de quelques coups de dayal précis. En quelques instants, il mit au jour un cadavre horriblement mutilé. Quelques pas plus loin, il en dégagea un deuxième.

— Qu'est-ce que cela signifie ? demanda Rono, l'estomac retourné.

Palléas élargit son observation, sous le regard inquiet de son ami. Une quarantaine de corps reposaient là, à demi dévorés, déchiquetés par un ennemi inconnu. Rono, pâle malgré le hâle dû au soleil des steppes, s'approcha avec circonspection du premier cadavre.

— Palléas, même les loups n'auraient pu faire ça. Qu'a-t-il pu se passer ?

— Je l'ignore. Tous ce que je sais, c'est qu'il s'agit de fayads.

En effet, les capes déchirées étaient indiscutablement reconnaissables. Fouillant les alentours, ils découvrirent quelques armes. Par endroits, de profondes traînées sanglantes maculaient la glace. Ils n'eurent pas le cœur à vérifier ce qui se cachait au-dessous.

Soudain, Palléas se figea, l'oreille aux aguets.

— Écoute, murmura-t-il.

Une plainte, une lamentation continuelle sourdait, en contrepoint aux gémissements du vent.

— Je n'entends rien, grogna Rono.

— Cela vient de plus haut. Il y a quelque chose dans la combe. Je l'ai senti tout à l'heure.

Ils remontèrent en selle. Quelques centaines de mètres plus loin, ils découvrirent une silhouette, emmitouflée dans une épaisse cape de cuir. Le fayad se terrait au creux d'une petite dépression naturelle. Du sang suintait de son bras en écharpe. Quand les deux hommes s'approchèrent de lui, il réagit à peine, se contentant de les dévisager de ses yeux fébriles.

Il marmonnait des paroles sans suite, dans une langue inconnue. Mais cela ne constituait pas un obstacle pour Palléas.

— Il nous prend pour les démons qui ont massacré ses compagnons, traduisit-il. Il s'imagine que nous venons pour l'achever.

— Qu'est-ce qu'on en fait ?

— On le ramène. Il peut nous livrer de précieuses informations sur les projets des siens.

Cependant, Palléas comprit rapidement que le skrull ne survivrait pas longtemps. Bien que ses blessures fussent relativement superficielles, il s'avéra impossible de le tirer de son état de choc. Quelque chose l'avait effrayé au-delà de tout et la folie avait été sa seule échappatoire. Il délirait totalement. Palléas l'avait installé près du feu. Longuement, il le sonda, tentant de percer son mystère. Un magma effrayant occupait son esprit. Parfois, des images hallucinantes remontaient à la surface, comme ces gueules à demi humaines, mais ornées de crocs effrayants, ou encore ces scènes incroyables, où la neige et la glace prenaient vie pour étouffer ses compagnons. Il y avait également le souvenir de meutes de dogues sauvages, de hordes de loups affamés, et le regard de braise d'un groupe de migas, reconnaissables à leurs yeux effilés comme ceux des lézards.

Pourtant, derrière tout cela, Palléas devina que l'homme était comme mentalement marqué au fer rouge. Mal à l'aise, il reconnut certains des schèmes cérébraux du mourant, des empreintes impalpables sur lesquelles il demeurait néanmoins incapable de se prononcer. Il avait l'impression de connaître l'homme qui avait gravé sa marque en chacun des fayads. Cependant, il se mêlait à tout cela une substance différente qui venait brouiller les pistes.

Vers la fin, le skrull eut un moment de lucidité. Ses pensées se firent plus ordonnées. Persuadé d'avoir été recueilli par les siens, il raconta dans sa langue des bribes de combat. Personne ne comprit, sauf Palléas qui allait cueillir les idées à fleur d'esprit. Un frisson glacé lui parcourut l'échine. Des corps tombaient les uns après les autres, le visage décomposé. Pourtant, aucun des guerriers touchés ne portait de trace de blessure. Les mutilations avaient donc été faites après le combat fantôme, où l'ennemi invisible avait frappé sans que les fayads pussent se défendre. À la réflexion, les morsures pouvaient très bien avoir été faites par des migas ou des chiens sauvages. Mais ce n'était pas des animaux que les fayads étaient venus combattre. Ils avaient ordre d'anéantir un ennemi bien plus dangereux, les créatures vomies par l'enfer qui régnaient sur ce territoire. Les skrulls les désignaient sous le même nom que les Hamboriens : les mankous.

Lorsque Palléas sortit de sa transe, ses compagnons se resserrèrent autour de lui. Il leur déclara tout bas :

— Je ne peux pas voir grand-chose en lui. Il me semble qu'ils étaient partis combattre les mankous. Si tel est le cas, fassent les dieux que nous ne tombions jamais sur eux.

— Comment sont-ils ?

— Aucune idée ! Il ne les a même pas vus.

— Mais c'est impossible.

— Regarde ! Crois-tu que ses blessures soient mortelles ?

Palléas écarta les vêtements du fayad, qui respirait à peine, mais continuait de grelotter. Il ne portait en réalité que deux entailles légères, l'une au bras, l'autre au flanc.

— La vérité, c'est que cet homme est en train de mourir de peur. Ses blessures lui ont été infligées par des animaux contre lesquels il a dû se battre. Mais ses compagnons sont morts d'un choc nerveux consécutif à une trop grande frayeur.

— Quel spectacle a bien pu les terrifier à ce point ? marmonna Leïro.

— Je n'en sais rien. En tout cas, mieux vaut ne pas s'attarder dans les parages.

Sentant l'onde d'inquiétude qui émanait de tous, il jeta un coup d'œil circulaire sur le paysage gelé, illuminé par une lune pleine et irréelle. Les vents étaient tout à fait tombés, mais le froid les perçait jusqu'aux os.

Au loin se devinait une forêt, perdue dans le rêve brumeux d'un tourbillon de neige. Par moments retentissait l'appel d'une horde de carnassiers lancés à la poursuite d'un quelconque gibier nocturne.

— Nous allons organiser des tours de garde. Et nous tiendrons nos montures prêtes à fuir.

En son for intérieur, il se félicita d'avoir laissé Lyvie sous la garde de ses chevaliers gwondaleyens à Hambora. Mais il ne parvenait pas à être véritablement inquiet. Sondant les alentours, il ressentit encore l'écho de l'entité mystérieuse, aussi impalpable que le halo de la lune lointaine, mais pourtant présente. Il n'en émanait aucune idée malveillante ou hostile, mais plutôt une intense curiosité.

Au matin, le fayad avait cessé de vivre. Personne n'avait beaucoup dormi, au moins autant à cause du froid que de l'angoisse. Si Palléas n'avait pas été présent, les autres eussent poursuivi leur chemin la nuit, profitant de la pleine lune. Mais le jeune homme ne décelait toujours aucune présence menaçante.

— « Ils » ne nous veulent pas de mal, finit-il par dire. Je ne comprends pas pourquoi, mais ils désirent nous laisser passer.

Rono, satisfait d'être encore en vie et de retrouver le soleil pâle, déclara d'un ton enjoué :

— Les fayads étaient venus combattre les mankous. C'est pour cela qu'ils ont été anéantis. Mais les mankous savent que nous ne sommes pas des ennemis. Ils nous laisseront tranquilles.

Peut-être avait-il raison. Mais tout le monde avait hâte de quitter l'endroit.

Le royaume de Koparna ne couvrait pas une grande superficie. Un à un, les petits domaines inféodés avaient été dévorés par les glaces. Au loin parfois, perchées au sommet d'une colline, se dressaient les ruines d'un château entouré de cahutes misérables, couvertes par les neiges. Nulle fumée ne trahissait la présence humaine. Depuis longtemps déjà, les habitants avaient fui vers le sud, ou bien s'étaient réfugiés dans la capitale. Les cartes ne faisaient plus mention que de quatre villages, condamnés à disparaître, mais où une population opiniâtre s'obstinait à lutter contre les dieux des glaciers. La piste traversait l'un d'eux, nommé Harvikönn. Chacun espérait y faire halte autour d'une boisson brûlante, à proximité d'une cheminée accueillante. Ils aperçurent au loin les fumées s'élevant glorieusement vers le ciel. Leïro poussa un rugissement de contentement, imité aussitôt par les guerriers.

— Par Lakor, compagnons, dit le comte, ce soir, nous dormirons dans un vrai lit.

Mais Palléas le retint.

— Ce n'est pas encore sûr ! Regarde !

Les glorieuses fumées qui s'élevaient d'Harvikönn n'avaient en effet rien d'hospitalier.

30

« Lorsque les choses infernales se mettent en marche, nul ne peut soupçonner où et comment elles frapperont. Tout semblera normal, mais tu devras te méfier de tout et de chacun, même du sourire de ton ami. »

Dorian leva les yeux vers le ciel immuablement gris. Il connaissait à présent la terrible vérité. Ici, au cœur de cette immensité de glace et de vent, les soucis du monde habité paraissaient lointains, voire futiles. Comme étaient futiles les massacres aveugles perpétrés par les fayads. Futiles aussi les luttes qui divisaient les royaumes et les empires. Une menace tellement plus grave pesait sur le monde. Une menace qui prenait ses racines dans la folie des hommes des temps anciens, dans leur orgueil démesuré. Malgré leur technologie avancée, les Lonniens ne pouvaient rivaliser avec la sagesse millénaire des amanes. Les prêtres savaient, eux, ce que signifiait cet orgueil, qui avait poussé l'homme à ignorer la fragilité de son monde pour accumuler encore et toujours les profits de toutes sortes, sans souci d'un avenir qu'il ne verrait pas.

Il ne savait pas s'il aurait le courage de tout avouer à Solyane. Il se sentait impuissant devant les forces déchaînées par la nature.

Face à lui s'étendait un vaste champ de neige, d'où s'élevaient çà et là de curieuses protubérances qui, elles, n'avaient rien de naturel. Autrefois, sans doute plusieurs millénaires auparavant, un gigantesque navire spatial s'était écrasé ici. Personne ne saurait jamais son histoire. Le froid avait conservé intacts des débris par ailleurs consumés par le choc de l'entrée dans l'atmosphère. Il était improbable que la chute du vaisseau ait un rapport avec la menace qui planait sur le monde. Mais il symbolisait la vanité d'une civilisation qui avait cru que le monde et l'espace lui appartenaient, et qui n'avait pu éviter l'anéantissement et le retour au chaos.

Sentant que le commandant Kless Loro revenait vers lui, Dorian s'éloigna : il avait besoin d'être seul. Le Lonnien le comprit, qui s'arrêta, et fit demi-tour. Les chiffres ennuyaient profondément Dorian désormais. Seule une solution l'aurait intéressé. Mais les Lonniens eux-mêmes avaient avoué leur impuissance.

C'était comme si les divinités malveillantes, celles qui depuis l'aube des temps pesaient de tout leur poids sur les âmes des hommes pour leur interdire de s'élever, s'étaient liguées pour combattre jusqu'à l'idée même de la vie sur la Terre. Les Lonniens parlaient de phénomènes géophysiques, climatiques, de rayonnements et autres termes scientifiques. Ils ne voyaient que les manifestations, mais ils ne savaient discerner la cause.

Dorian regarda encore longuement le ciel. Au-delà du moutonnement gris sombre de l'arctique, il devina la présence de l'incube, de l'esprit du néant qui s'était dressé devant eux. Solyane avait raison. Ils étaient sur le point de découvrir quelque chose d'essentiel, de fondamental, quelque chose qui remettrait en cause la signification même de la vie humaine. Il tenta de se concentrer pour y voir plus clair. Mais sa sœur, sa compagne tant aimée n'était pas là. « Nous avons la même âme », avait-elle dit. Il était sûr qu'elle n'avait pas dit cela pour rien. Un mur s'élevait devant eux, qui leur voilait la connaissance ultime. Un jour, il leur faudrait l'abattre. Il ignorait quelle était sa nature, et comment ils devraient s'y prendre. Mais il savait parfaitement que de cette quête dépendait leur triomphe... ou leur anéantissement.

Mais que signifierait leur victoire devant la menace mortelle qui planait sur le monde depuis ces étendues désertiques ?

Kless Loro à nouveau revenait vers lui.

— Nos analyses sont formelles, seigneur Dorian. Plus rien ne vit ici depuis bientôt trois mille cinq cents ans. Pas le plus petit micro-organisme. Vacitine vient de m'en donner la confirmation. Nous avons prélevé une « carotte ».

— Il est donc dangereux pour nous de demeurer ici, commandant.

— Une trop longue exposition à l'air libre serait fatale en effet, mais nous ne risquons rien à l'intérieur du campement.

Dorian considéra la série de baraquements hâtivement construits, capables pourtant de résister au plus puissant des blizzards. L'un, plus élevé, accueillait l'aérodyne que l'on utilisait pour les communications journalières avec la base de Gwondaleya.

Dorian et son compagnon regagnèrent lentement l'abri, profitant de la brève accalmie que leur accordait la tempête. Pourtant, lorsque le comte regarda une dernière fois l'horizon septentrional, il aperçut la masse noire qui peu à peu s'élevait dans le ciel, et comprit qu'un piège infernal se refermait inexorablement sur lui.

31

— On dirait qu'ils résistent encore ! gronda Rono.

C'était vrai. Malgré quelques demeures incendiées le long des remparts, la population repoussait vaillamment l'assaut d'une armée de quelques dizaines de fayads.

— Nous allons leur prêter main-forte, déclara Palléas.

Les renforts seraient certes les bienvenus. Les trois chevaliers lancèrent leur petite troupe à l'assaut. Un effondrement du terrain les conserva longtemps à découvert, augmentant l'effet de surprise.

Une fraction de skrulls avait déjà pris d'assaut les murailles sud. De hautes flammes s'élevaient de l'autre côté des remparts. Palléas porta son attaque à l'endroit même où l'ennemi avait posé de grossières échelles de bois. Pris à revers, les fayads n'eurent pas le temps de riposter. En quelques secondes, une bonne douzaine d'entre eux gisaient dans la neige. Les trois chevaliers firent merveille. Au bout de quelques minutes, l'ennemi perdit pied, commença à reculer. Palléas et Leïro étaient partout, bousculant la horde sauvage. Pendant ce temps, Rono et les écuyers dégageaient les murailles assaillies. Efficaces, les défenseurs profitèrent du répit qui leur était accordé pour reprendre pied sur les remparts. Une pluie de flèches et de pierres s'abattit sur l'ennemi, déjà mis à mal par les griffes et les crocs des lionorses. Cédant à la panique, les fayads rompirent le combat, crachèrent quelques injures, puis s'enfuirent vers le nord, abandonnant leurs blessés et leurs morts sur les lieux.

Trempés de sueur malgré le froid glacial, couverts de sang et les vêtements déchirés, les vainqueurs reprirent leur souffle. Un chevalier aux armes frappées d'un ours d'argent s'approcha de Palléas.

— Seigneur, je ne sais qui tu es, mais au nom de tous les miens, je veux t'exprimer notre gratitude pour ton intervention opportune.

Il défit son heaume de combat et se présenta.

— Je suis le comte Homburg de Harvikönn. Tes ennemis seront les miens.

— Honneur à toi, seigneur de Harvikönn. Je suis Palléas, fils du comte Dorian de Gwondaleya. Et voici le comte Leïro d'Ursaleya, et le chevalier Rono de Brastalia, mon frère d'armes.

L'autre marqua un vif étonnement, puis un large sourire éclaira son visage. C'était un homme d'une cinquantaine d'années, aux yeux francs d'un bleu très pâle, presque transparent. Striés de multiples pattes-d'oie, ils illuminaient son visage de patriarche encadré de cheveux grisonnants. Ses traits massifs et son menton carré trahissaient l'homme rompu aux combats contre la nature et les maraudiers.

— Palléas de Gwondaleya ? Le fils de Dorian le Magnifique ? Par tous les dieux, sois le bienvenu, chevalier.

Il sauta à bas de son lionorse et donna l'accolade au jeune homme. Quelques instants après avoir dû subir l'enthousiasme d'une population grisée par sa victoire, tous se retrouvèrent dans la salle principale du château d'Harvikönn. Ce n'était en réalité qu'une vaste ferme fortifiée. Le perpétuel hiver avait chassé la richesse vers le sud, et le plus pauvre des barons de Gwondaleya était dix fois mieux nanti que le prince d'Harvikönn. Mais un grand feu brûlait dans la haute cheminée, et nulle richesse au monde n'aurait pu aussi bien leur réchauffer le cœur.

Des filles accortes aux yeux brillants commencèrent à soigner les blessés. De grands éclats de rire ponctuaient les soins. Les pertes avaient été légères parmi les Harvikiens. Ils savaient se battre, et n'étaient pas de trempe à s'en laisser conter par une bande d'illuminés. Toutefois, on était grandement reconnaissant aux Gwondaleyens de leur intervention.

Des domesses apportèrent bientôt des viandes et des potages bouillants, arrosés de guinrenc'h, cette bière alcoolisée que l'on ne rencontre que dans le nord de l'Europannia. On goûta également au schuun, une boisson corsée fabriquée à base de miel.

Le comte Homburg, après en avoir avalé une grande lampée, déclara :

— Palléas, je suis heureux et fier d'avoir combattu à tes côtés. J'aurais aimé clôturer cette belle victoire par un festin digne de toi et de tes compagnons. Mais par malheur, les temps ne sont pas à la liesse. Ce que tu as vu ici n'est que le pâle reflet de ce qui se passe à Koparna. Une armée de plusieurs milliers de skrulls assiège la ville. Nous avons été avertis par le chevalier Körenend que voilà.

Il présenta un homme de haute stature, dont la tête se couvrait d'un bandeau. Le comte poursuivit :

— J'ai envoyé des éclaireurs là-bas pour nous tenir informés. Je comptais partir aujourd'hui pour prêter main-forte à mon suzerain, mais ce matin, juste après le lever du soleil, ce sont les skrulls qui nous ont attaqués les premiers.

Palléas soupira.

— Alors, il n'avait pas menti.

Il expliqua :

— Notre présence ici n'est pas due au hasard. Nous avions pour mission d'avertir le roi Gütians de Koparna que les fayads risquaient d'envahir sa ville. L'information nous a été communiquée par un skrull repenti, dans une taverne d'Hambora. Malgré nos doutes, nous avons constitué une délégation pour prévenir le roi de Donamar.

— Par malheur, vous arrivez trop tard. Nous n'aurions jamais cru que cela pourrait arriver. Koparna est petite, mais puissante. Les skrulls l'ont attaquée par surprise. Chevalier Körenend, je te laisse la parole.

L'autre s'approcha. Il parlait d'une voix rauque, chuintante, comme si ses cordes vocales avaient été éprouvées par le froid.

— Seigneur Palléas, c'est par miracle que j'ai pu franchir les lignes ennemies. Les fayads sont remarquablement bien organisés. Ce ne sont pas de simples maraudiers. Seuls les dramas pourraient les arrêter. Je crains qu'à présent, Koparna ne soit tombée.

— Que s'est-il passé ? demanda Leïro.

— Ils ont surgi d'un coup au beau milieu de la nuit. Nous n'avons même pas eu le temps d'organiser la moindre résistance. Bien sûr, nous n'ignorions pas qu'un parti de fayads rôdait aux confins du royaume. Mais comment aurions-nous pu nous douter de son importance ? Nous avons riposté comme nous l'avons pu. Hélas, c'était sans espoir. C'est pourquoi j'ai fui, pour tenter de trouver du secours.

— Mais les dramas ? Koparna compte une garnison d'au moins une centaine d'hommes, intervint Palléas.

— Le camp de Trynas, où sont cantonnés les dramas de Koparna, est à plus de cinq marches de la ville.

— Ils auraient pu vous dégager. Leurs armes sont de bien loin supérieures à celles des fayads.

— Ils ne sont pas intervenus, seigneur. Peut-être parce que les amanes n'ont pas eu le temps de les prévenir.

Körenend grimaça. Sa blessure à la tête le faisait souffrir.

— Ce n'est pas tout. Au cours de ma fuite, j'ai surpris une conversation entre deux yatales. Ils parlaient en ankos. J'ai cru comprendre qu'ils attendaient la visite du Prophète en personne.

— C'est ce que prétendait également l'homme d'Hambora.

Palléas posa la main sur son dayal.

— C'est lui que nous cherchons. Il faut à tout prix que je me rende là-bas.

— Mais que peux-tu faire, seul ? objecta Homburg. Tu ne peux le défier, puisqu'il n'est pas chevalier.

— C'est vrai, ajouta Thoren. De plus, n'oubliez pas que pour lui, nous sommes des démons qu'il doit anéantir jusqu'au dernier. Nous sommes les ennemis mortels de son dieu.

— C'est pourquoi je ne me rendrai pas là-bas en ennemi.

Palléas se tourna vers Thoren. L'ex-maraudier eut un sourire en coin.

— Bien sûr, seigneur. Vous ne pourrez pas l'aborder en ennemi. Mais il ne se méfiera pas d'un fayad. D'autant plus qu'ils nous ont gracieusement laissé plusieurs de leurs capes vertes. Mais ce n'est pas suffisant.

— Je sais. Il faut la marque.

— Exactement.

Thoren releva sa manche et montra aux Harvikiens la cicatrice en forme de symbole fayad.

— Ce sont eux qui m'ont infligé cette petite gâterie, il y a longtemps. Ils m'ont enrolé de force dans leurs rangs. Je me suis échappé, mais j'ai juré de le leur faire payer.

Il caressa légèrement la boursouflure violacée.

— Ce n'est qu'un mauvais moment à passer. Nous pouvons très bien fabriquer un fer à cette image.

— Et leur langue ?

— Ils n'ont pas de langue officielle. Ils parlent un sabir issu de la langue originelle du Prophète, qu'ils assaisonnent de mots empruntés à toutes les populations conquises. Mais ils parlent également beaucoup l'ankos.

Palléas déclara :

— L'idée me convient. Va me récupérer des capes fayadines, ainsi que des armes. Homburg, peux-tu nous faire forger une marque d'acier au symbole des skrulls ?

— C'est possible, mais n'est-ce pas une folie ?

— Sans doute. Néanmoins ton armée est largement insuffisante pour reprendre Koparna. Et Hambora est trop éloignée pour que nous puissions déclencher une opération de secours efficace. Il nous faut agir par ruse. Seul, je courrai moins de risques.

Thoren intervint encore.

— Seigneur, n'oubliez pas que vous ne pourrez pas amener votre allienne. Les fayads ne savent pas les apprivoiser.

— Par les dieux, tu as raison.

Palléas se leva, l'estomac noué. Bien sûr, cela ne le ferait pas reculer.

Mais combattre sans Oranéa... Ne plus sentir la chaleur de sa présence. Il dit doucement :

— Elle restera ici. Marvel veillera sur elle.

— Je te fournirai un poney de la plaine de Naakryhn, dit le comte. Ce sont des bêtes très résistantes au froid, rapides et dociles.

— Je te remercie.

— Moi aussi je pars avec toi, fiston, intervint Leïro. Tu penses bien que je ne vais pas t'abandonner si près du but. Rono sera parfaitement capable de diriger notre petite troupe. Et puis, cette expédition hasardeuse me rappelle celle que nous avons faite avec ton père, à Bahiskra. Il est parti tout seul affronter l'empereur Hadran. Il l'a défié. Et il l'a tué. Je te sais capable d'en faire autant. Tu penses bien que je ne veux pas louper ça !

Palléas éclata de rire.

— Alors, avec toi à mes côtés, le Prophète n'a plus aucune chance.

Thoren déclara d'un ton bourru :

— Nous serons trois, seigneur Palléas. Je pars avec vous.

— Toi ?

— Je connais bien les fayads, vous le savez. Et j'ai encore quelques dettes de sang à régler avec eux. Je suis peut-être un ancien maraudier, mais j'ai le sens de l'honneur, même si je ne le place pas au même endroit que vous. Et puis... je vous aime bien.

Le plus fort, c'était qu'il disait la vérité. On n'aurait pas misé un centas sur sa mine matoise et son regard en coin. Pourtant, il était sincère. Il s'était réellement attaché à Palléas. Il avait largement l'âge d'être son père, mais c'était un sentiment différent qui l'animait. Tacitement, il avait reconnu le jeune homme pour son maître. Pourtant, il n'avait rien du chien fidèle. Il présentait plutôt le caractère fantasque d'un chat, un matou rusé et indépendant, mais loyal dans son amitié. Il se comportait en domesse, mais son poil se hérissait lorsqu'on le traitait comme tel. Aussi Palléas le prit-il par les épaules et dit :

— Sois le bienvenu, compagnon. Ton aide nous sera précieuse.

Soudain, un homme pénétra dans la grande salle et vint au-devant du comte Homburg. Celui-ci fit aussitôt signe à Palléas et aux autres de le suivre. Dans le vaste hall d'entrée attendaient une dizaine de guerriers aux joues colorées par le froid. Les yeux rougis, ils se mirent à raconter leur histoire.

— Seigneur comte, que les dieux de bienveillance nous prennent en pitié. La ville de Koparna n'existe plus. Nous avons reconnu les lieux, ainsi que vous nous l'avez ordonné, afin de préparer notre intervention. Mais il est déjà trop tard. Les dieux ne furent pas de notre côté. La capitale est la proie des flammes. Une fourmilière de skrulls, seigneur, comme surgis des pavés. Ils pillent, ils tuent, ils massacrent. Seigneur, ces gens ne peuvent pas être des hommes. Ce sont des démons qui ont pris l'apparence humaine. Ils... ils ont...

Il éclata en sanglots, submergé par une émotion trop vive. Impressionnée, l'assistance restait silencieuse. Un autre prit le relais.

— À la porte nord, ils ont rassemblé les prisonniers, comme pour un rite, un sacrifice en offrande à leur dieu maudit. La plaine de Koura est devenue un enfer. Sur la tête de tous les miens, je jure que je les ai vus trancher le cou à des petits qui s'accrochaient encore aux jupes de leurs mères. Celles-ci hurlaient avant d'être égorgées à leur tour.

Des larmes qui ne devaient rien au froid s'étaient mises à couler sur les joues du guerrier pourtant endurci. Il avait fait un violent effort pour aller jusqu'au bout de son macabre récit. Puis il se tut, le teint blême. Au-dehors, la tempête revenue fit entendre un long hurlement.

— C'est inimaginable, murmura Homburg. Pas une ville comme Koparna. Ils n'ont tout de même pas massacré toute la population.

— Non pas, seigneur ! reprit un autre. Ils s'en sont pris aux nobles. C'étaient leurs têtes qui tombaient à Koura.

— Mais les autres ?

— Nous ne savons pas, seigneur. Certains quartiers résistent encore, mais ils ne tiendront plus longtemps. À l'heure qu'il est, ils ont déjà dû capituler.

— Je l'avais dit, intervint Körenend. Ces fayads viennent tout droit de l'enfer de Shaïentus.

— Mais comment se fait-il que les dramas ne soient pas intervenus ? demanda Palléas. Les amanes disposent pourtant de moyens de communication avec eux.

— Nul ne sait ce qui s'est passé, reprit Körenend d'un ton lugubre. Les prêtres ont dû être pris par surprise, ou par traîtrise. Et j'ai vu le sort que les fayads leur ont réservé. La chose est trop horrible pour être dite.

Au travers des méandres de l'esprit bouleversé du chevalier koparnien, Palléas discerna l'image d'une place embrasée par les lueurs folles des incendies, de sinistres potences noires dressées au-dessus de foyers incandescents, et des corps à demi calcinés, pendus par les pieds et balancés par une foule hystérique de guerriers hurlants. Il reconnut vaguement au fond du décor terrifiant une masse de ruines en flammes qui ressemblait à un temple.

Un silence de mort s'était abattu après les dernières paroles du chevalier. Une sourde panique commençait à gagner les cœurs. Même les plus endurcis des guerriers s'entre-regardèrent, indécis. Le massacre des enfants, paradoxalement, les avait moins impressionnés que l'évocation voilée de la fin des amanes. Au cours des batailles, ils avaient tous été témoins de choses pas bien belles à voir, et encore moins à raconter. Mais le massacre des prêtres engendrait une angoisse incontrôlable, à cause de son caractère sacrilège. C'était comme si le monde se fissurait. Un ennemi inconnu s'était matérialisé, comme façonné par le néant. Il s'en était pris aux amanes, qui de tout temps avaient observé la plus stricte neutralité. Plus terrible encore, l'invincible armée dramas n'avait pu porter secours aux prêtres. Palléas sentit presque physiquement vaciller les esprits autour de lui. Cette défection des dramas matérialisait l'angoissante impression qu'un monde, leur monde, tremblait sur ses bases.

Bientôt, Koparna n'existerait plus. Sa population

serait massacrée, ou réduite en esclavage. Alors, les fayads chercheraient de nouvelles victimes...

— Homburg, dit Palléas, je pense qu'il serait plus prudent de quitter Harvikönn.

Le comte soupira et fourragea dans sa barbe crissante.

— Abandonner notre terre... pour aller où ?

— Nous devons faire bloc contre l'invasion fayadine. Le roi Ludwann aura certainement bientôt besoin de solides combattants comme les tiens. Il saura t'accueillir.

— Mais le roi Gütians ? Et nos compagnons de Koparna ?

— Tu as entendu ce qu'en a dit Körenend ?

Homburg baissa la tête, serrant les poings de rage et d'impuissance.

— C'est toi qui as raison, finit-il par dire. Nous allons partir pour Hambora. Je me dois à mon peuple, mais je t'aurais volontiers accompagné.

Les deux hommes se sourirent. Palléas emporterait avec lui un peu de la vigueur des gens d'Harvikönn.

Dans la soirée, un forgeron apporta le fer à la marque des fayads. Un aide échauffa un brasero dans lequel on plongea la longue tige de métal. Palléas et Leïro ôtèrent leurs sharacks et leurs chemises de toile sous l'œil attentif d'une assistance tendue.

— Es-tu bien sûr de ce que tu fais, Palléas ? demanda encore Homburg.

— Plus que jamais, compagnon.

— Alors, que les dieux soient avec toi, mon ami.

Lorsque la forme incandescente s'approcha de lui, le jeune homme gronda :

— Allez-y !

Il ne sentit pas le fer brûlant. Sa mère lui avait appris à isoler mentalement certaines parties de son corps pour les rendre insensibles. Cela nécessitait simplement une forme particulière de concentration. Mais la douleur viendrait lorsqu'il se relâcherait. Il ferma les yeux. Une odeur de chair brûlée emplit l'atmosphère chargée. Impressionné par la sérénité de son compagnon, Leïro serra les dents pour ne pas hurler lorsque la marque s'incrusta dans son épaule. Suant et grimaçant, il déclara :

— Ces maudits skrulls sont des fous furieux. Se laisser ainsi marquer comme du bétail...

— Mais ils sont du bétail, grogna Rono à leurs côtés. Et sans doute moins que ça.

Laissant peu à peu la douleur s'installer en lui, Palléas songea à la puissance mentale capable de susciter un tel fanatisme.

Le Prophète ! Ce Prophète qu'il tiendrait peut-être, si les dieux le permettaient, à la pointe de son dayal.

32

Il ne fut guère facile de convaincre la petite population de quitter Harvikönn. Il était hors de question d'emporter le moindre bien, à part le strict nécessaire de survie. Nombre de paysans attachés à leurs champs refusaient de partir, traitant les autres de couards. Déjà certains d'entre eux s'armaient de haches, de fourches, d'arcs et se préparaient résolument au combat. Cependant, les récits de ceux qui s'étaient rendus à Koparna ébranlèrent ces fermes convictions. Le supplice des amanes en particulier impressionna les plus intransigeants.

Le lendemain, au lever du soleil, une longue caravane s'étirait hors de Harvikönn, en direction du sud. On avait entassé dans une vingtaine de chariots les femmes, les enfants et les vieillards, ainsi que quelques animaux destinés à les nourrir durant la route. Un petit troupeau de bovins et de rennes domestiques suivait les chevaux et les poneys.

— Les dieux sont contre nous, grommela Homburg à l'adresse de Rono. Regarde le ciel.

En effet, une masse de nuages sombres, échevelés, torturés par les mâchoires de la tempête, s'élevaient du nord, comme pour annoncer la venue imminente des hordes fayadines. Une muraille d'apocalypse emplit l'espace en moins d'une heure, ternissant le paysage de glace. Un blizzard violent se mit à griffer les vêtements des fuyards, comme un monstre furieux de voir ses proies lui échapper. Au fond d'eux-mêmes, les Harvikiens ne regrettaient pas de quitter leur petite cité. Chaque année, les glaces gagnaient quelques jours sur l'été. Alors, comment cela se serait-il terminé ? Il n'était pas possible de survivre dans un monde recouvert par les neiges douze mois par an. C'était là-bas, vers le sud, que s'ouvrait l'avenir.

Palléas, Leïro et Thoren attendirent que la colonne eût disparu au loin pour rejoindre la piste de Koparna. Le jeune homme avait clairement perçu les sentiments d'espoir qui animaient les villageois. Pourtant, il ressentait comme une impression d'échec. Il avait fallu céder devant l'ennemi inexorable, devant l'hiver, devant la mort. Palléas éprouvait comme un malaise inconsistant la présence de l'entité mauvaise qui peu à peu repoussait les limites de la vie. Le Froid, les Glaces et la Mort dévoraient inéluctablement le monde, et le Sud riant et ensoleillé ne les arrêterait pas. Un vertige le prit une fraction de seconde, qui lui fit entrevoir un spectacle hallucinant, sans aucun rapport avec le désert de neige environnant. Un monde de poussière et de sable, inondé d'un soleil implacable qui brûlait impitoyablement toute existence. Çà et là se dressaient les squelettes noircis d'arbres que la sève avait fuis depuis longtemps. Bouleversé, il chassa la vision effrayante en secouant la tête. Cette prémonition était un avertissement. Mais comment fallait-il l'interpréter ?

Toutefois d'autres soucis plus pressants requéraient son attention. La capitale de Donamar n'était distante que d'un peu plus de cinq marches, mais la tempête qui s'était levée juste après la disparition de la caravane entravait leur avance.

Les capes empruntées aux fayads se révélèrent parfaitement efficaces pour lutter contre le blizzard. Une profonde capuche protégeait entièrement le visage. Un passant masquait la bouche, ne dégageant que les yeux. Cela pourrait s'avérer utile le cas échéant. Des gants et des bottes complétaient la tenue. Ils avaient découvert, dissimulées dans la première des quatre doublures, de nombreuses poches contenant des outils de première nécessité, ainsi que des tablettes nutritives et des médecines diverses. Sans nul doute, le mouvement fayad bénéficiait d'un appui logistique remarquable, et qui ne pouvait en aucun cas être le fruit d'un cerveau de dément.

La nuit tomba avant qu'ils aient pu atteindre la capitale. Ils trouvèrent refuge dans un petit village abandonné depuis longtemps. Seule la demeure seigneuriale résistait encore vaillamment à l'hiver sans fin qui dévastait le pays. Découvrant dans les caves de vieux meubles oubliés, ils les brisèrent sans remords et allumèrent un feu dans la vaste cheminée.

Afin de familiariser ses compagnons avec les mœurs fayadines, Thoren leur parla de son expérience dans leurs rangs.

— Entre eux, ils s'appellent « bronen » ! Ça veut dire frère. Parce que pour eux, tous les hommes sont frères. Moi, je veux bien, mais j'ai déjà vu des frères qui se tapaient dessus. Les yatales et les prêcheurs sont les « batren », les pères. Les prêcheurs visitent les villages, et portent la bonne parole. Pour ça, ils sont drôlement forts. Je me souviens de la première fois qu'un prêcheur est venu chez nous. Il parlait bizarrement, avec une drôle d'autorité dans la voix. Nous, on n'aimait pas les étrangers. Mais celui-là, c'était différent. Il nous faisait peur. Certains lui ont bien sûr crié des paroles mauvaises, et des insultes. Mais aucun de nous n'osait se moquer de lui. On aurait dit... qu'il y avait une armée en marche derrière lui. Il nous a comme ensorcelés. C'est ça, ensorcelés. Et puis, on avait envie de le croire. On menait une vie difficile. Toujours obligés de piller, de tuer parfois pour survivre, avec des hivers de plus en plus longs. Et puis la maladie, la faim, la misère. Vous autres, dans les cités des amanes, vous ne savez plus ce que c'est que la faim. Les prêtres vous ont appris à fertiliser vos champs, à multiplier les récoltes, à grossir vos troupeaux. Ils combattent les épidémies pour vous. Ils vous protègent. Mais nous, personne jamais ne nous venait en aide. Vous ne savez pas ce que c'est que de déchirer l'écorce des chênes pour en faire de la farine, de manger des glands, ou de la soupe cuite avec la peau d'un lapin. Moi, j'ai vécu tout ça quand j'étais gamin. Et plus tard, j'ai vu des enfants crever de froid parce qu'ils n'avaient plus que la peau sur les os.

— Mais pourquoi dans ce cas refusiez-vous le secours des amanes ? remarqua Leïro. Ils sont toujours prêts à vous accueillir.

Thoren fit la moue.

— L'ignorance, peut-être, et puis cet orgueil que nous portons en nous. Vous étiez l'Ennemi, celui qui nous mènerait à la corde s'il nous prenait. Nous n'attendions rien de vous, sinon la mort, ou pire, la spoliation.

— Vous auriez pu travailler votre terre. Elle était fertile, il me semble.

— Travailler la terre ? Mais nous ne sommes pas des paysans, nous, riposta Thoren comme s'il venait d'essuyer une insulte. Les paysans, c'était les lâches pour nous. Nous, les maraudiers, nous étions d'une autre trempe. Nous livrions combat. Nous étions les nobles de Kursar.

— Alors, le prêcheur vous a convaincus ? intervint Palléas.

— Oui, seigneur ! On a senti une force grandir en nous. On avait envie de le suivre, de combattre ses ennemis. On est partis, avec quelques dizaines de gars de Kursar. Oh, ça n'a pas duré très longtemps. Je me suis vite rendu compte qu'ils étaient tous un peu fêlés. Ils m'ont flanqué la trouille. Il m'est souvent arrivé de tuer au cours de ma chienne de vie. J'ai même occis un chevalier, une fois. Mais jamais je n'ai tué de vieillard, ni d'enfant. Et puis, je n'aime pas du tout qu'on me dise ce que je dois faire, ce que je dois penser. Tous les jours, il fallait raconter sa vie au yatale. Tout ! Y compris les pensées que l'on avait pour les filles, même si on ne les touchait pas. Ils disaient que les femmes, c'était fait uniquement pour procréer de nouveaux guerriers de Dieu. Ma parole, ces imbéciles n'ont jamais touché une femme !

— Comment sont les yatales ? demanda Palléas.

— Ce sont les plus fous, à mon avis. Il y en avait beaucoup, à peu près un pour cinquante d'entre nous, avec des chefs yatales, et tout ! Il fallait leur obéir au doigt et à l'œil. Des charognes. Quand un type était pas d'accord, ils le foutaient à poil, et ils le fouettaient jusqu'à temps qu'il hurle. Il devait reconnaître devant tout le monde qu'il s'était trompé. Quand j'y pense maintenant, ça me donne envie de dégueuler. Mais à cette époque, j'étais trop content de pas être à la place du gars. Et même, je faisais ce qu'il fallait pour que les yatales soient contents de moi. Du zèle, quoi. Je me ressemblais plus. Moi qu'étais jamais d'accord avec personne, plutôt du genre « grande gueule », je filais doux comme un agneau. Je sais pas pourquoi. Il y avait... comme un esprit dans l'air. On avait peur les uns des autres. Certains n'hésitaient pas à dénoncer les « fautes » de leurs copains, simplement pour se faire bien voir des yatales. Moi-même j'ai fait ça, seigneur Palléas. Rien que d'y penser, je me dégoûte. C'est pour ça que je vous accompagne. Je veux leur faire payer tout ça, à ces pourris. Avant, je m'aimais bien.

Il cracha dans le feu, puis se resservit une rasade de schuun.

— Tous les jours, on se rassemblait, et on gueulait des louanges à la gloire de Dieu. On se frappait la poitrine en cadence. Comme on a vu à Kursar, seigneur. Et là, c'était bizarre. On sentait une force formidable monter en nous. Parce qu'on ne se sentait plus seul.

Il mordit pensivement dans une cuisse de poulet, et l'arrosa d'une solide gorgée d'alcool.

— Et même maintenant, je me dis que ce serait bien si les hommes pouvaient s'entendre comme ça. Un peu comme les paysans de Kursar lorsqu'ils se retrouvaient tous pour faucher les blés.

Il hocha la tête.

— À dire le vrai, je suis trop fainéant pour être paysan. J'ai dit qu'ils étaient lâches, parce qu'ils n'aimaient pas se battre. Mais c'est pas vrai. Eux, ils faisaient quelque chose d'utile. Ils arrachaient leur nourriture à la terre. Pas comme moi qui vivrai toute ma vie comme un parasite. Les paysans sont libres, eux. Et les fayads ne le sont pas. Il fallait manger à heures fixes, et toujours des trucs dégueulasses. Jamais une goutte d'alcool. Pas de femmes non plus. Ils disaient qu'elles étaient sales.

— Impures !

— Ouais, peut-être ! En tout cas, pas question d'y toucher, sauf pour leur faire des mômes. Tout ça, ça me plaisait pas du tout. Alors, après le coup du Prophète qu'a brûlé un de mes copains sous mes yeux, je me suis fait la paire, avec une poignée de gars de Kursar.

Plus tard, prenant son premier tour de garde, Palléas resta longtemps à contempler les braises rougeoyantes qu'un filet glacial attisait par instants. Grâce aux récits de Thoren, l'organisation des fayads commençait à se clarifier en lui. L'un de leurs buts principaux semblait être le recrutement des populations situées hors des zones d'influence de la religion amanite. Les prêcheurs établissaient les premiers contacts, puis venaient les yatales, qui « intégraient » les populations nouvellement conquises grâce à une catéchisation intensive. Les yatales, véritables prêtres guerriers, étaient parfaitement hiérarchisés, organisés selon un système ingénieux qui permettait de noyauter sans heurt n'importe quel groupe.

Les craintes de l'empereur Kristan Leonov n'étaient pas sans fondement. Les fayads, ou celui qui les manipulait, avaient décidé de soumettre les populations extérieures. Ils éliminaient sans pitié ceux qui refusaient de suivre leurs croyances. Lorsque leur but serait atteint, s'attaqueraient-ils à la civilisation amanite ? C'était un projet insensé, stupide, mais n'en était-il pas de même pour tous les dictateurs, tous les tyrans qui avaient laissé derrière eux, par le passé, de longues cicatrices de sang dans la mémoire des hommes ?

Cependant, il ne fallait pas sous-estimer l'intelligence de l'ennemi. Son organisation remarquable prouvait qu'il était capable de réaliser de grands projets. Il devenait vital pour la Religion de se défendre, et d'anéantir cet ennemi.

Dans l'esprit de Palléas, une association d'idées se dessina, qui lui parut soudain d'une extrême importance. Thoren avait évoqué, quelques instants plus tôt, la prière étrange qui réunissait les skrulls plusieurs fois par jour, prière qui les contraignait à se prosterner le front contre terre en direction d'un lieu sacré situé droit vers le nord.

Or, à l'époque où il avait quitté Gwondaleya, les Lonniens avaient proposé à son père une expédition dans les zones polaires. Ils avaient constaté là-haut, avaient-ils dit, un phénomène mystérieux qui méritait une étude plus approfondie.

Son père avait-il accepté de les accompagner ? Et si oui, ce qu'il avait découvert présentait-il un rapport quelconque avec le Prophète ?

Palléas se leva et fit quelques pas sur la terrasse recouverte de neige. Le blizzard s'était calmé, et le ciel se dégageait par endroits. La lune semblait courir au-delà des nuages mouvants, dont les formes d'ombres et de lumières dessinaient par instants des monstres fantasmagoriques. Il regarda longuement leur danse folle, resserrant sa lourde cape sur ses épaules.

Par réflexe, avant de regagner la chaleur réconfortante de la cheminée, il sonda mentalement les alentours. Ce fut seulement à ce moment qu'il ressentit à nouveau la présence étrange qu'il avait surprise la nuit précédente. C'était fugace comme la brise, semblable à l'ombre diaphane d'un esprit de la nuit. Il tenta d'établir un contact avec la chose inconnue, mais elle demeura aussi insaisissable que le vent. Amie, ou ennemie, elle était là, tapie dans l'épaisseur de la nuit. À l'affût de quelle proie ?

33

Autour de Koparna régnait la plus grande confusion. Dominant les marais glacés de Baaltenard, la ville s'agrippait à ses falaises comme un poulpe gigantesque. De puissants remparts la protégeaient, dont beaucoup à présent avaient été détruits par des mines. Une masse noire et épaisse planait sur la cité torturée, tel un voile de deuil, alimentée par une multitude d'incendies. Les colonnes de fumée s'élevaient, rougeoyant à la base comme si elles prenaient racine en enfer.

Et c'était bien l'enfer qui ravageait la capitale conquise. Des combats sporadiques témoignaient de la résistance désespérée de certains quartiers. Pris de folie meurtrière, les fayads se lançaient à l'assaut des îlots non encore soumis. Malheur aux défenseurs qui tombaient vivants entre leurs mains ! Ailleurs, ce n'était que scènes de pillage et de vandalisme. Les fayads visitaient systématiquement chaque demeure, fouillaient les caves, les greniers, expulsant avec violence les femmes et les enfants terrorisés.

Profitant du désordre, Palléas et ses compagnons n'eurent aucune difficulté à s'introduire dans la ville. Écœurés par les scènes qu'ils découvraient à chaque coin de rue, ils durent se faire violence pour ne pas intervenir. À proximité du temple, Leïro et Palléas faillirent se trahir. Le vaste édifice n'était plus qu'un amas de ruines noircies. Et surtout, sur la place claire et dégagée qui lui faisait face, ils aperçurent au travers des fumées rougies le spectre effrayant d'un gibet. Vingt corps s'y balançaient, pendus par les pieds. Des corps sans tête, dont le tronc et les membres supérieurs avaient été calcinés par les brasiers installés au-dessous de chaque supplicié.

Suffoquant à cause de l'infâme odeur de chair brûlée, les deux chevaliers se détournèrent pour vomir, puis firent hâtivement demi-tour, le cœur broyé de haine et de révolte.

Quand ils furent parvenus dans un endroit relativement plus calme, le comte donna libre cours à sa rage.

— Ces fayads ne sont pas des hommes, compagnon ! Ce sont des démons crachés par Shaïentus. Même au plus fort des combats d'Ismalasie, jamais je n'ai rencontré une telle abomination.

Palléas ne dit mot. Leïro avait raison. Il régnait sur tout cela une atmosphère angoissante, effrayante, comme la sensation d'un gouffre ouvert sur le néant.

Paradoxalement, le tumulte qui agitait la cité les favorisa. Nul ne leur demanda de comptes. Soudain, au détour d'une venelle obscure et balayée par la bise glaciale, Palléas discerna un esprit effrayé, mais qui combattait sa peur avec une détermination farouche et une implacable volonté. Il arrêta ses compagnons. Il eut tôt fait de repérer un fayad isolé qui se hâtait, les bras chargés de sacs de cuir. Palléas effleura l'esprit de l'individu et fit un signe à Leïro.

— Suivons-la !

— Qui cela ?

— Ce skrull n'en est pas un. C'est une szilove ! Elle porte de la nourriture.

— Une szilove ? Mais alors, ils ne sont peut-être pas tous morts.

— Nous allons le savoir.

Confiant leurs chevaux à la garde de Thoren, ils emboîtèrent le pas à la femme.

Soudain, trois fayads lui barrèrent le chemin, et lui demandèrent où « il » portait ses sacs. Incapable de répondre, la femme laissa échapper un cri de terreur. Palléas et Leïro s'approchèrent. Le jeune homme, jouant d'audace, hurla en ankos :

— C'est elle ! Écartez-vous !

Sa voix grondante agit immédiatement. Les trois fayads reculèrent. Palléas attrapa sans ménagement le bras de la femme qui tentait de fuir et le tordit. Puis il rabattit la capuche, dévoilant le visage d'une jeune femme terrorisée.

— Merci, bronen, rugit Palléas. Le salut de Dieu soit sur vous. Cela fait plusieurs heures que nous la pistons. Votre aide nous a été précieuse.

Visiblement, les trois guerriers ne comprenaient pas ce qui se passait.

— Il faut la tuer ! hurla l'un des skrulls, un gnome au rictus repoussant.

— Non ! Pas encore, cracha Palléas d'un ton sans réplique. Nous sommes sur la piste de fuyards. Elle va d'abord nous révéler l'endroit où se cachent les siens.

Sans plus attendre de réponse, il entraîna la jeune fille muette de frayeur. Leïro ramassa les sacs de cuir et le suivit. Les trois fayads, stupéfaits, n'osèrent pas les rappeler. S'engageant résolument dans une impasse sombre, Palléas et Leïro s'abritèrent sous un porche.

— Ouf, ils n'ont pas cherché à en savoir plus. Il n'eût pas été facile de les occire discrètement.

La jeune femme, paralysée par la peur, n'osait plus faire un geste. Palléas lui releva gentiment le menton.

— Ne craignez plus rien, madame. Nous sommes des amis.

— Qui... qui êtes-vous ?

— Palléas, fils du comte Dorian de Gwondaleya. Mon compagnon est le comte Leïro d'Ursaleya.

— Le grand Dhino soit loué. J'ai cru ma dernière heure venue.

Lentement, elle reprit son calme.

— Mais vous-même, ajouta-t-elle, que faites-vous ici ?

— Nous avons reçu pour mission de démasquer le Prophète, et de le supprimer. Ce monstre n'a déjà commis que trop de crimes.

— Alors, venez avec moi.

Quelques instants plus tard, après avoir récupéré Thoren, ils laissèrent leurs chevaux dans une écurie voisine et suivirent la jeune femme. Ils se retrouvèrent dans un quartier en ruine. En chemin, elle expliqua :

— Ce fut effroyable. Les fayads ont surgi au plus fort du blizzard, sans même laisser aux gardes royaux le temps de gagner leurs postes de combat. Ils ont investi la ville comme une armée de fourmis. Le théolamane Kristanus a tenté d'appeler la division dramas en renfort, en vain, les pylônes de communication avaient été sabotés.

— Sabotés ? Dans le temple ?

— Non ! À l'extérieur. L'antenne avait été minée.

— Donc, il faut admettre qu'il y avait des traîtres infiltrés à Koparna.

— Sans doute. Mais ce n'est pas étonnant. Nous ne

sommes pas en guerre. Les contrôles d'étrangers n'étaient pas stricts. Il est probable que l'ennemi s'est introduit avec les nomades du baarschen. Les fayads étaient déjà dans nos murs lorsque l'attaque fut déclenchée. Bon nombre de voyageurs étaient en réalité des skrulls.

— Mais vous-même, comment avez-vous pu vous sauver ?

— Ce fut un miracle. Lorsqu'ils ont assailli le temple, nous avons fui par un souterrain dont nous avons fait sauter l'entrée, avant de gagner les vieux quartiers par les égouts. Ils ont cru que nous avions été écrasés par les décombres.

— Mais alors, ces corps brûlés, sur la place du temple ?

— Des paranes ! Et quelques-unes de mes compagnes qui n'ont pas eu le temps de nous suivre.

Un bref sanglot la secoua, puis elle grinça :

— Un jour ! Un jour viendra où ces chiens paieront.

Palléas ne s'était pas trompé. La jeune femme était bien une szilove. Les sziloves étaient les compagnes des amanes. La religion amanite, encourageant les relations amoureuses, avait prévu pour ses prêtres une caste de femmes dont le rôle consistait à leur apporter toute la chaleur d'une présence féminine. Fines, intelligentes, cultivées, les sziloves étaient beaucoup appréciées par les sapienniens. La personnalité et les visages de marbre des amanes impressionnaient toujours un peu les citadins. Alors, bien souvent, lorsque l'on avait une requête à formuler auprès de la religion, on s'adressait volontiers à ces femmes, seules admises à pénétrer dans l'intimité des prêtres.

Elles avaient hérité d'une éducation raffinée une

grande distinction et des attitudes de reine. Mais comment le sens de la civilité de la szilove fugitive n'eût-il pas été ébranlé par les atrocités qu'elle avait vécues depuis plusieurs jours ?

Profitant des fumées d'incendies et de la confusion, ils purent se glisser sans encombre dans les ruines d'un palais ancien, abandonné depuis des dizaines d'années. La neige et les hivers successifs avaient rongé la pierre. Des blocs entiers s'étaient écroulés dans la cour aux dalles déchaussées. Des masses informes, faites d'entassements d'objets indéfinissables, encombraient le passage.

Délaissant le corps principal, ils se dirigèrent vers les communs où la jeune femme manœuvra une porte secrète. Derrière, un escalier étroit s'enfonçait dans les profondeurs glacées de la terre.

Un couloir sombre. Des degrés taillés à même la roche. La jeune femme alluma une lectronne portative. Enfin, ils débouchèrent dans une salle chichement éclairée. Une douzaine d'hommes et de femmes s'étaient regroupés autour d'un brasero. Ils firent face avec inquiétude.

— Hal Weya, nobles amanes ! dit Palléas. Ne craignez rien.

Il s'avança et se présenta.

Un prêtre dont la robe était marquée de l'étoile d'or se leva. Le théolamane Kristanus.

— Hal Weya, chevaliers ! Soyez les bienvenus parmi nous.

Le visage dur aux yeux d'un bleu gris d'acier s'éclaira d'un léger sourire. Palléas sentit vibrer sous le masque d'impassibilité les flots bouillonnants d'une colère farouche.

— Sehad, l'empereur d'Ukralasia, Kristan Leonov, m'a confié pour mission de découvrir le Prophète, et de le mettre hors d'état de nuire.

— Comptez sur notre appui sans réserve, chevalier. Mais venez prendre place parmi nous.

Ils s'installèrent autour du brasero. L'abri avait dû être autrefois une cave à vin. La voûte qui le surplombait reflétait les lueurs dansantes des flammes, et se parait d'ombres inquiétantes. Les femmes étaient en majorité. Toutes des sziloves, silencieuses, discrètes. Anéa, celle que Palléas avait arrachée aux griffes des fayads, expliqua :

— Nous n'avons pratiquement rien à manger, seigneur. Cette nourriture que j'ai ramenée, je suis allée la chercher dans des maisons abandonnées, revêtue de l'uniforme d'un fayad que nous sommes parvenus à tuer.

Un court silence s'installa. Puis Palléas demanda :

— Comment se fait-il que les dramas ne soient pas intervenus ?

— Je vous l'ai dit, seigneur, les communications ont été sabotées.

— Mais les dramas ont dû repérer les fumées de l'incendie. Ils auraient au moins pu s'inquiéter, envoyer un détachement de reconnaissance.

— Leur silence n'a rien de surprenant, chevalier. Leur casernement de Trynas est situé à plus de six marches vers l'ouest. Le capitaine Diekirch ne m'appelait pas tous les jours. Ils ne se douteront de rien avant plusieurs jours, sauf coïncidence. Il faudrait que nous puissions les joindre. Peut-être pourraient-ils encore agir.

Il se leva et fit quelques pas nerveux.

— Je pense... j'espère qu'il ne sera pas trop tard. Ces fayads ne peuvent tout de même pas... massacrer toute la population !

— Je redoute le pire, Kristanus, intervint Anéa. Ils font sortir tout le monde des demeures, y compris les femmes, les vieillards et les enfants. Je les ai vus. Ils les emmènent vers la Place Royale.

— Par les dieux, murmura le prêtre. Il faut que nous sachions ce qu'ils comptent faire.

— Je vais me rendre là-bas, sehad, décida Palléas.

— Alors, je vous accompagne.

À ce moment, Thoren surgit au milieu du groupe.

— Seigneur ! Nous sommes découverts ! Je suis resté en arrière pour surveiller les chevaux. Les trois gars qui voulaient arrêter la dame tout à l'heure nous ont suivis. Ils sont là-haut, dans la cour, avec toute une bande.

— Que les dieux nous protègent, murmura Anéa.

— Ils ne nous tiennent pas encore, dit Kristanus. Il y a un passage souterrain qui donne sur les égouts. Nous fuirons par là.

— Combien sont-ils ? demanda Palléas.

— Une vingtaine à peu près.

Le jeune homme échangea un coup d'œil avec Leïro.

— Ils sont nombreux, mais si nous parvenons à les retenir, nous pourrons récupérer quelques bonnes capes... et vous aurez la possibilité de fuir.

Kristanus se tourna vers ses compagnons.

— Mes frères, je crois le moment venu de montrer que nous connaissons nous aussi l'art de la lutte.

Sur ce point en effet, les amanes n'avaient rien à envier aux chevaliers. Stupéfaits, Palléas et Leïro virent les cinq prêtres relever leur longue toge noire et la nouer en position de combat avec une aisance qui témoignait d'un long entraînement. Tandis qu'ils remontaient vers les étages supérieurs, Kristanus glissa au jeune homme :

— Comment croyez-vous que nous sommes arrivés à conquérir le monde ? Bien des fois il nous a fallu nous défendre. Chacun d'entre nous est également maître d'armes, et entraîne régulièrement les soldats dramas.

Palléas découvrait là une facette du rôle des amanes qu'il ignorait totalement. D'ailleurs, qui pouvait se vanter de les connaître ?

Certainement pas les fayads qui, s'étant aventurés sous les arcades des anciennes écuries, se trouvèrent face à face avec une petite poignée de prêtres et de femmes. Des hurlements de joie sauvages s'échappèrent de leur poitrine. La place du temple fleurirait d'ici peu de nouveaux bûchers. Ils ne s'inquiétèrent pas outre mesure des deux guerriers qui leur coupèrent toute retraite en tombant des étages au milieu de la cour encombrée. Les amanes étaient désarmés, et les guerriers n'étaient que deux. Contre vingt...

Le combat dura à peine assez longtemps pour que les skrulls comprissent leur erreur. Les armes étaient inutiles contre la science combative des amanes, dont les mains nues se révélaient plus efficaces que n'importe quel dayal. Palléas et Leïro n'eurent pas le temps d'intervenir. Les prêtres, tout comme leurs compagnes, connaissaient les points mortels, et frappaient avec force et précision.

Ce fut avec une admiration non feinte que Leïro déclara peu après :

— Vous auriez tout de même pu nous en laisser un peu.

Ils s'assurèrent que tous les fayads étaient bien morts, puis les dévêtirent. Quelques instants plus tard, toute trace du combat avait disparu. Kristanus déclara :

— Nous allons nous séparer. Chacun doit tenter sa chance. Mes frères, vous allez essayer de quitter la ville pour gagner Hambora. Anéa et moi, nous allons joindre le capitaine Diekirch. Partez immédiatement. Je veux voir quant à moi ce qui se trame sur la Place Royale. Que les dieux vous protègent, mes frères.

Il n'y eut pas de scène d'adieu. Les amanes se glissèrent dans la ruelle silencieusement, et se fondirent dans la brume faite de fumée et de brouillard qui baignait la ville. Kristanus les regarda disparaître, puis revint vers les autres.

— À notre tour ! dit-il.

Ils prirent la direction opposée, regagnant les quartiers animés, où la confusion semblait s'être un peu calmée. Apparemment, tous les foyers de résistance avaient été maîtrisés. De nombreux cadavres, tant fayads que kopamiens, gisaient dans les venelles obscures. Anéa ne s'était pas trompée. Tous les habitants sans exception étaient bousculés sans ménagement vers la Place Royale, en un flot incessant qui ne cessait de grossir, canalisé par les skrulls. Les bourrasques du blizzard rabattaient la fumée des incendies sur les artères. Partout retentissaient les cris de terreur des enfants, les hurlements hystériques des femmes. Les deux chevaliers, escortés par l'amane et sa compagne, et suivis par Thoren, durent faire un terrible effort pour ne pas intervenir à chaque instant.

Mais, en s'interposant, ils eussent signé inutilement leur arrêt de mort. Kristanus, le visage encore plus pâle que d'habitude, murmura :

— Qui eût pu concevoir un semblable carnage ?

L'image d'une montagne de têtes exsangues le traversa un instant et fut interceptée par l'esprit de Palléas.

— Un holocauste, murmura le prêtre. Ils préparent un holocauste. Il faut les en empêcher. Jamais je n'autoriserai qu'ils touchent à mon peuple.

Pour la première fois, Palléas découvrait que les amanes étaient également susceptibles d'émotions. Kristanus ne craignait pas pour lui-même. Mais son cœur se serrait quand il songeait au sort réservé aux Koparniens. Palléas sentit que rien ne pourrait arrêter le prêtre si les fayads entreprenaient de massacrer la ville entière. Il savait qu'il ne résisterait pas lui non plus. Mais que pourraient-ils, seuls contre des milliers de skrulls ?

34

Une foule énorme occupait déjà la Place Royale. Des milliers de Koparniens, hommes, femmes, enfants, vieillards, se serraient les uns contre les autres. Un double cordon de guerriers avait pris place tout autour. Et sans cesse, les fayads amenaient de nouveaux groupes. Une nausée gagna Palléas. La panique qui couvait dans les esprits l'investit, le pénétra.

Au fond, le palais Royal était la proie des flammes. Il aperçut, dans la cour, entre deux rideaux de fumée opaques, un monceau de corps entassés. Un bûcher flambait devant l'entrée principale, répandant une odeur de chair grillée qui empuantissait l'atmosphère. La noblesse koparnienne avait péri. Des beuglements de victoire jaillissaient d'une horde qui exultait autour de l'autodafé.

Paradoxalement, s'il émanait encore une haine farouche et fanatique des esprits fayads qui tournaient autour des flammes, elle s'adressait plus aux suppliciés qu'aux Koparniens eux-mêmes, comme si les envahisseurs établissaient une différence entre les nobles et les sapienniens.

À l'autre extrémité de la place, une estrade était construite à la hâte. Des hommes apportaient d'étranges objets qu'ils installaient tout autour de la foule.

— Qu'est-ce qu'ils fabriquent ? demanda Leïro, inquiet.

— Ce sont des appareils destinés à amplifier la voix, expliqua l'amane, reprenant espoir. Il va se passer quelque chose.

Fendant énergiquement le flot de guerriers, ils s'approchèrent au plus près de l'estrade, qui fut achevée avec une célérité stupéfiante.

Alors commença une longue attente. L'afflux de prisonniers ralentit, se réduisant à un mince filet de nouveaux arrivants arrachés aux quartiers périphériques.

— Ils ne vont pas les massacrer, affirma Palléas. C'est curieux, on dirait qu'ils préparent une mise en scène.

Il faisait presque nuit lorsque enfin apparut sur l'estrade un petit groupe de quatre hommes dont l'un dépassait les autres d'une bonne tête. Tous étaient vêtus de noir et un masque étrange dissimulait leur visage. Thoren bredouilla :

— Là... là ! C'est lui ! C'est le Prophète !

Une onde de peur coula de son esprit, plus glaciale que le froid environnant. Une vague d'émotion parcourut les fayads, presque palpable. À la crainte du Maître, du Seigneur absolu, de celui qui a droit de vie et de mort sur tous, s'ajoutait une nuance d'adoration.

— C'est extraordinaire, murmura Palléas. Cet homme possède un pouvoir de fascination stupéfiant. Ces disciples réagissent comme des chiens de combat dont il serait le seul maître.

Il voulut s'approcher encore, mais Thoren le retint. Au même moment les skrulls se mirent à genoux. Un hululement inquiétant monta de leur gorge tandis qu'ils commençaient à se marteler la poitrine du poing droit. Un roulement gigantesque, terrible, angoissant, emplit la Place Royale, et se fondit aux sombres fumées des incendies que le blizzard emportait furieusement.

Pour ne pas attirer l'attention, Palléas et ses compagnons les imitèrent. Puis, sur un signe mystérieux, les cris et les frappements s'arrêtèrent.

— C'est l'hommage, chuchota Thoren.

Le grand homme noir s'avança sur le devant de l'estrade et sa voix s'éleva, impressionnante, amplifiée par les appareils acoustiques. Une étrange vibration faisait résonner les poitrines.

— Bronen, Dieu a guidé votre bras ! Dieu vous a

donné la victoire. Une nouvelle fois, il a prouvé que rien ne pouvait entraver sa marche triomphale. Les démons ont reculé. Ils sont tombés sous ses coups. Gloire à vous, bronen, qui avez libéré cette cité, à vous qui y avez apporté la lumière divine.

Il eut un geste ample comme pour prendre dans ses bras la totalité de l'armée fayadine, mais ses mains montraient la lueur des incendies. Le hululement reprit, tandis que des milliers de thorax résonnaient en chœur.

— Hommes de Koparna ! Comme nombre des habitants des grandes cités soumises à la fausse religion des amanes, vous avez repoussé les prêcheurs que je vous avais envoyés. Vous avez refusé d'écouter les paroles de vérité et de sagesse que je vous adressais par leur bouche. Vous avez combattu les armées de Dieu. Vous nous avez crus vos ennemis. Vous aviez peur, peur de quitter les ténèbres. Nombre d'entre vous sont morts dans l'erreur. Dieu leur pardonnera peut-être, puisqu'il est le seul juge des morts. Mais il a fait de moi le juge des vivants. Et, dans son infinie mansuétude, il m'a ordonné de vous offrir une seconde chance, la chance de vivre dans sa paix et dans sa lumière. Vous êtes à présent libérés de vos oppresseurs. En ce moment même périssent par la volonté de Dieu tous ces maîtres qui s'étaient imposés à vous, cette race non humaine, créée de toutes pièces par les prêtres maudits pour vous asservir. Car les nobles sont une création démoniaque, issue du Monde des Ténèbres, dotée de pouvoirs maléfiques pour vous dominer. Ils doivent disparaître. À Korparna, il n'en restera pas un vivant. Pas un ! Vous êtes libres ! LIBRES !

Un long murmure parcourut la foule, contradictoire. On devinait bien, derrière, l'holocauste qui s'achevait. Parmi les corps suppliciés, noircis, décapités, on savait que se trouvaient ceux du roi Gütians, de la reine et sans doute des trois concubines. Peut-être aussi de leurs enfants dont six avaient moins de dix ans. On aimait beaucoup le roi. Mais l'atmosphère oppressante et surtout la voix pénétrante de l'inquiétant personnage tuaient dans l'œuf toute velléité de résistance ou de contestation.

— Oui ! Vous êtes libres, bronen ! La tyrannie honteuse dans laquelle la fausse religion vous tient depuis des siècles doit s'achever. Voici venu pour vous le moment de reconquérir votre dignité d'homme. Celle que Dieu vous a donnée. Vous êtes à présent maîtres de votre destinée, dans la lumière divine. Car il n'existe pas d'hommes supérieurs aux autres. Seul Dieu vous est supérieur. Car il est l'unique Maître de vos vies !

Habile tactique ! Il prêchait la révolte des sapienniens contre les nobles, en mettant en valeur leur infériorité mentale. Il ne parlait pas de privilèges, car il n'ignorait certainement pas que nombre de sapienniens étaient bien plus riches que les plus riches des nobles.

— À l'ère ancienne, il régnait dans toute sa gloire. Mais les démons ont incité les hommes à se croire ses égaux. La fureur de Dieu fut indicible. Pour punir les hommes de leur orgueil insensé, il a fait jaillir le feu de la terre sur le monde, puis l'a recouvert par les eaux du ciel. Alors vint le règne du Chaos. Dieu s'était éloigné de nous. Les hommes connurent l'horreur et la déchéance. Privés de sa lumière, ils furent peu à peu ravalés au rang de bêtes sauvages. Ils durent disputer leur nourriture aux rats et aux chiens féroces. Parfois, ils s'entre-dévorèrent. Certains furent transformés en monstres repoussants, ces abominations que vous appelez les garous. Les hommes avaient perdu leur âme. Cette âme qui tentait fort les puissances des Ténèbres. Profitant de l'absence de Dieu, les démons revêtirent une forme humaine et se firent appeler les amanes. Ne vous y trompez pas, bronen ! Les amanes ne sont pas d'espèce humaine. Lentement, ils ont tissé sur le monde une gigantesque toile d'araignée. Pour vous empêcher de vous révolter, ils ont créé des soldats redoutables et terrifiants. De leurs rangs est sortie une race honnie, qu'ils ont baptisée « noble ». Ces nobles maudits qui vous asservissent depuis des temps immémoriaux, qui vous réduisent en esclavage, bronen. Le pouvoir ne vous appartient pas. Aucun de vous ne peut décider. Mais surtout, leur crime le plus abominable fut de faire resurgir des faux dieux, des mythes oubliés, destinés à vous aveugler, à vous écarter de la splendeur divine. La seule qui aurait pu vous ouvrir les yeux.

Dangereuse, cette dernière phrase, se dit Palléas. Les sapienniens, comme d'ailleurs les nobles, étaient profondément attachés à leurs petites divinités locales. Tant de belles légendes contaient leurs exploits. Elles étaient comme des esprits familiers, invisibles mais présents, qui veillaient sur eux. Cependant, le Prophète connaissait parfaitement son sujet.

— Ne vous laissez pas abuser par les représentations souriantes et bienveillantes de ces dieux qui N'EXISTENT PAS ! Ils ne sont qu'une invention, un artifice créé par les amanes pour vous détourner du dieu véritable et ainsi vous conduire plus facilement au néant. Car si vous ignorez Dieu, lui voit que vous vous détournez de lui. Et il vous ignorera à son tour. Et à votre mort, votre âme sera anéantie. Alors que les faux prêtres vous promettent la réincarnation, la vie éternelle, vous tomberez entre les mains des démons des Ténèbres. Il est impossible d'imaginer les supplices effroyables qu'il vous faudra subir sans pouvoir jamais vous échapper. JUSQU'À LA FIN DES TEMPS !

Il avait hurlé la dernière phrase. Un long frémissement parcourut la foule. Le Prophète poursuivit :

— Dieu vous a créés pour le servir et l'adorer durant le temps de votre vie terrestre. À ceux qui lui seront dévoués, il accordera en échange la sérénité totale, la plénitude, la joie de le connaître dans sa splendeur.

Palléas observa la foule. Un silence mystérieux s'était installé. Peu à peu, la panique s'était estompée pour céder la place à l'étonnement, puis à un vague intérêt. Le charisme de la voix agissait. Les arguments du Prophète étaient ceux de bon nombre de prêcheurs, mais il possédait un atout exceptionnel : cette voix extraordinaire qui pénétrait les esprits, faisait vibrer les cœurs.

— Vous voici libres, bronen. Vous n'êtes pas les ennemis de Dieu. Même si vous ne le savez pas encore, vous êtes ses créatures. Il désire vous accorder sa lumière. Vous devez combattre pour que triomphe sa gloire. Vous devez, nous devons, ensemble, anéantir la fausse religion, et arracher le voile ténébreux qu'elle a fait tomber sur le monde, et qui le conduit peu à peu à sa perdition. Regardez autour de vous !

Le froid a déjà commencé à recouvrir vos domaines. Autrefois, les hivers étaient beaucoup plus doux. Bientôt, votre pays ne connaîtra plus l'été. Une nuit sans fin, comme celle que l'on rencontre dans le Nord, s'emparera de lui.

Il avait clamé les dernières phrases, faisant trembler les murs encore debout. L'un d'eux s'éboula soudain, dans un fracas épouvantable. Et, comme pour donner raison au Prophète, le blizzard reprit avec plus de violence. De furieuses bourrasques de neige et de glace jaillirent des artères orientées vers le septentrion. Balayant la fumée des incendies, attisant les foyers, de gigantesques tourbillons de vent giflèrent la multitude subjuguée.

Dominant le tumulte, la voix du Prophète hurla dans les appareils :

— Telle est, hommes de Koparna, la vérité de Dieu. Je sais que vous l'avez déjà comprise. Alors, que ceux qui désirent marcher derrière moi pour la gloire divine avancent. Les femmes, à gauche, avec leurs enfants. Les hommes, à droite. Ils recevront nourriture et couvertures. Quant aux autres, ceux qui préfèrent rester dans les Ténèbres, ils sont libres de quitter la ville. Je sais qu'ils reviendront. Seuls demeureront écartés de nous ceux qu'un démon est venu habiter. Ceux-là seuls sont nos véritables ennemis. Ils nous combattront. Ils vous combattront. Mais nous les anéantirons.

La Voix avait parlé. La Voix avait porté, pénétré les entrailles, bousculé des principes acquis depuis toujours. Une atmosphère extraordinaire tendait la place noire de monde.

« Si un seul se décide, pensa Palléas, d'autres suivront. »

Il savait que l'homme en groupe ne réagissait pas du tout de la même manière que lorsqu'il était seul. Il était même possible de lui faire adopter des attitudes opposées à sa personnalité, comme si une conscience supérieure prenait vie à partir de toutes les composantes de l'ensemble, une conscience qui annihilait les autres et décidait à leur place. Or les Koparniens n'avaient pas le choix. Malgré l'assurance de paix donnée à ceux qui refuseraient de suivre, les cadavres calcinés du palais rappelaient trop douloureusement la réalité.

Le Prophète s'était tu, laissant la masse se pénétrer de ses idées. Déjà chez beaucoup apparaissait un soulagement évident. Ils avaient cru leur dernière heure venue en arrivant sur la Place Royale. Et voilà qu'on leur offrait la vie, et même la liberté ! Alors, malgré les massacres et les incendies, certains commençaient à éprouver une sorte de reconnaissance envers le vainqueur dont la voix émouvait si profondément. Des remous se créaient, des idées contraires se formaient, s'affrontaient. Les skrulls restaient de marbre. Déjà, quelques orateurs improvisés reprenaient les paroles du Prophète. Celui-ci ne bougeait toujours pas. Palléas aurait juré que ces hommes avaient été placés là intentionnellement. Il scruta le Prophète, qui attendait debout, les bras croisés. Une sueur froide coula le long du dos du jeune homme lorsqu'il vit un Koparnien, puis deux, puis dix, et enfin un large courant se diriger vers l'endroit désigné par le Prophète. Celui-ci avait gagné.

— Voilà donc comment il recrute ses guerriers, dit Leïro abasourdi.

— Il n'est pas étonnant que le nombre des fayads augmente sans cesse, ajouta Kristanus.

— Notre expédition au camp dramas devient inutile, remarqua Anéa. La population risque de se dresser contre eux, à présent.

— De toute façon, ils sont à peine cent. Ils occasionneraient un massacre stupide et sans objet. Je vais leur proposer de gagner la garnison d'Hambora où ils seront beaucoup plus efficaces.

Ils s'éloignèrent lentement, suivant de loin le flot des Koparniens. À présent, les skrulls leur ouvraient les bras en les appelant « Bronen ! », « Frères ! ».

Il était difficile de croire que, quelques heures plus tôt seulement, les deux partis s'entre-tuaient sans pitié.

Palléas prit Thoren à part :

— Tâche de savoir où le Prophète a établi son quartier général. Suis-le, et renseigne-toi ! Ensuite, viens nous rejoindre dans le palais en ruine. Nous aviserons.

Depuis qu'il avait regagné la sécurité du vieux palais, Palléas ne parvenait pas à chasser son malaise. La vision du Prophète s'imposait à lui, oppressante, diffusant en lui une angoisse incontrôlable. Ce n'était pas seulement à cause de ce qu'il représentait. Il éprouvait l'impression étrange de connaître déjà cet homme. Si seulement il avait pu voir ses traits. Mais Thoren avait dit que jamais le Prophète ne quittait son heaume. « Nul ne doit voir le visage de Dieu ! » avait-il déclaré.

Et cette voix, cette voix mystérieuse. Bien que déformée par les amplificateurs, elle lui était familière. Mais il se produisait en lui un blocage qui l'empêchait de l'identifier.

Tandis qu'Anéa se mettait en devoir de préparer un repas frugal, Palléas se concentra pour réfléchir à ce qu'ils avaient vu. Il se prit la tête dans les mains, luttant contre une migraine violente qui l'envahissait peu à peu. Il revit l'estrade, la silhouette sombre se découpant sur les lueurs fauves des incendies. Les trois hommes qui accompagnaient le Prophète, ses conseillers, sans doute, demeuraient visiblement en retrait. Ils ne présentaient aucun point commun avec les yatales, reconnaissables à un signe rouge brodé sur leur cape.

— C'est hallucinant, dit soudain Kristanus. Cet homme possède un magnétisme incompréhensible. En vérité, ce ne sont pas ses arguments qui ont porté. Il influence les esprits par les vibrations mêmes de sa voix. Il possède un pouvoir mental un peu identique à celui de nos empereurs.

— Le shod'l loer, dit Leïro. Alors, se pourrait-il que le Prophète soit... un noble de haut rang ?

— C'est possible, soupira le prêtre. Mais il faudrait qu'il soit encore bien plus que ça.

— Ce que je ne comprends pas, dit Palléas, c'est que ses victimes ne puissent pas réagir. Qu'elles se soumettent lorsqu'il est présent, lorsqu'il parle, soit ! Mais elles devraient se révolter après son départ, lorsque son influence cesse. Or, tous les fayads semblent lui vouer un culte.

— Cela s'explique fort bien. Il apporte des idées nouvelles. Il désigne un ennemi à abattre — nous, en l'occurrence. Par le passé, il a existé de tels êtres, qui ont marqué l'histoire des hommes de leur sceau. À cause de leur personnalité hors du commun, il s'établit spontanément autour d'eux un édifice pyramidal, une hiérarchie de dignitaires qui propagent et amplifient leurs idées. Elles trouvent un écho auprès des individus frustrés, qui espèrent ainsi repartir sur des bases neuves. En général, ces « récepteurs », comme nous les appelons, sont des gens de basse condition, des esprits étroits et mesquins qui reportent sur les autres leur médiocrité et la responsabilité de leurs échecs. Les tyrans trouvent parmi eux les plus zélés de leurs serviteurs. Ainsi, le Prophète n'a pas besoin d'intervenir beaucoup. Une fois suffit. Par la suite, au contraire, c'est son absence qui suggérera par réaction une présence quasi surnaturelle auprès de chacun. Tous ses adeptes l'imagineront derrière eux, les surveillant. Quant aux dissidents, ils se heurteront systématiquement à des délateurs qui trouveront ainsi à extérioriser toute leur bassesse et leur veulerie. C'est un phénomène sociologique connu. Le véhicule théologique est de surcroît le plus puissant des agents de conditionnement. Je suppose que mes pauvres Koparniens vont recevoir une éducation complète. On leur apprendra à nous haïr, à haïr les nobles. Il se dessinera parmi eux des réfractaires, des êtres dotés d'une personnalité plus forte. Mais ils finiront par disparaître, rejetés ou détruits par la masse de leurs propres condisciples.

Palléas écoutait l'amane avec passion. Il comprenait que Kristanus dévoilait là l'une des règles sociologiques qui leur permettaient de conserver le pouvoir depuis des siècles, et de survivre au déclin des civilisations.

— Ce que vous dites est effrayant, sehad. Les hommes ont-ils donc si peu de personnalité ?

— Comment croyez-vous que les guerres soient possibles, seigneur Palléas ? Elles n'existent que dans la mesure où une majorité se soumet à une minorité qui prend les décisions à sa place. L'homme noyé au sein de la masse va réagir comme cette majorité, quelquefois même à l'encontre de ses propres convictions, par peur de se singulariser. Il n'en aura d'ailleurs pas conscience. Ainsi, un homme doux et pacifique, s'il se trouve isolé au milieu d'une foule qui hurle à la mort, finira par hurler à son tour. Simplement parce qu'il s'établira autour de lui une espèce de « normalité ». Et l'homme redoute de se déclarer ouvertement « anormal ». Par crainte de se tromper, et aussi par un réflexe instinctif de survie. C'est ainsi que l'on peut voir naître en soi des « sentiments » que l'on finit par éprouver profondément, mais qui ont une origine extérieure.

Ils restèrent un long moment silencieux.

— Sehad, que devons-nous faire ?

— Je ne sais que vous dire, seigneur Palléas. Personne d'autre que vous n'est assez puissant pour affronter ce monstre. Mais vous êtes seul, contre une armée de plusieurs milliers d'hommes. Vous allez devoir utiliser la ruse. Pourtant, un fait est sûr, il faut le détruire. Parce que si vous échouez, c'est lui qui vous anéantira. Il n'existe aucun terrain d'entente possible avec lui. Tout dans sa voix traduit la folie et la paranoïa.

Quelques instants plus tard, Thoren revenait, silencieux comme une ombre. Il commença par grogner, comme à son habitude.

— C'est bien pour vous faire plaisir, seigneur Palléas. Jamais eu si peur de ma vie. Ce Prophète, c'est le Grand Cornu en personne.

Palléas lui offrit une coupe de vin pour qu'il se remette, mais ne répondit pas. L'ancien maraudier adorait se plaindre. Enfin, il parla :

— Vous pourrez dire que j'en ai du courage, seigneur. Malgré ma trouille, j'ai suivi le monstre jusqu'à sa tanière. On m'a même arrêté en chemin. Il a fallu que je montre ma marque. Mais je suis passé, et j'ai découvert son repaire. C'est une grande demeure située vers l'est, en surplomb des marais.

— Je la connais, intervint Kristanus. C'était le palais du baron Krhent.

— Ouais, possible, grommela Thoren, qui n'aimait pas être interrompu. En tout cas, il a l'air de s'être installé là pour quelques jours. J'ai étudié les lieux. Il ne sera pas facile d'approcher sans attirer l'attention. Il possède sa garde personnelle. Il y en a partout. Avec des yatales, et des types armés de gonns. Il y en a même qui ont des armes comme celles des dramas, qui tirent du feu.

— Des pistolasers ? demanda Palléas, intrigué.

— Je ne sais pas comment ça s'appelle. Mais vos dramas s'en sont servis lors de la bataille de l'Odenheid.

Le jeune homme regarda l'amane.

— D'où peuvent-ils tenir ces armes ?

— Aucune idée, chevalier. Mais cela confirme bien que le Prophète n'est peut-être pas ce que nous croyons. Il n'agit pas seul. Et il faudrait découvrir qui se cache derrière lui.

— Quelle cité libre ?

— Quelle puissance inconnue, plutôt. Le monde

est vaste, chevalier, et nous n'en contrôlons qu'une infime partie.

35

— Mais ce n'est pas possible, Maryleen. Il doit bien exister un moyen. Vous êtes puissants. Vous pouvez tout.

Solyane se dirigea vers la fenêtre. Les deux femmes se trouvaient dans le bureau de Dorian. Tous les jours, Solyane venait y passer quelques instants, pour oublier l'absence de son frère. Elle respirait l'odeur de la pièce, où flottait encore le parfum d'herbe sauvage qu'il utilisait. Elle caressait les dossiers reliés de cuir, ouvrait des livres qu'elle ne lisait pas, en attendant que les Lonniens viennent la chercher pour échanger quelques mots avec Dorian. Elle n'aurait manqué ce rendez-vous pour rien au monde, bien qu'il l'obligeât à parcourir la route glacée qui reliait Gwondaleya à la base lonnienne. Là, grâce à la magie de la science extraterrestre, elle pouvait converser avec son frère. C'était une pratique qu'elle connaissait bien, mais qui la fascinait toujours.

Or, depuis huit jours, les Lonniens s'avouaient incapables d'établir le contact avec leur base du pôle Nord.

— Il n'y a rien à faire, madame. Une tempête sans précédent sévit là-bas. Nous ne pouvons dire combien de temps elle durera. Nous craignons qu'elle n'ait endommagé les antennes de communication.

— Alors, envoyez un autre de vos vaisseaux. Je veux savoir ce qui est arrivé à Dorian.

C'était plus un cri de douleur qu'un ordre. Maryleen hésita, puis avoua :

— Il est impossible d'envoyer un autre aérodyne, madame. Il ne pourrait pas se poser.

Solyane surprit soudain dans l'esprit de la Lonnienne une crainte informulée, mais qu'elle traduisit instantanément.

— Vous craignez que la base n'ait été détruite, n'est-ce pas ?

— Non ! Je... Nous ne savons rien, dit Maryleen, la tête basse. Il y a encore de l'espoir. Nos bâtiments sont prévus pour résister à ce genre de tempête.

Solyane soupira, puis déclara :

— Je voudrais que vous me laissiez seule, Maryleen. Prévenez-moi si vous recevez un message.

— Comptez sur moi, madame.

La Lonnienne se retira discrètement. Solyane serra les dents, mais deux larmes perlèrent, qu'elle ne put retenir. Ainsi, le combat contre l'incube avait commencé. Elle n'aurait jamais dû accepter de laisser partir Dorian à cette époque si redoutable. Autour d'elle s'effondrait lentement l'édifice de force et de sécurité qu'ils avaient tissé pour préserver leur peuple. Palléas le premier avait affronté les forces mauvaises. Il avait vaincu, mais ce n'était que partie remise. Pour l'avoir vu dans un éclair de lucidité, elle savait qu'à présent il allait combattre le Prophète en personne. Mais l'avenir se brouillait de plus en plus, les forces obscures se jouaient d'elle. Dorian avait disparu à son tour, peut-être déjà détruit par l'incube. Non, ce n'était pas possible. Elle allait recevoir un message, une nouvelle rassurante...

Mais ce doute affreux durait à présent depuis huit jours. Nelvéa elle-même s'éloignait d'elle. Inconsciemment, elle lui reprochait de n'avoir pas su retenir son père.

Elle se souvint de la prémonition qui l'avait marquée l'année précédente, lors des fêtes du solstice d'hiver. Elle avait vu à cette époque qu'ils allaient tous être séparés. Les événements lui donnaient raison. Le nouveau solstice aurait lieu dans moins d'une semaine. Et elle sentait que Dorian ne serait pas là.

— Reviens, petit frère, murmura-t-elle. Reviens. Je ne veux pas que tu m'abandonnes. J'ai besoin de toi, de ta chaleur. As-tu oublié que nous devons... donner naissance à d'autres enfants ? Je t'attends, petit frère. Je t'attends.

Enfin, elle laissa couler ses larmes. Elle rejeta la tête en arrière en fermant les yeux et sentit la douce humidité glisser le long de ses joues.

Si au moins elle avait pu faire quelque chose, agir...

Mais elle ne pouvait qu'attendre.

Attendre...

Soudain, elle se raidit. Une nouvelle vision s'imposa, atroce, invraisemblable. Palléas était devant elle, trouble, inconsistant. Il s'apprêtait à affronter l'incube enfin révélé, le Prophète, l'abomination qui se cachait derrière ce masque.

Le jeune homme avançait comme dans un rêve, il levait son dayal devant lui, lentement, trop lentement. Ce fut alors que le masque de l'incube tomba.

Solyane poussa un hurlement d'horreur et s'accrocha au bureau de Dorian pour ne pas s'effondrer.

36

L'amane Kristanus et Anéa étaient partis, deux jours plus tôt, pour tenter de gagner la garnison dramas de Koparna. Palléas, Leïro et Thoren se retrouvaient seuls.

— La vie doit être bien triste sans femme, bougonna l'ex-maraudier.

Sans que quiconque lui eût rien demandé, il s'occupait des tâches ménagères, et particulièrement des repas. Malgré les conditions de vie délicates, les deux chevaliers ne pouvaient se plaindre de manquer de quoi que ce soit. Thoren n'expliquait pas comment il s'y prenait, mais il ramenait toujours de ses excursions quotidiennes quantité de victuailles et d'objets insolites. Le Prophète lui-même ne devait pas dîner aussi bien.

Depuis deux jours pourtant, il était triste. La petite Anéa avait disparu de leur vie. Jamais auparavant ils n'avaient mesuré combien la présence d'une femme était importante.

Anéa était la compagne régulière de Kristanus et l'avait suivi dans son expédition vers la garnison dramas. Ils n'étaient pas revenus. Cela signifiait qu'ils étaient passés, ou bien qu'ils s'étaient fait prendre. Aucun des trois hommes ne voulait penser au pire. Donc, ils avaient réussi. Pourtant, Anéa leur manquait. C'était sa chaleur qu'ils recherchaient, sa présence, son charme. Une tendresse dénuée d'attirance sexuelle les poussait vers elle.

— Pour une fois, je suis d'accord avec toi, vieux bandit, répondit Leïro, qui alla s'asseoir près du brasero en soupirant. Mieux vaut ne plus y penser, compagnons. Elle n'était pas pour nous.

Palléas, silencieux, découpa un morceau du poulet que l'ex-maraudier avait cuit à la broche.

— Monseigneur ! s'écria brusquement celui-ci. Je crois que j'ai une idée pour nous approcher du Prophète.

— Je t'écoute.

— De toute manière, je crois que nous n'avons pas le choix. J'ai entendu ce qui se disait en ville. Il doit repartir dès demain soir. Il faut agir vite.

Il s'interrompit le temps de se verser une généreuse rasade d'un vin du Sud pillé dans une boutique abandonnée.

— Le palais où il demeure est très bien protégé. La seule manière d'y pénétrer, c'est de vous introduire dans son escorte personnelle. Il faut donc vous faire admettre parmi ses gardes. Cela ne devrait pas être trop difficile. J'ai cru remarquer que vous disposiez de certains pouvoirs, seigneur Palléas. Le Prophète doit quitter Koparna demain soir. Il sera suivi de son escorte.

— Tu sais comment il est venu ?

— Non ! Mais je sais qu'il a rendez-vous dans un lieu en ruine, à quelques marches vers l'est. Il ne devrait pas être très difficile de neutraliser ses gardes et de lui régler son compte.

— Combien sont-ils ? demanda Leïro d'un air las.

— Pas plus d'une trentaine, seigneur chevalier.

— Et tu imagines que nous pourrons, à nous trois, venir à bout de trente guerriers armés de pistolasers, et entraînés comme des dramas ?

— À deux ! rectifia Thoren. Moi, je ne vous suis pas. Le Prophète me repérerait immédiatement, et je n'ai pas envie de finir grillé par l'intérieur. Mais j'ai là quelque chose qui devrait vous intéresser.

Il sortit de sa poche un petit flacon noir qu'il tendit à Palléas.

— Au cours de ma promenade d'aujourd'hui, j'ai découvert un magasin assez curieux qui m'a rappelé celui de Lodi, où les fayads se sont procuré leur poison, celui qui devait éliminer les soldats escortant la caravane. Je m'y connais un peu en drogues de toutes sortes. Et j'ai pensé que vous pourriez utiliser les mêmes armes que les fayads. Après tout, il ne s'agit que de leur rendre la pareille.

Leïro regarda Palléas.

— Par les dieux, petit, sais-tu que tu as là un homme de valeur ? Un fieffé coquin, mais un homme de valeur.

Le jeune homme sourit.

— C'est aussi mon avis. Achève ton idée, Thoren.

— Selon moi, le Prophète va quitter Koparna avec sa garde et ses complices, ces spectres noirs qui le suivent partout comme son ombre. Si vous vous intégrez à l'escorte, il vous suffira de glisser le contenu de ce flacon dans la soupe pour vous débarrasser d'eux. Après, je vous fais confiance pour éliminer le Prophète.

Plan simple à énoncer, en effet, mais qui comportait tout de même quelques difficultés. Et tout d'abord, comment se faire admettre rapidement dans les rangs prestigieux, du moins du point de vue fayad, de la garde personnelle du Prophète ?

Palléas décida de tenter sa chance dès le soir même. Après tout, il possédait certains dons mentaux, comme l'avait dit Thoren. Il devait être possible de les mettre à contribution.

Dès le repas terminé, ils se présentèrent au portail du palais de Krhent, et demandèrent à parler au capitaine de la garde. Les fayads, stupéfaits, voulurent leur barrer le chemin. Mais Palléas investit l'esprit de celui qui semblait être leur chef et lui imposa sa volonté. Le portail s'ouvrit sans difficulté. Les deux hommes, tendus à l'extrême, pénétrèrent au cœur de la citadelle ennemie. Ils furent immédiatement amenés devant un homme de haute taille, aux yeux petits et rapprochés.

— Je suis Djamar, le yatale des gardes du Prophète. Vous avez demandé à me voir.

— C'est vrai, batren, dit Palléas, qui n'avait pas oublié les leçons de Thoren. Nous sommes envoyés par le yatale Gospar Kacek. Il désirait que nous donnions notre vie pour le Prophète. Nous sommes de fiers combattants, batren.

— Mais Gospar Kacek est mort, victime du fils de ce porc qui gouverne Gwondaleya.

Sans perdre de temps, Palléas se glissa dans l'esprit de l'homme.

— Non, batren. Nous l'avons quitté il y a à peine deux mois. Il était bien vivant à l'époque, quoique terriblement blessé par des impies qui lui avaient arraché une main et un pied pour les manger. Nous sommes de ceux qui l'ont vengé, batren. Vengé des enfants, de ces enfants maudits qui l'avaient ainsi mutilé.

— Ce n'était pas des enfants, bronen, intervint Leïro, entrant dans le jeu. Rappelle-toi. Ils n'avaient pas figure humaine.

Palléas, resserrant lentement son étau mental, endormit la méfiance de l'homme. Ce fut d'une voix pâteuse que le yatale poursuivit :

— Alors, vous avez quitté Gospar Kacek avant la bataille de l'Odenheid.

— La bataille de l'Odenheid ?

— Votre yatale Gospar Kacek n'est plus, bronen ! soupira le nommé Djamar. Les démons lui ont tendu un piège voici plusieurs semaines. Et tels que je vous vois là, vous êtes certainement les deux seuls survivants de son armée.

— Mais c'est impossible, batren. Nous étions plus de cinq mille !

— C'est la triste vérité, bronen.

— Alors, vous devez nous accepter, batren, scanda Palléas d'une voix pénétrante. À nous deux, nous valons dix de ces démons.

L'autre chancela, ébranlé par la conviction du jeune homme. Il ne se méfia pas de l'étrange engourdissement qui s'empara de lui un court instant. Comment aurait-il pu faire le rapprochement entre cette sensation et la farouche volonté du géant blond qui se tenait face à lui ? Il ne s'étonna pas vraiment de s'entendre répondre :

— Si telle était la volonté de Gospar Kacek, bronen, je ne peux faire autrement que de vous accepter dans nos rangs. Montrez-moi seulement ce que vous savez faire.

Djamar respirait avec peine. Lorsqu'il sortit dans la cour d'entraînement, il dit simplement « Allez-y ! », puis il s'affala sur un banc de pierre couvert de neige et se mit à somnoler.

Les deux chevaliers, obéissant aux ordres donnés par le yatale, mais directement inspirés par Palléas, tirèrent leurs sabres et s'affrontèrent, rivalisant d'adresse, bondissant, roulant sur eux-mêmes, multipliant les bottes et les parades. Stupéfaits, quelques gardes se rapprochèrent. Djamar, s'ébrouant, observa longuement les bretteurs et déclara :

— Je comprends pourquoi le yatale Kacek a voulu vous adjoindre à la garde du Prophète, bronen. Soyez les bienvenus parmi nous.

Puis, sans attendre de réponse, il tourna les talons et s'engouffra dans ses quartiers.

Satisfaits, les deux chevaliers rengainèrent leurs sabres et engagèrent la conversation avec les gardes qui les entouraient. Il était hors de question de se singulariser en restant isolés.

Imaginant qu'ils n'avaient pas encore dîné, les fayads leur offrirent l'infâme brouet qui constituait leur ordinaire, et qu'ils ne purent refuser, malgré le souvenir récent du poulet préparé par Thoren. Ils se résolurent donc à avaler la soupe épaisse et infecte, pour éviter les soupçons.

Enfin, un garde compatissant leur désigna une paillasse où ils purent s'allonger. Contre son flanc, Palléas caressa la rondeur de la petite fiole noire.

Le lendemain, le blizzard s'était un peu calmé lorsqu'un appel les tira de leur sommeil. Il n'était que temps de rejoindre les rangs de la garde du Prophète.

Celui-ci n'avait pas l'intention d'attendre le soir, contrairement à ce qu'avait dit Thoren. Après avoir récupéré leurs poneys, Leïro et Palléas s'intégrèrent silencieusement aux guerriers fayads. Sous les ordres de Djamar, une colonne se forma, qui quitta le palais de Krhent pour se diriger vers l'est.

L'hiver eut tôt fait d'envelopper la ville de Koparna dans ses brumes et ses glaces. Palléas observa le ciel bas et sombre. Une nouvelle tempête se préparait. Vers le sud s'étiraient les mystérieux marais de Baaltenard, éternellement noyés dans le brouillard. Çà et là émergeaient les griffes noires d'arbres gigantesques qui tendaient leurs branches vers le ciel.

Au-devant chevauchait le Prophète, suivi par ses conseillers. Derrière venait la garde personnelle, armée de pistolasers. Palléas et Leïro, ainsi que quelques autres, n'en possédaient pas. Djamar leur avait expliqué qu'ils étaient depuis trop peu de temps dans l'escorte pour se voir confier des armes aussi dangereuses.

Palléas ignorait totalement leur destination, comme d'ailleurs tous les guerriers. Il n'était pas dans les habitudes du Prophète d'informer les siens de ses intentions. De loin, Palléas observait la silhouette imposante qui dominait toutes les autres de deux têtes. Observant le dos du tyran, il ne put éviter l'impression de déjà vu qui l'avait assailli la veille.

Il rechercha dans sa mémoire tous les souverains qu'il connaissait, puis tenta de se souvenir de tous les chevaliers de valeur qu'il avait rencontrés. Sans succès. Le prophète demeurait insaisissable, à la fois proche et inaccessible.

Parfois, il se retournait, et son visage masqué de

cuir noir semblait scruter chacun de ses gardes. Une onde de peur et d'adoration déferlait alors des guerriers. Le maître avait posé le regard sur eux ! Palléas redoutait, à ces moments-là, que le prophète ne les ait repérés. Mais chaque fois sa crainte se révélait heureusement sans fondement.

La nuit d'hiver s'avançait lorsque la troupe fit halte. À peu de distance se découpaient les vestiges sinistres d'un palais dont seuls les murs extérieurs demeuraient debout. Résolument, le Prophète dirigea ses troupes vers les ruines.

Après cette journée éprouvante au cours de laquelle le blizzard n'avait cessé de souffler, la nuit promettait d'être plus calme. Le soleil bas sur l'horizon illuminait d'une lueur irréelle l'édifice abandonné. L'or et l'indigo du crépuscule venaient se mêler en contrepoint à la tapisserie de dentelle que la neige et la glace avaient tissée sur les murs effondrés. Seule une vaste salle ornée de cariatides possédait encore un plafond. Les statues à demi dévorées par l'érosion hivernale bordaient une sorte de terrasse qui dominait l'univers glauque de Baaltenard d'une centaine de mètres. Malgré l'accalmie vespérale, l'horizon marécageux disparaissait sous une couche inquiétante de brumes qu'agitaient de vagues tourbillons.

Le Prophète et ses compagnons s'installèrent dans la salle inondée de la lumière dorée du couchant, tandis que l'escorte occupa une cour extérieure, où il serait difficile de trouver un abri pour la nuit. Visiblement, le Prophète ne faisait pas grand cas de ses gardes.

Quelques instants plus tard, deux feux de camp avaient été allumés, et des marmites commençaient à bouillonner, cuisant l'infecte soupe de campagne dont apparemment les fayads faisaient leur ordinaire. Vu son goût étonnant, l'odeur de la fiole empoisonnée passerait parfaitement inaperçue.

Palléas, qui s'était proposé pour surveiller la cuisson, n'aimait pas ce qu'il allait faire. Mais il n'avait pas le choix. Le Prophète représentait une menace trop grande pour le monde amanite, et il ne pourrait l'affronter seul à seul si son escorte restait en vie. Se remémorant les massacres et les pyramides de têtes coupées, il versa dans les deux marmites le contenu de la fiole de poison.

Si le geste était peu glorieux, il se révéla tout à fait efficace. Bientôt, un concert de gémissements emplit le crépuscule, puis des cris de douleur et d'agonie.

Le yatale Djamar, qui dînait en compagnie du Prophète et de ses compagnons dans la salle des cariatides, survint au moment où le premier de ses hommes s'écroulait, l'estomac rongé par le poison. Stupéfait, il se rua sur lui, le retourna sans comprendre, tandis qu'un deuxième s'effondrait non loin de là. Lorsqu'une demi-douzaine de gardes furent ainsi morts presque à ses pieds, il voulut retourner auprès du Prophète pour le prévenir. Un styl décoché de main de maître par Leïro lui transperça la gorge. Un deuxième lui brisa la colonne vertébrale.

À pas furtifs, Palléas et son compagnon pénétrèrent à l'intérieur des ruines, et gagnèrent la salle où le Prophète avait établi ses quartiers. Un brasero réchauffait généreusement la pièce. Quatre silhouettes tournaient le dos aux deux chevaliers lorsqu'ils entrèrent. Visiblement, l'effet de surprise avait joué.

Pourtant, tout à coup, le Prophète se dressa et fit

volte-face. Son visage était toujours masqué. Ses compagnons vinrent l'entourer. La voix tonna :

— Maudits ! Maudits soyez-vous ! Je sais que vous avez assassiné mes gardes. Mais on ne peut prendre l'élu de Dieu par surprise. Vous périrez de ma main.

L'instant d'après, Palléas et Leïro sentirent comme un étau de glace leur broyer le cerveau. Le jeune homme réagit immédiatement et risposta. Leïro, comme frappé par la foudre, tomba à genoux. Il ne dut la vie qu'à Palléas qui fit converger vers lui-même l'essentiel de l'attaque du Prophète. Le comte reprit rapidement son souffle et braqua sur les autres un pistolaser emprunté à Djamar.

— Que personne ne bouge, gémit-il.

Mais l'avertissement était parfaitement superflu.

Le Prophète, stupéfait de la vive réaction de son adversaire, augmenta sa pression mentale. En pure perte. Palléas rendait coup pour coup. Le jeune homme sentit une sorte d'échauffement au plus profond de lui-même. Une barrière mentale s'éleva inexorablement autour de lui, contre laquelle toutes les attaques du Prophète vinrent se briser comme des vagues sur un rocher.

— Je sais qui tu es, hurla soudain le Prophète. Tu es celui qui tua l'un de mes frères, le fidèle Gospar Kacek. Tu es celui qui tint en échec l'une des glorieuses armées de Dieu. Tu es le fils du démon en personne. Ton nom est Palléas de Gwondaleya.

Palléas tira lentement son dayal et le brandit. L'autre, désarmé, ne put lui opposer qu'un regard haineux.

— Tu ne te bats donc jamais toi-même, grinça Palléas d'une voix rendue lointaine par la concentration.

Le sabre de Djamar gisait, dans son fourreau, près du brasero.

— Prends-le ! rugit Palléas. Cette fois, tu devras défendre ta vie toi-même.

— Dieu m'aidera, vomissure du néant, hurla le Prophète.

Bizarrement, Palléas crut déceler comme un vague relent de peur. Mais le Prophète saisit le sabre et se rua férocement à l'assaut. Un combat titanesque s'engagea alors, dans les lueurs fantastiques de la nuit naissante. Pourtant, très rapidement, le jeune homme prit un net avantage. L'homme ne possédait pas véritablement l'art du sabre. En revanche, la force de son shod'l loer dépassait l'entendement. Palléas le comprit lorsque à nouveau son adversaire concentra ses forces mentales. Le jeune homme chancela et riposta. Les coups se firent plus rares, plus lents. Les spectateurs, fascinés par le combat homérique qui se déroulait sous leurs yeux, n'osaient plus faire un geste. Leïro, rassuré par la puissance qu'il sentait ruisseler en son compagnon, l'encourageait. Malgré la force effarante du Prophète, Palléas le contrait inéluctablement. Les deux hommes tournaient lourdement l'un autour de l'autre, semblables à deux chats qui s'affrontent. Inexorablement, les écrans du prophète s'effritaient les uns après les autres sans qu'il puisse rien faire.

Bientôt, les deux antagonistes se retrouvèrent sur la terrasse dominant Baaltenard, le long de la galerie des cariatides, dont les visages rongés faisaient penser à des monstres grimaçants. Un coup plus violent que les autres déchira la tunique noire du Prophète.

Celui-ci, pratiquement immobilisé, ne put réagir. Il recula alors, lentement, vers le précipice. Palléas comprit le danger trop tard. Il avait cru le Prophète perdu. Or, celui-ci détenait encore une arme infernale. Une arme contre laquelle Palléas ne pouvait rien.

Ils n'étaient pas à un mètre du rebord que le Prophète dit d'une voix sourde :

— Tu ne triompheras pas, Palléas. Tu combats une ombre. Tu es déjà perdu. Dieu ne m'abandonnera pas. Tu veux savoir qui je suis ? Tu veux connaître le visage du Prophète, le visage de Dieu ? Tu vas être satisfait. Et ce sera la dernière vision que tu emporteras.

Intrigué, le jeune homme relâcha son étreinte mentale.

L'homme porta les mains à son masque et l'ôta. Alors, sous les yeux de Palléas apparut le visage de son père, le comte Dorian de Gwondaleya.

37

En une fraction de seconde, la pression mentale de Palléas tomba. Cet instant de distraction lui fut fatal. L'adversaire lui porta aussitôt un violent coup de sabre dans la poitrine qui l'expédia au bord du précipice. Il avait existé autrefois une balustrade de granit sculpté, dont les derniers vestiges avaient été emportés par les hivers. Le pied de Palléas buta contre le rebord. Il perdit l'équilibre et reçut une dernière estocade.

Leïro, incrédule, vit son ami basculer par-dessus bord. Un long hurlement jaillit du fond de la nuit et s'éteignit dans les profondeurs des brumes de Baal-tenard.

— Palléas, murmura-t-il. Ce n'est pas possible. Ce n'est pas vrai... Tu le tenais. Tu avais vaincu !

Comme frappé par la foudre, il s'approcha de Dorian, d'une démarche d'automate.

— Je dois faire un cauchemar, Arnaud. Tu ne peux être ce monstre. Je vais... me réveiller.

Comme une bête prise dans un piège, il regarda autour de lui, découvrit les mines d'un autre âge, le crépuscule dont l'or à présent tournait au sang. Il tenait toujours à la main le pistolaser de Djamar.

— Je crois... que je vais te tuer, Arnaud. Je crois...

Puis il se mit à hurler :

— Sois maudit, Arnaud ! Je te hais !

— Silence ! tonna la voix du Prophète, cette voix qu'à présent il reconnaissait fort bien.

— Il faut le supprimer aussi, intervint l'un de ses compagnons.

Leïro aurait voulu agir, détruire cette abomination, ce monstre qu'il avait considéré comme son ami. Mais ses mains ne lui obéissaient plus. Ses bras devenaient lourds. Ce fut dans une brume lointaine qu'il entendit la voix d'Arnaud murmurer :

— Non ! Je ne le tuerai pas.

Et soudain, ce fut comme si un étau lui broyait les poumons. Il s'écroula et roula jusqu'aux pieds de l'homme en noir. Reprenant avec peine sa respiration, il se releva, faible comme un nouveau-né. Ses muscles lui interdisaient tout mouvement. Il ouvrit la bouche désespérément à la recherche d'oxygène. Le visage d'Arnaud, un visage qu'il ne lui connaissait pas, le considérait d'un regard brillant de haine. Dans un dernier sursaut de colère, le chevalier tenta de se relever. Mais ses jambes refusaient de le porter. Il s'écroula à nouveau. Autour de lui, l'air devenait épais comme de la poix, une poix glauque, glaciale, métallique. De la grenaille pénétrait son corps, l'engourdissait. Une série de douleurs immondes déchira ses muscles. Il eut l'impression d'entendre son cœur éclater. À une longueur de sabre, le Prophète aux yeux brûlants se penchait sur lui, invulnérable.

Puis soudain, tout se calma, s'estompa. Une irrésistible envie de vomir le prit, et il sombra dans l'inconscience.

Il avait dû s'évanouir. D'ailleurs, avait-il vraiment retrouvé ses esprits ? Il ne pouvait plus bouger. Son corps semblait rempli de paille et de sable. Il aurait voulu se lever, agir, se battre, anéantir l'abomination qui avait été son ami. Mais il se sentait plus faible qu'un enfant au berceau. Enfin, au prix d'un effort surhumain, il parvint à se mettre à genoux, puis il se redressa. Serrant les dents pour dominer la douleur, il tituba jusqu'au bord du balcon aux cariatides. Mais la nuit était tombée à présent, et le fond des marais n'était qu'un gouffre effrayant d'où montaient des feulements étranges, des appels mystérieux et inquiétants, comme l'écho des profondeurs infernales. Il refoula les larmes qui lui vinrent aux yeux et revint vers la salle. Le Prophète et ses spectres noirs avaient disparu.

Pourtant, au-dehors, il lui sembla distinguer un bourdonnement étrange. D'un pas chancelant, il traversa la salle aux dalles déchaussées, s'écroula par deux fois, remonta jusqu'à la cour où les cadavres des gardes s'étaient figés dans des poses grotesques. Une fine pellicule de givre s'était déjà déposée sur les capes vert bronze, composant lentement un linceul informe. Toujours vacillant, Leïro sortit de l'enceinte détruite. Sa tête paraissait sur le point d'éclater. Ses yeux se troublèrent. Un vertige le prit. Il lui semblait qu'une coulée de lave lui emplissait les poumons, l'étouffant peu à peu. Comme dans un rêve, il aperçut quatre silhouettes noires qui paraissaient attendre quelque chose. Il aurait voulu courir vers elles, frapper, frapper... Il tomba à genoux, se prit la tête entre les mains.

Il crut soudain devenir l'objet d'une hallucination. Du ciel coulait une obscure luminosité, comme un nuage couleur de sang. Peu à peu, les fantômes noirs s'embrasèrent. Des flammes glissèrent, fulgurèrent sur le plafond bas du ciel. La neige immaculée s'illumina, s'éclaboussa d'une myriade d'étincelles inquiétantes, tandis qu'un à un les spectres se fondaient au brasier. Un souffle de chaleur l'atteignit, l'enveloppa. Il s'effondra à plat ventre. La neige se liquéfia autour de lui, pénétra ses vêtements. Une vague de froid mordant succéda sans transition à l'onde chaleureuse. Les poumons du comte se déchirèrent sous la douleur. Dans une ultime vision, il vit encore un soleil rouge exploser, puis tout devint noir.

La caravane des rescapés d'Harvikönn ne prit pas le roi Ludwann au dépourvu. Les nobles ouvrirent leurs palais aux fuyards. Les auberges se remplirent. Rono, promu chef de la délégation, fut reçu par le

Conseil Royal en compagnie du comte Homburg. Lorsque leur récit fut terminé, l'amane Siguemundus prit la parole.

— Cette fois, il n'y a pas à hésiter. Je vais demander l'assistance des dramas de Brückeheim. Djihad, je crois qu'il vous faudrait organiser la défense de la ville.

— C'est aussi mon avis. Les portes seront fermées dès ce soir. Nous allons faire lever les minces d'urgence. Que chacun s'arme comme il le peut. Je vais faire prévenir les postes frontières, et envoyer des éclaireurs pour nous tenir informés du sort de Koparna. En fonction de leurs rapports, nous aviserons de la conduite à tenir.

Il était délicat en effet d'organiser une opération militaire sur le territoire koparnien, même si celle-ci ne se voulait qu'une action de soutien.

Secrètement, le roi Ludwann espérait même que la phalange déciderait d'une action directe des dramas.

L'après-midi était déjà bien avancé lorsque Rono rejoignit Lyvie dans les appartements que le roi Ludwann avait mis à la disposition de Palléas. Ayant à cœur de préserver l'avenir de la petite esclave, le jeune homme l'avait affranchie avant de quitter Hambora. Le roi avait donc reçu la jeune fille au titre de concubine officielle.

Elle ne vivait plus depuis le départ de Palléas. Aussi laissa-t-elle à peine le temps de souffler à Rono. Lorsque le chevalier eut terminé son récit, elle gémit :

— Mais pourquoi s'est-il lancé dans une aventure aussi dangereuse ? Pourquoi n'est-il pas resté parmi vous ?

Elle le regarda d'un air affolé, comme pour quêter une réponse dans les yeux du jeune homme.

— Rono ! Vous savez comme moi... Vous savez qu'un danger le menace.

— Ne craignez rien, madame. Il est le fils de Dorian de Gwondaleya.

— Et alors ?

Elle se redressa, fit quelques pas qui l'amenèrent inconsciemment devant la haute fenêtre. De l'extérieur sourdait le grondement de la tempête naissante, mêlé aux bruits de la ville étouffés par le brouillard. Rono, fasciné par la détermination qu'il sentait chez la jeune fille, la contemplait avec une nuance d'admiration. Cette gamine était née pour devenir reine. Il émanait d'elle une autorité innée qui le subjuguait. Il comprenait à présent pourquoi le bandit Thoren s'était spontanément mis à son service. Sa fierté naturelle provoquait instinctivement le respect chez ses interlocuteurs.

Elle tourna vers lui un regard d'émeraude brûlant, mouillé de larmes.

— Qu'est-ce que cela peut faire qu'il soit le fils de Dorian de Gwondaleya ? Je sens qu'il est en danger. Vous êtes tous fous, vous les hommes. On dirait que vous prenez un malin plaisir à vous mettre dans des situations impossibles, simplement pour voir comment vous vous en sortirez. Et les nobles sont encore plus fous que les autres.

— Peut-être, Lyvie, peut-être ! Mais il a fait ce qui lui semblait juste. Il avait accepté une mission et il la mènera jusqu'au bout. Si vous aviez été à sa place, vous en auriez fait autant.

Elle renifla, puis concéda de mauvaise grâce :

— Oui... Peut-être !

Rono la regarda pleurer sans bruit sans trop savoir que faire. Soudain, une lueur nouvelle apparut dans son regard.

— Et Oranéa ? A-t-il pensé à elle ? Il l'a abandonnée, elle aussi !

— Non ! Marvel s'est occupé d'elle. Il l'a menée aux écuries royales. Elle y sera bien traitée en attendant qu'il revienne...

— S'il revient ! Pendant ce temps, elle a besoin de lui.

Elle renifla, puis ajouta :

— Je veux la voir.

— Je ne sais pas si...

— Je veux la voir !

Il était difficile de résister à la volonté farouche de la jeune fille. Et Rono finit par céder. Il grogna :

— Décidément, mieux vaut mille fois affronter une horde de maraudiers armés jusqu'aux dents qu'une femme têtue. Je m'apprêtais à me rendre auprès d'elle. Voulez-vous m'accompagner ?

Elle prit à peine le temps d'attraper une cape épaisse de cuir noir fourrée de laine et emboîta le pas au chevalier. Elle n'aurait pas vraiment su dire pourquoi elle désirait voir l'allienne toute affaire cessante. Peut-être parce que c'était le seul lien tangible qui la rattachait à Palléas.

Dans les rues régnait une animation fébrile. Bien que le comté d'Harvikönn fît partie d'un royaume distinct de celui d'Hambora, les habitants des deux cités, liés par de nombreux échanges commerciaux, se connaissaient. L'annonce de la chute de Koparna s'était répandue comme une traînée de poudre. Les citadins avaient cessé toute activité. Des groupes s'étaient formés dans les rues, insensibles au lugubre mugissement du blizzard.

Rono et Lyvie se frayèrent un chemin parmi les attroupements. Lorsqu'ils atteignirent les écuries royales, le crépuscule s'appesantissait sur la ville, annonciateur d'une nuit glaciale.

Ils trouvèrent l'allienne dans un état d'excitation étrange. Les palefreniers royaux qui l'avaient accueillie avaient pris soin d'elle. Pourtant, elle s'agitait nerveusement, piaffant d'impatience, tirant sur sa longe. Elle grattait furieusement le sol recouvert de paille fraîche.

Lyvie s'approcha lentement de l'animal. Les yeux en amande, identiques à ceux des chats, se posèrent sur elle. La tête aux traits félins se pencha sur le côté. Le regard de la jeune fille se riva à celui du fauve.

Oranéa, c'était une partie de Palléas, c'était sa compagne, sa complice. La petite esclave s'approcha du lionorse et tendit la main vers le museau qu'elle caressa doucement. La bête feula sourdement.

— Tu veux me parler, murmura Lyvie. Tu veux me dire quelque chose. Mais je ne sais pas te comprendre.

Elle en aurait pleuré. Elle serra le poing et se tourna vers Rono.

— Voyez, seigneur Rono ! Elle sait, elle ! Elle sent qu'un danger plane sur Palléas. Les lionorses possèdent eux aussi le shod'l loer. Seigneur ! Essayez de la comprendre.

— C'est délicat, Lyvie. Je ne peux pas vraiment établir de contact avec elle. Cela risquerait de l'énerver davantage. Seul Palléas peut le faire. Il en est de même pour tous les chevaliers avec leur lionorse.

Un garçon d'écurie s'approcha.

— Sais pas ce qu'elle a. Depuis que vous l'avez amenée, elle était plutôt calme.

— Par les dieux, murmura Rono, soudain blême.

— Je vous l'ai dit, gémit Lyvie. Il est arrivé quelque chose à Palléas...

Elle crispa les poings. Ses paumes étaient moites. Il se préparait quelque chose. Ici même ! Elle se sentait impuissante, rivée, enchaînée à Hambora, prisonnière des portes qui bientôt se refermeraient sur la ville. Mais le farouche animal détenait en lui une puissance colossale. Elle voyait les muscles rouler sous le pelage blanc, la longue crinière tourmentée. Ce fut comme si peu à peu elle s'intégrait au fauve, comme si leurs deux volontés se confondaient.

Et soudain, l'allienne déchiqueta la longe de cuir d'un coup de ses crocs puissants. Puis elle se cabra. Lyvie hurla. Oranéa hésita une fraction de seconde. La jeune fille ne prit pas le temps de réfléchir, sauta sur la croupe de l'allienne non sellée, s'accrocha à la crinière et se coucha sur l'encolure.

N'importe qui d'autre eût été désarçonné et mordu. Mais Oranéa, habituée à sa présence, l'accepta sans difficulté. Rono ne put que se jeter à terre pour éviter la charge fantastique du superbe animal. Bousculant tout, l'allienne fila comme une flèche hors de l'écurie, obliqua vers la sortie de la Cour Royale, semant la panique sur son passage. Lyvie, cramponnée au cou puissant, entrevit à la vitesse de l'éclair des visages effrayés, des objets renversés, des ruelles sombres avalées à une allure folle. De toute sa volonté, elle soutenait l'animal fabuleux qui se ruait vers les portes de la cité. Lorsqu'elles se présentèrent devant la Porte du Nord, les ferroskos avaient commencé à clore les lourds vantaux de chêne et d'acier. Lyvie hurla et ferma les yeux, sûre que jamais elles ne pourraient passer. Des cris de stupéfaction lui vrillèrent les oreilles. Elle eut l'impression de s'envoler, et s'agrippa de toutes ses forces à l'animal. Comme dans un rêve hallucinant, elle entrevit deux mâchoires sombres qui tentaient de les happer, pour se retrouver, l'instant d'après, hors d'atteinte. L'allienne s'ébroua, et, tel un fantôme centaurien, repartit en trombe vers la nuit glauque et les tornades de glace.

38

Il ne savait plus depuis combien de temps il se traînait ainsi. Une idée fixe, lancinante, obsédait son esprit. Une intense rage de vivre le soutenait, mais il savait que jamais il ne pourrait s'en sortir seul. Il lui fallait trouver du secours. Autour de lui, la neige et le givre entretenaient une luminescence mystérieuse à travers les ténèbres. L'ouragan lui coupait la respiration. D'insidieuses langues de glace lui léchaient la peau malgré l'épaisseur de sa cape.

À présent, les ruines avaient disparu. Lorsque le Prophète et ses compagnons avaient été avalés par le disque de lumière sanglante, il avait cru mourir de frayeur. Il était persuadé désormais que ces êtres n'étaient pas de simples mortels, mais des esprits surgis de l'au-delà, de l'empire du néant. Et le Prophète avait le pouvoir de déchirer le monde pour ouvrir une porte de feu sur l'enfer. Il avait dû perdre connaissance pendant quelques instants. Lorsqu'il avait rouvert les yeux, la sphère rouge n'était plus là. Il s'était relevé, puis avait regagné les ruines. Longtemps il avait scruté le gouffre ténébreux, par-delà le parapet. Il ne pouvait croire que Palléas était mort. Il avait tendu l'oreille, essayant de capter un gémissement, un appel, une lueur d'espoir.

Sans résultat.

Alors, la mort dans l'âme, sans se soucier des larmes qui gelaient dans sa barbe, il avait erré dans les ruines, ignorant les corps des fayads. Une soudaine chute de neige avait étouffé les feux de camp, jetant des lueurs fantasmagoriques sur les visages bleuis des cadavres. Leïro avait enfin retrouvé ses esprits. Il avait une mission à remplir. Il lui fallait regagner Gwondaleya, et sommer Arnaud de s'expliquer.

Mais les chevaux, sans doute effrayés par l'apparition de la porte diabolique, s'étaient enfuis. Il avait donc décidé de regagner Koparna. Là, il trouverait sans doute un moyen de reprendre des forces et de repartir pour Hambora.

Et toujours il marchait, perdu dans la tempête. Il ne sentait plus ses pieds ni ses mains. Il avait l'impression de vivre un cauchemar sans fin. Il avançait, bravant la mort, affrontant avec une obstination aveugle les rafales violentes qui parfois le projetaient à terre. Alors, il se relevait et reprenait sa marche.

Il ne pouvait croire à ce qu'il avait vu. Palléas n'était pas mort. Arnaud n'avait pas tué son propre fils. C'était inimaginable. Des images revenues du fond de sa mémoire lui criaient qu'il s'était trompé, qu'il avait été victime d'une extraordinaire ressemblance. Leur combat dans l'arène de Burdaroma, où ce diable avait réussi à briser son dayal à la garde. Lui seul jusqu'à présent était parvenu à parer cette botte invincible. La Médhellenie et ses marais, le visage douloureux d'Arnaud lorsqu'un compagnon perdait la vie. Des traits féminins aussi, des yeux d'émeraude, si purs, si doux. Le sourire inoubliable d'une femme depuis longtemps retournée à la poussière.

Il étouffait. Le comte de Gwondaleya ne pouvait être le Prophète. À moins... qu'il ne fût devenu fou ? Ou peut-être avait-il été drogué ? Peut-être lui avait-on fait absorber à son insu des philtres magiques, qui avaient aboli toute volonté en lui ? Plus il y pensait, plus il s'en persuadait. Arnaud était manipulé. Mais par qui ? Les Lonniens ?

Mais oui ! Tout s'éclairait ! Ce qu'il avait pris pour une porte ouverte sur le néant, cette sphère lumineuse couleur de sang, c'était un de leurs navires volants.

Peu à peu, le souvenir des traits de son ami, déformés par la haine, par son absurde fanatisme religieux, ancrait sa conviction. Il s'agissait bien d'Arnaud. Un Arnaud méconnaissable, empli d'une puissance effrayante, destructrice, mortelle.

Une idée étrange le frappa soudain. Pourquoi le Prophète l'avait-il épargné ? Logiquement, il aurait dû le tuer comme il avait tué Palléas. Pourtant, il était là, bien en vie, luttant contre les éléments, avançant avec acharnement vers le but qu'il s'était fixé.

Tout à coup, pris d'un frisson, il trébucha et s'écroula. Une brume floue envahit son esprit, dissipant ses souvenirs. En lui se dessina une invincible rage de survivre, de tuer, de massacrer. Il devait venger son ami, son compagnon Palléas. Dans un éclair de lucidité, il comprit que l'eau infiltrée sous ses vêtements avait provoqué une mauvaise fièvre. L'instant d'après, sa rage s'effondrait devant le besoin d'un foyer, d'une chaleur protectrice auprès de laquelle se lover. Il lui fallait trouver rapidement du secours. Sinon, il périrait là, et emporterait dans la mort son terrible secret. Une volonté surhumaine le remit debout. Chancelant, il reprit sa marche, en grelottant. Un néant gris et sombre l'enveloppait, l'isolait de tout. Parfois surgissait non loin de lui un monstre griffonné par l'ouragan, déformé par ses yeux brûlants de larmes. Larmes de rage, de froid, d'impuissance. Malgré la douleur lancinante qui lui labourait les muscles, il avançait, encore, et encore.

Des formes floues, fugaces, lumineuses, dansaient devant ses yeux. Il y eut une chute, interminable, puis un choc mat, très doux. Sous ses doigts gourds, à travers ses gants de cuir fourrés, la neige avait pris la consistance de la peau d'orange. Sans y croire, il revit sa mère, jeune, et ses deux frères, dont l'un était mort encore enfant. D'autres images le traversèrent fugitivement, des marais où il se battait contre un monstre aux tentacules énormes, le regard chaleureux d'Arnaud, le sourire d'une jeune femme disparue, au nom oublié.

Soudain, il crut voir passer, au cœur de la tourmente, une silhouette centaurienne qui filait comme le vent. Surgie comme par miracle, elle se dessina sur les ténèbres nocturnes, puis disparut. Il avait cru discerner une femme sur le dos de l'animal, une allienne. Blanche comme celle de Palléas.

Il voulut crier, appeler au secours. Mais sa voix s'étouffa dans sa gorge, et il perdit connaissance.

Agrippée désespérément à l'encolure du fauve, Lyvie luttait pour ne pas tomber. Il fallait sauver Palléas, et Oranéa savait ce qu'elle faisait. Le poids de la jeune fille et les bourrasques glaciales la ralentissaient à peine. Le sol de neige défilait à une allure fantastique sous les yeux de Lyvie. Si elle glissait, elle était perdue. L'animal l'abandonnerait au cœur de la tourmente sans se soucier d'elle. Alors, elle se cramponnait à la crinière épaisse avec l'énergie du désespoir.

Désespoir qui peu à peu se métamorphosait en une joie étrange, proche du délire. La puissance, l'énergie vitale du fauve la pénétraient, se communiquaient à ses membres. Oranéa était invincible. À elles deux, elles sauveraient Palléas.

Peu à peu, au loin vers le nord apparut un vague rougeoiement. Elle comprit que la ville de Koparna était la proie des flammes. Elle craignit un instant que le fauve ne l'entraînât au cœur du repaire fayad, mais l'allienne obliqua vers l'est. Des bonds fantastiques l'élevaient au-dessus de ravins insondables, des sentes à demi comblées par les congères. Des bosquets de sapins furent traversés à la vitesse du vent. Lyvie sentait le cœur puissant qui battait contre ses cuisses, dans les flancs du fauve, à l'unisson du sien.

Bientôt, l'horizon fuligineux disparut vers l'orient, laissant présager un gouffre vertigineux. Oranéa ralentit à peine l'allure. Lyvie vit le rebord se précipiter vers elles, la nuit les engloutir. Elle ne sut jamais qu'elle était passée à côté de Leïro, qui n'avait parcouru que quelques centaines de mètres depuis les ruines. Depuis longtemps, elle avait remis sa vie à la volonté du lionorse. Bondissant d'un pas sûr d'éboulement en éboulement, l'allienne dévala la pente raide d'une falaise colossale, vers les marais figés de Baaltenard. Alors, seulement, elle consentit à ralentir son train d'enfer. Presque simultanément, le blizzard cessa. Des nuages coururent encore sous le ciel devenu étonnamment clair, et la lune dévoila un paysage fantasmagorique. Aussi loin que les yeux pouvaient porter s'étendait une mer immobile, glacée et couverte de neige, raturée par d'innombrables squelettes d'arbres. Les intempéries les avaient travaillés, sculptés, noircis pour les pétrifier en des formes extravagantes. C'était comme une sombre dentelle qui emplissait l'univers jusqu'à l'horizon. Par endroits se dressaient des troncs plus élevés, hérissés de doigts tordus vers le ciel. Lyvie frissonna. On disait qu'autrefois la mer recouvrait ce lieu étrange. Une mer froide, nordique, impitoyable. N'étaient-ce pas les âmes des marins perdus qui resurgissaient ainsi du linceul de glace, se mêlant aux lamentations du vent ?

L'allienne s'était mise au pas. Quelques centaines de mètres plus loin, longeant une sorte d'éboulis recouvert de neige, Lyvie aperçut une tache foncée sur les étendues laiteuses illuminées par la lune. Son cœur battit plus vite. Elle devina qu'il s'agissait de Palléas. L'instinct du fauve avait été le plus fort. La jeune fille leva les yeux. Un sentiment d'oppression l'envahit instantanément. La falaise l'écrasait de toute sa masse en surplomb. Palléas ne pouvait avoir survécu à une telle chute. Luttant contre l'accablement qui s'emparait d'elle, Lyvie se laissa glisser à bas de sa monture et entreprit d'escalader l'éboulement en direction de Palléas. Elle trébucha, s'écorchant les genoux et les mains, et finit par atteindre la forme sombre. Une cape couleur de bronze, déchirée, tachée de sang. Elle s'approcha lentement, redoutant ce qu'elle allait découvrir.

— Palléas !

Rien ne bougea.

Doucement, elle tira la cape vers elle. Pour découvrir avec stupeur qu'il n'y avait rien en dessous. Elle se redressa, affolée. Au pied de la falaise, l'allienne semblait chercher quelque chose. Elle tournait, virait, revenait. La mort dans l'âme, Lyvie la rejoignit. Des larmes ruisselaient de ses yeux, qu'elle essuya d'un revers de manche.

Plus haut vers le nord, la végétation morte remontait vers la muraille rocheuse. Oranéa, les muscles ramassés comme si elle s'apprêtait à bondir, se dirigea dans cette direction. Intriguée, le cœur soudain plein d'espoir, Lyvie la suivit.

Soudain, le lionorse se figea. Il tenta un instant de lutter, puis s'immobilisa. Alors, des formes monstrueuses se matérialisèrent devant les yeux horrifiés de la jeune fille. Un nom résonna à son esprit : les mankous !

Elle se mit à trembler. Leurs visages se dessinèrent mieux, splendides et terrifiants à la fois.

À bout de forces, elle s'évanouit.

TROISIÈME PARTIE

39

Solyane ne sentait pas le blizzard glacial qui heurtait de plein fouet le rempart, puis bondissait pardessus pour aller s'engouffrer vers les cours intérieures. Elle était seule sur le chemin de ronde, à part un garde frileusement abrité au creux d'une poivrière. Elle-même s'offrait au vent coupant comme de l'acier. Inconsciemment, elle espérait qu'il parviendrait à arracher, comme le torrent arrache le sable autour des roches, les visions horribles qui lui obscurcissaient l'esprit.

Une sorte de folie s'était emparée du monde. De toutes parts, les messagers n'apportaient que bruits de guerre, de massacres, évoquant des guerriers implacables qui brûlaient les villes et les villages. La dernière caravane arrivée à Gwondaleya avant l'hiver avait essuyé deux attaques, et n'avait dû son salut qu'à l'intervention des chevaliers de Sofiraan, une petite bourgade située sur la piste de Burdaroma.

Solyane devinait derrière tous ces drames l'œuvre

de cet être néfaste et puissant, non fait de chair et de sang, de cette entité animée par la seule volonté de détruire, détruire encore pour replonger le monde dans le chaos. Elle discernait, au-delà des faits, des éléments étranges, insaisissables pour le simple mortel.

Solyane avait appris à se fier aux intuitions. Elles étaient comme des empreintes, des indications projetées par anticipation dans l'esprit.

Et ce jour-là, la vision redoutée l'avait frappée, étouffée.

Palléas était mort. Elle avait assisté à son agonie. Malgré la distance, elle avait réussi à entrer en contact avec lui une fraction de seconde. Elle avait vu, dans une vision de cauchemar, le Prophète ôter son heaume, révéler une identité que personne n'aurait jamais pu soupçonner. Elle avait ressenti une violente douleur dans la poitrine lorsque le monstre, son frère, avait plongé son sabre dans le corps de leur fils. Une chute vertigineuse l'avait emporté dans un vide sans fond. Lorsqu'elle était revenue à elle, le visage anxieux d'Alvina était penché sur elle... Celle-ci l'avait relevée, réconfortée. Solyane avait dû faire appel à toutes ses ressources intérieures pour ne pas révéler la raison de son évanouissement.

— Un malaise, avait-elle dit. Je suis pourtant sûre de ne pas être enceinte.

Si Alvina ne fut pas dupe de son sourire dérisoire, elle n'en laissa rien paraître.

La douleur avait persisté. Lorsqu'elle s'était déshabillée, le soir venu, elle avait remarqué une petite cicatrice sur son sein gauche. Une cicatrice qui avait saigné, et taché sa robe.

Restée seule, elle avait essayé de comprendre. De toutes ses forces, elle avait cherché au fond d'elle-même la petite flamme joyeuse qui lui affirmerait que son fils était toujours vivant. Mais tout se fondait dans un brouillard opaque et étouffant. Elle aurait voulu hurler.

À présent, livrée aux vents, elle tentait de combattre l'effroi qui l'étreignait chaque fois qu'elle évoquait la scène hallucinante. Il lui fallait retrouver ses esprits. Dorian ne pouvait être le Prophète. Bien sûr, elle avait vu ses traits, son visage déformé par la haine et le fanatisme. Mais il y avait certainement une explication.

Pourtant, certaines paroles de Dorian lui revinrent en mémoire : « Lorsque les choses infernales se mettent en route, il faut se méfier de tout. Même du sourire de ton ami ! »

Avait-il été pris au piège par un esprit démoniaque ? Elle refusait de croire que Dorian et le monstre qu'elle avait vu tuer son fils étaient une seule et même personne. D'ailleurs, Dorian était prisonnier de la banquise Skandiane, à quelque distance du pôle. Les dernières nouvelles n'étaient guère rassurantes. Une tempête sans précédent balayait la base en permanence, rendant impossible toute communication. Du moins, c'était ce que révélaient les images transmises par le Moona depuis l'espace. À moins que...

À moins que cette incertitude ne fût volontairement entretenue par les Lonniens !

C'était invraisemblable. En vingt ans, si les extraterrestres avaient eu de mauvaises intentions, ils les auraient déjà révélées. Mais peut-être possédaient-ils le moyen d'endormir leur méfiance. Leur science était si grande !

Elle secoua la tête, chassant avec répulsion des soupçons qu'elle se refusait à envisager. Mais l'image du visage de Dorian ravagé par la haine ne cessait de la hanter. Dans son bouleversement, elle ne prit pas garde à l'investigation mentale dont elle faisait l'objet à cet instant où elle s'offrait aux éléments déchaînés. Elle fut tentée un court instant de se jeter du haut du rempart. Elle sentit comme une main glaciale qui l'invitait. Un vertige la prit, mais une partie d'elle-même refusait de croire à l'absurde vision. Un espoir insensé de revoir un jour son fils vivant...

Soudain, un cri déchirant la tira de sa méditation. Elle se détourna d'un bloc et découvrit Nelvéa, le visage couvert de larmes. La jeune fille était vêtue exceptionnellement d'une robe verte et d'une longue cape de laine noire. Sur ses bras pendait une chaude mante de fourrure destinée à Solyane.

Les deux femmes tombèrent dans les bras l'une de l'autre. Solyane avait compris que sa fille avait lu la vérité en elle. Elle eut la sensation que des doigts immatériels, un peu timides, poursuivaient leur investigation, tentaient de comprendre. Si Nelvéa n'était pas douée pour la télékinésie, elle savait en revanche déchiffrer les esprits aussi bien qu'elle-même.

— Mère, ce n'est pas vrai, ce n'est pas possible ! Mon père ne peut avoir fait cela !

Elle se mit à sangloter.

Comme Dorian, Solyane éprouvait une tendresse particulière pour Nelvéa. Peut-être à cause de sa vulnérabilité, due sans doute à son origine réelle. Le souvenir d'un visage aux yeux verts et rieurs passa en elle, entraînant toute une suite d'images, belles, terribles, tendres, sensuelles, merveilleuses. Une foule de souvenirs déversés en elle par la mémoire de son frère. Une empreinte indélébile qui laissait en elle un amer goût de cendre.

Nelvéa leva soudain les yeux vers Solyane. Le vent ébouriffa sa crinière brune et bouclée, qui retombait en cascade souple sur ses épaules.

Solyane releva ses écrans mentaux, mais il était trop tard. Et elle le savait.

— Non, mère ! Que se passe-t-il ? Je veux, j'ai le droit de savoir. Vous me dissimulez quelque chose.

Solyane voulut la prendre contre elle, mais la petite la repoussa presque violemment.

— Non ! Dites-moi pourquoi vous pensez à Elena. C'est d'elle qu'il s'agit, n'est-ce pas ? Mon père l'évoque souvent devant moi. Très souvent ! J'ai cru... je ne sais pas. J'en éprouvais de la jalousie. Mais il y a autre chose. Je veux savoir.

— Tu lui ressembles beaucoup, soupira Solyane. Tu as ses yeux verts, sa bouche, et... (elle sourit) le même caractère obstiné.

— Mais la ressemblance se borne là ! Je n'ai rien à voir avec elle ! affirma Nelvéa avec violence.

— Cette ressemblance n'est pas fortuite, ma chérie ! Elena... est ta véritable mère !

40

Les deux femmes étaient à présent installées dans la chambre de Nelvéa. Un feu haut et clair flambait dans la cheminée, complétant l'action des conduits d'air chaud qui tissaient leur réseau arachnéen sous les dalles du palais. Solyane avait congédié les domesses. Elle avait commis une erreur en se dévoilant ainsi à la petite. Mais de toute manière, celle-ci aurait fini par savoir la vérité.

Nelvéa regardait Solyane comme si elle la voyait pour la première fois. Sa logique implacable se révoltait contre ce qu'elle venait d'apprendre. Son cœur se déchirait. Solyane avait toujours été... ÉTAIT SA MÈRE.

— Et d'abord, ce n'est pas possible, jeta-t-elle soudain. Elena est morte avant d'avoir eu un enfant.

— Elle en portait un lorsqu'elle a été tuée, dit doucement Solyane.

— Mais il y a vingt et un ans de cela. Et je n'ai que dix-sept ans.

— Écoute-moi !

Et, comme souvent lorsqu'elles évoquaient des souvenirs, Solyane ouvrit sa mémoire à Nelvéa. Délicatement, la jeune fille se laissa glisser dans l'esprit offert. Peu à peu naquirent des images-sensations, des émotions qui coulèrent en elle comme un fleuve puissant. Et elle vit.

Palléas ! Il avait à peine trois ans. Il émettait sans discernement des pensées enfantines, absurdes et colorées, images d'un monde étrange perçu au travers d'un esprit non encore formé. Il connaissait la télékinésie, mais la contrôlait mal. Des maladresses, éclaboussées de rires, vinrent éclairer Nelvéa. Une onde de joie la parcourut. Il y avait un parfum de printemps, vif, puissant, fait de la senteur de l'humus et des odeurs de la ville, au pied des remparts. Gwondaleya n'était pas encore aussi étendue. Le premier centre venait à peine d'être ouvert. Un deuxième était en construction. Quant à la cité lonnienne, elle n'existait pas encore. Avec émotion, Nelvéa aperçut le visage de son père. Il souriait, de ce sourire si chaud qu'il avait pour les regarder, eux, ses enfants. Sourire adressé pour lors à Palléas enfant, dans les souvenirs de Solyane. Une bizarre langueur gagna la jeune fille. Était-ce parce qu'elle ressentait en écho l'amour qui unissait Solyane et Dorian, ou pour une raison différente, parfaitement irrationnelle ?

Lentement, la vision s'estompa. Nelvéa éprouva comme un bref vertige. Puis elle reconnut les schèmes mentaux de son père, et comprit que Solyane allait lui faire revivre une scène vécue par lui seul, et qu'ils avaient partagée par la suite.

Une salle de dimensions modestes, qu'elle reconnut pour être le bureau de Dorian. Un homme, un amane, entra, dont le nom s'imposa aussitôt à son esprit, bien qu'elle ne le connût pas : Markus, théolamane de Valatia, capitale de la Médhellenie.

— Hal Weya, seigneur Arnaud !

— Hal Weya, sehad ! Prenez place.

Une sensation d'amitié accompagnait le prêtre. Dorian dit :

— Je suis véritablement heureux de vous revoir, sehad. Mais aussi surpris. Il est rare qu'un amane, et surtout un amane impérial, accomplisse un si long trajet pour rencontrer un simple comte régnant.

Markus sourit.

— Il est vrai. Cependant, vous n'êtes pas le premier comte régnant venu, seigneur Arnaud. De plus, ce que j'ai à vous dire est... disons très particulier, et très personnel.

Dorian, et Nelvéa à travers le souvenir, sentirent l'hésitation du prêtre.

— Il m'est difficile d'aborder le sujet, car il va remuer en vous un épisode dramatique de votre vie, seigneur. Mais il m'est également impossible de garder le silence.

— Expliquez-vous ! dit doucement Dorian.

— Eh bien voilà ! Lorsque j'ai ramené au temple le corps de votre femme, Elena, j'ai voulu tenter, malgré le temps écoulé depuis sa mort, de sauver l'enfant. Il n'était encore qu'un fœtus, cependant, avec une couveuse artificielle, c'était possible. Mais il était déjà trop tard. Le bébé avait cessé de vivre.

Nelvéa sentit affluer en elle de manière presque tangible la douleur qui imprégna son père à l'évocation d'Elena. Le prêtre poursuivit :

— J'étais affligé : j'aurais tellement voulu sauver au moins cet enfant. Il était intact. Les balles n'avaient même pas déchiré la poche maternelle. Alors... je ne sais pourquoi, j'ai prélevé quelques cellules fœtales. Celles de la mère n'étaient plus viables. Mais celles du bébé pouvaient encore être ramenées à la vie, par cette technique que vous connaissez à présent : le clonage.

Markus soupira :

— Voilà la raison de ma visite, seigneur Arnaud. Je possède des cellules, conservées dans le froid absolu, qui permettraient de faire vivre cet enfant que vous avez eu d'Elena.

Dorian se leva, bouleversé, et se mit à arpenter nerveusement son bureau. Un fantastique mélange de joie et de colère teintée de tristesse bouillonnait en lui. Nelvéa en éprouva les réactions, à des années d'intervalle. En elle vibraient à nouveau l'amour que Dorian avait porté à Elena, la peine et la douleur provoquées par sa disparition. L'image d'une femme toute jeune expirant entre les bras de son père la frappa. Elle aurait voulu rejeter cette vision, cette passion qui coulait de Dorian pour l'agonisante. Elena avait mérité l'amour de son père. Elle le comprenait à présent. Mais elle le refusait. Elle ne sentait pas les larmes qui ruisselaient sur ses joues. Une fraction de seconde, il se produisit un événement incompréhensible : l'image-souvenir s'inversa, et elle vit, au travers des yeux d'Elena, le visage de son père, un visage bouleversé, anxieux, empli de douleur. Elle était devenue Elena.

Puis tout s'estompa, tandis que le prêtre poursuivit :

— Je me suis longtemps accusé d'avoir agi par curiosité scientifique. Mais ce n'était pas cela. Pas uniquement. Je me sentais en partie responsable de la mort de votre femme, seigneur Arnaud. Je pense que j'ai voulu tenter de réparer mon imprudence.

— Mais vous saviez pourtant que Solyane et moi étions promis à une forme de spoliation par les Cyberniens. Ils voulaient redonner vie à Darios et Lyanéa.

— Je l'ignorais. Je n'avais pas encore repris contact avec eux. Lorsque j'ai connu leurs intentions, je les ai désapprouvées. Non, je crois que j'ai surtout pensé à la joie que je vous aurais procurée si vous aviez pu au moins conserver l'enfant. Votre premier fils. Seulement...

— Seulement ?

— Cet enfant était réduit à quelques cellules dont une seule serait capable de le ramener à la vie. Je ne me sentais pas de taille à tenter l'expérience seul. Et je ne pouvais en parler à personne... Je fus plusieurs fois sur le point de les détruire. Mais mon amitié pour vous et mon respect de la vie s'y opposaient. Qui peut dire à quel moment commence l'existence véritable d'un être ?

— Curieuses paroles dans la bouche d'un homme pour qui les manipulations génétiques font partie de la vie courante.

— Sans doute, seigneur Arnaud. Mais ne soyez pas dur. Nous agissons toujours dans le sens qui nous semble le meilleur, pour faire le bien. J'ai longuement hésité à vous le faire savoir. Je craignais de vous blesser. Vous avez déjà eu tant à souffrir de ces manœuvres. J'ai aussi imaginé de faire renaître cet enfant en le faisant porter par une léphénide. Mais, encore qu'il n'eût pas été évident d'en trouver une suffisamment résistante pour l'amener à terme, et qui accepte, j'aurais eu l'impression de vous trahir. Ces cellules, en vérité, vous appartenaient. Cette histoire devait donc rester secrète. Et puis, il y a deux ans, je me suis rendu à Avallonia pour une affaire touchant à la succession d'Etania. J'ai rencontré le Grand Initié Horius. Et je lui ai tout avoué. C'est lui qui m'a conforté dans l'idée de venir vous voir et de vous dire la vérité.

— Horius ?

— Il estime lui aussi que ces germes vous appartiennent, seigneur ! Vous seul avez le droit de prendre une décision. Ils sont ici. Je les ai apportés. Horius, comme moi-même, souhaiterait bien entendu les voir éclore, mais vous êtes le seul juge.

— Je comprends votre réaction. Vous savez que je n'ai pas encore pris de maîtresse. Je n'ai d'enfant que Palléas. Zoltan me pousse gentiment à faire des petits à toutes les femmes qui gravitent autour de moi ; il m'a même proposé de faire venir des léphénides. Il l'intéresserait aussi beaucoup de savoir ce que donnerait le croisement avec une Lonnienne. Mais je ne suis pas un étalon.

Markus sourit.

— Horius le sait, seigneur.

Les deux hommes se turent. Dorian revint s'asseoir, profondément troublé par des pensées contradictoires. Que penserait Solyane de tout cela ?

Et soudain, elle fut là. Instantanément, Nelvéa fut basculée dans sa mémoire. C'était ses propres souvenirs que Solyane revivait à présent. Le trouble de Dorian l'avait atteinte tandis qu'elle se trouvait dans une autre aile du palais, en compagnie de Vaïna, alors enceinte pour la deuxième fois.

— J'ai entendu, petit frère ! dit-elle avant de tourner son regard vers Markus.

— Sehad, je sais que vous avez agi avant tout par amitié envers Dorian. Et je vous en remercie.

Elle s'approcha de son frère et lui prit les mains.

— Dorian, bien souvent, c'est l'annonce d'une mort que nous apportent nos visiteurs. Pour une fois, c'est l'espérance de la vie. Je sais que tu aimais profondément Elena, et moi-même j'avais commencé à l'aimer. Songe que c'est l'enfant qu'elle voulait te donner que ramène aujourd'hui Markus. Ne voudrais-tu pas le voir vivre ?

— Si, petite sœur ! Mais il ne s'agit encore que d'une cellule, encore plus petite qu'une tête d'épingle.

— Bientôt, elle grandira. C'est moi qui la porterai.

— Toi ?

— Moi ! Qui d'autre le pourrait ? Je ne ferai que suivre l'exemple d'Orlyane. C'est grâce à une opération identique que nous sommes ici aujourd'hui. Si Elena avait vécu, elle t'aurait donné cet enfant. Et d'autres aussi sans doute.

— Solyane ! Tu es... merveilleuse.

À cet instant, elle releva ses écrans mentaux, rendant ses souvenirs inaccessibles à la jeune fille.

— Voilà, ma chérie ! Tu connais à présent la vérité.

Nelvéa se leva, puis recula en secouant négativement la tête. Tout son être vibrait d'un refus total, catégorique. Elle buta contre une table basse qu'elle ne voyait pas. Regardant Solyane comme si elle ne la connaissait pas, elle siffla :

— Je ne veux pas... Ce n'est pas vrai ! Je ne suis pas la fille d'Elena ! Je suis votre fille ! VOTRE FILLE ! Je n'ai rien à voir avec elle.

— Elena était une femme de grande valeur, Nelvéa. Ton père l'a aimée. Et elle en était digne.

Nelvéa s'écroula en sanglotant, la tête enfouie dans les bras. Des mots sans suite s'échappaient de ses lèvres. Bouleversée, Solyane voulut se rapprocher d'elle, la consoler.

— Tu sais, cela ne change rien à l'amour que je te porte, ma petite fille. Tu as pris mon sang et mon lait, comme Palléas. Je n'ai jamais fait aucune différence entre lui et toi.

Nelvéa releva sur elle des yeux baignés de larmes.

— Mais vous ne comprenez pas ! Elena n'était pas comme nous, comme vous ! C'est pour ça que je ne possède pas les mêmes facultés que Palléas. Je ne suis rien... je suis un monstre...

Solyane tendit la main, comme pour apprivoiser un animal indomptable. Mais Nelvéa se releva d'un bond.

— Ne me touchez pas ! Je veux... Il faut... que je reste seule.

Elle regarda autour d'elle, hésitante et affolée. Puis elle s'enfuit.

Solyane ne tenta pas de la suivre. Elle soupira. Bien sûr, cela avait été une erreur de lui dévoiler ainsi la vérité. Mais elle aurait bien fini par l'apprendre. Alors, il était préférable que ce fût par sa bouche.

Pourtant, son attitude de rejet total était véritablement excessive. La petite éprouvait un rejet étrange, incompréhensible, vis-à-vis d'Elena, la première épouse de son père, disparue depuis plus de vingt ans. Bien sûr, cela pouvait s'expliquer par le fait que, comme nombre de filles, Nelvéa était un peu amoureuse de Dorian. Les amanes connaissaient ce phénomène, parfaitement normal dans l'évolution du caractère. Elle-même se souvenait de l'adoration qu'elle éprouvait pour son père, Kogan. Mais cela n'expliquait pas cette haine envers une mère naturelle qu'elle n'avait jamais connue.

Solyane se souvint tout à coup de l'événement incompréhensible qui s'était produit quelques instants plus tôt, alors qu'elle avait ouvert sa mémoire à Nelvéa. En elle, la petite avait revécu, au travers des souvenirs de Dorian, la mort d'Elena. Et, l'espace d'une fraction de seconde, elle s'était substituée à

Elena. Elle avait éprouvé son agonie, elle avait vu la douleur de son père PAR LES YEUX D'ELENA.

Rien ne pouvait expliquer ce phénomène. Il ne faisait pas partie des souvenirs de Dorian. Il venait de Nelvéa elle-même.

Solyane ferma les yeux, et s'abandonna aux larmes. Elle avait l'impression que, en ce jour d'hiver, elle venait de perdre ses deux enfants.

41

Parfois, il doutait d'être encore vivant. Il avait perdu la notion du temps. Il flottait dans une chaleur douce, maternelle. La poche originelle. Il avait peine à se souvenir de son nom. Des éclairs de lucidité lui revenaient de temps à autre et il se répétait alors : « Je m'appelle Leïro, je suis chevalier, je suis le comte d'Ursaleya ! »

La plupart du temps, il n'avait conscience de rien. Une fois même, il se retrouva flottant dans l'air, léger comme une plume, dérivant dans une pièce où crépitait un bon feu de cheminée. Dans un coin, sur un grabat, un homme reposait, emmailloté comme un bébé dans d'épaisses couvertures. Sur lui se penchait un long homme noir au visage de cire. Un autre homme, taillé comme un tronc d'arbre, tisonnait le feu. Une jeune femme s'affairait dans la pièce voisine. Leurs traits lui semblaient vaguement familiers. Il ne comprenait rien. Il savait seulement qu'il était parfaitement bien. Il dériva ainsi longuement dans la petite salle chaude. Personne ne paraissait faire attention à lui.

Régulièrement, des mains amies le relevaient, lui faisaient ingurgiter de la nourriture, des bols de bouillon brûlant. Alors, d'étranges douleurs se réveillaient en lui et l'enfer l'envahissait. Des mains se posaient sur lui, énormes, rugueuses, brutales, d'autres aussi. douces et bienfaisantes, maternelles. D'autres encore, fines et légères, qui chassaient la douleur.

— Je suis Leïro, comte d'Ursaleya !

— Détendez-vous, seigneur chevalier.

— Qui... qui êtes-vous ?

— On dirait qu'il reprend ses esprits, dit une voix de femme.

— Je ne vous vois pas. Où êtes-vous ?

— Je suis l'amane Kristanus, seigneur Leïro. Près de moi se trouve la szilove Anéa, ma compagne. Rassurez-vous, nous sommes à l'abri.

— Ouais, grogna une autre voix, qu'il reconnut pour être celle de Thoren. Ces maudits fayads ne viendront pas nous chercher ici.

— Les fayads ! Palléas !

Silence.

— Dites-moi, sehad, savez-vous quelque chose ?

— Rien, seigneur Leïro. Le chevalier Palléas aurait été tué. Néanmoins, il a été impossible de retrouver son corps.

— Par les dieux de bienveillance ! Où êtes-vous, sehad ? Je ne vois rien. Je ne peux plus ouvrir les yeux.

— Ne vous alarmez pas. Le froid a brûlé vos paupières. Mais vous ne perdrez pas la vue. Il faut seulement vous armer de patience. Vous avez eu de la chance que Thoren vous suive de loin.

— Ouais, ronchonna l'intéressé. Je me doutais bien que vous alliez vous fourrer dans un pétrin pas possible. Aussi, lorsque la colonne du Prophète a quitté Koparna, je me suis défilé en douce.

— Alors, tu as vu...

— J'ai rien vu du tout. Je tenais pas à me faire repérer par le Prophète. J'ai suivi les traces. J'ai vu de loin les ruines, avec des feux à l'intérieur. Alors, je me suis pas approché. Un type a basculé de la falaise. Je pensais que c'était le Prophète. Je me suis dit : ça y est, le petit l'a eu ! Et j'étais drôlement content. Mais j'ai plus rien compris après. Surtout avec ce qui s'est passé.

— Qu'est-ce qui s'est passé ?

— Je sais pas ce que c'était. J'avais jamais vu ça. C'était comme un bateau, mais c'en était pas un, parce que ça volait. Un truc immense, lumineux. On aurait dit que ça brûlait. Les fayads sont grimpés dedans. Je me suis dit que je m'étais trompé, et que le Prophète avait gagné. Alors, j'ai eu la trouille. Surtout quand le machin est reparti vers les nuages avec des éclairs.

— C'était sans doute un aérodyne, expliqua Kristanus.

— Un navire volant. Comme ceux des Lonniens, dit Leïro, songeur.

Puis il ajouta :

— Que s'est-il passé ensuite ?

— Je me suis débiné. De toute façon, on n'y voyait pas grand-chose. J'ai vu de loin une espèce de monstre qui courait dans la tempête, comme un lionorse, mais plus gros, avec un torse humain. J'ai pas bien vu, et j'ai pas insisté. Et puis, je me suis traité de lâche. Alors, je me suis approché des ruines, et j'ai trouvé un tas de cadavres de fayads. J'ai compris que vous aviez utilisé ma petite fiole. Je vous ai cherchés après, en pensant que le Prophète vous avait peut-être tués, mais qu'aussi vous pouviez être seulement blessés. J'ai rien trouvé, sauf des traces dans la neige. Alors, je les ai suivies, et j'ai buté sur vous, seigneur chevalier. Vous étiez déjà presque froid. Mais j'ai vu que vous viviez encore. Alors, je vous ai jeté sur mon cheval, et je vous ai emmené.

Leïro s'entendit souffler :

— Et ensuite ?

— Je vous ai ramené à Koparna. Je suis retourné à la cachette de l'amane. Dans votre état, je ne savais pas trop quoi faire de vous. Et là, on a eu de la chance.

Kristanus prit la parole.

— Nous étions nous aussi de retour, seigneur chevalier. La route de la garnison dramas était totalement coupée. Nous avons failli nous faire prendre. Les fayads ont installé là-bas des postes de garde. Ils s'attendent à une réaction de nos guerriers lorsque ceux-ci apprendront que Koparna est tombée entre leurs mains. Nous n'avons pas insisté. Il est possible que nombre de Koparniens s'opposent à eux à présent.

Leïro sentit la voix du prêtre faiblir.

— La lâcheté humaine ne connaît pas de limites, seigneur, grinça-t-il sourdement. Certains de nos citadins n'ont pas été longs à se convertir. Nos amis avaient été capturés. On les emmenait vers la Place Royale, sur les bûchers, lorsque nous sommes revenus. Il y avait parmi les fayads des hommes que je connaissais, et qui hurlaient encore plus fort que les autres.

Kristanus soupira de lassitude et de dégoût, et laissa planer un moment de silence.

— Nous nous sommes éloignés, reprit-il enfin. Nous ne pouvions plus rien pour nos amis. Alors, nous sommes revenus vers notre cachette. Je ne sais combien de temps nous sommes restés là. Nous avons vu arriver Thoren, qui portait un homme blessé, presque mort. C'était vous, chevalier. Il vous fallait des soins. Alors, nous avons profité de la nuit pour nous enfuir. Nous avons joué le tout pour le tout. Et nous sommes passés. Vous étiez trop mal en point pour que l'on tente de gagner Hambora ; vous auriez succombé en route. Alors, nous avons pris une autre direction. Nous sommes ici dans une petite ville, à proximité d'Harvikönn. Dans ce village abandonné depuis des années, nous avions conservé une demeure où chacun de nous aimait à se retirer, loin du monde, seul, ou avec une compagne. Personne ne viendra nous chercher ici.

— Les dieux vous entendent, sehad. Depuis combien de temps sommes-nous ici ?

— Près d'un mois, seigneur Leïro. Votre séjour dans la neige vous a valu une belle infection pulmonaire. Nous avons eu très peur pour vous. Je ne suis pas médamane, et mes connaissances sont très limitées. Néanmoins, j'ai trouvé ici tous les remèdes dont vous aviez besoin. Vous serez bientôt sur pied.

— Je suis donc ici depuis un mois ? J'ai peine à y croire. Que s'est-il passé depuis ?

— Thoren est retourné à Koparna. Je pense que les fayads vont attendre la fin de l'hiver. L'attaque d'Hambora n'est sans doute pas imminente, bien qu'elle fasse partie de leurs projets. En attendant, ils ont beaucoup à faire pour convertir les Koparniens.

Le premier moment de surprise passé, certains ont réagi. La vie a repris presque normalement là-bas. Du moins en apparence. Mais les citadins sont prisonniers. Ceux qui se convertissent se voient restituer ce qu'il leur reste de bien. Les autres... sont persécutés.

— C'est pas beau à voir, maugréa Thoren. Tous les jours, on les abrutit avec des âneries. On les menace de la damnation éternelle. Je sais ce que c'est, j'y suis passé. La plupart se laissent faire, parce qu'ils ont faim, et qu'ils pensent à leurs gosses. Mais les autres, ceux qui n'ont pas voulu marcher dès le début, ceux-là résistent. Au début, les fayads leur ont fichu la paix. Et puis, les convertis ont commencé à dénoncer leurs voisins. J'ai assisté là-bas à des scènes qui m'ont fait bouillir de rage. Le pire, c'était l'embrigadement des enfants. On leur apprend à manier des armes, on les incite à dénoncer leurs parents. Après avoir vu ça, je suis fier d'être resté un maraudier. Je suis sans doute promis à la corde ou à la lame du bourreau, mais au moins je garderai une conscience propre. Il y a eu des révoltes, des émeutes, des répressions, des massacres en règle dans les rues. La dernière fois que j'y suis retourné, il y avait plus de quarante bûchers sur la Place Royale.

— Par les dieux ! Je ne peux pas rester ici indéfiniment !

— Calmez-vous, seigneur Leïro. Vous avez presque recouvré la vue. D'ici quelques jours, vous serez parfaitement remis.

Le comte consentit à sourire. L'intimité de la petite villa avait rapproché les trois hommes et la jeune femme. Leïro, grand amateur de jolies filles, ne restait certes pas insensible au charme discret et à la douceur d'Anéa. Mais celle-ci ne le payait pas de retour. Elle l'avait vu trop faible, trop malade. Elle l'avait nourri, nettoyé, bercé comme un bébé. Bien qu'elle eût l'âge d'être sa fille, elle éprouvait pour lui des sentiments quasi maternels. Et surtout, elle se réservait pour son compagnon, l'amane Kristanus.

C'était la première fois que Leïro partageait ainsi l'intimité d'un prêtre. Son respect pour eux s'en trouva renforcé. Alors qu'en lui vibrait une haine latente qui souffrait de ne pouvoir exploser, il découvrit que l'amane n'éprouvait aucun ressentiment vis-à-vis des fayads. Il était prêt à les anéantir, non par vengeance, mais parce qu'ils représentaient un danger mortel pour la civilisation amanite. Au cours des longues discussions du soir auprès de la cheminée, Leïro comprit que cette attitude était le résultat d'une rude discipline, d'une emprise totale sur les pulsions profondes. Plusieurs fois, le prêtre affirma que s'il existait un seul espoir de composer avec les fayads, il faudrait le rechercher. Lorsque Leïro évoquait alors les compagnons perdus, brûlés, massacrés, Kristanus rétorquait que la vie triomphait toujours de la mort, et qu'il valait mieux tenter d'oublier que de se consumer en une haine stérile.

Pourtant, plus d'une fois dans le silence de la nuit, le masque se fissura lorsqu'il évoquait des visages disparus, prêtres de la phalange, sziloves, simples paranes ou nobles koparniens. Anéa acquiesçait sans mot dire, mais Leïro remarqua plusieurs fois les yeux brillants, les mains qui se crispaient, les jointures qui blanchissaient.

Quant à Thoren, incapable de rester en place, il partait comme un loup solitaire pour la journée entière, chassait, ou bien allait aux nouvelles. Leïro redoutait un peu qu'il se fît prendre, ou suivre. Mais pas une fois le maraudier ne fut inquiété. Son expérience passée l'avait préparé à se dissimuler efficacement.

Le comte d'Ursaleya se demandait parfois ce qui poussait ce curieux individu, plus ou moins sans foi ni loi, à rester en leur compagnie. Son esprit fantaisiste l'incitait à chaparder. Il ramenait ainsi, de ses expéditions à Koparna, toutes sortes d'objets sans réelle utilité. En revanche, pas une fois il ne toucha aux affaires de Kristanus. Il vouait au prêtre une admiration béate. Ainsi, il appréciait beaucoup les moments où, le soir, ils se trouvaient réunis, et où le prêtre leur contait des légendes.

— C'est curieux, observa-t-il un soir quand l'amane se tut, vos dieux portent des noms différents, mais j'ai l'impression que c'est toujours le même.

— La réponse est en toi, répondit doucement Kristanus. Les dieux ont déposé une graine de sagesse en chacun de nous. Cherche-la, et tu la trouveras. Tu n'as peut-être pas vécu la vie que tu méritais jusqu'à présent. Je ne peux te conseiller. Tu dois toi-même mener ta quête.

— Une quête ?

— La plus difficile d'entre toutes : la connaissance de soi. Aux temps anciens, bien avant le Jour du Soleil, on contait une légende qui parlait de la quête du Graal. C'était un objet sacré qui en réalité symbolisait la recherche de sa propre identité au travers de nombreuses épreuves. Les chevaliers qui partaient à la conquête du Graal comprenaient à la fin que c'était eux-mêmes qu'ils avaient découverts, au travers des épreuves qu'ils avaient affrontées, au travers de leurs succès, et de leurs échecs. Cette légende est éternelle. L'être humain doit s'élever, se sublimer, et pour cela, il doit apprendre à se connaître, afin de corriger ses défauts, et de cultiver ses dons. Là se trouve la seule vraie richesse.

— Vous parlez de vie éternelle, de réincarnation. Vous pensez vraiment que j'ai pu vivre autrement, par le passé, et que je vivrai encore, après ma mort ?

— Je le crois. Mes frères amanes le croient. À toi de méditer pour savoir si cette hypothèse te convient. Nul ne pourrait vivre indéfiniment sans dormir. De même que le sommeil aide à supporter la vie, parce qu'il permet d'oublier les frustrations, les soucis, et de se régénérer, la mort permet de supporter l'éternité. Elle est le seul moyen de se séparer d'un corps que le temps finit par user. L'âme survit, mais la conscience s'estompe, pour renaître dans un corps neuf.

— Vous en êtes sûr ?

— On ne peut être sûr de quoi que ce soit sans en avoir la preuve formelle, et celle-ci est hors de portée des pauvres humains que nous sommes. Pourtant, tu as toi-même remarqué que toutes choses suivent un éternel recommencement, différent chaque fois. Ainsi, le printemps suit l'hiver, et le jour revient toujours après la nuit. Tout renaît, vit, puis disparaît à nouveau.

— C'est ce que disait Arnaud, intervint Leïro. Il m'a même conté... qu'il avait approché le monde de la mort. En réalité, il m'a recommandé de ne jamais redouter la mort, parce qu'elle n'existe pas. Elle n'est qu'un passage.

Le comte avait remercié le pirate de son aide désintéressée, mais un peu étonnante.

— Oh, vous savez, monseigneur, je n'aurais pas fait ça pour n'importe qui. Mais ce petit, c'était un vrai chevalier de légende. Alors, je ne sais pas si je pourrai faire grand-chose, mais je veux vous aider à le venger. C'est pour ça que je reste avec vous.

Pour cette raison aussi, il allait chasser tous les jours, affrontait la neige et les loups, et risquait sa vie en s'aventurant dans Koparna conquise.

Thoren était un personnage difficile à cerner, et surtout à manœuvrer. S'il ne supportait aucun ordre, il assumait en revanche sans sourciller toutes les tâches ménagères du petit groupe. Sans qu'on lui demandât rien. Malgré son caractère imprévisible, Leïro était heureux qu'il fût là.

Un soir, le comte prit Kristanus à part.

— C'est curieux, pendant ma maladie, j'ai éprouvé une impression étrange. Je me suis vu flotter ici, dans cette pièce que je ne connaissais pas. Je percevais tous les détails avec une précision étonnante. Je me suis vu moi-même, allongé sur le grabat, près du feu.

— Vous avez connu la mort, seigneur Leïro, dit le prêtre en souriant de la mine interloquée du comte. C'est un phénomène qui se produit parfois. Je me souviens en effet que votre cœur s'est arrêté de battre un instant, peu après notre arrivée. J'ai été obligé de pratiquer sur vous un massage cardiaque.

— C'est vrai ! Vous étiez penché sur moi. Je me souviens que j'étais bien, comme jamais je n'avais été.

— Il s'agit d'une perception empathique momentanée. Nous pensons que cet état ne dure pas. Il devait vous être impossible de préciser vos pensées, de nous reconnaître. Lorsque la mort est définitive, nous imaginons que la vision s'estompe et que le temps s'abolit.

— Jusqu'à une nouvelle naissance !

— Peut-être ! Nous ne savons rien de ce qui se passe après. Nos plus grands médiums parlent d'un état de grâce absolu, d'une lumière extraordinaire. Mais personne ne sait à quoi ils correspondent.

Les deux hommes restèrent un moment silencieux. Puis le prêtre dit :

— Je vous sens perpétuellement tendu, seigneur Leïro. Comme s'il existait en vous... un élément que vous voulez combattre, sans toutefois y parvenir. Si je puis vous aider...

Leïro n'avait pas avoué à ses compagnons l'identité du Prophète. Ils ne l'auraient sans doute pas cru. Et puis, une voix obscure murmurait au fond de lui qu'il devait garder son secret.

— Merci, sehad, vous êtes bon. Je crois que je souffre beaucoup de la perte de mon ami Palléas.

Kristanus n'insista pas. Et Leïro garda pour lui la haine qui brûlait au plus profond de son cœur, la haine dévorante qui hurlait à la mort contre son ancien compagnon, son maître, son ami Arnaud de Gwondaleya.

Chaque fois qu'il revoyait la scène atroce, il se disait qu'il ne pouvait s'agir d'une hallucination. Il connaissait trop bien ces traits, gravés en lui depuis plus de vingt ans.

Aussi attendait-il avec impatience d'avoir retrouvé suffisamment ses forces pour retourner à Gwondaleya et sommer Arnaud de s'expliquer.

42

Comme dans un cauchemar atroce dont elle ne parvenait pas à s'éveiller, Solyane sentait se resserrer autour d'elle l'emprise de l'incube. Chaque jour celui-ci étendait plus loin ses tentacules sur le monde. Dans la solitude, elle devait chaque jour lutter contre l'angoisse qui la minait.

Nelvéa avait disparu. La jeune fille, visiblement bouleversée par la découverte de sa parenté avec Elena, s'était enfuie. Solyane se doutait de l'endroit où elle s'était rendue. Depuis qu'elle était petite, dès que son caractère ombrageux reprenait le dessus, elle partait trouver refuge dans le giron accueillant de la bonne cousine Flora. Il fallait lui laisser le temps de se faire à la nouvelle. Au moins là-bas serait-elle en sécurité. Et Solyane avait d'autres soucis en tête.

Elle refusait purement et simplement de croire à sa vision. Après tout, celle-ci ne reposait sur rien. Et même, elle était absurde. Aux dernières nouvelles, la tempête qui sévissait au-dessus du pôle depuis plusieurs semaines commençait à se calmer. Mais aucune communication n'avait pu être établie avec la base. Parfois, elle fermait les yeux et imaginait la voix de Dorian, cette voix chaude et rassurante, qui lui avait murmuré tant de paroles douces, tant de mots secrets, cette voix qu'elle aimait par-dessus tout. Mais chaque fois venait s'y superposer le rictus démoniaque qui avait déformé les traits aimés lorsque le monstre avait planté son sabre dans la poitrine de Palléas. Alors, il semblait à Solyane qu'elle allait étouffer.

On savait seulement que la caravane avait réussi à passer. La dernière lettre de Palléas datait de Lodi. Au-delà, l'hiver avait isolé la piste. Pour chacun, le convoi avait à présent atteint Lonodia, et les chevaliers restés à Gwondaleya prenaient plaisir à évoquer, avec un rien d'envie dans la voix, les ravages que leur héros devait faire dans les cœurs féminins du royaume lonodien. Jusqu'au jour où un messager arriva à Gwondaleya, qui annonça que la caravane n'avait pu dépasser Hambora, et que les saf'therans avaient décidé d'hiverner sur place. Il avait également une lettre à remettre à Solyane de la part de son fils.

Elle prit le message d'une main tremblante, congédia l'homme, et lut fébrilement :

Hambora, dixième jour de Dodéca, an 2169.

À vous, ma douce et tendre mère.

La décision est prise. Nous passerons l'hiver à Hambora, c'est une ville accueillante. Le roi Ludwann nous a ouvert les bras et offert son palais. Il m'a chargé de vous adresser son plus profond respect et ses amitiés. L'hiver n'est pas le véritable responsable de cet arrêt. En vérité, nous avons subi de nombreuses agressions de la part des fayads, que l'on appelle ici les skrulls. Nous avons même livré une bataille effroyable, lors de la traversée du fleuve Odenheid. Plusieurs des nôtres ont péri, dont les chevaliers Stanis et Malken. Les fous de Dieu deviennent de plus en plus dangereux. En Europannia, on ne compte plus les petites cités attaquées et détruites, surtout hors des domaines contrôlés par la religion. Une légende prétend ici que les fayads, ou plus exactement leurs maîtres, seraient des démons venus d'au-delà des glaces de la Skandiane.

Je dois vous confier ceci : le roi Pillat et l'empereur Kristan Leonov m'ont chargé de démasquer le Prophète. Hier soir, un homme, un fayad repenti, nous a avoué que la capitale du royaume de Donamar, Koparna, allait être envahie par les hordes fayadines. Je dois donc partir en délégation pour prévenir le roi Gütians, et affronter le Prophète, si le cas se présente.

Aussi cette lettre sera-t-elle la dernière avant longtemps, sans doute le printemps. Les messagers doivent partir dès ce soir pour l'Ukralasia. Je ne sais quand mon message vous parviendra. Aussi je voudrais vous dire combien je vous aime et combien vous me manquez. Gardez-vous bien tous, et protégez notre belle cité. Un danger nous menace, qui monte des domaines ignorés. Il faut le combattre et l'anéantir immédiatement, car si nous n'y prenons pas garde, c'est lui qui nous détruira. Je désire plus que tout me trouver face à face avec ce monstre fanatique que l'on a baptisé le Prophète. Aussi, priez bien notre aigle d'or pour qu'il m'accorde la victoire.

Du fond de ce désert de glace, je vous adresse tout mon amour et toute ma tendresse.

Votre fils,
PALLÉAS

Il y avait également deux autres lettres, de la même teneur, adressées à Nelvéa et à Dorian. Solyane les lut, indifférente aux larmes qui coulaient sur ses joues.

Bouleversée, elle les replia et fit quelques pas pour se calmer.

— Seul ! murmura-t-elle. Il est parti combattre le Prophète seul.

Elle se prit la tête entre les mains. L'amour qu'elle portait à Dorian lui hurlait que tout cela n'était qu'un leurre. Il était bloqué dans les glaces polaires depuis plus de deux mois. Il n'avait pu tuer son fils. Mais son cœur de mère se déchirait lorsqu'elle évoquait le rictus terrible qui déformait les traits du Prophète...

Un autre élément la frappa, qui ne s'expliquait pas. Palléas avait combattu le monstre à l'aide de son dayal. L'autre avait utilisé un sabre emprunté à l'un des gardes. Sa vision était formelle sur ce point. Et le Prophète ne savait pas utiliser cette arme ! Il n'avait pas tenu longtemps devant Palléas. Or, jamais Palléas, malgré sa valeur et sa bravoure, n'avait réussi à vaincre son père.

Son frère ne pouvait donc être le Prophète. Il fallait qu'elle s'accroche à cette vérité. De toutes ses forces.

Elle eut soudain envie de Dorian, de sentir sa chaleur contre elle. Elle prit dans ses mains la petite pierre qu'il lui avait rapportée de la planète sanglante, celle que les Lonniens avaient nommée Mars. Puis elle ferma les yeux et, lentement, mentalement, elle l'appela.

— Petit frère ! Je veux que tu reviennes ! J'ai peur ! Le mal est sur nous ; il veut nous dresser l'un contre l'autre. Mais jamais nous ne lui céderons. Jamais !

Garde-toi bien. J'ai besoin de toi, de tes mains sur moi, de ta bouche contre la mienne. Dorian, reviens...

43

Thoren avait déjà dû changer plusieurs fois de monture. Les chevaux avaient peine à soutenir l'allure rapide du lionorse. Le printemps était encore loin, mais la fonte des glaces avait commencé, ce qui rendait parfois périlleuse la traversée des fleuves. Les pontonniers n'avaient pas encore effectué les réparations printanières. Heureusement, les relais de poste étaient équipés de montures fraîches, satisfaites de se dégourdir les jambes après le long hiver qui les avait contraintes à l'immobilité. Le maraudier ne cessait de grommeler après Leïro, se plaignant de ses « fesses en compote ». Le comte l'ignorait, tout comme il ignorait le vent, la tempête, la pluie qui transformait par endroits la piste en bourbier. Le soir, au relais, ils arrivaient méconnaissables, uniformément vêtus de boue. Leïro n'en avait cure ; il ne pensait qu'au but à atteindre. Si leurs montures avaient pu tenir, il aurait poursuivi cette course folle sans relâche, jusqu'à ce qu'il tombe de sommeil. Il lui fallait gagner Gwondaleya, et cette idée tournait à l'obsession. On eût dit qu'un esprit supérieur avait pris possession de lui, et ne lui permettrait de souffler que lorsqu'il aurait rencontré Arnaud.

Depuis longtemps, Hambora n'était plus qu'un

souvenir. À Lodi, il avait obliqué sur la piste de Veraska. De là, il allait rejoindre Brastalia, puis enfin Gwondaleya.

Dès qu'il avait senti ses forces revenir, il avait convaincu le prêtre de se rendre à Hambora. Ce qu'ils avaient fait, en manquant plusieurs fois de se faire capturer par des partis fayads. À Hambora, leur récit avait jeté le trouble. On ne pouvait croire que la population koparnienne pût se métamorphoser en une horde sauvage. Cependant, on ne pouvait mettre les paroles de l'amane en doute. La mort de Palléas de Gwondaleya jeta l'émoi dans toute la cour, et se répandit comme une traînée de poudre. L'angoisse et la colère se partageaient les cœurs. Cette fois, le Prophète dépassait la mesure. Il venait de tuer par traîtrise le fils d'un dieu vivant. Mais la peur, sournoise, instillait lentement son venin. Si Palléas, qui était, aux yeux des Hamboriens, d'essence divine, n'avait pu triompher du Prophète, alors, qui en serait capable ?

La réponse était limpide : seul Dorian de Gwondaleya pouvait affronter le monstre. Il fallait le prévenir. Aussi, dès que les pistes commencèrent à redevenir praticables, le comte d'Ursaleya retrouva son fidèle lionorse à la robe de feu, et se jeta sur les routes, suivi de l'inséparable Thoren.

Leïro s'était bien gardé de raconter ce qu'il avait découvert à Koparna. Personne d'ailleurs ne l'aurait cru. Il ne cessait de repasser dans sa mémoire la scène effroyable. Et une foule d'incidents lui revenaient à l'esprit. La voix ! Cette voix extraordinaire, grâce à laquelle Arnaud subjuguait les foules. Ainsi avait-il dominé les Folmans qui voulaient punir de mort quatre de leurs enfants. La voix seule d'Arnaud avait tenu en respect toute une foule grondante. Cette voix était celle du Prophète, indéniablement. Il avait reconnu également le regard noir posé sur lui. Un regard qui perçait jusqu'au plus profond de l'âme.

Arnaud était devenu fou. Comment expliquer autrement son attitude ? Tout se mettait en place, tout coïncidait trop précisément. Le Prophète utilisait un aérodyne pour se déplacer. Un engin volant semblable à celui des Lonniens. Ces Lonniens avec lesquels Arnaud effectuait parfois de singulières expériences, et des déplacements mystérieux.

Les détails se bousculaient dans sa tête aux traits burinés par le sable des pistes. Thoren ne lui avait-il pas raconté que le Prophète avait tué l'un de ses compagnons sous ses yeux, par la seule force de l'esprit ? Seul Arnaud était capable d'un tel exploit. Et ce fayad, ce prêcheur qui s'était tranché la gorge aussitôt après avoir aperçu Arnaud. Et la petite danseuse cathasienne, morte en découvrant le visage de Dorian penché sur elle, après l'étrange expérience décidée par l'empereur Genge Yen Fong ? Palléas lui avait suffisamment conté ces scènes surprenantes.

Et pourtant, quel rapport pouvait-il y avoir entre Arnaud et ces massacres impitoyables et sans raison ? Arnaud, qui tentait par tous les moyens de combattre l'injustice, l'intolérance, Arnaud, si soucieux du bien-être de son peuple. Les plus grands parcouraient parfois des centaines de marches pour le rencontrer, pour solliciter ses avis.

Il avait gardé le silence. Lorsqu'on lui avait demandé quel visage avait le Prophète, il avait répondu qu'il avait conservé son masque.

— C’est un homme très grand, d’allure jeune, et dont la voix vous pétrifie sur place. Une créature démoniaque. Je ne sais pas ce qui peut se cacher sous ce heaume. Sans doute un visage effroyable.

Oui ! Un visage effroyable.

Un visage hideux, terrifiant, qui avait révélé ce qu’était réellement cet homme qu’il avait cru son ami. Un démon qui d’un coup avait abattu son masque. Des dieux infernaux et trompeurs l’avaient envoyé sur le monde pour détruire la civilisation.

Mais il n’avait pas encore triomphé. Lui, Leïro, comte d’Ursaleya, connaissait la vérité. Et si Arnaud n’était pas capable de se justifier, il le tuerait.

44

— La tempête polaire s’est calmée, madame, dit Maryleen. Nous allons enfin pouvoir envoyer un aérodyne sur place. Voulez-vous nous accompagner ?

— Non ! Je préfère attendre à Gwondaleya. Vos vaisseaux volants m’impressionnent trop.

— Comme vous voulez. Nous avons déjà effectué le repérage de la base. Si tout va bien, nous serons de retour dès demain. Avec le seigneur Dorian.

Solyane la regarda.

— Vous pensez qu’ils ont pu survivre, dans un froid aussi intense ?

— Oui ! Nos bâtiments étaient conçus pour résister à des conditions bien plus terribles. Et ils avaient des vivres en suffisance. Seuls les instruments de communication ont été détruits.

— Alors, faites vite.

La Lonnienne s'en fut. En réalité, Solyane mourait d'envie de retrouver son frère.

Dorian, son Dorian, ne pouvait pas être le Prophète. Elle le connaissait trop. C'était une absurdité. À moins...

À moins que les Lonniens ne soient mêlés à tous ces crimes, pour des motifs qui lui échappaient encore. Leurs connaissances technologiques leur avaient-elles permis de s'emparer de l'esprit de Dorian à son insu, de le contrôler sans qu'il s'en rendît compte ?

Mais pourquoi auraient-ils agi ainsi ? Cela ne rimait à rien. Elle connaissait le vieux commandant Kless Loro depuis plus de vingt années, et le savait incapable de tels actes. Mais peut-être existait-il parmi eux une fraction dissidente, un groupe décidé à renverser la puissance amanite. On ne savait rien finalement de la planète sœur de la Terre. Peut-être représentait-elle un danger ?

Non, c'était encore une hypothèse sans fondement. Les armes des Lonniens leur auraient déjà permis de dominer le monde, si telles avaient été leurs intentions. Alors, si Dorian n'était pas le Prophète, qui était ce dernier ? Un autre clone ? Mais le seul homme capable de redonner la vie à des cellules prélevées sur leurs corps était le Grand Initié, Horius lui-même.

Nelvéa n'était pas revenue de Chonorga. Solyane s'était assurée de sa présence chez Flora. Le fidèle Khaled avait confirmé que la jeune fille préférait demeurer encore éloignée quelque temps. Elle avait besoin de voir clair en elle-même. Souvent, elle partait pour des courses folles au travers des sentes de la profonde forêt Skovandre. Elle s'abrutissait de l'air printanier, s'enivrait de l'odeur de la sève montante, se livrait avec une brutalité sauvage à l'entraînement que le guerrier ismalasien lui faisait subir tous les jours.

— Elle ne désire pas revenir, madame, avait dit Khaled lors d'une visite en solitaire à Gwondaleya. Elle me donne bien de l'inquiétude.

— Elle a subi un choc. Elle sait à présent qu'elle n'est pas véritablement ma fille.

— Quelque chose s'est déchiré en elle, madame. Elle vous en veut. Mais elle en veut encore plus au seigneur Dorian.

— C'est stupide !

— Elle livre un combat violent, madame. Contre elle-même. Elle a l'impression que tout s'est écroulé autour d'elle. Si vous le permettez, je souhaiterais demeurer près d'elle.

— Allez-y, Khaled. Je sais qu'elle a besoin de vous.

Solyane aurait voulu trouver une épaule amie pour y déverser sa peine et ses doutes. Mais elle ne pouvait se confier à personne. La journée qui suivit fut longue et éprouvante.

Enfin, le lendemain, un garde vint lui annoncer le retour de Dorian. Décontenancée, ne sachant trop quelle attitude adopter, elle partit à sa rencontre.

Dès l'instant où elle le vit, elle comprit qu'il avait changé. Une zone d'ombre s'était dessinée en lui, qu'elle ne pouvait pas franchir. Quel secret désirait-il ainsi protéger ?

— Bonjour, petite sœur !

Ne pas céder au doute ! Surtout, garder confiance. Elle sentait confusément sur eux l'attention de la bête, comme si des yeux luisants les guettaient dans l'ombre.

La vue brouillée de larmes, elle se jeta dans les bras de son frère, sous les regards enthousiastes des barons et amis venus accueillir leur suzerain.

Elle remarqua qu'il avait pris le temps de se changer. Il avait revêtu une chemise de soie noire et un pantalon de cuir serré, qui dessinait admirablement sa musculature impressionnante. Un frisson chaleureux la saisit. Ce fut avec un plaisir non dissimulé qu'elle posa ses mains sur le torse de Dorian.

Elle ne savait plus que penser. Avant même qu'il eût parlé, il lui avait déjà ouvert son esprit. En quelques images fulgurantes, elle revécut ses deux mois d'enfer, prisonnier de la base polaire. Les congères avaient fini par recouvrir complètement les bâtiments, plongeant ainsi les occupants dans l'isolement le plus total. Le blizzard ne pouvait certes plus les atteindre. Mais il interdisait également toute sortie. Le vaisseau qui les avait amenés avait été détruit presque immédiatement après leur arrivée. Puis des bourrasques phénoménales avaient arraché les antennes de communication.

Solyane regarda son frère. Son teint de bronze avait pâli. Il avait maigri, également. Décidément, cette nourriture lonnienne ne valait pas grand-chose.

Solyane observa la silhouette sombre qui, indifférente aux froides rafales de pluie s'éventrant sur les remparts, parcourait lentement le chemin de ronde. Elle sentait profondément que quelque chose s'était brisé en lui. Mentalement, elle effleura son esprit. Il fallait qu'elle lui parle, qu'elle comprenne. À eux deux, ils devaient détruire ce mur imbécile qui s'était dressé entre eux. Une nuit s'était écoulée depuis son retour. Une nuit d'amour fou, passionné, au cours de laquelle leurs corps sevrés l'un de l'autre s'étaient retrouvés, mêlés dans un désir intense.

Pourtant, malgré ses efforts, elle n'avait pu pénétrer la zone d'ombre qui s'était enracinée en lui. Dès qu'elle tentait de la percer, il relevait instinctivement ses écrans. Autrefois, elle lui aurait posé directement la question. Mais le doute obscur qui la rongeait lui interdisait de le faire. Elle aussi avait dissimulé sa vision. Et peut-être éprouvait-il envers elle la même méfiance, en ce moment où il errait sur les remparts, à la recherche de quelle réponse ?

Furtivement, elle perçut l'écho d'une immense inquiétude, une angoisse métaphysique. L'instant d'après, elle eut l'impression de se trouver face à une falaise de glace. Elle fut tentée une seconde d'utiliser ses pouvoirs pour forcer cette barrière. Mais il était de la même race qu'elle. Elle s'y briserait.

Dressés l'un contre l'autre. Ennemis peut-être. Pour quelles incompréhensibles raisons ?

Mue par une impulsion soudaine, elle courut à sa rencontre, mais ralentit le pas en arrivant près de lui. Elle avait failli se jeter dans ses bras. Elle avait tant besoin de lui, de sa force.

— Oh, Dorian ! Qu'est-ce qui nous arrive ?

— Je ne sais pas, petite sœur.

— Dis-moi ton secret ! J'ai le droit de le connaître !

Il la regarda. Un moment, elle crut qu'il allait parler. Mais il se ravisa.

— Non ! Je ne peux rien dire encore. Je m'abuse

peut-être. Il nous faut attendre certains... résultats. Je te demande de ne pas me poser de questions, pas encore. Il faut me faire confiance, Solyane.

Elle recula, prise d'une colère soudaine.

— Et comment veux-tu que je te fasse confiance ? Notre fils est mort ! Je l'ai vu. J'ai vu aussi qui l'a tué.

— Je le sais !

— C'était toi ! Toi, Dorian de Gwondaleya !

Il plongea son regard de nuit dans le sien.

— Je le sais, petite sœur, dit-il doucement. Je l'ai vu en toi cette nuit. Pour la première fois, tu ne t'es pas donnée totalement. J'ai vite compris pourquoi. Tes défenses étaient moins efficaces que les miennes.

Désarçonnée, elle revint vers lui. Il la prit dans ses bras.

— Et tu as cru que je pouvais avoir tué mon propre fils ?

Elle baissa les yeux, et se mit à pleurer.

— Je te demande pardon. Je ne l'ai pas cru. Mais j'ai douté, à cause de ce que tu me caches. Quel est ce secret terrifiant que tu as découvert là-haut ?

Il lui caressa les cheveux, tandis qu'une rafale de vent humide venait les gifler, comme pour les séparer. Alors, il l'enveloppa dans sa cape de cuir.

— Solyane, il se trame contre nous, contre le pouvoir de la religion, et sans doute aussi contre les Lonniens, un complot dont je ne sais encore rien. On cherche à nous dresser l'un contre l'autre. Mais nous ne devons pas céder. Plus que jamais nous devons rester unis.

— Ouvre-moi ton esprit, Dorian !

— Non ! Ce que je sais, nul ne doit l'apprendre encore. Car dans ce combat que nous livrent ces ennemis inconnus, il risque fort de n'y avoir ni vainqueurs ni vaincus.

Il lui prit les épaules. La chaleur de ses mains la pénétra et elle se sentit faiblir.

— Écoute, petite sœur. Je tente actuellement quelque chose. Je te promets que je te dirai tout dans quelques jours. Mais, avant, je te demande de me conserver ta confiance. Peut-être ne s'agit-il que d'une erreur. Je prie les dieux pour qu'il en soit ainsi.

Bien sûr, il se refusait à l'alarmer à tort. Il agissait souvent ainsi. Elle décida de patienter encore un peu. Lorsqu'il s'éloigna, elle renonça à le suivre.

Il souffrait. L'absence de sa fille n'arrangeait rien, bien au contraire. Elle avait envoyé un garde pour aviser la petite du retour de son père. Elle espérait vivement qu'elle accepterait de revenir.

De retour à ses appartements, une de ses domesses l'attendait.

— Madame, on a déposé ce message pour vous.

Elle lui tendit un rouleau de papier cacheté à la cire. Reconnaissant immédiatement le sceau de Leïro, elle le lut rapidement.

— Il veut que je le rejoigne à l'hostellerie Stehonne. Mais pourquoi n'est-il pas venu lui-même ?

— Je l'ignore, madame. Il m'a fait demander par un valet de l'hostellerie. Je l'ai vu. Il veut vous rencontrer hors du palais. Et seule.

— Leïro, murmura Solyane. Il était avec Palléas.

Elle passa une cape.

— Viens avec moi.

Lorsque Dorian regagna son bureau, il sut avant même d'ouvrir la porte que deux personnes l'attendaient. Solyane et Leïro d'Ursaleya. Il s'adressa au garde en faction.

— Veille à ce que personne ne nous dérange.

— Bien, seigneur !

Il entra et referma le battant.

— Hal Weya, Leïro ! Sois le bienvenu, dit-il doucement.

— Hal Weya, seigneur ! Je...

Mais les mots s'étranglèrent dans sa gorge.

Dorian l'examina. Il flottait dans ses vêtements. Ses yeux rougis et gonflés de fatigue lui sortaient de la tête. Une barbe fournie lui dévorait le visage. Lui qui avait un peu tendance à l'embonpoint présentait un aspect pathétique et décharné. Il portait des vêtements usés, dont il était visible qu'ils avaient beaucoup vécu. Dorian le sonda brièvement. Un combat déchirant se livrait en lui, provoquant un tumulte d'émotions contradictoires. Leïro l'avait aimé comme un frère, un ami indéfectible. Puis il l'avait haï au point de vouloir le tuer. Mais à présent qu'il se trouvait devant lui, il ne savait plus que penser.

Solyane intervint :

— Parlez, Leïro ! Dites ce que vous savez, ce que vous avez vu.

— Je... je ne sais pas ! Je ne sais plus !

— Je t'écoute, Leïro, dit calmement Dorian.

— Palléas... Palléas a été tué. Il est mort à mes côtés. Il a basculé d'une falaise élevée, sous les coups du Prophète. Je ne sais pas encore à quel miracle je dois la vie.

— Continue !

— Qui est le Prophète ? jeta Solyane, en proie à une violente tension nerveuse.

Elle aurait voulu rester en possession d'elle-même, mais l'image de son fils tombant dans le vide et l'écho de son cri dans sa mémoire distillaient en elle une souffrance indicible. Elle dut s'enfoncer les ongles dans les paumes pour ne pas hurler.

— Dis-moi qui a tué mon fils ! exigea Dorian d'une voix blanche.

Le comte d'Ursaleya se jeta aussitôt à genoux. Il pouvait à peine supporter la tension qui montait dans cette salle familière où on l'avait jadis si chaleureusement accueilli. Il vivait un cauchemar. Il allait se réveiller, se débarrasser de cette gangue gélatineuse qui entravait ses mouvements, sa voix.

— Pardon, pardon, seigneur. J'aurais voulu éviter de le dire... Mais le Prophète... avait votre visage... votre voix... vos gestes. C'était votre regard... Le Prophète, c'était vous, seigneur Arnaud !

Brisé, il s'écroula en pleurant.

— Mais pourquoi ? Pourquoi ?

Dorian vint près de lui et le releva.

— Je sais ce que tu as vu, compagnon. Mais je ne suis pas le Prophète.

— Ah, seigneur. J'aimerais mieux être mort. Je vous ai vu... tuer votre propre fils !

— Ce n'était pas moi !

— Alors, qui ? demanda Solyane d'une voix tremblante. Tu sais bien que seul Horius aurait pu redonner vie à un autre clone. Il n'a pu faire cela qu'avec nos cellules. Or, il ne me semble pas que nous lui en ayons fourni.

— Écoute-moi !

Aussitôt, elle reçut comme une gifle mentale. Leïro recula, effrayé par l'attitude de ses deux amis. Il ne comprit rien à ce qui se passa ensuite. Il n'y eut pour lui qu'un échange de regards entre l'homme et la femme, une communion qui dura un instant, une éternité. Il vit le visage de Solyane pâlir, ses lèvres s'entrouvrir. Au même instant, les meubles, les vitres furent agités d'un tremblement mystérieux. Un grondement sourd, semblable à une secousse sismique, fit vibrer la pièce.

Puis tout se calma. Solyane étouffa l'émotion qui lui avait fait un instant perdre son contrôle. Elle sourit, comme au sortir d'un songe. Elle fit quelques pas hésitants, en respirant profondément.

— C'est ridicule, dit-elle. J'ai failli casser quelque chose.

La remarque insolite fit sursauter Leïro. Elle se tourna vers lui. Il eut l'impression que Dorian lui avait confié mentalement un secret dont elle se remettait mal. Dorian alla vers elle et lui prit les mains.

— Tu as voulu connaître la vérité.

Elle lui sourit, puis dit :

— C'est bien. Tu aurais pu me le dire plus tôt.

— Non ! Tu ne l'aurais pas supporté. Le Doute, c'était lui. Il est ici. Dans cette pièce.

Solyane regarda Leïro.

— Ici ? Mais...

Le comte d'Ursaleya les observa, incrédule. En lui se livrait un combat effroyable. C'était étrange. Comme un dédoublement. Il bredouilla :

— Arnaud ! Aide-moi ! je ne sais plus ce que je dois croire. Mes yeux m'ont peut-être trahi. Mais ils ont vu...

Il y eut en lui comme une lueur couleur de sang. Alors il tira son dayal.

— Arnaud, tu as menti. Je vais te tuer, comme tu as tué ton propre fils. Le Prophète, c'est toi !

Sans attendre de réponse, il frappa. Dorian, désarmé, ne dut la vie qu'à la promptitude de ses réflexes. Il esquiva, et riposta. Leïro, violemment bousculé dans le dos, trébucha, roula sur lui-même, et se releva. Il était devenu comme fou. Instantanément, Dorian braqua son shod'l loer sur lui. Mais il se heurta à une puissance imprévue, démentielle.

— Solyane, je ne parviens pas à l'immobiliser. Il y a... il y a quelque chose en lui.

— L'ombre du Prophète !

La jeune femme bondit. Elle essaya de frapper le forcené à l'aide d'une statuette. Mais celui-ci détourna l'arme improvisée et répondit avec fureur. Solyane dévia la lame de sa poitrine, mais le coup lui entailla profondément l'épaule. Elle hurla de douleur.

Son cri galvanisa aussitôt Dorian qui concentra toute sa puissance. Solyane, la lame plantée dans la chair, sentit son adversaire faiblir. Ses yeux s'alourdirent, et il s'écroula sur le sol, à ses pieds. Un goût de sang lui vint dans la bouche. Elle serra les dents. Dorian bondit près d'elle.

— Comment te sens-tu, petite sœur ?

— Je ne sais pas, gémit-elle. Il m'a brisé l'épaule.

Dorian repoussa le corps de Leïro et tira sa compagne à l'écart. Puis il entreprit de déchirer délicatement l'étoffe.

— Mais qu'est-ce qui lui a pris ?

Sans répondre, Dorian essuya doucement les larmes qui coulaient des yeux de sa sœur et qu'elle ne sentait même pas.

— Je vais ôter son dayal. Tâche de te concentrer.

Lentement, il tira la lame vers lui. Puis il appliqua un mouchoir sur le flot de sang qui jaillit aussitôt. Des taches écarlates maculaient la robe de la jeune femme. Elle ferma les yeux, isola la douleur par un rapide effort de volonté. Puis elle sourit, les yeux brillants.

— Ce ne sera rien. Je crois que je vais pouvoir arranger ça toute seule.

L'hémorragie, contrôlée par son esprit, ralentit, puis s'arrêta. Mentalement, elle examina la blessure. Aucun organe vital n'avait été touché. La lame était passée à quelques millimètres d'une artère. Par chance, il n'y avait rien de cassé, contrairement à ce qu'elle avait cru. Lorsqu'elle eut entamé le processus de cicatrisation, elle retrouva sa lucidité. Elle respira profondément et dit :

— Je crois que j'ai compris.

— « Quand les choses démoniaques se mettent en route, méfie-toi même du sourire de ton ami ! »

Ils revinrent vers Leïro, toujours inanimé.

— Tu ne l'as pas tué ?

— Non, juste assommé. Il sera vite sur pieds.

— Tu avais raison ! Le Prophète était bien dans cette pièce.

— Leïro a été conditionné sans le savoir, sans doute au cours de sa rencontre avec ce monstre. J'ai senti sa présence lorsque j'ai tenté de l'immobiliser. C'est effrayant. Ce chien possède une puissance mentale équivalente à la nôtre. Identique, même.

— Dorian ?

— Leïro a raison, Solyane. Et ta vision est juste. C'est bien moi que tu as vu à Koparna. Moi, ou plutôt mon double parfait. Un double atteint de folie fanatique.

— Mais c'est impossible. Horius nous a bien dit que toutes les cellules de Darios et de Lyanéa avaient été détruites il y a plus de quarante ans, lorsqu'il nous a redonné vie.

— Celles-là, oui ! Mais on a pu en prélever d'autres.

— Nous nous en serions rendu compte, tout de même.

— Sagavellius en a prélevé sur toi, à Bahiskra.

— Mais Sagavellius est mort dans l'incendie du temple. Les cellules ont disparu avec lui. De toute manière, il s'agissait de moi, et non de toi. Et puis, qui serait capable de redonner vie à ces cellules, en admettant qu'elles existent ? Et il aura fallu une femme, une léphénide d'une résistance exceptionnelle.

— Ou une machine...

— À qui penses-tu ?

— Je n'ai aucune idée précise pour l'instant. Mais nous allons y réfléchir.

Il s'assombrit à nouveau, comme si une chape de plomb croulait sur ses épaules. Mais elle en connaissait à présent les raisons. Elle lui prit la main et le fit asseoir.

— Tu devrais aller te changer, dit-il doucement. Ta robe est tachée de sang.

Elle sourit.

— Aucune importance. J'irai après, lorsque ce brave chevalier aura repris conscience.

Dorian ferma les yeux et appuya sa tête sur le ventre de sa sœur. Elle lui caressa tendrement les cheveux.

— Vous êtes sûrs de ce que vous avez découvert ?

— En réalité, les résultats ont déjà confirmé ce que nous redoutions. Depuis des années, les Lonniens étaient étonnés de la progression de la banquise de l'Arctique nord. Ils en ont conclu que la Terre connaissait une nouvelle glaciation, certainement consécutive à ce que nous appelons le Jour du Soleil. Mais là n'est pas le plus grave. Quoique ce phénomène signifie l'exode, la mort pour des millions d'hommes, ainsi que d'interminables guerres pour la conquête des territoires du Sud, le monde peut s'y adapter, et survivre. Il y a bien pire, il existe dans l'atmosphère qui protège ce monde un gaz très rare, que nous appelons « haleine de foudre », parce que son odeur se fait sentir pendant les orages. Les Lonniens le nomment ozone. C'est lui qui constitue le bouclier contre les radiations mortelles venues de l'espace et du soleil. Or, l'haleine de foudre a disparu au pôle Nord. Et sans doute aussi au pôle Sud. Un peu comme si le voile qui nous protège s'était déchiré sur une étendue bien plus vaste que notre royaume.

Il leva les yeux vers elle.

— Tu comprends pourquoi ce Prophète, ces massacres me paraissent dérisoires. Comme d'ailleurs toutes les luttes ridicules des hommes qui veulent imposer leurs idées, leurs religions, ou plus simplement leur tyrannie. Aucun d'eux n'a encore compris qu'il suffirait d'un infime dérèglement de l'équilibre de ce monde pour que tout disparaisse. À jamais !

Il soupira.

— Personne n'y a jamais cru. Mais c'est arrivé. Nous y sommes. D'ici à quelques années, douze à quinze tout au plus, le processus deviendra irréversible.

— Que va-t-il se passer ?

— Des taches apparaîtront sur notre peau, puis des cloques, des plaques de brûlures. Et toutes sortes de maladies, que les Lonniens appellent des cancers cutanés. Il y aura aussi des problèmes pulmonaires. Hommes et bêtes seront touchés en premier lieu. Puis les plantes suivront, se dessécheront, et mourront. Seuls survivront sans doute quelques espèces de champignons et d'algues. Même les océans seront atteints. La vie n'y disparaîtra pas, mais elle se modifiera. La nature s'adaptera. Certaines races muteront.

Il la fit asseoir sur ses genoux.

— Mais l'homme, lui, est condamné à disparaître. Dans un siècle ou moins, la Terre sera devenue un vaste désert, plus effroyable encore que les Terres Bleues.

— Qu'est-ce qui a pu provoquer cela ?

Il haussa les épaules.

— Un dernier cadeau empoisonné de l'inconséquence de nos glorieux ancêtres, qui vivaient d'abord pour eux, sans se soucier de l'avenir qu'ils nous réservaient. Les dieux leur ont donné un monde fabuleux. Ils l'ont gaspillé, transformé en dépotoir. Ils auraient mieux fait de disparaître complètement. Car ils sont encore présents. Le Prophète et ses disciples en sont les exemples vivants. Vivants, tout au moins pour l'instant, ajouta-t-il en grinçant des dents.

— Mais n'y a-t-il rien à faire ? Qu'en pensent les Lonniens ? Ils sont si savants.

— Les Lonniens se penchent sur le problème, petite sœur. Comme tu l'as dit, ce sont des scientifiques. Mais seule la science existe à leurs yeux. Ils ne croient pas aux puissances spirituelles. Ils ont conservé de la civilisation antique une divinité unique qui a tout créé, et qui leur sert de soutien moral lorsqu'ils éprouvent quelques doutes.

— Tu les connais bien...

— Ce sont des gens solides, des bâtisseurs, mais ils ont l'esprit rigide, et sont fermés à tout ce qu'ils appellent l'irrationnel. Comme dirait la sorcière : « Ils ont des yeux et ils ne voient pas. »

— Alors ?

— Alors, nous ne pouvons rien faire. Sinon leur faire confiance.

À cet instant, Leïro bougea. Dorian et Solyane vinrent s'agenouiller près de lui. Le comte gémit. Ils l'aidèrent à se relever.

— Comment te sens-tu ?.

— Mal en point. Que s'est-il passé ?

— Rien de grave ! Tu as tenté de nous tuer.

— Moi ? Tenté de... Tu te moques de moi.

— Tu as même blessé sérieusement Solyane. Regarde !

Leïro recula devant la large tache rouge qui souillait la robe de la jeune femme.

— Mais c'est insensé ! Pourquoi aurais-je fait ça ?

— Tu as été conditionné à ton insu par notre ami le Prophète.

— Conditionné ?

— Oui ! Certainement au moment où tu as perdu conscience. C'est pour cette raison que ce chien t'a épargné. Il avait fait de toi une arme à retardement, dirigée contre nous.

Leïro se prit le visage dans les mains.

— C'est vrai ! C'est vrai ! Je me souviens à présent. J'ai cru que c'était toi qui avais tué Palléas. Mais c'était impossible. J'aurais dû le savoir. C'est pour cela que je suis revenu si vite à Gwondaleya. C'était comme une force supérieure qui m'y poussait. J'ai même failli y tuer mon pauvre lionorse.

— C'était devenu une obsession, ajouta Solyane. Il s'est servi de la mort de Palléas comme support pour votre haine.

Il les regarda tous les deux.

— Mais que va-t-il se passer maintenant ? Je risque de recommencer.

— Non ! J'ai détruit ton conditionnement. Tu es libre.

Abasourdi, le comte d'Ursaleya prit la main de Solyane, ému par sa pâleur, qu'il attribuait à sa blessure.

— Madame, comment me faire pardonner ?

Solyane lui sourit.

— En demeurant notre ami, Leïro. Ce n'est pas vous qui êtes en cause. Votre esprit a servi de véhicule à la haine du Prophète à votre insu. C'est un être démoniaque, qui dispose de pouvoirs insoupçonnés.

— Mais cette blessure...

— Dans quelques jours, il n'y paraîtra plus. Je ne porterai plus de robes décolletées avant quelque temps, voilà tout. Et si cela peut vous consoler, sachez qu'il est parvenu également à me tromper. J'ai moi aussi douté de Dorian. Et cela, il me le paiera cher.

45

Comme pour faire oublier la rigueur de l'hiver, les dieux inondaient à présent le comté d'une chaleur quasi estivale, bien que l'on ne fût qu'au début du printemps. La vague de chaleur ne durerait certainement pas, mais elle avait trompé les insectes qui surgissaient de partout, après leur long engourdissement hivernal. Hommes et bêtes ne songeaient pas à s'en plaindre.

Le beau temps avait fleuri dès le lendemain de la visite de Leïro. Solyane voulut y voir un signe d'espoir. Le soir, alors que les rayons du soleil n'en finissaient plus de mourir sur les contreforts de Skovandre, elle se blottit contre Dorian et se fit câline. Ils étaient dans la chambre de la jeune femme, et respiraient l'air du soir avant de se rendre à une petite fête que les barons avaient organisée à l'occasion du retour de leur seigneur.

— Ils peuvent nous attendre un peu, murmura Solyane.

Elle se sentait mieux à présent qu'elle connaissait la vérité. Et le soleil revenu l'incitait à croire que tout cela ne serait bientôt plus qu'un effrayant cauchemar.

Dorian garda le silence. Lui aussi se sentait extraordinairement bien. Quelque chose se préparait, qui leur insufflait à tous deux une vie nouvelle. Était-ce la beauté du paysage qui les rendait si confiants ?

— Il est parti, petit frère. Nous l'avons fait fuir. Nous sommes donc capables de le vaincre.

— Mais par quel moyen ?

— Je l'ignore, soupira-t-elle. Nous disposons de pouvoirs fantastiques, Dorian. Mais nous sommes faibles. Parce que nous refusons de voir ce qui peut-être nous crève les yeux. Parfois... je sens...

Elle se concentra.

— J'ai l'impression que notre fils n'est pas mort.

Après tout, Leïro n'a jamais trouvé son corps. Tu vois, petit frère, ce soleil n'est pas là pour rien. Pourquoi est-il revenu au moment même où nous avons chassé le démon ?

Elle noua ses bras autour de lui.

— Il faut croire à ces signes, Dorian. Les dieux nous accordent une trêve. Nous devons leur montrer que la vie doit triompher.

Odios, Sylvain et les autres pouvaient bien attendre un peu, comme disait Solyane. Pour la première fois depuis des mois, elle se donna totalement, avec une fougue et une passion qui faisaient écho à la sève brûlante qui gonflait les veines des arbres, aux parfums enivrants qui s'exhalaient de la nature. Et leur acte d'amour résonnait comme un dernier défi aux forces destructrices qui planaient sur le monde.

Lorsque enfin l'épuisement les gagna et que la douce torpeur amoureuse les enveloppa comme un voile d'extase, Solyane s'allongea sur Dorian et dit :

— Ta semence portera ses fruits, petit frère. Je la sens dans mon ventre. Elle chemine, elle lutte. Je suis prête à l'accueillir. Et de cette liqueur sacrée naîtront les enfants que je t'ai promis le jour de ton départ.

Il lui prit le visage entre les mains.

— Tu vois leur naissance, à présent ?

Elle baissa les yeux.

— Je ne peux plus voir l'avenir, Dorian. Mais je sais que l'ennemi ne peut le voir lui non plus.

Elle se laissa rouler sur le grand lit.

— Je sens comme un appel en moi. Je sais que Palléas n'est pas mort. La petite flamme s'est rallumée. Elle brûle toujours, elle couve sous les cendres.

Dorian la contempla. Ses yeux brillaient d'une

lueur intense. Il sentait vibrer en lui, par réaction, la force qui montait en elle. Soudain, elle se redressa et déclara :

— Il faut que je tente quelque chose, petit frère, avant que l'incube n'ait eu raison de nous. Il est déterminé à nous détruire, parce qu'il sait que nous sommes sur le point de découvrir quelque chose d'essentiel.

À présent, elle était à genoux sur la fourrure. Dans ses yeux venaient se refléter les dernières lueurs du couchant. Des larmes d'extase coulaient sur ses joues. Jamais auparavant la setchaya ne l'avait pénétrée aussi profondément. Il eut envie de la prendre dans ses bras, mais il ne bougea pas, de peur de briser le sortilège.

— Nous n'allons pas assez loin, Dorian. Nous nous contentons de ce que nous connaissons. Nous avons le pouvoir de dominer la matière. Mais il y a autre chose. Nous ne sommes jamais allés... au-delà.

Son esprit fonctionnait si vite qu'il avait peine à la suivre. Un flot d'images passa en elle, des projets s'élaborèrent, s'organisèrent, à la vitesse de l'éclair.

Elle se leva et sortit, nue comme une statue divine, sur la terrasse. Son corps se dessina en ombres délicieuses sur la nuit naissante. Dorian la rejoignit. Au loin, comme un rempart planté à l'occident, s'élevait un mont isolé, qui dominait l'ancienne vallée du Danov.

Face au massif septentrional qui remontait sur des centaines de marches vers les brumes du nord, il semblait garder l'antique berceau du fleuve, où personne ne se risquait jamais. Les paysans prétendaient que les terres y étaient incultes, ce qui était vrai en partie. Mais il s'attachait à ces terres une légende ancienne, selon laquelle le dieu Lakor aurait combattu un monstre envoyé par Shaïentus. Lakor, ayant triomphé de la bête sans nom, avait ensuite détourné le fleuve vers une vallée plus hospitalière.

Celle où il avait posé les premières pierres de Gwondaleya. Mais on disait que le sang de la bête continuait de couler depuis, et qu'il valait mieux ne pas s'attarder dans ces contrées.

L'ancien lit du Danov était devenu une plaine lugubre, semée de sables mouvants, et peuplée de chiens sauvages plus féroces que des loups. Même les garous n'osaient s'aventurer sur leur territoire. Parfois, les vents apportaient leurs hurlements inquiétants par-delà les collines. Et leur présence seule suffisait à décourager les plus audacieux. Surplombant ces marécages sinistres, la masse de la montagne solitaire veillait, tel un immense guerrier de pierre. Situation qui lui avait valu son nom : la Sentinelle, ou le Gardien.

Les yeux de Solyane ne quittaient pas le sombre massif. Lorsque Dorian eut compris ce qu'elle voulait tenter, une onde glacée coula en lui, qu'il réprima par un violent effort de volonté.

— Je dois m'isoler, petit frère. Là-haut, je ne serai pas dérangée.

— Tu sais ce que tu risques, Solyane.

Elle se tourna vers lui et noua ses bras autour de sa taille. Son corps nu se colla au sien. Un sourire radieux illuminait son visage.

— Je le sais. Mais je sais aussi que je dois absolument le faire ! Parce que c'est pour nous la seule chance de sortir vainqueurs de ce combat.

46

Cela faisait plusieurs heures à présent que Solyane avait quitté la cité. Devant elle, la masse imposante de la Sentinelle se rapprochait. Solyane avait déjà chassé sur ses flancs, où le gibier était abondant. Mais le sommet solitaire était très peu fréquenté. Seuls quelques inconscients osaient se risquer sur ses pentes abruptes.

Au matin, Dorian l'avait accompagnée jusqu'aux portes de la ville. Les gardes s'étaient étonnés de la voir ainsi sans escorte. Certains avaient proposé de l'accompagner. Mais elle avait refusé. Ils n'avaient pas insisté. Ils savaient qu'elle était de taille à tenir tête à une armée entière.

Elle n'aurait su dire pourquoi elle avait choisi cet endroit. Peut-être à cause de la légende qui s'y rattachait, ou parce que cette montagne leur ressemblait. Par certains aspects, elle était identique à la chaîne de Skovandre qu'elle terminait au sud. Mais quelque chose d'indéfinissable l'en différenciait pourtant. Sa cime se perdait toujours dans des brumes mystérieuses, qui coulaient comme de monstrueuses cascades en été, lorsque l'air chaud des plaines affrontait les couches froides du plateau.

De temps à autre, une vague douleur vrillait l'épaule de la jeune femme. La blessure s'était déjà refermée, mais à l'intérieur, la chair serait plus longue à se reformer. Une brise tiède et chargée d'effluves gonflait ses poumons. Un vent chaud venu par la plaine du Danov depuis les rives marécageuses de la Mer des Ténèbres s'était mis à souffler. C'était lui qui avait apporté ce printemps soudain.

Une verdure profonde couvrait les champs et les bosquets. Au loin vers le nord, la fourrure du massif Skovandre s'étoffait de bronze et de vert tendre. Peu à peu, Solyane se laissa envahir par la richesse du monde qui l'environnait, un peu comme si elle effaçait les limites de son propre corps pour se diluer au sein de la nature. Sa pouliche blanche, Swenna, frémit tant il était vrai que les animaux connaissaient ces sensations fondamentales mieux que les humains.

En traversant l'ancien lit du fleuve, Solyane comprit pourquoi le dieu Lakor avait préféré établir sa cité plus à l'est. Quelques siècles auparavant, cet endroit avait dû être envahi par les Terres Bleues. Certains vestiges donnaient à penser qu'une ville s'était autrefois dressée sur ces rives. Il n'en restait plus rien désormais, sinon quelques ruines éparses, en passe de retourner à la poussière originelle. L'espace d'un instant, Solyane éprouva une vision étrange, atroce. Une foule innombrable hurlait au cœur d'un labyrinthe, dont les murs s'élevaient à des hauteurs inimaginables. La cité des Anciens. Le sol tremblait, les demeures se fissuraient, s'effondraient sur les habitants qui mouraient écrasés, ou bien étouffés par la poussière. Une seconde vision lui montra une vague gigantesque qui balayait tout sur son passage, emportant la ville et ses habitants vers l'anéantissement. Sans doute le séisme avait-il dû rompre un barrage.

Solyane respira profondément. Il ne fallait pas qu'elle se laisse distraire par le passé enfoui sous le sable.

Elle perçut au loin la présence d'une meute de chiens sauvages. Swenna se mit à grogner avec inquiétude. Les carnassiers avaient flairé l'odeur du cheval. L'instant d'après, ils se mettaient en chasse. Solyane les vit, au loin, et comprit pourquoi les paysans les redoutaient plus que les loups. Les plus gros avaient presque la taille d'un ours. Leurs aboiements la firent sursauter, et une onde d'angoisse coula dans son dos. Elle braqua immédiatement sur eux sa force mentale. Inquiets, ils s'arrêtèrent et se mirent à gémir comme des chiots. Puis ils s'enfuirent en hurlant à la mort.

Plus haut, Solyane croisa une horde de loups qui remontaient vers les combes élevées, à la poursuite d'un daim.

Le soleil était déjà bas lorsqu'elle atteignit le sommet de la Sentinelle. Elle n'avait pris aucune nourriture depuis le matin. Elle se sentait parfaitement calme. Elle n'ignorait pas qu'elle risquait sa vie dans l'épreuve qu'elle s'imposait. Mais elle n'avait pas le choix.

Lorsqu'elle parvint au sommet du Gardien, elle examina l'endroit. Au-dessus du plateau proprement dit s'étageait une vaste plate-forme qui regardait le sud et la lumière. C'était là qu'elle s'installerait. Une sensation bizarre l'envahit un instant. Elle était sûre de ne jamais s'être aventurée jusque-là. Pourtant, elle avait déjà vu ce lieu. Dans une lueur de lucidité, elle se remémora la scène. Il y avait du monde, des nobles, des chevaliers étrangers. Des danseuses à la peau de bronze qui cherchaient une vérité qu'elles ne comprenaient pas. Une tente immense, l'empereur mythique de Cathasia, et des images, appelées du futur par le cercle des danseuses. Elle était nue, allongée au sommet d'une montagne. Morte ! Elle serra les dents. Tout s'expliquait. Pour ce qu'elle allait tenter, il lui faudrait peut-être quitter la vie. Un frisson de peur la parcourut, mais il n'était pas question de reculer.

Elle s'avança lentement sur la plate-forme. À cette altitude, les arbres avaient disparu. Seuls subsistaient dans les cassures de la roche quelques arbustes chétifs torturés par les vents.

Vers l'est s'éloignait la vallée du Danov. Gwondaleya y dessinait comme une tache de lumière qui monderait la nuit lorsque le soleil serait couché. Vers le sud s'étirait l'ancien lit du fleuve, couvert de sa végétation désolée et de ses sables trompeurs. Une ligne de montagnes bleues et sombres barrait l'horizon. Au-dessus planaient d'étranges nuages d'un gris violacé sur lesquels jouaient des ocelles d'or rose. Solyane se laissa glisser à bas de son cheval, fit quelques pas près du bord. Elle observa longuement le disque encore flamboyant qui sombrait lentement vers l'ailleurs. Des larmes coulèrent furtivement de ses yeux.

— Dieu de lumière ! Dis-moi ! Ce n'est pas notre mort que tu prépares en ton sein ! Toi qui nous as donné la vie, qui rends les couleurs si belles...

Elle écarta les bras, comme pour montrer la beauté de la nature qui vibrait en harmonie avec elle.

— Vois, Dieu de lumière ! Tout ceci est ton œuvre.

Toute cette vie t'appartient. Tu ne peux pas, tu ne dois pas la laisser disparaître.

Elle ferma les yeux, et chassa ses pensées sombres. Cela ne serait pas. Les Lonniens étaient puissants. Ils trouveraient la parade. Mais, au même moment, elle comprit ce qu'avait voulu dire Dorian. Les extraterrestres, malgré toute leur science, avaient leurs limites. Que pourraient-ils faire devant l'immensité étendue à ses pieds, plus de huit cents mètres en contrebas ? Elle-même n'était qu'une poussière, perdue au cœur de ce désert. Gwondaleya, si vaste lorsqu'on la regardait depuis le palais comtal, n'était plus qu'une minuscule parcelle de terre bâtie, frileusement recroquevillée autour de la boucle de son fleuve. Ses collines si hautes paraissaient plates, vues de la Sentinelle. Vers l'ouest, il n'y avait plus que le moutonnement des collines forestières de Skovandre. Des millions de vies non humaines y grouillaient. C'était le royaume du Loup, du Migas, du Maroncle. Le domaine des dieux, aussi, qui pouvaient s'y promener sans être dérangés par les entreprises humaines. Pauvres humains perdus au cœur de cette immensité qu'ils comprenaient si mal.

Elle resta un long moment à rêver, brûlant ses yeux à la lumière de sang du soleil ovale, posé sur l'horizon.

Elle savait à présent pourquoi elle avait choisi ce plateau. C'était un lieu protégé par l'Esprit. L'incube n'oserait jamais s'aventurer jusque-là. Elle était en sécurité, seule face à elle-même pour l'épreuve qu'elle s'était imposée.

Alors, pour que la communion fût complète, elle se défit de tous ses vêtements, puis de ses bijoux.

Chacun de ses gestes avait la grâce et la finesse de la danse la plus pure. En dernier hommage aux dieux invisibles dont elle devinait la présence autour d'elle.

Entièrement nue, dégagée de toutes les contingences humaines, elle fit quelques pas, laissant le froid du crépuscule pénétrer en elle, la baigner totalement. Elle était femme. En cet instant précis, elle était parfaitement heureuse. Heureuse de se donner à l'amour de la nature mâle qui s'était mêlée à elle. Une brise fraîche caressait sa peau, douce comme les mains d'un amant. Elle ferma les yeux. Elle ne faisait plus qu'un avec le monde environnant. Elle s'était fondue, diluée en lui. Elle était la roche, l'eau ruisselant sur les parois de la Sentinelle. Elle était le bois de l'arbre, la sève qui lui donnait la vie. Elle était la chair de l'oiseau, et avec lui s'envolait dans la lumière du soleil couchant. Elle ne s'appartenait plus, et le monde était son propre corps.

Lorsque les doigts glacés se firent trop insistants, elle les refoula par impulsion mentale. Puis elle se dirigea vers une petite cascade, un filet d'eau qui s'écoulait d'un réservoir naturel, depuis le sommet. Dans ses mains en coupe, elle but l'eau fraîche, le sang même de la roche. La dernière boisson qu'elle prendrait avant longtemps. Et peut-être la dernière tout court.

Elle n'avait pas peur. Depuis longtemps l'inconnu ne l'effrayait plus. Si elle tremblait pour les siens, elle ne redoutait rien pour elle.

Elle revécut brièvement son expérience de Bahiskra. Cette fois, elle irait plus loin.

Elle fit encore quelques pas, revint vers le bord du plateau. De sa blessure suintèrent quelques gouttes de sang. L'émotion trop vive qu'elle éprouvait avait rouvert les lèvres de la cicatrice. Un filet écarlate s'insinua délicatement entre ses seins. Elle ne l'essuya pas. Le sang était la vie, le sceau de la création.

Mentalement, elle éloigna sa pouliche à l'autre extrémité de la plate-forme. À présent, elle désirait être seule.

Presque au bord du vide, elle choisit un lit de roches recouvertes de sable et de lichens. Puis elle s'agenouilla et fixa ses yeux sur l'horizon. Le soleil avait disparu. De longs nuages effilochés se tachaient d'or pourpre vers l'occident. D'autres, au levant, se traînaient comme de monstrueuses larves noires, très haut dans le ciel où naissaient les premières étoiles.

47

L'appel surprit Dorian alors qu'il se trouvait en compagnie de Sylvain et de Leïro dans la salle d'entraînement des gardes. Il resta un moment figé, puis se reprit.

— Qu'est-ce que tu as ? demanda le comte d'Ursaleya.

— Ce n'est rien. Je crois... je crois que je vais avoir besoin de m'isoler, moi aussi.

— Solyane ? intervint Sylvain.

Dorian hocha la tête affirmativement. Il prit son frère par les épaules.

— Écoute-moi ! Solyane tente en ce moment

même une expérience très délicate. Je dois l'aider. Veille à ce que personne ne vienne me déranger.

— Va ! Je resterai le temps qu'il faudra à Gwondaleya.

Les deux chevaliers le regardèrent s'éloigner. Aucun d'eux n'avait posé de question sur le départ de leur suzeraine, mais chacun se doutait qu'il se préparait une riposte aux méfaits du Prophète.

— Je l'avais dit à Palléas, affirma Leïro. Si nous étions vaincus, Arnaud prendrait le relais. La bête est perdue, compagnon. Je sens la fièvre des combats qui me reprend. J'ai hâte d'en tenir d'autres au bout de mon dayal.

— Si toutefois ce monstre peut être combattu avec des armes loyales, compagnon, rétorqua Sylvain. Moi, je crois plutôt qu'ils tentent de percer le secret de son pouvoir.

— Ils y parviendront. Tu verras !

Sylvain acquiesça, mais l'inquiétude qui émanait de Dorian ne lui avait pas échappé.

Cela faisait à peine deux jours que Solyane était partie. De peur de troubler son expérience mystérieuse, il n'avait pas tenté d'entrer en contact avec elle. Il avait étouffé l'anxiété qui le rongeait, mais jamais il ne pourrait tenir jusqu'au bout. Les dangers qu'elle courait étaient tellement grands.

Il se rendit sur la terrasse de ses appartements. Là-bas, à l'ouest, s'étendait la tapisserie lumineuse de Skovandre, marquée au sud de la masse mystérieuse de la Sentinelle. Solyane était là, petite tache de vie perdue au sommet de cette montagne digne des dieux.

Un lien impalpable le tirait vers la majesté du mont isolé, qui faisait couler son sang un peu plus vite dans ses veines. Elle était là-haut.

Avait-elle consciemment lancé cet appel ? Ou se l'était-il imaginé ?

Il s'agenouilla, ferma les yeux et se concentra. Autour de lui, le palais, la ville prirent une autre dimension. Une formidable pulsation de vie l'imprégna. Dans le couloir, deux gardes jouaient aux échecs, ce jeu qui avait traversé les millénaires depuis bien avant le Jour du Soleil. Dans la salle d'armes, Sylvain et Leïro avaient repris l'entraînement des jeunes bacheliers. Odios était venu se joindre à eux. La prochaine eschola n'était plus très éloignée. Au-delà du palais vibrait la ville, affairée, industrieuse. Un vieillard s'éteignait doucement dans une demeure éloignée. À l'hostal, le médamane accouchait une jeune femme de triplés.

Plus loin encore s'étendait le désert. Un désert plein de vies non humaines, animales, végétales, dont le concert étrange s'harmonisait en un chœur extraordinaire. Une pensée sombre le heurta un instant. Tout cela risquait de disparaître, brûlé par un soleil meurtrier.

Mentalement, il s'approcha de la Sentinelle, qu'il survola comme un aigle.

Solyane était là, agenouillée, face au vide, face à la lumière. Parfaitement immobile, entièrement nue malgré les vents encore frais du printemps. Il s'arrêta un instant, contemplant avec émotion le corps splendide, aux proportions parfaites, sur lequel les rayons du soleil tissaient des ombres furtives, des reflets de nacre. Bien qu'il connût tous les détails de cette peau au grain si fin, tous les muscles aux attaches subtiles, il ne se lassait jamais de les admirer. Il constata que sa blessure avait laissé échapper un léger filet couleur rubis entre ses seins.

Délicatement, il l'enveloppa de sa chaleur, déroulant autour d'elle comme un voile léger et immatériel. Puis il se mit à l'écoute de ses schèmes mentaux.

RIEN !

C'était comme si elle avait disparu. Seules subsistaient quelques bribes psychiques qui composaient la trame essentielle de son être. Doucement, il se glissa en elle. Il savait que, désormais, la moindre fausse manœuvre de sa part détruirait ces fragiles attaches et la tuerait. Mais une force mystérieuse le poussait. Intuition, ou appel ?

Suivant le chemin mystérieux qu'il avait emprunté pour la première fois au cours de l'astina, vingt ans plus tôt, il s'enfonça en lui-même, et parallèlement en elle. Alors, au fur et à mesure qu'il se détachait du monde conscient, il s'aperçut que ses propres schèmes recouvraient très exactement ceux de sa sœur. Ou, plus précisément, leurs deux structures se complétaient parfaitement.

Elle lui avait dit une fois quelque chose d'extraordinaire, à quoi il n'avait pas attaché de réelle importance sur le moment, tant cela lui paraissait évident : « La même âme ! Nous avons la même âme ! »

Ils étaient semblables, identiques, étroitement mêlés l'un à l'autre, parce qu'ils représentaient les deux pôles, l'un mâle, l'autre femelle, d'une même entité. En réalité, s'ils étaient nés frère et sœur sans avoir une goutte de sang commun, ils étaient unis par un lien encore plus puissant, que l'éternité et la mort ne pourraient jamais défaire. Ils étaient un.

Enfin, il la rejoignit. Elle était là, ruisselante de lumière, sur cette rive immatérielle où les âmes, ces étincelles de vie, prennent leurs racines pour s'intégrer à l'univers de la matière. La sensation chaleureuse d'un sourire-tendresse l'accueillit. Des idées se formèrent.

« Nous ne sommes qu'un, Dorian ! Je le sais à présent. Cet océan d'azur et d'or que nous avons contemplé tous deux sans le comprendre est la véritable réalité de l'esprit. La matière n'est rien. Le corps n'est que poussière, un assemblage de particules liées entre elles pour un temps très court, que l'on a baptisé la vie, et que la mort finit par dissocier. C'est l'âme qui donne la vie, qui anime ces amas de matière que sont les corps ! »

« Nous savons déjà tout cela, petit sœur ! »

« Non ! Nous l'avons imaginé, sans en être parfaitement certains ! C'est pourquoi je veux aller au-delà ! Mais je ne peux pas le faire sans ton aide. Regarde ! »

En vérité, il n'y avait rien à voir. C'était plutôt une sensation, la perception exaltante d'une présence faite de milliards d'autres, l'essence même de la vie éternelle. Et de cette présence émanait l'idée d'une lumière intense, éblouissante sans être aveuglante, dans laquelle il eût été bon de se noyer. Des fils invisibles les rattachaient à l'univers du réel, des chaînes lourdes et pesantes enracinées dans leurs propres corps. Il aurait pourtant été si facile de les briser...

« De tous temps, les hommes ont rêvé de contempler ces lumières auxquelles toutes les religions ont donné un nom. L'Âme, le Kâ des Égyptiens, l'Aura. Ils ont toujours eu l'intuition de l'existence de ces esprits, sans doute par les récits des mystiques parvenus par la transe au point où nous sommes. Comme une fenêtre ouverte sur l'infini. »

« Mais jamais personne n'est allé au-delà, petite sœur ! »

« Personne ! »

« Ce que tu veux risquer est fou, Solyane. Si tu romps les attaches avec le monde réel, tu te coupes de ton corps, de la vie. »

« Non ! Je peux aller au-delà. Tes schèmes sont les miens. Lorsque je reviendrai, je redescendrai par les tiens. Mon corps va mourir, c'est vrai. Mais tu le protégeras ! »

« Lorsque tu reviendras, tu ne pourras peut-être plus renouer ce qui t'enchaîne à lui. Il disparaîtra. »

« Alors, je serai en toi ! Pour toujours ! »

« Solyane ! »

Il perçut l'écho d'un éclat de rire. Même devant l'épreuve insensée qu'elle allait affronter, elle ne pouvait refréner son espièglerie.

« Dorian, à part quelques mystiques privilégiés, nul être vivant n'a jamais contemplé ce lieu de lumière. Ils n'ont pu aller plus loin sans y perdre la vie. Mais nous, petit frère, nous avons la même âme. Ne sens-tu pas comme je vibre en toi, et toi en moi. Voilà pourquoi nous devons le faire. Notre volonté nous permettra de briser ces chaînes, comme elle pourra les renouer, dès que nous le désirerons. »

« Solyane, laisse-moi y aller moi-même ! »

« Non ! Tu ne possèdes pas suffisamment la setchaya, la connaissance des choses cachées. Libère-moi, Dorian ! C'est là-haut que se trouve cette vérité fondamentale que nous devons connaître ! »

Un flot de tendresse presque matériel coula de l'un à l'autre, en cet endroit où toute distance était abolie.

« Solyane, je t'aime ! »

Tout son être refusait de la lâcher, de la libérer, comme elle disait. Mais elle ne céderait pas.

« Tu sauras immédiatement ce qu'il adviendra de moi, petit frère. La seule chose que je risque, c'est de perdre conscience. Cela signifierait la mort. Alors, tu monteras au sommet du Gardien, et tu brûleras mon corps. Et tu te diras que la connaissance de l'esprit est à jamais hors de portée des mortels. »

« Quelqu'un a dit, je crois, dans une religion antique : "Les dieux sont amour." Si cet univers d'azur et d'or est d'essence divine, alors les Anciens avaient entrevu la vérité. Va, ma sœur, va, mon amie ! Je reste pour te garder de toi et de ta folie admirable ! »

Il y eut comme une impulsion volontaire et un à un, comme les amarres d'un navire quittant le port, les liens immatériels qui retenaient Solyane à son corps se brisèrent, éclatèrent, disparurent. Là-bas, au sommet de la montagne sacrée, un corps nu s'écroula, sans vie. Une faible impulsion mentale lui ferma les yeux tandis qu'une sentinelle vigilante tissait autour de lui un fin réseau d'amour et de protection. Une vague luminescence déploya sa draperie chatoyante, comme un étrange sarcophage immatériel.

L'écho d'un cri flotta dans les airs.

« Solyane ! »

Elle avait disparu, happée par la multitude, fondue à cet inconnu lumineux qu'il ne comprenait pas. Et puis, simultanément, de fantastiques vérités commencèrent à se faire jour en lui.

Dorian ne perçut pas l'arrivée de Sylvain et d'Odios, venus s'inquiéter de lui, et qui l'avaient trouvé parfaitement immobile, perdu dans un rêve intérieur.

— Il est en transe, dit Sylvain. Il ne faut pas le déranger. Les dieux seuls savent ce qu'il voit.

— Les dieux..., grommela Odios, qui masquait son inquiétude sous sa mauvaise humeur. Lui-même est un dieu. Alors...

Il s'approcha lentement et la stupéfaction se peignit sur ses traits.

— Regarde ! On dirait... qu'il pleure.

— Par Lakor, tu as raison. Mais je ne l'ai jamais vu ainsi. Il est comme transfiguré.

Ils restèrent un long moment à observer le visage ébloui de Dorian, puis Sylvain chuchota :

— Partons, frère. Notre présence risque de le perturber.

— Non ! Il faut que nous demeurions près de lui. Il peut avoir besoin de nous. Cela fait plus de trois jours que cela dure. Il n'a pris aucune nourriture, aucune boisson. Les amanes commencent à s'inquiéter.

Soudain, on frappa discrètement à la porte. Sylvain sortit. Puis rentra immédiatement, les traits bouleversés.

— Odios, viens vite !

— Qu'y a-t-il ?

Il rejoignit son frère dans l'antichambre.

— Un chasseur a découvert le corps de Solyane, entièrement nu, au sommet de la Sentinelle.

— Par les dieux !

— Il s'est approché d'elle. D'après lui, elle est... morte.

— Mais il est fou ! Fais-le amener.

Il se tourna vers la porte des appartements de Dorian et murmura :

— Il le sait ! C'est pour ça qu'il est dans cet état.

— Il faut faire quelque chose, dit Sylvain.

— Voyons d'abord cet homme.

Un garde fit entrer un colosse dans la force de l'âge.

— Parle, chasseur ! Dis-nous ce que tu as vu !

— Par les dieux, messeigneurs, je sais que ce que je vais vous dire va vous stupéfier, mais il faut me croire. Je chassais sur les flancs du Gardien quand tout à coup je suis attiré par des hennissements. Je grimpe, et là, j'aperçois une pouliche toute blanche, magnifique. Elle mangeait, sans crainte, alors que l'endroit est infesté de danobes, ces chiens sauvages aussi gros que des ours. Je me dis : son propriétaire ne doit pas être loin. Je tente de m'approcher d'elle. Mais là, impossible. C'était comme si une force invisible me repoussait. Elle n'a même pas eu l'air de m'apercevoir. Alors, je me suis avancé sur le plateau. Je n'étais pas très tranquille. On dit que les génies hantent ce lieu. Plus loin, près du précipice, j'ai vu ! Ah, c'était hallucinant !

— Parle ! Qu'as-tu vu ?

— Une femme ! J'ai eu peur tout à coup. Ces histoires de dieux me sont d'un coup revenues à la tête. J'ai pensé à m'enfuir. Mais j'ai résisté, parce que cette femme était nue. Et je n'ai jamais eu peur d'une femme nue. Elle avait ôté tous ses vêtements, tous ses bijoux. Je les ai trouvés à quelques pas. Je me suis approché de la dame. C'est là que je l'ai reconnue. C'était notre comtesse. Pour ça, messeigneurs, sauf son respect, elle est belle.

— Mais pourquoi prétends-tu qu'elle était morte ?

— J'ai cru qu'elle dormait. Je ne savais pas ce qu'elle faisait dans cet endroit où personne ne se rend jamais. J'ai voulu la réveiller, lui porter secours. Je me suis penché sur elle. Il y avait des taches de sang sur sa peau, comme si elle avait reçu un coup de poignard dans l'épaule. Et là encore, une force mystérieuse m'a repoussé. Mais j'ai eu le temps de voir qu'elle ne respirait plus. Plus du tout. Je l'ai observée longtemps de loin, pour m'en assurer.

— Elle ne respirait plus, reprit Sylvain en écho.

— Pas le moindre souffle. Et puis, il y avait quelque chose autour d'elle. Comme un manteau de lumière. Je suis resté jusqu'au crépuscule. Je ne savais plus ce que je devais faire. Peut-être allait-elle se réveiller ? Et là, dans la nuit tombante, le manteau qui la protégeait est devenu de plus en plus brillant. J'ai eu peur, je me suis enfui. J'ai dû attendre le jour pour venir avertir notre seigneur Dorian.

Sylvain posa sa main sur l'épaule de l'homme.

— Tu as agi avec sagesse, chasseur. Nous transmettrons ton message au comte. Il n'est pas visible en ce moment. Mais je pense qu'il voudra te remercier plus tard. Cependant...

Il accentua sa pression de main.

— Pour l'instant, ne pense plus à ce que tu as vu. N'oublie pas que nos seigneurs sont des dieux.

— Je n'aurais garde de l'oublier, seigneur Sylvain. Mais dites-moi ! dame Solyane n'était pas vraiment morte, n'est-ce pas ?

— Non, chasseur ! Tu sais bien qu'ils sont immortels.

En disant ces mots, il comprit que c'était sans doute lui, plus que le chasseur, qu'il s'efforçait de convaincre.

48

À l'instant même où elle avait résolument rompu les attaches subtiles qui la reliaient à son corps, Solyane avait éprouvé l'impression d'une chute vertigineuse. Un tourbillon indescriptible s'était emparé d'elle, tentant de l'engloutir comme une nacelle portée par la tempête. Des lumières éblouissantes l'éclaboussèrent, l'aveuglèrent. Des forces colossales tentèrent de déchirer l'enveloppe de protection qu'elle leur opposait.

Elle avait résisté. Elle savait que si elle cédait, sa conscience et sa mémoire se dilueraient dans le vortex hallucinant qui l'entraînait de plus en plus loin, de plus en plus vite. Des soleils explosaient au plus profond d'elle-même, des vagues d'acides corrosifs semblaient bouillonner sur sa peau, sa peau qui n'existait plus dans l'espace extérieur où elle se trouvait. Concentrée sur l'image d'un diamant, d'un cristal indestructible, elle se laissa emporter par le flot formidable. Autour d'elle, elle devinait encore la cuirasse d'amour et de tendresse que Dorian avait tissée pour la protéger.

Ailleurs, dans le monde réel, au cœur d'une bulle

de pierre que l'on nommait Gwondaleya, deux frères contemplaient avec stupeur les traits décomposés de leur suzerain.

— Odios ! Odios ! Regarde ! Il souffre.

— Par les dieux ! dit le colosse au visage sombre. Qu'est-ce qui se passe ?

Pétrifiés, ils virent la mâchoire de Dorian se durcir, puis des gouttes de sueur perler à son front, sur sa gorge. Lentement, et de façon incompréhensible, les vêtements qui le protégeaient semblèrent se dessécher, se racornir. Le cuir lui-même se flétrit, et tomba en poussière. Puis, comme dans un cauchemar effrayant, des vaisseaux chargés de sang éclatèrent, et se mirent à couler sur le torse et les membres de Dorian. Les deux frères se mirent à trembler.

— Sylvain, gémit Odios. Que faut-il faire ?

— Je n'en sais rien, frère ! Je ne sais pas ce qui arrive.

Des larmes de peur, de compassion, d'impuissance leur montèrent aux yeux.

— Je crois... je crois qu'il lutte. Il lutte pour Solyane, dit Odios d'une voix tremblante. Je vais me rendre près d'elle. Je ne pourrai sans doute rien faire. Mais au moins nous serons présents. Toi, reste avec lui.

CRISTAL !

Je suis un cristal ! Indestructible ! Je suis Solyane de Gwondaleya ! La mort n'existe pas ! Elle n'est qu'un leurre !

Là-haut, au sommet d'une montagne sur laquelle une nouvelle fois le soleil se couchait, un corps magnifique reposait, parfaitement immobile, déserté de toute vie, assemblage parfait de myriades de poussières atomiques dont l'union avait donné forme à une déesse. Une déesse qui luttait de toute son âme pour percer le secret de l'univers d'azur et d'or entrevu sur les rives de l'inconscient. Peu à peu cependant, le vortex vertigineux s'estompa. Tout se stabilisa soudain, et Solyane eut l'impression de plonger d'un coup au sein d'un fleuve immense, de baigner au cœur d'une lumière fabuleusement belle. Si elle avait encore possédé un corps, elle aurait crié de joie. Elle était passée, elle avait vaincu la mort. Le tourbillon qu'elle avait cru infini n'avait en réalité aucune substance. Seules son imagination et une étrange réaction inscrite dans ses gènes mentaux depuis l'aube des temps avaient provoqué cette fantastique hallucination.

Lentement, elle se laissa imprégner de ce qui l'entourait, la cernait, de ce qui vibrait en elle. Peu à peu elle prit conscience de l'entité unique et multiple, infinie, qui palpitait autour d'elle. C'était comme une draperie qui se déployait et dévoilait une vérité vertigineuse. Elle dut faire appel à toute sa raison, à toute sa puissance, et aussi à toute son humilité pour comprendre.

De l'azur et de l'or. Telles étaient les impressions fondamentales qu'elle éprouva de prime abord. Puis elle comprit qu'elle n'était qu'une des innombrables étincelles de vie qui crépitaient au cœur de ce fleuve étrange. Des étincelles qui représentaient les racines profondes de tous les êtres vivants. Une analogie parfaite se dessina aussitôt dans son esprit. La Médhellenie lui revint en mémoire, avec ses mahahis, ses arbres pieuvres, dont un seul pouvait recouvrir une forêt entière. Pour les hommes ignorants et aveugles, il semblait y avoir une multitude de mahahis là où en réalité il n'y en avait qu'un seul. Les yeux ne permettaient pas de voir les liens qui les unissaient sous la terre. Ainsi pourtant étaient les êtres vivants, hommes, plantes, animaux. La matière qui composait leur corps les dissociait. Bien plus même, chacun conservait, gravée en lettres de feu dans ses gènes, l'idée qu'il constituait une entité entière, radicalement séparée de son environnement, avec laquelle il ne pouvait communiquer que par les sens.

Pourtant, au plus profond de l'être, en un lieu que l'on ne pouvait atteindre sans sombrer dans la folie ou la mort, tous étaient reliés, comme les racines des mahahis, ou les îles sous la mer.

Lorsque cette idée fantastique l'eut pénétrée, Solyane connut une joie profonde, proche de l'extase.

En écho, sur la terrasse où les derniers rayons du soleil mourant jouaient sur la pierre rousse, les traits de Dorian se détendirent. À nouveau, une plénitude absolue se peignit sur son visage. Une onde de chaleur immatérielle coula vers Sylvain et Leïro, venu remplacer Odios.

— Leïro, murmura Sylvain, les larmes aux yeux. Je ne comprends pas ce qu'ils sont en train de faire. Mais jamais je n'ai vu un tel amour unir deux êtres.

Lentement, les vérités se mettaient en place dans l'esprit de Solyane. La véritable essence de l'homme se situait ici, dans cet univers à la beauté parfaite. Son corps matériel n'était que l'une des facettes par lesquelles il se manifestait. La conscience animait ce corps constitué de particules dont chacune possédait son histoire, son histoire qui avait débuté avec l'origine des mondes, et qui se poursuivrait encore bien longtemps après que le souvenir des hommes aurait disparu.

Par le seul pouvoir de sa volonté, Solyane avait franchi la première porte, celle du préconscient, ce lieu où s'élaboraient toutes les idées, toutes les structures logiques, cet endroit mystérieux de l'esprit qui filtrait toutes les absurdités, tous les assemblages élémentaires. Sa destruction signifiait la folie.

Au-delà, la deuxième porte l'avait menée au sein du bouillonnement des pensées élémentaires, cet océan étouffant d'où toute structure familière a disparu pour ne plus laisser la place qu'à un magma effrayant. Et là, sur cette autre rive dont personne ne soupçonnait l'existence, à part les mystiques audacieux qui en avaient découvert le chemin, elle avait contemplé le fabuleux univers d'azur et d'or. À présent qu'elle l'avait rejoint, elle comprenait mieux. Une troisième porte existait, une passerelle tendue au-dessus d'un gouffre d'irréalité, que seuls sa foi et son amour avaient permis d'édifier. Cette passerelle extraordinaire que les esprits proches de la mort ne savaient pas jeter. Ainsi s'expliquait l'oubli, le néant qui les privait instantanément de leurs souvenirs, des expériences vécues.

C'était comme si d'un coup elle avait ouvert toutes les fenêtres de la Connaissance.

Le corps matériel de l'être n'était qu'un support insignifiant, un véhicule temporaire emprunté seulement pour l'infime durée d'une vie. Un peu comme un vêtement que l'on enfile et que l'on jette lorsqu'il est usé.

Solyane était heureuse, pleinement, presque amoureusement. Elle flottait à présent à une altitude vertigineuse. Autour d'elle vibrait une chaude sensation d'amitié, plus encore, d'amour absolu, de plénitude. Elle se laissa longuement bercer par cette sensation exaltante qu'aucun mot n'aurait pu décrire, plus puissante encore qu'au plus merveilleux des étreintes vécues avec Dorian. Un instant, elle fut tentée de tout briser, de rester à jamais ainsi, oubliant son passé, sa vie, tout ce qui la reliait au monde réel. Mais elle avait apporté avec elle sa conscience, et ses souvenirs, et l'image d'un monde auquel elle devait apporter son aide.

Peu à peu, elle poursuivit sa quête, et la vérité s'élargit, s'illumina. C'était comme un fleuve immense, dont on ne voyait pas les rives, qui s'enfuyait vers l'avenir, vers un futur inconnu. Solyane se rendit compte que ses compagnes lumineuses suivaient une voie tracée, un chemin plus ou moins sinueux régi par l'inertie du monde et les lois de la probabilité. Parfois se présentaient des choix. Là intervenait ce don des dieux que l'on appelait volonté. Certaines âmes se laissaient emporter par le courant, d'autres combattaient, guidaient leur vie avec plus ou moins de bonheur. Solyane comprit rapidement que la plupart réagissaient arbitrairement, parce que depuis des millénaires sans doute l'esprit de l'homme avait désappris sa véritable nature cosmique, celle qu'elle contemplait à présent. Ainsi sans doute s'expliquait cette légende qui prétendait que le destin était écrit d'avance, et que rien ne pouvait changer. En réalité, le destin représentait la force d'inertie du monde matériel, la résultante du mouvement d'ensemble des milliards de milliards de particules élémentaires constituant l'Univers. Mais l'Esprit devait dominer la matière. La volonté était son moyen d'expression. Elena avait disparu pour ne pas l'avoir compris. Ou peut-être pour l'avoir trop bien compris.

PARCE QUE ELENA VOULAIT MOURIR.

Mais la mort aurait reculé si la jeune femme avait lutté pour survivre. Elle en avait la preuve à présent.

L'avenir était incertain. Mais le passé ?

Luttant légèrement contre un courant qui n'avait en réalité aucun pouvoir sur elle, Solyane se laissa remonter plus haut, vers le passé. Un passé immuable, qu'elle redécouvrait lentement au plus profond de sa mémoire. Des images stupéfiantes se dessinèrent alors en elle.

Elle se revit plus jeune, lors de la traversée de la Médhellenie, alors qu'elle était la proie de l'immonde Rodrick de Brastalia. Une onde d'horreur la parcourut lorsqu'elle revécut les brutalités qu'elle avait dû subir de sa part. Plus haut encore, elle se souvint de la douleur immense éprouvée lorsque Dorian lui avait fait part de son intention d'épouser Elena. Autre douleur encore, la mort de sa mère, Orlyane la Belle, et de son père, Kogan le Sage. Une foule d'images surprenantes, plus loin, lui rappelèrent d'inoubliables souvenirs d'enfance, les jeux troublants qui l'avaient unie à ce frère étranger qu'elle aimait déjà d'un amour de légende. Leurs caresses délicieuses et empreintes de tendresse. Comme elle remontait inexorablement le courant, elle ressentit soudain un frisson extraordinaire, une impression simultanée de ténèbres et de lumière. Elle comprit peu après qu'il s'agissait de l'épreuve angoissante de sa propre naissance. Alors, prise de vertiges, elle remonta encore au-delà.

Pour déboucher sur une vision d'horreur. Un monstre, un soldat levait sur elle une arme tranchante, aiguisée. Une sensation de froid intense se posa sur sa gorge, sur son cou qui éclata, se fendit pour laisser échapper des flots de sang.

Elle avait eu le temps de voir, avant de mourir, le corps d'un homme, le ventre ouvert et les reins brisés. Une dernière vision lui montra une main, la sienne, se tendant vers le corps effondré, vers un visage dans lequel elle reconnut celui de Dorian. Une onde de frayeur glissa sur elle comme la pluie au printemps. Puis elle se rendit compte qu'il ne s'agissait pas d'eux, mais de Darios et Lyanéa. Une nouvelle vérité se fit jour en elle. Ainsi, ils étaient bel et bien les réincarnations du commandeur et de la commanderesse assassinés. Bien plus que ne l'imaginaient leurs alliés.

Lentement, elle revécut leur existence, à l'envers, comme une histoire qui remontait vers l'enfance. Des visages disparus resurgirent de l'oubli où la mort les avait rejetés. Un homme aux traits de patricien, un amane au regard perçant veillait sur eux, les éduquait. Son nom lui revint instantanément à l'esprit : Landius.

Puis il y eut une nouvelle rupture, une nouvelle naissance. Et elle se retrouva dans la peau d'un homme, un guerrier. Sensation curieuse de se sentir mâle, et unie totalement à l'esprit de Dorian, avec lequel elle ne faisait plus qu'un. Elle ne s'était pas trompée ; ils ne possédaient qu'une seule âme à eux deux. Et jamais ils n'avaient été séparés avant les naissances gémellaires de Darios et de Lyanéa.

C'était comme une bouffée d'air pur, l'impression de l'absolu. Sa quête audacieuse avait réussi. À présent affluaient en elle des souvenirs que d'innombrables morts et naissances avaient arrachés de sa mémoire. Car les amanes avaient raison : l'homme, tout au moins son âme, était immortel. Avide de savoir, elle se laissa remonter de plus en plus vite vers le passé, ouvrant ainsi les portes oubliées de vies multiples, toutes différentes, toutes riches d'émotions que sa mémoire profonde avait conservées. Elle, ou lui, Dorian, avait été amane, esclave, marchand, maraudier, empereur même, puis l'une des premières léphénides.

Des scènes de violence, d'amour restaient gravées en elle, provoquant une succession vertigineuse d'émotions aiguës, des émotions qui lui avaient appartenu. Des yeux bleus, un visage brun aux cheveux noirs, des traits d'homme, penchés sur elle, transfigurés par un accomplissement sexuel éblouissant. Subtilement, d'autres traits s'y substituèrent, ceux d'une très belle femme, dont les yeux noyés d'amour la buvaient. Elle sut qu'à cette période, dans cette existence-là, elle avait été un redoutable chef de guerre, quelque part dans le nord de l'Europannia, et aimée d'une princesse rebelle. Plus loin encore, elle se revit, femme, penchée sur le corps sans vie d'un petit garçon, dont la peau se marbrait d'affreuses plaques rouges. Autour d'elle sourdait une atmosphère de désespoir, d'angoisse et de peur, au cœur d'une cité gigantesque sur le point de s'effondrer. Des gens effrayés, des visages marqués par la folie se succédaient, avant de sombrer dans le néant de ce que l'on baptiserait bien des siècles plus tard le Jour du

Soleil. Elle comprit que c'était la maladie qui avait provoqué l'effondrement de la civilisation des Anciens. Une maladie, un fléau imparable, contre lequel toute la science antique s'était révélée impuissante, qui pour elle conservait le visage de ce petit garçon disparu, et qui ressemblait un peu à Palléas. Obstinément, elle poursuivit sa quête. Quantité de vies présentaient peu d'intérêt. Certaines pourtant avaient été riches d'enseignements, d'expériences. Elle franchit ainsi de nombreuses époques, remontant l'histoire, explorant les mondes antiques, des civilisations qui déjà à l'époque de leurs ancêtres avaient été oubliées. Peu à peu, elle s'aperçut que les souvenirs se faisaient moins précis, s'estompaient, ou, plus exactement, se transformaient. Des millénaires auparavant, l'homme avait été un demi-animal. Plus loin encore dans le passé, il n'était qu'un mammifère, puis un reptile. Et pour chaque vie subsistaient en elle des images-sensations à jamais imprimées dans sa mémoire profonde. Une lutte incessante pour la vie, la survie de l'espèce. Plus loin encore, elle se sentit portée par un milieu différent, liquide, au sein duquel elle évoluait subtilement, pourchassée, ou chassant à son tour. Et tout allait de plus en plus vite. Un nouveau vortex la saisit, cette fois guidé par sa seule volonté, qui la mena peu à peu vers l'état primitif, l'état cellulaire. Alors, elle s'enlisa dans un marécage mental qui s'était étalé sur des centaines de millions d'années.

Jusqu'à l'instant lumineux où une main immatérielle sembla se tendre vers elle, pour l'entraîner encore plus haut, plus loin dans le passé. Elle s'y agrippa de toutes ses forces. Elle n'était plus seule à présent. Une entité éblouissante semblait l'environner, la protéger. Elle sentit qu'elle approchait de la vérité ultime, celle qu'elle s'était promis de rapporter. Une vérité venue de si loin, si loin...

Au commencement était le Néant. Le Néant engendra l'Énergie, l'Explosion originelle. Puis l'Énergie engendra à son tour la Matière, sous forme de nébuleuses, de galaxies. Les galaxies donnèrent naissance à des étoiles, qui à leur tour constituèrent leur cortège de planètes, puis de satellites.

La matière se structura. Des gouttes infimes de ces structures mystérieuses apprirent à se reproduire, et évoluèrent. Ainsi apparut la Vie. Pour la première fois, ces gouttes de matière se dissocièrent totalement de leur environnement, acquirent leur indépendance. Faisant preuve d'un esprit audacieux et totalement incompréhensible, ces nouvelles cellules s'organisèrent, s'associèrent, devinrent des êtres de plus en plus compliqués. Sur cette goutte de pierre, de feu et d'eau qui avait nom la Terre, la vie aboutit à l'être humain.

Ainsi apparut la conscience, premier pas vers la découverte de l'âme, ce lien subtil qui relie le monde matériel à l'univers spirituel. Si les hommes ne comprirent pas ce monde parallèle et extraordinaire, au moins ils en devinèrent l'existence. De cette incompréhension naquirent les religions, et les désordres qui s'ensuivirent, et qui toujours rejetaient l'homme vers le bas. Comme une porte qui refusait obstinément de s'ouvrir, parce que personne n'en avait compris le mécanisme.

Si quelques mystiques étaient parvenus à l'entrebâiller, aucun n'avait su la franchir.

Une idée nouvelle baigna Solyane, qu'elle savait reçue de l'entité bienveillante qui l'avait accompagnée, guidée dans cette quête insensée. Elle était la seule à avoir pu établir un pont entre les deux univers. Avec elle, une espèce nouvelle était en train de naître. Alors, bien loin dans l'avenir, au-delà d'elle-même, elle comprit qu'un jour viendrait pour la lignée humaine où l'esprit se dissocierait totalement de la matière, et la dominerait complètement. Telle était la destinée de l'homme, ou plus simplement de la vie, une élévation irrésistible qui l'entraînerait vers un état supérieur, proche de la divinité.

« Mais alors, demanda-t-elle à l'entité inconnue, quelle est cette force qui nous tire vers le bas, qui nous pousse à nous détruire ? »

En elle se forma l'image du Prophète, et la vision d'une falaise de glace qui peu à peu dévorait le monde.

L'idée réponse se forma instantanément, mais elle n'aurait su dire qui l'avait émise, de l'entité ou d'elle-même.

« Toute force qui se crée donne naissance à son contraire. Et l'élévation de l'homme engendrera des obstacles qu'il devra surmonter pour mériter son accession à la divinité.

« Toi Solyane, et toi Dorian, vous représentez, nous représentons le devenir de l'espèce humaine, de la vie, l'accession à un état supérieur. Une épreuve ultime approche, inéluctable, qui nous opposera à notre contraire, cette puissance obscure qui tend à nous rejeter dans le néant. »

Peu à peu, la sensation amicale et chaleureuse s'estompa. La main disparut, et Solyane se retrouva, éblouie, dans le fleuve d'azur et d'or.

Elle n'avait plus peur. Elle était si bien. Elle ignorerait peut-être toujours la vérité sur l'entité qui avait un instant étendu sa main sur elle. Mais elle savait au fond d'elle qu'elle l'apprendrait un jour. Si elle triomphait de la dernière épreuve...

Elle ignorait le doute à présent. Avec Dorian, elle vaincrait. Et elle connaîtrait alors le seuil supérieur, celui qu'elle avait entrevu à l'Origine des Temps, la porte de l'Infinité.

Elle n'était pas encore prête. Il lui fallait d'abord regagner la Terre.

Pourtant, avant de reprendre contact, elle se laissa bercer au sein de la lumière bleue, pour s'imprégner encore de la sérénité absolue qui l'inondait. Une douce chaleur descendit en elle, en écho à sa joie trop grande. Un fleuve de tendresse et d'amour qui s'écoula sur son corps privé de vie. Alors, des larmes de bonheur glissèrent sur ses joues.

— Regardez ! Elle pleure ! cria Alvina.

— Que les dieux soient mille fois remerciés, murmura Odios.

Aucun d'eux n'osait faire un geste. Cela faisait à présent huit jours qu'ils veillaient le corps sans vie de leur suzeraine. Des barbes mangeaient les joues des hommes. Alvina, Gwenna et la Lonnienne Sonia avaient les yeux cernés par trop de nuits de veille, dans le vent froid de la montagne. Pourtant, aucun d'eux n'aurait souhaité être ailleurs. Chacun avait obscurément conscience de participer à une aventure exceptionnelle, fondamentale. Les jours et les nuits s'étaient succédé sans que rien se modifiât. Solyane n'avait pas bougé une seule fois, isolée, protégée du monde par son étrange sarcophage de lumière, dont personne ne pouvait savoir qu'il était le fruit de la volonté et de l'amour de Dorian. Et puis, il y avait eu cette soudaine luminosité, cette lueur extraordinaire, semblable à un soleil jailli de nulle part. Une onde d'extase qui avait longuement baigné chacun d'eux, et dont personne n'avait véritablement compris la nature.

Comme la main immense d'un dieu venu de l'infini. Ils avaient levé les yeux vers les cieux étoilés. Mais il n'y avait rien à voir. Car la lumière était inscrite au plus profond d'eux-mêmes. Et lorsqu'elle avait disparu, chacun s'était senti comme orphelin, mais empli d'une confiance nouvelle.

Ils avaient attendu toute la nuit, espérant peut-être un retour de la lueur de l'éternité. Mais le matin était venu, inondé d'un soleil radieux.

Alors, des larmes semblables à des diamants avaient coulé sur les joues de Solyane.

— Elle pleure, soupira Gwenna. Donc, elle vit. Les dieux sont grands.

— Voyez ! s'écria Alvina. La lueur qui l'entourait s'estompe. Elle... elle respire à nouveau.

En effet, lentement, la poitrine de Solyane se soulevait, profondément, amplement, animant ses seins au galbe parfait, tandis que s'évanouissait l'étrange sarcophage de lumière vivante.

Odios, indifférent à sa nudité, posa sa main à la place du cœur.

— Il bat ! Il bat ! Elle est ressuscitée. C'est un miracle ! Un don des dieux.

Solyane ouvrit les yeux. Elle se redressa, s'étira longuement, fit jouer ses muscles engourdis. Elle ne s'aperçut pas immédiatement qu'une douzaine de regards éberlués se rivaient à elle. Puis la joie qui rayonnait de leurs esprits l'envahit tout entière, la baigna, la réchauffa. Belle comme la déesse de l'amour, elle se leva dans la clarté du matin, un peu chancelante, et leur sourit.

Alors, Odios n'y put plus tenir. Il la prit dans ses bras, traduisant par son geste le désir de tous, hommes ou femmes, et la serra à la briser.

— Tu vis ! Tu vis, toi ma maîtresse, notre vie à tous. Grâces soient rendues aux dieux.

Et avant qu'elle ait pu réagir, Solyane se vit embrassée, caressée, enveloppée d'affection et d'amour. Elle finit par éclater de rire. Un rire haut et clair, cristallin. Vainqueur.

49

Au même instant, Dorian s'éveilla de sa transe, sur la terrasse du palais comtal. Une barbe de huit jours lui mangeait les joues. Sylvain, intimidé, s'approcha lentement.

— Arnaud ! Comment te sens-tu ? Si tu savais quelle peur tu nous as faite !

Dorian s'étira comme un chat, fit jouer ses muscles, et se redressa.

— Tout va bien, frère ! Rassure-toi ! Nos compagnons ramènent Solyane.

— Mais que s'est-il passé ?

— Je ne sais pas encore très bien. Solyane et moi avons affiné nos pouvoirs pour affronter le Prophète.

— Alors, vous allez le combattre directement ? Je suis avec toi, Arnaud ! Mon dayal est toujours le tien, tu le sais.

— Je le sais, dit Dorian en souriant. Mais un dayal ne sera sans doute pas suffisant pour abattre cet ennemi-là. Par contre j'aurai besoin de toi pour assurer la protection de notre bonne ville.

— Tu vas partir ?

— J'en ai l'obscure intuition, oui ! Mais avant, j'aimerais...

— Oui ?

— J'aimerais que tu me fasses préparer un bain !

La nuit était presque tombée au retour de Solyane. Malgré son épuisement, elle dut satisfaire à la curiosité et à l'affection des siens. Lorsque enfin elle put rester seule avec son frère, Dorian congédia leurs domesses et prépara lui-même pour elle un bain réparateur. Quand elle en sortit, elle prit place sur une couche de mousse, et Dorian la massa afin de rendre vie aux muscles qu'un long engourdissement avait rendus douloureux. Elle se laissa faire avec délices. Ils n'échangèrent aucun mot. Au travers des doigts de Dorian, la tendresse coulait comme un fleuve intarissable. Comme les pensées qui ruisselaient librement de l'un vers l'autre.

Ils avaient vécu ensemble, intimement mêlés, irrévocablement enchaînés, des instants fantastiques, dont aucun mot n'aurait pu rendre l'éblouissement. Des secrets qu'elle avait ramenés de « là-bas », de l'autre rive, elle ne lui cacha rien, s'ouvrant totalement à tout ce qu'il n'avait pu voir, ou comprendre.

— C'est curieux, finit-il par dire. Je crois que de

tout temps j'ai su cela. C'est comme un voile qui vient de se lever.

Elle s'assit sur la mousse et plongea ses yeux d'azur dans ceux de Dorian.

— Et la réponse était là. La vie tend vers l'esprit, et l'esprit vers la divinité, l'infinité. Mais avons-nous le droit d'expliquer tout cela aux nôtres ? Le comprendraient-ils ?

Dorian fit la moue.

— Ils le comprendraient sans doute. Et surtout, ils nous feraient confiance. Mais ils ne pourraient jamais atteindre ce monde sans s'y brûler. Eux connaîtront la mort, parce qu'ils n'auront pas la force de lutter contre l'oubli, ce vortex qui anéantit la conscience. Seuls nos enfants et nos descendants seront suffisamment puissants pour résister.

— Alors, nous sommes bien les représentants d'une race nouvelle, petit frère.

Elle noua ses bras autour de son cou et l'embrassa. Puis elle ajouta :

— Non ! C'est même plus que ça. Il ne s'agit pas d'une race, ni même d'une espèce. Nous sommes... un stade supérieur de la vie. Le seul espoir pour l'homme de se hisser au-dessus de la matière, de s'en affranchir, de la dominer. Et voilà pourquoi les forces du néant s'acharnent contre nous, Dorian. Nous leur faisons peur !

Elle se leva, et se dirigea vers la grande baie vitrée qui surplombait la ville. La nuit était totalement tombée, mais une luminosité scintillante régnait sur la cité industrieuse. Les artères animées dessinaient leurs guirlandes de lumière, comme des défis aux ténèbres qui plus loin avaient envahi la campagne.

Car la trêve printanière était terminée. Depuis le retour de Solyane, de lourds nuages chargés de menaces s'étaient amassés au nord, et descendaient en cohortes impressionnantes vers la vallée du Danov en suivant les crêtes de Skovandre.

Un frisson d'angoisse fit un instant frémir Solyane. Dorian la prit dans ses bras, mais elle n'avait pas froid. Les yeux fixés sur l'immense vague nuageuse, qu'elle devinait plutôt qu'elle ne la voyait, elle murmura :

— Ils ne pouvaient rien contre nous tant que nous étions protégés par la Sentinelle, Dorian. Mais ils vont redoubler d'efforts à présent. Parce qu'ils sentent que le combat final est proche. Seulement cette fois, nous attaquerons les premiers.

Elle ferma les yeux, se concentra. Une onde de joie la parcourut, l'inonda.

— Je ne m'étais pas trompée, petit frère ! Notre fils est vivant ! Je le vois ! Une force étrange le protège. Il nous attend.

Elle se tourna vers lui.

— Nous allons bientôt partir, Dorian. Nous rejoindrons Palléas. C'est là-bas, au-delà du nord, que se déroulera le dernier combat.

50

Lyvie observa avec anxiété le visage douloureux de Palléas. Rarement elle quittait l'abri étrange où les créatures les avaient installés. Le matin même, pendant sa sortie quotidienne, elle avait remarqué sans en prendre véritablement conscience que l'air s'était réchauffé.

À présent, elle n'éprouvait plus aucune frayeur vis-à-vis des êtres qui les avaient incompréhensiblement pris en charge, Palléas et elle. Devant elle se tenait celui qu'elle considérait comme le chef de la horde. Le regard d'or, semblable à celui d'un loup, surveillait attentivement le visage amaigri de Palléas. Puis la créature émit un grognement dont elle avait appris à ne plus avoir peur, et se retira. Lyvie regarda le mankou sortir de la hutte, puis son attention se reporta sur Palléas. Il n'avait pas repris connaissance depuis leur arrivée, plusieurs semaines auparavant. Des semaines infernales qui lui avaient semblé durer des siècles. Pourtant, sa respiration s'était nettement améliorée quelques jours plus tôt. Délicatement, elle prit sa main dans les siennes et la serra. Des couleurs nouvelles envahissaient les joues du jeune homme. Une flambée d'espoir dilata le cœur de la jeune fille. Elle ne comprenait toujours pas comment il avait réussi à survivre à une chute de plus de cent mètres depuis les hauteurs de la falaise surplombant les marais de Baaltenard.

Des images lui revinrent en mémoire. Elle n'avait pu supporter l'aspect effrayant de ces monstres lorsqu'ils avaient surgi silencieusement des profondeurs brumeuses des marais. Déjà épuisée par sa course folle avec Oranéa, elle s'était évanouie. Elle avait cru mourir de frayeur lorsqu'en s'éveillant elle avait découvert les gueules penchées sur elle. Il ne pouvait s'agir là que de créatures maudites, surgies tout droit de l'enfer de Shaïentus. Car si les mankous possédaient un corps ressemblant à s'y méprendre à celui de l'être humain, leur tête rappelait celle d'un loup. Des légendes dont les origines remontaient bien au-delà du Jour du Soleil relataient les crimes perpétrés par des créatures semblables. Elle avait cru sa dernière heure venue, s'attendant d'un instant à l'autre à sentir les mâchoires puissantes se refermer sur sa chair.

Au lieu de cela, des mains douces et couvertes d'un fourrure fine et serrée, à la couleur de perle, s'étaient posées sur elle, lui communiquant un merveilleux apaisement. Des yeux d'or au regard perçant la scrutaient. Elle comprit que la créature était une femelle — elle n'osait dire une femme — en devinant les seins hauts et fermes qui gonflaient sa poitrine.

Elle se souvenait de la sensation de bien-être qu'elle avait éprouvée en découvrant qu'on l'avait installée confortablement sur une épaisse fourrure de couleur blanche. Malgré la présence d'ongles impressionnants qui rappelaient plutôt des griffes, l'intérieur des doigts de la créature était doux et chargé de chaleur, et leurs caresses sur sa peau nue l'avaient calmée. Elle avait longuement regardé la créature étrange, dont les intentions semblaient amicales. Mis à part sa tête de louve, son corps nu était sans conteste celui d'une femme. D'une très belle femme, même, aux membres parfaitement proportionnés, aux muscles délicatement fuselés. Pourtant, si la peau du ventre et des seins, d'une couleur d'un blanc laiteux, restait à nu, le reste se couvrait d'un pelage dru et soyeux, d'une teinte argentée parsemée çà et là de taches plus sombres. À l'instar des loups, elle portait également une queue touffue d'un noir ténébreux.

Lorsque enfin Lyvie avait osé détacher ses yeux du visage animal de la créature, elle avait découvert, à ses côtés, le corps dénudé de Palléas, couvert de sang. De vilaines plaies couvraient sa poitrine et son flanc droit. Un mankou parfaitement immobile l'étudiait attentivement, comme à l'écoute des messages qui pouvaient s'en dégager.

Elle se souvenait qu'elle avait voulu se lever pour se glisser contre lui. Mais une force étrange l'avait retenue sur sa couche. La femelle mankou avait seulement levé la main vers elle, doucement, et une torpeur bizarre l'avait envahie.

Elle avait compris que son compagnon devait la vie à ces créatures énigmatiques. Sans elles, il eût succombé à ses blessures.

Ses premières appréhensions surmontées, Lyvie avait appris à vivre au milieu de la petite colonie. Malgré leur aspect effrayant, les mankous s'étaient révélés très accueillants.

Ils avaient pris soin de l'allienne de Palléas, qui les avait acceptés sans aucune difficulté. Lyvie se demandait parfois si le fauve n'avait pas compris que les créatures prenaient soin de son maître. Son pelage s'était épaissi pour résister efficacement à l'hiver, et elle ne paraissait pas souffrir des conditions difficiles du Grand Nord.

Lyvie avait été logée dans une hutte qu'elle occupait seule avec Palléas. C'était une sorte de cône renversé dont la pointe s'orientait vers le nord, afin d'offrir la meilleure résistance au blizzard. Des peaux de bêtes tannées et travaillées défendaient l'entrée, et subdivisaient la demeure en plusieurs pièces. À l'intérieur, un foyer de longues pierres plates abritait un feu de tourbe odorant.

Chaque jour, on apportait à la jeune fille un repas fait de fruits et de viande séchée. Parfois, lorsqu'une partie de la horde partait en chasse, Lyvie se voyait gratifiée de viande fraîche, et cuite.

Très rapidement, elle s'était rendu compte que les mankous n'avaient aucun rapport avec des animaux, malgré leur tête de loup. Parfois, elle se surprenait à les trouver beaux, même si quelque chose dans leur démarche conservait un reflet animal. Ils n'avaient rien à voir avec les garous, ces monstres difformes et à demi fous. Bien au contraire, il se dégageait des mankous une grâce majestueuse, une véritable noblesse. Par maints côtés, ils faisaient songer à une tribu humaine, qui chassait, cueillait et engrangeait pour les temps froids. Ils utilisaient également nombre d'ustensiles et d'outils qu'ils fabriquaient eux-mêmes.

Elle en avait dénombré un peu plus d'une centaine, dont une vingtaine d'enfants, choyés par les adultes.

Elle avait tenté de communiquer avec eux. Sans grand succès au début. Entre eux, ils paraissaient utiliser une sorte de langage incompréhensible, fait de grognements modulés, de jappements, de hurlements aussi, qui la glaçaient de terreur. Puis elle avait remarqué qu'ils échangeaient de longs regards chargés de significations qui malheureusement lui échappaient. Il lui fallut près d'un mois pour comprendre qu'ils communiquaient également à l'aide d'un langage gestuel, où les mains se touchaient et se caressaient, parfois même s'égaraient sur telle ou telle partie du corps de l'interlocuteur. Ainsi, lorsque Lyvie avait faim, elle pinçait doucement les babines de la femelle dont elle s'était fait une amie, et celle-ci lui apportait de quoi se restaurer.

Cette femelle, la compagne du chef, s'était liée à elle, et lui avait enseigné quelques rudiments de ce langage gestuel.

Le territoire où vivaient les mankous était vraisemblablement situé à l'écart de toutes les concentrations humaines. Il occupait une clairière cernée d'une végétation épaisse, qui semblait interdire toute évasion. Elle ignorait totalement comment elle avait pu parvenir là. Mais elle avait la quasi-certitude que l'endroit se situait bien loin de Baaltenard, en un lieu où les hommes ne se risquaient jamais.

À part leur sollicitude et leur calme olympien, Lyvie n'avait pu apprendre grand-chose des mankous. Pour des raisons connues d'eux seuls, ils avaient décidé de sauver Palléas.

Et chaque jour qui passait apportait une amélioration infime, qu'elle seule peut-être pouvait percevoir. Il se remettait lentement, avec toute la ténacité dont son corps fabuleusement résistant était capable. Les cicatrices superficielles avaient disparu depuis longtemps. Elle avait déjà constaté qu'il ne conservait jamais la moindre trace de ses blessures. Mais à l'intérieur le mal était beaucoup plus grave. Sans avoir aucune notion de médecine, elle avait compris qu'une lame d'acier lui avait perforé les poumons, et avait atteint des organes vitaux. Et depuis plus de deux mois, plusieurs membres de la tribu mankou se relayaient aux côtes de Palléas, dans une attitude de méditation profonde. À Lyvie revenait la tâche de le faire manger, de le nettoyer, ce dont elle s'acquittait avec un plaisir évident. Bien sûr, elle aurait donné gaiement sa vie pour qu'il s'éveillât et la prît dans ses bras. Pourtant, elle éprouvait une jouissance secrète à le veiller ainsi. Enfin il lui appartenait totalement, et tous ses efforts tendaient à soulager ses souffrances, à le maintenir en vie.

Aussi faillit-elle éclater de joie lorsque enfin elle vit les yeux du jeune homme s'entrouvrir.

— Seigneur ! Palléas ! Tu m'entends ?

Le jeune homme prit une longue inspiration et voulut se redresser.

— Tu es trop faible ! murmura Lyvie avec émotion. Mais tu verras, d'ici quelques jours, cela passera.

— Lyvie ? C'est toi ? Mais...

La jeune fille pouvait presque lire sur son visage pâli les efforts qu'il faisait pour reprendre pied dans la réalité.

Une grimace de douleur crispa un instant ses traits, puis il se détendit.

— Le Prophète... Un chien qui veut se faire passer pour mon père. Je sais qui il est à présent. Un monstre vomi par l'enfer. Il a utilisé sa ressemblance pour me surprendre au dernier moment, alors que j'allais triompher. Mais je le retrouverai.

L'instant d'après, la femelle mankou et son compagnon étaient là, comme appelés par un signal mystérieux. Palléas resta un court instant étonné, mais ne marqua pas de frayeur, comme s'il s'attendait parfaitement à ce qu'il allait trouver à son réveil. Avec l'aide de Lyvie, il parvint à s'asseoir. Alors, au grand étonnement de la jeune fille, il saisit une main de chaque mankou et la serra avec émotion. Bien plus tard, lorsqu'il eut récupéré quelques forces, il expliqua à Lyvie :

— Cela fait déjà quelques jours que je communique avec eux, par la pensée. Ils connaissent la télépathie et la lévitation. Ce sont eux qui m'ont sauvé la vie en freinant ma chute dans le vide. Ils me suivaient déjà depuis quelque temps, avant même que je n'arrive à Koparna. Une nuit, je suis entré en contact mental avec eux, alors qu'ils chassaient un migas. Ils ont été intrigués, parce que les humains ne sont pas télépathes. Ils nous fuient, le plus souvent, parce qu'ils nous prennent pour des monstres. Connaissant l'agressivité naturelle de l'homme, ils ont dressé autour de leur domaine une barrière mentale qui les protège de nos incursions. Ce sont des êtres doux et pacifiques, des contemplatifs qui vivent en harmonie avec le monde qui les entoure. C'est par curiosité qu'ils m'ont suivi, de loin. Bien que l'homme les effraie par certains côtés, il les attire également. Mais ils ne peuvent comprendre les langages humains. Ils ont estimé qu'il leur serait peut-être possible de communiquer avec moi. C'est pour cela qu'ils nous sont venus en aide. Et aussi parce qu'ils ont lu en moi la volonté de détruire le Prophète. Pour eux, c'est un esprit mauvais qui bouleverse l'harmonie du monde. Ils ont anéanti une armée envoyée contre eux. En fait les fayads ne peuvent rien contre eux. Ils possèdent une arme bien plus efficace.

— Laquelle ?

— La télépathie. Ils s'attaquent directement à l'esprit de leur adverseire, en y injectant des pensées négatives, d'angoisse ou de terreur. C'est pour cela que les hommes qui traversent leur territoire ont imaginé tant d'histoires inquiétantes.

— Mais d'où viennent-ils ? Qui sont-ils ? J'ai même cru un moment qu'ils portaient des masques.

Palléas ferma les yeux, sous l'effet d'un restant de faiblesse. À présent qu'il avait recouvré ses esprits, les forces lui revenaient très vite. Il soupçonnait un peu les mankous de l'avoir maintenu volontairement dans un état de semi-coma pour mieux communiquer avec lui. Mais il ne pouvait pas vraiment leur en vouloir.

Il rouvrit les yeux et prit la main de Lyvie.

— Qui sont-ils ? Ils ne le savent pas très bien eux-mêmes. Leur origine se perd dans la nuit des temps. Ils possèdent eux aussi leurs légendes, qui ressemblent étonnamment aux nôtres. Je crois qu'ils n'ont pas toujours existé. Ils sont nés d'une légende bien antérieure au Jour du Soleil. Les Anciens étaient passés maîtres dans l'art de manipuler les structures composant les êtres vivants. D'après les Lonniens, les amanes n'ont retrouvé qu'une infime partie de leur savoir. Ils prétendent également que les lionorses, les migas, les golieuthes et nombre d'autres espèces ont été créés par les Anciens, artificiellement.

— Les Anciens étaient des dieux, affirma Lyvie avec force.

Palléas sourit.

— Je ne crois pas. Ils possédaient seulement une Connaissance beaucoup plus profonde que la nôtre. Ce qui ne les a pas empêchés de disparaître.

— Et ce sont eux qui ont créé les mankous ?

— Oui ! Pour satisfaire une curiosité scientifique. Mélanger l'homme et l'animal. D'après une légende que se transmettent les anciens du clan, il y aurait eu de nombreuses tentatives, sur différents animaux.

Mais la plupart de ces hybrides n'étaient pas viables. Les mankous, eux, ont survécu. Ils se sont même multipliés. Mieux encore, ils ont su développer certaines facultés qui existent chez l'homme à l'état latent, mais qu'il ne sait pas contrôler. Comme la télépathie ou la lévitation.

— Mais alors, ils sont plus puissants que nous...

— C'est indéniable.

— Pourquoi dans ce cas ne nous ont-ils pas envahis ?

Palléas secoua la tête.

— Pourquoi le feraient-ils ? Ils possèdent un territoire très vaste, où l'homme n'ose pas s'aventurer. De plus, l'idée de la conquête et de la domination leur est totalement étrangère. Ils ne la comprennent pas. Ils ignorent le sens du mot guerre. En fait, ils se rapprochent beaucoup des animaux, dont ils ont pris le meilleur. De leurs gènes humains, ils ont conservé l'art d'utiliser le feu, de construire des demeures, de fabriquer des outils...

Il se tut un court instant, puis reprit :

— Et puis, il existe un autre élément qui explique leur pacifisme. Leur climat est très rude, et leurs enfants peu nombreux. Bien que l'espèce se soit révélée viable, les unions sont rarement fécondes. C'est pourquoi chaque naissance revêt une grande importance pour eux. Ils adorent leurs enfants.

— Je l'avais remarqué, dit Lyvie.

Elle se blottit contre lui, cherchant sa chaleur. Elle se sentait parfaitement bien.

Elle lui expliqua comment elle s'était enfuie d'Hambora avec Oranéa, parce qu'elle avait senti qu'il avait besoin d'elle.

— Je devrais t'en vouloir d'avoir ainsi risqué ta vie, petite folle. Mais je suis tellement heureux que tu sois là !

Il caressa sa crinière brune et bouclée, qui à présent lui croulait sur les reins. Elle ressemblait plus que jamais à une sauvageonne. Il la regarda avec tendresse. Un jour peut-être, il lui dirait que c'était elle, et non pas les mankous, qui lui avait sauvé la vie. Car si les hommes-loups avaient catalysé en lui les énergies vitales, et lui avaient ainsi permis de lutter avec la mort, Lyvie leur avait apporté l'élément fondamental qui leur manquait, la chaleur de l'amour inconditionnel qu'elle lui portait. Ses ondes bénéfiques avaient coulé dans l'esprit à demi détruit de Palléas, et avaient surgi comme autant de fluides régénérateurs. Elle l'avait rappelé vers la vie, alors même qu'il devait mourir. La veille même de son combat avec le Prophète, il avait eu l'intuition de sa mort prochaine, inéluctable. Le Destin l'avait condamné à disparaître. Et le Prophète avait vaincu. Pourtant, l'intervention des mankous, puis le secours de Lyvie, avaient détourné le sort. Pour elle, pour sa petite esclave qui l'avait suivi jusqu'en enfer, il n'avait pas le droit de céder, de renoncer. Alors, du plus profond de son sommeil comateux, il avait lutté, pied à pied. Et la mort avait reculé.

Le lendemain, il se leva et fit quelques pas à l'extérieur, retrouvant enfin son autre compagne, son allienne qui lui fit fête comme un jeune chien. Le clan aux visages de loups vint l'entourer, le toucher. Lyvie comprit qu'il communiquait avec eux par la pensée, domaine qui lui resterait à jamais ignoré. Elle s'écarta, pour mieux l'admirer. Ce fut seulement à ce moment qu'elle s'aperçut que la forêt alentour se défaisait lentement de son manteau de neige. Il faisait beau, et un soleil plein de promesses éclaboussait les frondaisons de sapins.

Le soir, lorsque le froid glacial reprit ses droits, Palléas et Lyvie retrouvèrent la chaleur de leur petite hutte. Soudain, elle demanda :

— Qu'allons-nous faire, à présent, monseigneur ? Nous ne pouvons pas continuer à vivre avec ces êtres.

Il ne répondit pas immédiatement.

— Non, admit-il enfin. Encore que nous aurions beaucoup à apprendre d'eux. Bien qu'ils ne soient que des créations humaines, ils possèdent une forme de sagesse que nombre d'entre nous sont loin de posséder. Viens voir !

Il l'entraîna à l'entrée de la cahute et écarta les tentures de fourrures. Le disque d'argent de la lune pleine illuminait la clairière d'une lumière bleutée, presque irréelle. Une douzaine de mankous, serrés les uns contre les autres, la contemplaient en poussant une sorte de doux hululement, résultant de toutes les voix entremêlées. Un chant d'amour qui montait du plus profond de leur corps, le chant même de la terre. Lyvie frissonna. Palléas passa autour d'elle un bras protecteur.

— Ce spectacle t'impressionne, n'est-ce pas ?

— Oui !

— Et pourtant... Il s'agit pour eux d'exprimer leur joie de vivre, de jouir de la vie, de ce qui les entoure. C'est peut-être compliqué à comprendre, mais chacun n'a pas conscience de constituer un corps à part, indépendant des autres. Ils se sentent de la même essence que la terre, que l'arbre, que le vent et le ciel. Ils ont pleinement conscience de faire partie de l'Univers. C'est pour cela qu'ils ne redoutent pas la mort. Ils savent qu'ils ne sont que poussière, que leur corps est né de rien, et qu'il retournera à la nature après leur disparition. À leur manière, ils sont parfois plus savants que nous.

Mise en confiance par la main chaleureuse de Palléas, Lyvie se rassura, et écouta le chœur étrange, l'hymne à la vie qui montait vers les étoiles. Son compagnon avait raison : les mankous étaient beaux. Après tout, s'il désirait rester vivre avec eux, elle en serait parfaitement heureuse. Peu lui importait le lieu, pourvu qu'elle fût avec lui.

51

Sans vraiment se l'avouer, Dorian s'en était remis aux décisions de Solyane. Ils savaient à présent que Palléas n'était pas mort. Il survivait quelque part, au cœur du désert septentrional, non loin de la banquise Skandiane. Solyane avait clairement discerné autour de lui une puissance mentale inconnue, qui le protégeait parce qu'elle estimait qu'il était de sa race.

Parfois, Dorian éprouvait quelque difficuté à suivre sa sœur dont les pouvoirs s'étaient étonnamment décuplés. Elle restait souvent de longues heures agenouillée sur la terrasse de sa chambre, les yeux ouverts sur des horizons inconnus, que lui-même ne pouvait percevoir. Il comprit peu à peu qu'elle aiguisait ses armes avant d'affronter le Prophète. Un jour, elle lui déclara :

— Je ne parviens pas à localiser son repaire. Il sait que je le cherche. Il brouille les pistes. Il a peur. Il sent lui aussi que le combat final est proche, et que l'un de nous deux devra disparaître. À jamais.

Elle resta un long moment silencieuse, puis ajouta dans un souffle :

— Peut-être même nous consumerons-nous mutuellement... Ce que nous allons vivre est essentiel, petit frère. Il me craint, parce que je suis une femme. Il y a bien des millénaires, il est parvenu à imposer des religions qui rejetaient l'amour, et qui faisaient supporter à la femme la responsabilité de toutes les erreurs de l'humanité. Au nom de ces croyances imbéciles, des centaines de millions d'hommes sont morts, brisés, torturés, brûlés, massacrés. Des centaines de millions de femmes ont été soumises à la brutalité masculine, jetées au bûcher comme sorcières, humiliées, bafouées, violées.

— Peut-il être responsable de tout cela à lui seul ? demanda Dorian qui perdait un peu pied.

— Oui. Ne songe pas à lui comme à un être humain. Ce n'est pas le Prophète qu'il faut abattre. Celui-ci n'est que l'incarnation d'une entité multiple, une puissance funeste. Sans doute tire-t-elle sa propre substance de notre déchéance. Elle est née de l'esprit humain, il y a bien des millénaires. Et depuis tout ce temps, elle puise dans l'imagination de l'homme les forces qui toujours le ravalent vers le bas. C'est elle qu'il faut détruire.

Elle se dirigea vers la terrasse et contempla longuement la Sentinelle, dont la silhouette majestueuse se devinait derrière la brume d'une petite pluie fine. Puis elle dit :

— Elle sait que j'ai découvert la vérité. Il n'y aura plus aucune trêve entre elle et moi désormais. Parce que la femme est source de vie, c'est elle qui porte le germe de l'avenir, qui prolonge l'espèce.

— Tu veux dire que l'homme lui est inférieur ?

— Non, il lui est complémentaire. Le sexe n'existe pas, en réalité. L'être parfait est androgyne, à la fois mâle et femelle. Le sexe n'existe que dans cet univers matériel, et pour les besoins de la reproduction. D'ailleurs, tu le sais, puisque tu as été femme dans des vies précédentes.

— Non, je ne le sais pas. Je n'ai pas vécu ce que tu as vécu, petite sœur. Je ne peux que le lire en toi. Mais je ne le ressens pas.

— Cela ne fait rien. Nous, nous sommes uniques, parce que nous sommes à la fois homme et femme. Je t'aime, petit frère. Encore mieux à présent.

Il ressentait comme une bouffée d'air pur la plénitude qui émanait de la jeune femme. Elle rayonnait comme un soleil. Il la prit dans ses bras et elle posa ses lèvres sur les siennes. Lorsqu'ils se séparèrent, elle dit :

— Comprends-tu ce que signifie tout cela, Dorian ? Nous sommes immortels. Comme tous les êtres vivant sur ce monde. Mais ils l'ignorent. Nous nous sommes trompés, petit frère, en ouvrant des centres de la Connaissance. Elle ne représente pas l'avenir de l'homme, elle n'est tout au plus qu'un élément d'élévation. Mais nous ne devrions pas lui accorder plus d'importance qu'elle n'en mérite. Notre tâche véritable, celle pour laquelle nous avons été créés, consiste à aider les nôtres à prendre conscience de ce qu'ils sont en vérité.

— Je crois que je comprends. Les Lonniens prétendent que l'homme n'utilise même pas le sixième de ses facultés cérébrales.

— C'est vrai. Les nôtres ont été seulement accélérées, amplifiées artificiellement par Horius et Landius. Sagavellius, l'amane fou de Bashikra, prétendait qu'il y avait quelque chose de magique en moi. Et pourtant, je n'avais encore qu'une faible idée de mes pouvoirs réels.

Elle s'assombrit un peu.

— Un jour viendra où les nôtres prendront conscience de tout cela. Mais avant, il faut que nous rejetions le Prophète et ses hordes de démons dans le néant.

— Je suis de ton avis. Mais qu'attendons-nous ?

— Il manque un élément. Nous devons localiser le repaire du Prophète, et le combattre sur son propre terrain.

— Comment comptes-tu t'y prendre ?

Ses yeux se troublèrent, se plissèrent.

— Cet homme a bafoué les femmes. Il les a méprisées, traitées comme des esclaves. C'est une femme qui causera sa perte. L'attente ne sera plus très longue à présent, petit frère. Un événement déclenchera le dénouement. Un Signe. Il est tout proche à présent.

Elle frissonna légèrement, puis s'écarta de lui et leva les yeux vers le ciel d'un gris sale.

— D'ici un jour ou deux, nous allons recevoir la visite de cette femme. Une femme que tu as très bien connue.

52

— Seigneur, dit Kless Loro, voulez-vous que j'envoie un aérodyne de reconnaissance ?

Dorian eut un léger sourire.

— Non ! Je crois que cela sera inutile.

— Vous ne pensez pas que le navire inconnu que nous avons repéré hier puisse être un ennemi ?

— Si tel était le cas, croyez-moi, Solyane le saurait déjà, et elle aurait réagi.

Il se dirigea vers la terrasse de son bureau et observa le lointain, en direction de la Sentinelle.

— Il s'est posé au pied du Gardien. Rien de mauvais ne peut nous venir de là-bas, commandant Loro.

— Si vous en êtes persuadé...

— Solyane s'amuse un peu à mes dépens, dit Dorian en revenant vers le Lonnien. Elle m'a annoncé une visite, et s'est bien gardée de me révéler le nom du visiteur. Ou plutôt de la visiteuse. Mais j'ai deviné son identité. D'ailleurs, elle ne va pas tarder.

Il ne se trompait pas. Odios fit son apparition, et, après avoir salué Kless Loro, annonça :

— Arnaud, pardonne-moi de t'interrompre. Une dame désire que tu la reçoives. J'ai voulu la faire patienter, mais elle affirme que c'est extrêmement important. Et puis, il m'a semblé la reconnaître...

— Fais-la entrer.

Odios introduisit alors une femme d'une grande beauté, qui éveilla aussitôt en Dorian un souvenir ému.

— Nyra !

— Arnaud !

Odios et Kless Loro sortirent discrètement, sentant confusément qu'ils étaient de trop.

Après plus de vingt années, la reine de Fomalhaut, cette île paradisiaque isolée au cœur de l'enfer de la Médhellenie, n'avait rien perdu de sa jeunesse éclatante. En une fraction de seconde revint à l'esprit de Dorian la nuit d'amour merveilleuse qu'il avait vécue avec cette femme superbe sur laquelle les siècles n'avaient pas de prise. Un souvenir qui lui laissait au fond de la gorge un goût troublant et délicat, dû à la ressemblance évidente entre elle et Solyane. Par délicatesse sans doute, celle-ci ne s'était pas manifestée.

— Nyra, je suis profondément heureux de te revoir. Tu es toujours aussi belle.

Il lui prit les mains et les porta à ses lèvres.

— Tu n'as pas l'air vraiment surpris de me voir.

— Je savais que tu allais venir.

Souriant de l'expression étonnée de la jeune femme, il expliqua :

— Solyane m'avait prédit la visite d'une jeune femme que j'ai connue. Cela ne pouvait être que toi.

Ils restèrent un long moment à se regarder, satisfaits de se retrouver, de revivre par la pensée les moments intimes qu'ils avaient partagés. Nyra rapprocha ses lèvres de celles de Dorian et un baiser infiniment doux les rapprocha furtivement. La jeune femme ferma les yeux. Lorsqu'elle les rouvrit, elle souriait.

— Je me demandais si tu accepterais de rompre pour moi cette réputation de fidélité qui t'auréole, mon beau seigneur. Je n'ai rien oublié, tu sais.

— Mais ce n'est pas pour cela que tu es venue.

— Non, bien sûr.

Elle s'écarta et ôta lentement la cape de toile blanche qui la couvrait. Elle apparut alors vêtue d'une robe très courte et très décolletée.

— Cela vient de Cyprisia. Qu'en penses-tu ?

Il faillit éclater de rire. Nyra ne parviendrait sans doute jamais à prendre quoi que ce fût au sérieux. Et sans doute avait-elle raison. Peut-être réagirait-il ainsi lorsqu'il serait âgé de trois siècles et demi.

— Elle est magnifique, Nyra.

Elle vint s'asseoir sur le bord du bureau et croisa ses jambes.

— J'ai des choses très graves à apprendre aux tiens. Je sais que tu es le seul qui voudra m'écouter, et ajouter crédit à ce que je dois te transmettre. C'est pour cette raison que j'ai pris le risque de venir jusqu'ici.

— Explique-toi.

— Comme tu le sais, il nous arrive parfois de quitter Fomalhaut à bord de nos aéronefs pour... visiter le monde.

Dorian sourit. Doux euphémisme. En réalité, elles allaient rechercher ailleurs la compagnie de ces hommes qu'elles avaient bannis de leur cité. Nyra continua :

— Depuis quelque temps, nous avons constaté un changement d'attitude parmi certaines populations non amanites. Dans plusieurs villages, nous nous sommes heurtées à des hommes complètement fanatisés. Ils nous ont rejetées comme si nous étions des monstres. Jamais cela ne s'était produit auparavant. L'une de nous a même failli être lapidée par une bande de sauvages. Quelques mois auparavant, elle avait fait la connaissance d'un jeune pêcheur qui lui avait particulièrement plu. La première fois, tout s'était déroulé pour le mieux entre eux. Elle souhaitait qu'il lui fasse un enfant. Il était beau, et bien bâti. Seulement, lorsqu'elle y est retournée, il s'est enfui dès qu'elle est apparue devant lui. Il hurlait comme s'il avait vu un esprit mauvais. Elle n'a rien compris. Jusqu'au moment où il est revenu avec ceux de son village. Elle a été prise en chasse, et n'a dû la vie qu'à son astronef dans lequel elle est parvenue à s'enfuir in extremis. Isolé, un tel incident ne nous aurait pas inquiétées. Mais il s'est reproduit plusieurs fois, dans différentes régions du monde. Nous avons mené une enquête discrète. Nous nous sommes infiltrées dans quelques-unes de ces peuplades. Nous y avons découvert une idéologie où domine le fanatisme le plus absolu. Nous avons comparé et analysé les résultats de nos enquêtes. Et, après vérification, nous avons acquis la certitude qu'une religion nouvelle s'étend actuellement sur le monde non amanite.

— Nous savons déjà cela, Nyra.

— Oui, mais ce que vous ignorez, mon cher seigneur, c'est l'origine de cette religion. Une religion que nous connaissons fort bien. Parce qu'il s'agit de celle dont nous avons subi les méfaits, voici plus de trois siècles, à Ghandivar, dans le nord de l'Europannia.

53

— Ghandivar ?

— Ghandivar, oui, cette cité que nous avons fuie il y a si longtemps à bord de l'Aphrodite. Tu te souviens de notre histoire ?

— Parfaitement. Mais tu m'avais laissé entendre que Ghandivar avait disparu.

— À la vérité, nous n'avons jamais cherché à savoir ce qu'elle était devenue.

— Alors, comment peux-tu être sûre qu'il s'agit d'elle ?

— Parce que tout concorde. Il y a trois siècles, lorsque nous nous sommes enfuies, la ville était gouvernée par un prêtre fou, Hadjik Sollner. Il avait rétabli une théologie fondée sur un dieu unique et intolérant. Je dois dire qu'il n'avait guère eu de difficultés à imposer sa dictature. Nous vivions alors dans l'athéisme le plus complet, et dans une grande liberté de mœurs. Ses opposants furent rares, et peu virulents. Il apportait des idées nouvelles, et surtout, il nous tirait d'un ennui vieux de plusieurs siècles.

— Et il se faisait appeler le « Prophète », ajouta Dorian, songeur.

— Parfaitement. À cette époque, Ghandivar ne pouvait représenter un danger pour votre civilisation. Elle s'était contentée d'asservir ou de massacrer les quelques populations paisibles qui partageaient avec nous la poche volcanique. Mais il lui était impossible de conquérir le monde.

— Ils possédaient tout de même des aérodynes, hasarda Dorian.

— Il y a trois siècles, nous avons fui à bord du seul vaisseau survivant, l'Aphrodite. J'ai personnellement détruit la mémoire-mère de la cité. Ils ne pouvaient en contruire d'autres.

— Et alors ?

— Alors, je pense que Ghandivar a reçu depuis quelques années un appui extérieur, l'alliance d'une puissance nouvelle qui lui a permis de se développer, et qui lui a donné les moyens de réaliser ses ambitions. C'est-à-dire des aérodynes, des armes, une technologie...

— Ils ont peut-être pu les redécouvrir sans aide. Ton raisonnement ne prouve pas que Ghandivar soit en cause.

Nyra secoua la tête.

— Quelqu'un les a assistés. Hadjik Sollner ne s'intéressait qu'au secret de l'immortalité. Il craignait, en mourant, d'abandonner ses disciples aux griffes des démons. Il a puisé dans la mémoire tous les secrets qui lui permettaient de rallonger sa vie.

— Pourrait-il être encore vivant, aujourd'hui ?

— C'est possible, mais si tel est le cas, il ne doit pas être bien vaillant. Le Prophète actuel est plutôt l'un de ses descendants spirituels.

— Pourquoi ? Tu portes allégrement tes trois siècles et demi, ma belle.

— Moi oui, parce que mon corps a été cloné plusieurs fois. Mais Sollner ne connaissait pas le secret du clonage. Il empêchait artificiellement ses cellules de vieillir. C'est un processus qui peut amener l'espérance de vie à près de quatre siècles. Mais pour certains organes, la sénescence frappe dès la fin du deuxième siècle, précisa-t-elle en souriant de façon équivoque.

— Il m'importe peu de savoir si ton fichu Prophète serait encore capable d'honorer une femme. D'après ce que j'ai cru comprendre, le sujet ne l'intéressait pas vraiment.

Elle eut un court instant d'hésitation, puis répondit :

— Il estimait qu'il était inévitable de s'accoupler avec les créatures impures que nous sommes. Mais il exhortait ses disciples à l'abstinence en dehors de la procréation. Il clamait bien fort que seule l'adoration divine pouvait apporter la plénitude, par l'élévation de l'âme, et que l'acte charnel était repoussant et sale. Sans doute réagit-on ainsi lorsque l'on est frustré de ce que l'on désire !

Dorian lui prit le menton entre les doigts.

— Il aurait voulu être ton amant, n'est-ce pas ?

— Il l'a été. Nous avions à peine vingt ans. Mais c'était un homme brutal et dominateur. Il désirait que tout le monde rampe devant lui. Je l'ai quitté. Il ne me l'a jamais pardonné.

Dorian fit quelques pas, l'air songeur.

— Bien sûr, ton Hadjik Sollner présente des points communs avec notre Prophète. Mais je ne vois là que des coïncidences.

— Arnaud, Hadjik Sollner a fait disparaître tous les opposants à ses idées. Sais-tu de quelle manière ?

— Tu vas me le dire...

— Il leur faisait trancher la tête en place publique, puis il les faisait brûler pour en chasser les démons. Cela ne te rappelle rien ? Et puis, il existe une preuve irréfutable.

— Laquelle ?

— Le signe fayad. La croix double cerclée de deux croissants.

— Par les dieux !

— Tu me crois à présent...

— C'est tellement inimaginable, après trois siècles d'oubli ! Si tu dis vrai, nous tenons le repaire du Prophète. Je vais convoquer mon état-major.

Il sonna. Ralph se présenta immédiatement.

— Convoque immédiatement un Conseil extraordinaire restreint pour demain. Que les chevaliers Sylvain et Sheratt soient là, ainsi que la Phalange.

Quelques instants plus tard, Dorian faisait quelques pas sur la terrasse de son bureau, en compagnie de Nyra.

— Ta cité est belle, Arnaud. Me la feras-tu visiter ?

— J'aurais aimé en avoir le temps. Mais je crains qu'il ne nous faille remettre cette visite à une autre fois.

Il resta un long moment silencieux.

— Ce signe étrange m'intrigue. Connais-tu son origine ?

Elle le regarda de biais, amusée.

— Tu n'as pas changé, Arnaud. Tu cherches toujours à tout savoir.

— Alors ?

— Je ne le sais pas avec certitude. Je crois qu'il a repris à son compte les symboles utilisés par des religions encore plus anciennes. Il en a effectué une sorte de synthèse.

Ils vinrent s'accouder au rempart.

— On y retrouve la croix des Folmans, doublée d'une petite transversale dans le bas. Mais d'où viennent ces deux croissants ?

— Il a existé autrefois, avant le Jour du Soleil, une religion aussi puissante que celle des Folmans, qui a dominé une grande partie du monde.

— L'islam ?

— Oui ! Cette religion régnait sur des pays où le soleil était synonyme de mort. Il n'apportait que la sécheresse, la chaleur, et transformait les terres en désert. Au contraire, la lune symbolisait la douceur, la beauté et la vie. L'islam fut une grande religion, Arnaud. Mais, comme le christianisme, elle comportait des lois absurdes. Ce sont bien entendu celles-ci que Sollner a retenues. Il a puisé en elles, et certainement en quelques autres, ce qu'elles comportaient de plus négatif.

Dorian regarda longuement vers le sud. Des images lui revinrent à l'esprit. Des cités conquises, vingt années auparavant, puis quelques voyages plus récents, effectués dans un royaume devenu un allié solide. Kurdia, Al Tyrbaagd, Scylla, Jerulabaad, le lac de Cyprisia...

— L'Islam, devenu l'Ismalasie, murmura-t-il. Il est vrai qu'il exite certaines similitudes entre les croyances de ces pays et les superstitions fayadines. Ne serait-ce que cette attitude stupide vis-à-vis des femmes.

Il soupira.

— On pourrait croire que les millénaires ont tout

effacé. Mais le passé n'est pas vraiment mort. Son souvenir brûle encore sous les cendres.

Soudain, il surprit le regard brillant de Nyra. Il lui sourit. Elle dit doucement :

— Je sais que tu n'as pas eu recours au clonage, mon beau seigneur. Et pourtant, tu n'as pas changé depuis le jour où tu as surgi du fond de ces marais maudits de Goelstova.

— Et où j'ai déserté le lit de mon épouse pour le tien, ajouta-t-il avec une moue amusée.

Elle se rapprocha de lui.

— Tu n'es pas le genre d'homme qu'on oublie, Arnaud. Tu vas peut-être trouver cela ridicule, mais j'ai régulièrement envoyé mes filles prendre de tes nouvelles depuis vingt ans.

Il lui prit la tête entre les mains et déposa un baiser infiniment doux sur ses lèvres. Puis il lui glissa à l'oreille :

— Je ne t'ai jamais oubliée non plus, Nyra. Mais je souffre à présent d'une infirmité effroyable !

— Ah, laquelle ? s'étonna-t-elle.

— J'aime la femme avec qui je vis. Et je lui suis désespérément fidèle depuis plus de vingt ans, au grand désappointement des amanes.

Elle secoua la tête, déçue. Puis elle prit le parti d'en rire.

— Alors, tant pis pour moi. N'en parlons plus.

Solyane observa longuement Nyra. Une sympathie spontanée la poussait vers la reine de Fomalhaut. Elle devinait chez elle un caractère aussi heureux que le sien. Elle connaissait tout de la liaison éphémère qui avait conduit Dorian dans sa couche, lors de sa traversée de la Médhellenie. Outre leur ressemblance physique, elles avaient aussi des traits de caractère communs.

La nuit était tombée depuis peu. Des jardins clos du palais montaient de subtiles senteurs printanières. Seuls quelques intimes avaient été conviés au Conseil Comtal extraordinaire. Autour de la grande table ovale étaient réunis Sylvain, Odios, Sheratt, Leïro, Jans et quelques chevaliers, ainsi que la Phalange au complet, et le vieux Zoltan.

La reine de Fomalhaut révéla aux amanes imperturbables et aux chevaliers stupéfaits son âge réel et son origine. Les Anciens de la Médhellenie s'amusèrent beaucoup à épier les réactions de leurs compagnons. Puis elle parla longuement de Ghandivar, de ses soupçons que venaient étayer des preuves solides.

— Il ne faut pas, conclut-elle, qu'une telle religion se répande sur le monde. C'est à cause d'elle que j'ai décidé de rompre le secret de notre existence. Je suis venue vous apporter mon alliance, et je m'offre à vous guider jusqu'à Ghandivar.

— Nous vous en sommes très reconnaissants, madame, dit galamment Sheratt. Mais vous jouez votre vie.

Nyra sourit.

— J'ai toujours rêvé de mourir en héroïne, beau seigneur. Mais rassurez-vous. Je ne risque pas grand-chose, même si ce corps-là disparaissait. Je tiens trop à la vie.

Dorian prit la parole.

— Reine Nyra, nous acceptons votre offre généreuse et vous en remercions. Nous allons donc mettre sur pied une expédition jusqu'à Ghandivar et affronter le Prophète sur son propre territoire.

— Seigneur Dorian, intervint Alarikus, je pense qu'il serait plus prudent de n'utiliser que des dramas pour une telle campagne. Il est probable que ceux de Ghandivar disposent d'armes contre lesquelles nos chevaliers ne pourront rien. Si vous le souhaitez, je peux demander à la Phalange suprême le concours de divisions supplémentaires.

Ce fut Solyane qui répondit.

— Soyez remercié, sehad. Mais nous ne constituerons pas une armée importante. Toutes les forces dramas ne pourraient rien contre le Prophète. Le combat va se situer sur un plan où les armes classiques seront dérisoires.

— Devons-nous en déduire que vous accompagnerez le comte Dorian, madame ? s'enquit Zoltan.

— Oui, sehad. Je souhaite également l'assistance du comte d'Ursaleya, qui a déjà eu l'occasion d'affronter le Prophète.

— Je vous aurais demandé cet honneur, madame, dit Leïro spontanément.

Solyane sourit. Elle avait clairement lu en lui le souvenir de la blessure qu'il lui avait infligée sous l'influence du Prophète. Il tenait à effacer cette humiliation.

— Nous allons donc organiser cette expédition, conclut Dorian. En notre absence, le gouvernement sera assuré par Jans, Sylvain et Odios. Chacun d'eux connaît ses tâches. Nous comptons sur vous, messeigneurs, et aussi sur vous, nobles amanes, pour prendre toutes les dispositions qui s'imposeront en cas de difficulté.

Le lendemain soir, Dorian faisait les cent pas sur la terrasse qui longeait ses appartements. Nerveusement, il revenait à intervalles réguliers s'accouder au rempart, observant au loin la masse gigantesque de la Sentinelle sombrant dans la nuit. À ses pieds, on devinait la piste qui longeait un moment le Stino, puis remontait vers Veraska, en Europannia, en passant par Brastalia, Chonorga, et la vallée haute du Laurely.

À ses côtés, Solyane ne disait mot. Parfois, elle lui prenait doucement la main. Mais il ne réagissait pas vraiment. Enfin, il finit par sourire.

— C'est stupide. Je me sens comme un bachelier sur le point d'affronter son lionorse.

— Ou comme un jeune homme qui attend celle qu'il aime, petit frère.

— Celle qu'il aime ? dit-il pensivement. Peut-être as-tu raison. Cette petite m'a toujours désarmé. Elle ressemble tellement à Elena. Pourquoi faut-il qu'elle la haïsse ainsi ? Sa mère est morte depuis plus de vingt ans.

Solyane ne répondit pas immédiatement. Elle fit quelques pas, leva les yeux vers la Sentinelle qui se découpait sur le ciel rouge du crépuscule. Dorian vint prendre sa compagne par la taille.

— Peut-être n'y a-t-il pas que de la jalousie en elle, petit frère. J'ai cru discerner autre chose, mais je ne peux préciser quoi. Comme si deux personnes se combattaient en elle...

— Crois-tu qu'elle viendra ?

Solyane faillit éclater de rire devant son ton presque timide.

— Bien sûr. Et elle sera encore plus embarrassée que toi. Ne sois pas trop dur avec elle, ajouta-t-elle avec un sourire entendu.

Quelques instants plus tard, Ralph annonça l'arrivée de Nelvéa, de retour de Chonorga. Solyane s'éclipsa discrètement.

Lorsque la jeune fille fut entrée dans le bureau de son père, l'écuyer s'effaça à son tour.

— Approche-toi, dit doucement Dorian.

Le regard farouche, Nelvéa vint s'agenouiller devant lui.

— Je vous demande pardon, mon père. J'aurais dû accourir dès votre retour.

Il s'accroupit pour être à sa hauteur.

— Tu savais que j'étais revenu des glaces du Grand Nord !

— Je le savais.

— Mais tu es restée à Chonorga, et tu m'en demandes pardon à présent.

Il lui releva le menton du doigt.

— Tu n'en penses pas un mot, petite sotte.

Cependant, la douceur de la voix démentait le terme employé. D'un ton rogue, Nelvéa répondit :

— On ne peut faire taire ses sentiments, père. J'ai l'impression d'avoir été... trahie. J'aurais tellement voulu être la fille de... Solyane, comme Palléas. Je ne suis qu'un monstre. Le résultat d'une sombre manipulation génétique.

— Une manipulation génétique qui à l'origine fut

un acte d'amour entre Elena et moi, coupa Dorian d'un ton plus sec.

Nelvéa se redressa. Il poursuivit.

— Tu n'as rien à reprocher à qui que ce soit. Elena était une fille exceptionnelle. Elle m'aimait. Et je n'ai aucun scrupule à t'avouer que je l'ai aimée, et que je l'aime encore, même si son souvenir est déjà ancien. Tu n'as pas le droit d'avoir honte de tes gènes maternels. Tu ne peux que les accepter ; chaque être humain ne peut choisir ni son père ni sa mère.

— Je n'ai pas demandé à venir au monde...

— Personne ne le demande.

Dorian lui tourna le dos, puis s'avança jusqu'à la terrasse. Il respira profondément. D'une voix un peu lointaine, il précisa :

— C'est par amour pour elle que j'ai voulu que son enfant vive. Et c'est par amour pour moi que Solyane l'a porté.

Nelvéa, chancelante, vint s'appuyer sur le bureau de chêne massif et sculpté. Peu à peu, son masque de fierté et de rancune se fissurait. En elle coulait comme une liqueur de feu l'écho de la peine qu'elle avait provoquée dans le cœur de son père, ce père à l'allure si jeune et à l'esprit si fort. Ce père qu'elle adorait au-delà de tout. Elle sentit soudain des larmes brûlantes gonfler ses yeux, puis ruisseler sur ses joues. Elle se domina, et ajouta d'une voix un peu hésitante :

— Ma mère, Solyane, m'avait ouvert son esprit sans le vouloir. J'ai lu en elle la mort de mon frère. Tué par vous !

— C'est exact ! Solyane m'a bien vu tuer Palléas. Mais ce n'était pas moi. Pour des raisons que nous ignorons encore, le Prophète est mon double parfait.

Il s'adoucit et revint vers elle pour la prendre dans ses bras. Alors, elle éclata en sanglots. Caressant la lourde crinière brune qui ruisselait jusqu'au milieu du dos, Dorian la berça comme il le faisait lorsqu'elle était petite.

— Palléas est vivant. Nous ne savons pas encore où il se trouve, mais nous le découvrirons.

— Mais la vision de ma mère ?

— Une force inconnue l'a protégé. Quant à toi, je ne veux plus que tu te remplisses l'esprit de mauvaises pensées. Cette fois encore, tu as cédé au doute. Tu es la fille d'Elena, mais aussi celle de Solyane. C'est elle qui t'a portée, qui a donné son sang pour que tu y puises la vie. Et je sais, moi, que tu possèdes des pouvoirs équivalant aux nôtres. Peut-être même supérieurs...

Nelvéa, blottie contre l'épaule de son père, se calma. Elle respira lentement, et dit :

— Mais ce n'est pas cela, père. Ce n'est plus cela. Je... je ne sais pas ce qui se passe en moi. Parfois, je ne sais plus qui je suis.

— As-tu parlé d'Elena avec Khaled ?

— Non ! Plusieurs fois, il a essayé d'abordé le sujet. Mais je n'ai jamais accepté. Je ne veux pas, je ne peux pas être sa fille...

— Mais pourquoi ?

Elle baissa les yeux.

— Pardonnez-moi, père. Je vous fais souffrir. Alors que..

Il lui prit la tête délicatement.

— Quelque chose te gêne, ma petite fille. Tu peux me le dire. Tu peux tout me dire. Je suis ton père.

Ce fut avec un mélange de rage et de désespoir qu'elle répondit :

— Justement ! Vous êtes mon père. Et je ne... Non ! Je ne peux pas vous le dire. Je ne pourrai jamais.

Dorian, ému, la reprit contre lui. Elle se réfugia dans ses bras comme un petit animal effrayé.

Plus tard, resté seul, Dorian tenta de reprendre ses esprits. Il n'y avait plus de doute. Nelvéa était, d'une certaine manière, amoureuse de lui. C'était une attitude fréquente chez les petites filles, pour lesquelles le père représentait l'idéal masculin. Ainsi parlaient les amanes. Il arrivait que cette réaction affective se prolongeât assez tard. Mais en ce qui concernait Nelvéa, c'était différent. Elle réagissait comme une femme jalouse et frustrée. Pourtant, elle n'éprouvait aucune animosité envers Solyane, qui pourtant était sa rivale première. Or, elle adorait sa mère. En vérité, elle était jalouse d'une ombre, une ombre qu'elle semblait porter en elle-même.

D'ailleurs, lui-même ne pouvait nier éprouver parfois une attirance étrange envers l'être énigmatique que la petite abritait en elle. Quel fantôme disparu avait laissé son empreinte en elle, au point de réveiller chez lui une nostalgie douloureuse, la souffrance d'un amour perdu ?

54

Il fallut à peine trois semaines à Dorian et Solyane pour gagner Hambora. Outre Leïro, la reine Nyra et ses compagnes fomalhiennes, au nombre de douze, venait l'ancien bandit Thoren, bien décidé à retrouver celui qu'il avait fini par considérer comme son suzerain. Et, malgré le train d'enfer imposé par le couple, il n'émit jamais la moindre protestation. Au contraire, il chevauchait souvent au botte à botte avec Dorian. La personnalité du comte le fascinait. Quant à Solyane, comme pour les autres, elle était devenue une déesse à qui il vouait une admiration sans bornes.

Si quelques maraudiers tentèrent de les intercepter, espérant quelque butin ou rançon, ils regrettèrent bien vite leur entreprise inconsidérée. Rien ne pouvait arrêter Solyane. Elle sentait au plus profond d'elle-même qu'elle allait enfin revoir son fils.

Peut-être ne fut-ce qu'une coïncidence étrange. Mais à cette même époque Palléas se remit entièrement de ses blessures. Un matin, il se leva, sortit de la petite hutte de branchages qu'une fine pellicule de glace recouvrait encore. Il regarda longuement vers le sud, alors que l'aurore éclaboussait le ciel d'une voile de rosé à l'orient. Lyvie, intriguée et pleine de sommeil, le rejoignit en frissonnant. Il la prit contre lui et dit seulement :

— Je pense qu'il est temps pour nous de regagner le monde des hommes.

Plus tard dans la journée, elle s'étonna de sa décision.

— Je ne l'explique pas, petite. Je sais seulement que nous devons repartir. C'est tout.

Elle renonça à comprendre. Elle avait remarqué depuis longtemps qu'il agissait parfois ainsi qu'un animal, guidé par un instinct obscur et puissant, bien au-delà de la perception humaine.

Elle redouta un moment que les mankous qui les observaient avec intérêt ne fissent quelques difficultés à les laisser partir. Mais il n'en fut rien. Bien que toute frayeur l'eût désertée depuis longtemps, Lyvie n'était jamais parvenue à établir une véritable communication avec ces êtres étranges, issus tout droit des angoisses des hommes, et que le cerveau d'un fou génial avait amenés à la vie, bien des siècles auparavant. Malgré leur aspect surprenant et inquiétant, il s'était ancré en eux une graine de sagesse qui avait germé et s'était développée. Et Lyvie admirait sans réserve Palléas qui avait réussi à établir des conversations avec ces êtres surprenants.

— Ils nous laisseront partir. Pour eux, chaque individu est libre d'agir à sa guise. Nous, les hommes, nous ferions bien de prendre exemple sur eux, quelquefois.

La jeune fille regarda longuement les hommes-loups qui s'étaient rassemblés, comme pour les saluer. Elle les trouva soudain très beaux et se découvrit l'envie de pleurer. Certains, parmi les plus jeunes, émettaient de curieux petits jappements plaintifs, et elle comprit qu'ils éprouvaient de la peine.

— Est-ce que nous reviendrons, mon seigneur ?

Il sourit.

— Je l'espère, petite.

Mais la tristesse de Lyvie fondit rapidement dès qu'ils se furent éloignés du campement des mankous. L'important n'était-il pas qu'ils fussent ensemble ? Il était totalement remis depuis quelques jours, et le lui avait prouvé au cours d'étreintes passionnées qui lui laissaient au creux des reins un souvenir trouble et inoubliable. Et surtout, elle était persuadée qu'elle portait un enfant de lui.

Alors, rien ne pouvait surpasser ce bonheur-là. Où qu'il aille désormais, elle le suivrait, fût-ce dans l'enfer de Shaïentus. Elle l'avait déjà traversé une première fois, lorsqu'elle avait cru qu'il ne se relèverait jamais de ses blessures. Elle était prête à recommencer s'il le fallait !

Palléas, bien déterminé à reprendre la lutte contre le Prophète, avait entrepris de regagner Hambora afin de savoir ce qu'il était advenu de Leïro et de ses compagnons. Mais il sentait confusément qu'il existait une autre raison à la hâte qui le poussait à regagner la capitale. Il en comprit rapidement les causes lorsqu'une vague de chaleur l'inonda, alors qu'ils parvenaient en vue de la cité. Il lança de fébriles ondes mentales vers la ville, qui trouvèrent immédiatement un écho au-delà des remparts. Alors, longeant les marais de Baaltenard enfin libérés de leur carapace de glace, il poussa Oranéa au maximum. Blottie contre son chevalier, la jeune fille se souvint d'une autre course, non moins exaltante que celle-ci, qui l'avait emportée quelques mois plus tôt vers le désert de neige, vers l'inconnu, au secours de ce prince auquel elle avait voué sa vie. Elle se sentit envahie de fierté. Elle avait fui Hambora pour voler à son secours. Et elle revenait avec lui, sain et sauf. Elle s'était battue de toutes ses forces avec la seule arme que lui avaient accordée les dieux. Mais c'était une arme puissante que l'amour qu'elle nourrissait pour lui. Elle avait triomphé.

Bien sûr, l'étiquette aurait voulu que Solyane prenne le temps de s'excuser auprès du roi Ludwann et de la reine Fraïna. Mais personne ne s'étonna vraiment lorsqu'elle se leva brusquement, au beau milieu d'un repas offert par le suzerain en l'honneur de ses hôtes prestigieux. Solyane marmonna un vague « Excusez-moi ! » et se rua hors du palais.

Le roi Ludwann ne s'en offusqua pas, mais se tourna vers Dorian, stupéfait. Celui-ci sourit, se leva à son tour, et dit :

— Djihad, je crois... que notre fils est de retour.

Ainsi Palléas eut-il la surprise de voir une foule enthousiaste courir vers lui dès qu'il eut franchi l'enceinte. À sa tête venaient Dorian et Solyane, suivis du roi et de la reine en personne. Il reconnut également, avec soulagement, Leïro, son fidèle Inoren, et une femme magnifique qu'il n'avait jamais vue.

Ce fut un triomphe sans précédent. Pour tous, il revenait d'entre les morts, et c'était la vérité. Un cortège d'Hamboriens en délire accompagna le héros jusqu'au palais. Chacun voulait le voir, le toucher, lui parler. Nombreux étaient ceux, et surtout celles, qui l'avaient pleuré en silence, lorsque le chevalier d'Ursaleya avait annoncé sa mort.

Solyane n'avait pu retenir ses larmes.

À présent, enfin libérés de la foule possessive qui les avait adoptés, ils se retrouvaient, se redécouvraient. Et si Solyane détenait les pouvoirs d'une déesse, elle restait avant tout une mère, qui avait souffert dans son cœur et sa chair de la mort d'un enfant. Un enfant que la vie lui rendait désormais. Et la tendre complicité qui s'était nouée entre eux dès les premiers instants s'épanouissait à nouveau. Une myriade d'images défilaient dans l'esprit enfiévré de la jeune femme. Elle le revit, tout petit, tirant avidement sur son sein gonflé de lait, elle revécut ses premiers pas, ses premiers mots, sa maladresse lorsqu'il avait découvert avec émerveillement les dons fabuleux qu'il avait hérités d'eux. Combien d'heures n'avait-elle pas passées en sa compagnie, pour lui apprendre à maîtriser ces facultés extraordinaires, des instants inoubliables où ils avaient mêlé leurs esprits et leurs pensées, où elle lui avait appris à manipuler les objets à distance, à faire naître des symphonies inimitables avec les vibrations de l'air, à connaître parfaitement ce corps merveilleux dont lui avait fait cadeau la nature.

Et Palléas éprouva un plaisir troublant lorsqu'il se vit revivre, tout petit, dans l'esprit de cette mère si jeune qu'il avait bien cru ne jamais revoir.

Dorian attendit que ces effusions se fussent calmées avant de s'avancer. Il éprouvait une obscure inquiétude. Mais celle-ci se dissipa lorsque Palléas se jeta dans les bras.

— Mon fils ! Que les dieux soient remerciés ! Ils t'ont conservé la vie. Et ils m'ont rendu la mienne.

Les deux hommes restèrent un long moment à se regarder, puis éclatèrent de rire. Palléas déclara :

— Ce Prophète est un démon. Il a pris votre visage et votre voix. Il a réussi à me tromper en dissimulant ses traits durant le combat. C'est lorsqu'il a jeté bas le masque que je suis resté pétrifié par la surprise. Il le savait, et a profité de ma stupeur pour me basculer du haut d'une falaise.

— As-tu cru un moment que je pouvais être ce Prophète ?

— Certes non ! Ce monstre ne connaît pas l'art du sabre.

— Mais sa voix ? Tu l'avais bien entendue auparavant, à Koparna...

— Il m'avait bien semblé reconnaître sa voix. Mais les inflexions en étaient différentes, sans rapport avec les vôtres. Non, mon père, je n'ai jamais cru que vous pouviez être ce Prophète.

Dorian prit son fils par les épaules et murmura :

— Je te remercie, Palléas.

Le jeune homme poursuivit :

— J'ai cru ma dernière heure venue. Je n'ai compris que bien des semaines plus tard, lorsque je me suis réveillé au milieu de ces mankous qui effraient tant les Hamboriens. Ce sont eux qui m'ont sauvé, parce qu'ils avaient décidé que je leur ressemblais, que je faisais partie des leurs, à cause de mes facultés télépathiques. Et ils m'ont recueilli, et soigné, tout le temps de mon coma, puis de ma guérison. Mais c'est surtout à une autre personne que je dois la vie.

Il se tourna vers Lyvie, qui, intimidée, attendait sur une escabelle sans oser faire un mouvement.

— Viens, Lyvie !

Elle s'approcha gauchement. Palléas lui prit la main.

— Je garderai des mankous un souvenir inoubliable, dit-il. Contrairement à ce que croient les Hamboriens, ce ne sont ni des monstres, ni des esprits mauvais, mais des êtres empreints de sagesse qui par certains côtés nous sont supérieurs. Cependant, si je suis en vie aujourd'hui, je le dois à cette petite esclave, affranchie par moi dès mon arrivée à Hambora. C'est à son acharnement, à sa présence, à son abnégation, à son amour que je dois d'avoir trouvé le courage d'affronter la mort qui voulait me prendre.

Elle est née de rien, et n'a jamais connu ni père ni mère. Elle a vécu dans le sillage des caravanes, en portant au bras le bracelet de l'esclavage. Pourtant, c'est elle que je désire prendre pour première épouse.

Stupéfaite, Lyvie leva les yeux vers lui. Elle était encore revêtue de la cape emportée lors de sa fuite d'Hambora, et qui à présent s'effilochait de partout, et lui de son sharack de combat déchiré, son seul vêtement depuis sa lutte contre le Prophète.

— L'acceptes-tu, Lyvie ? demanda doucement Palléas.

Elle resta un instant la bouche entrouverte, certaine qu'elle allait se réveiller. Puis elle balbutia :

— Moi, mon seigneur ? Mais je ne... je ne suis pas... noble.

— Cela n'a aucune importance. C'est toi que je veux. Si tu l'acceptes.

Pour toute réponse, et parce qu'elle était trop impressionnée pour prononcer le moindre mot, elle se jeta dans ses bras en sanglotant. Thoren, qui n'avait rien perdu de la scène, profita de l'occasion.

— Mon seigneur, dit-il à Palléas, permettez-moi de vous présenter mes plus respectueux hommages, et mes félicitations. Je voudrais également me proposer pour devenir chef des gardes de dame Lyvie.

Palléas releva le menton de la jeune fille.

— Eh bien, qu'en pense « dame Lyvie » ?

Affolée, elle regarda Thoren, puis finit par sourire.

— Je... j'accepte.

Le soir, au palais, on veilla fort tard, en compagnie des plus illustres chevaliers du royaume, accourus dès qu'ils avaient appris la présence de Solyane et de Dorian, et le retour de leur fils Palléas.

L'idée, qui avait déjà pris naissance dans l'esprit du peuple d'Hambora, trouva rapidement un écho au Conseil Royal réuni dès le lendemain. Les derniers rapports des espions et observateurs envoyés sur Koparna ne laissaient plus aucun doute. Il fallait intervenir pour libérer la capitale du royaume de Donamar. Contrairement à ce qu'ils avaient espéré, les fayads n'avaient pu soumettre toute la population d'une ville aussi importante. Leur tâche était certainement plus facile avec les habitants des petits villages des domaines non amanites. Malgré les bûchers, les dénonciations, les traîtres et les collaborateurs zélés, les points de résistance étaient nombreux et actifs. Et, à moins de raser la ville, les skrulls ne parviendraient jamais à soumettre Koparna.

Aussi, leur projet hypothétique d'attaquer Hambora avait été remis. Il convenait donc de porter secours aux résistants de Donamar. Du fait de la présence de Homburg de Harvikönn dans leurs rangs, les Hamboriens ne pourraient faire figure d'envahisseurs.

55

Il eût été plus sage pour les fayads de se rendre devant un ennemi trois fois supérieur en nombre, et mieux armé. À l'ost du roi Ludwann, commandé par

Dorian à la demande du monarque, s'étaient jointes deux divisions des dramas d'Hambora et de Koparna.

Mais une fois de plus le fanatisme parla et une effroyable bataille s'engagea, dans les faubourgs sud de la cité, sur les remparts, et enfin à l'intérieur même de la métropole. On se battait dans chaque rue, presque dans chaque demeure. Partout s'élevaient les flammes des incendies. Des immeubles s'effondraient, des gens affolés s'enfuyaient en tous sens, à la recherche d'abris dérisoires. Au bout de quatre mois à peine, la ville martyre subissait un nouveau ravage.

Cependant, les observateurs du roi Ludwann ne s'étaient pas trompés. Les foyers de résistance qui couvaient à Koparna ne furent pas longs à se réveiller, et des combattants surgirent des pavés, des égouts, des quartiers abandonnés pour prendre l'ennemi à revers. Une stratégie efficace permit à Dorian de reconquérir rapidement la ville, en évitant une trop grande perte d'effectifs.

Malgré leur acharnement, les fayads ne tinrent pas plus de dix heures. Et, au soir, les derniers foyers cédèrent, occasionnant quelquefois de nouvelles scènes de suicides collectifs, œuvres de yatales fanatisés à l'extrême.

Solyane avait accompagné Dorian pendant toute la durée des combats, même lorsqu'il avait tiré son dayal pour affronter les Skrulls. Elle-même avait usé de ses pouvoirs pour repousser l'ennemi. À la fin de la journée, alors que les vainqueurs épuisés reprenaient leurs esprits embrumés par l'horreur de la bataille, ils avaient parcouru les rues dévastées. Plus rien ne semblait tenir debout. Pas une fenêtre, pas une façade qui ne fût marquée par la lèpre des combats. Partout des incendies achevaient de consumer les boiseries. Parfois, un immeuble s'écroulait dans un fracas infernal, soulevant des gerbes de poussières et de cendres, et provoquant les hurlements d'une population au bord de l'hystérie.

Des larmes perlaient aux yeux de la jeune femme, qui n'étaient pas seulement dues à la fumée âcre régnant sur la cité torturée. Çà et là, mêlés dans la fraternité de la mort, on apercevait des cadavres de fayads, de résistants koparniens, de guerriers d'Hambora, et même de dramas. Ailleurs, c'était un groupe de femmes et d'enfants, pris sous l'éboulement d'une demeure qui aurait dû les protéger. Plus loin, c'était l'atrocité d'une boucherie sans nom : une petite armée d'adolescents koparniens, convertis et fanatisés, qu'il avait fallu massacrer jusqu'au dernier. Le plus jeune n'avait certainement pas douze ans. Et malgré cela, il avait trouvé le courage effrayant de s'ouvrir la gorge pour échapper à la reddition. Près de Solyane, quelqu'un murmura, sans doute un résistant :

— C'est le petit Hensam Kooning. Celui qui a dénoncé ses parents et les a menés au bûcher il y a deux semaines.

Solyane serra les dents. Dorian l'entraîna à l'écart et lui souffla :

— J'ai peu d'espoir pour l'espèce humaine, petite sœur ! J'avais oublié depuis nombre d'années l'abjection des champs de bataille. Mais rien ni personne n'est à l'abri de ces abominations. Imagine... imagine ce spectacle dans les rues de notre chère Gwondaleya, dans le Pré d'Arys, le Danov charriant du sang et des corps, la Halle aux Vins livrée aux flammes...

Il s'épongea le front d'un revers de manche.

— Ce qui est terrible... c'est que j'ai pris un plaisir trouble à combattre. Une sorte de joie sauvage. Sommes-nous donc condamnés à nous massacrer ainsi jusqu'à la fin des temps, petite sœur ?

Elle ferma les yeux, respira profondément, et lui sourit. Puis, au cœur de la fumée des incendies, au milieu des cris des blessés et des agonisants, elle lui prit la main et dit :

— Non, Dorian ! Il ne faut pas se laisser décourager par ce que nous voyons ici. Ce que tu ressens est normal. C'est cette combativité qui a permis à l'homme de s'élever au-dessus des autres espèces, et de dominer le monde. C'est elle qui a engendré l'intelligence et la conscience. L'homme doit seulement apprendre à la contrôler. Ainsi s'élèvera-t-il. L'espoir existe.

Elle jeta un dernier regard circulaire sur les ruines dévastées, et murmura :

— Ils y parviendront. Il le faut bien. Mais il reste tant de route à parcourir.

La nuit suivante, il n'y eut pas beaucoup de repos pour les vainqueurs. Il fallait secourir les blessés, dénombrer les morts des deux camps, pourchasser par endroits quelques combattants isolés qui résistaient toujours et s'acharnaient à faire le plus de victimes possible avant de se donner la mort.

Un premier bilan indiqua que la population de Koparna avait diminué de moitié depuis la première attaque fayadine.

Le lendemain, Palléas retrouva son père et fit avec lui un tour de reconnaissance dans la ville. Un soleil pâle perçait à peine l'épais rideau de fumée qui planait sur la cité.

— Pauvre Koparna, murmura Palléas. Pourquoi tout ce sang, toutes ces souffrances ?

— À cause de la volonté d'un seul, mon fils. Depuis que le monde est monde, depuis que les hommes existent, les meneurs ont toujours dirigé les peuples moutonniers vers le combat, vers leur propre extermination. Peut-être est-ce là une loi de la nature. L'homme est son propre prédateur, puisqu'il n'existe aucune espèce qui lui soit supérieure.

— Quelle absurdité !

— Rien de ce que fait l'homme n'est logique, petit. À présent que nous avons œuvré pour la destruction de cette cité qui fut admirable, si j'en juge par ses vestiges, nous allons tout faire pour la reconstruire encore plus belle qu'avant. Et nous allons même soigner les quelques fayads qui n'ont pas accepté de se trancher la gorge pour prouver leur fidélité à leur dieu.

Il prit Palléas par l'épaule.

— Tu sais, le Prophète n'est pas le premier tyran de son espèce. Les millénaires passés en ont connu de nombreux. Et je doute qu'il soit le dernier. Mais c'est ta mère qui a raison. Il ne faut pas que nous baissions les bras devant ces monstres. Ils ne peuvent se développer que grâce à l'ignorance des hommes. C'est pourquoi il faut éduquer les enfants, les amener à s'épanouir, à raisonner par eux-mêmes, et non à avaler des idées toutes faites. Il faut développer leur sens critique, leur esprit d'analyse. Voilà le vrai combat que nous devrons livrer à présent, la vraie destination de nos centres de la Connaissance. C'est là la seule manière de tenir les tyrans en échec. Enseigner à chaque homme à tout remettre en question, et surtout lui-même, tout au long de sa vie.

Ils firent quelques pas, silencieux, puis Palléas remarqua :

— Je ne comprends pas pourquoi le Prophète s'est attaqué à une ville aussi importante que Koparna. Il aurait dû se douter qu'il ne pourrait la soumettre totalement.

— Je pense qu'il s'agissait pour lui d'une opération de prestige. Comme cette bataille qu'il vous a livrée sur l'Odenheid. Ses deux tentatives ont échoué, parce que s'il possède une forme de pouvoir sur l'esprit des hommes, il n'est pas réellement intelligent. D'ailleurs, s'il l'était, aurait-il commis tous ces crimes ?

— Mais quel but poursuit-il ? Il n'imagine tout de même pas abattre ainsi la religion amanite.

— Il l'espère sans doute. Toutefois, il n'a pas mesuré l'ampleur de son entreprise. Ainsi raisonnent tous les conquérants. Plus le monde plie devant eux, plus ils se croient invincibles, et ils commettent des erreurs. Car les peuples finissent toujours par réagir, et le temps parle en leur faveur.

Dorian s'interrompit et fixa son fils dans les yeux.

— C'est pour cela que Solyane et moi sommes restés les princes régnants de Gwondaleya. Il y a plus de vingt années, on nous a proposé de renverser l'actuel commandeur, Lyophème, pour prendre sa place. On nous offrait des armées, la certitude de notre légitimité, et une foule de privilèges. Nous avons refusé. Car notre place était à Gwondaleya.

— J'ignorais cette affaire.

— Nous préférons éviter d'en parler. Mais toi, Palléas, n'oublie pas ceci : il est possible que bientôt tu nous succèdes à la tête de notre magnifique cité. Alors, sache que le pouvoir est un maître. Ne le laisse jamais te dominer. Œuvre pour le bonheur de tes sujets, combats leurs ennemis, fais régner la justice, mais chasse de ton esprit toute idée de conquête, même si elle te paraît légitime. Les conquérants portent en eux les germes de leur propre anéantissement.

Ému, Palléas acquiesça. Mais il ajouta :

— Vous savez bien, père, que je n'ai pas l'âme d'un conquérant. Mais je n'aime pas vous entendre parler ainsi. Vous êtes toujours le comte de Gwondaleya, et je désire plus que tout que vous le restiez très longtemps encore.

— Je le souhaite aussi, petit. Mais nous allons livrer bientôt un combat effrayant, bien plus terrible que celui-ci. Toi qui possèdes la setchaya, l'avenir t'a-t-il été dévoilé ?

Palléas secoua la tête.

— Rien ! Tout se trouble. C'est comme si... je ne sais pas, l'avenir lui-même n'existait pas. C'est un gouffre sans fond, un tourbillon opaque de forces contraires qui s'affrontent, et rien au-delà... Chaque fois qu'une vision me vient, elle m'étouffe, m'oppresse comme si l'air lui-même avait disparu.

Voyant Dorian soupirer, Palléas ajouta :

— Mais j'ai vu les deux enfants que porte ma mère. Un garçon et une fille.

— Des jumeaux, comme nous l'étions, dit Dorian. Alors, que ces deux petits nous apportent la victoire.

Il serra les épaules de son fils, mais Palléas sentit furtivement une certaine fêlure dans sa voix.

— Nous triompherons du Prophète, père. Il ne sait

pas combattre. S'il ne vous avait tant ressemblé, je l'aurais vaincu, il y a quelques mois.

— Je sais, mais ce n'est pas tant lui que je redoute que la puissance qui le manipule. Aucune armée ne pourrait rien contre elle.

Il vit au loin Solyane qui venait vers eux.

— Notre armée, notre seul espoir, c'est ta mère. D'elle seule dépend notre victoire, ou notre anéantissement. Voilà pourquoi je suis inquiet.

56

Palléas prit le visage de Lyvie dans ses mains et dit :

— Tu es de plus en plus belle, ma petite sauvage !

Il l'examina attentivement et reçut la confirmation de ce qu'il avait pressenti depuis quelques jours. Elle attendait un enfant de lui. Mais elle n'en était pas parfaitement sûre. Il était encore trop tôt.

— Ménage-toi, ma petite princesse, dit-il avec tendresse.

Il la regarda longuement, puis soupira. Elle faillit éclater de rire devant son air résigné. Il avait voulu qu'elle regagne Hambora après la victoire de Koparna, mais il n'avait pu l'en convaincre. Lorsqu'elle avait une idée dans la tête, rien ne pouvait la faire changer d'avis. Elle avait déclaré simplement :

— Ma place est près de toi, seigneur. Où que tu sois. Si tu me chasses, je te suivrai.

Alors, il avait fini par céder. Et Lyvie s'était intégrée à la petite armée qui avait quitté Koparna deux jours plus tôt pour affronter le Grand Nord, vers le repaire du Prophète. Dorian, ému, n'avait pu s'empêcher de se rappeler l'entêtement d'Elena, vingt ans plus tôt, qui avait voulu absolument le suivre en Médhellenie.

Palléas prit sa compagne par la main et regarda le camp installé pour la nuit. Efficaces, les dramas, commandés par le capitaine Diekirch, avaient dressé des tentes pliantes, conçues pour résister aux grands froids et au blizzard, au creux d'une clairière abritée. Des feux s'élevaient, sur lesquels rôtissaient les bêtes abattues pendant la journée. La forêt du nord de Donamar était giboyeuse. Nyra et ses compagnes n'avaient pas été les dernières à se lancer à la poursuite des lièvres et daims rescapés de l'hiver précédent.

Outre les quelques chevaliers qui constituaient l'escorte de Dorian et de Solyane, et que dirigeait Leïro d'Ursaleya, on retrouvait l'inévitable Thoren, qui s'était mis en tête de recruter parmi ses anciens compagnons maraudiers des gardes destinés à assurer la protection de Lyvie.

La religion également était présente, en la personne du théolamane Kristanus et de sa compagne Anéa.

— Nous devons rester à vos côtés, seigneur Dorian, avait dit le prêtre. Vos guerriers et nos dramas auront besoin du réconfort de la religion. Anéa et moi, nous ne pouvons plus demeurer à Koparna. Trop de nos compagnons y ont trouvé la mort, et leur souvenir nous rend trop vulnérables. D'autres nous remplaceront. Notre frère Siguemundus se chargera de tout cela.

Dorian et Solyane avaient accepté.

Comme ils avaient accepté la présence des Lonniens.

La veille de leur départ de Koparna, un aérodyne s'était posé près de la ville. Maryleen, Sonia et une demi-douzaine d'extraterrestres en étaient descendus.

À la demande du commandant Kless Loro, ils venaient offrir à leurs alliés l'appui de leur technologie. On leur avait fourni des montures et des vivres, et ils s'étaient joints à la petite caravane, forte de quatre-vingts personnes, dont une cinquantaine de dramas.

— Je crois que le père est aussi fou que le fils, dit Thoren à Leïro. Affronter le quartier général des skrulls avec cette petite poignée de guerriers, c'est de l'audace, ou je ne m'y connais pas.

— Tu sais, il n'en est pas à son coup d'essai. Il y a vingt ans, il a attaqué l'empire de Nogafrika à lui tout seul. Moi qui l'accompagnais, eh bien, aussi vrai que je te parle, je n'ai même pas eu le temps de dégainer mon dayal.

À leurs côtés, Sonia, la belle Lonnienne, intervint.

— J'étais à Chonorga, messeigneurs. Ce que j'y ai vu dépasse l'entendement. Et je peux affirmer que nous risquons plus de la part de la Skandiane que des fayads. Lorsque viendra le moment de les affronter, le seigneur Dorian et sa dame nous demanderont bien sagement d'attendre à l'écart, et s'en iront anéantir l'ennemi sans que nous ayons même à intervenir.

Leïro éclata de rire.

— Mes compliments, madame. Vous devenez une

véritable Gwondaleyenne. Mais vous avez raison. Ils en sont bien capables.

Au même moment, Solyane et Dorian se penchaient sur les cartes en compagnie de la reine Nyra.

— Cela me rappelle la Médhellenie, remarqua Dorian. Ces tracés ne sont guère plus précis.

— Aucune importance, mon beau seigneur, dit Nyra. Mes compagnes et moi nous connaissons parfaitement ce pays, même si nos souvenirs sont un peu... anciens.

Elle posa son doigt sur la carte.

— Nous sommes en été. La Skandiane est remontée au-delà du Botsnian, le golfe qui borde au nord les marais de Baaltenard. C'est une sorte de mer intérieure, entretenue par l'activité volcanique. C'est là que se jettent toutes les rivières glaciaires résultant de la fonte estivale de la banquise. Nous allons joindre la bande de terre étroite qui sépare la Skandiane du Botsnian. C'est là que vivent les Sombres. Il faudra peut-être les combattre, mais nous n'avons pas le choix. L'idéal serait de leur emprunter un navire. Sinon, nous nous en emparerons.

— Et ensuite ?

— Nous remonterons vers le nord en longeant les côtes, jusqu'à l'embouchure d'un fleuve que l'on nomme Kalic. Nous débarquerons sur la rive occidentale, puis nous le suivrons jusqu'à ce que nous retrouvions à nouveau la banquise. Ghandivar se trouve à une quinzaine de marches de l'embouchure, en obliquant vers le nord-ouest.

— Ton itinéraire nous oblige à un vaste détour. Tu ne penses pas qu'il vaudrait mieux couper directement par le nord, à travers la Skandiane ?

— On voit que tu ne connais pas la banquise, Arnaud. Elle abrite une chaîne de montagnes que le Jour du Soleil a encore surélevées, les rendant infranchissables. La partie que nous allons traverser te donnera une idée de ce qu'est réellement le Grand Nord. Et puis de toute manière, il nous faut un navire, pour traverser le détroit de Skarrack.

Dorian se garda de répondre qu'il ne connaissait déjà que trop bien les froids de ces régions. Le souvenir de l'exil au cœur de l'hiver du pôle restait encore douloureusement présent à sa mémoire.

Une légende prétendait que la Skandiane constituait la première marche de l'enfer. Plus ils s'en approchaient, et plus la légende devenait réalité. Bientôt, la forêt se clairsema pour céder la place à une steppe étrange, couverte de lichens et d'herbes rases. Bien que l'on fût au début de l'été, une haleine glaciale se mit à souffler du nord, s'écorchant en hurlant sur la roche qu'elle avait mise à nu par endroits. On eût dit les gémissements de démons. Nul n'eût été surpris de découvrir une effrayante vision d'enfer surgir de derrière les monolithes gris qui se dressaient par endroits, semblables à des gardiens silencieux et inquiétants. Çà et là s'étalaient des plaques de neige sale, à demi fondue, sous lesquelles coulaient d'innombrables ruisselets. Le sol était détrempé, spongieux, et couvert par endroits de champignons gigantesques, d'où suintait un liquide brunâtre.

— Voilà la seule végétation qui a su s'adapter à la banquise, commenta Kristanus. La vie sommaire des premiers temps du monde... Tout est parti de là. Et tout y retournera.

— Alors, que ce soit dans très, très longtemps, dit Dorian. Lorsque la mémoire des hommes elle-même sera effacée.

Vers midi, ils arrivèrent en vue d'une vaste étendue d'eau, noyée dans des brumes que le soleil diffus ne parvenait pas à dissiper.

— Le détroit de Skarrack, précisa Nyra. Il contourne la presqu'île du royaume de Donamar et rejoint la mer Septentrionale à l'occident. Jusqu'au milieu du printemps, il est recouvert par la banquise. Mais actuellement, il nous sépare de la péninsule skandienne, que l'on ne peut atteindre qu'en bateau.

— Est-ce que nous risquons de rencontrer des Sombres par ici ? demanda Leïro.

— C'est possible. Mais en général, ils vivent plus à l'est, le long des côtes du Botsnian, et dans les marais de Baaltenard. Par ici, nous croiserons peut-être des tribus de pêcheurs et d'éleveurs de rehnnans, les Lapaniens. Autrefois, quelques clans survivaient dans la poche climatique de Ghandivar. Mais ils furent exterminés par Hadjik Sollner et les siens. Je sais qu'une poignée d'entre eux a réussi à s'enfuir et à faire souche sur ces territoires.

Pourtant, ils ne rencontrèrent pas âme qui vive. Ils décelèrent bien, dans l'après-midi, les traces d'un troupeau de rennes et les vestiges d'un petit campement démonté à la hâte, mais ils n'aperçurent personne aux alentours. Visiblement, les Lapaniens les avaient repérés.

— Ils sont très méfiants, expliqua Nyra en étudiant les empreintes. Ils possèdent des relais de guetteurs qui se transmettent les messages dans un langage sifflé que l'on peut entendre jusqu'à près de deux marches. Nul doute que les clans connaissent déjà notre nombre et notre position.

— Peuvent-ils nous attaquer ? interrogea Solyane.

— Certainement pas. Ce sont des tribus très pacifiques. Ils redoutent les incursions des Sombres. Ceux-ci les considèrent comme des êtres inférieurs, et n'hésitent pas à les transformer en esclaves, voire en animaux de boucherie.

— Quelle horreur ! Les Sombres sont-ils anthropophages ? s'écria Maryleen.

— C'est exact, dans certains cas, madame, dit alors Kristanus. Mais il ne faut pas vous en formaliser. Tous les peuples qui vivent près de la banquise le sont devenus plus ou moins, par la force des choses. Vous ne savez pas ce que c'est que de survivre dans l'enfer d'un hiver perpétuel, qui vous laisse à peine quatre mois de répit pour reconstituer vos forces et amasser vos provisions. Vers la fin des grands froids, lorsque les réserves sont épuisées, il ne reste parfois aucune autre solution.

Parvenus de l'autre côté de la presqu'île du royaume de Donamar, ils durent affronter une nouvelle divinité locale : la Pluie. Malgré le froid dû à la proximité de la Skandiane, des orages quasi permanents, apportés de la mer par un phénomène atmosphérique inconnu, venaient s'écraser sur les hauteurs rocheuses qui dominaient le Skarrack.

— Le soleil ne brille-t-il donc jamais dans ce pays du diable ? maugréait Leïro, trempé jusqu'aux os.

Pendant plusieurs jours, ils longèrent la côte vers l'est, à la recherche d'un port sombre. Le sol au relief à peine marqué n'était plus qu'un gigantesque bourbier, qui se transformait en sables mouvants dès que l'on s'approchait de la mer. De loin en loin se dressaient de noires masses rocheuses habitées par des oiseaux criards. Leurs appels se mêlaient aux vents violents qui balayaient sans cesse la lande désolée. Une odeur marine d'iode et de vase gonflait les poumons des voyageurs, tandis que sur leurs lèvres se déposait un léger goût de sel. Au loin dans le golfe apparaissait parfois la masse grise et floue d'une île, badigeonnée sur l'horizon de brumes stagnantes, semblable à quelque monstrueux animal marin immobile. De temps à autre, ils découvraient une morne langue de sable et de galets, que remâchaient sans cesse les mêmes vagues mugissantes.

Au matin du cinquième jour enfin, ils distinguèrent quelques baraques montées sur pilotis, serrées les unes contre les autres, et reliées entre elles par un fin réseau de passerelles branlantes et malmenées par les vents. Visiblement, ces bâtisses misérables devaient être utilisées pour la pêche.

— Voici la preuve que ce pays est bien habité, dit Dorian. Mais où logent donc ses habitants ?

— Tu ne les verras pas, affirma Nyra. Les Sombres se terrent s'ils sont inférieurs en nombre. Je ne serais pas étonnée que ces pêcheurs soient dissimulés non loin de nous.

— C'est exact, Nyra, dit Solyane. Je perçois quelques présences à moins d'une marche.

Elle ferma les yeux, et poursuivit :

— Ils s'enfuient. Ils vont chercher refuge dans une cité proche.

Elle se tourna vers Dorian.

— Je la vois, petit frère. C'est un port. Je vois des navires, de grands voiliers.

— C'est tout à fait ce qu'il nous faut. Mais étant donné la réputation des Sombres, je doute qu'ils nous accueillent à bras ouverts.

Il lança alors aux siens :

— Que tout le monde se tienne prêt au combat.

57

La ville se dressait de part et d'autre de l'embouchure d'une petite rivière, descendue directement d'un lac supérieur situé à quelques marches à l'intérieur des terres.

Visiblement, les indigènes ne s'attendaient pas à accueillir une armée aussi impressionnante, surgie des brumes des marais. Les guetteurs avaient rapidement repéré la présence des soldats d'acier, ces guerriers invincibles commandés par les hommes noirs des grandes cités du Sud.

Aussi la population se terra-t-elle avec inquiétude à l'intérieur de ses remparts dès leur apparition. Lorsque les Gwondaleyens arrivèrent en vue de la petite ville, la vieille muraille, qui de toute évidence devait plus souvent résister aux assauts des tempêtes du Botsnian qu'aux attaques humaines, se couvrait déjà de combattants. Dorian estima à moins de trois mille le nombre des habitants. Suivi de son état-major, il se rendit sur une élévation du terrain d'où il étudia la situation.

— Il est hors de question d'attaquer, déclara-t-il.

Mais il est indispensable que nous prenions contact avec ces gens. Regardez !

Il désignait, dans le port, une petite flottille composée essentiellement de bateaux de pêche. Mais, parmi eux, on distinguait quatre bâtiments plus importants, aux silhouettes fines et racées.

— Ceux-ci n'ont rien à voir avec la pêche, dit-il. Je suis sûr qu'il s'agit de vaisseaux de course. C'est avec ces navires qu'ils attaquent les convois marchands.

— Effectivement, seigneur Dorian, confirma Kristanus. Qu'en pensez-vous, capitaine Diekirch ?

— Ce sont des navires de combat, sehad. Nous en avons affronté de semblables plusieurs fois.

— Combien en faudrait-il pour nous emmener tous ? demanda Dorian.

— En tenant compte de nos montures, deux seront suffisants. Ce sont des trimarans. Les coques extérieures sont prévues pour accueillir des volumes importants de marchandises. Nous pourrons y installer les chevaux et les lionorses. Quant à la coque centrale, elle sera suffisante pour mes hommes et moi. Vous-même pourrez prendre place dans les bâtiments du pont. Ils sont réservés au commandement.

— Ces navires sont remarquablement bien conçus, ajouta Kristanus. Assurément, ces Sombres constituent un peuple de marins étonnant. On les dit fous, conquérants, aimant la guerre pour elle-même. Leurs divinités, issues de vieilles superstitions locales, n'accueillent auprès d'elles que des guerriers morts en combattant. S'ils n'étaient pas aussi vindicatifs, nous aurions beaucoup à apprendre d'eux.

— Seulement, nous n'avons pas le temps de nous lier d'amitié avec eux, répondit Dorian. Solyane ?

— Je pense qu'ils vont nous attaquer, dit-elle.

— C'est plus que probable. Tout à l'heure, nous les avons surpris. Mais à présent, ils doivent être en train de s'organiser et de fourbir leurs armes.

Comme pour confirmer ses dires, une certaine agitation se manifesta sur les remparts. De nombreuses silhouettes se mirent à vociférer des injures.

— Le moins que l'on puisse dire, c'est qu'ils ne sont guère hospitaliers, remarqua Palléas.

— Alors, tant pis pour eux, rétorqua Dorian. Je te confie le commandement. N'interviens que si je te le demande. Je pense que ta mère va nous ouvrir les portes de cette cité sans trop de difficultés.

Il se tourna vers elle. Elle souriait.

— Tu ne doutes vraiment pas de moi, dit-elle.

— Les dieux seuls savent où se situe la limite de tes pouvoirs !

Il y avait une sorte de fierté mêlée d'exaltation dans sa voix.

Derrière eux, les dramas s'étaient mis en position, prêts à intervenir à la moindre alerte. Enfourchant leurs montures, ils se dirigèrent vers la porte de la cité.

Sur les remparts, les hurlements avaient repris de plus belle. Encouragés par la présence d'une femme, les Sombres crachèrent quelques obscénités bien senties, dans une langue rauque et incompréhensible mais dont les idées maîtresses parvinrent aisément à Solyane et Dorian.

— Par Lakor, quelle grossièreté ! murmura Solyane, ces Sombres manquent de la plus élémentaire éducation.

Mais elle semblait visiblement amusée par l'incident.

Soudain, la porte de la cité s'ouvrit sur une meute de molosses gigantesques qui se rua sur eux, les babines retroussées. Pourtant, aucun aboiement ne jaillissait de leur gueule. Aram se cabra et gronda, se préparant au combat.

— Les danobes, dit Dorian, impressionné. On dit que les Sombres leur brûlent les cordes vocales, afin de les rendre plus efficaces au combat.

— Décidément, dit Solyane, ces gens me déplaisent de plus en plus.

Elle se laissa glisser à bas de Swenna et fit face aux chiens qui fonçaient sur elle.

Ceux-ci s'immobilisèrent à quelques pas de la jeune femme. Elle tendit alors les mains vers les bêtes qui hésitèrent, et se mirent à tourner en rond, comme prises de panique, la gueule ouverte en un gémissement muet. Leurs yeux injectés de sang, leurs babines retroussées sur des rangées de crocs luisants eussent impressionné le guerrier le plus endurci. Solyane s'avança doucement, tenant toujours les mains devant elle. La meute se calma, et le plus grand des danobes vint flairer la jeune femme, puis se coucha à ses pieds comme un chiot, soumis. L'instant d'après, tous ses compagnons l'imitaient.

Sur les remparts, le silence s'était fait. Incrédules, les citadins se mirent à siffler, pour rappeler leurs chiens. Mais ceux-ci avaient adopté Solyane, et ne bougèrent pas. Les vociférations reprirent, teintées cette fois d'une certaine inquiétude. Cette femme à la longue chevelure blonde était peut-être une déesse.

Cependant, les Sombres n'étaient pas au bout de leurs suprises. Suivie par la meute, Solyane se dirigea vers la porte, qu'encadraient deux tourelles de bois.

De nouveaux guerriers continuaient à affluer sur la muraille. Peu à peu, les quolibets se turent, pour faire place à un grondement menaçant, qui se transforma en un silence glacial.

Personne n'osait tirer. Cette femme ne pouvait être une simple mortelle. Aucun être humain n'aurait osé s'aventurer ainsi, seul, alors qu'une armée le suivait. Soudain, elle cria quelque chose dans une langue inconnue, sans doute ce dialecte étrange que parlaient ceux des grandes cités du Sud. L'un des guerriers sombres, plus cultivé, traduisit :

— Elle veut parler à notre roi. Elle dit qu'ils ne viennent pas en ennemis, et qu'ils veulent nous acheter deux de nos navires de course.

— Alors, ils ont de l'or ! cracha un autre. C'est cela qui nous intéresse. Allons le leur prendre, à ces couards qui s'abritent derrière une femelle !

Solyane se tut et attendit le résultat de son discours. Elle savait qu'on l'avait comprise, mais visiblement, les Sombres n'étaient pas décidés à se montrer amicaux. Elle en eut la preuve formelle lorsqu'une lance jaillit du rempart et fondit droit sur elle. La jeune femme la cueillit mentalement en plein vol et la pulvérisa. Puis elle cria :

— Tant pis pour vous ! Je suis désolée pour votre porte, mais je dois absolument rencontrer votre roi.

Puis elle focalisa son énergie sur les lourds vantaux de bois et d'acier qui protégeaient la cité. L'instant d'après, ceux-ci volaient en éclats, tandis qu'une clameur, faite de fureur et d'angoisse mêlées, montait des remparts.

Solyane, toujours escortée de sa petite troupe à quatre pattes, reprit sa marche vers la ville. Une pluie de projectiles divers s'abattit sur elle, qu'elle dévia sans effort, à la stupéfaction des défenseurs.

Loin derrière, aux côtés de Palléas, Leïro grommela :

— Je me demande bien à quoi nous servons !

— Ne grogne pas, compagnon. Ma mère nous évite de gaspiller notre énergie contre un ennemi qui n'est pas véritablement le nôtre.

— En tout cas, j'aimerais bien qu'elle m'apprenne ce coup-là, dit Nyra. C'est un peu brutal, mais efficace.

Efficace, mais pas suffisant, comme le constata Solyane en voyant une troupe de guerriers déchaînés se ruer vers elle au travers des ruines du portail abattu.

— Père ! Nous devrions y aller, implora Palléas.

— Tu t'exposerais inutilement. Ce sont eux qui courent un danger, pas ta mère.

L'instant suivant lui donna raison. Les deux tourelles de bois chargées de guerriers qui protégeaient le portail s'effondrèrent à leur tour dans un fracas épouvantable. Des glapissements de terreur jaillirent, stoppant net les agresseurs dans leur élan. Puis, lentement, comme si elle écartait un voile, Solyane fit un geste ample du bras gauche. Aussitôt, une bourrasque d'une rare violence, jaillie du néant, culbuta les assaillants atterrés qui rebroussèrent chemin en direction de la cité. En plusieurs endroits, les murailles se disloquèrent, achevant de semer la panique dans les rangs adverses.

Solyane franchit le portail dévasté. À son approche, les citadins épouvantés s'enfuirent à toutes jambes, certains à présent d'avoir offensé une déesse, l'une des divinités de la banquise, descendue de son royaume avec ses guerriers.

Peu à peu cependant, quelques-uns vinrent à elle et se prosternèrent à genoux, ne sachant comment exprimer leurs excuses. Enfin, un personnage étrange apparut, qui devait être leur roi. C'était un bonhomme sans âge, au visage prolongé par une barbe invraisemblable, entièrement blanche, si longue qu'il l'avait enroulée plusieurs fois autour de son torse. De multiples bijoux d'or et de pierres précieuses ornaient cet appendice pileux si singulier.

Par l'intermédiaire d'un guerrier parlant un curieux sabir d'ankos, le vieillard exprima la consternation de son peuple pour l'abominable méprise qu'il venait de commettre. Il jura qu'Akariees, le dieu du mensonge — que RaGhorck, le dieu de la lumière, lui tranche la langue —, avait aveuglé leurs yeux, et qu'ils n'avaient ainsi pu reconnaître la Dame des Glaces.

— Commande, et nous t'obéirons ! conclut le vieillard.

Solyane, considérant que ces gens vivaient essentiellement du pillage, profita de l'occasion pour exiger les deux plus beaux navires de la flotte. Le roi tergiversa, pleurnicha un peu pour la forme, mais Solyane le convainquit en détruisant un nouveau pan de muraille. Force fut aux Sombres d'accepter les conditions de la jeune femme, y compris celle de fournir aux siens un logement confortable pour la nuit.

Le premier moment de surprise passé, le roi s'enhardit à demander la raison d'une telle expédition. Solyane refusa de répondre. Elle ignorait quels pouvaient être les rapports entre les fayads et ces gens. Vraisemblablement, ils étaient des ennemis irréductibles. Elle savait que de terribles combats les avaient opposés. Mais il pouvait y avoir ici des espions à la solde du Prophète.

Quelques instants plus tard, Dorian, Solyane et le roi, qui avait nom Oexenfol Tratesen, se rendirent sur le port. Kristanus ne s'était pas trompé. Il s'agissait bien de trimarans, taillés pour la course et la piraterie. Solyane ne put s'empêcher de s'extasier devant les lignes pures et élancées des navires. Très fier de ses vaisseaux, le roi se lança dans de nombreuses explications, justifiant le faible tirant d'eau par leurs fréquents voyages au cœur des marais de Baaltenard, où les fonds étaient très hauts. Il parla des expéditions menées sur les rives sud, évitant d'utiliser les termes de pillage et de rançon. Peu à peu, au travers des paroles du vieil homme, Dorian et Solyane comprirent que le Botsnian abritait un peuple étrange, mais parfaitement organisé, qui avait conscience d'appartenir à une même nation. Un peuple de pêcheurs, de pirates, de cultivateurs, d'éleveurs de rennes, mais dont l'essentiel de la vie était axé sur la mer.

— Tous les ans, expliqua Oexenfol, nous nous réunissons à Barytaan, de l'autre côté du golfe, pour une course de vitesse où sont engagés les meilleurs équipages. Tous les coups sont permis, et surtout ceux qui consistent à attaquer et couler un concurrent qui refuse de se laisser dépasser. Grand est l'honneur du vainqueur. Il devient alors le Keungh, le roi de tous les rois, jusqu'à l'année suivante. C'est à lui que revient la charge d'arbitrer les conflits qui éclatent souvent entre les différents clans. En mon temps, je fus sacré Keungh grâce au navire que je veux vous confier. Quelle direction comptez-vous prendre ?

— Le nord ! répondit Solyane.

Les yeux de l'autre s'arrondirent, tandis qu'une vague d'inquiétude passait sur lui.

— Le... le nord ? Mais jusqu'où ? Si j'ose me permettre, madame, sans vous offenser...

À présent, il prenait des gants pour lui parler. Il ne tenait pas à ce qu'elle pulvérise sa ville sur un simple mouvement d'humeur. Solyane hésita, puis déclara :

— Jusqu'à l'embouchure du fleuve Kalic.

— Le Kalic ? balbutia l'autre. Mais...

— Qu'y a-t-il ? interrogea doucement Solyane. Expliquez-vous !

— Mais c'est un lieu maudit, habité par les démons. N'avez-vous pas entendu parler des monstres qui hantent ces régions dont on dit qu'elles ne connaissent jamais le soleil ? Kalic est le nom que lui donnent les prêtres noirs du Sud. Nous, nous l'appelons la Rivière-Sans-Nom.

— Pourquoi dites-vous que ce lieu est maudit ?

— Madame, les légendes prétendent que plus haut à l'intérieur des terres commence le royaume des forces du Mal. Ce qui est sûr, c'est que jamais aucun de nous n'oserait s'aventurer là-bas. Parfois, il arrive que d'étranges lueurs traversent les ténèbres depuis les hauteurs de la banquise.

L'homme resta un long moment silencieux, puis raconta une histoire mystérieuse.

— Une fois, il y a de cela bien longtemps, à l'époque où je fus sacré Keungh, un équipage audacieux a voulu pénétrer dans la Rivière-Sans-Nom. Pendant des mois, on n'en entendit plus parler. Puis il réapparut, voguant à la dérive loin des côtes. Les voiles du navire avaient été arrachées, son grand mât n'existait plus. Quant aux marins...

— Que leur était-il arrivé ?

— Madame, comment dire ? Personne n'osait monter à bord. On savait qu'un malheur était arrivé. Ces hommes étaient persuadés que les démons n'existaient pas, qu'un trésor les attendait plus haut, le long de la Rivière-Sans-Nom. On n'a su que bien plus tard ce qu'ils étaient devenus. Le navire a fini par s'éventrer sur des rochers non loin de Kinisgamm. Quelques guerriers sont montés à bord de la carcasse. Ils ont retrouvé l'équipage, ou ce qu'il en restait, dans les cales. Tous avaient été brûlés. Il n'y avait plus que des squelettes rongés par les rats, le sel et la mer, avec des morceaux de chair calcinés.

— L'empreinte du Prophète, murmura Dorian à Solyane. Lui seul a pu accomplir ce crime.

— N'y allez pas, reprit le vieux roi. Ces lieux sont maudits. Il ne faut pas en réveiller les démons.

— Merci de ta sollicitude, déclara Dorian. Mais ce sont justement les esprits malfaisants qui règnent là-bas que nous allons combattre.

— Alors, que les divinités de l'air, de la mer et des roches soient avec vous, seigneur.

58

— Il est surprenant que les fayads n'aient pas tenté de convertir les Sombres, remarqua Leïro, accoudé au bastingage près de Dorian.

— Ils l'ont essayé, répondit Dorian. J'ai bavardé avec un homme d'équipage qui baragouine un peu l'ankos. Apparemment, les Sombres ignorent que les fayads viennent d'une ville située sur les hauteurs de la banquise, au-delà de ce fleuve qu'ils ont baptisé la Rivière-Sans-Nom. Mais ils ont reçu plusieurs fois la visite de prêcheurs. Bien entendu, ce fut un échec. Les gens d'ici sont bien trop attachés à leurs divinités nordiques.

— C'est ce qui a occasionné les affrontements dont nous avons entendu parler à Hambora, renchérit Palléas.

— Exactement ! Il y eut de lourdes pertes des deux côtés, mais les Sombres ont entraîné les skrulls vers le fond des marais, où leurs navires se sont enlisés. Pas un fayad n'en a réchappé. Ceux qui sont parvenus à fuir les sables mouvants ont été impitoyablement massacrés.

— Baaltenard protège les Sombres bien plus sûrement que la plus épaisse des murailles ! dit Leïro.

Solyane vint rejoindre Dorian et, sans un mot, lui prit la main. Ils étaient partis le matin même. Un vent puissant les avait rapidement poussés vers le large.

Les deux navires filaient comme deux fiers destriers, bondissant sur les vagues grises et lourdes, malgré leur masse impressionnante. Une nuée de mouettes criardes tournoyait autour des grands mâts. Dans les haubans, les marins manœuvraient les gréements, indifférents aux bourrasques soudaines qui faisaient craquer les superstructures de bois. Au loin apparaissaient parfois de curieuses formes noires et inquiétantes.

— Les Crocs de la Mort ! indiqua le capitaine

Könansen, d'un air lugubre. Combien de navires sont venus mourir sur ces écueils ! La plupart du temps, on ne les voit pas, parce qu'ils affleurent à peine. Mais n'ayez crainte. Je connais tous ces maudits récifs par cœur.

C'était souhaitable. Les deux vaisseaux avançaient vite. Si un écueil s'était dressé sur leur route, il eût été impossible de l'éviter. Le deuxième jour, Anéa se trouvait sur le pont aux côtés de Palléas et de Leïro lorsqu'elle dit :

— Par les dieux ! Regardez ces étranges silhouettes, là-bas. Le navire fonce droit dessus.

— Ce ne sont pas des écueils, dit Palléas, soudain inquiet. Je me demande ce que cela peut être.

La réponse tomba instantanément du grand mât, dans un cri affolé de la vigie.

— Les horlots !

L'instant d'après, les deux navires viraient de bord, afin d'éviter l'affrontement.

— Qui sont les horlots ? demanda Palléas au capitaine Könansen.

— Les plus puissants des monstres qui vivent dans ces eaux. Ce sont d'énormes baleines tueuses qui n'hésitent pas à attaquer les navires. Nous avons de quoi nous défendre, mais je préfère éviter de les rencontrer.

— Ils risquent vraiment de nous attaquer ? demanda Anéa.

— Ils sont trop loin, madame. Ils ne nous ont pas repérés, par chance. Nous allons les contourner.

Rejoints bientôt par Dorian, Solyane et Nyra, ils observèrent avec curiosité les mastodontes qui, au loin, semblaient jouer à saute-mouton avec les vagues frangées d'une écume grisâtre et terne. Des nuées sombres et menaçantes couraient au ras des eaux, comme si le ciel avait voulu se fondre à la mer. Parfois, une baleine monumentale jaillissait hors des vagues et s'y laissait retomber dans un fracas fantastique, projetant d'énormes gerbes blanches.

Soudain, Dorian sentit comme une onde mauvaise le frapper, tandis que la main de Solyane se crispait dans la sienne.

— Qu'y a-t-il, petite sœur ?

— Ils vont nous attaquer ! Je le sens !

— Une vision ?

— Non ! C'est... autre chose. Ce monde nous est hostile, Dorian. Il nous rejette, parce qu'il est imprégné des forces maléfiques que nous venons combattre. Regarde !

Là-bas, le jeu des horlots sembla se ralentir, comme si quelque chose avait dérangé les monstres. Un observateur ignorant aurait pu penser que le claquement des voiles, ou peut-être le grincement des poulies et des mâts, avait attiré leur attention. Toujours est-il qu'un instant plus tard, le troupeau entier se ruait vers les deux vaisseaux dont les coques fragiles risquaient d'éclater au premier assaut des monstres puissants.

Le souvenir du grand Adriat revint un instant à la mémoire de Dorian. Ils n'allaient pas échouer à présent, et finir dans l'estomac de ces stupides créatures, alors que Ghandivar se rapprochait chaque jour un peu plus.

Des hurlements jaillirent des deux bateaux. Les vents redoublèrent d'effort, comme pour compliquer la manœuvre. À la barre, les deux capitaines suaient sang et eau pour maintenir le cap. Leurs seconds braillèrent des ordres dans de longs porte-voix, et l'on commença à apporter de curieuses machines capables de lancer de longs épieux aux pointes acérées, grâce à un système de catapulte. De lourds embruns se mirent à balayer le pont, comme pour emporter les armes et les hommes. Les mouettes s'étaient enfuies, effrayées par l'agitation soudaine.

— Cela ne sert à rien ! murmura Solyane en regardant les matelots s'affairer.

— Tu peux faire quelque chose ? demanda Dorian.

— Je dois le tenter. Sinon, nous sommes perdus.

S'agrippant au bastingage, elle gagna l'extrémité du pont, au-dessus de la coque extérieure de tribord, et fixa son attention sur les monstres qui fonçaient à vive allure vers eux. Seule une force comme la sienne pourrait arrêter les dizaines de tonnes furieuses qui se dirigeaient droit sur les flancs vulnérables. Solyane ferma les yeux et se concentra. Imperceptiblement, Dorian sentit l'air devenir plus épais. Un calme relatif se déploya autour des deux vaisseaux qui cessèrent de danser sur les crêtes écumeuses. Puis un tourbillon naquit entre les trimarans et les monstres, comme un bouillonnement étrange qui éleva rapidement une barrière liquide, dirigée contre les horlots.

— Par les cornes de Thoréidon, balbutia Könansen, à leurs côtés. C'est de la magie.

L'instant d'après, tous les marins sombres se jetaient à genoux, les yeux tournés vers Solyane, suppliants.

Elle n'y prêtait pas attention, et poursuivait son effort. Peu à peu, la tornade liquide se déplaça à la rencontre des mastodontes, parvint à leur hauteur.

Alors, les marins incrédules virent un fait extraordinaire se produire. La plus lourde des baleines tueuses fut prise dans un bouillonnement effrayant qui freina d'un coup son élan. Une force colossale sembla l'étreindre, l'enserrer pour la soulever, l'arracher à son milieu liquide. La gigantesque masse noire s'éleva au-dessus des vagues glauques. Ils aperçurent avec stupeur la gueule féroce, ouverte sur des crocs dont chacun devait avoir la taille d'un shayal. Le horlot ne devait pas mesurer moins de vingt mètres de long. Privés de leur guide, les autres, désorientés, se mirent à tourner en rond. Le léviathan, dans un mouvement ample et majestueux, se débattit avec violence, mais l'énergie incompréhensible qui l'emprisonnait ne lui laissa aucune chance. Une torsion sauvage lui brisa d'un coup les reins, et la bête retomba lourdement sur ses congénères, dans un vacarme épouvantable. L'instant d'après, ses compagnons se jetaient sur lui, excités par l'odeur du sang qui ruisselait des multiples blessures de l'animal. Le bouillonnement abject se teinta instantanément d'écarlate, tandis que les deux navires, reprenant le vent, s'éloignaient des lieux.

Le lendemain, l'hostilité du Botsnian se manifesta encore sous la forme d'une flottille pirate qui tenta d'enfermer les deux vaisseaux dans le piège d'un réseau d'îles rocheuses, aux côtes protégées par une fine dentelle de récifs noirs. Mais il en fallait plus pour arrêter cinquante dramas, comme le comprirent rapidement les assaillants qui laissèrent trois navires dans l'affrontement.

Quatre jours plus tard enfin, le capitaine Könansen vint trouver Dorian et Solyane.

— Puissants seigneurs, vous voici rendus. Ceci est l'embouchure du Kalic.

Il désignait, au loin, à demi masquée par les brumes, une sorte de faille rocheuse gigantesque, d'où s'échappait une nappe inquiétante d'eaux noires, vraisemblablement chargées de roches et de terre, qui s'étalait bien loin vers le large. À l'importance de cette nappe, on pouvait déduire la puissance du flot du Kalic. De part et d'autre de cette embouchure s'élevaient de sinistres falaises sur lesquelles s'accrochaient de lourds voiles de brume malmenés par les bourrasques.

— Nous ne parviendrons jamais à remonter un tel courant, s'inquiéta Sonia.

— De toute manière, dit Könansen, nous n'allons pas plus loin, madame. Je refuse d'engager mon bateau dans la Rivière-Sans-Nom. Regardez ! Rien ne vit sur ces côtes. Ce sont les rives de la Mort.

Mais bien vite il se reprit, redoutant une colère de Solyane.

— Madame, s'il vous plaît ! Comprenez-moi !

— Je vois en effet que les eaux de fonte du printemps ont gonflé le fleuve. Vous allez nous débarquer au sud. Nous nous débrouillerons seuls après.

Ravi de s'en tirer à si bon compte, Könansen donna immédiatement les ordres correspondants, de peur qu'elle ne revienne sur sa décision.

Solyane et Dorian, côte à côte, observèrent longuement les falaises rocheuses d'où toute végétation semblait avoir disparu. La jeune femme aspira l'air iodé, frémissant de tout son être. Par-delà la côte déchiquetée, comme broyée par un dieu destructeur, elle percevait la présence de la Skandiane, et avec elle le grondement des puissances ennemies se préparant à l'affrontement. Elle glissa sa main dans celle de son frère. Ils n'étaient pas encore à Ghandivar, et bien des obstacles se dresseraient sur leur route avant qu'ils y parviennent.

59

Après avoir surveillé les manœuvres de débarquement, Dorian revint vers Nyra. Celle-ci, en compagnie de Solyane et de Palléas, étudiait ses cartes.

— J'espère, dit-elle, que les tremblements de terre ont épargné cette région.

— Que redoutes-tu ?

— Depuis le Jour du Soleil, les séismes n'ont cessé de modifier ce pays. C'est ce qui explique la végétation raréfiée et cette côte déchiquetée. La plateforme skandienne continue de se soulever. Je crains que le tracé du Kalic n'ait été bouleversé.

Dorian leva les yeux vers les falaises sauvages qui dominaient la plage. De lourdes et silencieuses masses de brumes coulaient de leur sommet, puis étalaient sur les flots bouillonnants leur vapeur méphitique. On eût dit de fabuleux monstres de légende dont l'haleine glacée se déversait dans la mer. Parfois, d'étranges rochers semblaient flotter, emportés par la fureur du fleuve encaissé. Il ne s'agissait que d'immenses blocs de glace arrachés à la banquise par le redoux printanier.

L'un d'eux s'éventra au loin sur une barre d'écueil, dans un fracas assourdissant. Nyra expliqua :

— En hiver, la Skandiane vient recouvrir jusqu'à l'embouchure du fleuve. Au retour du printemps, les icebergs qui s'en détachent sont parfois plus gros que dix navires. Ils ne fondent jamais entièrement, et traversent le Botsnian pour s'échouer au sud, dans les marais de Baaltenard.

— Je me demande combien de temps va encore durer cette expédition, Arnaud, grommela Leïro, lugubre. Pour moi, il y a longtemps que nous avons franchi les limites du monde des hommes. Nous sommes perdus, compagnon.

— Cesse de grogner ! Qu'est-ce qui te fait dire ça ?

— Regarde autour de toi. Nous avons franchi une falaise de pierre et de roche, qui a mille fois failli s'ébouler sous les pas de nos lionorses, et cela fait trois jours à présent que nous peinons dans cet enfer où ne pousse qu'une herbe rase, et où le seul gibier est un oiseau au goût de poisson. Plus nous avançons, plus le froid nous pénètre. Il n'y a rien au-delà, Arnaud. Plus rien que le royaume des morts.

Dorian évita de répondre. Il comprenait à présent pourquoi les gens de Ghandivar n'avaient jamais entrepris de reconquérir le monde. La Skandiane les protégeait des invasions, mais aussi les emprisonnait. Toute expédition par les terres se heurtait à des obstacles redoutables. Un blizzard furieux soufflait en permanence, contre lequel ils devaient lutter de toutes leurs forces. Le Kalic n'était qu'un torrent tumultueux qui déversait dans le Botsnian les eaux de fonte de la banquise. Sauf peut-être en été, en cette période privilégiée qui précédait le retour des frimas automnaux, toute navigation y était impossible. Ses rives n'étaient que deux murailles rocheuses déchiquetées par les vents et les séismes, érodées par les pluies diluviennes et broyées par l'avance des glaces tous les hivers. Loin vers le nord se dressaient les contreforts d'une barre montagneuse élevée, dont les sommets se perdaient dans les ténèbres nuageuses. Le Kalic s'était frayé un passage difficile, bousculant avec férocité de gigantesques blocs rocheux qu'il avait roulés jusqu'à son embouchure.

Depuis trois jours, la petite armée longeait les crêtes dominant la vallée du fleuve, qui plus que jamais méritait son appellation de Rivière-Sans-Nom. La gorge au fond de laquelle elle enflait ses flots rageurs ne devait pas excéder quelques dizaines de mètres. De temps à autre, un arbuste frileux s'agrippait désespérément à un bloc minéral, goutte de vie végétale égarée au cœur du royaume de pierre. Mais les lichens et les mousses étaient les seuls habitants de cet univers angoissant, livré au froid.

— Si mes souvenirs géographiques sont exacts, dit Maryleen, cet endroit de l'antique Scandinavie était une plaine.

— C'est vrai, répondit Nyra. Tout au moins si on en croit les mémoires que nous avons emportés de Ghandivar. Mais le Jour du Soleil a tout bouleversé.

— On se croirait dans un autre monde, murmura Anéa en resserrant sa longue cape autour d'elle. J'aimerais tant revoir le soleil une fois encore avant d'arriver là-bas ! Il nous a abandonnés depuis Koparna.

Depuis quelque temps, Solyane devenait plus silencieuse, et se faisait plus distante. Chacun en déduisait qu'elle se préparait à l'affrontement. Et sans doute était-ce la vérité. Mais il y avait autre chose, que seul Dorian pouvait ressentir.

Solyane avait peur.

Là-haut dans le Nord s'étendait la cité maudite, dans la vallée née du feu des entrailles de la terre, et d'où avait coulé le terrible flot de haine et de destruction qui s'était abattu sur le monde. Rien de bon ne pouvait venir de là-bas. Et si les autres, hormis peut-être Dorian et Palléas, croyaient lutter contre le blizzard en longeant les crêtes rocailleuses, comme ils avaient affronté les pirates et les baleines tueuses, Solyane savait, elle, qu'il n'en était rien. C'était les Forces du Néant qu'ils combattaient. Tout ici était marqué par la déchéance, l'effondrement, la mort. La vallée du Kalic était la proie d'une mort glacée et aveugle qui chaque année chassait la vie de ses rives. Les végétaux étaient rares. Seuls quelques épineux, des lichens, quelques buissons chétifs et jaunis s'accrochaient encore aux anfractuosités de la roche. Même les oiseaux qui pourtant auraient dû être attirés par les poissons du fleuve avaient fui. Mais sans doute ne trouvaient-ils plus guère de nourriture. Çà et là, ils remarquèrent des nids de « goélands frileux ». Ainsi nommait-on ces oiseaux au goût de poisson, dont les plumes duveteuses rappelaient la laine.

Solyane sentait la terre vibrer sous ses pas. Une terre hostile qui les refusait. Plusieurs fois, elle avait tenté de s'intégrer au sol, à l'eau du Kalic, à l'environnement mystérieux, pour l'apprivoiser, le faire sien. Mais une force mauvaise, terrifiante, s'était opposée à elle. Elle avait compris que jamais elle ne pourrait vaincre totalement cet ennemi qui ne présentait aucune commune mesure avec un esprit humain. Plus elle s'avançait vers lui, plus elle pénétrait son essence profonde, sa véritable nature. Il s'exprimait par l'intermédiaire du Prophète, comme il s'était manifesté jadis au travers de nombre d'hommes dont la volonté démentielle avait ensanglanté la Terre. Les fayads n'étaient que les innombrables griffes au travers desquelles il déchirait le monde. Qui était-il ? Une entité floue, impalpable, dont la puissance se nourrissait de la folie des hommes, de leurs angoisses, de leurs erreurs. Peut-être serait-elle assez forte pour remporter cette victoire. Mais toujours l'ennemi renaîtrait de ses cendres, car il était lié indissociablement au destin de l'homme.

Soudain, son esprit aux aguets décela quelques signes anormaux, presque imperceptibles. Elle arrêta sa monture, ferma les yeux, et se mit à trembler. Dorian l'observa, inquiet.

— Qu'y a-t-il, petite sœur ?

Elle ne répondit pas. Elle semblait dans un état second. Tout à coup, elle hurla :

— Vite ! Fuyez ! Il ne faut pas que vous restiez ici !

Interloqué, chacun regarda de tous côtés, sans comprendre. Exceptionnellement, les brouillards s'étaient éloignés et la vue demeurait étonnamment claire.

Dorian et Palléas réagirent les premiers. Le jeune homme serra la main de Lyvie et dit :

— Il va y avoir un tremblement de terre. Ma mère l'a senti. Il ne faut pas que tu aies peur.

— Avec toi, je ne crains rien !

Dorian cria à son tour :

— Que chacun garde son calme. La terre va trembler. Vous allez descendre de votre monture et la tenir fermement par la bride. Il ne faut pas que les chevaux paniquent et s'enfuient.

Pendant que tous lui obéissaient sans discuter, il s'approcha de Solyane et fondit son esprit au sien en la prenant dans ses bras. Elle leva les yeux vers lui. Toute trace de peur avait disparu, laissant la place à une farouche détermination.

— Je le sens, petit frère. Il approche. Il veut nous anéantir. Il faut que tu m'aides.

Soudain, elle se raidit.

— Il est... il est là, Dorian ! hurla-t-elle.

Cela commença par un grondement sourd, très ample, qui monta des profondeurs du sol. L'air avait pris une curieuse teinte jaune soufre, et s'était étrangement épaissi.

— Il faut... il faut que nous nous éloignions du bord de la crête, hoqueta Solyane.

— Mais nous sommes à plus de deux cents mètres, dit doucement Dorian.

— Non, non ! Ce n'est pas suffisant. Je vois... je vois l'avenir, Dorian. Par les dieux de bienveillance, écoute-moi !

Une fine sueur perlait sur son front, malgré le froid qui les enveloppait. Dorian ne chercha pas à discuter plus longtemps.

— Écartez-vous ! hurla-t-il aux siens. Éloignez-vous de la crête.

À cet instant précis, une vague de chaleur sembla déferler du nord, comme remontée des entrailles de la terre. Ils se précipitèrent vers une sorte de terrasse naturelle sur laquelle ils se réfugièrent anxieusement. Le dernier homme avait à peine posé le pied sur le plateau que le sol se mettait à vibrer. Chacun ressentit comme de mystérieux frémissements courir sous ses pieds. Les chevaux hennirent de terreur, mêlant leur effroi aux feulements inquiets des lionorses. Et peu à peu, comme dans un cauchemar oppressant, l'univers devint apocalyptique. Au loin, sur l'autre versant de la vallée du Kalic, d'énormes rochers se détachèrent et s'effondrèrent dans un grondement épouvantable. L'instant d'après, une secousse violente projeta hommes et montures à terre.

— Par les dieux, grommela Leïro, si je tenais le mauvais drôle qui m'a joué ce tour-là ! Mais qu'est-ce qu'on entend là ?

Au début, il n'y eut qu'un chuintement singulier, qui se superposa aux grondements sourds remontant du plus profond de la terre. Puis cela augmenta, s'amplifia pour devenir assourdissant. On aurait dit la charge d'un million de chevaux.

Thoren, le teint gris de peur, grelotta :

— Je me demande si j'ai été bien inspiré de vous suivre. Nous voilà dans la gueule même de Shaïentus.

— Alors, tant pis pour lui, murmura Solyane en se relevant.

Elle regarda vers l'amont du Kalic, et l'explication du tumulte mystérieux se matérialisa dans toute sa beauté cruelle. Une muraille d'eau et de glace, sans aucun doute consécutive à la fonte de la Skandiane, balayait la vallée étroite, culbutant comme de vulgaires cailloux les énormes rochers qui encombraient le lit du fleuve. Alors, Solyane tomba à genoux et fixa son attention sur le flot qui approchait.

Ils étaient trop haut à présent pour qu'il puisse les atteindre, mais autour d'eux, la terre s'était mise à trembler à nouveau. Un vacarme à la limite du supportable emplissait l'air où s'élevait une brume de poussière et d'eau mêlées. La lumière parut étrangement se décomposer, créant peu à peu une atmosphère quasi irréelle.

Pourtant, lentement, une onde de calme relatif s'étendit autour de Solyane, comme si la jeune femme avait tissé un véritable champ de forces protectrices. Pétrifiés, le prêtre et sa compagne, les guerriers dramas, les chevaliers, l'ancien brigand, et même les Lonniens à l'esprit si rationnel, tous tombèrent à genoux, tournés vers Solyane.

Kristanus, l'amane, prit la main d'Anéa, à la fois effrayée et subjuguée.

— C'est fabuleux, murmura le prêtre. Nous marchons aux côtés d'une déesse.

Thoren, Nyra et ses Fomalhiennes, émerveillés, ouvraient tout grands leurs yeux, pour ne rien perdre de l'événement.

Les deux Lonniennes aux yeux verts, effarées, commençaient à douter d'elles-mêmes.

— C'est de la magie, murmura Sonia à Maryleen.

— Je ne sais pas ! Peut-être est-ce un de ces phénomènes que les anciennes religions appelaient miracles...

Miracle ou pas, Solyane souffrait. L'ampleur du phénomène la désarçonnait. Elle contrôlait encore mal l'énergie exceptionnelle qui vibrait en elle, et la moindre erreur risquait de tout faire basculer. Pourtant, elle devait tenir. Si elle cédait à la pression de l'entité démoniaque et aveugle qui avait dressé sa fureur destructrice contre eux, ils périraient tous, engloutis au sein de la roche hostile. Et s'ils disparaissaient, plus rien n'empêcherait les Forces du Néant de se déchaîner sur le monde.

Des ondes de douleur irradiaient jusqu'à la moindre fibre de ses muscles. Mais elle résistait, encore et toujours. Et autour de la petite armée, les crevasses s'étouffaient, se ressoudaient. Le sol qui ailleurs semblait se transformer en poudre se stabilisait sous leurs pieds. Peu à peu, la terrasse dominant le fleuve devenait une sorte de navire immobile, un havre de sécurité protégé par la seule volonté de la jeune femme. Au creux de la vallée, le grondement s'amplifia, atteignit son paroxysme. Balayant tout sur son passage, une muraille immense de roche, de sable, d'eau et de glace dévala le lit du Kalic, enfla le cours tumultueux. Une nouvelle fois, les démons du Nord allaient cracher leur colère à l'estuaire du fleuve, et accréditer sa légende.

Soudain, la crête sur laquelle ils se trouvaient quelques minutes plus tôt trembla, puis glissa dans un fracas d'enfer vers le fond de la vallée où elle se déchiqueta dans la Rivière-Sans-Nom.

Combien de temps dura l'affrontement titanesque ? Personne n'aurait su le dire. Enfin, l'univers bouleversé se calma. Les grondements cessèrent, et un silence infini s'installa. Peu à peu, chacun reprit ses esprits, doutant de ce qu'il avait vécu.

Solyane, épuisée, s'appuya sur le bras de Dorian. Elle lui sourit.

— Ça ira, petit frère. Mais je sais qu'il reviendra.

Avant même que nous ne soyons arrivés à Ghandivar, il reviendra.

60

Le soir, au bivouac, Sonia et Maryleen se placèrent aux côtés de Dorian. Il n'avait pas été facile de trouver du bois sec parmi les arbustes chétifs qui s'agrippaient à la roche aride et glaciale. Mais ils avaient réussi malgré tout à allumer quelques feux.

— Seigneur, aborda soudain Maryleen, nous ne comprenons pas ce qui s'est passé cet après-midi. Comment est-il possible que votre épouse détienne en elle une force suffisante pour... contrôler un tremblement de terre ? Car c'est elle qui a détourné les ondes de choc, n'est-ce pas ?

Dorian, amusé, répliqua :

— Et cela remet en cause tous vos principes scientifiques, ce que vous n'appréciez guère ?

— Nous aimons comprendre.

— Alors, qu'en pensez-vous ?

— Nous avons déjà pu constater un phénomène semblable à Chonorga, l'an dernier, répondit Sonia. Mais au fond, nous étions persuadées qu'il s'agissait d'une coïncidence. Aujourd'hui, nous devons avouer que nous connaissons peu de chose sur les possibilités de l'esprit humain.

— C'est un peu votre faute, belles dames. Vous refusez de croire à ce que vous ne pouvez expliquer par des lois scientifiques rigides. Vous êtes persuadées que la science peut tout expliquer. C'est une erreur. En agissant ainsi, vous vous êtes imposé des œillères qui vous ont rendues aveugles à la véritable nature du monde. Solyane n'a aucunement besoin de vos connaissances. Elle ressent les choses. Elle s'intègre à ce qui l'entoure, elle se pénètre de l'essence profonde de son environnement, comme si elle se fondait à lui. L'énergie qui lui a permis de détourner les lignes de force du séisme ne venait pas d'elle. Elle a simplement canalisé ces lignes suivant sa volonté.

Il resta un moment silencieux, puis reprit :

— Il a existé autrefois, bien avant le Jour du Soleil, des hommes et des femmes qui avaient compris la vraie nature de l'Univers. Mais les religions et les pouvoirs en place les ont condamnés, parce qu'ils représentaient un danger. Ils remettaient en question des principes sacrés, sur lesquels il était bien commode de s'appuyer. On les a accusés d'être des démons, ou des sorcières, et on a dressé des bûchers pour les brûler. Des prêtres qui enseignaient la bonté et le dévouement aux malades et aux pauvres leur ont reproché d'avoir vendu leur âme aux puissances infernales. Ils furent pourchassés, persécutés, massacrés. Mais le Mal, l'enfer, c'était au travers de l'intolérance des prêtres et des croyants, pourtant convaincus d'œuvrer pour le Bien, qu'il se manifestait. La vérité est là : le monde n'est pas fait que de matière, de poussières subatomiques soumises à des règles précises et complexes. Il se compose également d'esprit, de flux qui ne peuvent être captés qu'avec la sensibilité.

Il les regarda l'une après l'autre.

— C'est parce que Solyane a compris tout cela que

les Forces du Chaos se dressent contre elle. Ce n'est pas le Prophète qu'elle va combattre à Ghandivar, mais la stupidité, l'obscurantisme, la folie des hommes, toute cette absurdité revenue du fond des âges pour répandre à nouveau la violence et la terreur.

Il les salua, puis se leva pour rejoindre Solyane, silencieuse, qui contemplait le ciel du nord, à présent noyé par une nuit sans étoiles. Sonia prit la main de Maryleen.

— Je crois que j'ai compris ce qu'il a voulu dire. Et je crois aussi... qu'il nous reste beaucoup à apprendre.

Plus loin, Kristanus, émerveillé par ce qu'il avait vécu, bavardait avec Palléas. Le prêtre regarda longuement le couple dont la silhouette se détachait en ombres vives sur les lueurs des feux malmenés par les vents. Puis il déclara :

— Je laisserai peut-être ma vie dans cette expédition hasardeuse, mais pour rien au monde je ne voudrais être ailleurs. Nos plus grands médiums avaient pressenti cette possibilité.

— De quelle possibilité voulez-vous parler ?

— Une mutation ! Une mutation d'une nature entièrement nouvelle. La plus prodigieuse aventure depuis que la roche, les sables, l'eau et le feu donnèrent naissance au bouillon biologique originel. Pendant des durées inconcevables pour la compréhension humaine, ce monde n'a été habité que par des êtres unicellulaires, capables uniquement de se dévorer entre eux et de se reproduire, et de se reproduire encore, à l'infini. C'est ce qu'on a baptisé la vie. La VIE, qui avait transcendé la matière inerte.

Kristanus prit le bras de Palléas, mû par une émotion intense.

— Il y a de cela des centaines de millions d'années, des cellules se sont associées entre elles, et ainsi apparurent les éponges, les cœlentérés, puis les différentes classes animales et végétales. Vous me suivez, seigneur ?

— Parfaitement, sehad !

— La vie a abouti à l'homme. L'homme qui se différencia des autres animaux par l'apparition d'une faculté nouvelle : la Conscience.

Il précisa avec un léger sourire :

— Je n'oserais parler d'intelligence ou de sagesse.

Le regard à nouveau tourné vers Solyane, il ajouta :

— Votre mère a accompli une nouvelle mutation. Comprenez-vous ce que cela signifie, chevalier ? Nous sommes par rapport à elle ce qu'est la bactérie par rapport à l'homme. Ce ne sont pas des pouvoirs qu'elle possède, mais des aptitudes inhérentes à son nouvel état. Solyane n'est plus une femme. Elle est la première représentante d'une espèce entièrement nouvelle, qui plonge ses racines au-delà de la matière elle-même.

Ils avaient beau être prévenus, ils ne s'attendaient pas à un spectacle aussi colossal, aussi impressionnant. Ils avaient repris la piste dès le lendemain, sous une tempête effrayante, qui semblait vouloir les engloutir. Mais ils avaient progressé malgré tout, protégés par leurs capes épaisses. Enfin, vers le milieu de la journée, les tourbillons se dissipèrent peu à peu, révélant lentement une falaise monstrueuse, dont le sommet se perdait dans les ténèbres d'un brouillard dense et inquiétant : la légendaire banquise Skandiane.

— Par les dieux, souffla Leïro à Dorian, jamais nous ne parviendrons à franchir cette muraille, compagnon.

En effet, la Skandiane devait s'élever à plusieurs centaines de mètres d'altitude. Tout au-dessus, le ciel paraissait plus sombre, plus lourd. Des cohortes de nuages menaçants s'y affrontaient, soumises aux colères des bourrasques qui régnaient là-haut.

— Cet endroit mérite bien son surnom, dit Solyane.

— Eh bien tant pis pour lui, dit joyeusement Palléas. S'il s'agit de la première marche de l'empire de Shaïentus, qu'il se prépare. Nous allons le déloger.

— Si nous parvenons à nous hisser jusque là-haut ! remarqua Dorian.

— Cela n'a rien d'impossible, répondit Nyra. Cette falaise n'est pas parfaitement verticale. Elle s'élève en pente assez raide, mais le relief inférieur et les fontes glaciaires du printemps ont donné naissance à des défilés qui permettent d'atteindre le plateau. Il faut toutefois se méfier des crevasses.

Dès le lendemain, après avoir fait étape à ses pieds, la petite armée se lança à l'asssaut de la phénoménale barrière de froid qui bordait le monde. Ils constatèrent très vite que la neige et la glace se mêlaient intimement à des moraines d'érosion que chaque hiver arrachait à la roche torturée. Ils ne furent pas longs à découvrir, comme l'avait prédit la reine Nyra, une sorte de défilé encaissé qui s'élevait en pente douce vers l'intérieur de la Skandiane. Un courant d'air violent, dont le froid paralysait les membres, y grondait en permanence, rendant la progression pénible.

— C'est le souffle des démons, grogna Thoren qui continuait à se demander pourquoi il s'était engagé dans cette aventure.

La progression se faisait lentement, avec mille précautions. Méticuleusement, les dramas sondaient le sol douteux, où la moindre plaque de neige pouvait dissimuler une crevasse traîtresse. Mais les guerriers des amanes connaissaient parfaitement leur affaire, et peu à peu, la petite colonne s'élevait. Autre danger aussi, les énormes blocs rocheux à demi enserrés dans les glaces, que la fureur de la banquise avait entraînés avec elle. Il suffisait alors d'un léger redoux, dû aux vents tièdes remontés du Botsnian, d'un glissement de terrain consécutif aux énormes poussées exercées par la glace, et la banquise fondait, libérant les mastodontes de pierre.

Caprice des vents ? Ou volonté malsaine des dieux maudits qui régnaient sur le plateau...

Soudain, une masse oppressante qui dominait le défilé obscur sembla faiblir, osciller dangereusement. Des cris jaillirent. Palléas, comme paralysé, entrevit l'espace d'un éclair la petite troupe anéantie, écrasée sous la pierre. Ainsi était l'avenir, ainsi s'écrivait le destin.

Pourtant, il ressentit comme une onde de chaleur, d'énergie, qui le baigna tout entier. Puis il vit sa mère, Solyane, lever les yeux sur l'effrayante masse granitique. Celle-ci cessa soudain de gronder, et sembla reculer, s'écraser dans la poche de glace qui lui servait d'écrin. Dorian revint vers lui.

— Presse-toi, mon fils. Cette muraille est sur le point de s'effondrer.

Comme dans un rêve, Palléas obéit. La passe fut franchie en quelques minutes. Enfin, Solyane traversa la dernière l'endroit dangereux. Le jeune homme n'eut pas l'impression qu'elle éprouvait plus de difficulté à retenir la chute de la masse rocheuse qu'à écarter un léger rideau de soie. Sans hâte, elle rejoignit le reste de la troupe, hors d'atteinte, et sourit à Dorian.

L'instant d'après, la muraille s'effondrait dans un fracas d'apocalypse, obstruant le défilé. Palléas s'approcha de Solyane et lui prit la main.

— Je... je crois que nous vous devons tous la vie, mère ! Une fois de plus.

— Les dieux maudits ne cesseront plus de nous harceler à présent, dit-elle. Ils savent que nous arrivons.

Il avala difficilement sa salive, sans répondre. Il émanait d'elle une puissance infinie, une aura mystérieuse. Il l'observa longuement alors qu'elle rejoignait son père. De plus en plus, il était persuadé qu'il était survenu à Gwondaleya un événement extraordinaire, qui avait fait d'elle une véritable divinité. Lorsqu'il fermait les yeux, il devinait en elle comme un ruissellement lumineux, une formidable source d'énergie. Il se prit à songer qu'elle aurait très bien pu mener cette expédition seule, en compagnie de son père. Ils n'avaient nullement besoin d'une telle troupe à leurs côtés.

Pourtant, lorsqu'il leva les yeux vers le sommet enfin proche, il frémit. Là où ses compagnons ne pouvaient voir qu'un ciel menaçant, encombré de nuages lourds, aux ventres noirs, Palléas devinait, au travers des hurlements du blizzard furieux, les prémices d'une guerre sans merci qui opposerait deux entités irrémédiablement vouées à se détruire.

Et l'une d'elles était Solyane, sa mère.

61

Dorian comprit rapidement pourquoi Nyra avait préféré éviter de suivre la route du nord jusqu'aux abords de Ghandivar. Aucune piste ne traversait la Skandiane, ce qui s'expliquait aisément, mais de plus il était indispensable de recalculer sans cesse la direction à suivre. La tâche se révélait encore plus délicate que celle des marins, car d'étranges phénomènes magnétiques affolaient les boussoles. Mais cet inconvénient ne gênait aucunement Solyane qui semblait « voir » par avance la route à suivre. Il était certain que, sans sa présence, une bonne partie de l'expédition eût déjà été précipitée au fond des crevasses insondables qui creusaient la banquise. Elle décelait les accidents du terrain comme s'ils faisaient partie de son propre corps. Et l'hostilité du désert de mort pliait devant sa volonté qui déjouait chaque embûche, chaque piège. À cette latitude, toute vie avait déserté l'effroyable enfer blanc. Même les « goélands frileux » ne se risquaient pas dans cet univers de cauchemar d'où sourdait une oppressante sensation de malaise.

Pourtant, au matin du troisième jour, Solyane, qui chevauchait en tête aux côtés de Dorian, s'arrêta et dit :

— Il y a quelque chose droit devant !

Dorian la dévisagea, redoutant un danger inconnu. Mais, paradoxalement, alors qu'elle demeurait sans cesse aux aguets afin de déjouer les pièges de la Skandiane, il sentit en elle comme un éclair de joie. Il donna l'ordre d'avancer.

Une demi-marche plus loin, ils découvrirent un spectacle étonnant. Alors que depuis des marches ils n'avaient plus rencontré la moindre végétation, la plus élémentaire vie animale, un promontoire leur dévoila soudain une étendue étrange, mystérieuse, dont semblait émaner une chaleur inattendue.

— Par les dieux, murmura Leïro. On dirait des arbres !

— Mais c'est impossible, objecta Maryleen. La température ne doit pas dépasser les 30 degrés audessous de zéro.

— La preuve est là, remarqua Kristanus. Mais j'ai bien peur que vous n'ayez raison, madame. Ces arbres sont translucides comme du cristal. Nous sommes vraisemblablement en présence d'un phénomène de glaciation.

— Pas du tout, fit simplement Solyane, radieuse.

La réalité lui donna bien vite raison. Car il ne s'agissait nullement d'une forêt figée par les glaces, mais d'arbres d'une espèce inconnue, rappelant de gigantesques candélabres, qui plantaient leurs racines dans la glace. Plus étrange encore, la température se réchauffa sensiblement au fur et à mesure qu'ils se rapprochaient de la sylve.

— C'est incroyable, murmura Sonia après une analyse rapide. Ces arbres sont vivants. Ce sont eux qui réchauffent l'atmosphère. Il faudrait que nous les étudiions.

— C'est inutile, intervint Solyane.

Elle s'avança au milieu des arbres blancs, dont les branches entrelaçaient d'élégantes structures translucides, où coulait lentement un liquide épais et gonflé de vie. Solyane les caressa doucement, émerveillée. Autour d'elle, la forêt de diamant déployait ses draperies mystérieuses. Les feuilles très fines, qui rappelaient les aiguilles des conifères, se teintaient d'un vert tendre et lumineux, preuve que la photosynthèse et la chlorophylle jouaient toujours un rôle dans la vie de ces plantes.

— Nous ne devons pas toucher à ces arbres, dit Solyane. Ils ont droit à tout notre respect. Peut-être jadis ont-ils été des sapins, ou des épicéas. Mais la banquise a envahi leur royaume, et ils ont lutté. Ils se sont adaptés. Les dieux des glaces ne les ont pas vaincus. Parce qu'ils ne pouvaient survivre avec une sève froide, ils l'ont transformée, et produisent à présent leur propre chaleur. Venez voir !

Elle ôta ses gants et posa sa main sur le tronc d'un arbre majestueux dont le fût s'élevait certainement à plus de quarante mètres de hauteur. Dorian l'imita, puis les autres. Étonnés, ils sentirent sous leurs doigts couler une douce tiédeur, qui expliquait la température insolite régnant dans la forêt.

Solyane ferma les yeux pour mieux s'imprégner de la vie qui palpitait autour d'elle. Lorsqu'elle les rouvrit, son visage était transfiguré.

— Surtout, n'abîmez pas ces arbres. Ils constituent

la preuve que la Vie sera toujours la plus forte, qu'elle possède encore des réserves insoupçonnées. Même un froid comme celui-ci ne pourra en venir à bout.

Elle fit quelques pas, seule au milieu des arbres qu'elle semblait saluer un par un. Cette étrange forêt avait vaincu l'hostilité mortelle de la banquise. Elle était comme un défi jeté aux Forces du Néant. Solyane laissa l'essence même des arbres couler vers elle, l'envahir, imprégner jusqu'aux moindres fibres de sa chair, telle une manne divine.

Stupéfaits, tous la virent écarter les bras et lever les yeux vers le ciel. Alors, les bourrasques qui gonflaient les voiles sombres des nuées au-dessus de la sylve s'apaisèrent. L'épaisse écorce nuageuse s'éclaircit, puis se dissipa dans la lumière naissante, et un rayon de soleil apparut, éclaboussant les arbres. Des myriades de diamants se posèrent sur les branches translucides, éblouissants, dessinant un spectacle d'une beauté inimaginable, un spectacle lumineux, digne des dieux. En quelques instants, le ciel gris et lourd se fondit dans un azur étincelant...

Peut-être ne s'agissait-il là que d'une coïncidence. Mais chacun fut persuadé que seule la volonté de Solyane avait trouvé la puissance suffisante pour combattre les blizzards furieux qui régnaient sur la Skandiane.

Lorsqu'elle revint vers Dorian, elle dit seulement :

— Nous avons fait alliance avec les divinités de la forêt. Elles nous laisseront le passage.

Contrairement à ce qu'ils avaient craint, la sylve de cristal s'étendait bien loin vers le nord, et ils ne la quittèrent pratiquement plus. Ils découvrirent qu'elle se composait de plusieurs essences d'arbres, de buissons, d'arbustes, et aussi de différentes herbes d'aspect cacté, que les chevaux trouvèrent à leur goût. De même, la faune s'était adaptée, avec des insectes et quelques mammifères dont le sang présentait une viscosité plus grande que celui des humains. Ainsi, une petite loutre noire qui vivait dans les étangs profonds que la puissance de la forêt avait libérés des glaces. Ils rencontrèrent également un petit ours blanc, lointain cousin de celui qui vivait sur la banquise, près des mers.

La forêt de cristal les mena en quelques jours non loin de la poche climatique de Ghandivar. Lorsqu'elle se clairsema pour laisser la place à nouveau au plateau brûlé par le froid, ils éprouvèrent la désagréable impression de quitter une enveloppe protectrice, la sécurité d'une poche maternelle. À l'extérieur, les vents redoublèrent de violence. Mais ils n'étaient pas décidés à se laisser décourager. Bientôt, la forêt ne fut plus qu'un souvenir.

Et, comme si elle avait voulu se venger de n'avoir pu les atteindre pendant ces jours de répit, la Skandiane multipliait les embûches, les congères, les crevasses. Mais la présence de Solyane étendait sur la petite colonne un voile bienfaisant, dressait un bouclier contre lequel se brisaient tous les assauts des invisibles divinités des glaces. Celles-ci s'avouèrent enfin vaincues lorsque, au matin du dixième jour, le paysage changea brusquement, presque sans transition.

Nyra, épuisée, mais les yeux brillants, murmura :

— La vallée protégée de Ghandivar !

62

— Je serai au moins redevable de cela au Prophète, dit Leïro en contemplant le surprenant panorama. Sans lui, je ne serais jamais venu dans ce pays. Et je dois reconnaître qu'il est aussi impressionnant que la Médhellenie.

D'un bord à l'autre de l'horizon, un ciel de plomb s'alourdissait sur une lande parsemée d'affleurements rocheux. Plus loin vers le nord s'ouvraient de sombres défilés, dominés par des collines couvertes d'une épaisse fourrure forestière. Un vent violent et glacial remontait de la Skandiane et balayait rageusement la poche de vie égarée dans son enfer.

Des formations d'oiseaux noirs planaient à faible hauteur, portées par les courants. Au loin, un troupeau de chèvres sauvages à longs poils s'enfuit à l'approche de la troupe. Dès qu'ils quittèrent le sol de glace de la banquise, la terre devint spongieuse, probablement à cause de la fonte des glaces provoquée par l'adoucissement de la température. Par endroits subsistaient des couches de neige sale, qui s'espacèrent au fur et à mesure qu'ils avançaient.

La petite armée progressait prudemment, sur le qui-vive, s'attendant à tout instant à voir surgir devant elle les hordes sauvages des fayads. Mais tout restait paisible.

— La cité est distante de plus de dix marches, expliqua Nyra. Nous y parviendrons demain. Sans doute ne s'attendent-ils pas à une invasion.

Solyane se garda de dire que le Prophète avait déjà

parfaitement connaissance de leur présence. Il était inutile de les alarmer tant que le danger ne se précisait pas.

Soudain, un grondement effrayant se fit entendre, qui les figea sur place.

— Qu'est-ce que c'est ? demanda Leïro.

L'instant d'après, au-delà d'une élévation rocheuse, le vacarme explosa en une immense colonne d'eau et de vapeur qui s'éleva dans les airs.

— C'est un geyser ! s'exclama Maryleen, rassurée. Il est vrai que nous sommes sur un territoire volcanique. Ce ne doit pas être le seul.

— C'est vrai, approuva Nyra. Là-haut vers le nord, au-delà de la cité enterrée, il existe un groupe de sept geysers qui jaillissent tous en même temps, toutes les trente minutes. C'est un spectacle extraordinaire.

De l'autre côté du promontoire, ils découvrirent une sorte d'entonnoir de roche jaune, où bouillonnait encore une eau tumultueuse, tandis qu'une pluie fine et tiède détrempait l'atmosphère.

Étrangement, un calme mystérieux semblait s'être abattu sur la petite caravane. Les rires des hommes s'étaient espacés. Les femmes ne bavardaient plus entre elles. On eût dit que chacun attendait, redoutant quelque chose.

Instinctivement, Lyvie se rapprocha de Palléas en resserrant frileusement sa cape autour d'elle.

— Seigneur ! Je n'aime pas cet endroit.

— Tu as froid ?

— Je sais qu'il fait plus chaud à présent, mais je voudrais... je voudrais revoir la lumière, le soleil, rien qu'une fois.

Palléas la prit sur l'encolure de son allienne. Anéa,

la compagne de Kristanus, avait émis une réflexion semblable, quelques jours auparavant. Les femmes, avec leur incomparable instinct, ressentaient ce que les hommes aveugles continueraient d'ignorer. Il flottait dans l'air comme une odeur obscure, maléfique. Lui-même la percevait clairement, comme sans doute son père et surtout sa mère. Il eut un demi-sourire et enveloppa Lyvie dans une épaisse couverture.

Au soir, Dorian décida de bivouaquer sur un tertre rocheux, facilement défendable en cas d'attaque nocturne. Puis il posta un réseau de sentinelles dramas. Mais un rapide sondage mental lui confirma que la lande sauvage était parfaitement déserte.

Pendant la nuit, Solyane quitta la fourrure d'ours qui lui servait de couche et vint se glisser contre lui. Sans qu'un mot fût échangé, ils firent l'amour avec passion, plusieurs fois, comme pour s'emplir l'un de l'autre, mêler et leurs corps et leurs esprits. Rarement ils avaient atteint un orgasme aussi pur, vertigineux, merveilleux comme l'air des montagnes, comme un matin de printemps. Dans leurs mémoires s'entrecroisèrent les souvenirs de leurs plus belles étreintes, l'été, sur la terrasse de leurs appartements, où la pierre chauffée leur brûlait la peau, ou dans le Danov, lorsqu'ils s'accordaient une escapade fluviale loin des leurs, et s'unissaient sous les eaux du fleuve. D'éblouissantes gerbes de lumière et de parfums jaillissaient de leurs cris et de leurs gémissements, comme s'ils avaient voulu se fondre l'un à l'autre, oublier tout... Un goût de sang, de salive et de cendre les emplissait.

Tard dans la nuit, Dorian, étourdi d'amour, engourdi dans la chaleur de sa compagne, respira longtemps son odeur subtile, ce parfum naturel plus doux et plus sacré que celui des fleurs, pour l'imprimer à jamais en lui.

Le regard que Solyane dédia à Dorian, cerné par l'épuisement de leur joute exaltée, résonnait comme un défi, une gifle jetée à la face de l'Autre, de l'entité aveugle qui niait l'existence même de l'amour. Longtemps, elle promena ses doigts sur le visage de son frère, son compagnon, en des caresses infiniment douces, tandis que ses cheveux défaits effleuraient le torse puissant de l'homme. Pas une fois ils ne laissèrent échapper un mot. Ils étaient seuls, seuls au cœur de la tente de peau qui leur servait de refuge, comme si plus rien n'avait existé au monde.

Soudain, à la lueur falote de leur petite lampe à huile, Dorian la vit se figer tandis que leur deux corps nus aux reflets de bronze s'entremêlaient.

— Écoute ! dit-elle.

Jamais les yeux de la jeune femme n'avaient reflété une lueur aussi divine, aussi merveilleuse. Un regard de feu qui à lui seul était une arme.

Ils se concentra. Et entendit !

Une plainte, un gémissement, à la fois proche et lointain, effrayant d'inhumanité. Un hurlement où vibrait l'intensité d'une haine incommensurable... Peut-être n'était-ce que le vent qui jouait sur la plaine désolée.

Dorian frissonna.

— C'est lui, chuchota Solyane, raidie.

— On dirait le blizzard !

— Les autres le croiront. Mais je sais que c'est lui. Il hurle sa rage, parce que nous nous aimons, parce qu'il sait qu'il ne peut rien contre nous.

Plus que jamais ses yeux se mirent à briller. Sa cuisse vint effleurer celle de Dorian, puis elle se redressa, tandis que ses mains se posaient sur lui, impérieuses et possessives. Féline, provocatrice, elle se glissa, s'étira sur la peau d'ours, et l'attira contre elle, ancrant ses doigts à ses reins puissants.

— Aime-moi encore, murmura-t-elle.

Alors, comme une statue de chair et de passion, il se dressa au-dessus de sa compagne.

Lorsqu'il se noya en elle et que les ondes voluptueuses commencèrent à la gagner, Dorian comprit que cette union serait peut-être la dernière, et que c'était pour cela qu'elle l'avait voulue incomparable. L'éblouissement final fut tel qu'ils entendirent à peine le grondement de rage sourd qui résonnait autour d'eux, incapable de les atteindre.

Le lendemain, un rêve de soleil illuminait la lande aride.

— C'est un nouveau miracle, remarqua Sonia. Je me demande ce qui a pu se passer cette nuit.

Silencieuse, Solyane contempla l'étrange paysage, insolite sous l'éclat du soleil. Lorsque Dorian, encore grisé des souvenirs de la nuit, voulut l'inviter à suivre la colonne, elle refusa.

— Je voudrais que tu me laisses quelque temps à l'arrière, petit frère. L'affrontement final est proche à présent. Je l'ai senti cette nuit. Le Prophète est là, au-delà de ces montagnes. Il va se produire là-bas quelque chose... qui défie l'imagination. Je sais que je risque d'y perdre la vie. Je veux m'y préparer.

Dorian sentit comme une coulée de métal fondu glisser le long de son dos. Elle avait raison, et il le savait. Mais comment aurait-il pu se résoudre à l'idée de la perdre ?

— Solyane ! Nous devons triompher. Tu dois penser aux enfants que tu portes en toi.

Il se concentra légèrement et effleura mentalement le ventre légèrement renflé au cœur duquel palpitaient deux vies nouvelles. Elle leva sur lui son regard d'azur.

— Je pense à eux, Dorian. Comme je pense à tous les nôtres. Ceux qui sont ici comme ceux qui ignorent tout de notre combat. Nous approchons d'un point nodal, petit frère. L'avenir n'existe pas. Pas encore. Et ni l'Autre ni moi ne sommes capables de le prévoir. Mais tous les deux nous savons que le combat final est proche. Alors laisse-moi préparer mes forces. Quoi qu'il advienne !

Dorian, ému, céda. Il prit la tête de la colonne et s'engagea résolument dans le défilé sombre qui devait les mener jusqu'à Ghandivar. Il ne put cependant s'empêcher de se retourner vers l'emplacement du campement, après que celui-ci eut disparu au détour du défilé. Fut-il l'objet d'une hallucination ? Il lui sembla distinguer comme un scintillement. Effrayé, il tenta de joindre l'esprit de sa sœur. Mais ce fut comme s'il se heurtait à une muraille d'acier. La lueur incompréhensible subsista quelques instants, puis s'évanouit dans l'obscurité du labyrinthe rocheux. Il fut tenté un moment de faire demi-tour et de retourner vers elle, mais une force le retint. Solyane n'avait-elle pas précisé : « Quoi qu'il advienne ! » ?

Il patienta longtemps, figé dans une immobilité minérale, tandis que les siens s'éloignaient.

Enfin, elle apparut. Il n'osa pas lui poser la moindre question, mais il remarqua immédiatement le changement qui s'était produit en elle. Son visage paraissait transfiguré, comme si toute peur l'avait désertée. Plongeant résolument son esprit dans celui de Solyane, il tenta d'en capter quelques bribes. Celui-ci s'ouvrit sans difficulté. Et en quelques instants, d'innombrables visions surgirent du passé, effrayantes, cruelles, et pourtant gravées à jamais dans la mémoire des hommes :

Enfants squelettiques, affamés, disputant leur subsistance aux chiens et aux rats.

Femmes jetées au bûcher, dévorées par les flammes, pour avoir simplement soulagé la misère d'autrui avec des herbes, et ainsi menacé de leur savoir les intérêts d'une religion hypocrite.

Femmes encore, cloîtrées derrière les grilles d'une croyance qui étouffait les cris et les désirs du corps, prisonnières sans espoir d'un monde d'obscurité qui marquait leur esprit au fer rouge.

Sombres geôles où luisaient d'inquiétants brasiers. Hurlements des suppliciés.

Hommes et femmes à la peau sombre arrachés à leur terre et emportés en esclavage dans un autre monde.

Grilles, grilles à l'infini, emprisonnant des femmes voilées dont le seul espoir consistait à espérer le plaisir d'un maître toujours absent.

Grilles encore, refermées sur l'effondrement des hommes qui aimaient trop l'indépendance.

Guerres innombrables aussi, où le fer, l'acier, le feu et la pierre fondue hachaient, broyaient et brûlaient la chair de l'homme.

Il ferma les yeux et soupira. Ils n'avaient pas le choix. Ils devaient vaincre. Quel que soit le prix de la victoire.

— Ghandivar est en vue, dit soudain Nyra, le tirant de sa méditation.

Il la rejoignit et découvrit, stupéfait, un lieu insolite, inattendu après la lande désertique et balayée par les vents. D'un bout à l'autre de l'horizon s'ouvrait une oasis verdoyante, peuplée de sapins. Un moutonnement de collines aux pentes douces encerclait un immense lac central.

Émue malgré elle, Nyra se tourna vers Dorian, les yeux brillants.

— Rien n'a changé, Arnaud. Rien ! Sinon...

Elle huma l'air chargé d'effluves printaniers.

— L'atmosphère. Quelque chose de mauvais s'est répandu ici.

De la cité que Nyra avait fuie, il ne restait pratiquement rien. Une nouvelle métropole l'avait remplacée, grise, sinistre, inquiétante. Le long du lac s'étiraient des bâtiments noirs, strictement alignés, et séparés les uns des autres par des places où des hommes semblaient se livrer à des activités militaires.

— Arnaud ! dit Leïro. Ils sont au moins cinquante mille là-dedans. Nous ne pourrons jamais...

— Ne sois pas pessimiste, compagnon ! Souviens-toi de Bahiskra !

Dorian se tourna vers Nyra.

— Qu'est-ce que c'est, là-bas, ces dômes étranges ?

Il désignait, à plus de deux marches vers le nord, de mystérieuses demi-sphères aux reflets ternes, hérissées de tours pyramidales.

— L'ancienne ville souterraine, Arnaud. C'est là

que nous vivions il y a trois siècles, avant que Hadjik Sollner ne prenne le pouvoir. C'est lui qui ordonna la construction de cette nouvelle cité le long du lac. Mais elle était beaucoup plus petite en ce temps-là. Lorsque nous avons quitté Ghandivar, la ville souterraine avait déjà été abandonnée.

Leïro revint à la charge.

— Comment comptes-tu t'y prendre, Arnaud ? Je ne sais pas si tu as remarqué qu'ils sont cent fois plus nombreux que nous. Et je les ai déjà combattus, compagnon. Malgré notre valeur, et la puissance de tes dramas, nous allons être taillés en pièces.

— Cesse de grogner, mon ami. Tu oublies Solyane.

Il se tourna vers la jeune femme qui, silencieuse, contemplait la scène comme pour l'imprimer dans sa mémoire.

— Toute la légende du Prophète repose sur une supercherie monumentale, petite sœur. J'estime que nous devrions nous en servir. Qu'en penses-tu ?

— L'idée me séduit, dit-elle avec un sourire espiègle.

— Alors, que les dieux soient avec nous !

Il baissa son heaume et donna l'ordre d'avancer.

63

Au fur et à mesure qu'ils progressaient, la sensation de malaise s'accentuait. Une étrange chaleur régnait sur les lieux, étouffante, malsaine. Déjà les guerriers donnaient d'inexplicables signes de faiblesse, comme si une présence hostile s'était infiltrée en chacun, sapant l'ardeur et la volonté. Mais n'était-ce pas un effet de l'imagination ?

Depuis qu'ils avaient quitté la Skandiane, aucun obstacle ne s'était dressé devant eux. Mais Solyane savait que cette accalmie faisait partie du piège.

— Je me demande si nous allons combattre un jour, dans cette expédition, grommela Leïro à l'adresse de Palléas.

— Parce que tu te sens de taille à vaincre à toi seul quelques milliers de fayads ?

— Je ne sais pas. J'ai l'impression de n'être plus rien vis-à-vis d'eux, dit-il en désignant le couple qui avait pris la tête de la colonne. Tout leur est si facile...

— Ne crois pas cela, compagnon. Ils tentent seulement de nous éviter un combat perdu d'avance contre un ennemi supérieur en nombre. Mais ils souffrent, eux aussi.

Le jeune homme regarda longuement le défilé dans lequel s'était engagée la petite troupe.

— Une malédiction pèse sur ce lieu. Ne sens-tu pas ces odeurs troubles et étouffantes ?

— Ce sont des relents de soufre, compagnon. J'ai senti cela aussi. Cette terre est d'origine volcanique.

— Ne t'y fie pas, Leïro ! Tout paraît normal, mais c'est un leurre, tout comme cette boule douloureuse qui te ronge les entrailles. Les animaux eux-mêmes sont sensibles à cette étrange atmosphère. Oranéa n'a jamais été aussi nerveuse.

Leïro observa Solyane qui rassemblait ses forces comme un fauve. Il la vit désigner un épais surplomb rocheux, dont l'autre versant devait regarder vers Ghandivar.

Cent mètres plus loin, l'endroit qu'elle indiquait se couvrait de fayads. Il en surgissait de derrière chaque arbre, chaque rocher, chaque buisson. En quelques secondes, l'air s'emplit de vociférations guerrières.

— Par les dieux, ils sont des milliers, dit Palléas à Leïro. Toi qui te plaignais de manquer de combat...

Certains d'une victoire que devait leur conférer à coup sûr leur supériorité numérique, les fayads s'élancèrent furieusement à l'assaut des Gwondaleyens. Les dramas dégainèrent aussitôt leurs gonns à énergie. Mais Solyane les arrêta d'un geste.

L'instant d'après, une draperie légèrement luminescente s'érigea entre eux et les assaillants. Interloqués, les skrulls hésitèrent, puis reculèrent lorsque la mouvante étoffe de lumière se déploya dans leur direction. Un grondement inquiétant remonta des entrailles de la terre et simultanément des éclairs fulgurèrent au milieu des guerriers, achevant de semer la panique. La plupart se mirent à hurler de terreur et s'enfuirent. Quelques-uns tombèrent à genoux en tremblant.

Dorian s'approcha des fayads. Lentement, il ôta son heaume, dévoilant ses traits. La stupeur puis l'adoration se peignirent sur les visages, et ils se prosternèrent le front contre terre.

— Vous savez qui je suis, dit Dorian d'une voix puissante.

Il y eut un moment de flottement, puis l'un des skrulls déclara dans un ankos rocailleux :

— Nous croyons en vous, Pa'haden. Éclairez-nous. Pourquoi cette mystification ?

— Vous savez déjà pourquoi je suis ici.

Le fayad s'enhardit :

— Vous êtes notre guide, Pa'haden. Mais nous vous avons quitté il y a quelques minutes à peine...

— NON ! hurla Dorian. Ce n'est pas moi que vous avez quitté.

Il avança en faisant piaffer Aram. Les fayads s'écartèrent, effarés. Déjà, quelques fuyards s'étaient arrêtés et revenaient, intrigués, sur leurs pas.

— Ce n'est pas moi que vous avez servi.

Il désigna la cité dont on apercevait au loin les premiers casernements.

— Un usurpateur, une créature immonde a revêtu mon apparence pour vous tromper, pour vous mener vers votre perte, vers le crime, vers l'anéantissement.

L'ampleur des phrases stupéfia même les Gwondaleyens. Leïro sourit. Seul Arnaud était capable de réussir ces fantastiques coups de bluff. Pourtant, à y bien réfléchir, s'agissait-il bien d'affabulation ? Le Prophète avait réellement volé ses traits. Et Arnaud n'était-il pas un dieu ? Comme Solyane ? Un étrange frisson l'envahit.

— Mais, Pa'haden..., hasarda le fayad.

— Écoutez-moi tous ! poursuivit Dorian. Quels crimes n'avez-vous pas commis ces dernières années ? Combien de villages avez-vous détruits ? Combien de femmes et d'enfants avez-vous massacrés ?

— Mais il s'agissait des ennemis de Dieu, Pa'haden ! Des démons, qu'il fallait détruire.

— Ainsi parle l'usurpateur, bronen. Je suis ici pour le chasser, pour l'anéantir. PARCE QU'IL VOUS A TROMPÉS ! Parce qu'il a fait de vous des êtres de feu et de sang, parce qu'il vous a entraînés vers les ténèbres !

La voix grave tonna, résonna dans la forêt, faisant

vibrer les cœurs des skrulls. Dorian descendit de son lionorse et s'avança vers son interlocuteur, un homme d'une quarantaine d'années, aux yeux d'un bleu délavé et habités par la plus totale adoration. Dorian le releva et plongea son regard noir dans celui du guerrier.

Ce faisant, il s'infiltra dans sa mémoire.

— Ton nom est Rodhen Harsson, bronen. Tu es né ici, à Ghandivar. Je vois... je vois en toi des souvenirs de bataille, des lueurs d'incendies. Tu as du sang sur les mains, frère. Tes armes ont ouvert des ventres, tranché des têtes. Et parmi elles, il y avait des têtes d'enfants, de petites filles, de nourrissons !

Dorian n'avait pas élevé la voix. Mais l'autre était devenu livide, imité peu à peu par les autres guerriers, effrayés par le ton glacial.

— Mérites-tu encore ta vie, bronen, après tout le sang qui a coulé sur tes doigts ?

— Mais, Pa'haden, c'est vous-même qui...

— NON ! hurla encore Dorian. Jamais je n'ai ordonné ces massacres sanguinaires !

Il bouscula sans ménagement le skrull qui s'écroula.

— JAMAIS ! Je vois en toi. Tu portes le visage d'une petite fille qui te suppliait d'épargner ses parents. Tu l'as frappée, puis tu as décapité son père et sa mère sous ses yeux. Et tu riais ! TU RIAIS !

L'autre éclata en sanglots, frissonnant, gémissant. Dorian poursuivit :

— Tu riais encore lorsque tu l'as elle-même décapitée. C'était à Sérinna, dans le sud de l'Europannia.

— Oui ! Oui, tout cela est vrai, Pa'haden. Mais je n'ai fait qu'obéir aux ordres. Ces gens étaient des créatures vomies par l'enfer, qui avaient refusé la lumière de Dieu.

— C'est ce que veut vous faire croire le monstre qui vous a tous ensorcelés. Pour mieux vous guider vers les abominations que son esprit imaginait.

Dorian se détourna, puis se dirigea vers un autre guerrier qu'il investit de la même manière.

— Toi, toi, Hubard Jronsen ! Qu'as-tu fait à Lybrinsky ? Te souviens-tu encore de ce bébé que tu as empalé sur une lance devant sa mère, de cet infirme que tu as jeté au bûcher, alors qu'il ne pouvait même pas se défendre ?

— Je sais ! Je sais tout cela ! Mais ce porc était indigne de vivre, parce qu'il avait craché sur le Signe. Et vous, vous n'êtes pas notre Prophète ! Vous n'êtes qu'un démon, un démon qui a volé ses traits.

— Silence !

Mais le fayad recula, et se mit à haranguer ses compagnons :

— Bronen ! Il faut tuer cette créature. Il est l'Esprit du Mal en personne.

Il ne put en dire plus. Suffoquant, il porta ses mains à sa gorge, tandis que sa peau virait au noir. Les abjections qu'il avait découvertes dans la mémoire de l'homme n'incitaient pas Dorian à la pitié, bien au contraire. Pétrifiés, les fayads n'osèrent pas réagir. Ils virent le corps de leur compagnon se couvrir de sang, puis exploser ; une vague de murmures courut, s'enfla, gonflée de peur, d'angoisse, d'incertitude. Lorsque Dorian s'approcha d'un troisième guerrier, celui-ci se mit à gémir en se tordant les mains.

— Vous connaissez mes crimes, Pa'haden ! Mais

pourquoi les avoir ordonnés ! Que fallait-il faire ? Éclairez-nous, Pa'haden !

— Éclairez-nous ! reprirent plusieurs fayads en chœur.

Dorian les dévisagea longuement, gravant leurs traits dans sa mémoire. Il était conscient de tenir un rôle dans lequel il n'avait pas le droit de se tromper. Il jouait sa crédibilité sur un gigantesque coup de dés. Sa seule chance consistait à se faire passer pour l'envoyé de leur dieu. Il en possédait les pouvoirs, grâce à l'appui de Solyane qui avait mêlé intimement son esprit au sien. Lorsqu'il revint lentement vers sa monture, les fayads, subjugués, se relevèrent, puis tombèrent à genoux lorsqu'il les regarda à nouveau.

— Quelle sorte d'hommes êtes-vous donc ? Aucun de vous n'a-t-il compris la monstruosité de vos actes ? Aucun de vous n'a-t-il eu assez de courage pour dénoncer les crimes que ce fou vous forçait à commettre ? Qu'avez-vous fait de votre conscience, frères ? Vous êtes aussi responsables que lui. À cause de vous, ce lieu est maudit, habité par le Mal.

— Mais, Pa'haden, dit un jeune fayad les yeux brûlants de larmes, comment deviner ? Comment trouver la vérité ? Jamais nous n'avons connu autre chose que la haine de ces peuples qui bafouent le nom de Dieu, qui vivent dans la luxure la plus éhontée !

— Parce que, d'après toi, c'est un crime que d'aimer ceux qui nous entourent ?

— Seul Dieu a droit à l'amour, Pa'haden.

— Et quelle sorte d'amour lui offrez-vous donc, vous qui avez chacun tant de sang sur les mains ?

Il enfourcha Aram et ajouta :

— Dieu peut-être vous pardonnera les crimes que

vous avez commis en son nom, si vous m'aidez à combattre celui qui vous a égarés sur la voie de l'erreur. Suivez-moi !

Alors, sans attendre de réponse, il s'engagea dans la direction de Ghandivar. Les Gwondaleyens lui emboîtèrent le pas. Hésitants, les fayads finirent par suivre.

Lorsqu'ils parvinrent aux abords de la cité, une foule immense les attendait, qui grossissait sans cesse. Dorian l'estima à plus de trente mille personnes, dont une partie de femmes voilées et d'enfants.

S'ils avaient anéanti totalement l'armée envoyée pour les arrêter, sans doute eussent-ils dû recommencer leur exploit à Ghandivar. Mais le fait de voir certains des leurs désormais rangés aux côtés des envahisseurs intrigua fortement la foule, dont l'hostilité s'apaisa peu à peu en découvrant le visage de Dorian.

Déjà, certains skrulls, parmi ceux qu'il avait si rapidement convertis, se précipitaient vers les autres pour leur conter la grande nouvelle : le Prophète était un imposteur. Le vrai messager de Dieu était là, qui venait pour chasser le démon. Des rumeurs contradictoires agitèrent la foule, sceptique, versatile, interloquée. Mais très vite, le récit de la mort de celui qui avait osé douter fit réfléchir les skrulls.

« Le Prophète est ici ! » avertit Solyane.

« Je le sens, petite sœur. Pourquoi ne se montre-t-il pas ? »

« Il sait déjà qu'il est vaincu. Il ne peut nous affronter. Et il n'a pas réussi à nous arrêter. Il a compris que son dieu l'abandonnait. Mais il combattra quand même. Il rassemble ses forces. À cause de cette haine invraisemblable qu'il éprouve à notre égard. »

Soudain, elle se mit à trembler comme une feuille, et son teint devint pâle comme la mort. Elle respira profondément, ferma les yeux, et poursuivit sur le mode mental :

« Je suis en contact avec lui, petit frère ! C'est un fou. Plus que ça encore. Il est habité par une force mauvaise, une puissance destructrice, qui se nourrit du côté obscur de l'esprit des hommes. Je le vois... Sa haine coule vers nous comme un poison. Il nous a vus, la nuit dernière. Il te hait, parce que tu m'aimes. Et il me hait, parce que je suis une femme, comme il hait toutes les femmes. Lui, lui, dont l'amour n'a jamais voulu... Il faut le détruire, Dorian. Ou c'est lui qui nous détruira, comme il anéantira tout ce que ce monde offre de merveilleux. Il ne laissera derrière lui que la cendre et la mort. »

Sans rompre le lien étroit qui l'unissait à sa sœur, Dorian s'avança au milieu de la foule qui s'écarta respectueusement — et prudemment — de son lionorse. Sa voix tonna comme l'orage, amplifiée encore par la volonté de Solyane. Chacun sentit une vibration étrange l'envahir.

— Écoutez-moi, bronen ! Je suis venu chercher ici un homme, un démon qui a volé mon visage pour vous entraîner sur la voie de massacres sans nom. Vous l'avez écouté, vous avez cru à ses paroles, et répondu à son appel. Vous avez saisi les armes, vous avez conquis des villages et des villes que vous avez soumis aux croyances mensongères qu'il vous avait inculquées.

Et, parce que la voix ressemblait tellement à celle du maître, celle dont ils buvaient chaque jour les paroles, les fayads se turent, et écoutèrent.

— Votre crime est grand, bronen, même s'il en porte la plus lourde responsabilité. Dieu ne vous a pas mis sur Terre pour l'adorer et le servir, et pour tout lui sacrifier. Il vous a donné la vie. Il vous a donné la lumière pour que vos yeux cessent d'être aveugles. Il a imaginé la musique, les chants des oiseaux, il a fait belle la voix des femmes pour charmer vos oreilles. Il a fait douce leur peau pour que vous ayez plaisir à la caresser. Il a créé le feu pour que vous ne craigniez plus l'hiver. Il vous a fait don de l'amour et de la tendresse pour exalter votre vie. Et il vous a confié son don le plus précieux, le plus beau : la conscience, afin que vous soyez seuls maîtres de vos destinées, tout en respectant celles des autres.

« Jamais il n'a voulu faire de vous ses esclaves. Jamais il n'a imaginé la femme inférieure à l'homme. Il a seulement créé un mâle et une femelle pour que la vie puisse jaillir des reins de l'homme et des entrailles de la femme. Il ne vous a donné la vie que pour que vous en jouissiez de la plus belle manière possible. Aimez vos compagnes, et respectez-les ! Créez ! Bâtissez ! Faites fructifier vos dons et vos talents ! Ayez des enfants qui poursuivront votre tâche ! Voilà les seuls sacrifices que vous devez lui rendre, les seules prières que vous devez lui adresser !

Soudain, une voix cingla, coupant la parole à Dorian.

— NON ! Bronen ! Vous ne devez pas écouter cet homme ! Il ment ! Il ne cherche qu'à vous égarer sur le chemin de l'erreur. Il vous entraînera vers votre perte !

Dorian découvrit alors, à l'autre bout de la place, un homme lui aussi entièrement vêtu de noir, au regard de jais, dans lequel brillait la haine la plus farouche. Un silence impressionnant se répandit sur la foule des fayads, et également sur la troupe gwondaleyenne. Les mains des dramas se portèrent vers les pistolasers.

— Par les dieux, murmura Kristanus. Un autre comte de Gwondaleya. Je comprends pourquoi ce Prophète semblait posséder des pouvoirs si effrayants. Mais comment est-ce possible ?

Les deux hommes s'avancèrent l'un vers l'autre. Des mouvements d'indécision se manifestaient dans la foule, à la fois hostile, intriguée et inquiète.

Dorian observa le Prophète, cet ennemi mystérieux et insaisissable, dont les crimes ensanglantaient les dix-sept empires depuis déjà trois années. Il croyait se regarder dans un miroir, un miroir étrange, qui lui aurait renvoyé le reflet de sa propre image, mais déformée par la haine et le plus intransigeant des fanatismes. Un visage défiguré par la folie.

— Tuez-le ! hurla soudain le Prophète. Vous êtes plus nombreux. Anéantissez ces démons qui veulent ébranler votre foi par des paroles trompeuses ! Tuez-les tous !

Mais la foule réagit de manière contradictoire. Des bagarres éclatèrent un peu partout, menaçant de dégénérer rapidement en une véritable émeute. Quelques fayads se ruèrent sur Dorian, et d'autres encore sur le Prophète. Mais les voix des deux hommes suffirent à tenir les plus excités en respect.

Soudain, un grondement effrayant se fit entendre, et chacun vit, dans une vision d'apocalypse, les murs d'une des gigantesques constructions se lézarder. Dorian comprit immédiatement que Solyane avait décidé de frapper. Il sentit l'esprit de sa sœur investir les fondations de la bâtisse, créer un fin réseau de champs de force, une trame invisible et efficace, qu'elle arc-bouta de toute son énergie mentale. En quelques secondes, l'édifice s'effondra dans un fracas d'enfer, soulevant un épais nuage de poussière.

Interloqué, le Prophète regarda le phénomène bouche bée, sans comprendre.

Curieusement, la puissance qui le protégeait, qui le soutenait et le sublimait semblait l'avoir déserté. Solyane acheva de le décontenancer en pulvérisant une tour haute et pointue, qui parut se fondre au sol dans un voile de poussière.

Cet instant d'égarement fut fatal au Prophète dont les défenses mentales se fissurèrent. La jeune femme s'infiltra aussitôt en lui, s'appuyant sur des schèmes mentaux qu'elle connaissait parfaitement, puisqu'ils étaient également ceux de son frère. Mais elle y découvrit des structures amoindries, brisées, dont toute l'énergie avait été absorbée par une autre substance mentale...

« Dorian, c'est incroyable. Cet homme a plus de trois siècles... »

« Mais c'est impossible ! »

« Si ! Il s'agit de... Hadjik Sollner ! »

Elle ne put en dire plus. Déjà, le Prophète s'était repris. Ameutant autour de lui sa garde personnelle, des guerriers habillés de cuir noir et bardés d'acier, il lança une attaque directe contre le couple. La jeune femme riposta immédiatement. L'un après l'autre, les gardes noirs s'écroulèrent, disloqués par une puissance irrésistible. Dorian continua d'avancer.

Abasourdis, les fayads semblaient vouloir conserver la plus stricte neutralité. Lentement, inéluctablement, la masse humaine qui séparait encore les deux hommes s'effaça pour permettre à Dorian de rejoindre son ennemi. Il fallait profiter de l'avantage. Il sauta à bas de son lionorse et se planta devant le Prophète.

De près, la ressemblance était encore plus frappante. Dorian tira son dayal et déclara :

— Ce corps ne t'appartient pas. Tu me l'as volé. Tu l'as utilisé pour perpétrer les crimes que te dictaient ta folie religieuse et ton fanatisme. Ce dieu dont tu te réclames te jugera.

Pétrifié, l'autre n'osait plus répondre. Déjà, la foule grondante et versatile se dessinait désormais nettement en faveur de Dorian. Seuls quelques conseillers fidèles demeuraient autour du Prophète.

— C'est toi qu'il jugera ! rugit-il.

— Silence ! Qui es-tu, toi, pour oser prétendre que tu connais Dieu, pour décider à sa place ? Aucun mortel, aucun homme jamais n'aura la sagesse suffisante pour l'approcher. Il est infini. Comment peut-on connaître l'infinité lorsque l'on est soi-même limité ?

L'instant d'après, Dorian sentit l'air devenir plus épais, se teinter d'acide. Le Prophète avait appris à utiliser le shod'l loer. Le comte riposta, rendant coup sur coup. Mais étrangement, la puissance de son adversaire semblait grandir d'instant en instant. Il comprit rapidement. L'autre focalisait l'énergie mentale des siens. Jamais Dorian n'avait tenté une expérience semblable. Il essaya d'approcher de son ennemi, mais une chape de plomb s'était abattue sur ses épaules. Immobiles comme des statues, les deux adversaires se paralysaient mutuellement, tandis que peu à peu, une tension effrayante, mêlée d'angoisse, engluait la foule indécise. Où ce combat de titans s'arrêterait-il ?

La reine de Fomalhaut, elle aussi pétrifiée par le spectacle hallucinant, sentit soudain une voix résonner dans sa tête. « Approche, Nyra. Cet homme n'est autre qu'Hadjik Sollner ! »

Elle obéit, et comprit que l'avertissement venait de Solyane. Elle la rejoignit.

— Mais c'est impossible, dit-elle.

— C'est pourtant la vérité, confirma Solyane. Cet homme t'a aimée, n'est-ce pas ?

Nyra hésita.

— À sa manière, peut-être !

— Alors, va vers lui avant qu'il ne soit trop tard. Il a appris à canaliser le potentiel mental des siens. Dorian et moi connaissons mal cette manœuvre.

Mal à l'aise, Nyra eut un sourire crispé et s'avança. Elle vit les traits de Dorian tendus sous l'effort incommensurable qu'il faisait pour soutenir l'assaut de plus en plus violent du Prophète. À nouveau la foule était agitée de mouvements contraires.

Tout à coup, le regard du Prophète se porta sur la jeune femme qui se dirigeait vers lui. Il avait cru un moment qu'il s'agissait de la femelle démoniaque qui accompagnait son ennemi. Mais soudain, l'édifice mental qu'il échafaudait s'écroula comme un château de cartes. Du plus profond de ses souvenirs remontait l'écho d'un visage mystérieux, le seul qui l'ait jamais ému. Celui d'une femme à la beauté extraordinaire, mais dont le stupide orgueil l'avait amenée à le quitter. Lui, le représentant de Dieu sur la Terre. Lorsqu'elle n'avait plus voulu de lui, il en avait conçu une haine effroyable. Jamais il n'avait pu oublier son rire, sa gaieté naturelle, qui résonnait à ses oreilles comme une insulte, et réveillait en lui d'étranges douleurs. Mais cette femme avait disparu dans les ruines de la vieille cité enfouie, pour s'occuper des tâches de nettoyage, les seules dont les femmes étaient dignes. Il aurait pu la tuer. Il n'avait jamais pu s'y résoudre. Il prenait un plaisir trouble à la voix se flétrir. Pourtant, jamais il n'avait pu éteindre l'éclat de ses yeux d'un bleu qui rappelait le ciel. Un ciel qu'il avait approché, des siècles plus tôt.

Et cette femme revenait, plus belle, plus troublante que jamais. C'était impossible. Elle était morte. Morte depuis si longtemps !

Face à lui, Dorian reprenait son souffle. Il observa le visage effrayé du Prophète, et les paroles que Solyane avait prononcées avant leur départ de Gwondaleya lui revinrent instantanément à la mémoire : « Cet homme a bafoué les femmes. C'est une femme qui causera sa perte ! »

Cette femme, c'était Nyra.

Soudain, le Prophète hurla :

— Tu n'es pas réelle. Tu n'es qu'un piège des démons pour me faire tomber. Mais vous ne pouvez vaincre l'Envoyé de Dieu.

Il dégaina un long poignard et se rua sur Nyra en hurlant :

— Meurs donc, chienne !

Il porta son coup vers la poitrine de la jeune femme, mais Dorian réagit. D'un coup de dayal précis, il trancha la main droite de son ennemi, au moment où celui-ci frappait. Son arme roula sur le sol tandis que l'homme rugissait de douleur. Indemne, mais tachée de sang, Nyra s'écarta de lui et dit à Dorian :

— Eh bien, merci. Ce n'est pas encore cette fois-ci que je mourrai en héroïne. Je n'ai même pas une égratignure.

Dorian la regarda et sourit. Même dans un instant pareil elle ne pouvait s'empêcher de plaisanter.

Il y eut un instant de flottement, puis, sans que rien l'eût laissé prévoir, un mouvement de foule porta les fayads vers les deux hommes.

— À mort l'imposteur ! hurla soudain un anonyme au cœur de la meute grondante.

Son cri fut aussitôt repris par d'autres. En quelques instants, l'angoisse que les fayads éprouvaient vis-à-vis de leur ancien maître se mua en une fureur sauvage, dévastatrice, impitoyable. Du plus profond des cœurs remontèrent des flots de terreur, de dégoût de soi, au souvenir des massacres, des tortures. Les plus audacieux, sentant éclater autour d'eux le carcan que le Prophète leur imposait depuis si longtemps, s'approchèrent de lui, menaçants. On ne sut jamais qui frappa le premier.

Un peu pâle, Dorian prit le bras de Nyra et revint vers Solyane.

À quelques pas, le Prophète et ses quelques derniers fidèles avaient disparu sous une masse de corps furieux qui hurlaient leur haine à pleins poumons. Comme des bulles innombrables, de vieilles rancunes accumulées au fil des ans et étouffées par la terreur de la religion remontèrent dans les esprits survoltés, comme autant de plaies purulentes qu'un coup violent aurait rouvertes.

— Peut-être existe-t-il une justice, souffla Dorian. Mais peut-on qualifier ainsi cette boucherie ? En vérité, ces hommes se vengent de leur propre lâcheté. Ce sont leurs faiblesses, leurs défauts, leurs bassesses qu'ils massacrent au travers du Prophète. Mais ils ne parviendront pas à supprimer leur dégoût d'eux-mêmes.

Solyane eut un sourire désabusé.

— Détrompe-toi, petit frère. Ils reporteront très rapidement tout le poids de leur responsabilité sur lui. Bientôt, ils se considéreront comme des victimes. Ceux qui en seront incapables se détruiront, parce qu'ils ne pourront supporter le fardeau de leurs remords.

— Sans doute as-tu raison, petite sœur. Mais je ne comprends pas. Où donc sont passés tous les pouvoirs qu'on lui attribuait ?

— Il ne les possédait pas en propre, Dorian. Il n'était puissant que par l'ascendant qu'il exerçait sur les siens. C'est toi à présent qui détiens cette puissance.

— Mais ce tremblement de terre, tous ces obstacles que nous avons surmontés, ces fantômes que nous avons affrontés ?

— Peut-être n'ont-ils existé que dans notre imagination. Qui peut savoir ? Peut-être aussi sa volonté de destruction avait-elle réussi à cristalliser inconsciemment contre nous des forces contraires. Des forces nées de sa haine, de l'esprit qui l'habitait.

Quelques instants plus tard, la foule se retira,

comme la marée qui laisse derrière elle des débris rejetés par l'océan. À l'endroit où se tenait celui qui s'était fait appeler le Prophète, il ne restait plus qu'une bouillie sanglante, des lambeaux de vêtements de couleur noire. Plus loin, d'autres corps gisaient, victimes de quelque obscure vengeance assouvie dans le feu de l'action, ou bien de la ruée haineuse qui s'était portée vers le Prophète.

— Sans doute fallait-il que cela fût, murmura Dorian, revenu parmi les siens, immobiles comme des statues.

Vers le soir, un semblant de calme s'était installé sur Ghandivar. Les Gwondaleyens s'étaient établis dans une des vastes demeures dont l'austérité n'avait rien à envier aux casernes dramas. Désorientés, les fayads, privés de leur prophète, s'étaient regroupés autour du bâtiment, attendant les décisions de celui qu'ils avaient choisi comme nouveau guide. Dorian avait dû paraître plusieurs fois, parler, confirmer ce qu'il avait déclaré plus tôt dans l'après-midi. Peu à peu enfin, les fayads s'étaient dispersés, retournant vers leurs demeures.

— C'est effrayant, murmura Palléas, ces gens sont complètement dépendants. Ils semblent incapables de prendre leur destinée en main.

— Ils étaient totalement soumis au Prophète, dit Dorian. Mais le temps les aidera à surmonter leurs faiblesses.

Solyane ajouta :

— C'est étrange. J'ai l'impression à présent que cet homme n'a pas réellement existé, que nous avons combattu un fantôme.

— Il est mort désormais. Et sa légende va s'effondrer, puisqu'il ne sera plus là pour l'alimenter.

— Peut-être, mon fils. Il ne sera pas là physiquement. Mais sa folie, elle, ne disparaîtra pas. Elle égare les hommes depuis tant de millénaires déjà...

Elle regarda anxieusement autour d'elle.

— Je sens comme une présence qui rôde. Jamais nous ne pourrons la vaincre totalement, parce qu'elle n'existe que dans l'imagination des hommes. Elle se nourrit de nos faiblesses, de nos lâchetés, de nos aspects obscurs. On lui a jadis donné toutes sortes de noms : Shaïentus, Satan, la Bête, le Diable, le Mal. Mais en réalité, on pourrait l'appeler tout simplement : esprit humain. L'homme n'est ni bon ni mauvais. Ils oscille entre les deux, et cette entité subsistera tant que l'homme se laissera guider par ses mauvais instincts, sans comprendre qu'il doit les dompter, les asservir pour s'élever.

Un brusque vertige la prit. Elle s'appuya sur le bras de son frère.

— Ce n'est rien. Je crois que j'ai besoin d'un peu de repos.

Les paroles de la sorcière lui revinrent en mémoire.

« Celui dont on ne prononce pas le nom... »

Dorian lui prit la main.

— Cesse de te tourmenter, petite sœur. Il est mort à présent. Nous ne saurons probablement jamais comment il avait réussi à s'introduire dans mon propre corps. Mais cela n'a aucune importance.

— Cela, je peux vous l'expliquer, seigneur Dorian, dit une voix derrière eux.

Quelques fayads avaient réussi à s'introduire dans le bâtiment, avec la ferme intention de louer leurs services à leur nouveau prophète. C'était l'un d'eux qui venait de parler.

Ses traits semblèrent vaguement familiers à Dorian. Et soudain, la lumière jaillit. La lumière d'un désert immense, associée à une image de douleur, celle du visage de Solyane dévoré par le feu...

Bahiskra, Khem Dott Ophal, les ruines de Menehuf, et un prêtre envoyé par la Phalange suprême pour guider le futur empereur.

Phaeranius !

64

— Hal Weya, sehad ! dit Dorian.

— Hal Weya, seigneur de Syrdahar ! répondit le prêtre.

— Non, sehad, gronda Dorian. Syrdahar n'existe plus. Je suis le comte de Gwondaleya.

L'autre esquissa un sourire, puis acquiesça d'un signe de tête. Il y eut un court moment de silence, pendant lequel les deux hommes s'évaluèrent du regard. Aucun doute possible. Malgré ses traits un peu flétris et son corps amaigri, il s'agissait bien de Phaeranius, ce théolamane conservateur, qui avait pensé le détruire en l'envoyant affronter l'empereur de Bahiskra, vingt ans plus tôt. Il avait échoué. Dorian avait tué Hadran, puis s'était rendu à Valatia, évitant ainsi le risque d'un quelconque « accident ».

L'ancien prêtre inclina légèrement la tête tandis qu'un léger sourire éclairait son visage dur.

— Même si cela peut vous paraître étrange, seigneur, je suis sincèrement heureux de vous rencontrer. Une fois de plus, vous avez triomphé. Et si j'ai amèrement regretté votre victoire il y a vingt ans, je me réjouis de celle-ci. Vous avez mis fin à une puissance que j'avais moi-même déclenchée, mais dont j'avais perdu le contrôle depuis longtemps, et qui menaçait de mettre le monde à feu et à sang.

— Qui menaçait ? J'ai l'impression très nette que cette menace a déjà été mise à exécution, sehad.

— Ce n'était rien à côté de ce qui se préparait, seigneur Dorian, et vous le savez. Cet homme était investi d'une puissance bien supérieure à la mienne.

— Si vous nous expliquiez tout depuis le début, sehad, intervint Solyane.

— Ne m'appelez plus ainsi, madame. J'ai abandonné depuis longtemps le titre d'amane. En fait, depuis que vous avez réconcilié les deux tendances amanites. J'ai commis un crime impardonnable pour un amane : l'orgueil. J'ai imaginé, après mon succès à Bahiskra, être désigné pour accéder à la dignité de Grand Initié. Deux des cinq membres de la Phalange suprême, Malkan et Carolus, avaient été convaincus de complot contre Horius. J'escomptais déjà qu'il m'appellerait pour remplacer l'un d'eux. Mais il n'en fut rien. Il nomma deux autres amanes. Sans doute avait-il des raisons d'agir ainsi.

Phaeranius soupira.

— J'en conçus à l'époque une colère terrible. J'estimais que cette fonction me revenait de droit. Ce fut une grave erreur. On peut pardonner une réaction d'orgueil à un sapiennien, ou à la limite à un noble. Mais un amane ne doit jamais céder à un sentiment aussi indigne. J'éprouvais envers Horius et la religion amanite une haine sans bornes. Je me sentais trahi. Je n'eus plus alors qu'une idée fixe : recréer une force suffisante pour contrebalancer celle de la religion, et la détruire.

« Je conservais des atouts par-devers moi. J'avais eu la chance de recueillir, errant parmi les ruines fumantes de Bahiskra, un vieil homme à demi fou, au visage brûlé, qui prétendait être Sagavellius, l'amane maudit.

— Sagavellius ? Il avait réussi à s'échapper du temple ? s'étonna Dorian.

— C'est exact. Vous avez cru l'avoir tué, mais il n'était en réalité qu'inconscient. Il est parvenu à s'enfuir par les égouts. Puis il s'est caché dans la ville, parce qu'il se doutait bien que les troupes de Khem ne tarderaient pas à attaquer. Lors de la conquête de Bahiskra, personne ne s'intéressa à ce vieillard défiguré, dont les plaies suppuraient. Le hasard voulut pourtant que je le rencontrasse. Je le reconnus, malgré son horrible blessure, et je m'assurai de sa confiance. Je savais qu'il avait « travaillé » sur votre personne, madame, et je voulais connaître ses conclusions. C'était un très grand savant, malgré sa folie.

— C'est ainsi que vous avez découvert des secrets génétiques que seul Horius était censé posséder, dit Dorian.

— Ils étaient insuffisants pour créer un clone de vous, seigneur. Il me manquait les cellules.

— Alors ?

— Ma mission auprès de l'empereur Khem terminée, je me rendis, sur la demande d'Horius, à

Cybernia, afin de régler certains détails des relations nouvelles entre le monde amanite et les cités libres. J'étais accompagné de Sagavellius que j'avais recueilli et soigné, et dissimulé dans mon escorte. À Cybernia, je rencontrai le gouverneur Jar Brünner, animé par la même haine envers la religion, et guidé par la même soif de pouvoir ; vous pourrez le cueillir là-bas, avec ses compagnons. Je suppose qu'il résistera, mais ils ne sont qu'une poignée.

D'un air las, le vieil amane se leva et déclara :

— Sans doute un dieu de malveillance s'est-il joué de nous. J'ai cru à ma mission. Des milliers d'hommes ont trouvé la mort parce que j'ai livré un pouvoir démesuré à un homme dont toute la volonté tendait vers la domination et le despotisme. Vous pouvez faire de moi ce qu'il vous conviendra.

— Vous auriez pu le supprimer, remarqua Maryleen.

— Nous en aurions fait un martyr, madame. Il serait devenu immortel dans l'esprit de ses disciples. Non, la seule manière de le vaincre était de détruire son mythe. C'est ce que vous avez fait, seigneur Dorian. Et je vous en remercie. Mais cela va poser un problème.

— Lequel ?

— Les Ghandivariens vont vous revendiquer à présent. Vous leur appartenez.

— Cela ne m'oblige pas à demeurer ici, sehad. Au contraire, absent, ils me redouteront encore plus. Il me suffit de leur présenter un homme de confiance qui saura les ramener de leurs erreurs.

Il se tourna vers Kristanus.

— Sehad ?

L'amane eut un léger sourire, puis consulta sa compagne Anéa du regard.

— Cette idée nous tente, seigneur Dorian. Si le Grand Initié Horius nous donne son accord, bien entendu.

— Cette tâche peut se révéler extrêmement dangereuse, sehad. Vous ne l'ignorez pas.

— Elle n'en sera que plus exaltante. De toute manière, nous ne voulons plus retourner à Koparna. Mais j'ai une autre proposition à vous soumettre. Notre frère Phaeranius connaît cette population. Pensez-vous que son remords soit sincère ?

Dorian sonda l'ancien prêtre et dit :

— Je le pense, sehad.

— Alors, nous aurons besoin de lui, ici, à Ghandivar. De quelle utilité sera-t-il dans une geôle d'Avallonia, pour les années qui lui restent à vivre ?

Stupéfait, Phaeranius vint au-devant de Kristanus et lui prit la main. Pour la première fois de leur vie, Dorian et Solyane aperçurent dans les yeux d'un prêtre quelque chose qui ressemblait à des larmes.

— Mon frère, votre générosité est très grande. Des cet instant, ma vie, pour indigne qu'elle soit, vous appartient, comme elle appartient à cette cité.

Bien plus tard, Dorian et Solyane parvinrent à s'isoler, hors de la cité. La nuit était tombée depuis longtemps, et une douce fraîcheur envahissait l'étrange vallée volcanique. Solyane parlait peu. Dorian n'osait la pénétrer, de peur de la voir se fermer. Malgré la victoire de la journée, obtenue pratiquement sans que le sang, sinon celui du Prophète, soit versé, elle n'avait pas réussi à retrouver son calme. Parfois, des tremblements la prenaient, qu'elle maîtrisait à grand-peine.

— Que vont devenir les populations converties des domaines ignorés ?

— Tu sais, privées des yatales venus de Ghandivar, elles finiront par oublier le Prophète, et retourneront à leurs croyances antérieures.

Ils firent quelques pas en silence. Le ciel bas et lourd qui avait menacé toute la journée creva en tornades vers l'ouest, tandis qu'un vent froid commençait à souffler avec fureur. Solyane frissonna et se blottit contre son frère. Et, à cause de l'attitude inquiétante de sa sœur, Dorian se sentit envahi à son tour par une impression de malaise.

Ils étaient seuls, proches de la colline où ils avaient affronté l'armée fayadine. Derrière suivaient leurs deux montures, qui renâclaient parfois, comme si elles sentaient également l'hostilité latente du lieu.

Soudain, Dorian n'y tint plus.

— Nous avons vaincu, petite sœur. Le Prophète est mort, exécuté par ses propres sujets. Que redoutes-tu encore ?

Elle le considéra un instant sans répondre, puis elle lui prit la main et la serra avec force.

— Je ne sais pas, petit frère. Cet endroit me trouble. La bête y rôde encore. Je ne vois toujours pas l'avenir. Comme si rien n'avait été décisif, comme si le véritable affrontement restait encore à venir.

— Mais qui pourrait encore s'opposer à nous, puisque Hadjik Sollner est mort ? Jarl Brünner ne peut rien avec sa poignée de fidèles. Nous irons le capturer dès demain matin.

— Je ne sais pas, Dorian. Je te dis ce que je ressens, c'est tout.

Tout à coup, elle s'écarta de lui et regarda dans la direction de la cité souterraine. Comme dans un état second, d'une voix sourde, elle chuchota :

— C'est là-bas ! Il y a sous terre quelque chose d'effroyable qui nous guette... La Porte du Néant !

Dorian devint pâle. Il avait sous-estimé le danger représenté par l'ancien gouverneur de Cybernia, prisonnier de son monde enfoui.

— Une bombe... comme celle de Syrdahar ? demanda-t-il, inquiet.

— Non, petit frère. Quelque chose de plus abominable encore.

Aussitôt lui revinrent les visions qui par instants l'avaient oppressée depuis quelques mois. Un monde désertique, sans vie, brûlé par un soleil impitoyable. Un soleil qui n'était pas celui qu'ils connaissaient. Un soleil du néant.

Brusquement, elle revint vers son frère.

— Dorian ! Il vient de se passer quelque chose là-bas. Il... il est déjà trop tard.

Au même moment, une lueur d'un bleu insoutenable inonda le ciel nuageux noyé dans les ténèbres nocturnes. Il y eut l'écho d'une clameur gigantesque du côté de Ghandivar. Mais la luminosité fantastique émanait de la cité antique, située à plus d'une marche.

65

Quelques instants plus tard, un cavalier surgit en trombe à leurs côtés. Palléas.

— Père ! Il vient de se produire un événement inquiétant dans l'ancienne cité souterraine. On dirait qu'elle est détruite.

Solyane, fascinée par l'extraordinaire reflet bleu qui montait des profondeurs, murmura :

— Le feu du néant ! Ce fou a déclenché un processus irréversible.

— Qu'y a-t-il, mère ?

Elle regarda son fils, et dit, maîtrisant à grand-peine son angoisse :

— Il faut que nous retournions à Ghandivar pour rassurer les nôtres.

Si Palléas ne fut pas dupe de sa réponse, il n'en montra rien. Sur le chemin du retour, Solyane se rapprocha de son frère.

— Voilà ce que je redoutais, Dorian. L'affrontement final. Ce n'était pas contre le Prophète que je devais combattre.

Elle désigna la lueur électrique.

— C'était contre ça !

Lorsqu'ils parvinrent à Ghandivar, la fraîcheur de la nuit avait déjà disparu. Au loin, vers la cité antique, un incendie s'était déclaré, qui enflammait la forêt comme de l'étoupe. Dans les rues, la panique commençait à gagner les habitants. Il fallut que Dorian intervienne pour les calmer. Déjà, quelques énergumènes parlaient d'une vengeance du Prophète mort. Et peut-être n'était-ce pas totalement dénué de sens.

— Savez-vous ce que cela signifie ? demanda Dorian à Phaeranius.

— Je sais qu'il restait encore des armes atomiques, enfouies dans les profondeurs de la cité. Mais elles étaient inutilisables. Elles n'avaient plus de détonateur. À part une radioactivité rémanente, elles ne présentaient plus aucun danger.

— Alors, comment expliquer cette explosion ?

— Je l'ignore, seigneur Dorian.

À présent, l'incendie s'étendait sur un front de plus d'un quart de marche. Il ne menacerait pas vraiment Ghandivar, séparée de la forêt par une steppe où il ne trouverait rien qui fût susceptible de l'alimenter. Mais la température continuait de s'élever d'instant en instant dans la cité, et Dorian comprit rapidement qu'il ne fallait pas y voir une conséquence de l'incendie.

— Le volcan ! La faille volcanique ! C'est elle qui se réveille, s'écria Leïro.

— Non, répliqua Sonia. Cela n'expliquerait pas cette étrange lueur bleue. Une remontée de lave donnerait une couleur rouge orangée, correspondant à une température relativement peu élevée. Cette lueur bleu électrique implique au contraire une température extraordinairement haute que rien ne peut justifier.

Elle plissa les yeux dans la direction de la lueur qui devenait de plus en plus brillante, et répéta, comme résignée :

— Rien !

Maryleen tentait d'entrer en contact avec le

Moona. Il ne lui fallut qu'une minute pour obtenir une réponse.

— Ils vont dérouter un satellite d'observation, afin d'analyser le phénomène. Peut-être pourrons-nous alors le combattre.

— Mais avec quoi ? répondit Dorian. À ce rythme-là, dans quelques heures, nous mourrons tous brûlés vifs. La luminosité elle-même devient insoutenable. Et encore, nous ne percevons que le reflet de ce qui se passe dans les profondeurs.

— Nous-mêmes, nous ne possédons aucun moyen d'agir, seigneur Dorian. Mais ceux du Moona, là-haut, disposent de ressources que vous ne soupçonnez pas.

— Espérons-le.

Dans l'agitation suscitée par les citadins effrayés, Dorian ne s'aperçut pas immédiatement de la disparition de Solyane. À ses côtés, on échafaudait des hypothèses, on proposait des solutions. À présent, la lueur rayonnait tellement qu'elle avait chassé la nuit. Un jour éclatant, éblouissant, inondait la vallée volcanique, auprès duquel les reflets de l'incendie semblaient dérisoires. Il devenait impossible de regarder dans la direction de la cité antique.

— Nous estimons la température du site de l'explosion à plusieurs dizaines de milliers de degrés, seigneur Dorian, dit Sonia. Et cela augmente apparemment avec régularité.

— Mais où cela va-t-il s'arrêter ?

— Impossible à dire tant que nous n'aurons pas les résultats de l'analyse du Moona. Nous ignorons ce qui a pu provoquer ce phénomène.

Déjà chacun se sentait gagné par une désagréable moiteur. Dorian songea qu'il serait peut-être plus prudent de faire évacuer la ville, de fuir vers le sud, vers la banquise. Il commença à donner des ordres en ce sens aux dramas. Mais était-il possible d'entraîner ainsi des milliers de personnes vers un désert de glace hostile et sans ressources ? Il revint vers les deux amanes qui, consternés, observaient l'horizon.

— Que les dieux de bienveillance nous protègent, seigneur Dorian, dit Phaeranius. Je crains que Brünner n'ait voulu se venger d'une façon éclatante, en entraînant cette cité, et surtout vous-même, dans la mort. Mais il a dû déclencher un processus dont il n'avait pas mesuré l'ampleur.

— Il faudrait savoir comment l'arrêter.

Mais au fond de lui, il connaissait déjà la vérité. Utilisant des lunettes spéciales prêtées par un dramas, il aperçut, à l'endroit où se trouvaient à peine quelques heures plus tôt les dômes externes de la cité, une sorte de cratère dont les bords fondaient et coulaient vers l'intérieur. Rien jamais ne pourrait enrayer le phénomène.

Il en eut la confirmation lorsque Maryleen vint discrètement le trouver et lui murmura :

— Je viens de recevoir les résultats de l'étude du Moona, seigneur Dorian. C'est terrible. Ils ne comprennent pas. Ils pensent qu'il s'agit peut-être d'une réaction due à la présence d'antimatière. Mais ils s'estiment incapables d'analyser le processus avant plusieurs heures. Et surtout...

— Et surtout ?

— Ils redoutent de ne pouvoir rien faire, seigneur.

— Comment ? Mais c'est impossible !

— Il s'agit d'un phénomène parfaitement inconnu, seigneur. Cela ressemble à ce que l'on pourrait définir comme un « pré-trou noir ». Il y a à l'intérieur de la cité enfouie une source d'énergie d'un type inconnu qui « creuse » l'espace. Mes amis redoutent qu'elle ne débouche sur un « trou noir », c'est-à-dire un effondrement de la matière, puis sa disparition totale.

« La Porte du Néant ! » pensa Dorian.

— Dans ce cas, dit-il à haute voix, il faut que nous quittions cet endroit au plus vite.

Mais il s'interrompit en voyant l'expression désemparée de la Lonienne. La jeune femme continua, les larmes aux yeux :

— Seigneur, s'il s'agit vraiment d'un... de ce que redoutent ceux du Moona, il n'existera nul endroit où se réfugier. Ce... cette planète est condamnée. Nous ne pouvons lutter...

Elle n'osa pas aller plus loin. Son masque de scientifique craqua soudain, et elle fondit en larmes dans les bras de Dorian. Il serra les dents. C'était impensable ! La vie ne pouvait disparaître ainsi de la surface de la Terre, CONDAMNÉE PAR LA FOLIE D'UN HOMME, un imbécile imbibé de sa haine comme un ivrogne d'alcool, furieux d'avoir été vaincu !

— C'est étrange, dit Palléas qui les avait rejoints. J'ai tenté de pénétrer mentalement la cité enfouie, il n'en reste plus rien. Comme si toutes les fondations avaient fondu. On dirait que quelque chose tourne à l'intérieur. Très vite, de plus en plus vite, comme un tourbillon... Ce n'est même plus du feu. On dirait une sorte de magma qui dévore tout ce qui l'entoure. Mais le plus extraordinaire, c'est sa taille. À peine plus grosse qu'une balle d'enfant.

Maryleen se tourna vers lui.

— Vous en êtes sûr, seigneur ?

— Certain. Mentalement, on la perçoit parfaitement. Une espèce de fuseau qui tourne sur lui-même à une vitesse inimaginable.

Maryleen ferma les yeux et hurla :

— Nooon ! Ce n'est pas vrai !

— Que vous arrive-t-il ? Parlez, voyons ! Qu'y a-t-il ?

— Il y a, hoqueta-t-elle, que mes amis ne se sont pas trompés. Cette sphère absorbe tout ce qui l'environne. La roche, l'eau, l'air. Bientôt, elle absorbera la lumière elle-même. Cela voudra dire qu'elle est devenue un véritable trou noir. Mais à ce moment-là, elle nous aura déjà engloutis, et sans doute une bonne partie du monde avec.

— Mais c'est invraisemblable, murmura Dorian, cherchant à s'en convaincre. Un seul homme n'a pu déclencher une telle réaction.

— Sans doute a-t-il mis à profit les quelques heures de répit dont il disposait pour nous préparer un piège à l'aide des vieilles armes atomiques dont a parlé l'amane. Mais rien n'a fonctionné comme prévu.

Elle soupira.

— L'imbécile ! C'est sans doute dans la nature des hommes. Nombre de fois dans le passé ils ont joué avec des puissances qui les dépassaient.

Elle ajouta, avec un pauvre sourire :

— Je crains seulement que cette fois-ci ne soit la dernière.

Soudain, Dorian demanda :

— Où est passée ta mère, Palléas ?

— Je l'ignore, père. Je la croyais avec vous.

— Il faut la trouver.

Une angoisse incommensurable l'avait envahi. La certitude qu'il ne la reverrait plus jamais.

Lorsque enfin il l'aperçut, il était trop tard. À ses côtés, Palléas s'écria :

— Elle est là-bas, père ! Regardez ! Elle marche vers la forêt en feu.

Tous deux durent enfiler des protections pour ne pas être aveuglés.

— Par les dieux ! Que fait-elle ? gémit Dorian.

Il bondit sur Aram et voulut s'élancer pour la rattraper. Mais une force invincible le retint inexorablement. Une onde mentale teintée de tendresse l'enveloppa.

« Non, petit frère. Je dois livrer ce combat. Si j'échoue, vous êtes tous condamnés ! »

« Solyane ! Que comptes-tu faire ? »

« Mettre fin à ce cataclysme ! Je vais avoir besoin de toute mon énergie. À présent, laisse-moi, et prie les dieux de bienveillance qu'ils m'assistent. »

« Solyane... »

Mais l'onde chaleureuse s'évanouit, absorbée par l'air surchauffé.

Impuissant, Dorian vit sa sœur marcher vers le brasier, comme une déesse de lumière. Lentement, tous ses compagnons vinrent se ranger à ses côtés. Puis au-delà vinrent les dramas, et les fayads inexplicablement calmés, ou plutôt résignés, comme s'ils avaient compris que leur vie se jouait sur l'expérience insensée que tentait celle qu'ils avaient déjà baptisée : la Dame Bleue des Glaces.

Comme dédoublé, Dorian suivit l'avance de sa sœur. Au-delà du gouffre de lumière, elle approchait de ce point nodal, ce tourbillon temporel où se troublait l'avenir.

Aurait-elle la force de lever le voile, ou bien succomberait-elle, et avec elle toute vie en ce monde ?

Aveuglé par la lueur insoutenable qui jaillissait des entrailles de la terre, Dorian vit la silhouette de Solyane s'amenuiser, petit point rouge sur l'incendie tout proche. Sans hésiter, elle pénétra dans le brasier, tandis qu'un souffle étrange écartait les flammes de son chemin.

— C'est impossible, murmura Sonia à ses côtés. Là où elle se trouve, la température doit dépasser les mille degrés...

Mais cela ne dura pas longtemps. Soudain, Solyane sembla hésiter, puis s'arrêta. Alors, il n'y eut qu'une auréole de lumière, blanche et pure, et la jeune femme se fondit au brasier qui se referma sur elle.

« Solyane ! Ma petite sœur », murmura Dorian, tandis que deux larmes se décidaient à rouler sur ses joues.

Il entendit à peine les cris de désespoir qui montaient de la foule, les lamentations des siens. Il ne ressentit pas la peine qui broyait le cœur de son Gis, appuyé sur sa compagne, les yeux brûlants. À présent, peu lui importait de mourir. Elle ne reviendrait pas.

Combien de temps resta-t-il prostré, indifférent aux douleurs du monde, les yeux rivés sur l'endroit où elle avait disparu ? Il sentit seulement qu'on lui massait les épaules, pour le détendre. Lorsqu'il s'aperçut que le jour était sur le point de se lever, il réagit. Nyra était près de lui.

— Par les dieux, murmura-t-elle. Que n'aurais-je pas donné pour être à sa place ?

Des larmes brouillaient les yeux de la reine de Fomalhaut.

— Tu sais, Arnaud, j'aurais tellement aimé avoir une sœur comme elle.

— Je sais, oui ! Vous vous ressembliez. C'est pour cela que... tu m'as séduit, il y a vingt ans.

Il lui semblait que les mots l'étouffaient tant sa gorge était nouée.

— Tu es une véritable amie, Nyra. Si tu savais...

Mais il ne put aller plus loin. Alors, il se laissa aller contre elle et pleura comme un enfant. Et longtemps encore, elle le tint serré, dans un geste de douceur maternelle dont seules sont capables les femmes. Lorsque enfin elle sentit le calme revenir en lui, elle murmura :

— Elle ne s'est pas sacrifiée en vain, Arnaud. Elle a triomphé.

— Triomphé ? Que veux-tu dire ?

— Tu as trop longtemps fixé la lueur, mon pauvre amour. Vois : le phénomène a cessé depuis plus de trois heures. L'incendie s'est éteint comme par enchantement. Sitôt après la disparition de Solyane, la lueur bleue a commencé de décliner. À présent, on ne distingue plus qu'un vague rougeoiement. Les Lonniens l'ont analysé. Ils estiment qu'il n'y a plus aucun danger. Mais ils avouent qu'ils n'ont rien compris à ce qui s'est passé. Ni l'origine du phénomène, ni son arrêt inexplicable.

À demi aveugle, Dorian déclara doucement :

— Cela ne m'étonne pas d'eux. Ce phénomène avait peut-être une explication naturelle, même s'ils ont été incapables de le comprendre. Mais je sais qu'il s'agissait de la colère d'un dieu du Néant. Il exigeait un sacrifice. Et c'est Solyane qui a donné sa vie. Certes, elle a réussi, mais à quel prix !

Il n'y avait plus personne autour d'eux. Brisé, il fit quelques pas en compagnie de la reine. Il ne pleura pas. Ses larmes s'étaient taries, et sa douleur se situait bien au-delà de la peine. Une sorte de résignation commençait à le gagner.

Lentement, ils revinrent vers le centre de la ville. Les fayads, à présent convaincus d'avoir eu affaire à des êtres supérieurs, les saluèrent avec respect. Dorian les voyait à peine. Pourtant, malgré la douleur sourde qui lui étouffait le cœur, il ne sentait plus cette obscure impression de malaise, d'oppression qui ne les avait pas quittés depuis qu'ils avaient abordé la Skandiane. Et, comme pour confirmer cette impression déroutante, lentement, le voile nuageux se déchira, cédant la place à une lumière nouvelle, éblouissante. Comme un miracle trop longtemps attendu, le soleil inonda la vallée, faisant naître des jeux d'ombres joyeux, éclaboussant la forêt, chassant les spectres gris et sombres du Prophète et de ses folies.

Alors, dans les franges d'or qui bordaient les nuages, Dorian crut reconnaître le sourire de Solyane.

ÉPILOGUE

« Il n'est de plus belle mort que celle que l'on choisit de plein gré pour sauver les siens ! »

Ainsi avait débuté l'hommage du Grand Initié Horius, venu en personne à Gwondaleya immédiatement après le retour de Dorian, près de deux mois plus tard. La nouvelle de la disparition de Solyane et de la mort du Prophète s'était répandue très vite. Depuis Koparna encore en ruine jusqu'en Ukralasia, de nombreuses villes avaient accueilli les Gwondaleyens. Partout, des mots futiles, déchirants, chargés de douleur avaient voulu soulager sa peine. Depuis deux mois, il lui semblait vivre un cauchemar. Des mains alliées, amies, affectueuses l'avaient réconforté. Des paroles apaisantes avaient tenté de déposer un baume sur ses plaies.

Mais Dorian n'appartenait plus véritablement au monde des vivants. Depuis son retour, personne n'osait l'aborder, l'arracher au mutisme dans lequel il s'était enfermé depuis la disparition de la petite fée aux pieds nus. Les Gwondaleyens réagissaient comme des orphelins, et la joie avait déserté les rues d'habitude si animées. Dorian n'avait pas voulu déclarer de jours de deuil. « La peine véritable se porte en soi, mais ne se montre pas », avait-il dit.

Nelvéa, effondrée, refusait purement et simplement de croire à la mort de sa mère.

— Tout cela est faux. Elle avait changé depuis qu'elle s'était rendue sur le mont de la Sentinelle. Je l'ai vue. Elle n'était plus comme nous. Elle avait de si grands pouvoirs...

Mais Dorian ne pouvait oublier la lueur éblouissante qui avait emporté sa sœur au cœur de l'incendie. Une lueur surnaturelle, comme faite de myriades d'étoiles.

Ainsi passa l'été. Un jour, le commandant Kless Loro vint trouver Dorian.

— Pardonnez-moi de troubler votre repos, seigneur Dorian. Mais je devais absolument vous faire part des observations étranges que nous avons faites ces derniers temps.

Poliment, Dorian fit asseoir son interlocuteur. En réalité, les observations des Lonniens lui importaient peu. Mais il écouta néanmoins le commandant Loro avec attention.

— Il se passe des choses étranges au-dessus du pôle Nord, seigneur Dorian. Vous souvenez-vous des conclusions auxquelles nous étions parvenus l'hiver dernier, lors de notre séjour prolongé là-bas ?

— Bien sûr ! Ne me dites pas que la situation s'est encore dégradée...

— Non ! Au contraire, tout semble devoir rentrer

dans l'ordre. La couche d'ozone se reforme. Lentement, mais régulièrement.

— C'est rassurant.

— Rassurant, mais incompréhensible. Nous avons également fait une autre constatation : la banquise commence à reculer. D'après certaines analyses, il semblerait que s'amorce un réchauffement sensible de la planète. Les hivers seront moins rigoureux.

— Vous paraissez ennuyé, commandant ?

— Oui et non ! Parce que rien ne peut expliquer ces phénomènes. Ils semblent surgis du néant. Comme si une force inconnue avait déclenché un processus de régularisation...

Dorian sourit à demi.

— Ne cherchez pas à élucider ceci à l'aide des lois scientifiques, mon ami. Elles ne peuvent pas tout expliquer.

— Mais alors ?

— Alors ? Je pense que la venue du Prophète avait déclenché des forces destructrices qui ont déstabilisé l'équilibre naturel des choses.

— Un homme, seul ? Responsable de désordres climatiques ?

— Le Prophète n'était pas seulement un homme, commandant. Mais je sais que cela vous semblera difficile à admettre. L'esprit humain possède des ressources insoupçonnées, dont nous n'exploitons qu'une infime partie. Or, le Prophète était orienté entièrement vers la destruction, l'asservissement. Et il avait drainé vers lui, inconsciemment d'ailleurs, la puissance mentale de dizaines, de centaines de milliers d'êtres qui lui étaient totalement soumis. Au-delà de la compréhension humaine, ce rassemblement a donné naissance à un tourbillon psychique qui a provoqué dans le monde des catastrophes parfaitement inexplicables.

Kless Loro se leva et fit quelques pas en caressant nerveusement son menton. Puis il se tourna à nouveau vers son interlocuteur.

— Seigneur, croyez-vous à la sorcellerie ?

— Non, commandant. La sorcellerie n'existe pas. Tout simplement, il vous faut admettre que le monde n'est pas régi seulement par des lois physiques et mathématiques, que l'on peut enfermer dans des règles précises, si complexes soient-elles.

— Mais pourtant...

— De multiples exemples crèvent les yeux des hommes depuis des millénaires. Avez-vous, par exemple, imaginé que l'on puisse faire rentrer l'amour dans des lois scientifiques ?

— Mais l'amour est un sentiment, seigneur Dorian.

— Et alors ? Il sort du cadre de vos lois. Comme beaucoup d'autres choses, qui existent, mais que vous ne voyez pas.

Kless Loro prit en main un crayon qu'il se mit à triturer entre ses doigts longs et fins.

— Comme par exemple ce que vos sorciers nomment la setchaya !

Il soupira.

— Il est vrai que Maryleen m'a parlé de choses tellement étranges. Elle semblait très troublée, à son retour.

— Maryleen est désormais une fille de la Terre, commandant.

Le Lonnien resta longuement silencieux. Dorian respecta sa méditation. Enfin, Loro déclara :

— Je comprends, seigneur. Et je vous remercie de m'avoir ouvert les yeux. Sans doute nos instruments ne peuvent-ils tout évaluer. Je crois... je crois que certaines choses ne se mesurent qu'avec le cœur.

Lorsqu'il quitta le bureau de Dorian, il aperçut au mur la thamys de Solyane, et il sortit précipitamment pour essuyer ce qui ressemblait fort à une larme.

Un jour enfin, au tout début de l'automne, Dorian décida, sans fournir d'explication à quiconque, d'effectuer un pèlerinage sur le mont de la Sentinelle. Comme Solyane, il refusa toute escorte. Malgré la pluie qui se mit à tomber dès le quatrième jour, personne n'osa s'aventurer au sommet du Gardien. On ne commença à s'inquiéter qu'à partir du dixième jour. Mais Palléas refusait obstinément de lui envoyer une protection.

— Il n'en a aucun besoin, disait-il. Ne vous inquiétez pas. Je sais qu'il reviendra. Mais personne ne doit troubler son recueillement.

L'absence de Dorian dura pourtant près d'un mois. Lorsqu'il revint, il fit appeler son fils.

Palléas, entrant dans le bureau de son père, le trouva debout à côté de la fenêtre, regardant encore dans la direction du Gardien, dont la silhouette débordait d'une cascade de brumes que le soleil couchant parait de feux et d'ors.

— Assieds-toi, mon fils, dit Dorian en lui désignant son propre fauteuil.

— Mais c'est votre place, père.

— Bientôt, elle ne le sera plus. Je vais abdiquer.

— Abdiquer ?

— Oui, en ta faveur. Tu es mon dauphin, tu n'as pas oublié ?

— Non, bien sûr.

— Alors, je pense que le Conseil Comtal entérinera ma décision sans discussion.

— Mais pourquoi ? demanda Palléas d'une voix faible. En réalité, il connaissait déjà les raisons de cette décision.

— Ma place n'est plus à la tête de ce comté, mon fils. Depuis que... ta mère nous a quittés, je ne suis plus capable de le diriger correctement. Je le sais. Il vaut mieux que je m'en aille.

Au bout d'un long silence, Palléas répondit :

— Je me rangerai à votre décision, mon père.

Dorian acquiesça d'un petit signe de tête. Le jeune homme, intrigué, observa son père. Il devinait obscurément qu'un changement s'était produit en lui. Il paraissait toujours aussi renfermé en lui-même. Mais sa peine, la douleur qui s'était gravée sur ses traits comme un masque, et qui ne le quittait jamais, semblait s'être estompée. Pourtant, il n'aurait su dire si c'était de la résignation qu'il lisait dans les yeux d'un noir de jais, ou plutôt une forme de sagesse, un sentiment de paix infini, comme si plus rien n'avait d'importance pour Dorian.

Jamais le coucher du soleil n'avait été aussi beau. Dans les écuries, Dorian prit longuement le temps de seller Aram, répétant les gestes qu'il avait si souvent accomplis. Il avait refusé l'assistance de Ralph. Il ne tenait pas à de longues séances d'adieu. Il avait seulement posé la main sur l'épaule de son compagnon discret et effacé, dont les tempes à présent se striaient de fils d'argent, puis avait dit :

— Va te reposer, mon ami. Je vais faire une très longue promenade. Ne t'inquiète pas pour moi.

On ne découvrirait son absence que le lendemain. Seul Palléas, à présent gouverneur de Gwondaleya, connaissait son départ. Tout était bien.

Lorsque Aram fut sellé, il se dirigea vers la stalle de Swenna, la petite jument blanche de Solyane. Celle-ci vint se frotter affectueusement contre lui, s'étonnant, comme à son habitude, de ne pas voir sa maîtresse.

Il faisait presque nuit lorsqu'il sortit de la ville par la petite porte du nord. Les ferroskos et les quelques guerriers qui gardaient les remparts le saluèrent avec émotion. Puis ils le virent se diriger vers le mont Stahav. Personne ne lui avait posé de question.

Bien plus tard, lorsque la nuit fut entièrement tombée, lorsque les appels des rapaces nocturnes commencèrent à déchirer les ténèbres, Dorian se retourna une dernière fois vers la ville. Elle scintillait comme un joyau immense, se reflétant dans le collier du Danov.

Au-delà de la boucle luisante s'étiraient des tentacules de lumière, dont les deux plus importants s'allongeaient sur les rives du fleuve. Il jeta un regard sur le palais, devinant la petite fenêtre illuminée de son bureau, où Palléas devait être en train d'étudier les dossiers qu'il lui avait transmis. Peut-être était-il assisté de Jans le discret, de Sylvain le fidèle, ou encore du taciturne mais chaleureux Odios. Il ne se faisait aucun souci. Palléas avait l'étoffe d'un vrai meneur de peuples. Il saurait faire face aux difficultés.

Plus haut, il reconnut la terrasse des appartements qu'il avait occupés avec Solyane. Une foule de souvenirs affluèrent en lui, qu'il chassa rapidement. Il ne fallait pas se retourner vers le passé. Vers l'est, il discerna la fenêtre éclairée de la chambre de Nelvéa. Nelvéa, l'indomptée, la sauvageonne, petite fille à mi-chemin entre femme et déesse, qui refusait toujours la maternité d'Elena. Avait-il le droit de l'abandonner ainsi ? Mais, au moment où la question se formulait en lui, il connaissait déjà la réponse. Nelvéa devrait vivre ses propres expériences. Sans doute un destin exceptionnel l'attendait-il. Mais elle ne pourrait le partager avec personne.

Il respira une dernière fois les effluves parfumés que l'air frais remontait de la cité, puis fit volte-face et se dirigea résolument vers la forêt profonde.

Skovandre les avait fait naître, comme deux divinités protectrices, plus de quarante années auparavant. Peut-être avaient-ils une mission à accomplir. Elle était achevée désormais. Alors, Skovandre les reprenait.

Dorian s'enfonça entre les arbres séculaires, et bientôt la brume nocturne et les ténèbres de la forêt se refermèrent sur lui, comme les bras d'une femme se resserrent dans un geste de possession et d'amour.

LEXIQUE

ADOL : jeune lionorse de trois à six ans.
ALLIENNE : femelle du lionorse.
AMANE : prêtre. Les amanes étaient divisés en cinq grandes familles :
Les théolamanes, responsables de chaque phalange, assuraient l'éducation religieuse.
Les physiamanes contrôlaient le niveau technologique des appareils utilisés par les citadins.
Les médamanes avaient la responsabilité de l'hostal, partie réservée du temple où l'on soignait les malades.
Les biolamanes dirigeaient tous les travaux touchant les substances chimiques, comme les engrais, ou les sources d'énergie.
Les astrolamanes étaient à la fois prédicateurs, responsables des communications et météorologues de la phalange.
ANKOS : langue universelle de la religion amanite. Créée de toutes pièces par Kalkus de Rives, elle utilise des racines issues des langues antérieures au Jour du Soleil, notamment les idiomes indo-européens. L'ankos fut un facteur décisif dans l'extension et par la suite pour la cohésion des dix-sept empires.
ANTIALPHE : appareil créant un champ de force canalisant les particules alpha, et destiné à isoler ainsi une portion de l'espace de la radioactivité.
ARSHEVEN : dans une caravane, on appelle ainsi l'endroit

réservé où les guerriers d'escorte peuvent louer les services de filles de bonne volonté. La fidélité des femmes des convoyeurs était légendaire, mais les mœurs libres qu'elles pratiquaient n'incitaient pas les guerriers à l'abstinence. Aussi l'arsheven était-il très fréquenté.

ASTINA : épreuve de l'eschola.

BAARSCHEN : vaste zone aménagée le plus souvent située en dehors des villes, et destinée à accueillir les caravanes. Véritables centres où se regroupaient ceux de la piste, il y régnait toujours une animation incomparable, dont la moindre manifestation était les « marchés sauvages », où les voyageurs et autres individus louches se livraient à de multiples trafics, allant d'esclaves volés à la drogue, en passant par les objets scientifiques interdits par la religion.

BACHELIER : jeune noble aspirant à la chevalerie.

BAGUE ORSAF : détecteur de radioactivité miniaturisé.

CHALQUEVERRE : alliage à la transparence bleutée, utilisé pour les lames des dayals à cause de sa résistance et de sa légèreté. Antérieur au Jour du Soleil, il fut employé autrefois dans la construction des superstructures des vaisseaux spatiaux.

CHARRODE : plaque portante à écrans répulsifs. Utilisée pour le transport des matériaux lourds ou délicats, elle était préférée aux chariots classiques à cause de sa plus grande maniabilité.

CONTEURS : individus colportant les légendes amanites d'une cité à l'autre. Caste semi-mystique créée à l'origine par Kalkus de Rives pour préparer l'arrivée des amanes, ils avaient fait vœu de ne rien posséder. Pourtant, ils vivaient bien au-dessus du niveau des sapienniens. Les princes les accueillaient en hôtes de marque pour la richesse de leur esprit, leur offraient le gîte et le couvert. Assimilés parfois à des comédiens ambulants, ils s'en démarquaient toutefois par leur appartenance à la religion. Une sous-caste vit le jour au fil des siècles, celle des gazetiers, dont le rôle consistait à transmettre les nouvelles d'un royaume à l'autre.

COURRE : cellule familiale chez les lionorses.

DAYAL : sabre long et courbe dont la lame était coulée dans le chalqueverre. Le dayal était l'arme du chevalier par excellence. Remis au cours d'une cérémonie rituelle après l'eschola, le dayal était fabriqué par les amanes et adapté à la main du chevalier. Nul autre que lui n'avait le droit de l'utiliser. À sa mort, le dayal était brûlé avec lui.

DIADESVEN : fête de l'équinoxe d'automne, à Gwondaleya, qui coïncidait avec la célébration du vin de l'année.

DJEHAL : titre réservé à un empereur.

DJIHAD : titre réservé à un roi.

DOMESSE : serviteur libre des nobles dont les tâches multiples vont de l'entretien jusqu'à la compagnie pure et simple.

DORIER : panthère mutante géante dont l'organisme était capable de résister à une radioactivité élevée.

ESCLAVAGE : contrairement à ce que l'on crut pendant longtemps, les amanes ne furent pas à l'origine de l'esclavage. Il faut remonter à la période du chaos pour en comprendre les causes. Habitués depuis des siècles à l'utilisation d'androïdes qui les dégageaient de toutes servitudes, les survivants du Jour du Soleil répugnèrent à se soumettre à leurs contraintes. Réduites à se combattre pour survivre, les différentes communautés prirent rapidement l'habitude de transformer leurs prisonniers en esclaves. Afin de les rendre plus dociles, on leur cautérisait une partie du cerveau, ce qui leur ôtait toute personnalité. Cette opération s'appelait la « spoliation ». Par tradition, on « spolia » également leur progéniture, ce qui procura une main-d'œuvre bon marché. Cet usage de l'esclavage était ancré dans les mœurs lorsque les amanes conquirent la planète. Ils durent s'accommoder de cette coutume, se contentant de s'approprier la pratique de la spoliation qui coûtait la vie à plus de la moitié des enfants traités.

Fayads (Fayads ar denn) : guerriers fanatiques, issus des populations non amanites soumises par le Prophète. Nommés également « skrulls » dans le nord de l'Europannia.

Ferroskos : soldat esclave ayant subi la spoliation.

Fidèle : mâle reproducteur chez les lionorses.

Garous : mutants humains survivants du Jour du Soleil. On crut longtemps que seule la radioactivité était responsable de leurs malformations. Une étude approfondie révéla qu'elle y tenait une faible part. Les pollutions chimiques des grands centres urbains disparus, la résurgence des déchets de toutes sortes contribuèrent beaucoup à leur état. Atrophiés physiques, débiles mentaux plus ou moins profonds, les garous se livraient parfois à l'anthropophagie, terrorisant les villages isolés. Vivant souvent à proximité des Terres Bleues dont ils craignaient peu la radioactivité, ils donnèrent naissance à une légende, la Malédiction Bleue, qui voulait que quiconque les touchait se transformât en garou à son tour. Les Lonniens prouvèrent que cette légende n'était pas fondée.

Une étude complète démontra en effet que la disparition de la civilisation antérieure avait été occasionnée par l'apparition de virus inconnus provoquant des malformations cellulaires. Une partie de l'humanité survécut grâce à une mutation de l'organisation nucléaire. Chez certains individus, la mutation s'effectua d'une manière incohérente. Ainsi apparurent les garous. Pourtant, certains mutants se révélèrent plus fragiles, et un contact prolongé avec un garou pouvait déclencher une réaction ressemblant à un cancer généralisé. De là naquit la légende de la Malédiction Bleue.

Gavel : sorte de trompe recourbée servant aux différents appels de chasse.

Ghelah : sacrifice religieux de la religion amanite. Ce sacrifice différait sensiblement d'un royaume à l'autre, et s'adaptait aux divinités locales. En général, le théolamane évoquait les différents événements, puis terminait par une légende d'où chacun pouvait tirer une leçon de sagesse.

GOLIEUTHES : sorte de mammifères géants issus du croisement génétique entre les bovins et les proboscidiens. Seules les défenses et une courte trompe rappelaient leur parenté avec les éléphants. Les femelles fournissaient un lait qui constituait l'aliment principal des convoyeurs de caravanes. Ce lait s'appelait le « shalek ».

GONN : fusil électronique, de fabrication amanite, réservé uniquement aux nobles. Redoutablement efficace, il était capable de tirer jusqu'à vingt balles d'affilée. Acceptant différents calibres grâce aux réglages des champs magnétiques, ils pouvaient tuer des migas ou des doriers. Certains fusils à poudre furent utilisés par les chasseurs d'Europannia ou d'Ukralasia, mais leur efficacité était loin d'égaler celle des gonns.

HONGRES : mâles castrés par ses congénères chez les lionorses. On ne sait toujours pas en vertu de quels critères les fidèles acceptent ou refusent les jeunes mâles parmi eux. Certains deviennent fidèles sans même livrer combat. D'autres, par contre, sont impitoyablement castrés, voire tués et dévorés. C'est parmi les hongres que les chevaliers choisissaient de préférence leurs montures.

HIPPODIONIS : sorte de chevaux géants utilisés par les saf'therans, et issus des manipulations génétiques pratiquées par les Anciens.

KHADAR : dignitaire sapiennien siégeant aux conseils comtaux, à Gwondaleya.

KOMAT : dans une caravane, désigne l'endroit où se retrouvent les notables pour prendre les décisions importantes. Par extension, on appelle ainsi l'auberge ambulante où ils prennent leurs repas.

LECTRONNE : système d'éclairage utilisant le flux lectronique, l'électricité. Considéré comme une énergie dangereuse, le flux lectronique fut conservé secret par la religion. Elle n'en fit bénéficier que les rois et les empereurs, sous le contrôle de paranes spécialisés. Pourtant, après le règne de Dorian et de Solyane, le flux lectronique commença à se démocratiser.

LIONORSE : on a longtemps cru que le lionorse provenait d'une mutation génétique naturelle du cheval, survenue après le Jour du Soleil. Or, il a été établi qu'il avait été créé de toutes pièces en laboratoire. Les manipulations génétiques constituaient l'une des activités de pointe de la technologie des Anciens.

Si la plupart de leurs créations restaient stériles, certaines au contraire pouvaient se reproduire. Ainsi, le lionorse provient du croisement amélioré du chat, du guépard et du cheval. L'animal obtenu présentait de telles qualités que l'on entreprit d'en « fabriquer » plusieurs. On estime que le troupeau originel comptait à peu près une douzaine de têtes. Le lionorse véritable apparut cependant plus tard, lorsque les originaux s'accouplèrent avec des chevaux redevenus sauvages. Contrairement à la plupart des créations génétiques, le lionorse était biologiquement stable. Il se multiplia, traversa le chaos sans dommage et conquit pratiquement la totalité du monde. Ce n'est pas un hasard s'il est le seul animal en dehors de l'homme noble à être doté du shod'l loer. Cette qualité apparut spontanément chez lui, déconcertant les chercheurs. C'est sur son modèle que les amanes eurent l'idée de doter certains humains de ce shod'l loer, créant ainsi une nouvelle espèce. Bien plus, autrefois animal sauvage impossible à approcher, il put enfin être « dominé » par ces mêmes nobles et devint ainsi la monture exclusive des chevaliers. Plus intelligent encore que le dauphin ou le chimpanzé, le lionorse est en général un peu plus grand que le cheval dont il conserve l'allure. Ses jambes se terminent par des griffes rétractiles, héritées de son ascendance féline. Il lui doit également ses yeux effilés aux pupilles en amande. Sa mâchoire est pourvue de crocs puissants, armes de combat redoutables. Comme le cheval, il possède une crinière fournie qui lui descend jusqu'au milieu de l'échiné.

Il a hérité du guépard une vitesse de pointe qui fait de lui l'animal terrestre le plus rapide, avant même son ancêtre nogafrikain. Mais il peut maintenir très longtemps une allure soutenue, grâce à une résistance extraordinaire et à une pulsation cardiaque exceptionnellement basse (vingt battements à la minute).

De régime omnivore, il se nourrit aussi bien de baies, de feuilles, que d'animaux. Il chasse souvent en solitaire, contrairement aux autres grands fauves. Curieusement, il n'attaque jamais le cheval avec lequel il lui arrive même de s'accoupler, donnant naissance à des bâtards stériles.

MARAUDIERS : pillards survivants de l'époque du Chaos. Ils vivaient dans les énormes territoires séparant les cités.

MARCHE : unité de distance équivalant environ à sept kilomètres. Distance parcourue par un homme en une heure.

MARONCLE : sanglier géant des forêts d'Europannia et d'Ukralasia.

MIGAS : monstre issu des manipulations génétiques des Anciens. Croisement d'un ours et d'un varan du Nil.

NARDRE : arme de lancer à trois pointes recourbées. Héritée des convoyeurs de caravanes.

OUVROK : esclave spolié, plus particulièrement utilisé dans les cités aux différentes tâches de nettoyage, ainsi qu'au déchargement des navires ou des chariots.

OWIL : pétrole.

PANTHAEN : vaste ensemble de bâtiments du baarschen réservé aux notables de la caravane, et qui abritait également les agences des compagnies d'assurances, ainsi que des auberges et galeries marchandes. Les plus importantes traditions commerciales se traitaient dans le Panthaen, au cours des « marchés muets », où les différents marchandages se faisaient grâce à des signes des mains et inclinaisons de tête.

SAF'THERANS : terme désignant les convoyeurs de caravanes. Peuple à part, les convoyeurs n'appartenaient, par principe, à aucun domaine. Véritables seigneurs des pistes, ils pratiquaient, à l'inverse des citadins, une forme particulière de polygamie. En effet, il n'était pas rare que deux ou trois saf'therans s'associassent, afin de diviser les frais d'entretien. Ils devenaient alors « affrats », ou frères, et partageaient leurs biens, ainsi que leurs épouses. Par ailleurs, il était fréquent, lors de rencontres de bivouac, que des convoyeurs échangeassent leurs épouses. Les enfants nés de ces unions étranges étaient considérés comme sacrés, parce qu'ils symbolisaient l'unité de la « Piste ».

SAPIENNIEN : par opposition, désigne l'ensemble des humains non nobles. Mot issu d'un terme plus ancien : *Homo sapiens*.
Il n'existait cependant pas de véritable différence de classe entre les deux familles humaines. Les unions étaient courantes entre nobles et sapienniens et encouragées par les amanes. Les gènes nobles dominaient le plus souvent, améliorant ainsi l'espèce.

SEHAD : titre réservé aux amanes. Alsehad : Grand Initié. Inhad : Parane.

SHALEK : lait de golieuthe, constituant de base de l'alimentation des convoyeurs.

SHARACK : veste de combat, faite de lanières de cuir tressées autour de fils métalliques.

SHAYAL : poignard long et courbe, arme seconde des chevaliers, coulée également dans le chalqueverre.

SHERAF : titre désignant le responsable d'une caravane, équivalant au titre de roi dans une cité.

SHOD'L LOER : littéralement issu de la racine anglo-saxonne : Soul Power. Pouvoir de l'âme. Il constitue la principale différence entre nobles et sapienniens, avant même la durée de vie. Toujours par manipulations génétiques, le shod'l loer fut hiérarchisé en fonction du rang. Landius poursuivit les recherches dans ce domaine délicat qui touchait à la télépathie. Il dépassa ceux qui estimaient qu'elle n'était qu'une hérésie. Il démontra le contraire en créant Darios et Lyanéa, puis Dorian et Solyane.

SOMBRES : habitants des régions du nord de l'Europannia, et plus particulièrement des côtes du golfe Botsnian. Guerriers farouches, ils n'acceptèrent jamais la religion, préférant l'indépendance que leur conférait la piraterie.

SPOLIATION : opération du cerveau consistant à abolir la volonté. Pratiquée sur les prisonniers de guerre ou les hors-la-loi pour en faire des esclaves.

STYL : arme de lancer. Pointe d'acier très courte capable de percer les os du crâne.

SZIVOLE : épouse des amanes. Nullement tenus au célibat, les prêtres avaient chacun une ou plusieurs épouses, les sziloves, réunies dans un bâtiment proche du temple. Les paranes étaient recrutés le plus souvent parmi leurs enfants. Fines, élégantes, cultivées, les sziloves étaient appréciées du peuple pour leur dévouement. Il leur arrivait souvent de servir d'intermédiaire entre la phalange et les citadins pour certaines questions délicates.

TENNARTE : esclave spolié employé par les paysans pour les travaux des champs.

TRIVE : lance à trois lames utilisée surtout par les guerriers sapienniens.